中国百年工业文学大系

丛书主编 贾玉民 樊洛平

戏剧卷 I

李惠敏 主编

中国工人出版社

本卷主编简介

- 李惠敏，北京师范大学文学博士，河北传媒学院副教授，为韩国国立庆北大学外聘教授，日本早稻田大学访问学者。出版《文学生产与文学传播——商业化视境中的中国现代文学1928—1937》等专著4部，发表论文多篇。近年来深耕工业文学研究，主编并主撰《中国工人文学史》（上下）（河北人民出版社2023年版）。

出版说明

一、缘起

为庆祝中华全国总工会成立100周年，中国工人出版社特组织编纂《中国百年工业文学大系》丛书。文学作品是社会现实的形象反映。本丛书的编纂，全面整理百年来工业文学作品及相关资料，精选优秀作品，按体裁分类，编成20卷的丛书，生动、形象地呈现百年来中国工业化的历程，呈现中国工人阶级的命运和奋斗历史，呈现中华全国总工会在中国共产党领导下，与工人运动一同发展壮大的图景，有助于讲好中国工人阶级故事、中国工业故事和中国工会故事，为更好继承弘扬革命传统，创造未来提供历史借鉴。

二、编纂团队

本丛书编纂团队由《20世纪中国工业文学史》和《中国工人文学史》的作者为基础，邀请郑州大学、河北师范大学、河北大学、河南师范大学、河南理工大学、中原工学院等院校为合作单位，以研究中国工业文学的专家、学者共同组成编辑团队，分工合作，在中国工人出版社的指导下共同完成编纂工作。

三、选录作品范围

重点选录反映工业生活、描写工业人物、揭示工业领域社会问题的优秀作品，根据中国具体情况，适度收录有关传统手工业、商业、人力车夫、纤夫等生活的作品。兼顾各历史阶段、各阶级、各阶层、各个地域、各种产业、各种体裁作品；兼顾专业作家、工人作家、业余作者。

四、编纂原则

真：选录的作品，基本以初发或初版为准，个别作品使用与初版接近“最佳”版本，使其成为中国工业文学发展史的可靠文献。其中繁体字须改为规范简化字；标点符号改为规范格式；错别字给予纠正，加注说明。原作署名为非通用笔名的，注明其真名或通用笔名。

专：各卷按文学体裁编列，分别为史论卷、报告文学卷、短篇小说卷、中篇小说卷、长篇小说卷、诗歌卷、散文卷、剧本卷、电影文学卷、电视文学卷、资料卷。各卷均有独立性，组合又具统一性、逻辑性。

精：各卷首的“导读”，长篇作品的“提要”、节选作品的“简介”，各篇所加注释，务求内容准确、文字简明。

鸦片战争后，中国近代工业开始萌芽，至今已近200年；从中国工人阶级队伍略具规模，至今也已百年以上。这期间出现的各类工业题材文学创作，虽然赶不上“乡土文学”等传统题材作品数量之多，但也可称数量巨大。我们的编纂工作肯定存在不少缺陷，切望有关作家、专家、学者，广大读者批评。

2025年4月

《中国百年工业文学大系》在编纂过程中，有幸收录了众多作家描绘工业岁月的珍贵作品，这些文字是中国工业发展的重要记忆载体。由于时间跨度长、信息更迭等客观因素，书稿付梓之时仍有部分作者未能取得联系，对此我们深感歉意与遗憾。恳请尚未联系上的作者或家属看到成书后，及时与我们取得联系，以完善作品收录的后续事宜。

总序

深刻反映时代巨变，描绘时代精神图谱
——新时代呼唤工业文学的繁荣

“文化是民族的精神命脉，文艺是时代的号角。”习近平总书记的这一重要论断，深刻揭示了文艺与时代的紧密联系。文艺作为社会生活的镜像与人类精神的诗性表达，始终与时代同频共振、血脉相连。它不仅是时代变迁的见证者，更是时代精神的塑造者和引领者，在为我们展现历史巨变的同时，也将中华民族伟大复兴的壮阔征程熔铸成一幅可触可感的精神图谱。

100多年前，我国近代工业刚刚产生，就陷入帝国主义列强的围堵和封建专制的压迫之下，在其筚路蓝缕的艰辛跋涉中，20世纪上半叶就有茅盾、夏衍等作家描写民族资产阶级“工业救国”梦的破产，描写工人阶级的悲惨处境和觉醒斗争，创作了《子夜》《包身工》等优秀作品。新中国成立后，在大规模经济建设中，更多作家长期深入工矿生活，创作了许多新作，如草明的《乘风破浪》、雷加的《潜力》三部曲、艾芜的《百炼成钢》、艾明之的《火种》等长篇小说以及李季赞颂玉门石油基地的诗歌等，出现了工业文学的初次繁荣。而工人

作家胡万春、万国儒等的崛起，则开了工人写工人的先河。到了改革开放大潮中，反映工业战线生活的作品更如雨后春笋，蒋子龙的《乔厂长上任记》等系列，张洁荣获茅盾文学奖的《沉重的翅膀》、程树臻的报告文学《励精图治》，以及众多作家反映工人生活的中短篇小说、诗歌和剧本等，势如乘风破浪，冲上改革文学的前沿。伴随着改革深化和经济转型，在“新写实”和“现实主义回归”文学潮中，又涌现出一批沉甸甸的作品，如张宏森、肖克凡、谈歌等作家真实反映国企工人经历的转型期阵痛的佳作。而“打工文学”在珠江三角洲等沿海经济特区异军突起，更成为新时期工人写工业文学的一道新风景。

从党的十八大开始，中国特色社会主义进入新时代，进一步强化了工人阶级是国家的领导阶级和主人翁地位。在《关于繁荣发展社会主义文艺的意见》指引下，文艺界克服价值扭曲、娱乐至上、唯市场化等倾向，用现实主义精神和浪漫主义情怀观照生活，歌颂光明、抒发理想，鞭挞丑恶、抵制低俗，给人民以信心和力量，在工业文学方面产生了一批讴歌大国重器、“中国制造”的响当当的作品。同时以“知青文学”而闻名的梁晓声，创作了长篇小说《人世间》，描写知青回城前后几个工人家庭两代人的生活变迁，以其动人肺腑的笔力而荣获茅盾文学奖。一向书写矿山工人生活的刘庆邦，以现实主义笔触展示了不同类型的煤矿工人的人生。不少剧作家也创作或改编了描写工业和工人生活的剧本，搬上屏幕，受到广大观众的欢迎。

百余年来，中国工业文学由小到大，由弱到强，形象地记录了中国工人阶级的发展历程。从百年前郁达夫笔下的女工陈二妹，到蒋光慈小说中的工人形象，从《百炼成钢》的秦德贵到报告文学中真实的英雄孟泰、王崇伦、王进喜、赵梦桃等等，构成了中国工业领域的英雄人物画廊，构成了工人阶级光辉的斗争史和成长史。感谢中国工人出版社和主编本丛书的贾玉民、樊洛平诸位教授学者，经过多年努力，辛勤劳作，为广大读者编成此套规模宏大、内容丰富的选本，自是一项盛举！

如今，中国工业文学作家面前仍然任重而道远。

首先，和我国工业迅速崛起的势头相比，工业文学的反映还远远不够。工业文化，尤其是21世纪以来，极速变化，迅速飞腾，节奏之快，前所未有。这就要求我们身在工业战线、对这种伟大变化有深切感受的工业作家，肩负起历史使命，拿出更多新的好作品来。

其次，和经典作品相比，相当一部分工业文学作品对现实的剖析和人物心理世界的开掘还不够深刻，还少有触及这方面深层次的观念冲突、心理变化和复杂的矛盾斗争的新作。随着城市化的加速，新工人、新市民成亿增加，对工业文学的期待必将日益强烈。

中国实现工业化、现代化，是多少代人的理想和立国之本。新时代呼唤工业文学的繁荣。这既是挑战，更是机遇。工业文学作家和工业战线的文学业余作者，自应把握这个历史机遇，全身心地投入这场新的工业革命，投入由农业文明向工业文明的深刻变革之中，在实践中观察，体验，对工业基础以及高端装备等建设成果努力深切了解，对这场变革中的各种人物表现有更生动把握，从而掌握扎实的生活素材，奠定工业文学更生动更深厚的基础。我们深信，广大读者都会殷切期待作家、艺术家的进一步努力，充分认识所承担的历史重任，开出灿烂的文艺之花。希望广大工业战线的文艺工作者不辜负时代召唤、不辜负人民期待，描绘出中华文明古国在21世纪工业腾飞的足迹，绘出民族的精神图谱，奏出时代的最强音。

张　炯

2025年春于苏州

导言

1840年鸦片战争后，中国被迫打开了闭关锁国的大门，随着外国资本主义势力在中国投资办厂，中国出现了第一批产业工人。随后，清政府采取官办、官督商办和官商合办等形式，也陆续开办了一些近代工业。与此同时，民族资本主义企业也艰难地生长起来。由于近代工业还是新生事物，为多数人，特别是文人所不了解，加之那时流行的是传统戏剧，古装的戏剧无法表现现代生活，因此，工业题材、工厂生活未能在传统戏剧中得到反映。

进入20世纪，话剧作为一种舶来品从国外移植到我国，一些知识者也开始了话剧创作，此时中国的民族工业已经有了明显发展，中国工人阶级的数量也显著增多，于是工业题材、工人形象作为生活内容的一部分，有了在戏剧中出现的可能。目前能够见到的较早的工业题材戏剧是署名"鸦江鹦士"的六幕警世新剧《童子针砭》(1916年，《妇女杂志》2卷1—5号)。作品的主人公阿攸是工人之子，其高小毕业后进入振华纱厂，先做学徒，后升账房，再后来被委以重任管理工厂，作品体现出较多的工业内容。

五四时期，与众多的知识分子题材作品相比，带有工业色彩的戏剧作品在数量上要少得多。陈绵的《人力车夫》(《新青年》第7卷第5号)可以说是五四后出现的真正意义上的第一篇工业戏剧作品。与同时期在诗歌、散文、小说中出现的众多人力车夫题材作品相呼应，该剧本描写了人力车夫李二一家凄惨的生活和悲苦的命运，对他们的遭遇表达出人道主义的同情。除《人力车夫》外，在陆家继的《车夫的婚姻》(《晨报副镌》1922 年 2 月 26 日—3 月 2 日)、童心园的《两个被欺者》(《最小报》第 79 号，1923 年 8 月)、李健吾的《翠子的将来》(《清华文艺》1926 年 6 月号)中，也出现了人力车夫的形象。此外，这一时期的剧作中还出现了多种职业的工人形象，有纱厂女工(陆秋心的《八点》)、铁路工人(王汝玙的《煤妞儿》)、枪炮厂工人(庞人铨的《人道之贼》)、电车司机(童心园的《两个被欺者》)、车站工人(李健吾的《工人》)、纺织工人(田汉的《午饭之前》)。田汉的《午饭之前》(《创造季刊》第 1 卷第 2 期)是一部反映工人贫苦生活及工人斗争的剧本，在剧作中正面出现了纺织女工形象，并出现了工人罢工的内容。

值得注意的是，伴随工人运动的出现和发展，工人运动催生了一些工人戏剧的产生，体现出工人戏剧和工人运动之间的紧密联系。作为新文学史上第一位工人剧作家，庞人铨在湖南长沙从事工人运动时编写了《金钱万恶》《人道之贼》《社会的福音》等剧本，取材于工人生活，反映工人思想意识的觉醒。1925 年五卅惨案发生后不久，清华学生何一公很快便创作了反映五卅爱国运动的戏剧作品《上海惨案》(《京报副刊》1925 年 6 月 13—15 日)，较为全面地反映了五卅惨案的全过程。

进入 20 世纪 30 年代后，中国左翼戏剧家联盟提倡在工厂开展工人演剧活动，工业题材戏剧创作较为活跃。龚冰庐与冯乃超合作的独幕剧《阿珍》(《大众文艺》第 2 卷第 4 期)是上海艺术剧社第二次公演的剧本之一。阿珍的两个姐姐都是纱厂女工，均因参加革命活动被反动派杀害。作品通过对工厂关门、工人失业、人们处于饥饿之中无以为生境况的描写，表现了工人的苦难。沈叶沉的独幕剧《蜂起》(《沙仑》第 1 卷第 1 期)表现了工厂劳资双方的尖锐矛盾和激烈冲突，热情歌颂了工人斗争的胜利。袁殊的独幕剧《工场夜景》以正面描写的手法表现了上海一家铁工场工人们辛勤劳作的场景。面对即将到来的日本兵的逼迫，工友们摩拳擦掌、准备抵抗。田汉的独幕剧

《梅雨》(《读书杂志》第2卷第1期)描写了工人的失业，提出了工人的出路问题，徐氏母女参加罢工并取得胜利，暗示了工人的真正出路。尤兢(于伶)的独幕剧《回声》(又名《梅世钧之死》,《生活知识》第1卷第10期)通过梅世钧之死，表现了日本人对纱厂工人的压榨和迫害，表达了抗日爱国的主题。这一时期较为重要的作品还有孟超的独幕剧《铁蹄下》(《太阳月刊》3月号)、郑伯奇的三幕剧《轨道》(《创造月刊》第2卷第4、5期)、王志之的三幕剧《革命的前夜》、楼适夷的独幕剧《活路》和《S.O.S》(又名《无线电急奏》,《北斗》第2卷第1期)、田汉的独幕剧《年夜饭》《顾正红之死》《月光曲》等。这一时期从事工业题材戏剧创作的剧作家数量明显增多，除前面提到的外，还有欧阳予倩、白薇、孟超、陈荒煤、崔嵬、叶秀、蒋本沂等。在众多作家中，田汉的工业题材戏剧创作数量最大，成就最高。龚冰庐也是工业戏剧创作成就较为突出的一位，除与冯乃超合作的《阿珍》外，还创作有《换上新的》《我们重新来开始》《五月一日》。

1937年7月抗日战争全面爆发后，受战争环境以及作家生活环境的影响和制约，工业题材戏剧创作在数量上锐减，新出现的作品均适应时代要求表现了抗日救亡的主题。

王震之是在解放区出现的一位剧作家，他的《红灯》(《文化月刊》1940年第6期)是直接描写铁路工人抗日斗争生活的作品，成功地塑造了老扳道工何雄的光辉形象。他的独幕剧《矿山》则聚焦于矿山上的一场罢工斗争。在解放区，除王震之的作品外，出现的工业题材戏剧还有陈明、张可的独幕剧《翻车》和崔嵬的多幕剧《矿工队》。

在国统区，工业题材戏剧创作十分冷落，在此背景下，胡绍轩值得格外关注。他的"抗战三部曲"——《铁砂》《煤坑》《盐场》(《盐场》最后未发表)均为工业题材。四幕剧《铁砂》(《中国劳动》第2卷第4、5、6期和第3卷第2期)以大冶铁矿的发展历史为背景，主要描写了大冶铁矿沦陷后大冶矿工与日寇之间的斗争。三幕剧《煤坑》(《中国劳动》第3卷第4、5、6期)，讲述发生在河北井陉煤矿的斗争故事。

除胡绍轩之外，陈白尘的五幕剧《大地回春》(创作、演出于1941年，出版于1948年)描写的是战时企业家艰难探寻实业救国之路。作品以抗战爆发后的前三年为背景，以爱国的民族资本家黄毅哉一家的生活命运为中心，刻画了黄毅哉这样一个具有高度爱国主义精神和强烈事业心的民族资本家形象，表现了民族工业在战争背景下的艰难境地，但对民族工业的发展前景持乐观态度。

茅盾在抗战胜利前创作的五幕话剧《清明前后》(开明书店1945年10月)以1945年3月轰动重庆及全国的黄金案为背景，描写了民族资本家林永清和他的更新机器厂的命运，揭示了“政治不民主，工业就没有出路”的主题。

抗战胜利后，受多重因素的制约，工业题材戏剧创作局面未能得到明显改善，作品依然不多。丁玲、陈明、逯斐共同创作的话剧《窑工》(初刊《北方文化》，名为《“望乡台”畔》，后刊《文艺复兴》，易名为《窑工》)以抗战胜利前后为背景，反映了窑工的悲惨命运以及在抗战胜利后的翻身解放。到了1948年，随着东北和华北的解放，各地工人文艺运动蓬勃开展，工业戏剧创作得到了较为充分的发展，出现了《红旗歌》《不是蝉》等作品。中华人民共和国成立后，在发展工人文艺运动的政策扶植以及作协、工会、文化宫等多部门的助力下，20世纪五六十年代，工业戏剧迎来了自己的创作高峰。

集体创作、鲁煤执笔的四幕剧《红旗歌》(新华书店1949年)描写了石家庄解放后一家纱厂开展的红旗竞赛活动，充分反映了解放翻身后的工人群众在生产竞赛中表现出的高度劳动热情，展示了工人阶级当家做主后新的精神面貌，从而热情歌颂了新社会给工人命运带来的历史性变化。《红旗歌》被誉为解放区、新中国“第一个描写工人生产的剧本”(周扬:《论〈红旗歌〉》)，该剧被作为1949年“五一”劳动节的献礼剧目和第一次文代会的演出剧目，之后又作为向新中国献礼的文艺作品，在中华人民共和国成立后的两年间轰轰烈烈地走向全国。

新中国第一位工人剧作家魏连珍创作的三幕九场话剧《不是蝉》（新华书店华东总分店 1950 年）以轻松的笔调和喜剧手法，描写了工人马顺保从落后到先进的思想转变，表现了工人阶级的成长。

路翎的四幕剧《英雄母亲》（上海泥土社 1951 年）反映的是解放初期华东某纺织厂工人勇敢地保卫工厂，积极恢复生产、提高生产的斗争，刻画了“英雄母亲”周引弟的光辉形象。就是这样一个英雄人物，当时被认为是“一个不真实的、被歪曲了的工人阶级的形象”，作品受到批判。这一时期路翎还创作有工业题材的剧作《人民万岁》（后改名为《迎着明天》）、《祖国在前进》，前者未能在舞台上和观众见面，后者在出版后被错误地批评为“一部明目张胆地为资本家捧场的作品”。这些剧作的遭遇最终扼杀了该作家在工业题材剧作方面的创作热情。

杜印等创作的三幕剧《在新事物的面前》（青年出版社 1951 年）以刚刚解放的东北工业区为背景，描写主人公从硝烟弥漫的战场转入热火朝天的工业建设，面对新的工作、新的事物，所表现出的高度的事业心和强烈的责任感。

李庆升等集体创作的三幕剧《四十年的愿望》（《剧本》1953 年 6 月号）反映成渝铁路建设，热情歌颂了钢铁厂工人在生产上表现出的高度积极性和创造性。

夏衍的五幕剧《考验》（《人民文学》1954 年 8 月号）反映的是新华电机制造厂内围绕工业生产，在厂长丁纬和副厂长杨仲安之间展开的一场思想斗争，表现出两种截然不同的工作作风和思想态度。

作家艾明之以创作工业题材小说为主，在工业戏剧方面也有所涉足。他的四幕剧《幸福》（《剧本》1955 年 5 月号）以轻松的喜剧风格描写了工厂青年工人的生活，形象地探讨了青年工人如何看待幸福、如何为幸福而奋斗的问题。艾明之的工业题材剧作还有四幕剧《钢铁的力量》，反映新中国成立初期上海某钢厂工人的斗争生活。

这一时期独幕剧的创作也较为活跃。蓝光的《姐妹俩》（《剧本》1954 年 3 月号）通过姐妹二人对待工作和爱情的不同态度，肯定了姐姐勤勤恳恳、一心为公的精神；崔德志的《刘莲英》（《剧本》1955 年 7 月号）生动、细腻地刻画了具有社会主义觉悟和道德品质的先进女工刘莲英的形象；陈桂珍的《家务事》（《文学杂志》1956 年第 3 期）聚焦于工人的家庭生活，反思了工厂生产和家庭事务之间的关系。

这一时期出现的较为重要的剧作还有李尔重的《扬子江边》、屈楚等的《初开的花朵》、刘莲池等的《一个木工》、柯夫的《瓦斯问题》等。

1958 年开始的“大跃进”运动，带动、刺激了工业题材戏剧创作，迎来了工业题材戏剧创作的一个高潮，产生了众多在当时影响十分广泛的作品。如刘川的八场话剧《烈火红心》（《剧本》1958 年 10 月号）、刘沧浪等的《钢花怒放》（《红岩》1958 年第 11 期）、王命夫的八场话剧《敢想敢做的人》（《剧本》1959 年 1 月号）、李志刚的四幕话剧《比翼齐飞》（《剧本》1959 年 12 月号）、王命夫的八场话剧《三八红旗手》（《剧本》1960 年第 8、9 号合刊）等。这些作品反映了“大跃进”年代的特定氛围，塑造了那个年代的劳动英雄的形象，在真实与想象中，抒发当时人们的高涨热情，表达了其美好愿望。

与此同时，一些工业题材戏剧则致力于对历史上工人运动的书写，歌颂工人阶级的革命精神和工人运动的红色传统。在这方面代表性作品有金山执笔的《红色风暴》（《剧本》1958 年 4 月号）、丁克辛的《二七风暴》以及赵大民、庄小季的《红色工会》（《戏剧战线》1959 年第 5、6 期）。

1964 年 2 月，中共中央提出了“工业学大庆”的口号，在此背景下石油工人的斗争生活被搬上戏剧舞台，有尚久骖、吴云龙的六场话剧《战油田》（《新疆文学》1965 年第 7、8 期）和中国青年艺术剧院集体创作，段承滨、王景愚执笔的《石油凯歌》。孙维世创作的六场话剧《初升的太阳》(《剧本》1966年2月号）没有直接描写石油工人，而是另辟蹊径，热情歌颂大庆家属闹革命的先进事迹。

20世纪五六十年代的工业题材戏剧创作，从作品数量及其社会影响力来看，在20世纪工业戏剧史上，都堪称高峰。具体体现在:（一）创作数量不菲。从1949年中华人民共和国成立至1965年“文化大革命”爆发之前，据不完全统计，共出版工业题材戏剧作品（集）118部，同期共出版工业文学作品（集）557部，在四大文体的创作中也不处于劣势。（二）创作队伍庞大。工业戏剧创作有着较好的群众基础，其创作主要分为两类，一是剧作家的个人创作，二是团体或多人的集体创作，创作队伍十分庞大。既有陈波儿、逯斐、路翎、夏衍、老舍、阮章竞、艾明之、柯夫、丛深、刘川、王命夫、贾克、蓝光、刘沧浪、鲁煤、崔德志这样较为知名的作家，也有从工人中成长起来的新人，如魏连珍、胡万春、陈桂珍，此外还有数量众多的没有太大名气的创作者。如共同创作了三幕剧《在新事物的面前》的杜印、刘相如、胡零，共同创作了《四十年的愿望》的李庆升、石玺、石曼、田广才、赵锵等，共同创作了四幕剧《初开的花朵》的屈楚、周均、丁力……（三）戏剧的舞台化程度相当高，颇受工人群众的欢迎。由于有着工人文艺活动的基础，绝大多数作品都得以在舞台上演出，和观众在舞台见面，甚至出现了《敢想敢做的人》这样的爆款剧目，该剧由青岛话剧团搬上舞台，仅在1958年9月开始的四个月中，在青岛、烟台、济南、天津、北京等地就先后演出了280多场，场场爆满，后来演遍了大半个中国。

20世纪五六十年代工业戏剧的繁荣一方面得益于社会主义建设的外部环境，另一方面得益于各地对工人戏剧活动的重视以及工人焕发出的高涨的创作热情。

“文化大革命”十年间，受整个社会政治动荡的影响，工业戏剧创作数量明显减少。从1966年5月到1972年，工业戏剧一片凋零，基本没有新的作品问世。1967年5月进京演出的京剧《海港》的存在，延续着工业戏剧的薪火。《海港》改编自李晓民编剧的淮剧《海港的早晨》（上海文化出版社 1964 年 10 月），作品描写码头工人生活，表现阶级斗争主题，主人公方海珍被塑造成了“无产阶级专政下继续革命的光辉典型”。除《海港》外，同为样板戏的京剧《红灯记》因其对铁路工人革命斗争历史的反映，也支持着工业戏剧的存在。1972 年，随着国内政治形势的变化，中央对文艺政策有所调整。1973 年以后，工业戏剧在沉寂多年后重新出现。1974 年，由上海话剧团三队排练演出的六场话剧《战船台》（杜冶秋、刘世正、王公序编剧）是一部反映我国造船工业大打翻身仗的大型话剧。剧本描写 1970 年大江造船厂在小船台上造出万吨轮的故事，在当时被誉为“为无产阶级文化大革命高唱赞歌”。这一时期有一定影响的话剧还有于炳坤、方胜的六场话剧《金色的熔炉》（1973 年），上海儿童艺术剧院创作的七场话剧《钢铁洪流》（1973 年），青海《高山尖兵》创作组集体创作的六场话剧《高山尖兵》（1976 年），江苏省话剧团创作的七场话剧《大江飞虹》（1976 年）。

总的来说，“文化大革命”十年的工业戏剧量小质弱。在内容上，延续了此前开始的对于阶级斗争、路线斗争内容的书写，在书写方式上更为扭曲和模式化；在人物塑造上，受“三突出”原则的影响，主要人物都是高大完美的英雄形象，高度政治化、理想化；在强调表现阶级斗争和路线斗争的背景下，工业戏剧的表现内容被高度政治化，除生产斗争内容外，不再有其他内容，缺少生活气息。

党的十一届三中全会后，中国人民开启了实现四个现代化的新征程。作为时代的反映，工业题材戏剧从不同角度表现了解放思想，打破禁区，以“四化”建设为中心的主题。

崔德志的七场话剧《报春花》（《剧本》1979 年 4 月号）突破了以往政治批判的模式，通过青年女工白洁的遭遇，尖锐地批判了组织路线上的“左”倾错误和反动的血统论，揭示了“四化”进程中存在的新的矛盾，塑造了站在时代前列、敢于拨乱反正的共产党员形象。

宗福先、贺国甫的话剧《血，总是热的》(《剧本》1980 年 12 月号）描写的是凤凰丝绸厂围绕经济体制改革所进行的尖锐激烈的斗争，塑造了勇于开拓进取的改革者罗心刚的形象。

梁秉堃的六场话剧《谁是强者》(《剧本》1982 年 1 月号）围绕着新华纺织厂 9000 锭车间项目在建设过程中遇到的来自社会方方面面的阻力，揭露了社会上的各种不正之风对于“四化”建设的阻挠和破坏，在呼吁良好的社会风气的同时，也发出了改革的呐喊。

中杰英的四幕话剧《哥儿们折腾记》(《百花洲》1983 年第 2 期）直面企业中存在的问题，通过描写某建筑装饰厂牛宝山等青年工人的活动，探讨企业体制改革问题。

马中骏、贾鸿源的二幕话剧《街上流行红裙子》(《收获》1984 年第 3 期）描写的是纺织厂青年女工的生活，表现了当代青年女工新的生活态度和新的追求，也表现了新旧观念的冲突。

此外，以改革为主题的工业题材戏剧还有赵梓雄的《未来在召唤》(《剧本》1979 年 8 月号)、邹维之的《初春》(《剧本》1982 年 4 月号)、沙叶新等的《大幕已经拉开》(《剧本》1982 年 5 月号)、崔德志的《红玫瑰》(《剧本》1984 年 1 月号)、梁秉堃的《阵痛的时刻》(《剧本》1984 年 10 月号）等。

20 世纪 80 年代中期以后，随着人们戏剧观念的更新，工业戏剧创作发生一些新变化，由写社会问题、重大事件向着力写人转化，写人的命运、人的性格、人的丰富感情世界与精神追求。如谢民的悲喜剧《一个火葬女工的情史》(《影剧艺术》1984 年第 5 期)、梁秉堃的《夜晚过去是早晨》(《啄木鸟》1985 年第 5 期)、马中骏和秦培春的《红房间・白房间・黑房间》(《收获》1986 年第 2 期)、一东的《行星启事》(《剧本》1988 年 5 月号）等。这些剧作中的生产氛围渐淡，生活气息转浓。从创作数量上看，1985—1989 年间和 20 世纪 80 年代前期相比明显减少。

进入 20 世纪 90 年代以后，工业戏剧创作焕发出生机和活力，呈现出比较繁荣、活跃的局面。仅在1991年，就出现了杨利民的《大荒野》、许雁的《情结》(《剧本》1991年1月号)、贺国甫的《大桥》(《剧本》1991年12月号)、代路的《女儿城》(《戏剧丛刊》1991年第1期)、《海边有个男儿国》(《剧本》1991年8月号)等多部剧作。

贺国甫的多场次话剧《大桥》作为献给上海浦东建设者的一曲颂歌，以南浦大桥建设为代表，描写一支工程队在建桥过程中的努力和奉献，从一个侧面及时反映了当时开发浦东这一重大历史事件，热情讴歌了上海建筑工人高昂的建设热情和无私的奉献精神。

杨宝琛的四场话剧《大青山》(《剧本》1994年7月号)以摆脱林场生存危机为背景，着力塑造了林场场长吴常福等人物形象，歌颂和肯定了他们的开拓精神和拼搏精神，刻画了独具特色的北大荒人形象。到了1999年创作的《青山不老》(《剧作家》2001年第6期)，进一步在人与自然、人与森林的关系描写中，深入探讨了生态环境问题。

20世纪90年代中期，随着改革开放的深入，国有企业进行市场化改革后，有的面临破产或重组，引发企业工人下岗潮。剧作家发扬现实主义文学传统，直面现实，对下岗工人的生活和命运进行了及时、深入的反映，表现了工业戏剧与工人休戚与共的血肉联系。代路的小剧场话剧《我曾经爱过你》(《新剧本》1995年第4期)虽然不是主要表达下岗主题的剧作，但剧中的王丽华无疑是话剧舞台上最早出现的下岗女工形象。徐频莉的大型话剧《血亲》(《剧本》1995年11月号)讲述的是下岗工人创业的故事；代路的《工人世家》(《戏剧丛刊》1998年第5期)通过一个一家三代工人家庭里发生的故事，反映了国有企业在从计划经济向市场经济转型过程中遇到的困难，表现了下岗职工惶惑、痛苦、自强、奋进的心路历程，讴歌了中国工人阶级的博大胸怀和无私奉献精神。

李宝群的四幕话剧《父亲》(《剧本》1999年10月号)写的是一个退休的老工人和他的下岗子女的现实处境，通过一个家庭映射社会，反映改革进程中部分工人经受的经济体制转型期的阵痛，及其在摆脱困境的过程中迸发出的顽强的生命力，以及家人之间在相互扶持、彼此温暖中流露的亲情，表现了普通人真实、美好的人性。除《父亲》外，李宝群的话剧《长子》《母亲》《矸子山上的男人女人》也都涉及下岗题材，他的《父亲》《矸子山上的男人女人》和《黑石岭的日子》共同组成“东北工人三部曲”，比较广泛地反映了东北老工业基地工人的生活和命运。

相关题材的话剧还有赵瑞泰的《春夏秋冬》(《戏剧之家》1999 年第 2 期)、王鹏博的《下岗了，别趴下》(《新剧本》1999 年第 2 期）等。

石油工人出身的剧作家杨利民则植根大庆油田这片沃土，他的剧作大多反映的是油田工人的生活，塑造的是油田工人的形象。从 1986 年的成名作《黑色的石头》，到 1996 年的代表作《地质师》，再到 2005 年的《铁人轶事》，杨利民一直谱写石油工人的赞歌。1996 年问世的四幕话剧《地质师》为杨利民带来广泛声誉，获文化部“文华大奖”、中宣部“五个一工程”奖。这是一部热情讴歌石油人的颂歌，作品在一个广阔的时代背景下，通过洛明、曲丹、刘仁等人的经历，描绘了石油人的奋斗与追求、遭际和坎坷，歌颂了他们身上体现的坚韧不拔、吃苦耐劳的骆驼精神。

在 20 世纪 90 年代，工业戏剧创作繁荣的一个具体体现，是产生了一些具有自己创作个性和风格的剧作家，如青岛的代路、鸡西的杨宝琛、大庆的杨利民、辽宁的李宝群，还有一些作家已经崭露头角。

进入新世纪后，戏剧文学的创作进入了从来没有过的困境，“工业题材写作陷入瓶颈”（金莹:《工业题材写作陷入瓶颈》,《文学报》2009 年 6 月 4 日），在此大的文学背景下，工业戏剧创作在创作数量上明显减少，作品发表以及公演后的社会反响也大不如前。在文学思潮日趋多元化、社会上刮起一股娱乐至上风的情势下，工业戏剧创作和接受的遇冷有其必然性，虽然并不合理。

2000 年，贾鸿源的《中国制造》(《主人》2000 年 B 期）问世，该剧创作历时两年、五易其稿。作为一曲讴歌改革者的“浩然正气之歌”，剧作反映的是市场经济大潮下企业的改革。主人公刘子义作为新时代的改革者，三年前他力排众议，使工厂走上合资之路，如今为了民族品牌的生存和发展，他毅然放弃在合资公司的高薪职位，回到原来的工厂当了个拿低薪的厂长，要带领工人在开放的中国市场上为中国自己的品牌争一席之地。在《中国制造》之后，上海剧作家贺国甫、宗福先在 2005 年还发表了《谁主沉浮——道拉斯先生到来之前》（多场次话剧，《上海文学》2005 年第 5 期）。

王立信的四场话剧《世纪彩虹》（《剧本》2001 年 2 月号）通过造桥工人石松生、桥梁工程师黄乐水、桥工处干部周铁林三个人半个世纪的造桥经历，折射了新中国五十年造桥业的发展，歌颂了中国造桥人的奉献精神和牺牲精神。剧作获文化部第九届文华新剧目奖、第六届中国艺术节优秀剧目奖。王立信后来还创作有反映下岗工人生活的六场话剧《平头百姓》（《剧影月报》2003 年第 1 期）和展现中国高铁建设发展的话剧《中国速度》（2016 年 11 月上演，未发表），《平头百姓》在第 11 届中国艺术节上获得“文华大奖”。

杨利民的《铁人轶事》（《新剧本》2005 年第 4 期）选取王进喜的八个生活片段来表现铁人精彩的一生，礼赞铁人精神，通过王进喜和他的钻井队的奋斗历程，表现了中国的石油事业由弱到强的发展进程。

李宝群的《矸子山上的男人女人》（《剧本》2007 年 5 月号）描写一支女子拣煤队在矿山关闭后，在支书秦铁柱的带领下，在逆境中自强不息、创造希望的故事。2010 年发表的《黑石岭的日子》（《剧本》2010 年 8 月号）以编年史的形式描写了刘黑子等四个煤矿工人五十年的友情，演绎了“牵手过河、抱团过冬”的人间真情。

2012 年 11 月，党的十八大召开，中国特色社会主义进入新时代。工业题材戏剧创作在继承以往优良传统的基础上，在题材和艺术形式上均有所突破，创作呈现出锐意创新的新气息。

喻荣军的话剧《钢的琴》（《剧本》2012 年 12 月号）改编自张猛

编剧的同名电影。作品讲述的是下岗工人的故事。2021 年，喻荣军又创作了话剧《大道》，作品以华为公司老总任正非为人物原型，讲述主人公尤道生和他所带领的企业“国讯”，如何在中国 30 多年通信科技高速发展中脱颖而出，完成从“中国制造”到“中国创造”的艰难蜕变。剧名“大道”，既指主人公尤道生的人生大道，也寓指中华民族奋起腾飞的大道。

梁秉堃曾在 20 世纪 80 年代改革文学浪潮中奉献出《谁是强者》《王建设当官》《阵痛的时刻》等工业戏剧作品。进入新时代后，77 岁高龄的剧作家老当益壮，创作了话剧《格桑花》(《剧本》2013 年 7 月号)。剧本聚焦修建青藏铁路这一重大题材，把各族人民修建“天路”的寻梦、追梦和圆梦的过程编演成话剧，展现了铁路建设者们“挑战生命极限，创造人间奇迹”的光辉形象，热情歌颂了建设者不畏艰险、无私奉献的战斗精神。

军事工业题材的文学创作在新时代得到许多作家的关注和重视，在小说、戏剧、报告文学创作中均有亮眼的表现。在话剧方面，阿莹的《秦岭深处》(最初在《剧本》2014 年 11 月号发表时名为《秦岭八号》，在《当代戏剧》2016 年第 2 期发表时改为现名)是作者“献给军工人的一首歌”。作品描写的是秦岭深处一座军工厂里一群军工人研制导弹的真实故事，通过军工人独有的惊心动魄的故事，塑造了一群坚守在大山里的军工人形象，歌颂了军工人为了强国强军牺牲个人幸福、不顾个人安危的奉献精神。《秦岭深处》获第 31 届田汉戏剧奖一等奖。同样是以军工人为表现对象，作家阿莹还创作了长篇小说《长安》(《当代》(长篇小说选刊) 2021 年第 3 期)。

2020 年，大型话剧《深海》(作者周振天、陈萱，刊《剧本》2021 年 1 月号)被搬上舞台。这是一部描写共和国勋章获得者、“中国核潜艇之父”黄旭华的话剧。主人公黄旭华献身国防工业的人生，也是中国潜艇事业从无到有、发展壮大的过程。主人公隐姓埋名几十年，最终让中国海防线上的钢铁长城默默矗立在深海！《深海》获第 25 届曹禺戏剧文学奖、中宣部第 16 届精神文明建设“五个一工程”奖。

类似题材的剧作还有林蔚然的《大国工匠》（敦煌文艺出版社 2019 年）、谭博的《坦先生》（《剧作家》2024 年第 2 期）。

王俭是这一时期创作较为活跃的一位剧作家。他的《追梦云天》（《剧本》2019 年 5 月号）讲述了中国三代民航人的追梦历程，作品以大飞机研制的过程作为背景，着重展现剧中人物的心路历程。《炉火照天地》（《剧本》2023 年 2 月号）展现新时代、新征程钢铁人锐意进取的光辉形象和直面挑战、精益求精的大国工匠精神。作品获评第 18 届中国戏剧节优秀剧目。

与其他剧作家关注现实题材不同，李新华的《铁血道钉》（《剧本》2017 年 4 月号）是一部以中国铁路工程师詹天佑主持修建京张铁路为题材的历史话剧。全剧起于修建京张，终于京张建成，撷取“工人罢工”“隧道塌方”以及“车钩事故”三个节点，刻画了有着钢铁般意志的铁路工程师詹天佑的光辉形象，歌颂了他的“实业救国，铁路兴邦”的爱国主义精神。管燕草编剧的淮剧《大洪流》（《剧本》2016 年第 5 期）择取的是红色历史题材。《大洪流》由上海淮剧团献演后好评不断，作者也在演出实践的基础上进一步修改，以求更加完美。作品以 20 世纪 20 年代上海工人武装起义作为背景，把笔墨聚焦于小人物的命运，以小见大，通过展示主人公的爱情、亲情和友情，感受到当时的大革命洪流，感受到革命者拥有的共产主义信仰和精神。

此时的东北剧坛较之其他地方，戏剧活动更为活跃，除前面提及的杨利民、李宝群外，作为后起之秀，黑纪文也创作出一些工业戏剧作品，如《郭明义》（2011 年，与黄伟英合作）、《工匠世家》（2019 年），这些剧作搬上舞台后都颇受好评。话剧《郭明义》曾进京演出，受到中央领导的充分肯定和鼓励。作品还被改编成同名电影。《工匠世家》搬上舞台后，《光明日报》发表文章（欧阳逸冰：《工匠精神国之瑰宝——看话剧〈工匠世家〉》，2019 年 8 月 28 日），予以充分肯定。

新时代工业题材戏剧创作在传统话剧和戏曲之外，还有了更多其他艺术形式的探索实践。如谭博的歌剧《铁人三重奏》(《剧作家》2021 年第 5 期)、2021 年 7 月开始全国百场巡演的广西首部大型工业题材音乐剧《致青春》、2022 年 11 月在江苏大剧院首演的大型原创歌舞剧《攀登 · 攀登》、2023 年 5 月在国家大剧院与首都观众见面的舞剧《东方大港》(王思思、钱鑫执导，马凌姗编剧，宁波市演艺集团创排，宁波市歌舞剧院演绎)。这些作品均以不同的艺术形式演绎工业题材故事，给人不同的艺术感受。

回顾工业戏剧走过的百余年历程，从中不难看出百年中国革命、建设、改革的发展历程，见证中国工人阶级命运的变迁和中国工业百年来走过的道路：从无到有，从弱到强，突破帝国主义列强的封锁，推翻封建专制和官僚资本主义的统治，革除一切阻碍生产力发展的不合理因素，终于使古老的中国到 2020 年，我国已经基本实现了工业化，从一个落后的农业国，发展成为世界第一工业大国，建成门类最齐全、产业链最完整的工业体系。在此背景下，书写百年工业发展历史，礼赞为了工业现代化不懈奋斗、辛勤付出的中国工人阶级，显得尤为重要。我们欣喜地看到，2021 年之后，喻荣军的《大道》、周振天和陈萱的《深海》、王俭的《炉火照天地》、周振天的《轨道》(2024 年)等剧作问世，这些剧作聚焦新时代的风云人物，讲述新时代的工业故事，讴歌中华民族自强不息的精神和坚韧不拔的奋斗意志，凸显出新时代特有的时代气息。

期待剧作家发扬工业戏剧的优良传统，在今后创作出更多、更好的佳作。

李惠敏

目录

童子针砭

（警世新剧）

鸦江鹗士　编

西江残客　评

序

吾乡第一初等小学校于乙卯阴历九月十六日开十周纪念会附以游艺。籍资胜事。友人谓予曰：子读古今小说有年矣，会心不远，应有所得，曷弗著文明新剧殿作斯举余兴？予闻言，不禁枨触，因考文明剧社创自欧西，渐及海上，比来流行内地，无繁弦急管之乱耳，有现身说法之妙谛，挽回末俗，颇邀识者许可。唯惜其罕从教育上着想耳，予不揣简陋，拟得六幕其中情形，注重在入校之勤废，交友之损益，为师之诲诱。为子之顺逆皆从社会默察而以其理想编排之。故排场务取简率，使演者易于措置，自顾作者无罪，深愿见之者有则改之，无则加勉焉。

鹗士识

第一幕　入校

〔入校场上装设可免则免。

〔工人平百川服工衣上。

平　小老儿今年五十岁了。一世为工每日里勤劳两手。只博得一家度食而已。近来生计尤难，衣食几虞不给。只生一子，名叫阿攸，年已十岁，叫他帮同工作。尚无顽皮恶习。性喜识字。每遇空闲必到学堂听先生的讲解。乐而忘返。常误工作。屡施戒责。总不肯改。唉。我辈做苦工人。本不靠识字为生。无如我儿立志要读书果能识得几字。亦无不可。听说学堂于今日开学。只得送去。看他如何。阿攸。在哪里。

〔攸服清洁旧衣上。

攸　来了。父亲呼唤孩儿何事。

平　唉，我看你不想在手艺上习练。每日向我纠缠。一定要读书。你不知我们工人全靠两手挣钱。即使识得字来。有何用处。

攸　我向常听得先生讲的。为人不可不识字。识得字有许多好处。可以明白事理。大则治国。小则治家立身。古时节有个秦始皇。怕人识了字。长出许多智识。他就焚书坑儒。要人个个不识字。方称他的心。哪知后来被人人唾骂。传到二世。就把天下失了。可见得识字是人生顶要紧的事。又听得外国人个个能识字。故比中国人厉害了许多。我学成之后。不愁养家立业。故而决意要进学堂。望父亲允许。

〔攸作恳挚请求状。

平　你既决意要进学堂。我就准你罢。但是进学堂以后。须守规则。须听教训。须知我们穷苦人家。出了一年学费。已属万分为难。

今日开学。我破半刻工夫送你前去。

〔攸作雀跃欢欣状。

攸　父亲叮嘱。儿都明白。谨记不忘。就此可去了。

〔平百川同阿攸携手作曲折行。

〔傅伯纯华服挈子阿立同上与平父子对面相逢。

平　傅先生。同令郎到何处去。

傅　呀。平司务。你父子两个到何处去。

平　不瞒傅先生说。我家阿攸日日向我胡闹。一定要识字进学堂。你想我们这样人家。何须识字读书。再细想来。阿攸定要读书。姑且试试看。如其不能。仍到家做我的老行业。傅先生。你道如何。

傅　好极好极。教子识字。不论何等人家子弟。本来应该的。可喜尔家阿攸。竟肯立志读书。倒是我家阿立。终日在家时少。出外时多。每与一班顽童。到处嬉戏。并且费用至少要十个铜圆。因此不得不送到学堂。受些教育。免作惰民。

平　客气客气。令郎聪明伶俐。必定高发。如此傅先生先请。我等随后一同到学堂里去。

〔平傅等一同下。

第一幕先分两大纲。贫平者既优。攸则富傅者自立劣矣。此作者有意唤醒世人处。阅者勿轻轻读过。

第二幕　励生

〔场设学校课堂，什物场外铃声三下，攸与立同级生鱼贯上堂。

〔教员秦好雨随后登讲台，学生行上课礼，先生点名毕在黑板粉书勤废二大字旁书头悬梁锥刺股如囊萤如映雪四句。

秦　这四句书。出在旧塾所读三字经中。想你等有念过的。也有听见过的。但是这四句书是什么讲究。你等知道么。

〔诸生同声说不晓得。阿攸作向黑板凝思状。

秦　我来逐句解释给你等听。第一句头悬梁。头乃人之首。悬即挂起来。梁是屋中之横木。汉朝有个孙敬。他的读书。比众不同。日常将门闭了。一个人坐在室中。埋头苦读。直读到额角与书本相撞不止。那时欲睡。恐误读书要事。欲不睡。那颈子骨毫无气力。一定要向下面垂下。实在无可奈何。他忽然想出一种治法。用了一根绳。上端系在屋梁上。下端牢结于发。使其不能再向下垂。

立　忽插言。先生先生。如此样式。阿要吊煞。

秦　胡说乱道。他正经的读书。岂有吊煞之礼。你等想想看。如是勤读。他的名誉。自然到处称扬。偶尔到市上。人人皆认识。尊称为闭户先生。格外的恭敬。

〔立作摇头厌烦状。

秦　第二句锥刺股。锥即钉书的铁支锥。股。人之大腿。刺是尖利东西入人身上。此事出于东周。有个苏秦。他年轻的时候。大不得意。甚至家中的人。都看不起他。因此发奋读书。一日到夜。对了一本书。勤读不歇。到了夜深。两只眼睛。要闭下来。要他不闭。他偏偏不由你做主。试想一个人到了夜间。必须睡。然后可以回复精神。再做事体。你等想想看有什么法子。使两眼不闭下来么。

〔立答曰，用篾片爿扳住。

秦　你来试试看。阿痛弗痛。

立　痛格痛格。

秦　你说篾片爿扳住是痛的。不知比篾片更厉害的。有样铁锥。那苏秦想出不使睡的法子来。即用铁锥在大腿上横刺竖刺。刺到腿上。心里就一惊哪。眼睛也就此不闭。胜如吃了一帖醒睡的药。仍旧张开了两眼。读书不辍。所以到后来得了六国的相印。衣锦荣归。到了家中。人人跪接。将以前看不起的样子。变做拍马屁了。方显出有志读书的能事。

〔立斯时无意听讲，呼欠连连，低头欲睡，暗在衣袋摸食物食之。

秦　第三句如囊萤。囊即袋也。萤即游火虫。此事出于晋朝。有个人名姓叫车胤。顶欢喜读书。家里极穷。到了夏夜。不得钱买灯油。难以读书。他就向别家要了一块旧生绢。做成了一个袋。捉了几十个游火虫。盛在袋中。其光线殊为明亮。就此将袋挂起。在底下读书。不致荒废。你等想家里穷苦的人。尚且如是。在稍有产业的。哪有不读书的道理。

〔攸听到此一节，眉飞色舞得意非凡，顿觉精神大振。

〔立垂首闭目摇摇欲欹状。

秦　第四句如映雪。天上落下来的雪。是有光的。可以照物。此事也出在晋朝。名叫孙康。同车胤一样的穷苦。一样的爱读书。一个是夏天。一个是冬天有雪落的时候。他乘着雪光。终夜读书。性情又极其清洁。不肯乱交朋友。到后来官做御史大夫。可见得一个人。无论贫富。只要肯勤读。到底必有发达日子。你等须要牢牢记着。

〔攸端坐细听，点头者再。

〔立欹斜跌扑在地，急急坐正，同级生皆匿笑之。

秦　（高声责傅立）我是讲你听古来勤学的事情。你竟不要听。反在讲堂上打瞌睡。以致跌在地上成何体统。须要记过一次。

〔立作欲哭状，右手搽双眼不已。

秦　此四种事情。是从勤字上发生出来的。再讲到废字。则决然反对。你等细细听好。

〔攸作谨慎恭听状。

秦　宋朝人任未有言曰。人而好学。虽死若存。不学者。虽存谓之行尸走肉耳。是说一人不学。与能行的死尸。能走的骨肉一样。简直的不是人了。又可谓之废人。不齿人类。为人不学。竟被前人说到了绝底你等须勉励向学。把一废字认作仇敌。务必将一勤字致力战胜。不要被人看作不是人。切己之事。实在至要的。

攸 （起立对秦）谨听先生教训。

〔立怒视攸作恨恨状。

秦 讲到现在上学堂的事体。大有好歹。人家有钱的。倘属子息稀少。每每溺爱的多。儿子年纪到了七八岁。说不得不送到学堂里。但是心里。甚不放心稍觉伤风咳嗽。便不使他去。做儿子的自然怕上学。一日两日延挨不去。做父母的也不认真去管束。一任他称心适意。如是情形。哪里有学成的日子。

〔立刻头向堂外望日影大有不耐久坐之状。

秦 还有一等子弟。性质尚好。尽可向上的走。无奈做爷娘不明白教育的道理。不得知儿子读书的进退。在初等未毕业以前。就胡乱教他去学生意。就此半途而废。岂不可惜。

〔攸微微发叹息声。

秦 最可笑的。有今年到旧塾。闹了二年。后年改变。进了小学堂。又虚度了二年。弄得来旧既不识。新又不知。最可叹的。有初等卒业后。取进了高等。不上三年。心猿意马的。忽然到了上海。除了几只师范中学。不能够进去的。东也撞撞。一无好处。西也混混。益处全无。反而白丢了几多银钱。又加上了在外的浪费。年纪到了二十左右。只落得一张初等毕业文凭。又不合做实在教习的资格。此皆一半出于父母不知教育的原理。一半出于自己心无专志。见异思迁。旷废光阴。不能造就。良深浩叹。以上讲的诸端。是从废字上解释出来。你等听来想都明白么。

〔诸生同声曰。晓得晓得。

秦 你等上过修身课的。还记得否。有一课说道。人皆知以食御饥。以衣御寒。莫知以学御愚。故年幼者必勤于学问以修其性。父母养其子而不教。是不爱其子也。父母教而不学。是子亦不爱其身也。虽学而不勤。亦不爱其身也。是故养子必教。教则必严。严则必勤。勤则必成。此一课讲解。前已说过。大凡人家父母有子。必教他读书。读书必要勤谨。无有不成名的。所以李太白见人将铁杵在石上终日地磨。磨之不休。大为骇异。向前问他。磨此铁杵。作何用处。那人回答。欲在此石上磨成一针。李太白听了。顿然一呆。想这铁杵粗笨的东西。焉能磨得成一针。再看他不迟不疾地磨。却不厌苦。李太白到了那时。恍然大悟。想我少年读书不成。废弃已久。尚不如那磨杵的人。用功不懈。就不胜自怨自艾。回到家中。将束之高阁上的书籍。重新勤勤恳恳地读起来。卒致天下闻名。到了今世。无论男女老少。个个晓得李太白的姓名。有了历劫不磨的名誉。这就是先废后勤的功效。你等想勤废二字。关系何等重大。

〔立掩头摸耳。忽听场外下课铃声响。顿现笑容。诸生遂行下课礼出堂。秦亦出同下。

第三幕　顽　哄

〔平攸负书包上。

攸　暑假已满。今日开学。须索早去。昨知此回考课。平均分数。竟有百分。先生列为甲等。私心窃喜。又承秦先生另眼相看。循循善诱。受益良多。我当勉力勤奋。莫负秦先生一番看待。

〔攸作迂回绕场行走。

〔傅立同诸生负书包喧哗杂上。

立　前面走的是平攸呀。他比我更早。平攸慢走。我等同进学堂。

攸　（驻足与立等相见）如此先请。

立　且慢且慢。我来问你。此回暑假考课。听说得了百分。你心里快乐不快乐。

攸　有何快乐。凡我等读书。不在乎分数多少。在乎自己脑力肯用不肯用。

立　可恶可恶。你来笑我在学堂不肯用心。你独得先生欢喜。你不过做工人家的人。竟敢当面嘲笑他人。

攸　此言差矣。我何尝来笑你。你自己误会了。你说我是做工人家的人。此言如何解释。弗要欺侮人家。

甲童　说起人家。你比了傅立。真如天差地远。你的老子。一日不做。一日不活。傅立的老人家。一日有几十块钱的进款。我劝你迁就点罢。他身边袋袋内。袋满了吃的东西。教他给些你吃好么。

攸　（正颜厉色曰）休得胡说。我岂是贪他吃物的人。你说我家不及他家。也不过有了几个钱。有何分别。我家做工。亦是四民之一。清白傅家。不愧立于人世。你切勿欺贫重富。

立　嘴倒凶得厉害。你仗着秦先生看得起。就敢在同学面上这样摆架子。真真可恶。

乙童　你嘴果然是硬。只怕你的头不硬。

〔回头与立等窃窃私议。

立　阿攸。弗要较量唇舌。我们今朝不必到学堂。同你到城隍庙里去看戏罢。

攸　我不去看戏。况且今朝开学。上学要紧的。

〔诸生曰。弗要装腔作势。来、来、来。一淘去。遂群起作牵扯推送状。

攸　莫动手。莫动手。我自不愿去。那有相强之理。

丙童　我们好意教你去。你偏不去。是不受人抬举的东西。

〔群起拳足打踢。

〔攸作左右躲避状。

〔立作在攸背猛击一拳状。

〔攸作合扑在地大哭状。

〔秦好雨执纸扇端步上。

秦　那边一群儿童。何事在此胡闹。

〔行近见是本校学生作惊异状，口发叱声。

秦　你等在此。何故喧闹。

〔立等回头见秦急忙逃走下。

〔秦曲身扶攸起立。

秦　呀。原来是平攸。何故跌在地上。

〔攸见秦行鞠躬礼饮泣揩泪状。

攸　秦先生。我今朝知是开学。由家中走到此间。会见傅立等。教我一同到学堂。他说我考课分数多。大为见恨。又说我家是工人。出身微贱。又要硬扯我去看戏。我不愿去。就此被他几人打倒在地。若不是先生到此。我不知要吃多少苦头咧。

〔作呜咽不住状。

〔秦作痛惜状。

秦　平攸。你虽吃些小亏。尚无妨碍。以后如再见此等同学。切须远避。来随我到学堂。此回须将彼等记一大过。以儆将来。汝不必哭。不必哭。来、来、来。

〔秦同攸并下。

第四幕　途　觏

〔平百川含笑得意上。

平　今年生意还好。身体尚强。忙得来日夜工作所得盈余。足供温饱。更喜吾儿阿攸上学以来。不觉三年了。多承诸位先生十分要好。不厌教诲。闻得大有进步。我心甚喜。昨夜忽然发寒热。今朝尚未起来。想他一年到头。从未偷懒。今既有病。不免教他告了病假罢。

〔攸病容作疲倦状负书包上。

攸　父亲。我到学堂里去了。

平　阿攸。你昨夜发寒热。今日想未凉清。免到学堂。我今早本来有事往东。趁便弯到学堂。替你告个病假。你仍旧到床上去困罢。不要吹了风。

攸　父亲不必告假。我寒热已凉清。到学堂读书。是不妨事的。

平　不要相强。你一年中从未告假。即此一次。想先生决不见责。你好好的去困罢。

攸　儿怎敢不听父亲吩咐。因为发些小寒热。也不要紧的。照学堂规则。倘若缺了一课。这分数就要少的。做学生最要紧的是分数。所以不敢缺课。

〔攸作强振精神状。

攸　父亲。你看我昨夜虽发寒热。如今与往常一样了。请免挂心。我是必要去的。

〔攸即向前欲出门去。

平　阿攸。你既一定要去。我本来也要经过学堂。同你一起去罢。

〔平父子遂出门走。

平　你看天色尚早。市上行人不多。你要吃点心么。我好买些你吃。

攸　儿吃不下。不要买。

〔傅伯纯仓皇上与平百川对面相撞，平退下瞬眙视傅面。

平　我道谁人。原来是傅先生。何故一早出来。如此慌忙。

傅　得罪得罪。自不小心。有此冲撞。

平　并不妨事。何须客气。实在何事。

傅　唉。不要说起。吾家阿立。昨夜弗曾回来。不知又到谁家去赌钱。故此一早出来打听。岂不令人气煞。你们父子何往。

平　阿攸昨夜发了寒热。今朝必欲上学。我趁便送他到学堂里去。

傅　如此说来。教人羡煞。使我愧煞。

平　不必怀忧。想令郎少年性情。未免受人引诱。只需警诫一二。自可改过的。

〔平作别与攸下。

〔傅呆立怅望平去。

傅　何以别人家的儿子。生得如此好。

〔抚胸顿足疾下。

〔傅立同坚鹏怀三少年谈笑上。

立　坚哥。夏里的夜正短。只叉子八圈。天已明亮了。

坚　是呀。实在不畅快。

立　李家的场子甚好。点心也讲究。饭菜烧得来也好吃。停几天。我同你再去白相相。

坚　算数未哉。须早一日约定。

鹏　立哥。李家的场子虽然是好。头钱也太大了。

立　只要适意。头钱上多一点。也不算什么。

怀　老立。你昨夜有一副。不看看台面上筒子。各人紧煞。不应该打出七筒。倒快活了老坚那边。成了一副筒子清一色。害了我庄家输了十几块洋钿。你以后上场须要用点心思。不要像如此瞎七搭八格乱斗一炮子。

坚　是呀。是呀。你我都是一起人。倘后逢著子生客。你若照此斗法。要吃大亏哩。

立　并非我是好户头。因为斗牌的日子太少了。所以尚未精明。以后须多斗几场。不怕你们不说我狠呢。

鹏　闲言少说。点心店想已做市。我们去饱一饱肚皮。然后到家里去困大觉罢。

立　好格。好格。

〔傅伯纯怒容暗上在阿立背后大声怒骂。坚等作隐闪状下。

傅　小畜生。你一夜不归来。又到了谁家。你娘气来一夜未曾睡着。你日里头勉强到学堂厮混。一无进境。夜里头又不守家庭规矩。你如此行径。何以对得起父母。我恨不得将你一拳打死。

〔作恨恨状。

〔立两目瞪视不语亦不行。

傅　小畜生。你还不肯回家么。

〔举手向阿立作欲打状。

〔立回头急行。

〔傅亦追上在路绊跌忽发痰疾喘咳不已痰拥塞死去状。

〔平百川回原路见一人卧地上。

平　呀。何人困在地上。且去看来。（俯身细视）

平　呀。原来是傅伯纯先生。

〔呼唤再再伯纯作醒状。

傅　气死我也。

平　傅先生何故跌在地上。

傅　言之羞人。

〔平扶傅起作摇摇喘咳无力难行状。

平　傅先生。莫非痰病猝发跌倒的么。

傅　不但为此。

平　如此我来扶送你回府。

傅　多蒙平司务要好。有有有有累了。

〔平扶傅喘咳同下。

〔立者。劣也。劣而与坚奸鹏刁怀坏三人为友。诗曰。比之匪人。其愈趋愈下也必矣。凡为学生者其勉之。

第五幕 培 才

〔秦好雨上。

秦 时光易过。今日又是放年假了。四年级生。例须毕业。考核各科分数。平攸又占最优等。此儿禀质。亦不过中人以上只因肯用心。能守规则。在本乡各校中。是不多见的。

〔向内取出书本笔墨等奖品。

秦 时已九点钟了。且到课堂。学生等当已到齐。

〔上课堂将奖品陈列桌上。场外铃声摇动诸生。

〔同入礼堂排二行对行鞠躬礼。傅立在最后。

秦 平攸。你进得学堂。已四年矣。尚肯勤谨读书。颇有进步。对于父母。不愧一番的期望。对于本校。不愧人称的一个好学生。我也无量欣喜。此次考课分数。你又最多。故此特别加奖新字典一部。(将书授与平攸)

攸 谨为受领。

秦 赵生。你虽不及平攸。能尽学生本分。固难多得。奖你普通尺牍一部。(将书授与赵生)

秦 钱生。你作文不肯苟且。奖你最新唱歌书二本。(将书与钱生)

秦 沈生。你算学从无差误。奖你小楷法帖一本。(将帖与沈生)

秦 李生。你文算二科。差强人意。奖你笔墨一副。(将书墨授与李生)

〔秦向后见傅立低首现忸怩状。

秦 傅立。你在此亦是四年。不过虚度光阴而已。年虽得进。于学反退。故不能与四年级相提并论。不知你有愧悔心么。皆因你平素告假日多。即使到得学堂。也不肯真心习练。下得课来。必在操场上胡行乱道。全无做学生的道德心。来年须要痛改前非。专心科学。力追来者。庶可不堕你的家声。我视学生本无轻重。今日放假。发此一言。你务必铭记于心。莫负了我一番好意。

〔立更觉羞愧无地身立不安。

秦　平攸稍留。你等且退。

〔立同诸生鞠躬退。目视得奖四生喜笑下。

秦　平攸。我要问你。你今年毕业了。等到来年城中高小招考的时候。你须要去一考。想来必定取的。我今独留你在此。为的是甚有希望。也不可误了你自己应做的事。

攸　深蒙先生殷殷属望，做学生的感激万分。因为格于家况。实难如愿。

秦　有何难处。

攸　前日曾与父亲说起。吾家小本经营。赚钱要紧。倘到高小学校。一年所费。至少要几十块洋钿。更难措置。

秦　此为经济问题。你可毋庸过虑。我自有方法。

攸　父亲又说要我在家同做生活。不愿我再到高小。

秦　你愿意么。

攸　我志切读书。原望进得高小。再读三年。增长智识。然后就相当之营业。既思吾父必欲我在家习业，倘不从父命。究非子道。并且经济一节。委实难筹。为此二端。自难决定。

秦　经济一方面。你不必踌躇。至于你父一方面。我且同你至家。与你父说明个中的好处。就不难解决了。

攸　先生与吾父说明是最好的了。

秦　如此同你就去。

〔秦即出校，攸手捧书随后行。

攸　来此已是吾家门前了。请先生稍停。待我进去告知父亲。

〔秦驻足在场角作等候状。

〔攸进内唤父出。

〔平百川上。

平　阿攸。你年假放了么。手捧的何物。

攸　假已放了。此书是得来的奖品。秦先生此刻同我一起来的，要与你说话。

平　呀。秦先生竟到我家。真真难得。现在何处。

攸　今在门外。

〔平急忙出门见秦行礼。

平　秦先生不嫌吾家龌龊。请进来坐一歇。小儿向蒙先生格外留心教授。我也感谢不尽。

秦　平司务弗要客气。

〔秦进内与平分宾坐定。

〔攸向内捧茶与秦。

攸　先生。请便茶。

秦　何须如此。（即取茶饮）

〔攸侍立父旁。

平　不知秦先生今日光临。有何事情。

秦　因为令郎今年在小学堂已毕业。开年须要进高小学堂。方不辜负他一生的志向。

平　秦先生哪里得知。我们人家。在小学堂毕业。已属万幸。断不望再到高小学堂。并且家中人口不多。阿攸年已十三岁了。也可替我一点心力。还有一层。若到高小。非有钱人家。不能做得到的。

秦　平司务。你的心事。早经令郎说知。但不知人家子弟。有志勤学。必须进高小再读三年书。然后出来。不拘习何业生意。人人看得起的。你何必一定要他习此劳苦的事业。且一年所得微细。

怎及得高小毕业以后。所进必定大商家。只需二三年。就有薪俸。往后办事得法。薪俸倍增。可以养家糊口。你的本业。尽可停手。靠了令郎有钱奉养。下半世的日子。要快乐得了不得哩。

平　我不信有如此好法。

秦　我一世不说谎话。岂肯在你面前说得好听。若说学费及膳宿费。我自愿担当缴付。不用你劳心。唯有书籍操衣等费。一年不过十元之谱。照此数目。想你当可勉力取出。

平　笑话笑话。那里有先生替学生出钱的情理。即我也不敢无功受禄的。

秦　你也不必如此说。我是诚心实意的与你商量。也非我富有金钱。因爱令郎品学俱好。他日必有后福。成人之美。何乐不为。我固蓄意要造就的。

平　如此说来。倘我固执不从。未免有负了秦先生一片热心。亟当遵命。阿攸过来。谨谢先生。

〔攸立向秦先生三鞠躬。

攸　谢先生高谊。

秦　平攸。你今听好了。你父亲已允许。来年进高小。但是暑假中须要温习旧课。尽心研究。到时候。送你去考试。待毕业后。我更要荐你到大商家习业。使你父得知我所说的。句句是真言。

攸　只恐学生无能。难负先生的厚望。是有愧的。

秦　只要你切实做去。没有不成功的事情。

平　阿攸。你到外头去叫碗点心来。请先生用点。

秦　休要客气。我学堂中尚有未了的事。就此告辞了。

〔平父子送秦出门作别。秦下。

平　哈。哈。哈。天下竟有这样的好先生。阿攸。好运气呀。

〔攸含笑同父进内下。

〔贫贱困人。足为普天下怀才不遇者同声一哭。彼无所凭藉而卓然能自立者。有几人乎。平攸固优。秦先生亦不可及哉。

第六幕　巧　拯

〔傅立垢面污衣上。

立　咳。自古说得好。少壮不努力。老大徒伤悲。又道。益者三友。损者三友。我傅立从小不知勤学。又与坚鹏怀三个人。轧子朋友。动即非礼。言总无益。任意胡行。也不受圣母管束。一味的将银钱浪掷。到了债台百级的时候。又向吾父硬要钱。竟将吾父气坏。发了痰饮的旧病。不多几日。就此去世了。

〔搓手作悔恨状。

立　吾母见父亲已死。见我仍不好学。日夜的哭泣。不上一年。也一病身亡了。吾又尚未娶妻。只剩我一人。全无忌惮。一切财产。皆在我手。要用就用。何等自由。嫖赌吃着。件件精工。不到三年。吃尽当光。所有的不动产。也会动起来了。姓了别人家的姓。只留得一间小屋。权借藏身。（作身痒状解衣捉得几虱扪之）

立　现下更觉衣食不周。坚鹏怀三人。见我贫苦到如此地步。非但不肯借几个钱。还要出言嘲笑。偶然见了我的影。便要远而避之。由此可见轧朋友是万不可乱轧的。（作腹中饥饿难忍状）

立　咳。昨夜未曾吃得一碗饭。今日饿得来实在难过。（作捧腹状）

立　我近日听得同学平攸大为得意。在安乐乡振华纱厂中做了经理。一年薪俸。必然不少。倘若看见了。向伊借钱。想来应该肯的。呀，何处有军乐声音。哑、哑、哑、晓得哉。今朝三月初二。是本乡第一校开二十周年纪念会。想是别校来参观的。（作退避在路旁状）

〔学生一队上前列校旗后面军乐吹击绕场一周下。

立　我也要去看看。咳、自顾如此形状。哪能入得会场。（作欲行又止状）

立　且慢。不如到娘舅家中借些钱。买点充饥的东西。再行想法。（作踯躅状下）

〔攸服新马挂长衫手携皮夹上。

攸　一别故乡。不觉又是一年了。今日母校开念年纪念会。承秦先生不忘。寄来通告一纸。是以不得不来。以观盛举。一则可望望先生。送些薄礼与他。二则乘此清明时节。好到祖坟上祭扫。只得暂撇厂中事体。为此一行。（作赶路上）

攸　来此将近故乡了。不禁想起以前在母校的情况。若无秦先生逾格看待。哪里有此一日。又与我担当学费。送到高小。毕业以后。又与我荐到安乐乡振华纱厂习业。忽忽三年已满。我做事总求实在。不肯疏忽。深得杜经理先生欢心。拔置上级账房。又过了三年。本厂又分一厂。在求是乡。因为无人经理。杜先生自到分厂。即将本厂事情。交代与我。教我经手。我亦尽心筹划。年有盈余。又承各股东十分看重。应得俸金以及余利分头。足敷养家所用。即在该乡定了一头亲事。回到家中。劝吾父歇了本业。接了两老。在厂旁租了一所房屋。便迎娶了妻。也好代我侍奉父母。稍尽为子的一点孝心。此皆出于秦先生所赐的。我怎敢忘了受人的德。闻得秦先生近来晚境甚好。可见得好人必有好报的。呀、信步行来。不觉母校已在前面了。（攸作绕行状）

〔立作低首思想漫步状。

立　咳。我到了娘舅家中借钱。可恶下等人竟闭门不纳。无可奈何。只得回来。想到学堂前。看有要好的同学。再问他借些钱罢。

〔攸见傅立来作骇异状。

攸　呀。此人好像傅立。何为弄得来如此模样。（上前招呼）

攸　傅立兄。久不见了。你近来做何事业。何故这等形状。

〔立闻唤作凝神端详状。

立　呀。原来是平攸兄。久违久违。你今朝想是从宝厂中来的么。

攸　正是。

立　攸兄。你近来得意极了。

攸　也不过度日而已。

〔攸再视立上下身。

攸　立兄。我老实要问你。到底何故一寒至此。

立　咳。不要说起。我自己不好。上学的时候。不肯认真。这是你也晓得的。后来又轧错了朋友。皆是有损无益的坏料。在我像吃了迷魂汤。当他好淘伴。轧得来十分知己。哪里得知被他唆掇欺哄。日夜像进了迷魂阵。铜钿像了泥沙。整千整百的用去。也一些不放在心上。因此双亲相继气死。家业荡然无存。又无本事去赚钱吃饭。只落得一副老面皮。向人借钱度日。攸兄。你想如此情形。生不能对于亲戚。死不能对于父母。苟延残喘。将填沟壑。我今日见了你。想起前情。教人愧悔。也来不及了。（作掩面痛哭状）

攸　立兄且免伤心。实不知你心中究属懊悔么。

立　我今苦头吃过。世面上的人情。也阅历过。哪有不生懊悔的道理。

攸　如此你一定决意了。

立　铁打的决心。万不会消灭的。

攸　我的厂中本缺监工一职。若不嫌小。就明日好同我进去。

立　攸兄又来了。我能够有碗饭吃。哪还有嫌好嫌歹的说话。

攸　甚好。（从皮夹中取出钞票一纸与立手）

攸　此钞票洋十元。你取去。到市上置办些衣服等应用之件。明日一点钟等在西市梢一家茶馆中候我。一同到安乐乡。切弗误事。

立　决弗有误。（向攸致谢作感激涕零状）

攸　时候弗早了。我要到校中会会秦先生。还要看此回纪念会。比了前十周纪念。兴味如何。（向立作别）

攸　立兄。明朝会罢。

立　再会。再会。

〔攸飘然下。

立　有幸呀。有幸呀。实在有幸。今日得见平攸。不念旧恶。竟肯援手。如从大海中得登彼岸。想明朝到了厂中。须要实力办事。不可负了他深情提拔。（作顿足状）

立　咳。我当初轧子平攸朋友。何至于弄到如此情境。（将钞票反复审视状）

〔立哈哈大笑下。

——完

原载《妇女杂志》2 卷 1—5 号（1916 年 1 月 5 日—5 月 5 日）

人力车夫

（短剧）

陈　绵

人物

李二　人力车夫
李氏　李　　妻
红儿　李　　女
秃子　李　　子
学生

布景

李二家——一间破屋子的里面——左面，一个临街的板门——右面，靠墙一个土炕，炕上铺着一领破席，里边一个用破麻包卷着的铺盖——正面墙上，高高的一个小窗，窗纸已经破碎，窗栏也有几根折断的——左角，一个柴锅，炳台是用黄土堆的，上面放着些罐子、碗、盆、筷子，炉口已被炳烟熏黑，土作的烟筒也裂了缝子，屋顶、墙上都熏成了棕色——当中，一张桌子、两三个板凳一个瓦盆——墙角上结满了蜘蛛的网——屋中是黑暗的，只有几缕阳光从小窗和板门上的缝里射进来。

（附注——剧中“哎！”字是京白应词，不是叹词）

李氏　（坐在炕上，做着活计）红儿呀你！该买药去啦！

红儿　（在桌旁洗着衣服）哎！（走到李氏旁边）

李氏　（从怀中摸出一把铜子，先拿一个给红儿）买一个子儿大腌萝卜——（又拿八个给红儿）这八个买两斤杂和面儿来，快喳呵！

红儿　（伸手接钱）哎！妈再给得一个子儿，买点儿线。

李氏　（拍了拍怀）嗐！哪儿还有啦！孩儿呀！这回存了十二吊钱，连昨天你爸爸挣的五吊钱，一共是十七吊，你爸爸昨天晚上才买了件棉袄。你们身上穿的是去年的，存着没敢给你们当了。我跟你爸爸的棉袄，是今年夏天你跟秃子病的时候当的，直到昨儿晚上你爸爸才穿上棉袄，我的棉袄还不知在哪儿哪。嗐！这日子怎么过！你等你爸爸回来再买罢！

红儿　哎！（低着头出去了）

李氏　（向炉边望了一望，要起身下炕）哎哟！柴火也没有了，我还得捡柴火去。（听见外面有人嚷着玩）秃子！秃子！你回来啦？

秃子　（在后台里面）大中华民国万岁！大中华民国万岁！（推着门进来，挑着一个卖茶的小担）是我！妈叫我干么呀！

李氏　（仍坐在炕上）你刚才嚷的什么？

秃子　（把挑子放在地上）我听大街上的学生嚷的。今天街上的学生多极啦，都拿白旗子，排着队走。我同隔壁的狗儿，我们还拿着棍儿给他们举枪立正来着呢！我竟听说什么“福建！

杀人！……”

李氏　真个的这是怎么回事！等回头你爸爸回来，咱们问问他。你先给我捡柴火去！你这半天卖了几碗茶？

秃子　卖了十二碗，六个子儿。我花了一个子儿，买糖吃啦，还剩五个子儿。

李氏　你这孩子！快拿来给我罢！刚才你姊姊要买一个子儿线都没有。捡柴去罢！好孩子！拿罐子打点儿水来！等你姊姊回来，咱们好蒸窝头。

秃子　哎！（拿了罐子，跳着出去——在后台里面）姊姊！你回来啦！你看见学生过队了么？

红儿　（在后台里面）看见了！天不早啦，你快去打水去罢！（走进屋里）妈！今天杂和面儿涨了价儿啦，卖五个子儿一斤啦！（把手里拿的大腌萝卜和一个白纸包放在桌上）

李氏　（下了炕，走近桌子）他们说："今年庄稼不错！"怎么会涨了价哪？

红儿　我听米铺里的人说："米都卖给了外国，带的连杂和面儿都贵啦。"

李氏　嗐！真正要我们苦人的命啦！

秃子　（抱着柴，提着罐，笑着进来）水打来喽！（把罐放在桌旁，把柴放在锅边）

李氏　（帮着红儿倒水，和面）秃子！这儿没你的事，你再上街上卖一会儿茶去！带看你爸爸回来没有。（对红儿）真个的，你爸爸怎么这时候还不回来？

〔秃子挑着挑子出去。

红儿　许是跟上回一样，今天我爸爸准有好买卖。那天我爸爸不是天黑了才回来？那一天不是挣了十吊多钱么？

李氏　那么咱们先熬点粥，喝着。

〔李氏红儿点火，熬粥。

李二 （一个学生扶着，跑了进来。手里拿着一节折断的车把，头上，流着血，慢慢地坐在炕上）哎哟！……

李氏 （脸色变白了，颤着说）你这……这是怎么一回事？（颤着，撕下了衣襟，替李二缠头）

李二 （喘着）我让汽车给碰啦！巡警看着汽车跑……没一个人管我……多亏这位先生……好在离家近，扶——我回来……嗐！这个年头哪儿还有穷人走的路……嗳！红儿跟秃子的妈呀！我今天怕是活不成啦……你们好好地过罢……嗳！秃子他哪儿去啦？……

李氏 （哭着，大声地）你别瞎说啦，不要紧的！秃子卖茶去啦！（对红儿说）红儿！你叫你兄弟去！

红儿 （擦着泪，开开门，遥指着外面远处）哎哟！妈！您快来看那不是秃子！壶破了，水流了一地！一个大兵还在那里踢他！

〔李氏各人都向外看。

完

原载《新青年》7卷5号

午饭之前

（独幕话剧）

田　汉

人物

母　亲——五十六岁。

大　姊——二十四岁。

二　姊——二十二岁。

三　妹——十五岁。

邻　女——十六岁。

邻　童——十五岁。

时　间　现代

地　点　某都会之郊外

布　景　右为对外面之门，左为对内室之门，正中有窗，窗前有书桌，桌上有书和妆镜等，左有锅灶火炉，右有卧榻箱柜之类。

〔窗外太阳旺旺地射进来，三妹坐窗前补衣，火炉中还煎着药。她的眼睛微红，像昨宵没有睡得足似的。忽闻窗外呼“三姑娘！”“三姑娘！”之声，忙推窗外望。

三妹　谁呀？怎么没有见？哦，妙姑娘啊！躲在那里做什么？你怕我看不见你吗？快到我家里坐坐，来来！

〔邻女在内：“不进来，我有事去。你妈妈好了些吗？”

三妹　今天早晨好了些，现在正睡着了。

〔邻女：“你大姊在家么？”

三妹　不在家。今天是礼拜日，她到教堂里做礼拜去了。只有二姊姊在家。你今天穿起那样好的衣服到哪里去？

〔邻女：“你猜！”

三妹　到外婆家里去？

〔邻女：“不是。”

三妹　上城看亲戚去？

〔邻女：“不是。”

三妹　那么到哪里去呢？

〔邻女：“我告诉你罢，到仙姑庙看戏去，今天仙姑庙有很好的戏啊。陈家细姑娘也去了，张家杏姑娘也去了，你去不去。我们俩一块儿去不好吗？”

三妹　（一时雀跃忽呈阴郁之色）好是好，可惜我不能去。

〔邻女：“怎么不能去呢？哦！你妈妈病了。那么好，明天咱们同上城看马戏去罢，我一早来邀你。

三妹　明天恐怕也不能去。

〔邻女：“三姑娘你不是好久没有同我们一块儿玩吗？明天同去看一上午马戏有什么要紧呢？你妈妈不是好了些吗？”

三妹　想是想去，可是我……

〔邻女：“你怕没有衣服穿吗？不要紧的，你把你大姊给你的那件衣服改一改样子就好哪。”

三妹　我正在这里改啊，（取衣从窗上示之）你看！这个样子好不好？

〔邻女："很好，很好，你快些改，我明天来邀你，今天有偏你，我要去了，戏场里开锣了。"

三妹　好，你去罢，记得买些包子饼子给我呀！

〔邻女："记得！记得！"（去了）

〔三妹依然坐在窗头专心改衣。已而又闻左室中二姊呼声。二姊在内："三妹！"

三妹　嗳哝。

〔二姊："药煎好了没有？"

三妹　煎好了。

〔二姊："煎好了就快些倒来，妈妈醒了。"

三妹　噢。可是，二姊，你把妈妈扶到这边房里来坐坐不好吗，妈妈有好几天没有起床呢。

〔二姊（在内）："妈妈。到那间房里去坐坐，好不好？那间房里阳光好些。

母亲　（在内）也好。不晓得走得动不？你扶我走走试试看。

三妹　（走至门口）妈妈今天的精神比昨天好多了呢。（赶去安排椅子）快来，快来。（至案头，忽击掌如有所得）哦。（急出右门外出）

〔二姊扶母登场。

母亲　果然这间房里亮些。在那间房里住久了，连心里都要阴郁些。啊呀好太阳！你把窗子开开看。

二姊　妈妈病还没有大好，恐怕冒了风呢。

母亲　有这样的好太阳，不要紧。

二姊　（开窗）今天真是好天气，好像春天里似的。

母亲　你三妹呢？

二姊　（至窗前）三妹！三妹！

〔三妹（在内）：“嗳哝。”

二姊　你在那里做什么？快来！

〔三妹（在内）：“就来了。”

二姊　你在那里折梅花吗？不要上去，小心会跌了。摘那底下的那一枝就够了。

〔邻童（在内）：“喂哝！不要折我们家的梅花。是谁在那里折啊？是谁呀！岂有此理！”三妹：“我啊。”邻童：“谁呀？啊！三姑娘！你不要上去，招扶跌了，等我来替你折。你要多少？”三妹：“我只要一枝。”邻童：“好，你下来，等我上去。这一枝好不好？”三妹：“好。”邻童：“三姑娘，这一枝更好些。”三妹：“哦，多谢。”邻童，“喂哝！你闻闻这一枝多香啊。”三妹：“张大哥！已经够了啊。”邻童：“你闻闻，香不香？”三妹：“自然是香的。”邻童：“那一枝特别香！”

二姊　（由窗头回首望母而笑）他们两个小孩子真有趣啊。

母亲　（微笑）我听了他们那种愉快的声音把病都忘记了。

〔三妹：“张大哥，不要折了！多谢你，已经够了。折多了一会儿你爸爸会骂你。”邻童：“不怕。我折了这两枝就下来。”三妹：“要小心些！哎呀！把我骇坏了。差一点儿就要摔到池子里去了。”邻童：“哪里！对门山上那样大的树我都能上，何况这样小的树。给我，我替你送回去。”三妹：“不，我自己拿回去。多谢了你。”邻童：“三姑娘，你不到仙姑庙去看戏去呀？”三妹：“我不能去，妈妈还没有好。”邻童：“我到城里去。你又托我检药不？”三妹：“明天再请你罢。”邻童：“你呢！”三妹：“你替我带两支石笔回来好不好？”邻童：“好，我去了。”三妹：“张大哥！多谢多谢！”

二姊　啊！香得好！

三妹　（在窗外）妈妈呢！哦（急从右门入至母前）妈妈！你看好梅花呀！真是香得爱人。

母亲 （含笑拈花）好花！我刚病的时候那株梅树还没有打苞儿，怎么只隔得十几天，就开了这样好的花！（随手折一枝替三女戴了）快把它插在瓶子里。

二姊 （早已倒好了药）妈妈，药倒好在这里了。这付药很好呢。

母亲 好是好，就是太贵，吃了这三贴以后可以不必再检了。

二姊 陈先生不说至少要吃六贴吗？

母亲 陈先生虽是那样说，可是这样贵的药，我们哪里吃得起。俗话说得好“有钱钱挡，无钱命挡”，我还是把命挡了他罢。

二姊 妈妈你老人家又是这样说了。我们三个姊妹怎么样没有能力，也决不使妈妈病了连药都没有。

母亲 因为我害病以来把你们的工钱用去不少了。弄得你们没有愉愉快快过一天。心里不知怎么难过呢！

二姊 妈妈，独不想我们做女儿的有工钱养妈妈的病呢！也是一桩很愉快的事吗？

母亲 但是你的妈妈心里总是难过的，总觉得为了我这样一个不中用的人，误了你们姊妹！

二姊 妈妈，哪有的事，妈妈辛辛苦苦把我们姊妹养得这样大。我们三个合起来奉养一个妈妈还不应该吗？

母亲 咳！假使你们三个都受了很好教育，有了很好的人家，那么我在你们三个人家里走来走去，又几多得意。可是天不从人愿。你爸爸一死，得我只手空拳养你们三个人。当时有几多人劝我把你们三个人送给人家做小媳妇去。我定不肯，我说：“我的女儿是不轻易给人的。”他们笑我说：“你的女儿要嫁给王孙公子？”我说：“我的女儿虽不必嫁给王孙公子，至少总得嫁给够得上爱她们的人。”所以后来我拼命地教你们。但是你妈妈不过从前在家里读过几本书，有什么大学问可以告诉你们呢？加上你爸爸辛苦半生却遭了那样大的祸死了！弄到于今你们三个姊妹的婚姻还是高不成低不就的。你看你的妈妈如何不着急呢？

二姊　娘不用着急了。我们一点也没有怨恨你的意思。我们虽然穷得这个样子，还是不肯走我们极容易走的路，也就是娘的教育的好处。就说爸爸罢，虽然没有留给我们一点财产，但是他老人家是为我们阶级死的，他那种精神就是我们姊妹的财产了。我们姊妹对于老子娘总是感谢的。

母亲　可是你们到现在还没有好人家，你妈妈总不放心。

二姊　妈妈你老人家那样想你的女儿们离开你吗？

母亲　我自然是想你们都住在我的身边，可是你们终不能在娘身边做一世女。并且我看见你们平日把黄金似的青春丢在工场里，想起我做女儿的时候的情形，真要替你们哭呵！你的妈为了这事比自己的病还要着急。

二姊　妈妈，你老人家不必为我们着急，现在好生养息病罢。我们有了心爱的人自然会结婚的。现在所愁的是我们大家怎么样去解决吃饭的问题，怎么样去找出路。那一些不很紧要的事，等有了工夫再说吧。药冷了，三妹，端给我。妈妈吃药吧。

母亲　（吃药中）你的大姊怎么还没有回呀？

二姊　她没有吃早饭就到教堂里做礼拜去了。

母亲　她今天怎么这样早就去了？

三妹　她说她顺便要到伊师母家里去。

母亲　哼。伊师母对她总算好。

三妹　可是她家里那位大少爷真是个讨厌的人。

母亲　怎么讨厌？

三妹　前回我同姊姊上他家里去的时候，他站在门外涎皮搭脸地望着姊姊。我坐了一刻子便把姊姊拖出来，我怨姐姐怎么要到这样的人家去！姐姐叫我不要乱说话。她说他的儿子虽然坏，像伊牧师、伊师母那样的人，是很难得的。但是我觉得他们一家的人都讨厌。

二姊　我独恨那些传教的牧师神父，我连姐姐信教我都不赞成。前回那些牧师们到我们工场里来传教，我和林三哥就首先反对。

母亲　不过你的大姐，也难怪她要信教。她是那么个弱的性格，从前又有那样不幸的事。……她安排受洗礼的前一晚，还对我哭着，说她非拉着耶稣基督的手，就不容易生活下去哩。阿嚏！（接着咳了几声）

二姊　哦呀！妈妈不要伤了风，还是到那间房里睡去罢。三妹你快去把被窝铺好，我扶妈妈来。

〔外面门响。

三妹　哦，大姐回来了。（急出）

〔大姊偕三妹上。

大姊　妈妈，我回来了。你老人家在外面坐吗？

母亲　刚才起来吃药。她们要我到这间房里坐坐。今天天气很好，我也像好了许多似的。

大姊　那么，真是托上帝的福。我这几晚不知道怎样替妈妈祷告着呢。

〔二姊扶母欲下。

大姊　妈，还坐一会子不好吗？

母亲　我已经坐久了，并且又伤了一点风。

大姊　那么还是去睡的好。

〔共扶母入左室。母亲："我刚才多说了几句话，很疲倦了。好！你们去，让我睡一下。"大姊："三妹，你把窗子关好。"三妹："嗳唻。"大姊、二姊入右室。

大姊　（往案头一坐，烦闷欲泣）……

二姊　（细声）姐姐怎么样？钱没有借到吗？

〔悲极欲泣又恐母闻。

〔三妹上场。

三妹　姐姐！什么事？

大姊 （三妹伏在她的膝上望着她，二姊捻着她的手……又泣）

二姊 姐姐！什么事呢？钱没有借得不要紧，我还有法子想啊。

大姊 单止没有借到钱还没有什么要紧……咳！我不知道我为什么一生信赖人家，总给人家骗了。

三妹 姐姐！到底是什么事呢？谁又欺负了你吗？

大姊 你们不必问。这件事总是神的试验罢。

二姊 姐姐，你快讲给我听。我若知道是谁欺负了我的姐姐，我决不容他！

大姊 二妹，你不必替我着恼，这些人都是没有真懂得基督的教训的人，你姐姐饶恕了他们了。

三妹 那么你姐姐又说人家骗了你呢？

大姊 因为太使我难过了啊。

二姊 大姐，到底是谁骗了你呢？

大姊 你要说你饶恕了他们，我才肯告诉你。

二姊 是可饶恕的事，自然可以饶恕他们。

大姊 那么，我还是不说。我与其使你们心里起一种恨心，不如我心里保藏着这种苦痛倒好些。

二姊 好！我依着姐姐的话饶恕了他们罢。你快快告诉我是怎么一回事？

大姊 我因为我们的工钱用完了，妈妈的病还没有脱体，加上人家都安排过年，我们家连房租都不能给，没有法子，只好又找伊师母借钱。伊师母答应我今天有，所以我今天做完礼拜就到她家里去。伊师母和伊牧师都满口答应了，但是不肯就给我。伊师母说："我很晓得你家里的苦楚。你们一家的生计专靠你们三个女子做活是不成的。你们母亲的病专靠中国医生也不好治的，必须进外国医院。你的妹妹也必须进学堂才是个道理。"

二姊 那么你怎么说呢？

大姊 我说："我也是这样想，可是在家境上做不到也没有法子。"她说："上帝对于你们这样可怜的人，最是怜恤的。现在你感谢上帝的时候到了。"

二姊　那是怎么说呢？

大姊　她说，她和伊牧师商量好了，想把我们的母亲送到耶鲁医院去医病，把三妹送到益智学堂去念书。

三妹　好得很！伊师母真是个好人，我几乎错怪了她了。

二姊　（向三妹）不要闹！（向大姊）那么她要你怎么样呢，姊姊？

大姊　但是她要我依她一个条件。

二姊
三妹　什么条件？

大姊　她要我嫁给她的儿子！

三妹　就是那涎皮搭脸偷望姊姊的那个人？

大姊　（点头）是。她说："这是他们唯一帮助我们的法子。"她对我夸她的儿子人品如何好，学问如何高，并且说："哪怕他是不成的人，只要因为和他结婚，便可以使你的母亲病好，你的妹妹受文明教育，你也应该牺牲的。耶稣基督最大的教训就是牺牲。他因为要代世人赎罪，不惜和强盗一起钉在十字架上。"……

二姊　那么姊姊牺牲不牺牲呢？

大姊　我也正为这个问题苦闷着。

三妹　大姊！大姊！怎么说也别到那讨厌的人家去。我情愿一个外国字也不认得过一世，你无论如何不要信他们的骗也不让姊姊替我们去牺牲。

二姊　是啊，就说娘她只因为病中多用了我们几个工钱心里都不知道多么难过，恐怕也不愿意白糟蹋一个爱女去多活几年吧。

大姊　……起先，我想照这样，可见伊牧师夫妇对我那样好，全是为的这件事。我这命苦的人，又受人家骗了，我气得哭起来，也不提起借钱的话便跑回来了。我自从信教，我的心里从没有、没有比今天再失了平和的，可是现在平和又恢复转来了，我能够饶恕他们了。

二姊　咳，得了罢，姊姊，什么平和不平和、饶恕不饶恕，摆在眼前的是娘的这一付药又吃完了。明天房东又要来催房租了，大家都预备过年，我们家米也没有了。我们今天还是同到工场里去罢，姊姊。

大姊　我们的工钱不是已经领完了吗？

二姊　我们的工钱自然领完了，可是照工场的惯例，每年过年的时候，应该发几块钱做过年费的。若是有发，那么我们不还可以得三四块钱吗？

大姊　那是靠不住的事。早几天他们去要求的时候，彭经理先生不说今年赚钱不多，要停发吗？

二姊　那明明是骗人的话。今年这样好的纱价，有不赚钱的事吗？我们决不能让资本家再剥削我们应得的利益。

大姊　总而言之，我们还是信人的好。

二姊　姊姊你已经受了人家的骗不少了，你还要信人家吗？你受了陈春哥的骗，还要信陈春哥；受了基督教的骗，还要信基督教；受了资本家的骗，还要信资本家吗？

大姊　是的，我是始终相信他们的，陈春哥对我虽不好，我信他的灵魂确是善的，我相信他一定有一天要回到我的身边来的。伊牧师、伊师母虽是那样的骗我，我相信他们是没有真懂得基督的教训，基督是不骗我们的。我相信彭先生的话也并不是信资本家的骗，因为我们若不相信他，势必致大家再去要求，要求不肯，一定要引起罢工，罢起工来，资本家受损失固然不少，哪里及得我们工人受的损失大，比方我们家就得挨饿。我们年纪轻的还不要紧，年老多病的娘也好让她挨饿吗！

二姊　假使是为了大家的利益，那也是没有法子的。我们照老例要求一块钱年赏，已经是极安分的事，资本家是随时预备着把我们做牺牲的。我们不和他们斗争，他们连你最后一粒饭也要剥削去。

大姊　可是，妹妹，我们不是专靠吃饭生活的。我们应该有比吃饭更要紧的精神上的生活。那就是相信上帝的指导。我们忍受什么艰苦决不可怀一点怨愤的心思，因为世间上的人就算没有一个人怜恤我们的痛苦，天上总有一个人会怜恤我们的。我们一想到我们死了之后，我们的天上的父会把我们引到他的面前，抚着我们身上的痛处，揩着我们眼睛里的泪，我们还有什么不能受的苦楚呢？

二姊　我要真能像姊姊这样信，也未始不是幸福。

大姊　（喜形于色）二妹！你若真能信耶稣基督，真是你的幸福，也是我们一家的幸福。基督他正是我们这样穷苦不幸的人们的救主。

二姊　姊姊，可惜我就不相信这个救主。我们要拼命和这个不合理的社会制度斗争，我们不能被人家打了右边脸，又让左边脸给人家去打。我们不能爱我们的敌人。拿我们家来说，我们那样忠厚那样正直的爸爸给敌人打死了，我们苦节的母亲被敌人害得病了没有药吃，我们可爱的妹妹被敌人害得过年没有一件好衣裳穿，我们还非听从耶稣基督的教训，服服帖帖地忍受吗？

大姊　（默然有顷）二妹，你这样相信也没有法子，可是我受不住精神上的烦恼，才逃到基督的后面的。

二姊　我何尝没有烦恼，可是我死也不逃。

大姊　不过你不逃也有不逃的道理。妹妹！你在爱情上总算比你姊姊幸福。

二姊　难道你以为我和林三哥恋爱才参加斗争吗？

大姊　这不是实在的吗？

二姊　实在的，林三哥给了我很好的领导，但是没有林三哥我们就不会干起来吗？我们不是谈这些闲话的时候了。上工场去吧，做年关斗争去吧。回来之后再弄午饭吃。

大姊　晚饭米我到邻舍去借去。今天无论如何还是不去的好。

二姊　你不去我一个人去。

三妹　二姊索性吃了午饭去不好吗！我快点弄饭。

二姊　不！他们约我上午去。我非去不可。好！大姐，你和三妹在家里招扶妈妈，我一个人去。

大姊　二妹，你定要去的时候，就要早些回，假如不肯也不要紧，我们再想别的法子。千万别和他们闹去。你要晓得你的妈妈和你的姊妹在家里担心着呢！

二姊　晓得了，我就回的。（对镜理鬓，至左室视母，出，对大姊、三妹）妈妈睡着呢。我没有喊醒她。那么我去了。

（下场）

大姊
三妹　快点回啊。

〔母在内："嗳！不要出去！大姑娘不要出去！"哭声。

大姊　我在这里啊，妈妈，什么事？

三妹　妈妈什么事？

〔二人急入左室。大姊："妈妈！什么事？我不是在家吗？"母亲："呀！原来是做梦？嗳咴！把通身都骇出汗来了。"三妹："娘刚才做什么梦？"母亲："我梦见许多兵士把我们的房子围了。我把你们藏起，不许你们出去。你定要出去。我连叫你不要出去，只看见你一出去，就被那些兵士捉去了。我就哭起来了。"大姊："哦！娘又记起前年的事了。"三妹："哎呀！妈妈的额头上多么热啊！"大姊："这一定是刚才在那间屋子里受了寒。"母亲："你二姊呢？"三妹："她刚才到工场里去了。"大姊："哎呀！娘身上热得很，三妹！你看着妈妈，我去找陈八先生去。"母亲："大姑娘！不必了。这不过略微受了一点寒，只要别的病不加，是不妨的。你们还是让我睡睡的好，大姑娘，你吃了饭没有？”大姊：“吃了啊。”母亲：“那么你帮你的三妹把那件衣服改好。可怜你三妹过年没有衣穿呢。那个柜子里还有你爹爹一件绒领褂，也可以替她改双鞋面，我若是不害病，老早替她改好了。”大姊：“那么娘好生睡睡。我替三妹改鞋面去。”

〔隔一会大姊、三妹先后到右室。

大姊　（一面剪绒领褂）三妹！你快到铺子里买两个铜子的红白糖来。

三妹　煮姜汤吗？

大姊　是！娘病还没有好，又受了寒，可不得了。先要散散寒才是。前回的老姜还有没有。

三妹　还有一点。

大姊　（给两铜子与三妹）你快去买红白糖去。

三妹　（接了钱便出右门出去）我去了。

大姊　你快去快回。（停剪，沉思，悲来，欲泣，因跪作祷告）

〔邻女在窗外：“三姑娘！”三妹在内：“哦！妙姑娘，你看戏回来了吗？”邻女：“是呀。我回来吃午饭。三姑娘，今天好戏啊，可惜你没有去看。你上哪里去？”三妹：“我到铺子里买红白糖去来。”邻女：“谁受了寒吗？”三妹：“我妈妈受了寒。”邻女：“哦，三姑娘！我买了一些饼子、包子正要送给你。”（时已走近窗外）三妹：“哎哟，谢谢你。”邻女：“你大姊回来了吗？”三妹：“回来了。可是二姊到纱厂里去了。”邻女：“哦，听说今天纱厂里闹大乱子啊！”

大姊　（急到窗前）哦！妙姑娘来了吗？

邻女　（到窗外笑答）大姑娘，我刚从戏场里回来的。你也回家了吗？我刚吃完早饭走这里过身的时候，听说你到教堂里做礼拜去了。

大姊　是，我做礼拜去了。你今天看戏热闹吗？

邻女　热闹得很。那唱……

大姊　妙姑娘，刚才说听见纱厂闹乱子？你知道么？

邻女　我在戏场里看戏的时候，听见许多从纱厂那边来的说：今天有许多工人向工厂里办事的要年赏。厂里办事的不肯，那些工人就要打办事人，现在正闹得不得开交。戏场里有许多看戏的，把戏都不看了，拥到工厂那边去看热闹去了。

大姊　（惊惶失措）哎呀！不得了！妙姑娘，你在路上碰着我的二妹没有？

邻女　没有。我看见人家纷纷往纱厂那边去，骇得我不得了，一个人就跑回来了。

大姊　你进来坐坐罢。

邻女　不，我改天再来，我要回去吃午饭去了。再见。

〔邻女妙将跑去。

三妹　妙姑娘！谢谢你的点心啊。

邻女　那算什么。三姑娘少陪了。（下场）

三妹　有慢了，坐也没有进来坐一坐。（从右门入室）姊姊，快些来吃点心。

大姊　三妹，你的二姊现在不知道怎么样……

三妹　大姊姊，那么怎么办呢？

大姊　我要二妹不要去闹，她偏要去！好，现在又闹起乱子来了。我只怕二妹闹了这一回，厂里一定要开除她。那位林先生真是害了她呢。

三妹　姊姊，这——怎么办呢？

大姊　小声点讲！别让娘听见了。我看二姊也不是不懂事的人，她决不会害起娘和我们着急的。我先把单方弄好给娘吃了，然后煮好午饭等她回来一块儿吃吧。你烧水，我来切姜。

三妹　（烧水）姊姊，我总觉得今天有些不好。假如闹起卫兵开枪了，打了二姊，那怎么得了呀？

大姊　（切姜）三妹，你放心，那是不会有的事。厂里办事的不都是没有良心的人，谁敢做那样残忍的事？并且我们母亲为人这样好，没有儿子，只有三个女儿，上帝绝没有把我们三个人拆散的道理。

〔闻远处枪声。

三妹　（悚然，扯着大姊）大姊，枪响！

大姊　静！

〔又不闻枪声。

大姊　你不要大惊小怪，惊醒了娘。你还是信上帝的好。上帝决不会使我们失望。

〔又闻枪声。

三妹　听！又响！

大姊　（变色强自镇定，又跪地祈祷）

三妹　（抱大姊）姊姊怎么得了。

大姊　别慌！第一别让娘听见了。你只相信上帝，包管二姊会回来吃午饭的。快烧水煮饭。

三妹　姊姊，我总放心不下。哎呀，我的二姊呀！（急至窗前外望）

〔有顷。

〔邻童在窗外："三姑娘！"

三妹　啊！张大哥！快来快来。

邻童　（至窗前）石笔买来了。

三妹　谢谢你！我问你！你听见纱厂里闹乱子的话没有？

邻童　三姑娘，我正要来告诉你，不得了啦！

大姊
三妹　什么事？

邻童　我今天一进城，就听见说纱厂里的工人要求发过年费，不然，就要罢工。将出城的时候，又看见城里开出一队人直奔纱厂，我总问旁人，说是纱厂的乱子闹大了，政府派兵去弹压去了。我同一些人跑到纱厂近边一打听，说这一次工人的代表是个姓林的。

大姊
三妹　呀？怎么样？

邻童　他们大家围着事务室要求费子的时候，工场里的办事人，见那姓林的闹得最凶，就命令卫兵开枪，把那姓林的打死了！

大姊
三妹　呀！

邻童　还打伤了一个工人！于是工人们愤极了，把那事务室包围得紧紧的。那时候有一个从外面跑来的女工看见姓林的打死了，抱着他的尸首大哭，一站起来指挥着那些男女工人，就去攻打事务室，李庶务长出来调解，被他们暴打一顿。那李庶务长又命令卫兵开枪，把那个为首的女工又打死了！

三妹　呀！二姊！

大姊　（急掩妹口）呀，天呀！这不是她是谁！

邻童　我听见他们讲那女工的状貌，也疑是你们家里的二姑娘。

三妹　（扯着大姊）大姊姊！怎么得了！我的二姊呀！

大姊　啊！这是哪里来的话！上帝！你夺去了我们的父亲，现在，现在，又把我们姊妹拆散了吗！我的母亲这样的好人，竟非饿死不可了吗？上帝！不，你这恶魔，滚到地狱里去吧！我要复仇！我要踏着他们的血前进，二妹，你的姊姊来了！（从右门梦游病者似的跑去了）

三妹　大姊！大姊，我也要去！（从右门随去）

邻童　三姑娘！（他也跟去）

〔舞台已空，壶中水煮得大开，红白糖在桌上，姜在地上。

〔母亲在内：“啊，热极了！渴极了！三姑娘！弄一杯茶给我喝！没有茶，倒一杯水给我喝也好。没有听见吗？大姑娘！倒一杯茶给我喝！二妹回来没有？二姑娘！二姑娘！你妈口渴得很。啊，哎哟！热极了！热的发晕啊！你们哪个好女儿快些倒杯水给我喝喝。二姑娘！二姑娘还没有回吗？哎哟！”声渐低。

〔枪声乱响。

原载《创造季刊》第1卷第2期（1922年9月）

阿　珍

艺术剧社第二次公演脚本之一
——献给社会由黑暗转向光明的途中牺牲了生命的成千成万的民众——

冯乃超　龚冰庐

时代：现代。
地点：沿铁路的某城。

人物

阿　珍　十三四岁。发育较早，营养不良，怯懦，沉默……。凡一切营养不良的特点她都有。
父　亲　中年男子。脚夫。阴郁，沉默。
母　亲　神经质，有些 Hysteria 的现象。
地　保　商人模样。四十多岁。

城　长　知识阶级。走狗的傲态。

群众若干人。

布景

一个穷人的住家。

舞台的后方是个通外面街上的门，左后方是通内室的门。中间偏右方有个方桌，旁边放着两张长凳。前面偏右方另外有个长桌，与长桌呈垂直线放着一张长凳。其余杂乱地放着些零碎的东西。右面墙上有个窗洞，窗隔上糊着报纸。开幕时有一抹太阳的光芒照在上面，渐渐移动开去，表示是将近夜晚了。

第一场

登场人物：

阿珍　母亲

母亲坐在方桌旁补一件破衣服，把一个头钻在一只放布片的篮里，不住地找颜色相同的布片。

阿珍从左方的门进来。

阿珍　妈妈，我没有找着二姐，大概她又出去了！

母亲　（突然把头从篮里抬出来）什么时候又给她偷偷摸摸地溜走了呢？女孩子家已经这么大了，成天到晚在外面跑，成个什么体统……家里的事体她总该知道一点了……

阿珍　二姐姐是不会胡跑的，她一定有什么事体啊！

母亲　工厂早就关了门了，还有什么事情呢？……自从你大姐死掉以后，简直一个钱的进款都没有！只有她，一点也不担心事的，成天在外面跑，跑！家里的事情反一点也不来操心，什么都要我一个人来做，那真是管不了这许多啦！……吃饭的倒有这许多人，赚钱的可是一个也没有！你爸爸，已经好几个月不曾有生活做了，拿什么来填饱肚皮呢！

阿珍 二姐姐是去找生活做的，好像她告诉过我的。

母亲 工厂都关光啦，这里的三个工厂早就都关了门了，还有什么生活做！否则我还可以替工人缝些粗布衣服赚几个钱，现在是完了，除非到省城里去，否则什么地方都和这里是一个样子了！……这真是要穷人的命了！

阿珍 大姐姐就死在省城里，是么？妈妈！

母亲 这些年头，怎么过日子？乡下穷到抢树根吃，城里每天要杀人！你的二姐总是一脱眼就溜出去了，真使我担心啊！……阿珍，你可不要出去啊！

阿珍 我不出去，妈妈，我成天陪着你在一块儿好了！

母亲 （苦笑）你们姐妹三个，还算你最听话！你真的能够成天陪着我么？……你的大姐姐就是因为不听话，一定要到省城里去，末了，你看她，死掉了！

阿珍 大姐姐为什么会死的呢？她好好地出去的，她去的时候还是很高兴的哩！

母亲 谁知道！这就叫作人吃人的时候！哪一天晚上都会听见枪声，每天晚上要枪毙好一些人呢！真怕人啊！

阿珍 （急。哭）大姐姐也是给他们枪毙死的么？

母亲 外面的风声一天紧一天了，晚上的枪声更加多了。穷人动不动就被拉出去枪毙！男的就要拉出去当兵！（抽泣。稍停）

母亲 你的二姐姐还偏不听我的话，老是成天跑在外面，你看着罢，将来一定不会有好结束的！

阿珍 妈妈！阿珍总不会跑出去的！（相对凄然）

阿珍 （看见她的母亲过于悲伤了，想把话来岔开她）妈妈！工厂为什么老是不开门呢？

母亲 （停止抽泣，凝视着阿珍，慢慢地说）东也打仗，西也打仗，从上年起一直打到今年，打仗从来没有停过。把些做工的种田的人统统送到前线去死光了。种田的更苦呢，他们辛苦了大半个年头儿，快望到收成的时候啦，兵士老爷会走来把什么东西都踩个精光。……开了工厂原料都没有，做好了东西更没有地方卖，发财的人落得把现钱垫在枕头底下享福！……穷人呢，坐在家里就得饿死！跑到街上去，被士兵老爷们拉着了，送死！这真是个难过的年头啊！

阿珍 （急）那么爸爸会不会给他们拉去呢？

母亲 你爸爸已经有几回险些儿给他们拉去啦！但是坐在家里又怎么样呢，等死么？……我看着你这样真是可怜啊，像你这样年纪轻轻的，你能够知道些什么呢，你犯了什么罪要受这样的苦呢？像你这样的年纪正是跳着，笑着，像城里的孩子们似的，正是背着书包读书的时候啊！……（流泪）

阿珍 妈妈，不要哭，我总不会像大姐、二姐一样的。我什么都会帮妈妈忙的！

母亲 在这样一个年头，什么都完了。什么人都在喊着没有饭吃，什么人都反对打仗。假使再这样捣乱下去，谁都要饿死了！可是外面还在打仗！打仗！打到一粒米也没有了，还是要打，还要捐了钱来打，还要一家一家把男人拉出去打，真不知要打到什么时候才算数！……（突然似有所悟，声音更大了些）怪不得多少种田的人要聚起来闹事了！他们再不出来闹，再不反对打仗，真不知道要弄到什么一个地步了！但是他们反对打仗就是共产党，要枪毙，杀头！……穷人真不能过日子啊！

阿珍 也许慢慢地会好起来的，妈妈！

母亲 每天都是这样，每年都是这样，只有坏下去，不从根本上去想个办法，只有一个一个都饿死，饿死！……你看，米已经没有了！

阿珍　每天晚上二姐姐回来的时候，她总要讲一大批故事给我听的。她是知道得很详细的，在这个城里，差不多一大半的人已经在饿着饭了！……饿饭的人大家都要想法子的！

母亲　但是还有什么办法呢，阿珍！我知道有钱人家吃剩下来的米，已经很够我们吃得饱饱了！但是他们只愿意拿来喂狗，还有什么办法呢？

阿珍　妈妈！（兴奋的）已经有了办法了！

母亲　办法？（冷笑）

阿珍　是的，挨冻受饿的人已经聚在一块了，他们要示威！二姐姐说，他们一定会有好法子弄出来的……妈妈，二姐姐是个好人啊，她为着大家在忙，为着大家在跑，她说饿着肚子的人不应该再坐在家里了。她总是关心着大家，可是她自己已经饿得这样瘦了！

母亲　关于她的事体，我也知道一点了，她总是瞒着我跑出去，可是我总还会知道的。……算来，大家已经忍耐得够了！饿，冷，谁还能够再忍耐下去呢？

第　二　场

登场人物：

阿珍　母亲　父亲

父亲掮着扁担和绳索，丧气地从舞台后面的门走进来。

阿珍　爸爸！

〔父亲沉默着，把扁担放到屋角里去。母亲抬起头来看着他，又把头低下去。

母亲 （旁白）怎样办呢？早上起就没有米了！

〔静默片刻。

母亲 米完了呢！

父亲 （丧气地）怎么又完了呢？

母亲 人多嘴多，每天的肚皮填不饱，命总要活的！怎么办呢？

父亲 怎么办呢？以前是火车到了，一队一队的客人，一堆一堆都是行李。过后，火车到了，一队一队都是些兵老爷，背的都是些吓人的东西，盒子炮啦，长枪啦……现在连火车也不来啦，还有什么办法呢？

母亲 睁着眼睛看大家饿死么？现在连赊账也不行了！……谁都和我们一样穷，可不要去说他。自从大女儿在省城里给他们当共产党杀了后，可更糟了！现在我一走到街上去，谁都会跑开去不和我说话了，好像我会吃人一样的！

父亲 谁都是宝贵着自己的生命！可是他们倒谁都很安心地等着饿死！

母亲 连隔壁的王家妈妈、阿金嫂子都不来了，以前都是一天要来两三回的啊！

父亲 当然啊！她们是怕死！可是躲在家里还不是要饿死的！

母亲 那么，到我家里来坐坐又怕什么呢？我们都是穷人啊，我们所谈的还不是些怎么样能够吃得饱肚皮的话么？……虽则她们是怕事，可是像这样的年头儿要把穷人摆布到怎样才算数呢？……

父亲 还有那个地保王福才，这个混蛋！他家里藏着好几十担粮食，他还要卖好价钱！……人家都要饿死了，他却把粮食藏得紧紧的，等到市面上一粒米也没有了，那时候可由他随便抬高价钱了！有人骂了他一句呢，他可以报告公安局捉你去枪毙！……再让这些混蛋放肆下去，那穷人只好饿死了！

母亲　是呀！他见了我的面还要取笑我！……他是靠打仗发横财的，怪不得人家都反对打仗，他还拼命说打仗好，叫人家出去打仗去。

父亲　有一天我总会找着他的！

母亲　谁都会要找着他的……听说这几天城外的共产党已经好几次预备要打进城来了，陈家庄上的围子也修好了，农民协会里的三十几支步枪都擦得亮亮的，公安队也投降到那边去了！共产党真是厉害啊，凡是饿瘪肚皮的都到陈家庄去了！所以昨天忽然又有火车来了，又装了几十个兵。但是这些饿瘦了的兵，除了抢劫以外还不是一点用处也没有么？或许像上个月一样连兵带枪都投降了陈家庄，那才有意思呢！

父亲　城里的共产党也够凶了，他们把泥菩萨打光了，现在要准备烧铁路，打电灯公司了……张老爷的家门口已经请了几个兵保护着了，听说共产党要抢他家里的谷仓呢。这几天连地保那个混蛋也吓得不敢动一动了。

阿珍　店铺子都关光了，真不像一个样子啊！……穷人为着没有饭吃在闹，发财的又怕穷人抢在闹！穷人越闹越多，所以连共产党也越闹越凶了！

母亲　这个城么？它和我一样是饿瘦了！……现在每夜每夜听到枪声，每夜要枪毙几个人，可是人哪里会杀得干净呢！只有越杀越凶了！

第　三　场

登场人物：

父亲　母亲　阿珍　地保

〔地保匆匆登场，带着报复的神气。

地保　真是了不起，了不起的！你们一家子都是共产党！（他们一家人都骇得面面相觑不敢作声了）

地保　好，好！共产党都出在你们一家子！

母亲　是怎样一回事呢？王福才先生！

地保　哼！还要假痴假呆的，怂恿女儿出去做共产党，还了得！……你们的大姑娘刚刚在省城里枪毙，二姑娘可又来了！好，好！生着这样的好女儿！

〔一家人听到二姑娘三字都吓呆了，脸色青白。

地保　哼，示威，讲演，发传单，烧铁路，打电灯公司……还可了得！假使我有这样一个女儿，我白天不得空，晚上也要抽闲把她勒死了！……你们倒放她到省城里去，闯下了这样天大的祸，把名字登在报上，写在斩条上……你们大姑娘上个月寄来五块钱还是寄在我的店里转的啦，我早就告诉你，女人家能够赚什么钱呢？女人家赚钱除非是做妓女，否则就是共产党！你看，究竟我的眼光不差……女人家是要关在家里的，而你们的女儿反倒一天到晚跑在街上，跟着一些不相识的男人东也捣乱，西也捣乱！现在落个枪毙！真是千该万该，报应分明！……佛究竟是有灵的，谁教他们要去打菩萨的？这就叫报在眼前！痛快，痛快！……

父亲　（不耐烦似的）说呀！究竟是怎么样一回事？

地保　你的二姑娘被枪毙了！是共产党！……灭子灭孙的共产党！……有一回我听见人家讲，有一个外国的共产党把他的爷老子亲手杀了，跳上演说台大喊：——你们看，我的老子反革命，我就把他杀了！凡是革命的同志都要和我一样，先把这些反革命的老东西杀了再说！——台下听的人反而都拍手赞成他！你想，共产党连爷老子也要杀的，要得要不得！

〔他们一家人并不去听他，都在啜泣着，到这时候他们都哭出声来了。不过父亲始终是个硬汉，他不住地挥着拳头，要把眼泪抑止下去。

地保　还哭，还哭！杀了倒好，否则你们这些爷老子、娘老子的性命都要保不住了！家里生着一个共产党，真是几代老祖宗做下来的恶事！

〔母亲几次欲说不敢。这一次又要想凑上去说了，忽然看见了地保的凶恶的样子又默着了。

地保　（退出门去。站在门口边感叹地）真是个捣乱的年头啊！连你们家里也出起共产党来啦，连我做地保的也倒霉。

〔地保退场。

第　四　场

登场人物：

父亲　母亲　阿珍

父亲　好了！……好了！……

〔父亲把拳头向空中挥扫着，似乎有很多的话要说，可是一句也说不出来。

阿珍　二姐姐是为了大家的！为了大家的！她每天晚上是这样告诉我的！

父亲　不是给他们杀死，总还是要饿死的！

母亲　二女儿，啊，她为了什么呢？她是勤俭的，她已经好几天不曾吃饭了，她是一个好人，为了什么，她也会被枪毙的呢？……我不懂啊！我真不懂啊！……（更高声）我要大大地喊！她究竟是为了什么一个罪名？共产党，共产党，这仅仅是一个可以用来杀人的名字么？

父亲　声音轻一点罢！

〔他的拳头又不住地在空中挥扫着了。

母亲　人会杀得尽么？

阿珍　姐姐是好人，妈妈！二姐姐真是很好的，她每天会告诉我，这里的人都快要饿死了，假使再这样下去，谁都要饿死了！二姐姐是忍耐不住了，除了像她这样，是一点办法也没有了……她成天在外面跑着，她就是为着这个事情。她是这样说的，她说，与其坐在家里饿死，倒还不如跑在外面为着大家而死来得值得！……

母亲　人杀得尽么？人会杀得尽么？

〔她倒下去。阿珍和父亲扶着她。

父亲　啊，在这样一个年头，还有别的办法么？……无缘无故在路上走都会被捉去枪毙的，这样的事情已经有好几回了！住在城外的不能跑进城里来，假使跑进来的，就是陈家庄派来的暗探！……但是，这些总是蠢而又蠢的事情啊！

第　五　场

登场人物：

父亲　母亲　阿珍　地保　城长　群众若干人

〔群众跟着城长和地保进来。城长和地保不客气地拉着凳子坐下，群众惊奇地站在门口张望着。

地保　真是没有办法的事情，所谓上官差遣！命令是越来越紧了，当然我们大家是不高兴的，我们都是邻居！

城长　可是为着大家的安宁，事情就不得不严厉一些了！现在新出来的命令，收藏共产党的是一家同罪，五家连坐，一城都不得安宁，连我做城长的也要倒霉！

地保　当然，当然！假使不是这样办，那就要糟了，共产党这个东西真是非同小可！这些东西还不比土匪强盗！这是大家都知道的，你想，连爷老子都要杀的！……我王福才早就说过了，我的儿子假使是共产党，那就老实不客气，我会自己捧了他的头来奉送给城长先生的！这绝不是我爷老子不讲情面，因为共产党这个东西你不杀他时，他就会来杀你的！所以做爷老子的只好先下手为强！

城长　是呀，这个东西就是最知心的朋友，甚至于父母也担保不得。在这样一个年头，（转向父亲）你平素是很明白事体的！……

地保　我们倒不妨说说清楚的！这是上官的命令。你们的珍姑娘起先和她的两个姐姐本来是在一个纱厂做工的，她的两个姐姐已经都正法了，那就不消说，那个厂里的工人一定都是共产党，你们这里一定是共产党的巢穴！否则，你们总脱不了是收藏共产党！好像，她的两个姐姐已经大家知道的了，珍姑娘又是怎样呢？这有谁知道，谁可以担保呢？虽说她的年纪小，可是究竟“人心隔肚皮”。这个是大家的事体啊，现在上峰的命令又是这样紧急，我们吃了官家的饭，什么事情都是官事官断。万一失着，这真是地方上大家的事情，我做地保的更担不了这个关系！……刚才我和张先生、王先生商量过，最好先打一张禀单到县里去，请县长老爷来公办。究竟是、非、真、假，县长老爷总不会弄错的。这样，免得我们也当灾！

〔父亲始终站在屋角里不动，只是一对发怒的眼睛睁得圆圆的，射着怒火。这时他突然向前挥起拳头来，似乎他想要把这些人赶出屋子。可是接着又退后去，无力地倚着墙壁。

城长　我们走到这里来总是为着好意。我还有一件事情要同你商量，这也是大家的事情。我们的乡里给共产党闹得简直没有办法了！你看，这几天张先生、王先生弄得家门都不敢走出一步了！所以张先生和王先生发起了一个铲共会，就是要铲除共产党！这是大家的事情，把共产党弄完了，自然什么都会好起来的。现在规定每家都要拿一点钱出来开办这个铲共会。你呢，你更应当多拿一点钱出来，因为只有这样，你才可以表白你自己是反对共产党的，你的阿珍绝不是共产党。我们呢，我们好向张先生和王先生、县长面前去说话了！

〔城长拿出捐簿来。母亲看着父亲，父亲低着头。

父亲　天晓得的！我已经饿了一天肚皮了，她们也是一样！米一粒也没有了，还拿什么来捐！

城长　这是我的好意！你既然要这样，那么……

阿珍　那么，没有钱捐是真的！

地保　那么阿珍当然是共产党！

母亲　啊！你们才是些狐群狗党，你们才是该枪毙的！……现在，我什么也不怕了！

〔她发疯似的叫了起来，把阿珍抱着。

城长　（冷笑）这是大家的事情！谁能保得定不生变化呢！

〔父亲始终挥着拳头，丧气地，愤怒地看着这些人。

阿珍　妈妈，妈妈……妈……

群众　啊！……（同声地，悠长地喊了起来）

父亲　我们还可以让这些东西放任下去么？假使我们怕着枪毙，结果是会饿死的。

——幕——

原载《大众文艺》第2卷第4期（1930年5月）

工场夜景

袁　殊

时　一九三一，水灾、失业恐慌、日军占东三省……

景　夜的手工铁工场。

（炉子上正燃着熊熊的烈火，炉边有一个浇水的壶，壶里的水沸腾着，热气从壶嘴冲出。工场里一切凌乱的器具和制作物……）

人　幼年铁工小喜子，老年铁工四爷，青年铁工阿森、李二哥、麻皮，四爷的女儿青姑娘（一个青年纱厂女工），其他劳动者之群。

幕开　小喜子坐在地上正打着一个车轮的圆架。四爷在加煤。静场片时，只有小喜子打铁的声音。

四　爷　咳——，这炉子就和一个人一样，时时刻刻地把这成块的煤朝肚里吞。……烧着，烧着，红的热的火从炉口向上喷，这火力，可以把凉水烧得热沸沸地跳，又能把生铁烧成水……（他拾理什物，准备工作）到底是年纪大了，才上工就觉得没力气了，这样困！妈的，这老命总快完了吧！一生一世拿着一把铁锤，连日连夜赶着做，看着炉子里的煤烧成煤屑，看着自己也一天一天地不中用了！……

小喜子　四爷，人总是要老的，你又发什么牢骚？

四　爷　不，不是发牢骚，小喜子！看你们小伙子们做事比我强，我心里就不好过。

小喜子　啊，我晓得了！你是不是又想起了前天的事呀？——过去了，还想它干吗呢？四爷！做工的生来就不是人，当老班的要把你当猪骂，当狗打那还不随他的便吗？！不过，我看您也别常记在心里。

四　爷　不是说常放在心里呀，你说我在这厂里也做了好几年，从前在永泰厂里也做过二十二块洋钿一个月，——唉，这是我一生做到顶高的工价。——那时我本来也是年轻有力气，做了三四个月以后，你说怎的——那东洋大班把我叫到写字间里去，他说：你很规矩，生活做得好；现在我加三块半钱一个月，叫你做那摩温吧。——起先我倒很吓怕，东洋大班叫你到写字间去总不是“小”事。后来给他那鼻子下长着小乌毛的鬼脸一笑，我才放了心——他叫我当那摩温，他说要是谁闹罢工，捣蛋，就去告诉他，总会有好处的。我那时候想：做那摩温？叫我管理工友；工友做错了事好去报告他，学生意的学徒偷懒我就得拿鞭子去抽，这是叫我去做恶人呀。我想，我王老四靠力气做工过活，恶人可不愿做，让人家叫我“赤老”。所以末，我就说不干。小喜子，你说怎么着？他站起来就照我脸上一巴掌！他骂起来“猪猡，不识抬举！给我滚！”啊，滚！我就歇生意了。这是第一次。再说前天，哪知道碰鬼碰到什么说是股东来视察了，那我不过是比大伙儿手脚慢些个，赤老就说我做工打瞌睡，我不是明明地在取那铁板上的螺丝钉吗！他走过来就一击耳光——。唉，这两次，我死了都不会忘记的！

小喜子　我老实告诉你吧，不要难过了：前天晚上，阿森和李二哥带我去洗澡，他们俩商量过，说几时总要把那赤老做一顿才好；还有，发工钱的时候老是打着算盘，说这个那一天罚五分，那个那一天罚一毛的账房，也得把点颜色给他看……

四　爷　傻东西，这事能干吗？干了要停生意的。不平的事儿我也看得太多了！

小喜子　可是，四爷，这话你可不好说出去的呀。李二哥说过，要是我说给别人听了，他就先得打我……

〔阿森吃醉了酒，李二哥扶着他上场。

阿　森　十二月里个梅花……香……（出台）我爱四爷的青姑娘……

李二哥　四爷，你看他多糊涂，家里给水淹了，他的娘逃难逃到山上，叫他的老弟跟赈灾的到上海来找他，他老弟和逃灾的人，被关在高昌庙一个什么地方，话不懂，路又不识；警察都守着灾民不许出来。上半天他的亲戚去找熟人，看见他的兄弟，跑来告诉他。你说，他一下就急疯了……

阿　森　王八蛋，谁说老子疯了，老子要把娘接到上海来，还要和四爷的青姑娘拜天地做喜事……

李二哥　瞧！就这样，就这样把棉袍子送到押店去当了一只老洋，独个儿上酒店去吃了一个醉，立在马路上拦着汽车要寻死，又说要跳黄浦，阿七跑来告诉我，我把他拉到家里，买了两个铜板的醋给醒醒酒。七说八说，才说好了些。想想厂里生活忙，又扶着来；不来的话，歇了生意就更触霉头了。

四　爷　生活忙，生活忙，妈的反正这还不是东洋人的生活吗？

阿　森　怎么？东洋人？老子要打死东洋人，东洋人的军队在东三省杀了好多在兵工厂里做工的，在哪里，二哥？你不是说东洋人老是杀中国人的吗？打！去打去！……打！

小喜子　阿森哥，东洋人不在这里，你要喝水吗？

阿　森　啊，要！小喜子好老弟，我的兄弟比你小一岁，你今年不是十七吗？我的弟弟是属狗的。

〔小喜子倒一杯水给阿森，接着不吃。

四　爷　从前常听人说，天下一百年一大乱：现在可不是吗？——水灾！水是从哪儿来的？政府有钱不筑堤，山水暴发了，没有法救，乡下人的田地房屋冲淹了，这些劫数都是叫穷人够受的！

阿　森　啊啊，我家里的房子淹到屋顶了，我的娘，我的妈妈，她老人家苦了一世，可有什么法子呢？（哭）穷人不能过活，穷人只有死！二哥，你告诉我，快告诉我！我怎样去救我的母亲呢？我的母亲怕已经淹死了哟！……

李二哥　阿森，静一静，伤心有什么用处呢？

小喜子　赈灾的总会有办法的。

李二哥　屁！别做梦！救灾的发的是烂了臭了的馒头，给你吃了该是叫你生病！逃到上海来的那些灾民，又是犯人样的叫你坐牢！

四　爷　救灾，那天没有听见说吗？——救灾会里的什么鸟科长坐汽车轧死了人，要他拿出二十块洋钿买棺材他都不肯……后来又听说那家伙就是专门做赈灾生意的。

小喜子　赈灾是救人，怎么好做生意呢？

四　爷　小孩子！那就是说他把赈灾的事当官做，为自己捞钱，把大伙儿灾民的性命当玩意儿！

阿　森　丧尽天良的禽兽、吸血鬼！去杀死他！去！

四　爷　阿森，我说你还是安静些吧！要是给赤老来看见了，那可触霉头，家里的事没法子，只好慢慢来，自己歇了生意就更不得了呀！

小喜子　四爷！你老是说歇生意、歇生意的，难道我们靠自个儿的气力吃饭，这家不做不会到别家去吗？

四　爷　傻小子，又说呆话了，我老四做二三十年工，见到听到的，已经是够多的了。这一家歇了生意，好容易就找到别家去？我起先不是给你说过吗，那一次我在永泰厂给东洋人打了一击耳光歇了生意，后来就找了好几家，都不肯要我。他们都说：你从前一定是偷东西，不会做生活，不然怎么会歇下来呢？我只好自认晦气。走到别家，咳，你说怎么着？——他们说一定是干工会的，到处闹罢工，所以人家开除你，我们这里也不要别家开除出来的人。这样，我后来生病了，真奇怪，人一没有生意，病也来了……你看麻皮，他现在不是没有生意做，人也病倒了吗？

李二哥　就说现在吧，纱厂一家一家都生意清淡，本来是两个人管一架车的，后来改为一个人管一架，慢慢地，那些王八蛋们看看堆存的货太多，——销不出，竟改为一个人管两架；现在，可更不是样儿了，一个人要管三驾车，夜工停做！你想，这一趟一趟被歇下来的人怎么办？就是碰额角头运道好的，仍留在里面做，工钱也比从前少，也只够自家一个儿的半饱，他家的妻子爷娘可不是挨饿，还想活命吗！

四　爷　小喜子你小孩子真不懂事，就说那些厂家过些日子生意好起来，老工人也还是别打算再进厂，他一定不要你的了。你看乡下来了这些逃难的。那些大老班们他一定会出更少的工钱找他们来做生活的。这事情在四年前是有过一次的。

小喜子　那乡下来的不是生手吗？怎样会做呢？

李二哥　难道教不会吗？现在这帮有钱人真厉害，他妈的，就是没有乡下人来做，他就专找小孩子，小孩不但工钱少，不闹事；还怕鞭子打！

小喜子　四爷，你说，咱们要怎么着对付呢？

阿　森　一股脑儿箍他奶奶的一个干净！小喜子，我的好老弟，你是有种的，跟阿森哥拉着手去！

四　爷　……

李二哥　别发疯，要干不是咱两三个人的事，得大伙儿齐心！

小喜子　没有种的不是人，反正都是为着自己要活命！

四　爷　……这日子总会来到吧……

〔劳动者之群，紧张、严缩、静穆地陆续上。每一个脸都凄惨、沉痛！

四　爷　这日子总会来到吧……

阿　森　我等不及了！我一定要跳黄浦去！从前我老是打量着我要老老实实地做工！——就是我爸死的时候也叮咛过我，说“别学坏、做工要巴结！”我老是把这话放在心里，后来，我看见青姑娘，从头到尾地欢喜她。四爷！你不也是说我这孩子有出息，把我当自己的儿一般看待吗？青姑娘也待我好，她常说没有阿哥，要被别人欺侮，放工的时候，总有不三不四的人盯梢，所以，她也要把我当自己的阿哥一样看！呵，我满想好好做工，积下一些钱好和青姑娘做喜事——四爷！你不是答应了要把青姑娘配给我的吗？

四　爷　……唔……

阿　森　把我娘接出来，大家过安稳快活的日子。可是现在！完了！完了！他妈的什么都完了！！我是做梦，做了梦！我做了梦呀！

小喜子　王八蛋，谁压得咱们不能动弹？！……

A劳动者　轻些个儿，赤老要来的！

阿　森　他来就做死他！老子反正不要命。

B劳动者　做？还不晓得吗？他早给东洋兵在一块了哟！

李二哥　怎么？

A劳动者　怎么？——我们就是为这事来的；现在到处检查日货，大家都不许买东洋货，但是咱们厂里的大班还是和那东洋兵鬼啾啾的……今朝上午小瘌子看见他在码头上和东洋人在窸窸窣窣的，一个说什么要五百，一个说什么只有三百五十……到夜里，码头上又来了一个小火轮，东洋兵也不许人走去看，小瘌子溜得去吃了几下东洋火腿，哭着跑回了。

D 劳动者　这些时日日夜满街只看见东洋兵，一个不对劲就打，还要用刺刀戳。……

A 劳动者　将才有人看见一队东洋兵忙来些地跑到四爷住的那弄堂里去了，我们不知道什么事儿？就跑到这里来……

四　爷　……

阿　森　不行！咱们得去干，去打东洋兵！青姑娘可别让她受了惊骇！……去，你不去我一个人要去！

李二哥　别忙！到底什么事还没弄清楚？（拉着阿森）

A 劳动者　啊，有人说还看见咱们大班在里头，咱们的那摩温赤老在做带路的……

四　爷　小喜子你去张张看吧？

小喜子　我去，你们听回信……

李二哥　老弟，得小心点儿。

小喜子　着。（匆急下）

A 劳动者　二哥，你说对不对，咱想四爷是个老好人，给咱们在一块做生活，总肯帮咱们的忙，你说，我们可别让他吃东洋鬼子的亏，对不？

阿　森　他吃亏，就是咱们吃亏，我要去！（李二哥仍然拉着他）二哥，你不是好汉，为什么不让我去，我要去！（他挣扎。大家都拉着他）啊。……

B 劳动者　咱们的工会也没有了……

〔病着的麻皮和青姑娘警惶地上。

阿　森　啊，青姑娘，你来啦，东洋兵怎么着？

四　爷　麻皮，怎么着？

李二哥　你们让他好好地说！麻皮到这里坐着说吧。

阿　森　青姑娘，你坐……

麻　皮　也不晓得那是几点钟，青姑娘放工回来……呵，青姑娘你说吧。

青姑娘　我放工来的时候，厂门口有三四个着西装的东洋人和大班立在一起，老远大班就对我指手画脚的，不晓得说些什么，我走他们身边过，才听得大班说：就是她，就是她；看看只这么一个小姑娘，捣乱可来得厉害。东洋人说：好个，好个，吭什……我想这一定是上次罢工的事了！和我一块走的阿英说：阿青，东洋人看中你了啊！倒是隔壁阿毛的娘说：青姑娘，走快些吧，这东洋鬼不是好心思。我也害怕就赶跑回来了。

麻　皮　她一进门就叫她爸，我睡在阁楼上说，你爸做夜工去了，她就跑到我床边来告诉我。我叫她快打开水把冷饭泡得吃了，夜里不要出去，早些睡觉。青姑娘这孩子真听说话。她看热水瓶里还有剩下来的茶，水也不打了，一个人连萝卜干都没有买，就吃了茶泡饭，后来我听得她又洗了衣裳，就上楼去了。

李二哥　后来，怎样？

阿　森　我们老是没有好日子过呀！……

李二哥　阿森，听麻皮说。

麻　皮　后来……咳！人真倒霉，没有工又害病，因为前几天我老表来说，乡下水都淹了，所以心里老是记挂着乡下的老婆和孩子，自己睡不着，吃不下东西，也没有东西吃……

C劳动者　麻皮，你说快些。

麻　皮　是呀。我在床上翻来覆去，口渴得厉害，我总想熬着睡去，要是平常，我就喊青姑娘弄些水喝，今天我总不愿再叫她出去。可是后来，我实在忍不住了，头涨得痛，口里干得舌头都要破了，实在没有法子，我才喊青姑娘下来，我叫她……

阿　森　谁给麻皮爷叔倒点水？

〔*劳动者之一倒水给麻皮，麻皮接着喝了一口。*

麻　皮　我叫她，我说青姑娘，你到晒台上去，喊喊隔壁的阿毛替我打两根筹的开水吧。

青姑娘　我看麻皮爷叔白开水喝得太多了，泡了来他也不过喝一口两口；就叫阿毛一起顺便买两个铜板的冰糖。

阿　森　咳，青姑娘真好，就是上趟我发寒热，她也是照拂得周周到到的。我说，青姑娘我将来怎样谢你呢？她说我们穷人有了病不靠朋友靠谁？要谢干什么呢？我说不，我一定要谢你，等我发了财给你穿绸穿缎，坐汽车吧！可是她就，“呸！谁稀罕？当婊子的女人才穿绸穿缎！”……

青姑娘　阿森，你又忘记了？……

阿　森　啊啊，记得，记得。青姑娘和我说的话她是不许我对别人说的。

李二哥　阿森，听麻皮说下去。

麻　皮　是呀，阿毛就去买冰糖打开水，他一到南货店去就碰到瘌痢头，瘌痢头叫阿毛快回来告诉四爷，说大班带东洋兵要来搜捕革命党了，阿毛这小子就连水壶都忘掉在老灶虎里，跑回告诉我。天呀，我们穷人饭都没的吃，他们老是说我们不是什么党，就是反动的。不过，管他娘的，我也没有法子好去找那些王八蛋说明，听了青姑娘放工时候说的话，晓得这反正不是好事……

青姑娘　那么，那么，麻皮爷叔就连忙起来，叫我从晒台上爬到隔壁去，——我正要睡觉了，打算明天早些起来烧好饭去上工，我爸做了夜工回去，肚子总是饿的。

麻　皮　青姑娘爬过去，我叫她从隔壁后门的小弄堂出去在品芳茶楼等我。我就把门锁了出来，一走到弄堂口，真的来了十几个东洋兵，枪上都上了刺刀，瘌痢头小声地告诉我，东洋兵是来捉青姑娘的，说她是革命党。

A劳动者　青姑娘这祸一定是上回大罢工时候，撞下来的。那回罢工，她们厂里的工人，看她为人心肠好，肯为大家出力，要叫她做代表，去跟代表开谈判。那大班好像对青姑娘说："我情愿给你三百块钱，要你不当这代表。"青姑娘没有答应，怕就是为这事儿得罪了大班。

青姑娘　我不答应，总为的是大家呀！我想我这事没有做坏。

四　爷　坏自然不是坏。不过，老二，这总是借了题目来做文章的。

李二哥　说的是呀！

D劳动者　世界上的事真不讲理！

B劳动者　这时候在跳舞场里抱着女人跳洋戏（舞）的那些王八羔子才来得个讲理！

阿　森　〔怒喊〕我们只有死路一条！啊啊，眼前什么都是黑漆漆的！

李二哥　闹有什么用处？我们得商量。

四　爷　小喜子去看去了。

〔远远一片群众骚动的声音。

四　爷　世界是到天翻地覆的时候了。

〔啪！……近处一声枪响，接着是人奔跑的声音。小喜子负伤奔上。劳动者群惊慌立起。

小喜子　四爷！四爷！东洋兵开枪打我！开枪打我！我跑……到你的……家……弄堂里站……满了东洋兵……他们问我……王老四……哪里去了……我……说不知道……问我青姑娘在哪里，我说不知道……大班也在那里，他指着打我……踢我，他说你小鬼一定知道，快说出来……我不说……他一定要我带他找青姑娘……走到弄堂口……我……放开脚……就逃……东洋兵在……后头……追……他东洋兵开枪打我……

李二哥　这事情，刀在我们的颈上了！

阿　森　我们去拼命！生死只有一条路！

〔四爷抱着小喜子，老泪纵横……

李二哥　我急，我……们要大家齐心，要去和那些丧尽天良的去拼命，大家要齐心！这是我们大家的事！

四　爷　我做了一辈子工人，我们做了一辈子的奴才，什么苦我都吃过，什么不平的事我都见过；我从来没有做过作恶的事，可是给他们欺侮的总是我们不作恶的人！我不相信什么了！现在，是凶到极顶了，说不定这也是他们最后的日子了！起先我总以为中国人和外国人总是分开的，我们想要救国。现在，我知道了！有钱有势的人不管中国外国，他们都是一伙的！

阿　森　一伙的杀人强盗！

四　爷　天灾，大水把乡下都淹了；人祸，打仗死了成千累万的人，外国兵也来了，啊啊，他们都是一伙！我老了，但是我还活着，我不等来世，我们只有为自己来救眼前！我们不再往下去当牛马都不如的奴才，去去，我们要齐心……

李二哥　四爷，你不老，我们青年的朋友也有几千几万的呀！

阿　森　小喜子我的好老弟，你有种，你给我们打了头阵！好老弟，我不忘记你！

小喜子　不！四爷，我会死的。——我不要死！我不要死！我要跟你们一起去！四爷，我记得你说的话：去，这是他们最后的日子！……

〔小喜子痛苦地举起拳说，倒下了。

〔外面群众骚动，吼声，小喜子又挣扎起来。

小喜子　他们最后的日子到了。……

11，7，上海。

收入剧本集《工场夜景》，文艺新闻社 1931 年 11 月版

梅　雨

（独幕话剧）

田　汉

人　物

潘顺华——五十余岁，农民，来上海做工现业小贩。

潘徐氏——顺华妻，现为纱厂女工。

阿　巧——其女，原先亦在纱厂做工，伤指失业。

文阿毛——年二十余，原做机匠，因伤左手骼骨，现失业。

张开富——放印子钱的。

二房东太太

包　探

巡　捕

张先生

其他男女工人

时　间　一九三一年梅雨期。

地　点　靠近华界的贫民窟。

〔顺华迷迷糊糊地在阁楼上，其女贪着看一本小书，一面轻轻地取些糖果放在嘴里吃着。

潘顺华　（模糊地问）谁呀？

阿　巧　（急揩嘴）我啊。

潘顺华　你刚才吃什么？

阿　巧　我没有吃什么。

潘顺华　（掀开被）没有吃什么？瞧你的嘴。咳，你怎么这样大了还这样不知事呢？这是我们一家人靠着活命的东西，你怎么好馋嘴呢？

阿　巧　（含笑）爸爸，不是馋嘴，实在是饿得慌了。

潘顺华　谁不饿？你的娘不是一点什么也没有吃就上厂里去了吗？

阿　巧　这一些自己不吃掉，反正是退不掉的。

潘顺华　那你就该拿出去卖掉啊！

阿　巧　妈让我在家里招扶你。

潘顺华　我这病是不要紧的，不用招扶；你快拿去卖掉罢。

阿　巧　这么下雨的天，街上没有几个人，小孩们都藏到屋子里去了，有什么人买呢？

潘顺华　没有法子啊，去碰碰运气罢，总比坐在家里的好啊。

阿　巧　（漫应之，仍专心看小书）唔。我就去。

潘顺华　就去？天已经不早了，还等什么时候呢？

阿　巧　我看完这一页就去。

潘顺华　你看什么？又是阿毛给你带来的那些小说吗？真是以后别让阿毛带那些书给你看了。

阿　巧　不，这不是阿毛哥给我的，是厂里张先生要妈妈带回来给我看的。

潘顺华　张先生？是那位厂里做工平常教你们念书的那年轻姑娘吗？

阿　巧　是啊。我们都叫她张先生。

潘顺华　那位姑娘真是一个怪人。她给你的这些书你看得懂吗？

阿　巧　这书很浅近，都写的是我们的事，虽然有几个字不认识，意思我都看得懂。

潘顺华　是啊，你从小就聪明，你若是个男孩子，我也许让你多识几个字了。

阿　巧　为什么女孩子就不让她多识几个字呢？反正是别人家的人，是不是？

潘顺华　谁都这样想的，这不能怨我，怨你生错了人家罢。

阿　巧　谁怨你！怨我不该是个女孩子罢了。

潘顺华　不，生在我们这样的人家，男女有什么两样？阿毛不也是从小就很聪明的么？他爸爸一死，家里没有钱，又没有亲戚帮他，就只好学机器匠。（回忆地）咳，那次给机器轧了，我去看他，血出得那样多，我当他没有命了哩，只坏了一条胳膊还算他是万幸。

阿　巧　（很痛楚地护着指头）哼。我只给机器轧断一个指头也算运气好的了，像细纱间的陈和棣那样，衣服给机器绊住了，全身卷到滚筒里面去了，头啊，胸口，快压扁了，才可怜哩！

潘顺华　是来过我们家的那位常州姑娘吗？

阿　巧　可不是。

潘顺华　（惨然）想不到那样年轻轻的好姑娘，死得那样惨。……

阿　巧　这样的事在厂里一点也不稀奇。卢小红也给铁吊车把头给撞破了。我想起她们好几天吃饭不下。

潘顺华　所以穷人只要顾得住性命就是好的了。孩子，信我的话，小书也别看了，趁早去卖糖吧。

阿　巧　（怨愤）爸爸，我真不高兴去卖这些东西，还是让我回厂去吧。

潘顺华　你的手指头还没有好，怎么上工呢？

阿　巧　我不愿意卖这些东西了。再有上个礼拜那样的事，我真受不了，那些小流氓说一定要跟我为难，别弄得货卖不掉还吃他们的眼前亏。

潘顺华　不要紧，那帮东西有点怕阿毛的。

阿　巧　哼，阿毛哥近来学流氓倒学得有点样子了哩。不过他也不能每天都跟着我啊。他们就是说要趁他不在，跟我为难。

潘顺华　（叹）那怎么办呢？你总不能老待在家里啊。

阿　巧　（悲愤地望着外面）讨厌，雨老这么下着，又没有伞。

潘顺华　真是这一趟的雨把我们害得太苦了。一家人没有饭吃固然不得了，这每天一千四百八十文的利息可怎么对付啊？

阿　巧　昨天的给过了没有？

潘顺华　没有，我跟张老板商量过了，今天一道给他。

阿　巧　昨天怎么没有给？不是当了我的布衫吗？

潘顺华　你妈拿去买东西送“拿马温”的节礼去了。隔几天就是端阳节了，要是不送，下半年连你妈妈也没有活儿干，那我们才是死路一条哩。

阿　巧　（心算了一下）今天不是得给二千九百六吗？一块钱还不够。

潘顺华　可不是。想起来真叫人着急。

阿　巧　可有什么办法没有？

潘顺华　有什么办法呢？我在这里等阿毛。

阿　巧　等他干吗？他有办法吗？

潘顺华　他不说这几天许可以借到一笔钱吗？

阿　巧　哼，别信他吹牛罢，谁肯借钱给他？

潘顺华　不，他说得很真，说他有一个朋友，一个小时候的同学，愿意借钱给他。

阿　巧　真的吗？他约好了今天来吗？

潘顺华　说不定今天会来，他说总是这一两天有钱。

阿　巧　你拜托了他没有？

潘顺华　我还没有对他说。你知道我是不大相信年轻人的梦话的，不过到了这样的时候连梦话也得信了。我想今天对他说。

阿　巧　那么，我不要去了，在家里等着他吧。

潘顺华 不，孩子，今天他不一定来，这钱也不一定靠得住。你还是去卖卖糖果吧，赚一文算一文。你瞧，雨下小了点啦。

阿 巧 （望了一望）小什么？还不是那样滴滴答答的，真是倒霉的天！短命的天。

潘顺华 啊呀，你怎么又骂起天来了！

阿 巧 （把许多幽怨都血似的吐出）我还得骂，倒霉的天！短命的天！

潘顺华 你疯了吗？

〔阿巧仍恨恨地望着窗外的天。

潘顺华 孩子，相信你爸爸的话吧，爸爸不管受多大的苦从不怨天恨地。在乡下种地一连碰上了好几个荒年，一家人才搬到上海来，在厂里干了七八年活，谁想去年厂里生意不好，把我们年纪大一点的全给裁掉了。好容易借一点点钱做小生意，又碰上这样的梅雨天，一连就是一个多月，把本钱全给赔光了。这怨谁呢？这都是命运啊。我们只能忍耐着，古话说得好："受得苦中苦，方为人上人。"

阿 巧 爸爸，你又来这一套了。你受了一辈子苦可做了人上人了没有？到今天不是还睡在阁楼上哼着么？

潘顺华 孩子！你还要气我么？你不去就让我自己去吧。（挣扎着要起来）

阿 巧 得了，爸爸，我去就是了。阿毛哥来了叫他等一等我。

潘顺华 好，你早去早回吧，孩子。

阿 巧 （披上一块围巾，篮子上也盖好了布，徐徐起身，望望窗外又不觉怨骂）倒霉的天！短命的天！（出去了）

潘顺华 （目送他女儿的后影）咳，真是怎么办呢？（暂时沉默，忽梦呓似的）一千四百八，二千九百六……二千九百六，哎呀，四千四百四,五千九百二，七千四百……怎么得了，怎么得了！……（抬起身来望着窗外，不觉涌出一口无穷的怨气）真是倒霉的天！短命的天！……二千九百六！二千九百六！怎么办呢？天哪！

〔暂无声。

〔文阿毛披雨衣进门。

文阿毛　哎呀，好雨！巧妹巧妹，（解衣四顾）没有人在家吗？怎么门开着呢？

潘顺华　（惊醒）谁？阿毛吗？

文阿毛　（抬头望阁楼）哎呀，老伯伯，怎么睡了，生病吗？

潘顺华　没有什么。昨天冒了点生雨。

文阿毛　（爬上楼梯，用手试了一试）烫得很。病很不轻哩。

潘顺华　往常年这一点点病真不算什么。这些日子可不成了。

文阿毛　上了年纪了。……我看得请一位大夫来诊诊脉才成。

潘顺华　你又说大话了，我们哪有钱请先生，让它拖几天也就好了。

文阿毛　不要紧，我有钱。

潘顺华　（挣起来）你现在真有钱吗？

文阿毛　现在没有钱，过一会儿就有钱了。

潘顺华　哪来的钱，前回你说的那朋友的钱吗？

文阿毛　唔……

潘顺华　他约好借给你多少呢？

文阿毛　他约了今天给，要是给的话恐怕也不会少。因为他说要大大地帮我一下。

潘顺华　那真是难得的好朋友。不过靠得住吗？

文阿毛　我想这趟总是靠得住的。

潘顺华　他约过你几次吗？

文阿毛　约过我两次了，这趟是第三次。他得瞒着他的爸爸，所以约我到一个地方给我钱。

潘顺华　这真是难得的好朋友。古话说得好，“遇贵人吃饱饭”。你以后就该好好地做人，别辜负人家的好心了。……阿毛，我想和你商量一件事，你若是借得了钱分几块给我救救急好不好呢？你知道我讲话是一是二的，借了一定还给你。

文阿毛　只要我有钱好要你还吗？你要多少？

潘顺华　若是借得多，我想向你借五块钱。

文阿毛　（很不在意地）五块算什么。

潘顺华　五块算什么？阿毛你还年轻，真不晓得人世的艰难。没有的时候连五个铜板都为难哩。不是我多话，你中意阿巧，我为着你们将来的日子，不能不告诉你。不管你这次能借多少钱，你得盘算着用，顶好拿来做点什么靠得住的生意。——我只问你借五块，这个数目我想我还得起，也够济我目前的急。

文阿毛　你是不是要还张开富那笔印子钱的息？

潘顺华　就是哪，一块钱四个铜子一天。

文阿毛　那也没有多少。

潘顺华　一块钱每天四个铜子，一共借了他三十七块钱，每天就得一百四十八个铜子，就是说每天得付一千四百八十文的利息，怎么能算少呢？

文阿毛　他妈的，若是我的左手没有坏也早替你还了。

潘顺华　可不是。我自己生意好的话也对付得了。打去年七月起到现在，我不曾拖欠他一文。不过，你看这一个月以来天老这样下雨，生意一点也不好，一家人吃饭住房子也为难，几件破衣裳也当光了。昨天当了阿巧一件布衫，本预备给利息的，巧儿的娘又拿去买东西送管车去了。昨天我同张老板说好话要他今天下半天来，今天就得二千九百六了，一块钱还不够。今天再不能交，到明天是四千四百四，后天是五千九百二。雨是这样下个不止，债越背越重，人又老是这样病病歪歪的，你看这怎么办呢？

文阿毛　（强作高兴）不要紧，老伯伯，人总是有办法的。

潘顺华　是啊，我年轻的时候也这么想。到了现在快六十岁了，才晓得照这样子下去简直是没有办法。

文阿毛　像你那样做老实事，那有啥办法？

潘顺华　阿毛，我是个老实人，只晓得干老实事。

文阿毛　只晓得干老实事，他就叫你别活。

潘顺华　我是死也要做一个老实人的。

文阿毛　哈哈，那就叫“活该”了。

潘顺华　阿毛，你别笑，你现在说话做事好像都有点不老实了。我有些替你着急，你从前不是这样的。

文阿毛　从前我的手没有坏，手艺又好，人又勤快，厂里老板欢迎我，亲戚朋友也看得起我，都说我是一个老实可靠的年轻人。自打我的左手坏了，老板不要我了，亲戚朋友怕我去借钱，都不高兴理我了，当然我也就不大老实了。

潘顾华　一个人不管有没有生意都得老实。再说，你现在还有好朋友借钱给你，怎么好说人家都不理你呢？

文阿毛　（苦笑）是的，老伯伯。

潘顺华　（很诚恳地）我是望你始终做一个老实人的。你晓得我们老夫妻就只有巧儿这一条根，是想要她嫁一家好人家的。

文阿毛　（苦笑）嫁了我这样的“好人家”，巧妹可倒霉了。

潘顺华　不，我们是顶安分的，我并非想把女儿嫁给有钱人家。只要男的好，真能看重她，也就心满意足了。我们夫妻虽则老了，还能招呼自己，倒不一定要靠你们的。

文阿毛　（诚恳地）老伯伯，巧姑娘嫁给我，别的不敢说，我一定看重她的。（走近他）

潘顺华　那就好了，孩子。（抚之）哦，我记起来了，那边抽屉里有你一封信，从汉口来的。

文阿毛　从汉口来的？怕是忠甫的信罢。（急忙打开抽屉取信）哦，果然是他来的。（一面看）他约我到汉口去。

潘顺华　约你到汉口去？有生意吗？

文阿毛　他说能替我到兵工厂找点工作也说不定。

潘顺华　那就好了，真是好歹找一点事情干干，闲着不是办法呀。

文阿毛　谁愿意闲着啊？谁不晓得没有工作比什么都苦？没有法子啊。我早就拜托忠甫替我找事，一直没有回信，我以为他也不理睬我了。原来他从京汉路机务段出来也一直没找着事，最近才进兵工厂了。

潘顺华　听说兵工厂是好差事啊。

文阿毛　反正去当一个机器工人，有什么好不好呢。（看完信，很有所思）老伯伯，我决计到汉口去了。

潘顺华　我也愿意你去。

文阿毛　今天若是借得了钱，你要的数目自然是不成问题，我还想把巧姑娘也带到汉口去，行吗？

潘顺华　行呀。等阿巧跟她娘回来了，我们商量商量，我想她们也没有什么不愿意的。巧儿同你去，也不会白要你养她，据说汉口也有纱厂，等她的指头好了，也可以做工帮助你。只愿你们两口子挣扎出一个世界来就好了。

文阿毛　不过，要是去得成，就是这几天了，时候这样的仓促，一点礼物也来不及办。

潘顺华　（笑）穷人们做事哪里管得那么许多。只要你自己好好地做人，看得重巧儿，就是再好没有的礼物了。

文阿毛　（握着潘顺华的手，不胜感激）老伯伯，从今以后，我一定做一个好人，一定看得重巧姑娘。……

潘顺华　好孩子，那我就放心了。

〔在他们感激的握手中，放印子钱的张开富背着钱袋子进门。

张开富　（自己坐下来，把钱袋很珍重地放在桌上）哎呀，好雨，衣服全湿了。

潘顺华　（急放手）啊，张老板来了。（挣扎要下来）

文阿毛　老伯伯，睡你的罢，客人我替你招待。

潘顺华　好，你去倒一杯茶。我一会儿就下来了。

文阿毛　（倒茶敬客）张老板，每天财忙。

张开富　（很世故地笑）哪里的话，不出来跑就没有饭吃。

文阿毛　客气，客气。（顽皮地提一提他的钱袋）哎呀，这么重！

张开富　（担心地）啊呀！（急忙收到身边）

文阿毛　张老板，这样每天能收到几十块钱？

张开富　能有几十块好收。每天不过收得几百个铜子。

文阿毛　每天几百个铜子合起来就是一笔大数目了。一块钱每天四个铜子，十块四百,百块四千。有一百块钱放债，每天伸着腿在家里睡觉，也有人把大米饭送到嘴里来，这生意真做得。

张开富　哈哈。也不能像你老兄说得这样容易啊。真是每天在家里睡觉，包管你一个钱也收不到。

文阿毛　那也是啊。本钱越大越好嘛。像哈同那样每天据说有六万块钱的收入，不用自己跑腿，人家会替他收好，送到他的荷包里来，够多惬意啊！张老板有几位令郎？

〔潘顺华下阁楼。

张开富　我——我还没有儿子。

文阿毛　那你积下这许多钱安排给谁呢？

张开富　我这没有几个钱，算不了什么。

文阿毛　哈哈。说起来钱就是你的好儿子了，每天在外面生利息来养活你。

潘顺华　（给张开富敬香烟）不，钱不是他的儿子，借钱的才是他的儿子呢。哈哈。

张开富　哈哈，笑话了，潘老板年尊辈长的，别折磨人罢。……好，不久坐了，还得跑几家，今天的利息请付给我罢。（衣里摸出一个小算盘算了一下）一千四百八，连昨天的一道，二千九百八。

潘顺华　二千九百八？不是才二千九百六么？

张开富　你看，一块钱每天四个铜子的息，一千四百八十不是半块多钱了吗。潘老板不是外人，我只算两个铜子的息，所以是二千九百八。我们老朋友，不会相欺的。哈哈。

文阿毛　只迟给一天也要算息吗？

张开富　当然。比方今天再不给，到明天就是四千四百八，后天就是六千……要不然，人家都欠着不给了。

文阿毛　哎呀，这就难怪你们要发财了。听说上海有好些印度人也做你们这个生意，张老板晓得吗？前几天报上载的那个乔搿德莱姆连人家的女儿也骗起来了。不过他不管借多借少，每一块钱只要一角钱的月息，不是比你们的息钱要轻得多吗？

张开富　（冷酷地）连女儿也算上，息钱就不能算轻了。哈哈……（又敲敲算盘）好，看在潘老板的分儿上，把昨天这两个铜子马虎了吧。依你的算二千九百六。……实在这个生意也苦得很，这样远的路，又是这样下雨天，车钱也不知贴去了多少。

文阿毛　（打量他的脚）张老板，不是走路来的吗？我从没有见你坐过车。

张开富　我不大喜欢坐车，不过，车钱总得算上。好，款子让我带去罢。

潘顺华　（沉默有顷）张老板……别的话昨天我对你也说过了，实在这是天害苦了我，自从这一个月以来，一连下了这么久的雨，生意一点也没有。女儿呢，在纱厂里把指头给轧断了，我呢，这几天也是这样地病起来。……

张开富　（冷然地）那些话不用说了，潘老板，你家里的境况我每天来，难道不晓得？可是我借钱给你不是做好事的，我也要吃饭住房子，我家里也有老婆、兄弟，我可怜你，谁来可怜我呢？

潘顺华　张老板，我并非要你可怜我。我去年停了生意，一个同乡人来说，有一位阔人愿意花钱娶我女儿，我是个老实人，不肯卖我这点骨肉，所以我请阿荣介绍，情愿向你张老板借这一笔钱，幸亏那些日子生意还好，所以我从去年七月起到现在不曾拖欠过你一文，是不是？……

张开富　是呀，所以我常说潘老板是个好人哪。

潘顺华　但是……照这几天情形看起来，这个好人也难做了。本钱是看着赔光了，卖一点点钱回来也不够还你利息的，可一家人还得吃饭。二房东呢，虽然人好，下个月再不给房租，也不好住了……想到将来，真是不晓得怎么好？我把这情形老实跟你商量，张老板，你能不能替我想一个办法呢？

张开富　（更冷然）我的办法就是问你要钱。

〔潘顺华不语。

张开富　难道说要我再借些钱给你，或是说把这笔钱不要了吗？并且照你说，就算我不问你要这笔钱，你不还是没有办法吗？

〔潘顺华不语。

张开富　所以看在潘老板分儿上，把昨天的那两个铜子免了，最好把昨天跟今天的利钱全给了我，免得利上加利，要不就，真是雨天背蓑衣——越背越重了。

潘顺华　今天实在是没有法子。……

张开富　那我明天再来，到了明天（敲敲算盘）可就得四千四百八了。一块半钱还不够。

潘顺华　明天？……（眼望文阿毛乞救）

〔文阿毛不语。

张开富　那么，后天就得交两块三角多了……

〔潘顺华不语。

张开富　后天还是没有办法吗？那就麻烦了。（望望他的家具和行李，摇摇头）真是我替你着急哩。潘老板年纪老了，又时常生病，你们老嫂子虽是精明，近来纱厂生意不好，十家有九家关门，不关门的又要减工钱。说一句不中听的话，没钱的人也讲不得许多，还是从你女儿身上打打主意吧。

潘顺华　有什么主意可打呢？

张开富　比方说押给什么堂子里。……

文阿毛　（突然照定张开富一拳）妈的！你妈妈是堂子里出来的！

张开富　（坐在地下，急忙抢钱袋在手，愤然望着文阿毛）怎么你打人！你想打了人我就不要钱了吗？怕了你我就不会来放印子钱！（起来扭结）

文阿毛　打死你这堂子里养的！

潘顺华　阿毛！（分开他们）

张开富　我说他的姑娘，关你什么事！

文阿毛　瞎了你的狗眼！你没打听他的姑娘就是我的老婆。

张开富　哦！（奸笑）对不起，对不起。该打该打。那么（一面起来，打打衣上的灰尘）你老哥是潘老板的姑爷了。失敬失敬。不过，你丈人这样困难，做女婿的替丈人还点债，不是应当的吗？不多不多，一共才三十七块钱，连本带利还我四十块得了。那么我再也不敢到令岳这里打扰来了。真是对不起，没想到你老哥就是潘老板的女婿吗？哈哈。

潘顺华　他的脾气真没有办法，一切都请张老板包容包容。

张开富　不，没有什么，年轻人脾气大一点是应该的。……老哥贵姓是？……

文阿毛　我姓文，叫阿毛。

张开富　哦，文大哥，刚才说的，你令岳这笔钱怎么办呢？我也不是高兴每天登门拜府的，顶好是本息做一次还清，就再好没有了。文大哥在哪儿得意？

潘顺华　他从前在一家机器厂做工，每月也赚很大的身俸，自从去年……把左手的骨砸伤了，现在没有生意了。……

文阿毛　老伯伯，同他说那些话干吗？好吧，张老板，今天晚上或是明天早上请你再来一趟，我一定照你的话把你那笔账了清，听说你这种钱叫皮球钱，让我把这个皮球给踢出去罢。

张开富　哈哈，文大哥，真有气概！不过我这个皮球既滚进来了，也不是容易踢得出去的，你晓得罢。

潘顺华　（向文阿毛）阿毛，你那笔款子真靠得住吗？

文阿毛　靠得住吧……

潘顺华　“靠得住吧”，可不成……

张开富　（冷笑）是啊，我可没有工夫同你们年轻人开玩笑。

文阿毛　（若有所决，怒目视张开富）谁同你开玩笑！你明天来，我在这里等你。

张开富　好，打扰得很，我们明天见。

潘顺华　张老板，对不起得很。

张开富　没有什么，我也早想把这笔账了清，这样下雨天我也懒得每天跑这么远的路。好，再见了。……哎呀，好雨。坐了这些时候，雨简直就没有停过。

文阿毛　（笑）我去替你叫一部车子，张老板。

张开富　谢谢，我说过不喜欢坐车。

文阿毛　那么慢走，明天见。

张开富　明天见！（冷笑出门）

文阿毛　（望着他的后影）吃人的东西！

潘顺华　阿毛，你真有办法吗？

文阿毛　我不是告诉过你了吗？人总是有办法的。

潘顺华　唔，有办法就好了。……

文阿毛　哎呀，时候不早了，我要去了。

潘顺华　阿巧要你等她一等。

文阿毛　不等了，我一会儿再来。

潘顺华　……到朋友那里拿钱去吗？

文阿毛　对哪。你还是上去睡吧，老伯伯。瞧你吹了这一阵风烫得更厉害了。

潘顺华　好，阿毛，我可靠定了你了。

文阿毛　别着急，事情总是可以过去的。

潘顺华　你把事情看得太容易了，我总有些不放心。

〔文阿毛扶他上阁楼。

文阿毛　到了现在不放心也得放心了。好，老伯伯，运气好的话，我一会儿就拿钱回来了。

潘顺华　祝你运气好。若是就要上汉口，我还有许多话要嘱咐你哩。

文阿毛　知道了。（披上雨衣）真是够闷人的雨。巧姑娘出去打伞了没有？

潘顺华　伞你阿姆打去了，她披了条毛巾。

文阿毛　哎呀，不成，她不知上哪一带去了？

潘顺华　你上广福寺那一带找找看。

文阿毛　我正要上那一带去。好，老伯伯，我去了。（把帽子蒙头戴上，正要走出去）

潘顺华　（摸摸衣上与铺上）呵呀，这屋子越漏越大了。阿毛，你顺便请二房东上来一下。要不想法子修理修理，晚上可真是不能睡了。

文阿毛　好，你靠里边睡吧，受了湿气更要生病了。（匆匆出门）

潘顺华　你要靠得住才好呵。（送了他的后影儿，停一会，移动垫褥）哎呀，这儿湿透了。

〔二房东太太上楼来。

二房东太太　潘老板，屋子又漏起来了吗？

潘顺华　是啊，老太太。席子、被单全湿了。平常不要紧，这几天我有些小病，睡觉的时候多，你老人家叫一个泥瓦匠来修理一下吧。现在不修理，雨一下大了，它会漏到楼底下去的。

二房东太太　哪儿漏？还是前次那个地方吗？

潘顺华　比前回那里大得多。

二房东太太　哎呀，真糟糕，到晚上一定会漏得更大，楼底下就是我的床，我那床白夏布帐子就报销了。叫阿春来修理一下吧。……

潘顺华　谢谢你，老太太。

二房东太太　这是应该的。怎么样，潘老板，你这几天有些毛病，可好了点没有？

潘顺华　承你老人家挂心，好是没有大好，不过这点小病是不要紧的。

二房东太太　我看今晚就别睡在这样潮湿的阁楼上吧。亭子间空着哩，你到那边床上去睡一宿，这里明天就修理好了。

潘顺华　是是。真是谢谢你老人家。

二房东太太　没有什么。……没有别的事了吧？

潘顺华　没有没有。

二房东太太（将下又徐徐转来，很为难的）潘老板实在对不起，上个月的房租什么时候可以付给我呢？

潘顺华（慌急）哎，真是对不起，老太太，等我的老婆领了工钱，我想至少付你老人家一个月。真是难为情得很，你老人家为人又这样好，我实在不想拖欠你老人家的。无奈一连下了这样久的雨。……

二房东太太　是啊，你的为难我是晓得的，我知道你是个老实人，也不好意思向你讨。……本来这几块钱也不算什么，搁在你那里也是一样。可是自从上月老二那家公司维持不下，生意没有了，家里少了一笔进账，添了个吃饭的，事情就不像从前好办了。再加从这个月起，房捐又加了，物价也比从前涨了。昨天因为亲眷要回家乡去，想到小菜场买只鸡，从前一块钱买两斤的，现在只买二斤二两了。

潘顺华　只买二斤二两？不是倒多了二两了么？

二房东太太　你不知道从这个月起，小菜场都改了新秤了吗？

潘顺华 不知道。说起来很难为情，我家里有好些日子不上小菜场了，鸡的价钱从不曾问过。哈哈。……怎么，现在秤都改小了么？

二房东太太 是呀，现在的秤每斤只有从前的十三两几钱了，所以名目上多了二两，价钱比以前贵一成还不止哩。

潘顺华 哦，难怪阿巧今天早晨买了几个铜板黄豆芽，说比以前也少得多了。咳，这样的世道，穷人越不要想活了。吃的东西一天天贵，工钱反一天天减少，我老婆现在每天要多做两个钟头工，钱却减了一角，加上巧儿又轧坏了手指头。您看怎么办呢？

二房东太太 唉，真是难办得很。……说起来好像爱管别人家闲事似的，你们家巧姑娘也不小了，何不把她看一家好人家呢？

潘顺华 从前也有人说和过，她不中意。……

二房东太太 家里不好也说不上中意不中意了。我们淑琴起先也爱上了一个穷学生，后来我硬把她从学校里叫回来，嫁了现在这家人家，可好得多了。前天同她坐汽车回来的就是我们姑爷，你看见了没有？

潘顺华 看见的。……年纪稍微大一点。

二房东太太 不，男的总是比女的大一点好。……啊，话又说回来了。潘老板，说到房子的事，我想跟你打这样一个商量，你看怎样呢？你只要把上个月的房租付给我就成了。这一个月的，你有钱付给我更好，实在没有的话，就等到几时你有了钱再说吧，不过请你另外搬一个地方住，好不好呢？我也并非要把这屋子租给别人，因为……实在……自己要住。

潘顺华 是是。住房子自然得付房钱。……况且这个月也快满了。

二房东太太 是啊，就是明天。

潘顺华 （惊）明天？咳，这样迷迷的下雨天，过起来就像很长很长的一天似的，我还没有想到明天又满了一个月哩。

二房东太太　真是对不起得很，好像赶你走似的。

潘顺华　哪里的话，你老人家对人再好也没有了。

二房东太太　好，那么拜托你了，潘老板。

潘顺华　好说，好说。

二房东太太　（望望楼顶）哎呀，真是漏得厉害。（一面走一面叫）老二……老二。

〔内有人应。

二房东太太　你去叫泥瓦匠来把楼顶上的瓦修理一下，真越漏越不成话了。（说着早下楼去了）

潘顺华　（望望漏水的屋顶自语）……搬？……搬到哪里去呢？……怎么样搬呢？……天哪……还有……一千四百八……二千九百八……四千四百八……六千……怎么得了！（不觉望着窗外阴雨连绵的天，吐出这样的怨愤之声）倒霉的天，短命的天！……（忽闻楼下步声）啊，怕是阿毛回来了吧。……现在只能望他了。……谁呵？阿毛吗？

〔阿巧湿淋淋地徐上。把篮子放在桌上，很疲倦地靠在楼梯边。

潘顺华　你啊。……（抚其头）头上全湿了，快揩一揩，不然要生病的。（取毛巾替她揩）

阿　巧　怎么？阿毛哥还没有来吗？

潘顺华　来过了。你没有碰着他？

阿　巧　没有。他到哪里去了？

潘顺华　到广福寺那一带找你去了。

阿　巧　找我干吗？

潘顺华　他说今天许能借到一笔钱，若是借到了，他明后天就要搭船到汉口去。

阿　巧　哦，他来辞行的吗？

潘顺华　他说想要你跟他一道去。

阿　巧　……（寂寞地笑）是吗？你让不让我跟他去呢？

潘顺华　只要他做一个老实人，对你好，我是让你跟他去的。刚才我已经对他说过了。

阿　巧　爸爸，（抱她老父的头，小孩子似的）……您舍得我吗？

潘顺华　舍不得你不过一来养不活你，二来也不想再耽误你了。阿毛是个有良心的孩子，我也欢喜他。他把事情看得太容易了，还不太懂得人世的艰难，你应该好好招扶他，劝他，那你才算看得重。

阿　巧　是，他也不是不懂得艰难，他说他有点不服气。

潘顺华　年轻人总是这样的，我不怪他。不过人怎能和命运争呢？越同它争自己越吃亏。回头你好好劝他吧。

阿　巧　人要跟命运争是不错的。命运像是一块压在我们身上的石头，就是得掀翻这块石头！不过这块石头不是一两个人的气力翻得过来的，得靠大伙儿的力量。阿毛哥就错在只看见一两个人，看不见大伙儿；我同他说过几次，他总不大听。

潘顺华　唔。阿毛的话固然有些不对，你也要少信人家的才好。那位送书给你的张先生，厂里不是说要开除她吗？据说她本不是做工的。

阿　巧　可她现在是做工的呀。她爱我们，她教导我们，她和我们一道受苦，一道斗争。

潘顺华　你完全学了她的话了。

〔阿巧不答，披巾又要出去。

潘顺华　你又到哪里去？

阿　巧　去找阿毛哥去。我想同他商量，他再不听我的话，我就不跟他到汉口去。

潘顺华　你不用找他了，他一会儿就回来的。他不是专为着找你，他是取钱去了。他那个好朋友约好今天借钱给他，我也正等他这笔钱用，要不然真没有办法了。刚才张开富来过，说昨天没交的那一千四百八十文也要算两个铜子的息。……阿毛跟他闹，约他明天还清这笔债，要是真能还清这笔阎王债可就松了我一口气了。不过我总觉得这事情太好了，有些像做梦似的，信不过。还有房东太太也来说过了。

阿　巧　她怎么说？

潘顺华　她说情愿让我们一个月房租，要我们另外找房子。……说起来房东太太总算是个好人。

阿　巧　什么好人！她是料定了我们拿不出房钱，“多得不如现得”，把我们赶走，她好租给别人。

潘顺华　不，她说不是租给别人，是她的儿子老二要搬回来自己住。

阿　巧　信她瞎说！我刚才看见大门口已经贴出了招租的条子了。

潘顺华　（爽然）……真的吗？……咳，没有钱的人总是要受气的。……

阿　巧　你老人家怎么说呢？

潘顺华　我说：住房子当然得给房钱。既然房东要收回自己住，我们只好一面找房子，一面付她的房租。

阿　巧　现在哪来钱付她的房租呢？

潘顺华　我想等你妈妈这个月的工钱。

阿　巧　哼！妈妈这个月的工钱恐怕也靠不住了。刚才碰了阿秀，她告诉我，今天厂里又闹事，工头俞根生欺负并线间的刘阿贞……俞根生早想跟她好，她不肯，俞根生借事情打她，今天又要停她的生意。大家动了公愤，一定要赶掉俞根生那鬼家伙。今天并线间已经罢了半天工了。粗纱间、细纱间、摇纱间都罢工来支援他们。

潘顺华　你妈妈怎么没有回来呢？

阿　巧　她又当上代表了。据说不单为这件事，还提出了别的要求：以后不许老板随意开除我们哪，前回无缘无故停了生意的徐六姐为什么还不复工，限老板在二十四小时以内答复。还有，我们总是一面做工一面站着吃饭，以后得让我们坐着吃。还有，不许管理员跑到我们女人茅房里来，管理员那些流氓真可恶！连我们上茅房都管。

潘顺华　话虽是这样说，要是连你妈妈的生意也停了，一家人就真走绝路了。

阿　巧　那也管不了许多，要停生意就大家停吧，不能看着别人停生意，我们不管，那样，老板更要把我们不当人了。……真是，你看我们谁都替他们拼命干活，赶到你老了，阿毛坏了左手，我轧断了手指头了，就好像轧过了糖的甘蔗渣似的，扔掉不要了。

潘顺华　咳，我们就是生坏了这种受人家熬煎的命嘛。

阿　巧　难道他们就生成是应该熬煎人家的？……学句阿毛哥的话，爸爸你真太老实了。

潘顺华　孩子，你爸爸做人是宁可太老实，不可以不老实。……这也不要去说它了。孩子，你刚才可卖了点钱没有？

阿　巧　啊，我忘了交账啦。……爸爸，今天下半天虽则下雨，生意倒还不坏。碰上了一家人家大出丧，马车、汽车差不多摆了半里多远。……（数一数钱）一共卖了七百五十文，要不是想回来看阿毛哥，还可以多卖几文也说不定。

潘顺华　（接了铜子，露出喜色）为什么不多卖几文回来呢？不容易啊，不容易啊。要是每天都有人大出丧，就再多下几天雨也不要紧。

阿　巧　哎呀，爸爸，连你也不大老实了哩。

潘顺华　哈哈。古话说得好，“人穷志短”，做老实人真不容易啊。……不过这七十五个铜子做什么用呢？……（咳嗽）

阿　巧　让我去买几个生鸡子烧给你吃。

潘顺华　你也讲起闹阔的话来了。

阿　巧　这不是闹阔，你上年纪了，受不了风寒，也挨不了饿。这几天你吃得太少了，真病倒了，可不是一两个鸡子买得回来的。

潘顺华　多吃掉一文钱就少一文钱还账呵。……

阿　巧　那种短命的账反正不是这几个钱还得清的。等阿毛哥的钱来了，就不用发愁了。

潘顺华　阿毛的钱要是靠不住，又怎么办呢？

阿　巧　阿毛哥真靠不住，就靠我吧，爸爸。

潘顺华　（苦笑）靠你？你若是个男孩子，我现在正好靠你了，可惜你是个女孩子，你不是指头也坏了吗？

阿　巧　（也是凄然地笑）手指头坏了，身子没有坏呵。

潘顺华　（由苦笑变成激怒）难道你安排靠身子卖钱吗？

阿　巧　（苦笑）总不好活活地看着你饿死。

潘顺华　饿死也不要你那样！孩子，你听明白了没有？刚才张开富听我谈起家里的苦楚，他说为什么不把你押到堂子里去，房东太太谈起我家里的事，也说为什么不把你嫁给一家有钱的人家。他们的话就好像约好了似的，都在你的身上打主意。

阿　巧　他们说的也许都是实在的话，阿毛哥的钱要是靠不住，娘又停了生意，也就只好那样办了。……

潘顺华　孩子，你别开玩笑。……

阿　巧　我不是开玩笑，我真是这样想。固然我也不想押到堂子里，也不愿嫁给我不愿意的人。……

潘顺华　（望着天）我的命就真是苦到连一个女儿都保全不了吗？

阿　巧　张先生说得好："现在不单是保全一两个人的时候，得团结起来争取大伙儿的活路。"好，别说这些了。爸爸，快把钱给我买鸡子去。

潘顺华　（数了钱交给她）十四个铜子买两个就得了。

阿　巧　（接了钱）爸爸，我的肚子也饿得慌了。再给六个铜子去买两个大饼。

潘顺华　六个铜子？

阿　巧　是啊，大饼也涨了，以前两个铜子一个的，这几天他妈的要三个铜子了。

潘顺华　孩子，你怎么老爱说这些村话！别忘了你是十八九岁的大姑娘了。我们穷自穷，也得学一点好人家的规矩啊。

阿　巧　我就不爱学那些臭规矩。

潘顺华　听，又来了。怎么这样不学好呢？

阿　巧　（披好巾子）爸爸，我去去就来。阿毛哥来了，叫他等一等，我有话对他说。

潘顺华　好。哎呀，屋子越漏越大了。你拿一个脸盆来接一接吧。

阿　巧　（取面盆和一块木片来）你用这个把漏的地方塞一塞得了。够得着吗？

潘顺华　对呀，（站起来）够得着。（指木片子）可惜大了些。拿把刀来削一削。

阿　巧　是。（取刀给潘顺华）爸爸，我去了。

潘顺华　（一面削木片）唔，快些回来。

〔阿巧下楼。

潘顺华　（削好木片，修理了好一些时候，面盆里响得更大，他揩一揩汗）越修理越漏得大了，他妈的！（躺下来）

〔忽然楼下人声鼎沸：

“你认识这个人吧？”

“不认识。不认识。”

“不认识？别说谎。回头要吃官司的。他身上搜出了寄给你家的信，你瞧这信封。”

“这我们不晓得，我们姓朱，这信封上是姓文。我们亭子间住过一个姓文的客人，上个月搬走了。不信你去问问楼上潘家里。”

〔一时楼梯声咚咚地上来了一个便衣侦探，两个巡捕押着阿毛上来。

包　探　（掏出手枪）喂，老头子！你姓什么？

潘顺华　（很骇异地）我姓潘，我姓潘。

包　探　你下来，你下来！

潘顺华　我有病。是怎么回事？（一面下来）

包　探　你认识这个人么？

潘顺华　这个人？……（见了阿毛大惊）

文阿毛　我说过这封信是从字纸篮里随意拣出来包东西的。你要我吃官司就吃官司得了，干吗要来吓唬这乡下老头子呢？

二房东太太　这个人倒有点良心。

包　探　不管他，先搜一搜。

〔巡捕们一面细搜。

二房东太太　先生，究竟是怎么一回事呢？信里面写了些什么呢？

包　探　信里面倒没有什么。要他上汉口做工，因为是寄到这里来的，所以来查一查。

潘顺华　先生，到底为什么捉这个人呢？

包　探　别装傻。

潘顺华　不，先生，我是个老实人，穷自穷，从来很安分的。房东太太晓得的。

二房东太太　是呀，潘老板一家三口：潘大娘在纱厂做工，姑娘先前也在纱厂里，这些日子伤了手指头，住在家里帮着做点小买卖，潘老板为人老实忠厚，近边的人谁都晓得他的。

包　探　唔，那么，我告诉你，有一个姓龚的在四马路开了一爿书店，龚老板赚了几个钱，想去做官，把店子交给他儿子，就有人转他儿子的念头了，晓得吧？

二房东太太
潘顺华　是是。

包　探　这书店的少老板，今年四月二十五接到了一封恐吓信。要跟他借一千块钱，约他二十九晚上十一点到大世界京戏场交钱，拿钱的人手里得拿一个白洋铁瓶做记号……

二房东太太　那钱送去了没有?

包　探　小开把这信交给他爸爸，龚老板说，别理他。到五月二十号他又接了一封信，约他二十五晚上十二点送到尚志里二弄口第一百〇一号电杆柱子上挂的字纸簏里。注明款子得用红纸包好，还得在电线杆上贴一张红纸条。

二房东太太　这趟送去了没有呢?

包　探　龚老板又没有理他。到了六月十号又来一封信说节关快要到了，又约他 × 号晚边七点钟，无论天晴下雨，得把款子放在这近边广福寺对面第十五号电线杆上挂的字纸簏里头。说：再不照办就要用激烈手段对付。

二房东太太　这趟呢?

包　探　这趟?你这老糊涂，这趟不就是今天吗?行里接了龚老板的电话，叫我们埋伏在广福寺近边，这家伙慌里慌张地走过来，在近边兜了几个圈子，见没有人，就伸手到字纸簏里去拿那个红纸包儿……

二房东太太　纸包给他拿去了没有?

包　探　纸包给他拿去了，他就被我们给抓住了。

潘顺华　（故意痉挛地走近）真是岂有此理!这么年轻轻的人干出这样荒唐的事情来了!

文阿毛　（冷然地笑）没有钱用，活不下去嘛。

潘顺华　为什么不老老实实去赚?

文阿毛　找不着工做，到哪儿去赚呢?

潘顺华　就该好好地向朋友们去借啊?

文阿毛　人家有钱不借给你呀。

潘顺华　你若是老实可靠，哪有不愿意借给你的?

文阿毛　（故意打量他的样子）看你这老头子也像个老实可靠的，你除了借阎王债，可有人帮助你呀?

包　探　社会局设立了贫民借本处，怎么不去借呢？

文阿毛　那得有殷实的铺保，我到哪里找去？

潘顺华　难道你除了干这样荒唐的事就没有别的路了？

文阿毛　哼！还有一条路，就是寻死。报上每天有人寻死，我想我活在世上也没有什么大意思，就去投海吧。一个人跑到吴淞海边。他妈妈的，海边上又不知什么时候竖了几块木牌牌，什么“只有活着奋斗才能解决你的困难”哪，“失败乃成功之母，自杀是懦夫之流”哪，“寻死容易寻活难，快快回头”哪，我想这些话也不错啊，只好又走回来了，回来，还是一点办法也没有。这个世界真不知是什么鬼世界！既不许我们死，又不让我们活。

包　探　哼哼，这样你就写恐吓信了？可你干吗单找上龚老板呢？

文阿毛　龚老板是我同乡，他儿子原先还是我同学，他读书比我蠢得多，可是，他运气好，他爸爸跟军阀勾结，发了好一笔冤枉财，他一年年升学，现在又是少老板，又是名人了。我胳膊给机器轧坏了，歇了生意的时候，也曾好好找过他，那家伙仗他老子有几个臭钱就不认得老百姓了，给花子似的给我几块钱，再也不肯见我的面了。

潘顺华　不过你——你怎么样也不该起心做强盗啊！

文阿毛　（愤然）强盗？为什么我是强盗？他店子里小伙计告诉我，龚老板专做些昧良心的事。收印了穷作家的稿子不给钱；造假账骗人家的版税；替军阀当走狗印了好一些欺骗青年的书报；压迫小伙计不许他们组织工会。……只有他才真是强盗哩。妈的，越是大强盗就越有巡捕哪包探哪去保护他！

包　探　（顺手打了阿毛一个嘴巴）妈的，有话留到行里去说吧，看你是活得不耐烦了。喂，抄出了手枪没有？

〔带有意义的微笑顾巡捕。

巡　捕　（笑）手枪？哈哈，不值钱的当票倒有几张。

包　探　无啥道理。（不甚在意地）你们这里没有姓文的吗？

潘顺华　没有。楼上就只有我们三个人。我，我老婆，一个女儿。

二房东太太　前个月亭子间住过一个客人好像是姓文。他早搬走了。

包　探　（看信封）唔，好了，老太婆，把一个人同我到行里去一下。

二房东太太　（疑惧）为什么呢？……我家里没有人。……

包　探　没有什么事，找一个保人就出来了。好，走！（拍着呆想着的阿毛）妈的，你还想什么？想那纸包里的东西吗？哈哈。

〔包探，巡捕带阿毛一拥而下。阿巧买鸡子、大饼上来恰与相遇。相视愕然。但阿毛被无情的巡捕拖下去了。

〔阿巧呆然望他们的后影好半天，急拉住其父。

阿　巧　怎么回事？阿毛怎么样了，爸爸？

〔潘顺华不语。

阿　巧　他为什么被他们给抓走了？犯了什么事？

〔潘顺华不语。

阿　巧　（摇之）爸爸你说啊！！

潘顺华　我当阿毛真有什么朋友借钱给他，原来他——他写恐吓信给他同学要一千块钱，被他们给抓住了。

阿　巧　（瘫软下来自语）蠢东西！我知道他会做出这样蠢事的！

潘顺华　他说这是为着你哩。

阿　巧　为着我？哈哈，他想有了一千块钱，我们就有好日子过了？他真蠢透了！一点也不听我的，偏要去信那些流氓的话。蠢东西！蠢东西！（蒙头哭）啊，我怎么得了！（忽决然）我去了！

潘顺华　孩子，你上哪里去？

坷　巧　找张先生去，问问她我该怎么办，我一会儿就回来。爸爸，您上去睡一会儿。

潘顺华　（毫无主张地）孩子，我怎么能睡？

阿　巧　爸爸，您放心，我们一定有办法的。（扶其父上床，盖好被）好生睡，爸爸，我一会儿就转来，娘也一会儿要转来的，我

去了。（披巾急出，口里叫着）蠢东西，阿毛哥啊！（急下）

〔二房东太太急上。

二房东太太　潘老板！潘老板！

潘顺华　（从床上答）老太太。

二房东太太　（愠色）啊呀，你还睡觉哩。老二也被他们带到行里去了。我现在还要出去找保人。赶到过节的时候又碰上这样的事，真是倒霉。这都是为你们啊。

潘顺华　真是对不起。

二房东太太　现在还有什么对得起对不起的，我也不要你的房租了，你赶快找一个地方搬家吧。

潘顺华　是是。（掀起单被）我一定去找地方。

〔娘姨从楼下叫，“老太太，车子已经叫好了”。

二房东太太　（大声应）来了。潘老板，真是拜托你。我若是没有良心的，早说了真话了，那你们一家子都得吃官司。我一来想“多一事不如少一事”。二来我也是替子孙积点儿德罢了。

潘顺华　老太太真是再好没有了。我下一辈子变畜生来报答你。

二房东太太　不要那样说了，你只想法子快点儿搬家得哪。（望望家具）不过，这几样家伙请你留给我们用用。

潘顺华　（连连点头）是是。

〔二房东太太下楼去了。

潘顺华　是是。（精神病似的）到了明天，连这样漏雨的屋子也没有住了。（忽又怨鬼似的数着剩下的铜子）还有四十块钱得给啊，我怎么得了！阿毛真是个蠢家伙！（狂笑）哈哈哈哈。不，阿毛那家伙聪明得很，他至少有十年不愁没有房子住，也不愁没有饭吃了！哈哈哈！（哭）可是巧儿，你可千万别卖你的身子啊。我们穷自穷，身家是清白的啊。（摸起菜刀）我没有路走了，老婆啊，我们三十多年的夫妻今天要分手了。我不能等你了。（猛然向自己颈下砍去，在床下吧嗒吧

嗒的苦闷）

〔天色渐暮，房中黑暗。只闻唏唏苦闷之声。

〔他的老妻提着饭篮冒雨归来。

潘徐氏　怎么黑洞洞的？都不在家吗？（略望望阁楼）啊，巧儿的爹在家。（放下饭篮，去了围巾，疲极坐在阁楼下木凳上）哎呀，累死我了，闹了一整天。不过也值得，工钱也答应加了，俞根生那个畜生也被我们给撵走了。（敲着阁楼脚）喂，听见了没有？

潘顺华　（咬牙苦闷着）唔。

潘徐氏　怎么，还发热吗？巧儿上哪儿去了？怎么东西丢了一满房？又找什么东西上当铺去了吗？（忽滴下了一滴血）咦，床上漏雨！

潘顺华　（激烈的唏唏苦闷声）唔唔！

潘徐氏　怎么，什么地方痛？（起身伸手摸之）哎呀！（急缩手闻了一闻）血！你怎么了？巧儿的爹，你怎么了？（急燃灯照床上）

潘顺华　（鲜血满面地苦闷挣扎着）唔唔。

潘徐氏　（大叫）天哪！你寻死了吗？（置灯床头，扶起她丈夫）

潘顺华　（由死的苦闷中一字字叫出）他妈的，为着一家人吃饭受——受了一辈子苦，临到要断气了还得这样为难吗！巧儿的妈，快，快补我一刀！

潘徐氏　（抱之哭）巧儿的爹哟。谁不晓得家里为难，你为什么就要寻死？等天晴了我们不就好了吗？

潘顺华　（抱其妻，惨绝地）我们——我们什么时候才看到晴天啊？

潘徐氏　（哭声中很确信地安慰他）晴天快到了，巧儿的爹，你安心吧。

潘顺华　（模糊地但有力地）晴天快到了，哈哈，晴天快到了！（带微笑倒去）

〔阿巧和她的张先生以及许多男女工人赶来。

阿　巧　（惊叫）哎呀，爸爸！

张先生　（很沉痛地）我们来迟了！

工人们　（齐叫）潘老板，潘老板！

〔这时雨声忽止，窗外射进一线红光，似乎预告明天是晴天。

阿　巧　啊，你瞧！不就是晴天了吗？爸爸啊！（哭抱之）

——幕

一九三一年梅雨期写

原载《读书杂志》1932 年第 2 卷第 1 期

回　声

尤　兢

人　物

老　李
小黑子
梅世钧
张土根
老　彭
甲、乙、丙、丁、戊……
梅　母
老　龚
井　上

景　　上海某国 TK 纱厂工房的一间，房子低小黝黯，挤排着上下层的床铺，灰浅的光线从正面高而小的窗内透进来。

幕　　老李在凑着光缝补破小褂子，老梅和小黑子讲着话，三人哄笑，笑醒了睡在床上的张土根。

小黑子　以后怎么样？

梅世钧　不讲了，困得很！（打呵欠）

小黑子　是不是你们弟兄们真的把那姑娘抢了来，给连长做小老婆？

梅世钧　我们弟兄们才不呢。……

小黑子　那么你们连长的相思病怎么办呢？……老梅，妈的，卖关子，话只讲一半。（走，挡住了李的光）

老　李　小黑子，站开点，老虫样地窜来窜去！

张土根　真的，（翻身）小黑子，睡觉吧，当心上了工打瞌睡！

小黑子　妈的，你自己，打瞌睡，给机器咬断了手！

张土根　（生气）小子，不识好歹！看老子爬起来揍你……

梅世钧　算了，老张……小黑子，人家关照你是好心。

张土根　（坐起，举受伤的左手）他妈的，说起来真气死人，这两双手指，全是 ×× 鬼子给害掉的！

梅世钧　"拿摩温"冤你打瞌睡是不是？

张土根　鬼打瞌睡！……我做惯了单线粗纱，暴做双线不顺手，断了两三寸长的一根，接慢一点，那个 ×× 监工跑来就一巴掌，我身子一侧，左手给轧了进去。

梅世钧　还算好，只轧了两个不甚重要的手指。

张土根　（比拇食二指）这两个还不知道会不会好呢！

老　李　（吸黄烟）唉，这种事情我看见得太多了！从前还有我们自己的工会，可以讲讲理，赔偿点医药费。现在（咳嗽）唉，现在什么都不能谈！

张土根　什么都听人欺侮！

小黑子　（大家叹息中只他兴奋）老李，你是经过来的，听说革命军到上海那时候，是我们工人就打逃了北兵……

老　李　奶奶的，说起那时候我们才抖呢！我在沪西也是 ×× 人的 CO 纱厂里做，啧啧！工会，每礼拜开大会，代表是我们自家推，条件归我们自己提，什么条件 ×× 老板全答应。

张土根　再有这样的日子就好了！

小黑子　现在不也有工会么？

老　李　你们没见那时候的！（咳嗽）现在什么都谈不上了，瞧，前几天厂里因为救国传单的事情，把小无锡、老朱他们抓了去，你看有人出来说句话么？

小黑子　妈的，扣月捐有人！做事就没人……

〔门外有脚步声。

老　李　（机警地）哈哈，睡觉吧，今天礼拜六，做了夜班出来，就有工钱领了！

梅世钧　唔，我这礼拜做得最好，没有一点儿错事让“那摩温”扣工钱。

小黑子　梅大哥，领全工，××人要升你做“那摩温”了！请客呀！

张土根　老梅，你答应借一块钱给我的。

梅世钧　自然，你遭了这倒霉的恙，我一定借给你。（解衣）

小黑子　（也打算睡）老李，要睡大家睡，回头我们睡着了，老彭读了书回来，跟你谈讲起来，吵醒我们可不成！

老　李　（燃烟）我得补好这件小褂子才睡的，奶奶的，衣服一破，就跟做伤了身子的人一（咳）一样，听你怎么修补也不济事！

张土根　破衣服还可以修补呢，我、我的手要是医不好，一辈子这就完了！

老　李　我，他奶奶的就害死了这要命的咳嗽病！

小黑子　老彭说得对，这些工厂就像吃人的机器，我们都会变成渣滓，给拉出去的！

〔张、李叹息，远远有吹口哨声，脚步声。彭挟两册《识字读本》吹口哨上。

老　彭　老张，你的手指不要紧么？

张土根　要等领了工钱去看了医生才知道呢。

梅世钧　老彭，有什么新闻讲点来听听。

老　彭　没有好消息，听说上海这些 ×× 纱厂又要改花样了。

老　李　改花样，你上次说中国丝厂今年只有一家开厂，该不是 ×× 人想改做丝厂了？

梅世钧　这么一改，我们不是多要失业么？（扣衣）

老　彭　改丝厂倒不是，失业可差不多你我多会有份的！

梅世钧　（着急）这话怎么讲？

老　彭　什么道理，我还没有弄清楚，说是报上登的，有好几家 ×× 厂把粗纱间，改做了细纱间，另外添多了双线间跟烧茸纱间了。

老　李　唔，这一改，我们做粗纱的，少不了又有许多人要裁出去的。

梅世钧　这我想不用担愁，平时生活做得好，货色出得快的，总会留下来调过去的。

小黑子　对了，怪不得崇明老龚调走了！

老　彭　崇明老龚可不同，（回去闩上门）这王八蛋在过年的假期里，把许多工友的一举一动，连吃年饭拜年，都告诉 ×× 稽查，跟人事科主任，这次新年开工，有几十个人没领到折子，就是他捣的鬼。（睡）

老　李　唔，（换了袋烟）奶奶的……

小黑子　（打床板）汉奸！老子打死他！

梅世钧　小弟弟，轻点，回头别闯出岔子来！（睡）

小黑子　怕什么？老子“两只手握着双拳头发痒呢”！

老　李　可惜老张的一个拳头不便当了！

张土根　一个拳头，真打起来，我还有嘴，有牙齿，咬都咬死他的！

〔大家笑。

老　李　这种事情真有呢，前年美亚绸厂大罢工，不是就有一个女工咬掉包打听一块肉么！

老　彭　你们没有见，“一二八”四周年那天，学生子在庙行镇“无名英雄墓”前，打一个汉奸才打得痛快呢！

小黑子　什么时候，我们也打个痛快！

〔门外打门声，众惊。

声　　开门！……快开门呀！

老　李　××人？

梅世钧　来干么？

老　李　小黑子，你睡下去。

声　　做什么不开门？

老　李　来了。（去）

〔小黑子睡下，进来的是老龚跟井上。

老　李　老龚，什么事情？

老　龚　什么老龚小龚的，大家起来，让井上先生查一查！

〔梅、彭、小黑子下床。

老　龚　诸位，我们厂里本来是很好的，太太平平，大家安稳。可是近来厂里常常发现什么救国传单，这一定是反动分子捣乱……

小黑子　你说救，救国……

井　上　猪猡，不许哗啦哗啦！

老　龚　现在，为了表示心迹，明了真相起见，请井上先生查一查……

井　上　（指张）这个人？

老　龚　混蛋，你怎么不起来！

张土根　我，我手痛！

老　龚　死也得起来，快！

〔张下床，在井上的注视下。老龚搜查了每人身上。一无所得，又查床铺什物，最后搜到梅世钧的一件外衣，从口袋里摸出一本小簿子，呈给井上。

井　上　（翻了又翻，众着急，翻出一张照片，对梅世钧）这照片上是你自己？

梅世钧　是。

井　上　（命龚）把他带走，捣乱分子！

〔众惊。

梅世钧　（急）先生，我是好人呀！这是我从前当兵时候的照，留着做纪念！

井　上　当兵的，为什么来做工？显系图谋不轨！

梅世钧　报告先生，前几年我被军队拉夫拉了去，他们硬逼我补了名字，当兵三年回家，过不了活，妹妹在上海做工，我就同母亲也来了……

井　上　当兵的来做工，显然是捣乱！（指龚抓梅）

梅世钧　（挣脱）不是，我，实在……他们多知道我……我平时在厂里……从来不……

老　彭　他实在是好人！

井　上　猪猡，废话，这武装照片就是反动证据了！

梅世钧　冤枉呀！我……

老　龚　到写字间里去再说！（再抓）

梅世钧　（有力地推开）岂有此理，欺侮我好人！

井　上　（一巴掌打过去，梅一推，打在床架上，怒，摸手枪）动！要狗命？走！

梅世钧　去就去，我不曾做错事，是人总得讲个道理！

〔梅被逼下，四人气愤。

老　李　唉！这是什么天日呵！

小黑子　他妈的，为什么抓老梅呢？

老　彭　你没听见？这几天厂里常常发现救国的传单……

小黑子　你看见过么？你是识字的。

老　彭　我在打包间的纸堆里见过一张。

张土根　上面说些什么？

老　彭　说什么？就说“中国快要亡国了，我们都要变成××人的奴隶了，不愿意做亡国奴的中国人，都应该救国，不分什么党派，不管哪一类子人，只消除开汉奸、卖国贼，都该站在救国这条线上……”

小黑子　这话对呀！

老　彭　对呀！只有汉奸卖国贼才说不对的！……大家说对，所以××人怕起来了，想尽法子抓人，前天不是抓去了朱富生、小无锡、南通阿大这三个人么？

老　李　他们三个多放出来了。

老　彭　他们三个多是有家小的，而且平时生活又做得最好！

老　李　要紧的还是因为他们没有证据！

小黑子　老梅有鸟的证据！

老　李　就怕鬼子“杀鸡给猴子看”，那就糟了！

老　彭　小黑子，你去探探，有什么长短，赶快送个信来，我们好想法子援救他！

小黑子　好，我就去。（走）

老　李　当心呀，我就担心你傻头傻脑的！

老　彭　要是他们真的把老梅关起来，我们想什么法子救他呢？这样随便抓人，我们还有日子过么？……前几天抓小无锡、老朱他们三个，今天又抓老梅，明天，后天，你，我，他（指张），都会给他们像厨子抓小鸡样地随便抓去的！

老　李　唉！现在什么都不能谈，但求能够平平安安放出来。就算好的了！

老　彭　办法是有的，只怕大家不能齐心！

张土根　你说什么办法呢？

〔远远有打架声。

老　彭　（攀到窗上去看）嗨，打起来了！……三四个××人打老梅一个……妈的，老龚这汉奸还帮着打呢……嗽嗽！……打倒了，又打倒了……哏！

张土根　是老梅被打倒了？

老　彭　不是，老梅打倒了别人！……嗽嗽！又打倒了一个……打得好！

张土根　打得好，老梅真有种！

老　李　要打出祸来的！

老　彭　哈，逃了，哈哈，东洋鬼子给老梅打逃了……

张土根　老梅自己呢？

老　彭　同小黑子一道回来了。

〔警笛声。

老　李　警笛！

老　彭　××人吹的……糟糕！许多××人围住老梅打了！（打声更近）嗽，嗽！……呵！（跳下）快去救老梅，快被他们打死了！（下）

〔打声，呻吟声中，空白。一会儿，彭，李，张，甲，乙，丙抬重伤的老梅上，小黑子在后面。大家把老梅放在近台左的床上。

乙　　血！血！

老　彭　梅！梅大哥！

〔老李撕他的破褂子来揩血，包扎伤口，颤抖着血染的手，静寂中，各人面面相觑。

梅世钧　嗳！

老　李　好了，活过来了！

众　　梅！老梅！

〔又静一下。

梅世钧　妈呀！……痛！……喔……（吐鲜血）

众　　吐血！

老　李　（揩血）暂时不可惊动他，让他静一静！

老　彭　（轻声）大家请过来！（老李之外，大家都走聚在台中左）谁认识他的家？去通知一声他妹妹跟母亲吧！

甲　　我认识，我去！（下）

老　彭　小黑子，怎么打起来的？

乙　　（抢着说）他们硬说他是义勇军，捣乱分子，要把他送到巡捕房去关起来，坐西牢，老梅自然不肯去咯！在厂门口，他们就打老梅，老梅还手，就这样打起来了！

小黑子　老梅真棒！力气真大！三四个 ×× 人都打不过他！后来跑上来十多个，一齐动手，就把老梅打成这样！

丙　　妈的，真不讲理！我们不去救他，老梅准会给他们打死的！

乙　　起初，×× 巡捕还拔出手枪对住我们，不许我们救老梅呢！……我们看见老梅快要被打死了，大家冲上去，才抢了出来！

小黑子　我还被他们打了好几下呢！

老　彭　这次是大家亲眼看见，亲身受到 ×× 人的压迫！

老　李　轻一点！

梅世钧　唔！唔！（呻吟）

〔众静，看。

梅世钧　（吐）呕！……

老　彭　（啧嘴）啧，啧！还吐血？

老　李　黄水，吐黄水了！

丙　　吐黄水，一定是打破了胆，胆汁流出来了！

梅世钧　唉！呕！（又吐黄水）苦呀！（挣扎招手）老李……老彭……小黑子……弟兄们……

〔被叫的一个个走近来。

众　　梅……梅大哥……好兄弟……

梅世钧　（握彭等手）兄弟，我不成了！

老　李　梅，你，你不要紧！

梅世钧　唔，（摇头）……死，我死得不甘心……

老　彭　梅大哥，你放心！

梅世钧　唔！——（指指胸）

老　李　梅兄弟！你身后的事有我们……你母亲、妹妹，我们招扶！

梅世钧　（摇头，挣起点来）我死，死不甘心！……妈的，当了几年兵，不曾打过××人，现在，死在××人的手里了！……义，义勇军，我怎么到死还不是义勇军！……好兄弟！你们活着，去做真的义勇军吧！……（重重地倒下）

老　彭　梅，你说得对！

老　李　（去抚摸他，手急缩回）呀！

〔众默然，老李含泪整理尸身，静寂中，天色渐暗。

老　彭　兄弟们，听见么？老梅的话！他就这样地被打死了！……他没有犯丝毫的法！他只犯了“是中国工人”这罪名！……他是代表我们每一个人死在××人手里的！……我们。……我们……

众　　我们依照他的话？我们替他报仇！

老　彭　对了！我们对着死掉的兄弟说：我们替他复仇！替被敌人杀害的千千万万人复仇！我们要为自己，为我们子子孙孙不做人家的奴隶拼命！对不对？

众　　对！对！

〔丁、戊等数人急入。

丁　　老梅怎么样了？（看）——呀！

老　李　兄弟们。现在什么都不能不谈了！我们应该安静一点想想，怎么去做！

乙　　是的，我们要大家商量个办法？

丙　　我说，我们推代表去见老板，要求他……

老　彭　不，我们先要把这事情告诉全厂的四千多工友！不，所有的工友！人多好做事，光是××纱厂，就有二万多人了！

众　　赞成，赞成！（每句话附和）

张土根　我们要供养老梅的母亲！

丁　　我们大家捐钱！

老　彭　我们替他开追悼会！

〔老龚贼样地溜了进来。

小黑子　（迎上去）妈的，你来做什么？

老　龚　我，我来看看梅世钧！唉，老梅不应该动手打人……

老　彭　嘿嘿！老梅被 ×× 人打死了！

老　龚　呀？死了？唔，这怎么办呢？

丙　　　怎么办？我们要老板偿命，要他赔钱！要他担保以后……

老　龚　这，这些条件我不好提……

张土根　妈的，谁要你提！

老　彭　我们有千千万万的工友，自己会提出去的！

张土根　不要跟他说话！不要理他！

众　　　我们自己会去说的！

老　龚　（退）诸位，诸位！要慎重！你们是在 ×× 人厂里呀！他们有兵，有枪，有……

众　　　我们不怕，我们人多！

小黑子　打，打汉奸！老子的"拳头发痒了"！

〔龚抱头鼠窜，狼狈出。

老　李　这汉奸要去捣鬼的，我们要就赶快！

老　彭　赶快！老李，你几个 ×× 厂里全有熟人，你快去告诉大家……

老　李　我就去。（带了旱烟管下）

老　彭　还有，老梅的妹妹怎么还不来？谁去找她？要她去告诉女工们！

丙　　　她在沪西 DO 纱厂，我去找她！（下）

〔甲同梅母上。

梅　母　钧儿？我的钧儿呀！（哭）

张土根　伯母！伯母，不要哭……

梅　母　苦命呀！我只有这个儿子，死……死了！（又哭跳）钧儿！

我也死吧！……苦命！（头撞床架）

〔众抱住，劝慰。

老　彭　伯母，我们商量过了，我们大家养抚你老人家！我们还替他……

梅　母　狠心的人呀！你们没有父母，没有子女么？我儿子犯了什么罪？

〔天色更黑暗中，电灯光微弱地在高空摇晃。厂里拉放工的回声。

老　彭　回声响了，放工了！……叫大家不要散开！

〔回声，人声。

张土根　（爬到窗口）大家不要走……梅世钧被 ×× 人打死了！（挥手，手疼）唉！

声　……

小黑子　我来！（推开张，叫）兄弟们！打死人了！

声　……

小黑子　放工出来的人不要散开！做夜班的，不要进厂去！我们要……

声　……

老　彭　这样在里面叫喊不够！走，我们都去！……

〔乙、丁、戊等先冲出，彭在后，急回。

老　彭　把老梅抬出去给大家看！（与小黑子抬尸，出）

〔回声拉成长的怒吼。

梅　母　……

声　……

——幕——

梅丧“头七祭”日草于真茹

原载《生活知识》（上海）1936 年第 1 卷第 10 期

铁　砂

（四幕剧）

胡绍轩

总时间　一九三九年春

总地点　湖北省大冶县

各幕时间

序　幕——民国八年阴历除夕黄昏后。

第一幕——民国二十七年除夕黄昏前。

第二幕——民国二十八年一月十五日上午十一时。

第三幕——一月十八日下午五时。

第四幕——一月二十三日黎明前。

各幕地点

序　幕——大冶县城

第一幕——下陆

第二幕——黄石港

第三幕——铁山

第四幕——石灰窑

各幕布景

序　幕——普通书房

第一幕——路边茶棚

第二幕——华丽客厅

第三幕——矿山洞口

第四幕第一场——月夜山头

　　　第二场——宅院门前

　　　第三场——同第一场

全剧人物

何　崇　沦陷区域工作者，二十八岁。

吴海清　大冶官矿局职员，三十三岁。

李亚萍　珞珈山畔某大学女生，二十二三岁。

铁　锤　铁矿工人，二十九岁。

陈　根　铁矿工人，三十岁。

刘大个　汉冶萍公司矿厂工头，年约四十。

毛　良　沦陷区域工作者，三十岁。

李祖应　汉冶萍公司矿厂厂长兼伪“石黄维持会”会长，五十一岁。

黄　俊　汉冶萍公司矿厂运矿股股长兼伪“石黄警察局”局长，四十余岁。

杨　三　流氓，敌军官的走狗。年三十六七。

洪　四　市井无赖，李祖应之走狗，三十多岁。

老　张　李宅听差，年四十余。

吴　妈　李宅佣人，三十余岁。

罗　妻　罗老板的妻子，年约四十。

魏大哥　矿工，年约四十。矿区秘密社会中之洪门头脑。

刘老么　矿工，三十余岁。洪门弟兄。

矿工甲，乙，丙，丁，戊，巳，庚，辛——除丁有五六十岁外，其余年龄自二十至四十不等。

矿工修路者甲，乙，丙，丁，戊——年龄自二十至四十不等。

修路矿工工头　年三十余。

一个女人　年三十六七。

其他矿工一群

序　幕

时间　民国八年除夕

地点　大冶县城

人物

祖　父

父　亲

母　亲

表　叔

大　孩——海清

二　孩——二毛

三　孩——三毛

何先生

王先生

陆宗舆

曹汝霖

日置益

布景

在一个中等人家里，是间书房。正中有一个窗户，窗下是张黑漆的方桌，桌上很整齐地放着几部有函套的线装书以及一个书案上所应有的纸砚和笔墨。除外就是一把铜质的水烟袋。桌旁有一太师椅。舞台右后有一门通外面的堂屋，左前有一门通内室。左后角有四块很大的火砖，火砖上放着一叠三五个如同木箱子般的旧式书柜。两边各有两把椅子和一个茶几。两边墙上都挂有字画。正中稍许靠右前方一点，有一火盆，火盆后斜放着一帆布躺椅。旁有一圆凳，凳上置一小茶壶。

幕启

火盆上火正熊熊，是腊月三十的晚上。祖父，一个年近古稀的老头，发须斑斑，戴着眼镜，穿着青绸面狐皮袍，青缎马褂，灰布裤腿，白布袜和双梁棉靴。微笑着从外面走了进来。他拿起茶壶，坐入躺椅，喝了一口茶。接着举起左手，摸了一下胡须，轻松地嘘出一口气。母亲，他的儿媳，一个年约三十六七的妇人，长长脸，不很瘦。穿着银灰色镶浅蓝宽边的上衣和紫黑色的绸裤。上衣长近两膝，高领。她打开内室的门，略略在门口站了一下，接着就走近祖父。

母　亲　爸爸，茶冷了吧！要不要换一点？

祖　父　不不，还很热。老二呢？

母　亲　他在房里同表叔们聊天。

祖　父　牌局？

母　亲　没有成功，三缺一。

祖　父　（微笑）怎么闹了半天，还是三缺一？你们干吗不去请隔壁何先生来？

母　亲　海清请去啦。

祖 父 哦。（略停）二毛三毛呢？

母 亲 也一道儿玩去啦。

祖 父 我说哪！怎么老半天没见过这群孩子，我还以为他们都去睡觉了。

母 亲 睡觉！哪儿肯。他们前天就说哪，年三十晚上是要玩一通宵的。

祖 父 玩一通宵！嚇嚇！这群孩子真有趣。……（忽然想起）哦！海清今年有——？

母 亲 他丁未的。

祖 父 丁未，今年巳未，一十三——喔，开年他就有十四岁哪。

母 亲 可不是，三毛到明天，不是也有八岁了吗？

祖 父 不错不错，我记得三毛是民国二年生的。（掰着指头数）二、三、四、五、六、七、八，对哪，明年他就有八个年头了。那时候你大哥还在黄石港开吴宏发布店，我记得有一天晚上，长发气喘喘地跑去报喜讯。他——

母 亲 他说那天没有赶上火车。

祖 父 是的。他说还没有走到下陆，就听见火车拉汽笛，等他跑过去，车早开了。他想等第三班车子，又怕太晚了。所以就——咳咳！（咳了两声）就一连跑了六十里路。他刚跨进门就喊着我说——

〔内面透出一片笑声，祖父的话被打断。接着父亲、表叔，和王老板等笑着走了出来。

〔父亲，年约四十。蓄着短短的胡髭，穿着一件皮袍子，外面罩着一件蓝布长衫。说话时像他的脸一样，总是一圈和气。因之，在教经馆的时候，不但大点的学生就是年纪小的学生也不怕他。表叔比他小几岁，身段略略矮一点，没有胡子，为人很老练。这次由乡下进城来，就被他姑父留下了过年。穿着青袍子外套和一件大花青马褂。王先生在县城里开着布店，和祖父等说起来还是远亲。长袍、马褂、瓜皮帽，年龄不大，和表叔相仿，长长身段，圆圆脸，下巴上有一个像豌豆般大的黑痣，痣毛很长。走在父亲和表叔的后面，陪着笑。

父　亲　哈哈……

表　叔　（在后喊）姑父，姑父！

祖　父　（慢慢站起）什么？

父　亲　爸爸，你听！三表弟劝我明年改行。

〔祖父微笑。

表　叔　姑父，你别笑。我也有我的道理的。第一，自从今年——不，应该说是去年。自从去年阳历五月四日，北京的学生闹事以后，这半年来他们不是在闹什么“白话文”吗？我看，二表兄的经馆，终究是会给他们推翻的。

父　亲　我不相信，“白话”还能成为“文”！

祖　父　不教书又干什么？

父　亲　他劝我贩卖猪鬃。

祖　父　哈哈！教书先生卖猪鬃！

表　叔　这个，我也有道理的。（祖父还在笑）姑父，你别笑，听我说。第一——哦，该说是第二。第二，贩卖猪鬃比教书赚钱。猪鬃的销路大半是日本，何况我们这大冶县，日本人来来往往的有很多呢，我们不必到汉口去，只在黄石港开一个行店就成。

王先生　我主张开一个山货行，牛皮杂皮都收。

表　叔　不不，我反对，第一，开山货行非到汉口不成。你不知道，牛皮和杂皮多半还是销美国同英国。——姑父，你请坐。自从大表兄回来以后，那间吴宏发的铺子？

祖　父　早租给人了。

王先生　老伯，我看就这样。在黄石港单开一个猪鬃行也好，不过，在这县城里最好再来一个大屠宰行。

父　亲　唉！仲文，你这成什么话？三表弟不过叫我贩卖猪鬃，你倒叫我当起屠户来了。

表　叔　不呀，你只做老板呀，谁教你自己动手杀猪呢？

〔通外面的门被推开了，接着走进一个人来。

父　亲　（声音很快地）得了吧！得了吧！云山来了，我们打牌去。

〔云山是何先生的外号。他就住在隔壁。年龄也不很大，有三十五岁。二十六岁的那一年，生了一个儿子，儿子现在才九岁，名叫阿崇，很活泼，颇有组织的能力，常常在街上带着一群孩子打野仗。因为只有这一个孩子，所以云山虽然讨厌他，但更爱他。云山个子不大，身体很结实，穿着长袍马褂。爱静，不大笑。但今天例外，因为是过年，一走进门就笑嘻嘻的。

何先生　什么？

父　亲　没什么，他们拿我开玩笑。

何先生　老伯，我今天要陪你打几牌。

祖　父　不成不成，你瞧！我这双眼睛——唉！

母　亲　何先生，海清呢？

何先生　在后面。海清这孩子真乖，我那个小孩简直像匹野马。饭还没吃完，就撂了筷子跑哪。

祖　父　孩子们活泼一点也好。

表　叔　云山，你今天准备多少钱输？

何先生　输！难道你就准备赢吗？！我不相信。

父　亲　来吧！来吧！别多费口舌了！

表　叔　好！我给点本领你们瞧瞧。

何先生　（转对王）仲文兄，听见吗？

王先生　哈哈！领教！领教！

〔父先下，王先生、何先生及表叔等笑着随入。

祖　父　（坐下，对儿媳）火盆搬进去！

母　亲　你不冷？

祖　父　（摇摇头）不冷。

〔母亲搬走火盆。海清及其妹二毛上。

〔海清才十三岁，过了年就有十四岁了。在私塾里读书，很用功，性情直爽，不大爱动。由于静则多思的缘故，所以家乡的一切，也常常会引起他的注意。情感很浓，心儿窄，动不动就流眼泪。他今天穿着一件深绿色的小花绸袍子，外套一件大圆花的青马褂，戴着瓜皮帽子，穿着棉靴，背上同他的弟妹一样，背着一根葱和一本第二年的书。这是此地的风俗，说是象征着孩子们的增寿和聪明。他妹妹拖着一条辫子，穿着红褂子、绿裤子、青袜、绣花鞋，颜色的深浅配合得很合适。她从出门到进门，老是跟在她哥哥海清的后面。

海　清　爷爷！何叔叔来了吗？

祖　父　来了。三毛呢？

海　清　在长发伯伯那儿。

祖　父　你们手里是什么？

二　毛　红枣。

祖　父　哪儿来的？

海　清　隔壁何婶娘给的。（走上前，递上纸包）爷爷，你吃！

祖　父　不，你们留着吃吧！红枣健脾养血的。

海　清　养血！

祖　父　是的。据医书上说，红枣不但健脾，而且养血。你想，如果

一个人身上少了血那还成？所以——（三毛匆匆上）

〔三毛的穿戴和他的哥哥一模一样，所不同的是三毛性情比较活泼。

三 毛 （一边走一边喊）爷爷，爷爷！

祖 父 干吗？

三 毛 你猜我手里是什么？（两手背在身后停立在祖父的面前）

祖 父 （不假思索地，而且带着微笑）哈哈！我知道，是红枣。

三 毛 不是。

祖 父 （略惊）不是！噢——年糕。

三 毛 也不是。

祖 父 是什么？

三 毛 你猜。这东西才好哩。

祖 父 我猜——哦！我知道哪！我知道哪！

三 毛 是什么？

祖 父 你说！

三 毛 （笑）干吗要我说呢？干吗要我说呢？那么你还是不知道呀。（说着，跳着脚步跑到了左端）

祖 父 （转过脸去盯着他）我猜，一定是吃的东西。

三 毛 （大笑）哈哈！（低声自语地）吃的东西！（对祖父）偏巧这东西不能吃。（拿出右手）啰！一块石头。

二 毛 （在旁边）石头有什么稀罕！

三 毛 （注视手中）才好玩呢，黑的。

祖 父 我瞧！

三 毛 （走近前）长发伯伯说，这是“铁”。（递给祖父）

祖 父 噢！这是——（抬头问）哪儿来的？

三 毛 长发伯伯给我的。他说他前天到黄石港办年货的时候，担子不称肩，就在路上捡了一些铁回了。还有两大块哩。

祖　父　不，这不是铁。

三　毛　是什么？

祖　父　这是“铁砂”。

海　清　怎么叫作铁砂？爷爷。

祖　父　铁埋在山上就叫作铁矽，铁矿开下来一块的就叫作铁砂。

海　清　铁砂有什么用呢？

祖　父　铁砂可以制成铁呀。

海　清　铁呢？

祖　父　铁又可以炼成钢。

二　毛　钢呢？

祖　父　钢呀，钢的用处多着哪，譬如可以做钢刀，可以造钢炮，可以修铁路，可以造兵船，可以——

三　毛　（想起刚才三毛说的话，连忙）哦哦，爷爷，我问你，干吗扔在路上呢？

海　清　（几乎同时）爷爷，听先生说我们大冶的铁矿很多，真的吗？

祖　父　真的。我们大冶的铁矿很多。不但铁矿，而且铜矿、金矿、银矿都有，唐宋的时候就有人设炉炼金，炼铁；前清时开采也很多，现在开采的，大的有“铁山”和“狮子山”。这些开下来的铁砂，都由火车运到石灰窑江边，再由轮船运到日本去。

海　清　（皱起眉头）干吗运给日本呢？

祖　父　这——唉！（轻轻地叹了一口气，放下了那块铁砂）这话说来话长。

〔拿起茶壶。

海　清　（请求地）爷爷，你告诉我。

〔二毛从外面搬来一条矮凳，三毛等同坐着。

祖　父　（喝了两口茶）这一来话长哩（放下茶壶，轻轻地咳了一声）还是光绪年间的事。——光绪十六年，有一位姓张的，张之洞先生做两广总督。他想开设铁厂，就叫驻英公使薛福成转请英国一个工厂代为计划。等到一切机器都定好的时候，张之洞先生就被调到我们湖北来了。继任两广总督的是李翰章先生。李翰章不赞成在两广开设铁厂。张之洞没有办法，只好把那些买来的机器都移到湖北来了。刚巧那时候有一位姓盛的盛宣怀发现我们大冶有很多铁矿，就跑去告诉张之洞，张之洞听了这个消息，非常高兴，就在第二年——哦！我记得好像就是光绪二十一年吧！在汉阳建筑了一个大铁厂。然而光有铁矿，没有焦煤，铁还是不能炼。钱又用了很多，大家都在骂他，张之洞他自己也感觉非常为难。说是再向户部——那时候的户部就是民国时代的财政部。说是再向“财政部”要钱吧。又不好开口，就是开口要，部里面的人肯不肯给还是一个问题。没有办法，就在第二年，张之洞奏请皇上，交盛宣怀招商承办。照章程应该招商股一百万两。第二年盛宣怀又添招商股二百万两。他自己就做督办。后来又听德国矿师的话，借德款四百万马克——一马克听说要合中国银子七钱八分。四七二八，八四三二，四百万马克就要合三百一十二万两银子。就用这三百多万两银子，经营湖南萍乡的煤矿。（略略停了一下，右手伸进左手的袖笼里摸出一条手帕来，轻轻地揩了一下嘴巴。接着——）燃料刚刚给弄好，谁知道——

海　清　（担心地）怎样？

祖　父　谁知道还是不能出铁。

海　清　为什么？

祖　父　铁是能出，只是因为张之洞原先向英国所买的钢炉，和我们大冶的铁矿，性质不合。所出的铁轨，含杂质太多不纯粹，卖给京汉铁路，京汉铁路不要。

海　清　怎么办呢？

祖　父　偏巧那时候日本要买铁砂，盛宣怀就向日本借日金三百万元。讲明以每年所产的铁砂作为抵押。日人见势就故意要挟，规定砂价每吨三元，十年内不准改价。我记得光绪三十四年就正式组织了“汉冶萍公司”，完全改归商办。后来又继续向日本借款。民国二年，汉冶萍公司向日本一次就借了日金一千五百万元。借款合同规定，在四十年内要供给日本八百万吨生铁和一千五百万吨铁砂。生铁的价钱每吨二十六元，铁砂还是每吨三元。定价低廉不用说，还规定不准卖给其他国家。自从这次不平等的契约签订以后，我们大冶的铁矿，差不多整个都断送给他们日本了。

海　清　日本人就这样狼心吗？

祖　父　哼！狼心！这个还不算哪！四年前，他还提出二十一条来，想要整个灭亡中国。我记得那二十一条上，就有两条是关于我们大冶铁矿的。……（他顺手又拿起了茶壶）

〔当他把茶壶嘴送到唇边的时候——

〔暗转。

〔一间很讲究的会议厅，室内周围都挂上布幔或绸幔。（请注意：可在原景周围拉上布幔或绸幔。）由于左前面一道灯光的照射，我们只看到正中为一张铺有白色台布的方桌，以及方桌后和左边两个坐着的半身人像。坐在左边的是日本公使日置益，坐在后面正中的是外交总长陆宗舆。他们都穿着大礼服。捧着一张条文在读。

陆宗舆　（继续念）第三号　日本政府及中国政府以现在日本资本家与汉冶萍公司有密约关系，愿增进两国共同利益，兹议定条款如左：一、两缔约国互相约定，俟将来相当机会，将汉冶萍公司作为两国合办事业，并允如未经日本政府同意，所有该公司一切权利产业，中国政府不得自行处分，亦不得使该公司任意处分。二、中国政府允准所有属于汉冶萍公司各矿之附近矿山，如未经该公司同意，一概不准该公司以外之人开采。并允此外欲措办，无论直接间接，恐于该公司有影响，必须先经该公司同意。（略停）

第四号……

日置益　（不耐烦地站起，右手握拳向桌上不很重也不很轻一击）陆总长，你别念了，好不好？

陆宗舆　（低声下气地）贵公使别生气呀！我们大家来研究研究。

日置益　还要研究吗？这二十一条件，我们是一月十八号送来的。到今天五月九号，足足有一百一十来天了。难道（向左边走出一步，又急忙回过头来）唉，陆总长，我们现在什么话都不必说了。你看，为了这点“小事”，就要我来往交涉三十多次。（看表）告诉你，四十八小时，现在是最后的两小时了。（生气地坐下，眼望着前方）

陆宗舆　你别急呀！签字是不成问题的。不过，这第五号……（内门响，曹汝霖也穿着大礼服，由内室走了出来）

日置益　（回过头去，不耐烦地）曹次长，究竟怎样？

曹汝霖　（笑容可掬地向日置益答礼，接着对陆宗舆）总长，大总统叫拿进去。

〔陆起身，持条约急下。

〔暗转。

祖　父　（放下茶壶，叹了一口气，接着以前的谈话）……唉！那才毒辣哩。照条约规定，汉冶萍公司以后一切都要受他管，中国“永远”不能翻身。他们看准了袁世凯想做皇帝，所以硬逼着他签字。

海　清　（担心地）签了字没有呢？

祖　父　签了。

海　清　签了吗？

祖　父　签是签了，不过——我的烟袋呢？

海　清　在这儿。

〔海清急忙跑去拿烟袋，并且还替祖父燃一根纸捻。祖父开始抽了一口烟。慢慢抬起头，好像在回忆在幻想什么。当其在回忆在幻想的时候——

〔灯暗。

舞台漆黑。

从后面透出一片声音：

一个人　（急）这边来！这边来！

另一个　（指挥地）大队都到这边来！

又一个　（喊）否认二十一条！

全　体　（和声）否认二十一条！

——还我青岛！

——还我青岛！

——打倒卖国贼曹汝霖！

——打倒卖国贼曹汝霖！

——打倒章宗祥！

——打倒章宗祥！

——中华民国万岁！

——中华民国万岁！

——万岁！

——万岁！

——万万岁！

——万万岁！

（不知谁喊了一声）

——警察！

大　家　（惊惶地）警察！

警察！

警察！

〔警笛声。

〔开始凌乱的脚步声。

〔枪声。

〔风起云涌的吼声。

某　甲　（命令地）不要动！不要动！

某　乙　（一个女子尖声地）不，要，怕！

大　家　（杂乱地）打倒陆宗舆！

打死出卖山东的章宗祥！

否认二十一条！

打倒曹汝霖！

打到曹汝霖家里去！

打！

打！

烧他的家！

〔接着从舞台后，远远地现出一片火光。

祖　父　（吐了一口烟）……不过，中国人民没有答应。在今年五月——哦，照阳历说应该是去年，去年五月四日那一天，北京的学生，成千成万地结队游行示威。打倒卖国贼，否认二十一条。（停了一下）但是，话又说回来了。那不平等的条约，虽然我们四万万老百姓都不承认，然而因为袁世凯签了字，现在国家又太弱，所以还没有明白地取消。汉冶萍公司就因之一天一天地亏本，一天一天地欠债。他们不准我们向别的国家借款，又不准我们将铁砂卖给其他国家，更不准我们的铁砂涨价。所以弄得我们大冶的铁矿，只一天天地一年一年地从铁山，从狮子山，从一切大小的矿山上开下来，用火车运到石灰窑江边，再由轮船，一船一船地运到日本去。……

〔窗外一声巨响，祖父的话被打断。

祖　父　（猛抬头望着窗口）什么？

〔三毛等跑到窗下，二毛爬上桌椅，海清低着头，怏怏地踱入内室。

祖　父　是什么？

二　毛　（向窗户望了望）是隔壁何崇，带着一群小孩在放鞭炮。

祖　父　（微笑）嗯！何崇，这孩子真有趣。

〔接着外面有一群小孩唱歌和鞭炮声，由远而近，又由近而远。

〔二毛爬下桌椅，母亲从内室走了出来。

母　亲　爷爷！海清干吗哭呀？

祖　父　（似乎没有听清）什么？

母　亲　他跑进房里，就伏在床上哭起来了。

祖　父　谁？

母　亲　海清。

祖　父　（略惊）海清！（反问地）为什么，好好的为什么哭呢？（慢慢站起而且面带微笑）哦！今天过年。海清！（举起右手向室内召唤）海清！别哭！别哭！（慢慢地向内室移动着脚步）

——幕落

第一幕

时间　民国二十七年除夕

地点　下陆

人物

吴海清

陈　根

罗　妻

刘大个

铁　锤

毛　良

矿工修路者甲、乙、丙、丁、戊

工　头

一个女人

布景

大路边的一家商店，内面是客栈，外面是茶棚。茶棚前是一条已经被破坏而现在又在积极修筑的铁路。从下面看去，这茶棚只看到五分之三四的光景。因之，在舞台上这茶棚也只占了左边的十分之七的地位。剩下的十分之二三是一片竹篱围着几棵小树。因为路是向舞台的右后方去，所以茶棚的地位也略略倾斜。茶棚内有三张方桌，一置茶棚的正中，一置茶棚的右前角，一置茶棚的左前角，但，左前角的一张，在舞台上只看到一半。桌旁有些条凳，桌上光光的，只有右边的一张茶桌上放着一个高大的瓦壶和两只饭碗。还有一只饭碗就当着壶盖。茶棚内是一道墙，靠右就是舞台的正中，有一窗。

幕启

吴海清穿着便服，正伫立窗前向内窥视。时近黄昏，从舞台右传来一片筑路者捶路的歌声和石块落地的声响：

我们大家一起用力提呀！嗬——嚯！（砰）
我们大家一起用力捶哎！哎——嗨！（砰）
为了吃饭大家用力提呀！嗬——嚯！（砰）
为了活命大家用力捶哎！哎——嗨！（砰）
我们大家一起用力提呀！嗬——嚯！（砰）
为了活命大家用力捶哎！哎——嗨！（砰）
我们大家一起用力提呀！嗬——嚯！（砰）
日落西山我们用力捶呀！哎——嗨！（砰）

近处的歌声停止，可是这处也有同样的歌声。当远处的歌声听见一两句的时候，近处的路工甲、乙、丙、丁、戊等穿着做工的短衣服，拖着石锤由右边跑上来了。但是，在他们前一步，陈根从左边也走了上来。（陈根，年龄不大，只有三十来岁。瘦瘦脸，高高的个子，穿着一件老棉布的青色长棉袄，也可说是一件短棉袄，因为它的长度，仅仅盖着两个膝头。腰间系着一条灰不灰白不白的长腰带，其实那是一条三尺多长尺来宽当着洗澡洗脚或揩汗用的白布巾。赤脚穿着一双布鞋子。鞋子跟着他总没有休息的时候，就犹如那两片嘴唇跟着他从早到晚感觉很吃力一样。因为他爱动，好说话，常常把甲地的话带到乙地里来，向人家报告“消息”。他生来很秀气，老远看去好像不是教书先生也至少是一个商人，其实，他是一个矿工。他走进茶棚就望着路工甲）

路工甲 （向内喊）罗老板，罗老板！

路工乙 （对内）老板娘！我们把石哦放在你这儿，等一会吃了饭就来。

陈 根 好好，你们就放在这儿吧！

路工丁 （他的衣服与众不同，在右肩上有一个特别令人注目的大补丁。而且说话还有点口吃。他望着陈根）陈陈，陈根，就就，就拜托你。

〔路工丁收拾桌上的碗壶，随甲等由左下。陈根注视吴海清的背影。少顷。

陈 根 吴先生。

〔吴摇手止之，仍窥视窗内，这时候，舞台被一种沉寂的空气所包围，远处，犹闻歌声。一会，远处歌声停止。吴海清转过身来。

〔吴海清现在有三十二三岁了。性情还是和往常一样：心儿窄，感情浓，而且比从前变得更刚直。十几年来，他有一个心愿，他想发展中国铁矿事业，所以他参加了大冶官矿局的工作。由一个小小的职员，逐渐升到采矿课课长的职务。做事很勤，很谨慎。中等身材，穿着蓝布长棉袍，和深绿色的薄棉裤，酱色袜子、青布鞋，两只裤脚各系着一条寸多宽的青带。一切都显得很朴素。脸和陈根差不多，瘦瘦的，不过没有那么黑。而且那两道常常含皱起的眉毛，和在发愁时就会落在深思里的一双眼睛，是在陈根的脸上寻不出的一个特点。他这时候又愁眉苦脸地望着陈根。

吴海清 她哭了。

陈 根 谁？

吴海清 老板娘。（慢慢地走了出来）

陈 根 哦！为什么？又是——

吴海清　在敬神。我刚来就由窗户外面看见她在慢慢地铺摆供饭，在燃点蜡烛，燃香，磕头，口中不知道在念些什么，忽然，就哭起来了。现在在烧钱纸——（室内传来磬声）

陈　根　在敲磬！

〔磬声继续着。

吴海清　（听，惊）怎么！敲了六下？（急忙回到窗前，窥视）

陈　根　怎样？

吴海清　（回转身）她坐在桌子旁边哭了。

陈　根　我去劝她。

吴海清　不！（又走出）你别理她，让她哭个够吧！你要知道，一个人在最伤心的时候，是要让她哭够的。因为哭可以减轻她心里的忧伤和烦闷。我记得——哦！现在说起来已经有十九年了！十九年前，那时候我还是一个小孩，有一天，对了，也是阴历腊月三十晚上。我，同我妹妹和弟弟，三个人听祖父讲述我们大冶铁矿的故事。我听了心里非常难过，没有等他讲完，我就偷偷地跑进另外一个房间里哭了。我母亲、父亲、祖父、表叔，还有住在我们隔壁的何先生和另外一位王老板，他们都劝我，劝不住。那一次，我足足哭了一个钟头，后来，我哭够了，自然就不哭了。心里也好过了。——所以我劝你让她哭够。

陈　根　你刚才说的何先生是不是——

吴海清　对了，就是何崇先生的父亲，何崇先生也讲起，是吗？

陈　根　是的，他昨天听见罗老板说到你，他很高兴。他说你们小时就住在两隔壁。

吴海清　他不知道我在官矿局做事吧？

陈　根　好像不知道。

吴海清　我和他有十多年没见面了。自从民国十五年起，他的家就搬到了武昌。

陈　根　他说——。

吴海清　哦！老板娘来了！（对内）老板娘！

罗　妻　（在内）是吴先生吗？（慢慢走出）

〔罗妻，年约四十岁。宽宽脸，穿着一套保蓝棉布的衣服，虽不新也不很旧，式样都很老，上身的衣摆宽，裤脚大。这些时因为丢掉一个独生儿子的缘故，以致头发蓬乱，两眼失神。身体本来很结实的，但近来都瘦得颇厉害。她走出来的时候，似乎还在抽噎着，但又可以看出她在尽力制止住悲哀。她有气无力地停住步，望着吴海清。

罗　妻　吴先生，你来了好半天了吧？

吴海清　不，刚来一会儿。罗老板不在家吗？

罗　妻　同你先生一道儿出去了，还没有回。陈根，你看见他们么？

陈　根　在后面山上。

罗　妻　饭老早就熟了。

陈　根　好，我去找他们来。（下）

吴海清　老板娘，你心放宽些，别难过呀！

罗　妻　（揩了一下眼泪，勉强露出微笑）是的，我不难过。吴先生，今天没什么好东西吃，请你来空坐一会儿，陪陪何先生。

吴海清　何先生是昨天来的吗？

罗　妻　可不，昨天晚上到的，就歇在我们客栈里，是咱们同乡哩。还有一位毛先生，是外乡人。（轻声地）哦！吴先生，我告诉你们一件事——（急忙走到路边，向两旁望了一望，忽然看见右边的石锤。走到右边）这些死猪，真该死，干吗收工不把石锤带走呢，谁给管呐。

吴海清　恐怕他们还没有收工吧。

罗　妻　天不是快黑了吗？

吴海清　（走出，望望天）对哪！太阳已经下山了。

罗　妻　太阳已经下山，干吗——

吴海清　说不定他们还要燃起马灯开夜工呐！

罗　妻　（转过身，望着吴）哦！干吗这样急？今天不是腊月三十吗？

吴海清　腊月三十！年初一又怎么着？他们管你过年不过年。

罗　妻　他们不是有命令，叫我们老百姓还是照从前一样地过年吗？

吴海清　但是他们也有命令，叫铁厂的那八千工人，在阴历正月初五以前，要把这条铁路（指面前的大路）修好呀！

罗　妻　初五！

吴海清　对哪，初五！

罗　妻　（自语地）今天是三十。

吴海清　就只有五天了。他们前天才开工，限期八天就要完成，不开夜工怎么办？

罗　妻　难怪！今天他们捶路的声音，一天都没有停止哩。

吴海清　所以啰！还谈得上过年！我看哪！如果一定要初五成功，那么初三就要开始铺铁轨，初二以前就要修好路基。

罗　妻　修路基比铺铁轨还难吗？

吴海清　那当然！铁路全靠路基，如果路基不稳固，火车就会常常出轨。

罗　妻　早知道这样，我们军队退的时候——

吴海清　（急忙）不，假使那时候我们光破坏路轨，不破坏路基，恐怕现在在铁山、狮子山和尖山山脚下的那十万吨铁砂，老早就给他们运跑了！

罗　妻　哦！吴先生，听说堆在石灰窑和沈家营的铁砂，老早就给——（向外望了望，接着把声音压得低低的）给日本鬼子运走了，是吗？

吴海清　谁说不是？他妈的，这儿十月沦陷，十一月，堆在江边的铁砂，就给他们用黑铁船装走哪。哎，想起十九年前……（伤心地，又皱起两道眉尖退坐在左边桌旁的板凳）

罗　妻　难道说我们官办的，也给他们运走了吗？

吴海清　可不是！

罗　妻　（走近一步）一共有多少哇？

吴海清　（回转头）起码有三十七八万吨，光说我们官矿局运到沈家营堆着的，就有六万三千七百多吨；他们商办的每年出产，差不多有我们官办的五倍，五六三十，三五一五，至少也有三十一万五千多吨，一吨两千斤，你算吧！……（站了起来）不说别的，就说这两个码头的卸铁工人。我们住在沈家营一带的卸铁工人，只有七百二十多人，他们住在下窑一带的卸铁工人就有三千六百多。瞧！现在修这条铁路的，不就是那些工人吗？

罗　妻　那五六千开矿的工人呢？

吴海清　听说他们也在准备开矿！

罗　妻　还是公司里开吗？

吴海清　现在什么公司不公司，反正是鬼子们的世界。

罗　妻　官矿呢？

吴海清　还不是随他！有什么办法。不过今早铁锤跑去告诉我，他说何先生——

罗　妻　哦！对哪，刚才我的话还没有说完。（轻声）吴先生，告诉你，铁锤、陈根，还有小狗的爸，他们昨天同何先生、毛先生谈了一个晚上。

吴海清　哦！

罗　妻　我只听见一句话，他们说，我们这地方很，很——

吴海清　很重要，是不是？

罗　妻　对对，我一时说不上来了。

吴海清　那当然哪！我们这儿是一条铁路和一条公路的中心，你说重要不重要？别说从铁山到石灰窑要经过我们这下陆，就是从大冶县城到黄石港也要从我们这下陆经过。你瞧，（指着左前方）那不是公路和铁路交叉的十字路口吗？

罗　妻　跟着望过去，同时——那是谁？

〔吴海清也好像看见远处有人。

吴海清　喔！好像是罗老板！

罗　妻　对了！三个人。啰！那中间一个穿长衫的就是何先生。后面那个就是姓毛的。哟！怎么？

吴海清　他们又转了弯，向那一头走了！

罗　妻　干吗不回来吃饭呢？菜凉哪！

吴海清　哦！老板娘，我问你一句话。

罗　妻　什么？

吴海清　你刚才是不是在敬神哪？

罗　妻　是呀！

吴海清　我好像听见你敲了六下磬。

罗　妻　（微笑）可不，今年过年，不是禁止放鞭炮吗？我就多敲了三下磬。

吴海清　（笑，微微点头）嗯！这倒是个办法。希望菩萨保佑你。

罗　妻　（伤心地）我心里老惦着我的孩子！

吴海清　老板娘，你放心吧！他会回来的。

罗　妻　（掏出一条手帕，擦眼泪）吴先生，我看他不会回来了，他已经十天不见了哪！

吴海清　你别伤心吧！他会回来的。小狗不是已经有十一二岁了吗？

罗　妻　是哟！过了年，他就是十二进十三了！

吴海清　可不是，孩子也不算小，他一定会找回来的，恐怕，是走错了道儿。

罗　妻　不不，他那几天没有上什么地方去嘛！怎么会走错道呢？从前倒常常跟他爸爸上黄石港和县城里去。那一天不知怎么，一下子，就不见了。（想了想，叹了一口气）唉！不会的，

不会的，他一定不会回来了。（哭泣着，走进内室）

吴海清　（也跟着走了几步）老板娘，你别伤心！他会回来的。

〔吴海清伫立在角落里，望着里面。轻轻地摆着头，似乎在可怜她不幸的命运。她的哭声还没有停止。铁锤同刘大个从右边走了上来。

〔铁锤，今年才二十九岁，比陈根要小，但看上去却比陈根要老得多。陈根是瘦瘦脸，长长身子，白白的；他却恰恰相反，圆圆脸，黑黑的，个子虽不比陈根矮多少，但因为长得很结实，所以单独看去就好像矮得多。而且，穿的衣服也和陈根不同，上身穿着一件青色短棉袄，下身穿着一条布夹裤，赤脚，草鞋，衣服和那些修路的工人一样也有不少的补丁，短袄是对襟裁的，一排有七对扣子，但一颗也没有扣上，他很简单地连内面一件白布衬衣一起，将左襟扯过来，斜斜地压在右襟上，拦腰系着一根蓝布腰带。短棉袄的袖子原来就很短，但又卷得很高，露出两个粗壮的手臂来，在空中挥动，配合着洪亮的声音，使他在说话时增加了不少力量。而且常常还要显示他的拳头。因之人们都叫他“铁锤”。铁锤性极粗暴，但如若碰着某件特殊的事情，他也知道小心。他和刘大个感情很好。

〔刘大个个子大，团团脸，下巴上有几根稀稀疏疏的胡髭。人极忠厚老实，年纪也有四十来岁，所以矿山上的朋友都称他为刘大哥。只有年纪比他大或者是地位不同的人才称他为刘大个子，或简称“刘大个”。刘大个是矿山上的工头，对于矿山上的掌故知道得很多。虽然做事稳重，不多讲话，但几年来外国人给他的刺激也相当深。使他在内心里，甚为难过。他平生只有一个缺点，就是遇事不大有主见；说是糊涂吧！也说不上。大概由于太稳重的缘故，所以说话也比较迟缓。可是，自从大冶沦陷以后，他的性情却有点变样，话也比较多。他今天穿着一套深灰色的短棉袄和棉裤。手拿着一支一尺多长的粗粗旱烟杆，跟着铁锤走了进来。

铁　锤　怎么，她又哭了？

吴海清　（回转身）她惦记她的孩子。

刘大个　铁锤，你去劝劝她。

（铁锤下）

刘大个　吴先生，恐怕你有很久没有下山了吧？

吴海清　唔！差不多有半个月。一个人住在庙里，心里倒还宁静。有什么事老是铁锤和陈根去告诉我。

刘大个　铁锤和陈根这两个人倒有点骨气。你看他们穷得那个样子，都不愿意去做工。

吴海清　那当然哪！哪一个黄帝的子孙没有一点骨气！只有那些甘心做亡国奴的野种，才肯在这个时候还替他们（学着工人们的腔调）"我们大家一起用力提呀！啊——嚯！"地做工。

刘大个　不瞒你吴先生说，我刘大个子在汉冶萍公司里做了八九年工头，没有吃过猪肉，也看见猪走路——不认识字，可也懂得一点经书上的道理。叫我这时候还去替他们开矿，哼！那我可不干。

吴海清　可不是，听说他们这些时要找我去开官矿，所以我躲在深山里，宁可吃草，吃树根，我都不出来。

刘大个　对对，吴先生，我们厂里不是有位魏大哥吗，他就和你的见解一个样，听说他现在把圈子里面的弟兄们，带了三五百人待在东乡里组织自卫军，他就常说，我们宁可吃草，吃树根，也不继续替鬼子们做工。

吴海清　是呀，所以我躲在庙里不出来。

刘大个　今天到这儿来的意思，先生知道吧。

吴海清　不大清楚。今早铁锤去的时候，因为有八个不认识的人在庙里，所以没有详谈。他只偷偷地告诉我说，罗老板请吃晚饭，有一位何崇先生来了，要见见我。

刘大个 我也是铁锤告诉我的。他说除何先生以外，还有一位毛先生。另外还有一位徐先生在南乡游击区里，今天不知道能不能赶来，听说他们准备在这儿计划一件事情，要找你我两人帮忙。因为你是官矿局的课长，对于官矿比较熟悉。我呢，不用说，因为常在山里跑，洞里滚，对于公司里的大小铁山，哪一个山能出磁铁，哪一个山能出褐铁，哪一个洞有多深，哪一个洞有多少年，我都摸得一清二楚。（略停）总之，一句话——唉吴先生，你是知道我的，我不做亡国奴，不做汉奸。他们最近可不是也在找我吗。

〔铁锤自内出。

吴海清 铁锤，劝好了没有？

铁 锤 有什么好不好，她这几天不是老这么疯疯癫癫的。

刘大个 听！

吴海清 又是谁在哭？

〔远处有女人哭声。

〔接着有一个年三十六七岁的女人，哭泣地喊着一个小孩的名字从左边走了上来，疯疯癫癫地顺着大路又从右边走了下去。

〔吴、刘、铁等都望着她。

刘大个 这是谁的女人？

铁 锤 不知道。

刘大个 干吗哭呀？

铁 锤 你别问，反正又是丢了小孩。（转对吴）真的，吴先生，你看最近一两个月来，干吗光丢掉小孩呀？连前次一共恐怕要丢掉一两百个。

吴海清 哦！有那么多吗？

刘大个 恐怕还不止哪。前不久听铁山堡来的一个朋友说，他那儿有一天就不见了三十多个。（点燃火，抽着旱烟）有的是神不知鬼不觉的，小孩就不见了；有的是眼睁睁地看见小孩给鬼子们抢走的。真不明白他们弄去干什么用。

铁　锤　你不是说——

刘大个　（吐了一口烟）说是有人那么说呀！

吴海清　怎么说？

刘大个　有人说是鬼子们弄去扫烟囱。

吴海清　扫烟囱！

刘大个　是呀！他们说兵船上的烟囱是要常常扫的，大人钻不进去，只有小孩子才能放得进去。

吴海清　难道真有这回事吗？从前倒听见前辈的人说，捉小孩的常常把小孩捉去卖给外国人扫烟囱。

刘大个　我倒很相信，你看，最近鬼子们的兵船，不是在我们扬子江上来来往往的很多吗？（又继续抽烟）

铁　锤　（想了想）依我看，恐怕是敌人弄去做种去了，听说他们这次打仗，死了七十多万。

刘大个　（吐出一口烟，没有主见地）做种吗？嗯！也有道理。可不是，他弄去的都是十一二岁的男孩。

吴海清　不不，不会，鬼子们决不会的。他们不会那么傻，要我们中国人做种，他们国内将来不都变成了中国人了吗？

铁　锤　要不他们一定是把小孩——

〔罗妻走了上来。吴海清示意，铁锤急忙止住话。

罗　妻　他们还没有回吗？

铁　锤　没有。

罗　妻　铁锤，你刚才说什么？

铁　锤　（窘）我，我没有谈什么。

罗　妻　你说什么——小孩。

铁　锤　哦！我说你的小孩，是一定会回来的。

罗　妻　一定！

铁　锤　一定。我敢打赌。

罗　妻　……（不言语，摇着头，快快地回转身，伤心地，拖着无力的脚步走了进去）

〔沉默一会。

吴海清　要不是鬼子们弄去做药去了。他妈的鬼子们是挺没良心的。我从前见人家说，捉孩子的常常把小孩捉去，卖给外国人，挖下眼睛来做药。

刘大个　（又——）做药吗？嗯！也有道理。

吴海清　（站了起来）总之，那群孩子是没有希望了。罗老板的孩子也不会回来了。

刘大个　恐怕不会回来了。

铁　锤　什么“恐怕”，“一定”不会回来了。

刘大个　一定？

铁　锤　一定，我敢打赌。

〔内面传来一片打破碗的声音。

吴海清　（吃惊地）什么？

〔铁锤急忙跑了进去，又很慌张地跑了出来。

铁　锤　一摞饭碗打破了。刘大哥！我们进去看看。

〔毛良由左上。

〔毛良，三十来岁，外省人，性极爽直。同何崇友谊极好，虽对大冶矿区地理不甚熟悉，但因了何崇的关系，他很愿意前来帮忙工作。瘦瘦的，很有精神，穿着一青色长袍子，戴着瓜皮帽，老远看去好像一个小商人。他一走进来，就望着铁锤。

铁　锤　哦！毛先生来了。毛先生，这位是吴先生。吴先生，吴先生陪陪毛先生吧。刘大哥，咱们进去看看。（拉刘下）

吴海清　毛先生，何先生同罗老板还没有回来呢？

毛　良　他们到前面镇上去找几个朋友去了，马上就会回来的。

吴海清　毛先生从前没有到过此地吧？

毛　良　没有，这地方太重要了。

吴海清　可不是。

毛　良　不过，很奇怪，怎么没看见一个日本兵呢？

吴海清　是的，在下陆这个地方很少看见日本兵，三个月来，只有几次整队的日本兵打这儿经过，但从来没有驻扎。我想大概有两个原因：第一，他们兵力有限，分配不过来；第二，他们把铁山、大冶县城、黄石港和石灰窑这四面一占领，此地——啰！（向前走了几步，站在路边。指着左前方）那头是铁山，（回头指右后方）那头是石灰窑，（复指左后方）那头是大冶县城，（又回指右前方）那头是黄石港。从这儿去，差不多都只有三十里左右。再说呢，从黄石港到石灰窑有十来里是长江水路，从大冶县城到铁山又是鄂南公路。此地可说是四通八达。（退回室内）可是，大冶县城、黄石港、石灰窑和铁山这四个地方给他一占镇，此地，啰这儿下陆不就成了包子心？

毛　良　象鼻山就靠近铁山吗？

吴海清　象鼻山比较远，尖山就在铁山附近。

毛　良　吴先生在官矿局很久了吧？

吴海清　有——唔！混了十来年。

吴海清　担任采矿课方面的事情。

毛　良　那么吴先生对于采矿的经验，一定很丰富哪？

吴海清　（客气地）没什么。

毛　良　担任哪一方面？

毛　良　听说还有一个龙角山没有开采，是吗？

吴海清　是的，我们大冶的矿山很多，小的不算，大的一共有五个。就是铁山、狮子山、象鼻山、尖山和龙角山。龙角山还没有开采。象鼻山和尖山是官办，属湖北省建设厅；铁山和狮子山是商办，属汉冶萍公司。可惜，自从订了什么二十一条以后，主办虽是中国人，但监督却是日本人。

毛　良　那只怪袁世凯想做皇帝。——哦！吴先生，我请教你，这些铁山每年可以出产多少铁砂呢？

吴海清　我们官矿出产不多，就以象鼻山说吧！每日只能出产七十二吨，每年只能产一万七千五百二十吨。他们商办的就多啦，铁山每日可产一百四十四吨，每年可产五万一千八百多吨。狮子山每日可产二百八十八吨，每年可产八万九千六百多吨。

毛　良　汉冶萍公司不是在上海吗？

吴海清　是的，总公司在上海。在这儿负责的是新厂厂长。

毛　良　新厂在——

吴海清　袁家湖，石灰窑下面五六里。厂里面分机械、起卸、运矿、采矿四股。

毛　良　工人很多吧？

吴海清　唔——不多。光讲采矿的工人，我们有一千多，他们有五千多。如果起卸、搬运和修理机械的工人都给算在内，两边一共有一万多人。真气人，花了这么多的人力，把铁开出来，白白地送给那些日本鬼子。

毛　良　他们公司里的职员有多少？

吴海清　在这儿的有四百多。

毛　良　薪水呢？

吴海清　薪水呀！顶多的每月都有七八百块，也有每月拿一千块钱的，最普通的都是三几百块，别说了吧，毛先生，他妈的，给鬼子们养成一群大小奴隶。最可恨的，是这班工人，也不争气。平日每天拿四角钱工资，还要二八回扣，只落得四八三角二分钱；可是现在，还有劲儿给他们修路。

毛　良　这不能怪他们，昨天晚上何先生也同我谈到这个问题。他们要吃饭哪！

吴海清　（气愤地）吃饭！要吃饭就去当汉奸吗？

毛　良　吴先生，话，不是这么说。你想，人有这么些，一下子也不容易走开呀？

吴海清　那么，如果这条铁路给他们修成功，堆在那几个山脚下的三十多万吨铁砂，不是又会很容易地给鬼子们运走了吗？

毛　良　所以呀，我们大家要商量一个办法。

〔铁锤急上。

铁　锤　（声音急促地）糟！糟！吴先生，你快进去瞧瞧。她打碎了一摞饭碗不说，又在疯疯癫癫地哭起来了，我和刘大哥劝了半天都不成。

吴海清　怎么哪？

铁　锤　毛先生，也请你进去劝劝。

毛　良　哎！真可怜！她又只有这一个孩子。

〔吴毛等随铁锤下。

〔路工甲、乙、丙、戊等由左上。丙手中提着一只马灯，他们走到右边桌旁。甲开始提起石锤的一根绳索。

路工甲　走！

路工戊　忙什么，老张还没有来。

路工乙　等等！坐一会儿。

〔路工乙坐在上面凳上，戊，就近坐在左边凳上，丙站在左后方的桌角里，右脚翘起，搁在乙坐的板凳上，手中仍提着马灯。甲则站在最右的道路边。

路工戊　我活了四十多岁了！一生没有干过，年三十夜还要做工。

路工丙　那有什么办法，谁叫你要“耕沙”？（耕沙，即吃饭，本是洪门术语，现在成为一个很流行的名词）

路工甲　对哪！要吃饭就不能不咬着牙根干。俗话说得好，“捧了人家碗，就服人家管。”

路工戊　管！难道年也不准过吗？

路工甲　你要知道，现在是什么时候？

路工戊　现在是三十夜呀！

路工丙　（插入，自语地）他妈的，谁不知道是三十夜。

路工甲　（世故地）我是说现在是鬼子们的世界！是汉奸们的世界！

路工戊　他们不是出了布告，叫老百姓照样过年吗？

路工甲　可是他们也有命令，在初五以前要把这条铁路修好呀。

路工乙　（冷冷地）只有叶老五就好。

路工丙　真的，叶老五呢？这两天没有看见他做活。

路工乙　他说他发了一笔财，捡了一包洋钱。

路工甲　他妈的，那倒不错。哪一天老子也去捡一包。

路工丙　（笑着，把脚放了下来。望着甲，准备向内移动脚步）哈哈哈……老庚！咱们要"八刀"的吧。（八刀即分）

路工甲　那当然哪！分，一二添作五。

〔丙往内走。

路工甲　（喊住）喂喂！你上哪儿去？

路工丙　借火柴点灯呀！

路工甲　来来来！我这儿有。（伸手摸火柴，玩笑地）人家男人又不在家。哈哈，你进去干吗？

路工丙　（走回来）笑话，你把我看成什么人？

路工甲　走走，等一会儿工头来了，又会——

路工戊　怕什么，老子不干了。

路工甲　你不干，人家可要吃饭哪！走走——啰！老张也来了。

〔路工丁上。

路工丁　你，你，你们先去吧！我，我，我肚子痛，要要要要歇一会儿。（坐在左边桌旁的板凳上，旋即又扶在桌子上）

路工甲　（把绳子一扔）怎么哪？你们都不想活了。

路工丙　（玩笑地）老庚，咱哥俩捡洋钱去。

〔下面传来一个声音：喂，喂！你们做活呀！

路工甲　（回头向右边望了一眼）啰啰！头脑来了。

〔工头上。

工　头　（恶狠狠地）快做活呀！一群懒猪！

〔路工甲等抱着石锤由右上，“老子不干了”的，戊也站起来懒洋洋地跟了下去。

工　头　（望着他们下去以后，又回过头来，冲到丁的跟前）你怎么着，你？

路工丁　（无力地站起）头，头，头脑？我，我，我肚子有，有，有点痛。

工　头　肚子有点痛？谁听你这一套。他妈的，滚！

路工丁　（央求地）实实实在的，头头脑！我求求你，让让让我歇歇一会儿。

工　头　不成，不成。（推丁）滚滚滚——

路工丁　实实实在的，头头的，头头脑，我，我，我，我——

工　头　（学腔）我我我，我你妈的，（照丁的背上捶一拳头），你走不走？（又是一拳）

路工丁　哎哟！

工　头　你走不走的？皇军有命令，要赶快，你们偏。（举起拳头拟打）

路工丁　（痛苦地）你你你别打呀！我我我我走。（走了一两步又回头，手按着肚子央求地）实实实在的，头头头脑，我我我我——

工　头　他妈的，厂长给你三角钱一天干吗的？（走拢去又照丁的背上一拳头，接着就猛力向右边一推）滚！

路工丁　（跌在地上，痛呼）哎哟！……

〔铁锤从内面冲了出来。

铁　锤　谁！

工　头　我。

〔刘大个和吴海清，毛良也由内继上。

铁 锤 干吗打人？

工 头 你管不着。

〔路工戊等也跑了回来，站在路口。戊气愤地想上前讲话，但被甲拉住。

铁 锤 老子要管！（一拳头打在中间的方桌上）揍你这个龟孙子！

工 头 （走拢一步）你骂谁？

铁 锤 （卷起袖子）老子骂你！

工 头 你骂我？（也卷起袖子）好，好！

刘大个 （走上前排解）算了吧！算了吧！（轻轻地将工头往外推）

工 头 哼！——（回转身看见甲等，移怒地）你们干吗又跑转来了？给老子滚！

〔戊仍欲上前讲话，甲等把他拖下。

〔路工丁还在呻吟，刘大个走去将他扶起，他痛苦地向下面移着脚步。

〔陈根出现在左端。

铁 锤 （犹愤愤不平）过几天你看老子——（话未说完，吴海清在后面拉他的衣服，他急忙停住）

工 头 （要走了，又回过头来，真是棋逢敌手）过几天怎样？你？

铁 锤 过几天你看老子揍你的拳头。（示拳）狗娘养的！

工 头 （又准备卷袖子）你来！你来！

刘大个 （把工头推开）走，走！

工 头 哼！（漫步下，在内）你小心你的骨头，老子认得你！

铁 锤 你认得老子怎样？（冲到右边）

陈 根 （走上前）算了吧！算了吧！进去，进去！何先生和罗老板马上就回来了。

〔远远渐闻捶路的歌声。

我们大家一起用力提呀！嗬——嚯！（砰）

我们大家一起用力捶哎！哎——嗨！（砰）

〔吴海清、刘大个、毛良、陈根等已陆续下。

铁　锤　（犹望着远方，良久）狗娘养的！（一拳头打在右边的方桌上）

〔近处的歌声初起。

——幕徐落

第二幕

时间　阴历民国二十八年正月十五日上午十一时

地点　黄石港

人物

李亚萍

何　崇

李祖应

杨　三

黄　俊

洪　四

老　张

吴　妈

布景

在一个小客厅里。正中放一长沙发，两边各放着沙发椅和茶几，茶几上放着花瓶，花瓶上插有鲜花；右边的茶几除花以外，还有一个烟盘和一包纸烟。正中墙壁上挂着一幅山水画和一副对联，两边各挂着一块织锦画的镜柜。一切布置虽不顶时髦，但颇讲究。舞台的右后角有一衣架，在后角有一门通大厅，在前角有一门通李亚萍的卧室，右前角有一门通走道，走道外就是返李公馆的后门。

幕启

通前面大厅的门正开着，李亚萍从通后门的门走了进来。李亚萍，一个二十二三岁的女人，瘦瘦脸，披着长长的头发，头发上还压着两条小辫子，辫子上结着两个赫大的黑绸蝴蝶，走起路来那两个蝴蝶就时时想飞。眼不小，也不很大，放着光，眉毛细而长，好像添上了一点人工的改造。脸上薄薄地敷上一层粉，腮上也有一点土红色胭脂的痕迹。穿着半高跟的黄皮鞋、青丝袜，和深红色紧身长袍子，外套一件青缎夹披肩。一切都很秀丽。假使她笑起来，在她的嘴角上还可以看见两个媚人的酒窝。可是她近来不大笑，而且有时候还要发发脾气。她是一个大学生，也是一个娇生惯养的富家小姐。自从抗战以后，她也知道爱国，很想参加各种救亡工作；但是她又要爱她的父亲，她父亲首先是叫她别管闲事，只读书，后来就索性叫她回家。她是她父亲的独生女儿，性子也不坚定，于是就在学校迁移之前，糊里糊涂地搬回了家。回家以后，一天天地看见事情有点不对劲，又很想出去。她父亲哪儿肯呢？她自己没有勇气。于是只好让苦闷隐着她度过静静的日子，谁知这两三个月来，连一个安静的日子也不让她好过了，她整日听炮声、枪声和鬼子们的笑声，内心非常难过。她到底是住过大学受过高等教育的人，虽然她性子弱，但是她很想像火山一样，找着一个缺口，爆发它的浓烟。同时，又很想将在屋角里偷偷地大哭一场。尤其是最近几天，因为她父亲正在和她商量一件事情。所以她早上一爬起床就跑了出去，她想把烦闷吐向青山或流水。但她感到肚子饿时又不能不慢慢地走回来。

她走进来，刚刚走了两步就停住了脚步，侧着耳朵在听一种声音。声音从前面大厅里传了进来。“哈哈哈……大家都——都举起来，举起来，干这一杯！井田少佐，少佐，您，您，您也举起来吧！哈哈哈……”

李亚萍厌烦地，将披肩脱下，向右边的沙发椅上一扔，自己就躺在中间的长沙发上了。听差老张穿着长袍从大厅的门上。

外面的声音又透了进来：

“今天真痛快！大家都干了杯。哈哈哈……”

接着是大伙儿的笑声和怪叫声。

老　张　（有四十多岁，很老练的，站在门角里望了望李亚萍，走近）小姐！

李亚萍　（命令地）门关着！

〔老张关门，笑声小了些。

老　张　（回转身）小姐！

李亚萍　（不耐烦地）干吗？

老　张　（低声）小姐！

李亚萍　你说呀！

老　张　老爷请您。

李亚萍　老爷呢？

老　张　在前面大厅里宴客。刚才不是老爷说话吗？

李亚萍　今天又干吗宴客？

老　张　今天是欢送皇军伤兵。

李亚萍　欢送伤兵，找我干吗？

老　张　因为——因为井田少佐也在这儿。

李亚萍　（好像没听清）谁？

老　张　井田少佐。

李亚萍　井田少佐！他在这儿干我什么事？

老　张　（俏皮地）我也不知道！我只知道老爷，老爷叫我来——

李祖应　（在外）老张，老张！

老　张　（低声）小姐！

李亚萍　你说我不在家。

老　张　你这可不是——

李亚萍　滚！少废话！

〔老张无法，只好转过身去，走到门边又回过头来，向李亚萍瞟了一眼，下。

〔吴妈有三十多岁，穿着一套浅蓝褂裤，套着一种深蓝抹胸，由右前门走了上来。

吴　妈　小姐！

李亚萍　（没搭腔，对她望了望）

吴　妈　开饭吧？

李亚萍　等一等。

吴　妈　爷先吃了。

李亚萍　我知道。

吴　妈　今天是正月十五，正月十五您知道吧！又叫作什么元宵节。刚巧今天又是欢送皇军伤兵——哦！是的，听说他们皇军伤兵伤好了，又要回前方去打仗。——可不是，今天是元宵节，老爷就叫我煮了很多元宵，他们外国人，哪儿尝过我们大冶黄石港的元宵呀！我煮了很多，他们都给——哦！我拿起碗一碗碗盛出去的时候，心里突然一亮，我说，呀！小姐还没回哪！我就急急忙忙地留一碗起来了。小姐！我先给你——

李亚萍　（不耐烦地，站起来）没听见吗？我叫你等一等。

吴　妈　是，是。

〔吴妈下。李亚萍走到沙发椅前，刚刚拿起披肩预备出去，李祖应从大厅门走了上来。

〔李祖应有五十一岁，脸本来很瘦，但因吃补得好，都显得很丰满。粗粗眉毛，凹眼睛，头发已开顶，而且在开始转白，蓄着一个八字胡子，胡须很长，他常用右手捋着他的胡尖，老是那么搓动着。捋了右边又捋左边，有时候也换换左手。如果碰见他的食指和拇指揪着胡尖不动而瞪着两只眼睛直望人的时候，那就是在发愁、发急，或发怒。不过在发怒的时候，那两道黑黑的眉毛，也要参加工作。他日本留学生，性极奸狡圆滑，整天想钱，妻子早死了，只剩下一个独生女儿。妾虽然有，可是也没有生小孩。他穿着一件玉色绸面的猫皮袍子，外套一件青缎狐皮领褂。领褂上挂着一条金链子，金表就装在左边的一个小荷包里。右边的大荷包还露出一条白绸的手巾角。最使人注目的是他戴在右手无名指上的那一只玉色的宝石戒指。他一走进门就用右手搓弄着胡子，眼睛直瞪瞪地望着他的女儿。

李祖应　亚萍。

李亚萍　（回过身，应）嗯。

李祖应　你在家吗？（走拢去）

李亚萍　不，我刚回来，你瞧，我披肩不是还没有放下吗？（说着将披肩又扔在椅上）

李祖应　哦是是，（赔着笑）好！你坐下来！

李亚萍　有什么事吗？

李祖应　我有话对你说。

李亚萍　哦！（坐在右边椅子上）

李祖应　我今天又请了客，你知道吗？

李亚萍　不知道。

李祖应　井田少佐也在座。他又谈到关于你的事情。

李亚萍　爸爸！我请求您，别再谈这件事，好吧？

李祖应　好孩子，一位皇军军官，人家想嫁给他都不可能吧。他真是看着我的面子。

李亚萍　（冷笑）哼。爸爸，他要您的女儿给他，还是看着您的面子吗？

李祖应　那当然哪！我若不是拿汉冶萍公司新厂厂长兼石黄维持会会长的资格，谁还高攀得上呀？

李亚萍　这是高攀！

李祖应　可不是。你要知道他是此地驻军的总司令呀……（走拢去拍拍李亚萍的肩膀）好孩子，答应了吧！他对你挺好的。我今天欢送他们皇军伤兵回前线，早上跑去请他，他本来有事，不打算来的，但是因为想看看你，终究还是来啦。（不胜感叹之至）哎！偏巧，你又不在家！（顺手在烟盒里抽出一支香烟）

李亚萍　爸爸，难道您愿意你的女儿——

李祖应　这也谈不上愿意不愿意，（又摸上一盒火柴）我也有我的苦衷。唉——亚萍，你是一向听我的话的。可不是，自从你妈妈死了之后，我不是把你当着掌上珠一样地待吗？你知道，我身边又没有第二个孩子。我送你进学校念书，我每年给很多钱你花，我这样爱你，难道对于你的婚事还不会注意吗？不过，话又说回来了。不错，你是一个大学生，可是，井田少佐他是一位有名的皇军军官呀。再说呢，他一直是看我的面子，如果是人家的女儿，他若看中，哼，恐怕老早就给抢跑啦。

〔杨三很匆忙地从大厅里走了进来。

〔杨三，高高个子，长着一脸横肉，年纪有三十六七岁，穿着一件藏青色的新羊皮袍子，前面袍子角卷起，露出那一双浅绿色而系着青宽带子的裤脚来。穿着黑皮鞋，歪戴着藏青色的鸭舌帽子。口里衔着一只空烟斗，露出两颗金牙齿，手里盘着两个放亮的铜球。他走进门就斜着眼睛瞟了一下李祖应，接着就用力地将右手的铜球丢在左手，用右手取下那只空烟斗。站着不动，望着李祖应。

杨　三　（喊）李祖应！

李祖应　（回头）哦！是杨三先生。

杨　三　什么，（慢慢移动脚步）你又叫我杨三，你忘了吗，我自从跟随了井田少佐，我就改名叫“易木三郎”了。

李祖应　哦，是是是，（赔笑地）真该死，我忘啦！易木三郎先生，请烟。（递上手里的纸烟）……真的，我的名字也要改一下才好。

〔李亚萍在他们说话中拿起披肩走入卧室。

杨　三　（流氓式的样子，接住烟。指着刚进门去的李亚萍，对李祖应）那是谁？

李祖应　那是我的小女。（很卑贱地给杨三擦燃一支火柴）

杨　三　（抽了一口烟）谁不知道是你的女儿！井田少佐今天可给你气坏了！

李祖应　（把火柴放在茶几上，回转身，很担心地，瞪着两只眼睛）为什么？

杨　三　我刚才在大门口碰见他从你这儿回去，他说他诚心来看你的女儿，你偏说你的女儿不在家。瞧！你的女儿可不是在家吗？

李祖应　（有点惶恐）哦！杨，杨，——易木三郎先生，她实在，实在是才回来。

杨　三　（不耐烦地）好好好，不管她是在家，还是才回来。总之，井田少佐叫我来告诉你，他说他对你太客气了。我看，哼！你哥子也真有点“狗子坐轿”——不受人抬。

李祖应　（赔笑）哪里，哪里。

杨　三　现在，他限你三天。在这三天以内，你要把一件事办好……

李祖应　（连忙）什么？

杨　三　你的女儿到底嫁不嫁给他？倘若不然哪，哼！那可对不起！

李祖应　哪儿的话，哪儿的话，一定又一定。三天。说不定明日就可以和我的女儿谈好。井田少佐面前，还要请您，易木三郎先生多多包涵一点。

杨　三　这是一件事，还有一件事因为刚才井田少佐不高兴，没有当面给你说。

李祖应　（搓胡子的手又急忙停止工作了）什么？

杨　三　还不是关于铁砂的事情。他最近得着由上海转来的电报，说是他国内急于需要铁用。并且限定他在这一个月内，要把矿山脚下的铁砂，完全运回去。（埋怨地）你看，你还是厂长呢，连一条铁路都修不好。

李祖应　这不能怪我呀。他们限定初五成功，我不是叫工人们连夜赶，在初五就先把路基赶成功了吗？谁知道在初六的晚上，就给那些他妈的游击队破坏了呢。

杨　三　那么你这维持会的会长干什么的？

李祖应　是呀，我初七一清早就派了一队警察，带了很多工人去修理，一直到太阳下山，才把从下陆到石灰窑这一段中间破坏的地方修好；谁知道，他妈的，在初七的晚上，从下陆到铁山的那一段，又给那些家伙破坏哪。

杨　三　你还是要赶快修呀，今天已经十五了！

李祖应　是呀，第二天下午我又派了很多人去。谁知道这一趟路没有修成，反和大冶县维持会的人发生冲突；他们说那一带应该归他们管，说我们不应该带警察到村里去搜查。……哼，易木三郎先生，这并不是我想争权，实在是——

杨　三　（急忙挥手止住）唉唉，这个，我已经听见井田少佐说过了，他说马上就要通知大冶县维持会的，以后是这样，我们这黄石港和下面石灰窑，以及下陆、铁山和铁路两旁的十里地都抽出来，成为特区，属于你们石黄维持会；其余的地方，就属大冶县维持会。

李祖应　如果是这样，那就好办了。（快活动连连搓着胡尖）实在的，我并不是争权。（笑着脸走到右边的茶几上，又抽出一支烟）

杨　三　（看表）我要走了。

李祖应　（转过身）不歇一会儿？

杨　三　不，你知道我很忙，还有一件事急于要办。……哦！祖应，我托你的事？

李祖应　是关于小孩的事吗？

杨　三　是呀，小孩？

李祖应　那一定遵办，何况这事我们也有责任。我已经吩咐过了，等一下就有回话。

杨　三　好！我走了。

（李拟送）

杨　三　（止之）别送！（走到门边，又回过头来）老李，你记着呀，今天井田少佐吩咐的两件事：第一，女人；第二，修铁路。倘若办得不好呀，不但你维持会的会长做不成，哼！还得小心你的脑袋。

李祖应　（恭敬地）是是是。

〔杨三下，黄俊由后门上。

〔黄俊，四十多岁，穿着黑色的警察局局长的制服、马裤、皮靴，蓄着日本式的小胡子，手拿着马鞭。性极圆滑，在新厂工作了十余年，与李祖应狼狈为奸。天生的一双老鼠眼睛，做事鬼鬼祟祟的，骄气十足。但，在李祖应的面前，他总是百般恭顺。他刚踏进门，似乎很神气，可是一见着李祖应，他就连忙——

黄　俊　（恭顺地）李会长。

李祖应　黄俊，你怎么从后门里进来？（走去拿火柴）

黄　俊（急忙抢上一步，拿起火柴来替他点上）

黄　俊　您今天不是请客吗？

李祖应　（抽燃烟）噢！是的。（烟沫随着他的话吐了出来）已经完哪。你来得正好，我正准备叫人去找你。

黄　俊　有什么事吩咐吗？

李祖应　还不是关于运铁砂的事情。你看，你还是运矿股的股长呢，连一条铁路都修不好。

黄　俊　厂长，这不能怪我呀！我刚修好，那些他妈的游击队就给破坏了。我东边刚修好，他西边又给破坏呢。弄得铁轨老是不能——

李祖应　那么你，你兼石黄警察局的局长干什么的？

黄　俊　是呀，我是叫警察跟着工人一块儿去呀。可是，我上次不是报告会长了吗？那一次还和大冶县维持会的人发生冲突。他们不让我们到各村庄里去搜查，又有什么办法呢？

李祖应　这事刚才杨三来，已经说过，他说井田少佐已经批准了，不但下陆和铁山这两个镇市属于我们管，就是铁路两边十里地的地方，也都划归我们了。

黄　俊　实在的会长，这并不是我们争权。

李祖应　好，你赶快带人去修理铁路吧。限你两天之内修好路基，五天之内完成路轨。并且还要组织两百名护路警，派到铁路两边各村庄里去。

黄　俊　还要组织护路警？

李祖应　当然，没有护路警怎么成？两百名恐怕还不够呢。

黄　俊　会长，我们局里一共只有八条枪，子弹也不充足，怎么分配呢？

李祖应　枪！要什么枪，每一个警察拿一根木棒棒不就得了？

黄　俊　假如——

李祖应　假如有什么事，我可以报告井田少佐，他会派皇军去的。……这是一件事，还有，关于使用钞票的事情——哦，我问你，布告贴了没有？

黄　俊　都贴了。

李祖应　光贴布告不成。你知道这是什么地方？

黄　俊　黄石港呀。

李祖应　人家给它起个什么名字？

黄　俊　小汉口。

李祖应　为什么？

黄　俊　因为他商务繁盛。

李祖应　那就是说，在商务繁盛的地方，关于经济的问题，并不如此简单，你知道吧。所以，你得派人到处放空气，说过了一个月，凡中国、中央、交通，这三家银行的钞票，一概不用。完全做新银行的钞票。布告内不是说在现在只准六成使用吗？你就在这一个月内，另外再派一班人以六成或六成五到各处去收买。其实，过了一个月，中、中、交的钞票还是照样流通。

黄　俊　为什么？

李祖应　听说这个办法，在天津、北平那些大地方都行不通，我们这儿当然也不成。那时候我们再把中、中、交的钞票放出去，不是一块钱可以净赚四角或三角五了吗？

黄　俊　这倒是个办法。

李祖应　不过，顶要紧的是要注意黑市，把握暗盘。

黄　俊　我知道。

李祖应　朋友，你好好儿干吧！（走拢去，拍拍他的肩膀）那时候一定有你的——唉，黄俊，你是一个聪明人。

黄　俊　（笑容可掬）那当然，我总要承会长多多栽培，多多栽培。

李祖应　好！

黄　俊　我走了。（走到后门边）

李祖应　（又喊住他）黄俊！

〔黄俊转过身，站住。

李祖应　记得吧！两件事：第一，修铁路，第二，钞票。（恩威并用地）如若办得不好呀！不但你警察局长干不成，哼！还得小心你的脑袋。

黄　俊　（恭敬地）是是。（下）

〔李祖应走到左边茶几旁，烟熄了，又擦了一支火柴点燃着，接着就坐在左边的沙发椅上。

李祖应　（对卧室门内，喊）亚萍，亚萍！（内面无应声，站起，走拢去，敲着门）亚萍！

老　张　（自厅门上）老爷。

李祖应　（转身）什么？

老　张　洪先生要见您。

李祖应　叫他进来。（顺便坐在左边的沙发椅上）

〔老张下，接着洪四走了进来。

〔洪四，有三十多岁，贼头贼脑的，本是一个市井无赖，但因为近来发了一点财，所以穿得也还整齐。蓝布长袍，歪戴着一顶旧礼帽。说话老是那么吞吞缩缩的——爱卖关子。也许是因了职务的关系吧，他对李祖应并不怎样恭敬，相反地李祖应还要特别巴结他。他一进门就看见李祖应的一个急样子。

李祖应　洪四，那个事怎么样哪？

洪　四　（慢吞吞地）报告会长，没有办法。

李祖应　没有办法！（急，跳了起来）那怎么成？刚才杨三还来催过。他不是好惹的呀，他现在是井田少佐身边的红人。我答应他的事，怎么能不办到呢。——哎，老洪，连四十个小孩都办不到吗？

洪　四　（摆摆头）一个也办不到。

李祖应　他妈的，明知道同上次一样，工作是我们做了，该那个王八蛋拿去要功劳。可是，有什么办法，这种傻瓜的事，我们也得干呀。

〔李亚萍轻轻打开门，走出一步，李洪等均未发觉。

洪　四　现在，根本四乡都看不见一个小孩了，叫我有什么办法。

李祖应　哦哦，得啦，矿山不是明天就要开工了吗？洪四，你给我把童工调四十个来应付应付。

洪　四　童工！厂长，恐怕你在做梦？

李祖应　怎么？

洪　四　现在报到的工人，半个童工都没有。

李祖应　从前不是有八九百的吗？

洪　四　那是从前呀……说句老实话，上次也的确抓太多了。现在还有谁放心把小孩送去做工呢。

李祖应　依你说，不是没有办法了吗？别说杨三，就是我们也有责任呀，（说着向左边移动着脚步）那怎么办，现在又有一批皇军伤兵快要来了。

〔李亚萍急退，又轻轻地关上房门。

洪　四　（望着李的背影笑了笑，接着按住笑容，故意淡淡的）办法还是有的。

李祖应　噢！（欣喜转过身）你说。

洪　四　俗话说得好：重赏之下——

李祖应　得得，洪四，你老记得钱。（走到右边）

洪　四　会长，钱，并不是我要，当然是给会长效劳，不过，我那一批手下人……

李祖应　好好，（给价）五块钱一个，好吧！（坐在沙发椅上）

洪　四　五块钱似乎太——（走上前一步）

李祖应　不少不少哇，五块钱一个，五四得两百。你要知道，这两百块钱，还得我掏腰包！

洪 四 会长当然不在乎这些地方。会长！为了对弟兄们好说话，我看，就作整数吧！十块钱一个。

李祖应 噢！太多了。

洪 四 那么，至少也得八块。（态度强硬地）不然——

李祖应 （站起来）好好，总是该我这王八蛋倒霉。（很痛快地）不用说了，三百块钱，四十个，一并包干，连你的赏钱也在内。

洪 四 赏钱……

李祖应 还要争？老洪，来来，先拿一百块钱去！（递钱洪四接住）去去去，（推洪四下）明天交“货”，明天交“货”。

洪 四 （走了两步又回转身）会长！

李祖应 还要较量吗？

洪 四 不是。另外还有一件事要报告会长。

李祖应 什么？

洪 四 这事很重要。

李祖应 哦！

洪 四 最近那一条铁路，不是老修不成功吗？

李祖应 是呀！

洪 四 会长知道是谁在破坏。

李祖应 谁！还不是他妈的游击队。

洪 四 不，会长不知道，我听说是……

李祖应 是谁？

洪 四 （又在卖关子）我想还是不说的好，就是说出来会长也不会相信。

李祖应 不不，你说，你说。

洪 四 听说破坏路的还是那群修路的工人。

李祖应 工人！不会，不会，他们没有这大狗胆。

洪 四 据说领导他们干的，是三个从外面来的年轻小伙。

李祖应　哦！……难道真有这事吗？

洪　四　真的，在这三个人当中，据说最厉害的是一个姓何的。

李祖应　姓何吗？

洪　四　姓何。他是本县人，他小时候在县城里住了很久。有人认识他，前不久从外面回来。

李祖应　他叫什么？

洪　四　何崇。

李祖应　你怎么知道？

洪　四　我手下人报告我的。并且说他们神出鬼没，常常换地点；开头是在下陆，后来铁山、石灰窑、黄石港，他们都到过。

李祖应　黄石港也来吗？好家伙，非逮捕他们不可。

洪　四　他们都是商人打扮。听说那个姓何的还和你的小姐——

李祖应　（担心地，低声）和她——？

洪　四　同过学，并且很要好。会长若不相信，详细情形我可以叫叶老五来——

李祖应　叶老五呢？

洪　四　在门口等着。

李祖应　好，你去叫他进来。

〔李亚萍自内室走去。

李祖应　（对洪）哦！等等！（转对李亚萍微怒地）亚萍！

李亚萍　嗯！

李祖应　我刚才喊你，你为什么不答应？

李亚萍　我睡着了。

李祖应　睡着了。现在又干吗跑出来？

李亚萍　（冷笑）哈哈，爸爸才有趣呢，难道一个人睡着了就不会醒吗？

洪　四　会长，叶老五——？

李祖应　你带他到维持会去等我，我一会儿就来，还有话和你们说。

洪　四　是是。（下）

李祖应　（对李）亚萍，关于你的事，你主意定了吗？

李亚萍　定了。

李祖应　那很好。

李亚萍　我不能嫁给一个日本鬼子。

李祖应　（出乎意料）哦，原来如此！那不成。

李亚萍　不成！（态度强硬地）不成又怎么办？

李祖应　（怒）亚萍，你有这大哪，难道我养你一辈子，你说，你到底嫁给谁？

李亚萍　还没有决定。

李祖应　没有决定！哼！我已经知道。（向右边移动脚步）

李亚萍　您知道什么？爸爸！（也走向右边）

李祖应　（回过身）我知道你要嫁给一个姓何的小子，是不是？

李亚萍　（吃惊地）姓何？

李祖应　对哪！姓何！叫何崇。（闲散地，走到中间沙发前）

李亚萍　（转过态度）不知道，我不认识什么姓何的。

李祖应　（逼）是你的同学，不是吗！

李亚萍　（轻轻地摇着笑，一字一句地）不，知，道。

李祖应　你别说谎！（坐在沙发上）

李亚萍　我干吗说谎！（走上前）爸爸，你别听外面的谣言。……如果我真的有那样心思，那么学校搬家的时候，我又为什么不跟着一道儿去呢？……爸爸，您别听人家的话，您刚才不是说过吗？您又没有第二个孩子。

李祖应　（态度转和蔼）亚萍！我总算是你的父亲。你应该替我着想。我也有我的苦衷。为了这件事我一连想了好几个晚上。有时候我也掉下几颗泪来。（痛苦地）但是，有什么办法。

〔老张上。

老　张　老爷，井田少佐请你。

李祖应　你看！（起立，对张）来了吗?

老　张　没有，在维持会里等着，请您马上去。

李祖应　好。

〔老张下。

李祖应　亚萍！你再仔细想想。你要考虑到现在环境，顾全我的地位！（下）

〔李亚萍跌坐在长沙发上，想了想，双手抱着头，伤心地落泪，接着把头埋在椅背上，哭泣着。

〔吴妈上。

吴　妈　小姐。

李亚萍　（微微抬起头）

吴　妈　有一个人，穿了一身破衣服，跑到我们后门口儿来；我当他是个要饭的，就盛了一碗饭给他，他说“不要”，我说“不要饭，要什么，难道要金子么?”他不作声，他只是问：“请问你！这里面有一位李小姐吗?”我说：“有呀，干吗?”他说：“我要见见她。”唉——！咦！我很奇怪！我说：“你要见我们小姐吗?”他说“是的。劳烦你进去通报一声。”我不相信，我就对他这样看，这样看（说着好像面前真有一个人样，她从头看到脚戴着一顶破帽子，穿着一双破鞋子，一双手拿着一把花，一只手还提着一个破篮子）我说：“你见我小姐有什么事。”他说：“是你小姐特地叫我送——”哪！小姐，你有没有叫他送花来?

李亚萍　（惊异地）我没有哇。

吴　妈　可不是，我说：“我小姐没有哇。”他说：“你小姐实在说过的，你只进去对她说，说有一个人特地送三枝梅花来，她就知道。”

李亚萍　梅花?

吴　妈　梅花。

李亚萍　三枝吗？

吴　妈　没看清，就算作是三枝吧。（越说越快）我就说："真的吗？"他说："真的。"我说："是梅花吗？"他说："是梅花。"我说："三枝吗？"他说："三枝。"我说："干吗只送三枝呢？"他说——

李亚萍　（站起来，急止之）得得，他在什么地方？

吴　妈　在后门口等着。

李亚萍　叫他进来！

吴　妈　叫他进来吗？

李亚萍　别啰唆呀，我叫你（一字一句地）叫，他，进，来。

吴　妈　是是。（下）

〔一个卖花的穿着破衣服走了进来，一切如吴妈所述，左手挽着花篮，右手拿着三枝洁白清香的梅花。

卖花的　小姐。

李亚萍　（惊张）你，你是——

卖花的　我，是一个卖花的。

李亚萍　（四下望了一下，急忙走过去，欲与他握手，很热情地）哦，何崇！

〔何崇，的确是何崇。他有二十八岁，长得很健美。大学四年级的学生，没毕业就跑回家做救国工作。由于儿时生活在故乡的缘故，所以一听见故乡沦陷就发愁。终于在政府的"政治重于军事，敌人的后方重于前方"的抗战策略下，毅然投笔回乡，从事领导矿工工作。同行者有毛良和徐一飞，他们都是极好的朋友。何崇这次回家，抱定了一个宗旨，就是凡事从大处着眼，从小处着手，因之他主张一切要随时应变因地制宜。他性情很中庸，不浮躁，做事稳重，老练，不冒失。对同伴很和蔼，有时候也很严肃。他相信孟夫子"性善"的主张，所以他对恶人是另一个看法。他这次化装潜入李宅，固然是想看一看他有过短时期的特别友情的情人，同时也是想趁此机会用正义去感动一个不大也不很小的汉奸。他看见李亚萍伸过手来，急忙移花于左手，将右手伸出。

何　崇　（也很热情地）亚萍！

李亚萍　（和他握手）你不是随着学校到四川去了吗？

何　崇　是的，我特地回来看望你的。

李亚萍　（丢开他的手，以一种警惕的眼光，望了一下周身）你干吗这样打扮？

何　崇　不这样，恐怕不能进来。……记得吗？亚萍！在那珞珈山畔东湖水边有一块梅田。有一天，是前年的冬天吧！你我两人走进林中，你说，在一切花丛中，你最爱梅花；你爱它耐寒、洁白和清香。我当时就偷偷地折了三枝，轻轻地放在你的手中。你紧紧地握住那三枝梅花，你说它的清香就象征了——

李亚萍　（时而望着何的面孔，时而低头叹息。忽然——）你等等。（打断何崇谈话。自己走到厅门前向外面望了一下。接着，走回来）何崇，你别说了吧！我心里难过极了。自从那次寒假回来以后，我爸爸听说学校要搬家，就无论如何不准我再出去。他说，待在这里，还比较安全一点。

何　崇　那当然。在一个维持会会长的家里，还不安全吗？

李亚萍　何崇，我不准你这样说。你不知道，我的内心是多么矛盾，多么难受！自从此地沦陷以后，他们几乎把我也当作一个仇人；整天地围住我，不准我离开这黄石港一步。最近我的爸爸还在逼我，要我嫁给一个日本军官。……

何　崇　（惊异）什么？

李亚萍　（更清楚地）要我嫁给一个日本军官。

何　崇　噢——日本军官。（接着一阵鄙视的笑）哈哈，那不是更好吗？

〔李亚萍生气地低着头走向左边，何崇急忙放下花篮和花。走拢去。

何　崇　（很热忱地）亚萍，你别伤心！我知道你也是一个有为的青年。可是，我并没有想到你还待在家里；如同我没有想到这石黄维持会的会长是你爸爸一样。据我想，我们应该老早坐飞机到香港去了。（略停）亚萍，告诉你吧！我们现在抗战策略是政治重于军事，敌人的后方重于前方。我现在跑到这儿来工作，也就是这个意思。也好，你在这儿也好，我希望你能参加，希望你也能帮助我们工作。

李亚萍　（转过身抬起头来，微笑地）真的吗？你们也要我参加吗？我一定参加，我一定和你们共同工作。（扑到何崇的身上）哦！何崇！

〔两人拥抱。

〔吴妈上，见情，吓得慌慌张张急下。

〔片刻，何崇将李亚萍用力推开。自己退后两步。

何　崇　（有力地）亚萍！

李亚萍　什么？

何　崇　我今天来的任务，是想见见你的爸爸，请你介绍一下，他在家吗？

李亚萍　哦！不在家，你找他干吗？

何　崇　我想劝劝他。（走到右边，拿起梅花）

李亚萍　不能。你千万不要和他见面。我刚才听他们说，他正要逮捕你。

何　崇　逮捕吗？哼！我不怕。我想他总是一个中国人，我要用正义去感动他。我相信一个人的本性，总是善的。其所以做汉奸，也许是一时的糊涂。我想在这种地方就是打死几个小汉奸也没有什么用处，如果能用正义去感动他们，叫他们幡然觉悟，那不是还能替国家效力吗？

李亚萍　不，不，不能。你千万别和他见面。……听！（走近厅门）呀！我爸爸回了！（急忙走回，慌张地）何崇，何崇，你，你——

〔何崇不动，李祖应上。

李祖应　（对何瞪着眼）你是谁？

何　崇　我吗？我是——

李亚萍　（紧接）他是一个卖花的。

何　崇　不错，我是一个卖花的。（欲上前与谈话）您是李厂长吗？我——

李亚萍　（急忙伸出一只手把他拦住，大声地）不要！

李祖应　对啦！不要！井田少佐那儿有。

〔何仍不动。

李亚萍　（对何，命令地）你走！

李祖应　走！

〔何崇无法，慢慢地提起花篮，望着李亚萍。

〔亚萍横着眼睛叫他走。

何　崇　小姐，花！

〔李亚萍伸手。

李祖应　不要！（催促地）走走走走！

〔何崇下，少顷，李亚萍忽有所感，急忙跑到门边。

李亚萍　（向外喊）卖花的！

吴　妈　（在外接喊）卖花的！

李祖应　（大声）吴妈，别喊！

〔李亚萍回转身，赌气似的向她卧室内跑去。

李祖应　（想喊住）亚萍，亚萍！

〔碰！李亚萍关上了房门。

李祖应　（走去敲门）亚萍！（亚萍不理。回转身，对厅门喊）老张，老张！

〔老张上。

老　张　老爷！

李祖应　小姐为什么？

老　张　我不知道。老爷出去的时候，我就在大门口。

李祖应　（又对另外一门喊）吴妈。

〔吴妈上。

李祖应　小姐为什么？

吴　妈　（反问地）为什么？……不知道。

李祖应　有一个卖花的进来，你也不知道吗？

吴　妈　那，那，那我知道的。

李祖应　从哪儿进来的？

吴　妈　后门口儿。

李祖应　你干吗放他进来？

吴　妈　他说是小姐叫他送花来的。

李祖应　小姐干吗生气？

吴　妈　生气？我不知道。那只有问小姐。

李祖应　混蛋！一群死猪。给我滚！

〔老张和吴妈下。

〔洪四很慌张地由厅门跑了进来。

洪　四　会长！

李祖应　什么？

洪　四　刚才从会所里出来，碰见一个卖花的，叶老五说他很像那个姓何的。

李祖应　（好像没有听见）什么？你说什么？

洪　四　（清楚地）刚才叶老五看见一个卖花的，很像那个姓何的。

李祖应　真的吗？

洪　四　真的。

李祖应　（埋怨地）哎呀！这个王八蛋，真该打！

洪　四　（应声地）这个王八蛋真该打。

李祖应　（瞪着两只眼睛）你骂谁？

洪　四　你不是说那个卖花的吗？

李祖应　不是呀！我是埋怨我自己呀！

洪　四　为什么？

李祖应　他刚才给我放走了。

洪　四　谁？

李祖应　就是那个卖花的呀！（对外喊）吴妈。

〔吴妈上。

吴　妈　老爷！

李祖应　那个卖花的呢？

吴　妈　早走了！

李祖应　你干吗不给喊住？

吴　妈　我刚刚只喊了一声，老爷不是叫我别喊了吗？

李祖应　哎呀，这个王八蛋真该打！

吴　妈　（轻声地）真该打。那个家伙还偷偷摸摸地和小姐——（李祖应又瞪着两只眼睛）

吴　妈　和小姐——（她说不下去）

李祖应　（已经领会了她的意思，不听也罢）去去去去！——哦！来来来来！站一会儿。（对洪四）洪四，怎么办呢？你刚才不是看见井田少佐对我讲了几句，就走了吗？就是关于这件事。我也听说，有一个姓何的就在这儿捣蛋。

洪　四　派人去抓吧。

李祖应　叶老五呢？

洪　四　他已经在那个姓何的后面跟上了。

李祖应　干吗不给我抓来？

洪　四　您刚才在会所里不是吩咐过吗？您说我们要一网打尽。如果发现了一个，不要马上抓他，要跟着他，找到他的窝。

李祖应　（语塞，半晌）也好，一网打尽。还有！关于我女儿，井田少佐刚才说——（转对门内）老张，老张。

〔老张上。

李祖应　吴妈，洪四，你们都过来！

〔李祖应站在中间沙发椅前；老张、洪四、吴妈排成一半圆形，围着他，听他说话。声音很低。不一会儿，李亚萍换一套布衣短装和平底布鞋上。在门边停了一会，见他们都未注意，急忙向后门走去，将近，忽然一跑，四人俱惊，均抬头。

李祖应　谁？

老　张　好像是小姐。

李祖应　（急）呀！快快快！快去赶！（指后门）吴妈，老张，（指前门）洪四，你往这儿去拦住。

〔吴妈、老张和洪四分途急下。

李祖应　井田少佐刚才说过，以后不准她出去。（说着又很着急地搓着他的胡须）

——幕急落

第三幕

时间　第二幕后三日下午五时

地点　铁山

人物

何　崇

吴海清

刘大个

铁　锤

陈　根
黄　俊
洪　四
矿工甲、乙、丙、丁
其他矿工一群

布景

矿山山边的一个山洞里。从台下望过去，可看见一间铁山的斜面，舞台的后方偏左就是这开采过的矿洞口，洞口有一人多高，略呈圆形，向右边斜着，黑黝黝的，不知有多深，洞门，凌乱地放着几个刚搬过去的石头。台右偏后和台左偏前方，就是这条山路的两端。

幕启

刘大个拿着旱烟杆，坐在洞口右边的一个石头上。他仿佛完成了一个英雄故事，面带笑容地望着洞内；何崇，穿着做工的短服装，从内面走了出来。

何　崇　（微笑地）这洞真有相当深——嗯！后来呢？
刘大个　后来他们还不是赔了六千多块钱。
何　崇　他们愿意？
刘大个　不愿意也不成呀！……他妈的还是怕狠。本来嘛！他们兵船撞沉了我们民船——
何　崇　（眼望着前方）你瞧。（向右边走了几步）
刘大个　（站起，跟过去，向下首遥望）对哪！下工的旗子扯起来了。
何　崇　那么他们不是马上就要来了吗？
刘大个　不，还有一会儿。我交代过，叫等监工的往那边走了，再往这边来。

何　崇　（走回洞口）六千多，三十七八个人，那么每个人不是赔不到两百块钱吗？（坐在刘大个坐过的石头上）

刘大个　可不是，中国人的命，也太不值钱了。噢！那次假使不是我们全体要罢工，要打死在铁厂里的日本人，恐怕——恐怕连一个钱，他们也不会给的。真的那次鬼子们太狠心了，你想，那些从水里爬起来，爬上他们兵船的工人，他又给推到水里去了。

何　崇　刘大个你别谈了吧！鬼子们就是这样心狠。

刘大个　哦！还有一次很有趣！何先生，你听我说。（走到左边坐在一个石头上）我们公司里不是有两个总工程师吗？一个正的，一个副的，副总工程师是一个日本人。那一年，民国——哦，我记不清了，是五年前吧；有一天我们忽然听见一个传闻，说是副总工程师要驻山，要来长期监督。那位正总工程师当然不愿意哪，可是因为契约上的规定，又不好出面拒绝，就找我们大家来商量，说句老实话，我们又何尝愿意他来呢。当时，我们就想好了一个办法，叫几个监工捎了一个信到厂里去，说："听说上海公司里要派副总工程师来驻山，我们大家都很欢迎；不过，矿山的面积太大，工人又多，将来如果出了什么危险，我们恐怕不能——"

何　崇　（微笑地）嗯，这个方法很好。

刘大个　（也面带微笑）方法确是很好，谁知道厂方无论如何不相信，厂里面几个日本鬼子硬说是那几个监工故意恐吓。后来监工就把我们叫去，我们一百多个工头，都挤在一个办公室的门口，又照样将这话说了一遍。他们还是不相信，他们说工人绝不敢这样大胆。后来我们就说："好吧！你们不相信就请副总工程师来吧！他来，我们一定欢迎就是了。"

何　崇　结果呢？

刘大个　结果他还不是怕死不敢来。我说何先生，无论什么事，只要我们大家能够齐心，总有办法。

何　崇　可不是。

刘大个　最可恨的是那个他妈的梁总工程师，听说他最近在上海也当上汉奸啦。

何　崇　哦！

刘大个　那次去讲话的几位监工倒蛮好的。

〔吴海清从左上。

吴海清　何先生。

何　崇　（起立）啊！吴先生，你怎么找到这儿来了？

吴海清　你不是说今天还要和工人们谈话吗？我想你一定回去得很晚了。有一件事我急于要找你，所以我就绕路从这边来了。哦！我找了好几个山洞呢。（对刘大个）刘大个，你刚才说“好”，谁好呀？我认为在汉冶萍公司做事的人，就没有一个好东西。

刘大个　吴先生，不能这么说，固然坏的多可是好的也不少呀。譬如——

吴海清　别说了吧！我就讨厌他们。（转对何）何先生，你看我究竟应该怎么办？

何　崇　还是那件事吗？

吴海清　可不是，他们硬要我去，我真——哦！据说他们现在又运了机器来，准备动手开象鼻山和尖山山尖的铁矿。

何　崇　什么？开象鼻山和尖山山尖？

吴海清　是呀。

〔刘大个在他们谈话时，抽着旱烟向右边望了望，轻轻自语地：“怎么还不来呢？”说着走了下去。

何　崇　我知道他们是会这样干的，但是我没有想到会这么快。那次在罗老板家里吃年饭的时候，我不是对你们说过吗？我说鬼子们想侵夺我们大冶的铁矿，已非一日了，这一次既然占领啦，他一定会第一步把堆在江边的铁矿运走，第二步修好铁路，把存在山脚下的铁矿运走，第三步就要继续开矿。当然，我就想到，他们开矿也许连我们的官矿一道儿开采。现在他们果然在这样打算了。

吴海清 说不定他们还会将没有开采过的龙角山，也给开采呢。

何 崇 一定会的。鬼子们的贪心是没有止境的。

吴海清 何先生，你看我们应该怎么办呢？他们派了一个人来——还在我家里等着。硬要我马上同他一道去。

何 崇 你自己的意思呢？

吴海清 我决定不去。虽然他们叫人来求我，向我讲好话，说我对于矿山熟悉一点；又以金钱，势利来引诱我，说什么加薪哪，兼差呀。我决定不去，我不能出卖我们官家的矿山。

何 崇 （沉思以后）你这个意思，当然很好。不过，依我看你就答应去吧！

吴海清 （惊）何先生，你这是什么意思？你别同我开玩笑。

何 崇 谁同你开玩笑。

吴海清 你叫我好人不做，去做汉奸吗？

何 崇 我并不是叫你去做汉奸，我是叫你将计就计。

吴海清 哼！将计就计！

何 崇 你要知道，我们在这种地方做工作，是要因地制宜、随机应变的。

吴海清 （肯定地）我不去，我不去。我讨厌他们。

何 崇 这不是讨厌不讨厌的问题。

吴海清 何先生我问你：假使他们真的要我领导开矿呢？

何 崇 你就开。

吴海清 假使他们真的要我参加维持会呢？

何 崇 你就参加。

吴海清 何先生你这不是叫我做汉奸是做什么呢？

何　崇　我并没有叫你去做汉奸，我是叫你将计就计，难道你就不能牺牲个人的自由，为了我们的工作，为了国家……去做一点有益的事吗？

吴海清　（冷笑）哼哼！我真不懂做汉奸还是有益的事。（向一边走去）

何　崇　难道说，你就不能表面参加他们的组织，实际上做你所要做的工作吗？……我知道，这个工作是很吃苦的。

吴海清　（回过头来，望着何崇，走近）何先生，我并不是怕吃苦；你叫我赴汤蹈火，我都愿意，可是，（声渐大）我不能做一天、一时、一刻的汉奸。（伤心地）自从十九年前，听了我祖父的一篇话以后，我就下了决心，决心参加矿山的工作；十年来，我老想以我们官矿的事业，压倒他们商矿的发展。可是，可是现在，（声音急促地）事业上完了，土地失了，矿山丢了，而且，而且连你何先生，（渐缓）也要逼我去当汉奸。（落泪）

何　崇　你不去吗？

吴海清　（坚定地）我不去。

何　崇　你一定不去？

吴海清　（更坚决地）我一定不去。

〔刘大个急上。

刘大个　喂喂！你这是干什么？好好儿的，干吗闹起来哪？

何　崇　（微怒地）好！你想想看！（望了一下刘大个）还有刘大个在座，那天晚上在罗老板家里吃年饭，是谁说的最后一句话？

〔何崇很生气地坐在石坎上，吴海清现出一个很窘的样子。

刘大个　（望了一下他们两人的面孔）有什么话好说呀，干吗拌嘴呢？

何　崇　（对吴大声命令地）你说，那天是谁说的最后一句话？

吴海清　（抬头）是我说的，是我说的最后一句话，那天饭吃完后，我对大家说，我说："我们从今天以后，无论是谁都要听从何先生的话。"

何　崇　那么你今天呢？

吴海清　（颤声地）我今天——（语塞）

何　崇　（站起来，走过去，拍着吴的肩膀）朋友，我知道你的内心是非常痛苦的，但是，为了我们的工作为了国家，你得忍受一切。牺牲一切，要知道，你不参加他们的伪组织，我们的官矿，他还是要开采的；你参加以后，总可以多知道一点他们内面的情形。

刘大个　既然这样，吴先生，你就听何先生的话吧。你看我，说不干不干，可不是又干起来了吗？

吴海清　（想了想，抬起头，很热忱地望着何崇）何先生，我听你的话，我服从你的命令。

何　崇　你去吗？

吴海清　我去。

何　崇　真的？

吴海清　真的。

何　崇　（很热烈地与吴握手）朋友！我感激你。但是，你进去以后，你不要忘记了你的责任，不要忘记了你的祖先，更不要忘记了你自己。

吴海清　（流着泪，声音颤颤地）我知道，何先生，你放心。（点头欲下）

何　崇　为了工作方便，你可以和徐一飞他们直接取得联络。

吴海清　徐先生在——？

何　崇　他就在黄石港和石灰窑一带，你要知道他的住处。你经过下陆的时候，问问毛良就得了。

吴海清　毛先生——？

何　崇　他的住处也是常常变动的。你问罗老板好了。

吴海清　好，（向何、刘点头）再见！

何　崇　再见。

〔吴海清由左下。

何　崇　（望着刘大个）他们还没有来吗？

刘大个　没有。

何　崇　好，你在外面等等，我进去歇一会儿。（由洞下）

刘大个　好吧！你这两天也太累了，觉也睡得不够。

何　崇　（在内）他们来齐了，你就马上喊我！

刘大个　我知道。

〔刘大个坐在洞口抽烟，少顷，矿工丙由右上。

矿工丙　刘大哥。

刘大个　（略转身）老郑，你怎么一个人来哦？他们？

矿工丙　不知道。

刘大个　你不是和他们一道吗？

矿工丙　不，我先走的，还没有下工。我老婆跑来跟我说，陈根在我家里等着，要见何先生。何先生呢？

刘大个　在洞里面休息，陈根？

矿工丙　在后边，转角的地方等着。我说你们在开会，他叫我先来问问，看何先生要不要马上见他。

〔刘大个起身入洞内，旋出。

刘大个　何先生叫他来！（老郑拟下）哦，老郑，你去看看他们干吗还没有来？

矿工丙　是。（下）

〔何崇从洞内走出，少顷。

陈　根　（上）何先生。

何　崇　陈根，你从下陆来吗？

陈　根　是的。

何 崇 有什么事吗?

陈 根 我今天早上就听见一个消息，听说厂里老是看见铁路修不成功，就准备从明天起，一律用人工挑。

刘大个 挑铁砂?

陈 根 是呀，起头我也是不相信。那么多的铁砂，人工挑得完吗?后来吃午饭的时候，就看见真的有人在对那些修路的工人训话，叫他们不用全体修路了，从明天起分出一大半人来挑铁砂。每一人百斤，从铁山挑到石灰窑，每担一块二角钱。后来那些工人就偷偷地跑去问毛先生，问去不去。毛先生也不知道怎么办好，叫我特地赶来问你。我动身时还看见他们在下陆贴招工的字条呢。

何 崇 每担一块二吗?

陈 根 一块二。

何 崇 (计算地)每担一块二,六十里路，来回得走两天。每天六角钱，好吧！就告诉毛先生，叫他们挑好了。

〔右边传来一片嘈杂的人声，由远而近。

——我们不挑!

——不挑!

——他妈的王八羔子才挑!

——别说一块二,

——两块四也不挑。

——不挑!

——不挑!

〔陈、刘、何都转过身，望着那条山路。

〔矿工们愤怒的声音还没有停止。

〔少顷。矿工甲、乙、丙、丁及其他一大群人同上。

刘大个 (对矿工甲)干吗? 老田。

矿工甲 他妈的，我们刚下工，就准备往这儿来，突然，跑来一个龟孙子，拉着我们，要训话。

矿工乙　他们要抽开矿的人，去挑铁砂。

陈　根　也要抽你们去挑铁砂吗?

矿工甲　他妈的汉奸简直忘了自己是哪一国的人了。

矿工乙　他说日本要铁要得紧，铁路一时恐怕修不成功，只好一面修路，一面先用人工挑。

矿工丙　我们不挑!

全体矿工　（大声地）我们不挑！不挑！不挑！王八羔子才挑！……

（渐渐骚动了起来。

何　崇　（紧张地跳上左边的一个石头）请你们小声一点，请你们小声一点！……今天叫刘大哥邀你们来！也就是为了商量铁矿的事情。你们知道，自从汉冶萍公司借了鬼子们的钱，和鬼子们订下了一些不平等的条约以后，我们大冶的铁矿，差不多完全断送给鬼子们的手里。这二三十年来，他们无时无刻不在侵夺和偷运我们的铁砂。他们将我们中国的铁运去，制成枪、炮、炸弹，又运来打我们中国。现在，他们的枪炮用完了，他们的炸弹快用光了，于是又加紧地来侵占，来抢夺。我们堆在石灰窑和沈家营江边的几十万吨铁砂，完全给他们运走了，还不算；他还在更加紧地来修路，来开采。……朋友们！这种耻辱我们能够忍受吗？昨天和另外一批朋友们谈起，他们都非常气愤，他们都说情愿饿死，不情愿再给他们开矿。……

矿工某　（气愤地）真情愿饿死。他妈的!

何　崇　可是要知道，我们的工作中心在那条铁路，我们的目的是不准他，不准鬼子们再把大冶的铁砂运走，一直等到抗战胜利，推翻一切不平等条约。那么，在现在我们就给他开矿，又有什么要紧呢？不错，他要我们用人工来挑。刚才也听陈根说过，他要每人挑一百斤。……

矿工甲　是的，他说最少也要挑九十斤。

何　崇　就以一百斤计算吧！一人一百斤，十人一千斤，二十人才能挑一吨；二十人一吨，两百人十吨，两千人一百吨。假使有四千人吧！

矿工乙　不会有那么些。

何　崇　就以四千人计算。一来一去，每天也只有两千人挑铁砂。那么，一天一百吨，十天一千吨，一百天一万吨，一年三百六十天，可挑三万六千吨。一年三万六千吨，十年也只能挑三十六万吨。如果真的要用人工挑，别说开采的，光是堆在这矿山脚下的，还有三四十万吨铁砂，就足够他挑十年。（有力地）难道在这十年中，我们还不能把鬼子们赶出去吗？朋友们！我们不要性急，我们要站稳脚跟，要从大处着眼。（略停）再说呢，我们正好借此机会，实行我们的计划。前天，这儿刚开工的时候，我不是叫刘大哥和大家说过吗？为了生活，我们还是得安心地干下去。不过，我们“干”也得有一个“干”的计划。我以为在石灰窑和下陆一带修路的工人，有家眷的我们都应该给调到后面来开矿；这儿开矿的朋友们，没有家眷之累的，就调到前面去修路。我们在那儿白天里做工修路，夜晚里就好安心做游击工作——做破坏工作。

矿工们　——赞成！

——赞成！

——我去！

何　崇　这正是一个很好机会，从明天起，我们铁山这一边没有家眷的人，就先派一批，答应他们挑铁砂到那边去，然后将空箩担交给那边有家眷的人，好让他们来回一次、两次、三次、四次地把他们的家，慢慢地给搬到这边来。搬来后再换一批人去，又换一批有家眷的人来。不然，我们整队地搬家又会给他们怀疑。这样，我们家也搬了，钱也赚了，工作也做了。好不好？

矿工们 ——好！

——好！

——赞成！

何　崇 （跳下来，对陈根）陈根，你马上去告诉毛先生，叫他转告大家也这么干。有家眷的人就答应挑铁砂，搬到这边来；没有家眷，还是白天参加修路，夜晚做破坏工作。

陈　根 是。

何　崇 铁锤呢？

陈　根 他和徐先生一道在石灰窑。

何　崇 好，还是这么着吧。徐先生和铁锤在石灰窑；你、罗老板和毛先生在下陆，这儿有我和刘大个。如果那边有什么消息，还是你来报告。

陈　根 好，都走哪！（下）

何　崇 刘大个，你等一会儿，去告诉那些工头们在今天夜晚都支配好。你这时候就给他们清查一下，看谁能去，谁不能去。

矿工甲 我能去，我没有家眷。

矿工们 ——我能去！

——我能去！

——我也能去！

〔矿工丁从后面挤上前来。

〔矿工丁，有五十多岁，因为工作过劳的关系，看上去好像是一个六十岁开外的人，头发和胡须都呈着白色。瘦瘦身子，穿着一套破旧的青色衣服，两眼失神地东张西望。近来为了丢掉的孩子，颇为伤心。他望着何崇。

矿工丁 （很伤心地）何先生，我是一定要去的。你瞧，我有这一把年纪，就只有一个孩子。谁知道老天爷，（说着望着天，不睁开眼睛）在半个月前，我的孩子，（哭泣）我的孩子给日本鬼子抓走了。一直还没有下落。我的老婆急得要寻死，她投井，我把她拦住；她上吊，我又把她从梁上放下来。（越说越伤心）她现在病在床上，饭不吃，茶不想，快要死啦！（陡然，大声地）哦哦！我要去，我要去，我没有家眷！我没有家眷！（哭）

〔大家凄然。

何　崇　（安慰地，走近丁）你别伤心！你年岁有这么大了。你安心在这儿工作吧！我们会给你报仇，（捏紧拳头，很感动地）会给你报仇的！

刘大个　（从洞口内走出，对矿工们）大家都过来，我们仔细商量一下。

〔矿工们都转过来，挤到洞门口。

矿工丁　（也眼泪巴巴地准备挤进去，口里喊着）刘大个，刘大个，我要去，我要去！

〔他们还没有开始，就听见从下面传来一个声音。

声　　何先生。

何　崇　（站在矿工们的后面，急忙转过身）谁？

〔矿工们也都转过身来。

声　　我。

何　崇　铁锤吗？

声　　是的。

〔铁锤匆匆上后面跟着陈根。

何　崇　你怎么来啦？

铁　锤　老郑的老婆引我来的——有一件紧急事情，徐先生叫我报告何先生。

何　崇　什么？

铁　锤　前些日子这一带不是丢了很多小孩吗？

何　崇　是呀，怎样？

铁　锤　这两天我们在石灰窑附近的山上，掘出了很多小孩的死尸。

矿工丁　（凄凉地，走出一步）死尸！

何　崇　是怎样的！

铁　锤　都是十二三岁的样子，赤条条的，有一两件破衣服裹着。

何　崇　没有棺材吗？

铁　锤　没有。

何　崇　有没有枪眼？

铁　锤　没有。

何　崇　有没有刀痕？

铁　锤　也没有。

何　崇　尸首全吗？

铁　锤　全。

何　崇　怎样死的？

铁　锤　依徐先生断定，恐怕是抽血抽死的。……

何　崇　（吃惊）哦！

〔矿工丁伤心地揩着眼泪。

何　崇　共多少？

铁　锤　一共有十七八个。

何　崇　是谁发现的？

铁　锤　开头是一个到黄石港挑货的工人。他告诉我们，他打福华公司的后面山上过，看见很少小孩的新坟，土很松，有的衣服角还露在外面。昨天早晨，天边没有亮，我就同徐先生一道跑去，刚跑到就看见一只野狗，正在啃一个小孩的死尸，我们就连忙赶过去，那只狗真凶，他妈的，它看见有人来了，还不放松，咬着那个小孩的死尸，拼命跑，我就在后面拼命追。后来，那个小孩的死尸还是给我抢下来了。只剩了大半边。徐先生仔细地看了半天，就说：这是抽血死的。

刘大个 （走出）福华公司，他们不是改作伤兵医院了吗？

铁 锤 是呀，徐先生断定这些小孩，是他们抽血抽死的。徐先生说人身上有，有什么血管来着……

何 崇 不错，人身上有大血管，有小血管，人死了，小血管的血就流回到大血管里，结成一个紫黑色的硬块子。……

铁 锤 对对，徐先生说昨天早上的那个小孩，他身上就没有那些黑块子。

刘大个 我想，恐怕是他们把血抽去，诊了他们的伤兵。

何 崇 可不是，（对大家）你们还记得吗？这二十天来，不是他们每到一批伤兵，我们就不见了一批小孩吗？

矿工们 ——是的。

——是的。

矿工某 不错，那一天我——

铁 锤 挺奇怪的是今天早晨，有一个渔船在江边捞起一只麻布口袋。……

何 崇 麻布口袋？

铁 锤 他们打开一看，里面也是装着一个小孩的死尸。

何 崇 什么样的？

铁 锤 和从坟里掘出来的一个模样。

何 崇 没有枪眼？

铁 锤 没有。

何 崇 没有刀痕？

铁 锤 没有。

何 崇 尸首全吗？

铁 锤 全。

矿工丁 （放声大哭）哦！我的孩子一定完了！

铁 锤 何先生，徐先生叫我来问你，你看——

何 崇 我们当然要侦查，要调查出一个确实的线索来。你去告诉徐先生，叫他从明天夜晚起，在那个医院附近和附近的山头、江边，都要派人守候。前天不是有轮船由汉口又运来一批伤兵吗？说不定一半天他们又会掘出小孩的尸首来。并且，我们还要设法营救，这几次不是一共丢了两百多吗？恐怕他们医院里还有很多活的小孩，我们不能让他们白白地给鬼子们害死。

铁　锤　好！我就去。

何　崇　（转对陈）陈根，你无论如何今天夜晚要赶到。关于挑铁砂和对调工人的事，明天就要开始。

陈　根　是是。

〔陈根和铁锤拟下，忽然——

陈　根　那是谁？

〔大家都很吃惊地望着前方。

刘大个　（慌张地）快快，快进去，（拉陈根、铁锤和何崇）

矿工某　（轻声地）后面好像还跟着几个日本鬼子！

〔陈根、铁锤急由洞下，何崇也躲入洞内。工人们还来不及都躲进去，黄俊和洪四已经走了上来。

黄　俊　（对大家，严厉地）你们在干什么？

矿工某　没干什么。

黄　俊　没干什么！下了工不回去，干吗都跑到这儿来？

矿工某　你们不是训话，叫我们参加挑铁砂吗？

黄　俊　挑铁砂都挑到这儿来了吗？……你们的工头呢？

刘大个　（从一个矿工的后面露出脸来）在这儿。

黄　俊　哦，是你，刘大个子。很好！（奸笑，讥讽地）我知道是你。

刘大个　（走出）有什么事吗？黄股长。

黄　俊　什么事！你自己干的事，还不知道？

刘大个　不知道。

黄　俊　你干吗给工人都带到这儿来？

刘大个 我们刚下工的时候，不是有一位先生训话，叫我们抽出一部分人来挑铁砂吗？我就把他们带到这儿来，想清查一下，看谁有力气，谁没有力气。

黄 俊 （发怒！）放屁！训话时你根本就不在那儿。

刘大个 （惊）什么？我不在那儿，谁说的？

黄 俊 哼！谁说的，告诉你，你们干的事，我们全都知道。

〔矿工们都很吃惊，彼此望了望。

黄 俊 （大声地，对矿工们）站出来！（矿工们不动，更大声地）站出来！

刘大个 好吧！你们就给站出来。

〔矿工们，在洞内的一部分都站了出来，大家都挤在洞门口。

〔黄俊向洪四示意，洪四走拢去，在工人群中望了望，接着就向黄俊摇头。

黄 俊 （轻轻地对洪四）没有吗？

洪 四 （也轻轻地）没有。

黄 俊 （对刘，严厉地）哼！刘大个，交出人来！

刘大个 谁？

黄 俊 一个工人。

刘大个 我的工人不全在这儿？

黄 俊 一个姓何的。

刘大个 （改作惊张）姓何的！没有！（态度从容地，而且面带微笑）我们这一队里姓“死”的倒有，就缺一个姓“活”的！

黄 俊 混蛋！谁同你开玩笑。你交不交出来？你？

刘大个 没有，拿什么交呢？

黄 俊 （拿出手枪，恐吓地）你交不交？你不交我就要你的狗命。

刘大个 （不怕，而且慢吞吞地）要命，也没有办法。

黄 俊 （转对矿工们）你们说，姓何的在什么地方？

矿工甲 （在人空里）我们也不知道。

黄　俊　（吓唬地）谁说不知道？

矿工甲　（挺身出）我说不知道。黄股长！我们不知道，拿什么说呢？

洪　四　我看你们还是说了吧！你们瞧！（说着手指着下方）皇军在那儿，已经架好了机关枪。

〔大家往下望，真的，下面有机关枪的声响。

矿工甲　（坚决地）打死我们也没有办法呀！我们根本就不知道！

黄　俊　说不说？

矿工们　……

黄　俊　好，你们不说。（命令地）给我让开！

〔矿工们不动。

黄　俊　（上前一步举起枪）给我们让开这洞口。

〔矿工们仍不动。

黄　俊　让开！

刘大个　（在一边，对大家）好吧！你们就让开！

〔大家让开一条路。

刘大个　黄股长！你是要进去吗？请你进去瞧吧！

黄　俊　他准在这里面。

〔黄俊持着枪，向洞内走，刚走到洞口。

刘大个　不过，这个洞的年代好久了，听说……

黄　俊　（止步，转过身，对刘）听说什么？

刘大个　听说里面有——（故意不说下去）好吧！你进去吧！

黄　俊　（走出，对洪四）洪四，你进去看看！

洪　四　（嗫嚅地）我，我，我不认识他。（找寻地）叶叶，叶老五呢？

〔矿工们听见叶老五三个字都发怔，在人堆时彼此望了望，有的在耳语。刘大个也很吃惊地向人堆里望了一眼。

洪　四　（向下首喊）叶老五！

黄　俊　（站在洪四的背后，也望着下首）叶老五没有吧！

〔黄俊转身，矿工们又都急忙恢复原状。

黄　俊　（温和地）刘大个，你是我们厂里的老工头，做事稳重，老实，一向都是很听话的。现在还是请你交出来吧。

刘大个　谁？

黄　俊　何崇。

刘大个　不知道。

黄　俊　（转对矿工们）你们说！

矿工乙　我们不知道，说什么？

黄　俊　（发怒地）你们不说吗？

矿工们　（气愤地）我们不说。

——不说。

——我们知道也不说。

——不说。

黄　俊　好！洪四，枪给拿出来，你到上面拦住。我去请皇军来，开机关枪扫死这群狗东西。

〔洪四拿出手枪，走到左端。

矿工丁　（突然走出，抓住黄的衣纽）黄股长，你，你打死我，你打死我，你打死我吧！

黄　俊　（愣住，接着用力一推）混蛋！

〔矿工丁跌在地上。呻吟，哭泣。矿工们蠢蠢欲动。

洪　四　（朝天放了一枪）不准动！

〔黄俊拟下，何崇从洞内跑了出来。

何　崇　（大声地）别打。（站在洞口）

〔黄俊转身，何崇用愤恨的眼光望着他们。

黄　俊　你是谁？

何　崇　（走出一步）我是何崇。

〔大家都很吃惊地望着何崇。

黄　俊　（惊疑地）你是何崇吗？

洪　四　是他，今天早上叶老五还指给我看了的。哦？对了，那一天他在黄石港装作一个卖——

何　崇　住嘴！你们这帮汉奸。

黄　俊　别惊！皇军在下面。

何　崇　“皇军”！什么“皇军”！你们这些无耻的走狗。你们帮助敌人侵夺我们国家的铁砂，你们帮助敌人榨取我们孩子的血液。你们这帮汉奸，无耻的走狗。你们对得起你们的祖先，对得起你们的子孙，对得起你自己的良心吗？你们说！

黄　俊　没有话说，走走走，这半个月来，害得老子好苦。

洪　四　（推何崇）走呀！

矿工们　（愤怒）不准走！（欲上前拦住）

——不准走！

——打！

——打死这两个狗东西！

——打！

——打！

〔全体骚动，黄俊制止不住，倒退了几步。

黄　俊　（急）洪四，开枪，开枪（说着自己也向天空开了两枪）

何　崇　（急忙转过身，对矿工们，命令地）别动，别动！（大家慢慢地静下来）退后一点！（大家略略退后）我不是对你们说过吗？叫你们安心工作，不要盲动，不要看轻自己的生命。一个人在不必要死的时候，可以不必死；在不必要活的时候，也可以不必活着。“人生自古谁无死，”不过一个人，死要死得有意义，有价值。有意义地去死，比无意义地活着，要有意义得多。我今天给他们抓去，当然是一死。不过，只要你们能记住我从前说过的话，能够安心工作，我死也瞑目。

〔大家凄然，垂头落泪。

刘大个　何先生——

何　崇　（急忙——）别多讲话！（少顷，转对洪、黄）走呀！

〔洪、黄把何崇带走。刘大个和矿工们都抬起头，静静地望着那条无情的大路。少顷。

矿工甲　他妈的，叶老五！

刘大个　叶老五什么时候走的！

矿工某　谁知道。

矿工丁　（早已爬起来）在转角的地方，我还看见他的，他走在挺后头。

矿工乙　他妈的！这家伙真阴险。

〔铁锤和陈根从洞内走了出来。

陈　根　他们走了吗？

刘大个　走了。

铁　锤　（愤愤地）狗娘养的，他进去！他进去老子一拳头打死他。

陈　根　刘大哥，我们怎么办呢！

铁　锤　怎么办！我们还是照样干呀！

刘大个　对，我们还是照样干。不过，我们得先设法营救何先生。

铁　锤　还有，我们要打死那个狗娘养的叶老五。嗳！刘大哥，这么着！这儿你带头干。陈根，我们去报告陈先生和毛先生。

陈　根　走！铁锤。

〔陈根和铁锤由左下。

矿工甲　（对刘）刘大哥，我们明天挑铁砂，多派些人去。

刘大个　是的。

矿工们　对对对。

——多派些人去！

——多派些人去！

——幕落

第四幕

时间　第三幕后五日黎明前

地点　石灰窑

人物

矿工甲

矿工戊

矿工巳

矿工庚

矿工辛

魏大哥

刘老么

李亚萍

何　崇

铁　锤

陈　根

李祖应

洪　四

路工丁

其他矿工一群

第一场

布景　一座山头。后边是悬崖陡壁，濒临长江。上边是一片蔚蓝的天空衬着半轮下弦明月。月在左，右边是一棵古树；树叶浓密，有一枝树干向左边伸出，配合着地下左边的一大块石碑和后边的一些峥嵘的石头，使风景格外美丽。石碑上隐隐约约地可以看到“西塞怀古”四个字迹。

幕启　矿工甲坐在右边的古树根下，背靠着古树。月色偕着星光，射在他的身上，他毫无知觉，他仿佛已经入梦。少顷，远处传来一声鸡鸣，轻轻地起了一阵微风。矿工戊从左边走了上来。

矿工戊　老田！

矿工甲　（惊起）干吗？

矿工戊　不干嘛，我以为你睡着了。

矿工甲　噢！吓我一大跳，我以为是干起来了。

矿工戊　真的，怎么今夜又没有消息。

矿工甲　巡哨的人来过吗？

矿工戊　没有。

矿工甲　今夜是谁？

矿工戊　是老程。

矿工戊　我看今天又完啦。

（远处鸡声）

矿工甲　听！

矿工戊　头遍鸡啼。

矿工甲　老唐，吴海清先生真的死了吗？

矿工戊　老田，你不知道，你昨天从铁山刚来。那才惨呢，一具死尸吊在维持会的屋梁上。

矿工甲　（惊）哦，上吊！

矿工戊　对哪！他自杀。他自杀前写好了两封信，一封信他托一个工人传出来，交给铁锤。另外一封信，他死的时候，还装在自己的荷包里。

矿工甲　那一封给谁？

矿工戊　给维持会的会长和维持会的人；他说，他不愿意做汉奸，不愿意出卖祖国的铁砂。他宁可做一个流芳百世鬼，也不愿做一个遗臭万年人。所以，他情愿以他的死，来规劝大家，叫大家赶快觉悟，及早回头；团结一致，努力杀敌。……

矿工甲　（慨叹）唉！真死得可惜。

矿工戊　可不是，听铁锤说，他为人挺直爽，挺痛快。他写给铁锤和陈先生的信说他是为了服从命令，才不得不暂入维持会工作，现在听说何先生被捕，一定会被他们害死。何先生死，他已无意于世上了。最后，他希望——

矿工甲　希望人家干，是吗？

矿工戊　可不是，真是一个好人，也难怪，他本不愿意去当汉奸的，是何先生叫他进去内应外合。谁知道，他头天进去，第二天就听见何先生给逮捕的消息，第三天，就是前两天夜里，他——

矿工甲　（忽有所感）哦！

矿工戊　什么！

矿工甲　何先生给逮捕，不是整整有四天了吗！

矿工戊　可不是，天亮就是五个日子哪！

矿工甲　真奇怪！为什么还没有一点消息。（说着，走到江边，懒洋洋踏上一个崖坡）

矿工戊　（走到树旁，刚欲蹲下，忽起立。大声地）老田！

矿工甲　（头不回地）什么？

矿工戊　（命令地）过来！那边是悬崖陡壁，下面是长江，掉下去可不是玩儿哪！

矿工甲　（回转身）我想着那一天，何先生在铁山给逮捕的情形，心里真有点难过。（说着慢慢地走下石坡走到左边，一屁股跳坐在石碑上）

矿工戊　（也坐下，伸着两只腿，背靠着古树）谁不是一样，听说那天是叶老五——

矿工甲　别提了吧，他妈的叶老五！如果有一天碰在老子的手里，老子不给他白刀子进去，红刀子出来，就不是人养的。

矿工戊　那个龟孙子真阴险，罗老板不是说他以前还好的吗？

矿工甲　好？他妈的，真是人心隔肚皮！

矿工戊　我想在打仗的时候，这种蹚浑水摸鱼的人一定是有的，不过，不应该那么阴险，不应该陷害人。

矿工甲　（*跳下来*）朋友，我不赞成你的话。干吗好好的要去摸鱼呢？每天能够混两顿白饭吃，不就够了吗？你看，咱们这样白天里给他们修路，给他们开矿，给他们挑铁砂，天刚黑就睡觉，半夜又说起来干。真如同何先生说的，这样我们钱也赚了，工作也做了。不是很有意义吗？我们问心无愧，对得起祖先，也对得起自己。干吗一定要去偷偷摸摸地想发横财呢？

矿工戊　唔！老田，真的这几天那边挑铁砂来的人，都是没有家眷的吗？

矿工甲　是呀！大家都争着要来。好容易前天下午我才和刘大哥商量出这个办法。

矿工戊　这个办法真好，像我一样，一个光杆，夜晚干起来方便得多。

矿工甲　可不是，何先生真有见解。

矿工戊　偏巧，他又给逮捕了。

矿工甲　哦！那天他还吩咐铁锤，叫这边注意小孩的事。

矿工戊　（*起立*）是呀！你不知道我们今儿晚上在这儿放哨，铁锤说有三件事，第一件是救何先生，第二件是打死叶老五，第三件是留心那个山脚下（*指左右方*）的医院和小孩的尸首。

矿工甲　小孩的事，还没有一点线索吗？

矿工戊　没有。真他妈的，我从前在私塾读“增广”的时候，里面有一句叫作“有心种花花不发，无意插柳柳成荫”。现在可不是，我们“有心”地守，守了他妈的几个晚上，都没有一点痕迹。

〔从右边传来一个声音。

声　　老唐！

矿工戊　谁？

声　　我。

矿工甲　（对戊，轻轻地）是谁？

矿工戊　好像是老程。

〔一会儿，老程上。

矿工戊　老程，你怎么这时候才来？

矿工巳　我刚才碰见铁锤，谈了一会儿话，他叫我们今儿晚上，要特别注意。

矿工甲　哦！

矿工戊　天不是快要亮了吗？

矿工巳　铁锤说了，即使天亮了，我们也要多待一会儿。

矿工甲　是救何先生吗？

矿工巳　不知道是不是，铁锤没有说清。他只告诉我，叫我转告大家，叫大家注意，听，哪儿有三下枪声，大家都向哪儿跑。

矿工甲　他手里有枪？

矿工巳　有。徐先生向南乡游击队借的枪和手榴弹，刚好这两天送来。

矿工甲　还有手榴弹？

矿工巳　有。

矿工戊　今夜人多吗？

矿工巳　多极了。一大半都跟着铁锤埋伏在那石黄警察局的附近。

矿工甲　不是有很多警察吗？

矿工巳　不要紧，据我们调查，他们连黄石港分局的一共还不到十支长枪。

矿工甲 今夜这几个山头上，都有人吗？

矿工巳 都有。山头、山脚、江边和那个医院（指左边）的附近，都埋伏着人。（说着走到左边）

矿工戊 那不是石灰窑——

矿工巳 （回转身）差不多都布满了。

矿工甲 那个医院不是有好些鬼子兵吗？

矿工巳 不多，只有三十来个。他们夜里也不敢出来。

〔左边远处传来一声犬吠。

矿工戊 听！

〔三人凝神静听。犬吠声更烈。

矿工巳 （转过身望着左下边远方，头不回地说）狗叫得厉害，我去看看。

〔矿工巳急下，忽又很惊慌地跑了回来。

矿工巳 （声音很急促地）你们瞧！你们瞧！那是什么！（说着仍站在左旁，指着远方）

〔矿工甲和戊也急忙赶了过去，站在巳的背后，戊在外，甲在内。

矿工巳 那是什么？

矿工戊 几个影子！

矿工甲 恐怕是人。

矿工巳 人！为什么弯着身子？

矿工戊 好像驮着什么。

矿工甲 在走。

矿工巳 瞧！走到了江边。

矿工戊 驮着的好像是麻布口袋？！

矿工甲 呀！恐怕里面是小孩。

矿工戊 小孩的死尸。

矿工巳 （惊！撒开两手向后退，甲、戊也跟着退了一步）瞧！停止啦！……驮着的东西放下来啦！

矿工甲　扔下去啦！

〔三人都很紧张地同时向前走上一步。

矿工戊　扔下江啦。

〔三人不约而同地从小腿中抽出雪亮的刺刀来。

〔三人对话渐转快。

矿工戊　那一定是小孩的死尸！

矿工巳　一定。

矿工甲　回头啦！

矿工戊　多少？

矿工甲　七八个。

矿工巳　跟下去！

矿工戊　追下去！

矿工甲　追！

矿工巳　追！

〔三人追下。

〔舞台空。

〔约十秒钟即闻远处断续枪声十余响。

〔枪响后又忽闻远处犬吠。

〔约一分钟舞台暗转。

第二场

布景　某某公司门前广场。某某公司在舞台左后方，斜斜的字被铲去，看字迹，好像是“福华”二字。只是门前左边贴着一张直的字条。字条上写着“大日本皇军伤兵医院”。白底黑字，非常明显。门内是个大院，门外有八九个石级。大门两边院墙左右伸出各两尺，又以一百三十五度的角度折回向两边。除地占作台四分之三，在右前方。右后仍是一片蓝天，远远地可以看见几颗明亮的星点。暗转后，舞台空空，院门紧闭。内面，较远地透出一片喊杀和喊打的声音。矿工巳、戊、甲，另外还有一群矿工跟随着由右边急上。他们跑到台中急忙站住，内面的声音略小。

矿工巳 （回转头，对众）怎么，他们干起来了？

矿工某 大概是干起来了吧！我们在那一个山脚下，老早就听见这儿有枪声。

〔这时候内面有小孩的哭唤和伤兵呻吟的声音。同时还夹杂着一两声“杀”“杀”和“打”的叫唤。矿工巳望了望大门，准备冲过去，刚跑上五六个石坡，忽听见内面有一个女人的尖锐的声音。他急忙站定，抬起头来倾听。

一个女人的声音 （在内，尖锐地）你们别打伤兵！别打伤兵！孩子们别怕！别哭！我们是来救你们的。救你们的。喂喂！从后门背出去！背出去！

矿工巳 （略略低下头，奇怪地）怎么，有女人的声音？

矿工戊 （走上前一步）恐怕是——

〔矿工戊正准备回答，可是矿工庚已匆匆由左上。他刚一出台就回过手去。

矿工庚 （对内喊）你们不要来！不要来！是我们自己人。

矿工巳 老汪，干吗？

矿工庚 （回过头）哦！老程！别进去！里面干起来了。我们有三十多个人在这儿守着，恐怕有鬼子兵和警察来。我们看见这儿有一群人影还以为是——哦！我告诉你们，（走到中间）今天真奇怪。

矿工戊 什么？

〔矿工巳走了下来，站在左边。

矿工庚 我们刚刚发现这儿有人背着麻布口袋。

矿工戊　可不是，我们也看见，可是等我们赶下来，就——

矿工庚　真奇怪，等我们跑到这儿来，正准备杀进去的时候，就听见里面有很多人喊杀喊打的声音。

矿工巳　是谁？

矿工庚　不知道，他们好像是从后门打进去的，后来又听见枪声。我们正准备冲进去！这院子里面就有人讲话，叫我们守住大门。并且说：他们人来了三百多，够啦。

矿工某　有三百多吗？

矿工甲　是谁领头？

矿工庚　不知道。

矿工巳　刚才不是有一个女人说话？

矿工庚　对了！我先前也好像听见一个女人在里面指挥。

〔矿工辛由左急上。

矿工辛　老汪，老汪，你在这儿？

矿工庚　干吗？

矿工辛　你弟弟受了伤。

矿工庚　在什么地方？

矿工辛　我从后门背出来，交给老胡背回去了。

矿工巳　哦！（指他左脸）你看你这儿！

矿工辛　（左手摸了一下脸，拿下，望着手）血！对，擦破一点皮！啰！真痛快！他妈的，老子亲手宰一个日本鬼子。瞧！这大刀上不是还有鬼子们的血嘛。（说着出示右手的大刀，有劲地带说带做）老韩正在抢一个小孩，有一个鬼子拿着刺刀，正准备向老韩的背上刺去，我就在他后面，举起大刀，照着他的颈子，咔——嚓！一切，鬼子的“九斤半”（头）就给老子“劈”下来哪。

矿工庚　你们什么时候打进去的？

矿工辛　我同你弟弟一共有十来个人，那时候正在后面那条小路上放哨，看见他们来了，也就跟着杀了进去。他妈的，真热闹！

矿工庚　有八个人背麻布袋从这儿出来，他们知道吗？

矿工辛　他们不知道。

矿工巳　（莫名其妙地望着庚和辛）“他们”是谁？

矿工辛　还不是一些矿山上的朋友。不过，他们现在没干啦。他们正在组织自卫军。

矿工甲　领头的是谁？

矿工辛　他们一大半是圈子里面的人，领头的是他们“大哥”。哦！我告诉你们，今天真奇怪，今天领头救小孩的是一个女人。

矿工甲　女人？

矿工辛　这女人真有本领，她穿着一身“短打”，拿着大刀一样拼命干，你们猜，这女人是谁？

矿工辛　他就是李厂长的女儿。

矿工某　（吃惊地）什么？他的女儿？

矿工辛　可不是，真奇怪！

矿工庚　今天一共救了多少小孩？

矿工辛　不知道。

矿工戊　杀了多少鬼子？

矿工辛　不知道。

〔猛烈间，院门开了，一个女人出现在门前，穿着短装，披着头发，拿着大刀，英勇地站在门槛上。她正是李厂长的女儿李亚萍。大家都望着她。

李亚萍　（望着大家，兴奋地，大声报告着）各位朋友，听着！谢谢你们在外面帮忙。我现在报告大家一个消息！我们今天一共杀死了五十多个日本鬼子，救出了一百多个小孩。

大　家　（热烈地欢呼）

〔左边又涌来一群矿工。

李亚萍　（仍大声地）各位！我对不起各位。我很惭愧，我很懊恼，我生错了人家，我不应该做我爸爸的女儿——一个汉奸的女儿。今天，当我们杀进去的时候，我们首先就发现有七八个小孩躺在他们的手术室里，奄奄一息。血！都给抽尽。（声音转凄凉）真令人寒心！……（愤恨爬上眉尖）我真没有想到鬼子们会这样毒辣，会干出这样惨无人道的事！……可是！……可是，还有人给他当走狗。……（颤声）当汉奸！

〔伤心地哭泣，无力地靠在门左边。

〔左右两边又陆续地增加了三几个工人。全场愈趋紧张。

〔矿工巳跳上了五个石级，站在石级的右端。

矿工巳　（对李）李小姐，你别难过，你瞧！我们不是在跟鬼子们跟汉奸们干吗？

李亚萍　（勉强支持地）是的，你们是在干。我早已知道。你们在干，（指院内）他们也在干，南乡的游击队也在干。可是——哦！我问你，你们可知道一个姓何的吗！

矿工甲　是何崇先生吗？

李亚萍　是的。

矿工巳　哎呀！他！

矿工某　他给逮捕了。

李亚萍　（大惊）他给逮捕了！什么时候？

矿工巳　前几天。

李亚萍　现在在什么地方？

矿工巳　还不知道，也许在黄石港，也许在这石灰窑。我们这几天正在探听消息，设法营救。

〔右边远处传来枪声。

矿工戊　哦！枪！

矿工巳　（对戊）几下？

矿工戊　三下。

矿工巳　在什么地方？

矿工甲　好像在我们刚才来的那个山头。

矿工巳　（命令地）去去去，大家都去！……

〔众向右跑下，巳拟下。

李亚萍　（急忙走下两三个石坡，急忙地）干吗！你们干吗？

矿工巳　这是我们今夜的信号，哪儿有三下枪声，就都向哪儿跑去。

李亚萍　我也去！

矿工巳　你不能！哦！血！你瞧，你受了伤！（说完，飞也似的跳下石坡向右前角跑去）

李亚萍　不，不，我要去，我要去救他。我没有受伤。（说着跳下石坡，因受伤过重，跌倒，又急忙爬起）。我要去！我要去！（叫着向右边跑下，口里还在喊）你等我！我要去！我要去！……

〔片刻，院内又跳出一个矿工，他眼望着前方刚刚跑下石级。同时内面又传出一个声音："老么"，"老么"这声把他叫住。他立定，仍望了一下前方，接着就回过头来。院门口出现了另一个工人。同样，他们手中各拿着大刀。

老　么　大哥，喊我吗？

大　哥　老么，什么地方又有枪声？

老　么　好像是前面，他们都去啦。

大　哥　"他们"！我不赞成他们这种偷偷摸摸的办法。要干就硬干。

老　么　他们说：为了"耕沙"。

大　哥　"耕沙"难道说要吃饭，就不要脸了吗？我们宁可喝风，吃草，吃树根，也不能再给鬼子们做工。

老　么　他们总算有种，能够日做工，夜游击，还有些他妈的简直不当上汉奸啦。（转换话题）唉，大哥，里面都收拾好了吗？

大　哥　差不多都收拾好了，孩子都背走了。

老　么　我们"倒了"多少？

大　哥　方数。

老　么　（微笑地）“方”数吗？他妈的真划算，咱们以“四”个人换五十多个。还救了一百多个小孩。

大　哥　可不是，那个李小姐也真勇敢。

老　么　哦！李小姐呢？

大　哥　没看见。

老　么　大哥，你进去瞧瞧，她恐怕“带花”啦！我先回去。

大　哥　你先回去。

老　么　今天天亮不是要“开台”吗？（开台即集会）

大　哥　哦！对对！你吩咐他们，叫他们今天“开台”的时候都到。

老　么　还有，我听说今天“开台”有些“外码子”也想参加。（外码子即圈子外的人）

大　哥　（想了想）那么，就这么着吧：今天早上“开台”，不管圈子内圈子外的人都可以参加。关于自卫军的事，公开谈谈也好。晚上咱们再来“拢火”。哦！晚上“三尺六”在什么地方？（拢火即开会，三尺六是指秘密会所）

老　么　在我村庄里好吧？我那儿比较偏僻一点，不会有人知道。

大　哥　好，就这么着。我们现在不能不小心，他妈的，“威武窑子”太厉害。

〔威武窑子本指衙门，在这儿指维持会。

老　么　好，我走了。（忽然想起）哦！大哥，这医院里的电话线，我们剪断没有？

大　哥　对对，我进去看看。

〔大哥入内，老么下。

〔暗转。

第三场

布景　同第一场。

暗转后。我们可以看见一个人影在古树后蠕动。不一会儿，铁锤持手枪由右追上。人在右角停了一会儿，又寻找地踱到左角。

铁 锤 （自语）躲到哪儿去了？我不是看见他上来的吗？（忽然，愤愤地）狗娘养的，叶老五！你给老子出来！（出来了。可是出来的不是叶老五，而是——）

何 崇 铁锤！

铁 锤 （猛回头，比着枪）谁？

何 崇 （出）别开枪，是我。

铁 锤 （惊）什么？是何先生吗？（狂喜）哎呀！何先生！（把枪插在腰里，走去用双手抱着何的背膀）我以为是——哦，我刚才还开了三枪，受伤了吗？

何 崇 没有。

铁 锤 刚才跳墙的是你？

何 崇 可不是。

铁 锤 （松开手）我以为是叶老五，我听说叶老五昨天一整天躲在这警察局里，不敢出来。我们准备打死他。

何 崇 为什么？

铁 锤 你不知道？上次就是他走漏消息。

何 崇 哦！

铁 锤 何先生，你这几天就给关在这警察局里吗？我们到处探听，都探听不出一点儿消息。我们恐怕您——

何 崇 没有死。他们不愿意一下给我痛快。他们要逼我口供，要我交出人来。我不肯，我就给他们关在警察局里，每天用皮鞭抽三顿。啰！您看我身上的伤痕！（出示胸前和背上的伤痕）

铁 锤 （抚摩何伤，痛恨地）狗娘养的，这些汉奸！（右边来一群矿工）

矿工们 何先生！出来了吗？

何　崇　（回转身）哦！出来啦！谢谢你们。

〔左边矿工甲、戊等一大群也跑上。

矿工甲　何先生！

大　家　何先生！

矿工甲　出来了？

何　崇　出来啦。谢谢你们。（略停，转对两边，讲述地）我给他们，关在一间黑房里，房门锁着，并且还有人轮流守着。今天，就是刚才好像是头遍鸡啼的时候，忽然有四五个警察把房门打开，叫我出来。我问为什么，他们说，他们这两夜心里很难过。现在觉悟了，不愿再做汉奸。并且已经将局长黄俊杀了，现在愿意救我出去。他们说着，就搬了一个楼梯叫我跳墙。

铁　锤　好险！我老远地看见一个黑影子，从墙上滚下来，我就追，追，追到这个山头，就不见了，我一连开了三枪。

何　崇　（笑）我以为是一个警察。

矿工甲　何先生，您可认识一位姓李的小姐吗？

何　崇　姓李？

矿工甲　李厂长的女儿。

何　崇　哦！认识的——对哪，铁锤，徐先生哪，他不在石灰窑吗？

铁　锤　他在黄石港。他说：恐怕您给关在日本兵营或维持会里。他准备救你，带了很多人在那儿日夜守着。

何　崇　吴先生？

铁　锤　吴海清先生吗？

何　崇　是呀！

铁　锤　他死了！

何　崇　（惊）什么？死了！怎样死的？

铁　锤　上吊死的。

何　崇　（凄惨地）上吊！

铁 锤 啰！这儿有一封信。（从胸面前掏出一封信来，给何崇。何崇接信）另外还有一封信是给全维持会的人的，叫他们赶快觉悟，及早回头。

〔何抽出信笺，刚刚开始阅读，矿工巳扶李亚萍由左自人丛中急上。李脸灰白，身上血痕斑斑。何见状大惊，急将信纳入袋中。

何 崇 亚萍！

李亚萍 （喊）何崇！（狂喜！扑到何崇怀中）

何 崇 你怎么哪？

矿工巳 她受伤了。

李亚萍 不，我没有受伤！没有受伤！我不过流了一点血！

矿工巳 她领头打进医院，杀死了五十多个日本鬼子，救出了一百多个小孩。

〔说着出示手中的大刀。

何 崇 （惊喜）哦！真的吗！亚萍！

李亚萍 （勉强支持，推开何手，渐渐离开何身）真的，真的。（回忆地）那一天你到我家里去，你走得太匆忙了，你没有告诉我你住的地方；后来，我追你，可是又给他们追了回去。我爸爸还是逼我，要我嫁给日本鬼子，将我关在一间房里，不准出去。前天，他们又逼我，并且说第二天我不答应也要送去，没有办法，当天夜里，我就拼命地想方法跑了出来。我想跑到南乡去找你，那儿不是有很多游击队吗？我想你一定会在那儿。——我跑出来就溜到江边，顺着长江，我偷偷地，拼命地往上跑。我跑过了上窑，就躲在江边，后来有一个渔夫将我引到他的家里，并且告诉我，他们以前不久在江中捞起很多小孩的死尸。当时，我就想到那个伤兵医院。因为有一天，我听见爸爸和一个姓洪的，谈起小孩和伤兵的事情。我就告诉他们，他们非常气愤，原来他们也是一群矿工，他们就叫我待在家里，我说我要领头，就是刚才，（渐说渐兴奋地）我们一块儿杀进了那个医院。果然我们救出了八个快要断气的小孩，和一百多个活活泼泼的小孩。（兴奋过度渐不支）……不但救出孩子，而且，还杀死了五十多个日本鬼子……可是！……可是！……（又倒在何的怀中）何崇！……我……我……（颤声地）我受了伤吗？（说着抬起头来望着何崇，哭泣）

何　崇　（热情地紧抱着）亚萍！别太兴奋了！

李亚萍　我的伤……

何　崇　你的伤会好的！你休息一会儿。

〔亚萍不语，将头埋在何崇胸中抽咽。

何　崇　别伤心了吧！亚萍！等你伤好！我一定去劝你爸爸。

李亚萍　（又慢慢地抬起头，颤声地）我爸爸……啊！你别提了吧！我爸爸……（大声）我爱他！我恨他！（声渐转小）我恨他，可是……何崇……我……我……（渐带哭音）我毕竟是我爸爸的女儿……我爸爸……又没有……第二个孩子！（哭泣）

何　崇　你躺一下吧！你的伤，让我来给你裹好。（欲扶李躺下）

李亚萍　不，不，我不能活了！我不能活了！我的血流得太多了！……

何　崇　不要紧！

〔何崇扶李亚萍躺下，何正拟撕自己的衣服给她裹伤，右边忽然又增加了一些矿工，陈根自右边人丛中挤出。

陈　根　何先生，您出来了吗？

何　崇　哦！陈根。（急忙站起）陈根，毛先生呢？

陈　根　毛先生昨天早上还在这儿，大家准备救您。谁知道这两天，从下陆到铁山的那一段铁路，他们又赶着给修好了。

何　崇　（惊张）什么，又给修好了？（生气地）那么你们干吗不去破坏呢？你们应该以事为主，不应以人为重。你同毛先生都不应该到这边来，你们应该守住你们的岗位，谁教你们离开职守的，（越说越有气）假使我死了，那不是一切工作都要停顿了吗？（低声）你们简直是胡闹！

陈　根　（受了委屈的，低声地）我是来报告消息的。

何　崇　（余怒未息）你报告消息，那么毛先生呢？他现在——

陈　根　现在在下陆，他昨天听了我的报告，就带了很多人赶回下陆了，恐怕，那一段铁路，此刻又老早给我们破坏了吧！

铁　锤　（接着插上一句）要不，这个时候也正在干。

何　崇　哦！他已经回去了吗？（转忧为喜）好！我们要继续干，要和鬼子们干到底！

陈　根　还有一个消息，听说刘大哥在铁山，昨天早上又给鬼子们逮捕了。

何　崇　（又跌入苦痛的深渊）什么，刘大哥也被逮捕了？好！我马上去救他，我马上去救他。（撕了自己一片衣服）亚萍！快快，我来给你裹好伤。（蹲下）

〔路工丁急由右边跳上。他现在不修路了，他早已参加了游击工作，他也是这两天挑铁砂挑到石灰窑来的一个，穿着从前的衣服，说话还是一样的口气。

路工丁　（慌张地）铁，铁，铁锤，不，不，不好了！

铁　锤　什么？

〔大家都很惊惶地望着丁的面孔。

路工丁　（越急越说不出话来）他他他他，他们们们们们来，来，来了！

铁　锤　谁？

路工丁　鬼鬼鬼子们，和和和，和汉奸。

何　崇　（昂起头来，问）在什么地方？

路工丁　在在，在山脚下，这这这个山山山山头给给、给包围了！

〔路工丁的话刚说完，李祖应带着洪四由左边急上，他们手里各拿着一支手枪，边上边说。

李祖应 （右手拿着枪，气势汹汹，大声地）不准动！

洪　四 （也跟着——）不准动！

〔何崇急把李亚萍扶起，李亚萍藏入何崇的身后。

李祖应 （看见何崇，惊）怎么！你又出来了？

何　崇 对！我又出来了。

李祖应 你们真是一个大胆强盗。我们刚才得了电话，说是你们跑到医院里去了；走在路上，又听说你们在这个山头，哼！何崇，你真不愧是一个一等强盗——头。

何　崇 （没有等到他的头字说出来，就——）谁是强盗？你们这些出卖祖国的铁砂，出卖祖国孩子们的血的汉奸！

李祖应 （举枪对何崇）住嘴！

〔李亚萍急出。

李亚萍 爸爸！

李祖应 （愈觉惊奇）什么，你也在这儿？

李亚萍 （无可奈何地）爸爸！

李祖应 谁是你的爸爸？你这一对不要脸的狗男女！

〔李祖应再以枪口对何，拟射，李亚萍急上前遮拦，枪响，李亚萍中弹倒地，何崇俯身惊视，又一枪声，何腿部受伤倒下，铁锤在树旁，早已掏出手枪，急向李祖应射击，李祖应应声而死，洪四刚举手，被陈根猛力从后面将枪打下，洪四急回头向山下跑，铁锤追上几步，站在舞台右边的边沿上，举枪瞄准，啪！一枪将洪四射死。这时候站在左边的矿工们，早已将何崇扶起坐着，并取下两条围腰布替他裹伤。右边的人都跑去围视李氏父女，山脚下已闻枪声，而且渐趋紧密。

陈　根 （仍站在右边，向中间走了一两步，眼望着大家）枪干吗这样紧？

矿工某 （在左边人堆里，抬起头来）恐怕有人和鬼子们干起来哪？

铁 锤 （已转过身，走近左边）对对，一定是徐先生带着人，跟着他们后面从黄石港追来了。

陈 根 那么，我们——

铁 锤 （望着何崇，好像在等待命令，又好像在探问他受伤的情况）何先生！

何 崇 （睁开眼睛，瞪着铁锤，厉声地）你们别管我！

铁 锤 （转对陈根）陈根，你留在这儿。

何 崇 不不，你们都下去！

〔大家都不动。

〔下面枪声更紧，而且还有机关枪和手榴弹的声音。

矿工甲 听！还有手榴弹的声音。

矿工巳 对，有手榴弹，一定是徐先生和他们干起来了。

何 崇 （命令地）铁锤，你们走！

铁 锤 （无可奈何）好，我们走。（对大家指挥）我们分两路冲下去，和徐先生他们两面夹攻。

矿工们 对对对！我们两面夹攻！

矿工巳 （激昂地）冲下去！

全体矿工 ——冲下去！

——冲！

——冲！

〔一时喊冲的声音，汇成一道洪流。各人都从身边拿出武器来，矿工们开始行动。

铁 锤 （大声地，对大家）听着！我们杀退了鬼子，大家都到下窑江边汇合，把这几天挑来的铁砂，都沉到江里去！

全 体 （赞成地）对对对！

——沉到江里去！

——沉到江里去！

——我们一块铁砂都不给他！

〔大家的情绪都非常紧张，铁锤和矿工巳带头，分成了两路。

铁　锤　（大声疾呼）杀！

矿工们　（风起云涌地）杀！杀！杀！

〔他们都冲下去了，台上只剩着何崇，何崇早被移近石碑，背靠着，睁着眼睛，望着他们的背影，露出微笑，一道灯光射在他的脸上，渐渐地，他合上眼睛了。

〔同时，这边喊杀声渐渐地远了。

〔远处，还在响着枪声。

——幕落

（全剧完）

原载《中国劳动》1942年第2卷第4期、第5期、第6期，第3卷第2期

清明前后

茅 盾

这是大时代的小插曲。

怎见得是大时代呢？请看“清明前后”在欧亚美三洲发生的一些事情，——人类未来的命运，至少是此后二十年三十年中间能否享有和平，都要从这些事件的发展来决定。

在欧洲，法西斯里的老巢业已四面合围；红军进迫维也纳，美军已进入希特勒德国的鲁尔工业区，而在柏林近郊，几百万的红军、两三万尊大炮、五千坦克和五千飞机，正在待机做最后的一击。惯吹法螺的戈培尔也不得不承认仗已打输，想用什么“地下运动”的空头支票来恐吓盟军。同时，又在继续加强执行“东拼西让”[①]的阴谋，妄想引起盟国间的猜疑乃至分裂。

只有二十多天，旧金山会议就要开幕。太平洋彼岸的报纸哗然大呼：英美苏三强之间触到了暗礁了，为了波兰

① 东拼西让——纳粹当时把重兵调到东线，拼命抵抗苏军的进攻，而把西线让出来给美、英联军接防；此在当时，已经明显地看得出希特勒匪帮和美、英、法帝国主义分子的勾结，目的在消耗苏军力量，以便美帝在战后称霸世界。1958. 4. 补注。

临时政府要求参加旧金山会议以及美苏的额外投票权问题。苏联是支持波兰临时政府的，而英美政府则已拒绝波兰的要求。英帝国会议也开幕了，《星期日观察报》记者说："这一会议的目的，在形成一个帝国集团"，——这是英国在旧金山会议以前的准备会议。但同时，在美国的印度联盟却提出十项要点请旧金山会议郑重考虑印度的民主要求。

在太平洋，美军六个师登陆琉球群岛中的大琉球，参加作战的船舰有一千四百余艘。太平洋上空前的血战展开了，日寇的自杀飞机和陆军的顽抗，表示这一战役将是极端艰苦的。中国大陆上，鄂北、豫南、豫西、赣西，都有战事；老河口一带，敌人尤为猖獗。而南阳、襄阳，亦已在巷战云。同时，华盛顿传来了消息：美驻华大使赫尔利（时在华盛顿）招待记者，宣称美国的武器将不供给那些在敌后对敌血战的中国游击军。

苏联宣布：废止日苏中立协定。小矶内阁应声而倒，七十九岁的铃木贯太郎继起组阁；一位似疯不疯的"预言家"趁势大放厥词，说铃木内阁就是准备投降的。

物价在猛涨，公务员的待遇说是在调整了。物价在猛涨，钢铁厂机器厂的烟囱冒不出黑烟来了："官价失时，成本太贵。"物价在猛涨，纱厂也有停工的危险了：原棉存底不够支持两三月之久。报上消息，官方正在想办法，从印度飞越驼峰运棉花来，但一说，与其运棉，不如运布；棉乎布乎，筹议未决云云。物价在猛涨，川北闹灾荒：遂宁等六县人民代表到成都请愿，又到重庆来了。沱江流域产糖区的农民和糖户也派了代表向当局呼吁。

这时候，美国来的《新闻自由》三使者也经过重庆，他们看到了中国的"新闻自由"：某日某报编辑室启事，登不出来的稿子共十多篇，其中有一篇是"美国新闻处电，美军总部政治顾问鲁登在华府记者招待会上，盛赞中国解放区抗战民主的成就”。

然而在大时代的这一个“清明前后”，轰动了山城的上中下社会的，还有一件事呢——这一件事，说它大吧，在某些人眼中看来不算大；说它小呢，无奈千万的人民眼巴巴地望着。这部剧本所写的，就是这一事件中几位“可敬的人”以及二三可怜的人，他们的喜怒哀乐。

这算是开场白。以后，就让登场的人物自己来现身说法。

第一幕

登场人物

赵自芳　四十来岁，品貌端庄。从她的谈吐中就看得出她是一个好胜心颇高而且也颇有决断的人。青年时代，她在同辈中，便“爱管闲事”，喜欢替人家排解一些小小的纠纷，人家恭维她富有男性性格，敢作敢为，她亦颇以此自负；因此，当她进国立某大学时，她便选了法科，打算将来做律师。可是在大学最后一年，在校内的试验法庭上，她的许多优点中的一个缺点，却暴露出来了：她不够冷静。刚强而有决断，是她的好处，可惜生性躁急，动了感情时，自己不大能控制。然而她那样的人，是不肯马上认输的，大学毕业后，她依然要贯彻初衷，她挂牌做起律师来了。居然干了一年多，也出过几次庭；但是职业的经验并不能把她锻炼得冷静些，她这项职业中间的黑暗和丑恶，反而使她更加常常动感情，同行中甚至于在背后讥笑她“有神经病”。终于，她抛弃了最初的志愿，暂且以教书来解闷。快到三十岁的时候，她和“更新机器厂”的厂主林永清结了婚。不到半年，卢沟桥的炮声响了，接着就是沿江沿海区域的工业撤退到内地。林永清的厂，只有两年多的历史，可以说是生产刚刚上了轨道，就遭逢了颠沛流离的命运。在“更新厂”由上海而汉口，在汉口半年，然后又迁四川，最后在重庆挨过了种种困难，终于恢复生产，这一段艰苦万状的时期中，赵自芳处处证明了她的刚强而有决断，甚至于她那急躁的脾气，都对于她的丈夫的事业有过很大的帮助。不过她所引以为自憾的，就是她的法律知识始终不能对她丈夫的事业略尽微劳。如果她和丈夫有什么口角不和之类，那多半是和“法律”有关的。丈夫从经验上知道任何增加厂方困难的不合理乃至不合法的事情，都只有从“人事关系”上谋解决，而太太则主张诉之于“法”。但碰了几次钉子以后，她也只好叹气道：“现在还不是讲法律的世界！”这些政治社会上的黑暗龌龊，使得赵自芳近来更加常常动感情，更加急躁；特别因为她现在不像迁厂复厂时期那样有事可做，而所见所闻，又那样卑琐昏黑，于是她的胸襟也不免狭仄起来，敏感而神经质，——如那位深知她个性的表兄陈克明教授所说。

唐文君　二十七八岁，赵自芳的女友。抗战以前，她是一个中产之家的娇生惯养的女儿。抗战一起，敌人的炮火毁灭了她的温暖的家庭，她跟着学校撤到武汉，就卷入了那时候如火如荼的抗敌高潮。从此她离开学校，走进社会。她和赵自芳相识，即在汉口；那时候，赵自芳以“更新厂”的工人作为一个班底，在办难民教育，唐文君担任了几个钟点。她的刻苦耐劳和谨慎忠厚，——还有那几分不脱稚气的见了人就会亲热起来的态度，都在赵自芳心中留下了很深刻的印象。因此，当赵自芳在重庆再遇见这位无家可归的青年女子时，就像老大姐似的照顾她。但唐文君已经不是五年以前的唐文君了。像刚刚抽芽的植物便遇到寒霜，她的青春之火便被压熄了。自从武汉撤守，政治逆流开始，唐文君在长沙住了一年多，生活困难自不用说，而最使她难堪的，是被目为“救亡青年”之群，处处受歧视。在这样残酷的教训下，唐文君不但失去了向来那种容易和人亲近的天真，并且还变成了孤僻，对人不敢轻信。一向谨慎忠厚的她，现在“发展”成为畏葸而忧郁。只有那一份刻苦耐劳的美德却依然如故。幸而赵自芳颇了解这位可怜的“妹妹”，很帮忙她，——虽然在唐文君心中总觉得赵自芳是“另一世界的人”，不能像从前那样亲密了。由于赵自芳的介绍，唐文君和“更新厂”的前职员李维勤结了婚。这结婚生活带来了很短时期的甜蜜，但继之而来的，便是一波又一波的酸苦。并不是两人感情上有什么变动，而是爱情不能解决人生最大最现实的问题——面包。唐文君当然是一位好太太，然而也是一位相当难以满足的太太。她天天愁着钱，但又最怕丈夫因为想法找钱而做下了使她无面目见人的事。她爱丈夫，但她在丈夫面前又是牢骚最多，脾气相当疙瘩。从这一点上，可以窥见她的心虽在严霜覆盖之下，那一股火却始终不会熄灭啊。

陈克明　四十多岁，大学教授，留学过美国，专攻的是经济学。他和赵自芳是表兄妹，和林永清又是老同学。他有他表妹所缺乏的冷静，然而不如他表妹那样有决断；他思虑周到，观察澄澈，可是没有慷慨激昂的风度。他说话有时颇能幽默，颇有风趣，有时解释某一事理，也很简单而扼要，甚至可说是“针针见血”，然而他不是雄辩家。也许因为这种种的缘故，他虽然和林永清是老友，是至亲，林永清在事业上遇到困难时，他总是参加商讨的一人，可是他的意见不能绝对左右林永清。他这人的性格，从他的服装上也表现出来了：整洁，华贵，但又不流于奢侈。

林永清　四十多岁，“更新机器厂”的厂主。从美国回来后，他试办过好几项事业，都是和他的本行——工程有关系的，但都不顺手。最后，他好像漂泊的船终于到达了适宜的港口，他择定了自己的终身事业是“机器厂”。抗战爆发了，他那刚刚走上轨道的工厂不得不迁徙了，这时候，众人尚在观望，而林永清却毅然决然把设备、原料乃至一部分熟练工人，赶先撤到了汉口。当汉口又成问题时，他的确也曾望着长江的上游喟然叹息，也曾举棋不定而多牢骚，但是到底再度振作精神，在敌人的轰炸下把设备和熟练工人拖过了三峡。这一个时期，夫人赵自芳颇起了些决定的作用。二十八九年的“工业繁荣”使他的厂有些扩充。这时候，林永清即使还未曾被胜利冲昏头脑，确也不免有点得意扬扬，而且自信和自负之心也油然增长。这自信和自负，使他能够抵抗短期“繁荣”以后接着而来的恐慌；直到三十三年春，他心中潜伏着的一个东西终于冒出头来，而且立刻“见风变得很大”。这东西倘用一句话来说明，便是“办工业，对于国家，对于自己，到底有什么好处呀？”然而他是一个“倔强”的人，也和他夫人有点相像，是不肯一下就认输的，而况对于自己的事业总还有几分留恋，——说是“惰性”也可以，因此他只让自己心里苦闷，表面上还是打起精神想突破难关。他和陈克明相反，陈克明表面上好像不大坚决，心里却极有分寸，而他呢，嘴上说得很硬而且满不在乎的时候，心里却正在彷徨动摇，似乎他想借自己的声音来镇定自己的游移苦闷。他精明强干，当他注意力集中于一点而决心要怎样做的时候，他的确也常常能有所成就。要不然，他就不能把他那工厂的设备从上海拖到重庆，而且在极艰难的条件下有所发展了。他说话有时很有煽动力，要不然，他也不能在轰炸之下鼓励起职工们的情绪来了。而最后，他也很善于交际，善于应付，要不然，他就不能建立起那么多的“人事关系”，而在三十年以后工业下坡路的困难境地中支撑到二三年之久了。然而，他这一切优点似乎跟他厂里的原料一样有定量，时间一久，得不到顺利客观条件来做补充，也会用尽；又跟他厂里的机器一样，日夜在开动，在相当时期以后，也会磨损而工作效率就低落。现在，正是快到了“用尽”和“磨损”的时候，这表现出来的，就是他在“咬紧牙关”的表面之下，他内心的彷徨苦闷已经到了逼迫他非采取某一步骤不可的关头了。两者必居其一：拒绝诱惑而贯彻初衷呢，还是屈服于诱惑之下？

余为民　这是一位学会了“七十二般变化”的英雄，——虽然他变来变去，万变不离其宗：矮方巾而兼流氓。而且当他自以为变成某一物的时候，别人看来总觉得倒像另一样东西；比方说，他自以为成了狼的时候，别人看来总觉得是一条狗。尽管如此，他还是沾沾自喜，他的哲学是能变就好，哪怕是变成了一条狗吧！他的年龄比从前上海滩上所谓“清倌人”的年龄更难确定。照他那名片背面所印的一排“前××”的头衔看来，他至少也有六十岁了，因为那十来个“前××”之中有一个是“前××报总主笔”，而据熟悉民元掌故的专家负责申明，则所谓××报者，在辛亥革命前两三月昙花一现就没有了。但他自己总说“四十不到”。再说，他的名片确实“伟大”。如果十年之后，万一由于某种奇迹而他这名片竟在垃圾堆中被一位死心眼的考据家捡得，那恐怕要被当作极稀罕的材料。因为这名片除了背面印有密密的一排“前××”，正面当然也如法炮制，不过那些头衔上边没有“前”字罢了。印在正面的头衔，举例说，就有“某部秘书、某委员会设计委员、某社名誉社长、某会顾问、某校校董”之类，然而据他自己说，名片正面所印的十多个现任职务，不过是他实有职务的五分之三而已。有一回，他的一个朋友仔细拜读了他的名片以后，就半真半假地对他说：“老兄百年之后，倘刻讣文，光是职衔，准得用三张纸，然而犹有美中不足：全是文职！”好，两三天以后，他那名片上果然加了一行：第 × 集团军高级参谋。有那些熟悉中国军事组织的人看了就掩口而笑，原来这所谓“第 × 集团军”者，根本就只存在于这位余为民先生的想象。可是余为民先生除了头衔多，还有著作；这是他的朋友们更加懒得根究的玩意儿了，好在他也从不举出书名或篇名来。只有一个例外，那便是他在某一时期异常兴奋而且津津乐道的《建都问题论战大全集》。这本书，据说有百万言之多（当然没有人怀疑，因为建都论确有数十篇之多），光是收集材料，他所花时间便在一年以上；为了排印此书，他曾掮了“民族百年久安大计”的旗帜，很募过一阵捐，不过总不见书出版。但因此他又已成为“建都问题专家”。美国的老博士萨凡奇来了中国一趟而且发表了《扬子江水利工程计划》以后，这位余为民也突然变成工程专家，到处为萨凡奇计划敲锣打鼓了。诸如此类的事情，这里也说不尽，总之，他是这一个社会中适宜于生存的人。最后，不能不有一两句讲到他的风貌。他确是仪表堂堂，并非獐头鼠目，虽然说不上龙行虎步，踱起方步来确也很像个样子；只有一点美中不足，在碰了人家的橡皮钉子而自解嘲的时候，他那笑形，他那眼神，宛然是个白痴。

女仆张嫂　三十来岁，白净的脸儿，尚伶俐解事。

男　仆　二十来岁，逃避兵役者，略认得几个字。

景

“更新厂”厂主总经理林永清住宅内的一间书房。正面后方是一排玻璃窗，下半截装着淡紫色薄纱窗饰；窗后是院子，花木扶疏，投影在窗纱上。从窗内又可看见院子里的走廊的一角，那是通到大客厅的。窗左首正面是一道门，从这门经过院子里的走廊就到了大客厅。右首墙壁正中也有一道门，通内室。书房里的家具和陈设相当讲究。房正中有一矮脚小圆桌，桌上一口大花瓶，插满了各种花。房角有高脚花盆架，供着苍松翠柏的盆景。墙上并没有什么字画，可是有林永清的大画像，而遥遥相对的，还有林夫人赵自芳的放大相片，穿了大学毕业时的学士装。画像和相片旁边，各有四个镜框，都装着二十四寸的照片，那是“更新厂”在抗战爆发以后迁徙和恢复的一段奋斗史料。左壁，赵自芳相片下，是壁炉，炉架上有些小陈设。房正中，下垂一盏乳白瓷罩的大号反光灯，靠右壁的写字台上有台灯，以及其他应有的摆设。几只大小沙发，和圆的方的椭圆的长方的茶几，以及一口书橱，完成了房中的布置。书橱内分四格：三格塞满了洋装书，余一格则陈列着“更新厂”的出品，——一些钢铸的小零件。特别惹人注意的，是正面那一排窗下靠窗下摆着的一只特制的长方形矮桌，桌上是“更新厂”的全副模型。

时　间

清明前几天，下午四时至五时之间。天气闷热。

〔幕起时台上无人。正面后方那排玻璃窗有一扇开着。从大客厅传来了隐约的笑语声。约一分钟后，双双人影，一前一后，掠过窗前。左首门外，有女仆张嫂的声音：“李太太，您这儿来吧！”左侧之门本为虚掩，旋即见张嫂在门边，侧身让唐文君上。唐文君衣饰朴素，然愈增其风韵。她嘴角上摆着一个笑影，可是掩饰不了内心的焦灼烦闷。

唐文君　（边走边问）太太呢，有事吗？不在家？

女　仆　（摇头）嗯！（做个鬼脸，抿嘴笑了笑，回头朝窗外望一下，又使了个眼色）

唐文君　（也朝窗外望一眼，自言自语地）林总经理在会客。（突然怀疑）好像还是个女客。（问女仆）可是太太呢？也在大客厅吗？

女　仆　（支支吾吾）太太有点儿——头痛，在卧房里躺着。

唐文君　（没有注意到女仆的可疑的态度）那么，我到她卧房里去吧。

女　仆　（似乎也决定了主意）不忙。您先喝口茶。让我先去看一看。

〔女仆自左首门下。唐亦就座。但刚坐下，又惶惑不安，想站起来还没站起来，自言自语道：“真不巧，看来她家里发生了什么事吧？”起来，至窗前，正拟窥视，而女仆捧茶上。唐接茶，此时大客厅内传来了裂帛似的女子的狂笑声，唐听了不禁一跳，正拟问女仆，女仆已从右首门（通内室）下。唐迟疑地看看窗外，又像第一次发现似的朝那座“更新厂”的模型，看了又看。大客厅中传来了两个男子的辩论声。唐走到壁炉前，心不在焉地正望着炉架上面挂的女主人赵自芳的放大相片，赵自芳本人却从右首门内出来了。

赵自芳　呵，文君！（走向唐这边来）

唐文君　（急转身，面露笑容，亲切地问）您有点不舒服吧？

〔赵自芳摇头，拉住文君的手，到沙发里坐下。从赵自芳的神色看来，显然她是很激动，刚生过气，而又强自克制。这时大客厅里又传来了女子的笑声，这笑声是愉快而醉人的，赵自芳突然脸色变了。

唐文君　（终于猜到几分，低声）那是些什么人呢？

赵自芳　（不愿多说，保持冷静）谁知道那是些什么人！（淡淡一笑，振起精神）嗳，李先生好么？

唐文君　（笑逐颜开）谢谢，托福。这一向，他忙一点，少来问候。

赵自芳 （神情不属，随口应酬）哦，忙一点。呵，对了，听说他代理了会计科长？

唐文君 （从心里滚出来的高兴，笑）可不是。这也全仗林总经理的力量。（顿一下，似乎在斟酌要不要就此提出来意）嗯，他，维勤呢，不会巴结上司，光知道小心办事，这回要不是林总经理的面子，人家办事处的严主任哪里就会想到他？再说——

赵自芳 （微笑，打断了唐的话）那么，你们经济上总该宽裕了一点吧？

唐文君 （正在找机会提出这问题来，听得对方先开口，不禁喜出望外）也还谈不到宽裕呢！要是——（忽然不知道如何措辞才好）咳，芳姐姐，一个人就是背不得债。我和维勤俩，辛辛苦苦做了一个月，除掉伙食，余下来的就够付那些子金……每逢到了比期，看他那样着急，我就想到干吗要——

〔女仆捧茶盘及瓜子糖果两碟上。唐文君缩住了话头。女仆奉茶毕，就踅到赵自芳背后，俯耳轻轻说了几句话，赵自芳的脸色又变了。

赵自芳 （冷笑）要我出去干么？我这里也有客呢！嘿，——（顿一下）打算留人家吃便饭了！（头微向后倾）还请了旁的客吗？

女　仆 不知道。

〔唐文君微觉不安，已经猜准了赵自芳和丈夫一定有点别扭，想问又觉不便启齿，无聊地望着墙上的镜框。此时，女仆也是进退两难地看着女主人发怔。

赵自芳 （不耐烦）还有什么话？

女　仆 （小声）那么，请太太吩咐一下，备办些什么菜蔬。大司务在等呢。

赵自芳 （暴躁）叫他去问老爷！——唉，又不是我要请客！

〔女仆应了“是”，蹑着脚尖很快地退出去了。

唐文君　（迟疑地站了起来）芳姊姊，您有事，我不打扰了。

赵自芳　（爽然一笑，很亲密地拉唐坐下）不相干。文妹，您在这里谈谈，解个闷儿，倒好！（又冷笑）这是他有事呵，我管不了，况且也不用我管哪！

唐文君　（听得话中大有讲究，惶惑更甚，不知如何对答）嗯，嗳，芳姊姊……

〔这当儿，女人的笑声又从大客厅传来，笑声先高而后低，先急而后缓，起伏如波浪。这笑声委实刺人。赵自芳脸色大变，眼光闪闪，忽然抓紧了唐文君的手。唐文君亦觉毛骨悚然，笑声旋止，一男子声说：“了不得，梦英，这是你的秘密武器！”赵自芳突然歇斯底里地叫了一声，丢开文君的手，霍地站了起来，手指那一排窗。唐文君也站了起来，慌忙走去，要把那开着的窗关上，可是猛听得赵自芳厉声叫“不要，不要关，难道我就怕了！”就惊惶地缩住了手，却把窗左首那扇门带上，似乎生怕大客厅里那问题中的怪女人会闯了进来。赵自芳走到唐文君身边，拉唐回去，同时说——

赵自芳　（激动到脸也发白了）文妹！听见了么？这是魔鬼的笑！

唐文君　（搜索枯肠，找出话来安慰她的女友）嗳，芳姊姊，嗳，您镇静一下，——您得镇静一下。

赵自芳　（突然冷下来了，淡淡一笑）镇静？对！文妹，我是还能镇静的呢！

〔两人都坐下。唐文君不安地又看着墙上那些镜框。

赵自芳　（口气当真镇静些了，可是余怒未消）摩登的，半摩登的，年轻的，半老的，正经的，混账的——女人，我见过千千万万，可从没见过这样的一个！

唐文君　（随口应着）哦！这样的一个。（忽然想起了自以为很得体的一番话）可是，芳姊姊，不管是女人变的魔鬼，或是魔鬼变的女人，反正不怕。林总经理是保险的！芳姊姊，像林总经理那样一心以事业为重的大人物，难道会落进了什么迷魂阵么？

赵自芳 （喟然长叹）嗯，可是，文妹——（又缩住了，看了唐文君一眼，又叹口气，终于不说下去了）

唐文君 （自信说得很对，又滔滔往下说）前几天，维勤还跟我说起，从前他在厂里服务的两个年头，从没看见有哪一天林总经理忘记了到厂里上上下下、前前后后巡视那么一遭。芳姊姊，当真维勤老想着他这旧东家，说林总经理这人，比厂里的特种钢还要坚硬，还要冷些。林总经理办起事来，比那头等的新式车床还要准确，还要快些！

赵自芳 （触起了温暖的回忆，不无微感陶醉，轻声，慢慢地）可不是，文妹。论才干，论经验学问，永清怕不是数一数二的。

唐文君 （完全自信话已说对劲了，索性再发展下去）我也常常跟维勤说，要没有芳姊姊，更新厂哪里会有今天的规模呢！汉口撤退的时候，芳姊姊怎样不怕轰炸，指挥员工们抢救机器，我是亲眼看见的。

赵自芳 （回忆达到了最高峰，忽然兴奋，声调渐激昂）那些且不用说。到了重庆以后，建厂、开工，哪一样我不羼一手呢！（好胜而自负地）开工以后，大家都说员工的福利事业最难办得好，永清也说伤脑筋，可是我就不服气，干嘛会办不好呵？（情绪又低落）文妹，为了这一件事，我险一些得了胃病呢！

唐文君 （急接口）可不是！维勤到现在还忘不了厂里的待遇。他说：总经理夫人亲自下地种菜，（手指墙上）您看，这里就有您种菜的一张照相。而且，您又每天都到大厨房里察看去。（顿一下，看见赵自芳注视墙上的镜框，惘然沉思，就提高声调，转移到原来的话题）所以，芳姊姊，我说，林总经理就是着了鬼迷，也不能亏待您的！

赵自芳　（不胜今昔之感，叹了口气，声调低抑，充满了悲哀的味儿）这一切，文君，想起来就同隔了一世。（沉吟，语调转慢）永清之为人，难道我还有什么不了解吗？可是，就因为他忽然变了，（语调又高亢）嗳，变得太快，叫人不能不寒心！（情绪渐兴奋）文君，我越想越觉得不对！

唐文君　（看见风向忽然转了，惊慌失措）哦！可是，芳姊姊——

赵自芳　（更兴奋，打断了唐的话）你没有看到他这一个月来的样子。成天在外面应酬，说是调度款子。厂里工程师来说，煤焦又快完了，锰铁存底也不多了，有一笔货，价钱也还相宜；可是，文妹，你猜他怎么办？（顿一下，声调激烈）要真是忙不过来呵，难道不好派工程师先去看一看吗？可是他连半句决断的话都没有！（伤心，顿一下，旋即兴奋）我真真是越来越不懂，干吗他会变得这样的，简直是脱了形！文妹，我不是那种不懂事的女人，好多次，我跟他正式讨论，唉，他闷着嘴，给你个不作声。（又一顿，眼光闪闪，气愤已甚）平常日子，一点点小事情不对劲，就要大动肝火，可是一大堆的困难堆到他鼻子跟前，他倒又不大在乎似的摇摇头，冷笑几声，就算完了事。（一顿，呼吸急促，伤心已极，垂头，声渐低）我想起来真害怕，我怕他这人是完了！

唐文君　（已觉无话可说，但又不能不做无效之劝慰）芳姊姊，您宽心吧，不会——不会弄到那样严重的。林总经理恐怕是疲劳过度……

赵自芳　（抬起头来，声调冷峻）不是什么疲劳过度！（口气稍缓和）要说疲劳的话，在炸弹底下，把工厂设备从上海拖到汉口，又拖过了三峡，——那时候。人工不够，交通工具没有，要一样没有两样（上海方言，要什么没有什么之意，而语气更重——作者注），这难道还不疲劳吗？

唐文君　（看见赵这样兴奋，有点害怕，慌忙转过话头）不过，芳姊姊，人要是心里痛快，辛苦一点也不算什么一回事；近来林总经理的心境当然跟那个时候不同了呀！

赵自芳 （摇头）也——不是的！（闭目回忆）心境再恶劣些的时期也有过呢！（又兴奋起来）一年多前，物价飞快地涨，周转资金老是不够，生产天天在缩小，订货造好了，不来提，说是得送“包袱”，不提货就不给货款，我们得借比期来开销工资，来买米；那时的心境会比现在好些吗？可是他，到底也咬紧牙关扎住了，不像现在那样心神不定，莫名其妙的！

〔赵自芳转脸看着“更新厂”的模型，叹了口气。唐文君不作声。大客厅里传来了林永清的说话声，好像是对张嫂说的，声音高而暴躁：“怎么又来找麻烦了？去——问——太太——去！”唐文君听了一跳，但赵自芳倒像并没听见，只朝唐文君看了一眼，干笑了一声。

赵自芳 （指着那模型）这里，正面的厂房是二十八年秋天全部完工的。那一排是工人宿舍、俱乐部、合作社，还是我自己监工，二十九年上半年这才赶起来的。一桩事业要搞起个规模来，没有决心，没有魄力，那怎么成？可是创业容易守成难……（一言未毕，女仆张嫂在左首门口出现了，张望着，不敢即进）

赵自芳 （转眼望住张）又有什么事了？

〔张嫂迟疑，不敢即答。

赵自芳 （突然暴躁）又来叫我出去了，是不是？

〔张嫂把半个身子挨进门来，尴尬地笑着，仍不开口，却斜过眼去瞟着唐文君，似乎要请她帮忙什么。

赵自芳 （霍地立起，连声冷笑）好，哼哼！我就出去！

〔赵自芳快步走向左首那门，仍在冷笑。张嫂大惊。唐文君急忙抢步上前，拉住了赵，叫着“芳姊姊，您不要去”，同时又示意张嫂，要她快走。张嫂退去，将门关上。唐文君拉赵自芳回去坐下。赵的脸色很难看。

唐文君　（拉着赵的手，又在她额角上轻轻摸了一下）芳姊姊，您到卧室去躺一下吧？我陪您去。

赵自芳　（倔强地摇头）用不着！（火气稍杀）您当我是病了吗？才不是呢！（略停顿）文妹，你没有见过那个女人吧？（突又转换话头）嗳，永清也不是毛头小伙子了，男女社交又是正当的，我自信也不顽固，更不糊涂，——（声音转为急促而高）可是，我不能不说永清最近的变态，太可怕的变，跟那女人不能没有关系！

唐文君　（看见赵又兴奋了，急思岔开）芳姊姊。咱们到……

赵自芳　（打断了唐的话，兴奋渐增）跟个把什么女的鬼混一下，我何尝不能够装糊涂，让他自己不好意思，这社会本来就拥护男性的特权，——不过，（注意地看着墙上挂的林永清的画像）要是一口咬定说人家是个好人，多么能干，有见识，佩服得什么似的，嘿，（转脸看着文君）那就是另外一回事了！

唐文君　（低声）那么，林总经理认识她好多时候了吧？

赵自芳　（忽又不愿尽言）谁知道呢！

唐文君　（带点好奇）他们常在一起吧？

赵自芳　（冷冷的）混得很熟呢，大约也不过三两个月的事。

唐文君　（仍是好奇心所驱使）年纪轻，相貌好，嘴巴甜？

赵自芳　（渐渐又兴奋）也不小了，总有三十多，一定嫁过人！

唐文君　（惊异）哦！是出嫁过的。

赵自芳　（带点恶意）也许还生过孩子。

唐文君　（点头，不胜感慨似的）嗯！是有经验的。过来人！（三字咏叹而出）

赵自芳　（忍不住不说个畅快了）有一个常和她在一起的小伙子，叫作什么乔张的，比她小这么——总有五六岁吧，说是表亲。

唐文君 （随口应酬）不是吗？

赵自芳 （干笑，站了起来）谁又知道呢！反正也是来路不明。

赵自芳 （抓住了唐的手，若有所思）那乔张，并不讨厌。长的一对大黑眼睛。有时蒙蒙眬眬的，像在瞌睡，有时睁得大大的，那才叫人——嗯，说什么好呢？哦，就说它像一面晶光四射的镜子，什么也躲不过它，什么都给照了进去。

唐文君 （轻轻点头）从前我也遇到过像这样的眼睛。

赵自芳 （放开唐的手，走了一步）按这对眼睛说，她俩该是姊妹弟兄。

唐文君 （转身面向赵）呵，原来那女的也是这么一对眼睛。

赵自芳 （走到壁炉前，背靠炉架）可是，他们啧啧赞叹，称为她的“秘密武器”的，是她那笑的样子，笑的声音！

唐文君 （不禁朝窗外望了一眼，记起刚才听到的笑声）嗯！

赵自芳 （好像讲的是和自己不相干的事）她的笑容，甜蜜蜜的，就跟三岁半刚有点懂事的小宝宝差不多；（渐渐神往于自己的想象）叫人受不住的是出声的狂笑。说它是泼辣吧，不是；说它浪吧，更不是；说它像一杯烈酒，一把刀子吧，也不是。它叫人心跳，觉得要不依从她便没有办法似的。

唐文君 （很受感染似的）嗳，那可真真受不住。

赵自芳 （像从赞美一件艺术品的忘我陶醉的境界中突然醒过来，又面对着残酷的现实）文妹，这是魔鬼的笑。（回到沙发内坐下）被她这一笑，笑落了魂的男子，恐怕不少呢！

〔这当儿，左首那门开了，陈克明上。他举止安详，但眉宇间微露烦忧的神色。他一进门，刚好和赵自芳打了一个照面，却没有注意到室中还有一位年轻女子（唐文君）站在壁炉前，含睇深思。

陈克明 （微带惊讶）呵，自芳，——怎么？说是您在生病呢，您好好的。

赵自芳　（立起反感，脱略客套）噢，又在咒我生病了！

陈克明　（边走边说，微笑）不是咒。刚才我一到，说不上三句话，永清就悄悄告诉我，（此时发觉尚有唐文君在室内，话头一顿）说您有点不舒服，叫我来看看您。

赵自芳　（看透了陈言外之意）恐怕不单是叫你来看看吧？（起立）哦，我来介绍一下：这是我的表兄，陈克明；这是唐文君，七年前我们在汉口一同办过难民教育。（忽生感慨）哎，想起那时候的轰轰烈烈，谁又料到今天还要受这些气呵！（让座）随便坐吧，都不是外人。

唐文君　（不大自在地和陈招呼，却又微笑，低声）陈先生是见过一面的，也是在芳姊姊这里。

赵自芳　（淡淡一笑，自己先坐）嗳，您看我气糊涂了，还给你们介绍呢！（立即转为冷峻，转眼对陈）嗯，克明，我看你是永清搬来的救兵吧？

陈克明　（也坐下，略露窘态，又瞥了文君一眼）永清打电话给我，说今晚请客。（笑了笑）我只来吃饭，不来充当什么救兵。

〔唐文君走到自芳跟前，低声说："芳姊姊，我告辞了！"赵拉住她，不让走，拉她和自己同坐。

赵自芳　（摇头，勉作冷静）哦，不见得那么单纯。（转脸对唐）文妹，您不要走，留在这里陪我。人家还打了电话请帮手来做说客呢，（忽转口）哦，克明，（眼光瞥到陈脸上，苦笑着）我弄错了，人家请你来是吃饭，（兴奋起来，声调提高）好，今天我也来请一次客！（张嫂端茶进来）哦，张嫂，你去关照大司务，赶快办一桌菜，嗯，七点钟要！

〔张嫂惶惑，不知道是怎么一回事。

赵自芳　（故意装出兴高采烈的样子）文妹，您代我想想，该请哪些客？噢，李先生是一定要请他的，——文妹，您代我打个电话。（转脸对陈克明笑）你呢，对不起，我也要扣留你了。

啊，差一点忘了，我们的工程师和太太……（皱着眉头想）文妹，李先生那边办事处的严主任太太也请一下怎样？（忽又改口）不要，不请她。哎，糟糕，您看我记性真坏，一下里什么人也想不起来了……（苦闷地定睛看着墙上的镜框，但嘴角上浮着个苦笑）

〔当赵自芳说这番话时，张嫂站在一边，惶惑而又好奇地望着自芳，又屡次朝文君使眼色，像在询问她该怎么办。文君则朝克明抛过了询问的眼光，克明正燃起烟斗，冷静地微笑。

唐文君　（终于抓住了赵的话头略一间歇的机会）芳姊姊，您今天辛苦了，改一天再……

赵自芳　（立刻打断唐的话头）不，不，不！非拣在今晚不可！文妹，（拉住唐的手）您赶快去打电话。（想起来了）噢噢，电话机旁边还挂得有一本小小的日记本，那是些熟人的电话号码，文妹，您也拿来给我看一看；不，不，您就代我约请几位，拣您合意的约几位就得了。

唐文君　（万分为难地）嗯，嗯，可是，芳姊姊……

〔赵自芳不听文君陈说，拉她起来，推她走："赶快打电话去，文妹，一切偏劳您。"文君迟疑地走了一步，偷眼看陈克明。陈衔着烟斗，也似乎说："您当真去打电话吗？"唐文君好像忽然得了主意，略颔首，低头急走，从右首门（通内室）下。张嫂也跟着下去。

陈克明　（放下烟斗，微笑）自芳，您是怕我来做说客，这才抢先给这么一个下马威吧？

赵自芳　（起立，徘徊）说你猜对了呵，也可以，然而——（忽转口）不，猜得不对！

陈克明　（依然微笑）那么，您是对那边（用拿着烟斗的手遥指窗外）——对永清，特别是对黄梦英，示威！

赵自芳　（突然止步，被说中了心事，倒坦然笑起来了）随你爱怎么说，都可以。（忽又改变态度）可是，我要请客，我总还有这一点自由。（冷笑）示威给她看吗？我还不至于那样无聊呢！

陈克明　（起立，态度恳切）自芳，您还是好胜的脾气！而且，您也不免还有（斟酌语气）若干的误会，您要是今晚也来请这么一次客，那——（摇曳其词）或许明天您要后悔。

赵自芳　（先尚静听，后即大笑）好，来了，克明，到底你还是做说客来的。（又笑，急走至右首门口）文君，文君！电话本子找到了没有？

〔文君应声而上，似即在门口等候已久。

唐文君　（回避了陈克明的询问的眼光）打不通，芳姊姊！

赵自芳　（一怔，随即了然一切地笑了笑）好，那我自己去打去！（抓住了文君的手）文妹，您几时也学会了这一套人情世故了呢？（苦笑）

唐文君　（拦住了赵，十二分恳切）芳姊姊，您要请客，下一次……

陈克明　（也上来劝阻，推赵回坐）自芳，您说我来做说客，我就说一说也可以。黄梦英这人，并不能和那些没有灵魂的女人相比——

赵自芳　（不让陈往下说）要是没有灵魂的，我早已一笑置之。

陈克明　（赶快抓住这一机会）那么您也可以想得到，您的误会是没有根据的。

赵自芳　（大为反感，冷笑，转脸对唐）嗳，文妹，您瞧，又是一位黄党！

陈克明　（无可奈何，淡淡一笑）自芳，想不到今天您的火气那么大！

赵自芳　（当真火气上来了，起立）好吧，克明，你是研究经济学的，我从前学的却是法律。“现在还不是讲法律的世界”，只讲人情，克明，今天就请你从人之常情上作一个判断，干吗我的火气就不应当这样大。（略歇一口气）刚才我还不是捺住性子在大客厅里周旋吗？可不是，上我家来，总算是客，我得归还个礼数。嘿，他把那个吹牛大王，——名片上头衔印得满满的那姓余的家伙，推给我去敷衍，自己倒和那——梦英，躲在角落里咬耳朵去了。（越说越气，并表演当时情形）文妹！（走近唐前）我就是个不怕惹事的人，况且，丈夫跟另一个女人谈天，我有权利来参加，（理直气壮地，显出她学过法律的头脑）我就这么走过去了，（表演当时情形，走向陈克明那边）嘿，那梦英，真机灵，也真厉害，马上闭了口。（退一步，站在唐与陈的中间距离，眼光从陈身上移到唐）我只听得两个字：乔张！

陈克明　（回音似的）哦，乔张！

赵自芳　（背靠着壁炉架）原来他们是在讨论乔张，（意味深长地冷笑）怪不得要回避我了！乔张和那梦英的关系，克明，你当然比我还清楚，可是我就不懂，这要永清夹在中间干嘛？而且又回避了我啧啧哝哝咬耳朵？克明，你没见那时候永清的脸色，你要是见了呵，——嘿！

唐文君　（对于赵的话表示共鸣，并表示她也理解到赵之所了解，轻轻点头，轻声）哦！乔张。

赵自芳　（会意地接口）对了，是那个大眼睛的乔张，说是表亲（抑扬其音，又冷笑）的乔张！哼，亲是一定的，表可难说吧？（恶意地笑，但突然转为严厉）可是，克明，还有下文——

〔林永清匆匆上。单看他的脸，就知道他心境恶劣，有一件十分难以决断的事压在他心上，他动摇得很。唐文君站了起来，鞠躬；永清略一招呼，就走到太太跟前。

林永清　（慌慌张张，又像捺住了一肚子气似的）自芳，这你总该出去了吧？客已到得不少。（回头瞥了陈克明一下）

赵自芳　（直视对面墙上林永清的画像，不作声，但脸色很紧张。约半分钟，她突然一笑，走到文君面前，边走边说）好吧，这该出去了吧；好，出去！（拉住文君）文妹，您也该去见识一下。（不由分说，拉着文君就走，挽其腰。到了门首，又回头瞥了陈克明一眼，苦笑）克明，我帮忙你完成了使命了！（和文君下，砰的一声，将门关上）

〔林见赵肯出去，大喜过望，无暇研究其动机，也将出去，可是陈克明叫住了他："永清，有一句话！"林止步，回过头去。

陈克明　（起立，站在"更新厂"模型前）乔张什么事？

林永清　（皱着眉头）失踪了！怕是被捕。（手握门上转柄，推开了门）

陈克明　（冷静，但深思）梦英跟你谈的，还有什么事？

林永清　（转身走近陈，心事很重的表情更甚）就谈了那一笔借款。

陈克明　（也上前一步）借到了没有？

林永清　（更显得心中不定）借到了，支票是今天上午拿到手的，可是，余为民劝我买黄金。

陈克明　（一怔）买黄金？

林永清　（苦笑）对，法币折存黄金。

〔两人互视，暂时都不作声。大客厅上传来了赵自芳和一些男客周旋的话声，陈拍落烟斗内的烟灰，正开口叫了声"永清"，余为民来了，人未进门，先闻其声："呵，这里很好，清静，咱们继续谈三分钟。"

余为民一脸紧张兴奋。

余为民　（公式地对陈克明一点头，就拉着林永清走到写字台前，边走边说）事不宜迟，得赶快决定。您这是天大的机会。别的且不说，您且想一想，二十四小时之内，一个翻身，好比睡了一大觉醒来，凭空您就多了这么五六百万，这多么够味？

（仰脸大笑）何乐而不为！何乐而不为！

〔余为民坐下，林永清背抵住写字台，面向余为民，沉吟不语。陈克明遥对余为民而坐，划着火柴吸烟斗。陈克明态度冷静，在观察。

余为民　（抖擞精神，继续鼓动）况且大利还在后头！永清兄，您要是依照兄弟的献议那么一办，嘿嘿，您的机动能力可就大得不可思议。金澹老给您通融的这笔款子，下月十五到期，这半个月中间，您手里如果捏着六百两黄金存单，哈哈，好文章可就多了！您愿意马上转让出去呢，行！从明天起，黄金官价三万五千，您不贪多，喝一个三万二三的价钱吧，包您一下抢光。哦，三六十八，二六十二，嘿嘿，您就有这么两千万的现款听您调度！喂，永清兄，两千万可也不算少呵！您要是愿意拿这数目去买美钞，成！而今美钞还不过七八百，可是过这么半个月，您瞧吧，不上千，您打我的嘴巴！永清兄，您再算一算，（慌忙从桌上抓起香烟来，一边点火，一边在说）半个月后您该有多少？（闭目微笑）呀，该有多少？（忽然拍一下桌子，高声断喝）没有这么三千万您就向我余为民要！（摇曳其词，声调转低）永清兄，三千万的现款呢，您这机动能力该不算怎么小吧？（仰脸闭目，狂抽香烟，满脸笑容）

〔刹那的静寂，唯闻林永清以手指叩桌沿的声音。林永清的脸色也豁然开朗，眉目间有笑意，然而口角却在轻轻牵动。

陈克明　（已经明白一切，终于开口了）可是，现在快要五点钟了，银行办公时间不是已经过去了吗？而且明天又是放假……

〔余为民将眼一睁，尚未开口，林永清却抢先说话了。

林永清　（轻松地笑）这不相干。当然是走后门。为民兄有办法。

余为民　（喷着烟圈，万分得意）送佛送到西天，既然金澹老通融这笔款子，其中也有区区帮衬的微劳，而且区区已然向永清兄献了地图，剩下来这一点小事，不用说，当然是兄弟跑腿了。（格勒一声干笑）反正，永清兄的够朋友，兄弟也是久仰呵！（哈哈大笑）

陈克明 （瞥了余一眼，略露鄙夷之色）永清，你打算怎样？

林永清 （料不到陈克明竟这样单刀直入提出问题，稍觉忸怩，但立刻恢复平静，毫不含糊地回答）值得考虑！为民兄的意见值得考虑！

余为民 （大为不满，丢掉香烟，高声）啊哟哟，还是考虑，考虑，永清兄，男子汉大丈夫，当机立断，何况这是天赐黄金，您还要考虑！

陈克明 （尖利地注视着永清的面孔）那么，永清，您又用什么款子去买那批锰铁和煤焦？仿佛听您说过，约好了是今晚来做最后决定的吧？

林永清 （苦笑，但仍然毫不含糊地回答）要是买了黄金，煤焦和锰铁当然只好放弃了！

余为民 （击节赞赏）对！对！一个是烂羊头，一个却是熊掌！

陈克明 （怒不可遏，但仍保持冷静）那么，工厂就得停工！

林永清 （嘴边的筋肉一跳，下意识地朝那边的工厂模型瞥了一眼，口气转为怨愤）停工？哎，克明，这一个月来，哪一天不是半停工？几年来，统制管制，就是脚镣手铐，粮食飞涨，原料飞涨，就是压在背上的千斤重闸，生产萎缩，市场萧条，克明，这都是您亲眼看见的吧？（冷笑）好，说是成立了生产局，工业就有转机呵，风声倒大！嘿，生产局固然就来订货了，可是官价太低，不够成本，（指那模型）这简直变成了无底洞，哪来这么多的钱来赔贴，我又不能点铁成金！

余为民 （摇头摆脑）对呀！一针见血！生产局向您订货，可是您接了订单呵，硬是亏本，您又奈何？

陈克明 （尖利地瞅了余为民一眼，不胜愤慨）哎，永清，“中国的工业家，命运注定了要背十字架”，这是您说过的话吧？……

余为民 （抢过话头）背是背了，于国于民，于自己，有利没有？

林永清 （连连点头，叹了口气）哎，有利没有？

陈克明 （霍然站起来，上前一步，眼光从永清脸上扫到余为民，声调坚毅）喂，余先生，记得听过您的高论，您是大谈中国工业化，狂呼发展重工业的一员健将。难道您觉得像“更新机器厂”那样的东西倒是中国工业化路上的障碍吗？难道您以为把一个办机器厂的人拉去做投机，倒是发展了重工业吗？

余为民 （微笑，不示弱，冷冷地）请您看看事实。轻重武器，反正得从天上飞来；您一个厂，不，哪怕所有的厂，一股脑儿的生产量，够打几点钟的仗？（点着了又一支香烟）生产局的订单，还不是那么一回事，摆个样子，总算中国自己也在加油呀！（微笑，轻声）再说，穿的总该自己备办的了，可是，您当然也知道，正在交涉从印度飞运棉布来呢，飞运棉花来呢！（声调转高）所以，兄弟说话不含糊，（转眼看着林永清）工业化是坚决主张的，然而，可不是现在的事！

陈克明 （态度愈冷峻）呵呵，高明之见，真所谓惊世骇俗！那么，可不可以这样说呢：我坚决主张百年长寿，然而，今天连饭都没得吃，那是另一回事！

林永清 （焦躁地绕着室中央的矮脚小圆桌，频频睃着陈克明，似乎对于他的辩论也感到不耐烦了，这时就插进一句）哦，吃饭问题，卑职无甚高论，但求今日有酒，不问明天无米！

〔陈克明听了这话一怔，感到太意外；不料余为民也哗然表示抗议。

余为民 （正容厉色，起立，凛然不可侵犯似的）嗯，永清兄，您这句话，我不能不提出抗议！兄弟是深恶而痛恨那一班“今天有酒今天醉”的，兄弟以为“人无远虑，必有近忧”；兄弟的眼光一向看到五十年百年以后的久长之计。徒劳而无功，头痛医头，脚痛医脚的办法，兄弟一向是坚决反对的！永清兄，此所以兄弟一力劝您一脚踢开您那劳什子的工厂——这烂羊头！（这时候，男仆上，呈一信给余为民，即退。余取信在手，不暇拆阅，滔滔地说下去）为国为民讲求百年久安之计，不贪目前小便宜，这是我的志愿，也是我的责任！兄弟的一贯主张，就是大处着眼，大处落手！（声调忽转低，转促）两位也知道，有些庸俗之辈，还讥笑我是书呆子呢！比方说，兄弟花了一年工夫，编成了一部百万言的《建——都——问——题——论——战——大——全——集》，民族百年大计的结晶品。（一笑）可是这笔印刷费，至今尚无着落，为什么？人家以为这是不急之务呢？（仰脸大笑，然后拆信）

〔刹那的静默。林永清深思地看着那厂房模型，可是脸上的愁容比刚才淡得多；陈克明冷冷地在微笑。大客厅传来了喧哗之声，夹着黄梦英的叫人心跳的笑声。这似乎刺醒了林永清，他张皇四顾，预感到将有什么事发生。

余为民 （突然拍一下桌子，陈林二人为之一惊，不约而同转脸注视余）您瞧，事不宜迟呵，（手扬那信笺，神情紧张万状）这是一位内幕中的朋友送来的密信。永清兄，人家这样热心，怎么您还游移不定？

林永清 （浑身用劲似的一挺，声音稍稍异样）好吧，七年心血，也顾不得了，——

余为民 （猛拍林肩，跷起大拇指，赞不绝口）伟大，伟大！永清兄，伟大！

林永清 （苦笑，急向窗下那模型走去，挥臂似将碎之，同时在说）我也苦苦支撑了七年了，可告无罪于国家民族……

〔余为民大笑，然而陈克明的严厉的一声怒喝："永清！"阻住了林永清已经举起的手臂，打断了他那未完的话语，也喝住了余为民的笑声。陈克明走到林永清身边，拉他转来，恰在此时，唐文君扶着赵自芳从左侧门上，赵自芳脸色惨变，嘴唇微颤。陈克明一眼看见，就猜度到几分。

赵自芳 （声音微抖，然满含倔强之味）这是侮辱，简直是侮辱！

〔余为民上前，想拉林永清出去，但为陈克明所阻。

余为民 （搭讪地下台）呀，嫂夫人不很舒服吧？天时不正，天时不正。哎，永清兄，我代您去招呼客人，您开个家庭会议就赶快出来呀！（匆匆下）

林永清 （抱怨的口吻）自芳，你这是何苦……

赵自芳 （怒目，不让林说下去）何苦？倒是我在那里何苦？

陈克明 （也有点举止失常）自芳，您仍然有点误会，您听我说——

赵自芳 （暴躁已极）不要。你也是黄党！我要他（瞪眼直视永清）自己给我个满意的答复。

〔林不答，抱臂冷笑。唐文君满面惊惶，想走开，但赵自芳挽住她的腰，坚不令走，好像在这紧急关头，她非有个伴侣不可。

赵自芳 （脸色略平，但语气极其严厉）我要求你答复，如果你没有对不起我的事，干吗要避开我偷偷地跟人家咬耳朵呢？

林永清 （似乎想不到还是为了这一点事，失声笑了）哦，为了这一点事吗？简单得很，要避开你，无非因为人家不愿意第三者听到，无非因为这是跟你全不相干的事。

赵自芳 （林的哑笑已使她怒火再燃，林的答复更属火上添油，可是她越怒，表面却越冷静了，似已成竹在胸）哼，那是跟我全不相干的事，既然跟我全不相干，怎么倒又跟你相干了？

林永清 （感到对方不可理喻，火气也来了）这可问得怪了，人家要讲给我听，我难道包起耳朵逃开吗？

陈克明 （再也耐不住）自芳，这让我来解释……

赵自芳 （固执）不要，不要。（向永清逼近一步）既然人家只愿意对你说，不愿意第三者听到，可是后来那个吹牛大王姓余的也加入进来了，这又是干吗？这不是明明白白就打算瞒过我一个吗？

林永清 （淡淡地）那是谈到另一件事了。

赵自芳 （逼紧）既是另一件事，干吗你又使眼色要我走开？

林永清 （无可奈何，只好干笑）因为你听到了一定会嚷起来——那可不大好。

赵自芳 （像法官终于问出了要点来似的解颐一笑，但立即满脸又罩上严霜，眼光扫着克明和文君）哦，我听了就会嚷起来的，——哼哼，这所谓另一件事，还不是明明白白吗？（冷笑）好了，永清，谢谢你把真情告诉我了。（又歇斯底里地笑）

唐文君 （紧靠着赵，惊惶，低声）芳姊姊，您进去歇一歇罢。

陈克明 （顺水推船）对了，自芳，您去歇一歇，回头我可以给您解释明白。

林永清 （万分委屈，上前一步）自芳，想不到你误会这样深。不让你听，也不先告诉你，无非为的事情还没有决定。何必给你多添些烦恼？等到有了结果，自然要告诉你呵……

赵自芳 （突然变色，打断林的话）对，那时候你是用律师来通知我吧！

〔这一句话出其不意，像晴天霹雳把林永清怔住了，陈亦失色。

赵自芳 （扶着唐转身向右首之门走，边走边说，头也不回）可是，永清，你忘记了，我也是干过律师的，我不能听任人摆布。再见吧，也许在民事法庭！

〔林、陈二人对看一眼，同时抢步上前，克明叫着“自芳”，但赵、唐二人已进了门，砰的一声关上门。

——幕急下

第二幕

登场人物

唐文君　已见第一幕。

李维勤　唐文君之夫，三十多岁。身世与唐文君相仿佛，所不同者，他在抗战以前，毕业于某职业学校后就在社会上混事。秉性忠厚，也能吃苦。不能不说是一块还能埋首苦干的材料，而且也并无“大志”。本来在一个商业机关服务，抗战以后，流离迁徙，也到过汉口，而终于入川。他在“更新厂”服务的两年，正当“工业繁荣”而“更新厂”搞起一个规模来的黄金时代，因此，他对于“更新厂”的回忆是光明灿烂的。然而为的想多弄几个钱来成家，他转入一个办工业其名而做生意其实的什么企业公司，仍在会计科办事；不料开罪了一个有背景的同事，不能安身，这才由林永清介绍，进了“某半官事业驻渝办事处”当一名助理会计。就事不久，又和唐文君结了婚。这算李维勤有生以来最幸福的时期了。可是天下事美中常有不足：他俩虽已结婚，却无法成立小家庭。最大困难是没有钱。结婚的当儿，李维勤破釜沉舟，借了比期，把婚礼办得还像个样子，也曾在一家三等旅馆内包了一间房（因为找房子不容易），新婚的一对双宿双栖了居然有两个月光景。但以后，就由于经济的压迫，包房间不得不退掉，小家庭之念暂时束之高阁，而唐文君也不得不重找职业。现在，结婚快满周年了，两个人都分开过着职员宿舍的生活。牛郎织女总是一年一度鹊桥相会，我们这一对俗世的牛郎织女总算红尘更深，他们是一月或至少两月一度的“旅馆相会”。会是会了，可实在也够惨，两个人心上都压着一个黑影：这一“会”又去了薪水的几分之几了！可是两人都不敢说出口来。人在这样情形下，既非圣贤，难免要有点牢骚，而唐文君虽在妙年竟也像老婆子那样嘴碎。每一度相会，两人总不免小小拌嘴，唐文君每次都要抱怨李维勤当时不该借债结婚，以致快一年了，每月借新还旧，拖泥带水，弄得经济情形越来越窘迫。然而这怪得李维勤吗？他是把唐文君看作天仙的，要不是林总经理夫人的大面子，这天仙怎能变成他的老婆，他连粉身碎骨都不惜，何况借债以图婚礼的小小体面？这一点，唐文君当然也了解，所以每次唠叨之后，而且当李维勤终于垂头无言的当儿，总是唐文君用女性的温暖来把李维勤心中的烦闷消解了。不过，最近半个月来，他俩的相会可以不在旅馆，而且也不用担心又花了薪水的几分之几了；因为李维勤代理了科长，在宿舍中有他单独的一间房了。然而天下事美中依然不足。为了不忍过于拂逆丈夫的要求，而第一次留宿的那一夜，唐文君惴惴不安，像是做了不正当的事；房外每一走动的脚步声，对于唐文君都是威胁，每一声咳嗽，每一声低语，轻笑，都好像是讥讽和侮辱。结果是第二天一清早，唐文君逃也似的走了。这也并不能怪她神经过敏。星期日白天，她堂而皇之去看李维勤时，宿舍里的职员乃至茶役的嘴脸总带着三分轻薄。至于李维勤听到多少不堪入耳的调侃呢，他不肯对唐文君说；不过单看他更急于找房子，也就可想而知了。这一切，就是唐文君每次到丈夫宿舍去时精神上的负担。她不愿去，但又向往去；而这一矛盾心理，使她对丈夫的态度绝不是她自己所敢回忆，每逢她从丈夫宿舍出来，便后悔自己不该那么冷，不该老是愁钱，老是抱怨这，抱怨那。李维勤的心境当然也不会好，但他在唐文君面前总是使尽了最大的忍耐力。不过，既是活人，有了烦恼不能不发泄，因此，他这样的老实人近来也常常在老婆面前发牢骚，咒骂社会，为自己的贫苦叫屈。而且一种哲学也在他心中形成了：这社会中，安分守己，受尽冷落；偷天换日，飞黄腾达。可以说，在心理上，这老实人已经准备着在某种诱惑之下不作坚决的抵抗了。但自然，他仍然老实到不敢去积极钻路子。一旦“机会”碰到他身上，他冒了险了，想望得点甜头，然而还是做了人家的猫脚爪。他不甘屈服于“命运”，他要“斗争”，可是用错了方法，走错了路，终于演了悲剧。

老　庄　李维勤的同事，总务科长的亲信，二十七八岁，油头粉面、顾影自怜的轻薄少年。

景

“某半官事业驻渝办事处”职员宿舍的一间房。这是缺了两角的略带长方形的东西。右后方一缺角颇大，当其地位，嵌一窗，没有装玻璃，只糊了纸，而又有补缀。左后方一缺角稍小，当其地位，则为一门，通外室。两缺角之间为板壁，最上部的四分之一是用木条钉作网状的。左壁亦有窗，也糊着纸，但较整齐。靠着窗，斜摆着一张五斗办公桌，桌旁有一茶几，堆些文件——这已经靠近那门了。和办公桌相对，在右后缺角之处，正当那窗下，嵌着一架木床，这床虽不怎么仄，可是挤上两个人的话，一定不大痛快。床头（外面，正挨着右壁）有一口五斗橱，上置什物。床的另一头，靠着板壁，有叠在一处，充当桌子用的旧衣箱。另有凳子两张，一在办公桌前，一在床头。总而言之，这间房的形状（缺角而又不对称），以及家具的地位，都使人起颠倒错乱之感。这房虽有两窗，但其实是在走廊与别室包围之中，并无“海口”。板壁后，便是会客室又带杂役室。一盏电灯用麻线拉在床前。满房气氛惨淡，唯一耀眼者，仅床上一红被及桌上一镜，——这镜子很新，还是林总经理夫人送给唐文君的结婚礼物之一。当时赵自芳不知何故，送镜子就是一对，而今摆在李维勤桌上的便是其中之一，这叫李维勤时时想起了旧小说中的鸳鸯镜，而鸳鸯镜到了各执一面的时候，总有点不大愉快似的。

时 间

第一幕故事发生那天的黄昏，约七点钟。

〔幕起时，看见唐文君坐在床前为丈夫缝补衣袜。一边补衣，一边谈自己在林公馆的所见所闻。李维勤斜倚在床头的五斗橱上（背向观众），在静听。灯光不足，唐文君时时起立，凑在灯头下边穿针或审察补缀的状况。别室传来胡琴声及唱京戏声，时断时续。因为明天是假期，职员们大多数出去自寻乐趣了，故宿舍中尚不十分喧哗。幕起时，唐文君的诉说也快到尾声了。

唐文君 （低头补衣，扭着腰，微露倦态，语调中却还有几分兴奋）……后来，芳姊姊说要找一个老同学去，就叫我回来了。（停针，微仰其首）嗳，维勤，你说她打算怎样？我不敢问她。维勤，你说，她是不是打算跟林总经理提出离婚？（不及等李回答，话又岔开，另起一问）维勤，你说，她带了我悄悄地从公馆里出来的时候，要是我让张嫂去告诉一下林总经理，也许倒好些吧？

李维勤 （踱了一步，若有所思）那倒也无所谓。反正这会儿林总经理也该知道了。

唐文君 （大不喟然）嗳，你这人！知道呢，自然迟早要知道的。（口

气转为柔和）不过，早一点知道，总还可以把芳姊姊挽回转去。（又低头缝衣）

李维勤　（赔笑，走近唐）哦，对！早一点是好些。（生怕又惹得唐不快活，欲言又止似的）那么，你没有提到我们——那件事了？

唐文君　（正把补好的一件衣放在一边，拿起另一件来反复看着）啊，这一件的纽子怎么都掉了？嗯，只剩下一个。（抬头）那怎么能提呢！我一进公馆，就看见她正在怄气。（有点暴躁起来了，起身将床上那堆旧衣一抖，听得有物落地嘀嗒的声音，她即弯腰向地上找）哦，原来就是那件衣上的纽子！（拾了起来）还差两个。（伸腰活动血脉，面对李）今天怎么能向她开口呢？明天，后天，也许永久都别想开口！（愁眉深锁）维勤，你得另外想办法才能挨过这一个比期！（叹气）当真怎么过呢，这日子！

李维勤　（拉住唐手，极力想安慰她）文君，你不用发愁。（欲言又止，终于微露口风）这一回，有个好机会——

唐文君　（靠近李）又是什么好机会！有什么好机会居然会落到我们头上？维勤，我不喜欢你老是用这些话来安慰我，不喜欢你肚子里着急得什么似的，可是摆一副全不在乎的面孔来给我安慰。

李维勤　（妻的柔情使他陶醉，忘其所以，急要证明自己不是空言相慰）当真，这一次有把握，——六七分是有的。

唐文君　（柔媚地笑，伸手戏索）那么，给我看一看。

李维勤　（突然脸上掠过一层阴影）可是要等人家的回音，才晓得——

〔一言未毕，忽听得房外扑哧一声笑，接着又是咂唇弄舌的怪声，这又是李的同事们在偷看他们的“私生活”了。唐浑身一跳，脸有点红，急忙挣脱李的手，回坐在床上，惘然拿起一件衣来。脚步声，以及示意的咳声，从房外经过，渐远。

唐文君 （低声，恨恨地）这地方，我真不愿意来。

〔唐撩开手中之衣，惘然地拾取一只破袜子来，着手修补。李则心事颇重，似在期待什么，时时侧耳听，又看壁上之钟，从五斗橱前踱到办公桌前坐下，又站起来。胡琴及唱戏声断断续续传来，时高时低。

唐文君 （低头缝补袜子，自言自语）为人在世，总难十全；像芳姊姊那样生活多美满，可又发生了这样一件事！（抬头）维勤，你说，林总经理和芳姊姊会当真决裂吗？

李维勤 （矍然惊觉）哦，哦，这个——那姓黄的女人不会嫁给林总经理的。

唐文君 （不以为然）这，不在乎嫁不嫁的形式。

李维勤 （心神已定）噢，这个呀！可是林总经理不会和那女的长久相好。

唐文君 （提起注意）你怎么知道他们不会长久？

李维勤 （笑了笑）那姓黄的女人，（低声）相好的不止一个。

唐文君 （并不惊奇）哦——

李维勤 （更低声）有一个鼎鼎大名的阔佬，姓金，黄金的金，跟她打得火热。

唐文君 （又提起注意）你怎么会知道？

李维勤 （朝房门看一眼）我们这里的总务科长就是个包打听，又是广播电台……

〔房门上连叩两声，李突然跳起来，满脸紧张，相信他所期待的事终于来了，抢步即去开门。但一开门，就失望地“啊”了一声，随即连声说“外面坐，外面坐”。来人哈哈笑着，说“电话没有打通，只好来一趟了。”李出，反手将门带上。唐停了针，怀疑地望着那刚刚关上的门。轻轻叹口气，又补衣。低声的交谈声（李与来客）从板壁后面传来了，唐侧耳静听，时时停针。旋闻来客随声音越来越高："李先生！这是明天到期的呢！你瞧，这是你亲笔写的借据呀！"李声亦高，有怒意："跟你说了，明天手头不便，后天一定归清。就差这么一天时光，照银行日拆加倍补贴你，这该再没有话说了吧？"来客嗓子更响，气势汹汹："哼，谁稀罕你什么照银行日拆加倍呢！只要你不拖不赖，明天到期，明天就……"李也提高嗓子，已经怒不可遏："谁拖了，谁赖了？你这是什么话！（口气略缓和）你不知道明天银行封关吗？总得后天，我才能提出款子来呀！"来客突然冷笑："哦，失敬！你在银行里存个千儿八百万吧？好大的口气！"李大吼："你这话就混账！你别狗眼看人低……"唐听到这里，脸色全变了，又气又怕，手中之衣掉在地下。可是就在这当儿，胡琴声及唱戏声（数人同时乱唱）大作，与板壁后的争持，闹成一片，而琴声笑声唱声尤高（唱的是蹦蹦戏《马寡妇开店》的一段），一声声清晰可辨。显然，唱蹦蹦调的，竟走到床后的窗外来了。唐又气又恨又害怕，转身望着床后那纸窗发怔，突然掩面扑在床上，抱住那堆破旧衣服。琴声唱声一下停止，仅远远传来宿舍中一些嘈杂的笑语声。唐抬起头来，猛地床后窗外一片声曳长的怪笑，——显然窗外的人（不止一个）正从窗纸破洞中窥看她。唐怒甚，挺身起立，门响了，李维勤进来，重重将门关上，满面怒容。唐转身面对其夫，床后窗外有匿笑声，随即笑声远去，人已走了。片刻的哑场。

李维勤 （怒气未平）那混账的小子，真想一拳揍死他！有了几个臭钱，便摆出阎王脸来了！

唐文君 （惊魂未定，走近李旁，低声）走了吗？

李维勤 （咬牙狞笑）轰他走了！这家伙混账！

唐文君 （愁眉深锁）可是明天他还要来麻烦……

李维勤 （又狞笑，在办公桌前坐下）明天我就扫数还清他妈的债。

唐文君 （半惊半喜，但不信的成分最大）扫数还清？哎，维勤，开什么玩笑。难道天上掉下来黄金吗？

李维勤 （长吁）差不离吧！（意味深长地苦笑）有一点办法。（焦灼地望着钟，自言自语）时光也差不多了，怎么还没个消息呢！

唐文君 （满腹狐疑，目视其夫，想问又不即问，退至床上，再拾起衣服，刚低下头去缝一针，便又抬头）维勤，你有什么事瞒过了我吧？你又在挖空心思想法弄钱来还那笔债吧？维勤，你是不是？（渐兴奋）不，不，你是不会做生意的，你不能学人家，你会上当。你别管那笔债了，明天我找芳姊姊请她帮忙。才不过三两万罢，芳姊姊总能给我想个办法。

李维勤 （见妻着急，愈不肯多言尽言，只是随口敷衍地安慰她）哎，文君，你放心好了。我不会惹出什么乱子又叫你操心。（索性说得斩钉截铁）你一提到钱，总是好像看见了追命鬼卒，着急得不得了，可又老怕我人穷志短，做些叫你丢脸的事情；文君，天天让你这么教导，三岁的孩子也该教乖了。（不禁苦笑）

唐文君 （急忙抱歉地笑着）好，不说了，不说了，你明白我的苦心，那就好了。（低头补衣）可是，维勤，除了刚才那家伙的一笔，咱们该的债还有多少？

李维勤 （仰脸闭目，心不在焉）也还有三两万罢？下月十号，就有一笔到期；十五号，二十号，又有两笔，零零星星的……

唐文君 （突然抬头惊呼）啊！十号二十号也有到期的？怎么我不知道？

李维勤 （苦笑）这是新的。

唐文君 （大惊失色）维勤，你几时又借了东头来还西头？这是要越背越重的呀！

李维勤　（深知文君脾气，再不肯多说了，只是苦笑）这原是万不得已呵。

唐文君　（瞪视其夫，好一会儿，叹口气）唉，这日子，怎么过呢！（低头又补衣）

〔李低头不语，而神色烦躁不定。显然，他心中发展着一种矛盾。他忽而皱眉瞪眼，若甚恐惧，忽而又展眉微笑，若有所持。房外来了抑扬的胡琴声，《苏秦封相》的一段唱白断续可闻。李以手按拍一二句，旋又烦躁起立，渐走近文君。琴声及唱戏声渐低，至于不可得闻。

唐文君　（仍低头补衣，自言自语，声调凄凉）唉，一个人就是背不得债。小时候，常常听妈讲起二姨夫怎样背了磨盘大的债，到底给压死了。二姨夫是好人，爱一点体面，讨亲的那一年，借了债；一年的利息就够他受。直到二姨妈孩子也生了，那笔债还是原封不动地压在他俩背上。可是生孩子也得花钱，满月啦，周岁啦，也不能不顾到一点场面，这就把新债又借上了。（声调渐促）旧债未了，新债又来，这就像两大片磨石，二姨夫给碾在中间，天天忙着躲债，天天忙着东拼西凑，寅吃卯粮；二姨妈的嫁衣也当了，房子也卖了，当尽卖光，孩子也养不活，索性送庙里去做了和尚……（声音哽咽，突然抬头）

〔唐文君自言自语的时候，李维勤始尚静听，继而神色惨变，两眼直视，好像有个魔鬼在威胁他，他一步一步倒退，直退到墙角，背抵住墙，鼻息粗重，两手做推拒状。这时唐文君抬头看见了，大惊起立，连呼“维勤”，李不答。唐趋前，李松一口气——

李维勤　（转过一口气来，声音异常惨厉）我看见，——我看见二姨夫朝我走来了！我看见——二姨夫的面孔，（其声迸裂）跟我的一样！

〔唐文君拥抱了丈夫，呜咽不能仰视。宿舍中胡琴声又渐可闻，其声哀怨以凄厉。

李维勤 （以手抚妻背，亦哽咽）文君，我怕，我怕二姨夫就是我！

〔胡琴声忽转为快乐的靡靡之音，又杂有三弦声。同时，京戏，大鼓词，蹦蹦戏，还有川戏，等等的唱词，交杂并作。杂以哗笑声。唐、李憬然谛听。

李维勤 （咬着牙关）不能！我不能做二姨夫！（放开了文君，狞目直视空中）

唐文君 （悲极而愤激）老天爷呀，瞧这世界上，他们多么快乐，多么舒服！干吗就该我俩受苦？

李维勤 （全身战栗，似在挣扎）我不愿意再走二姨夫走过的路！我已经走了他的前半段，绝对不能再走他的后半段了！

唐文君 （突有所感触，转身面对其夫，声微颤）维勤，你下了决心，你决定要那么办吗？

李维勤 （摸不着头绪）哪一件事？

唐文君 （几乎泪随声下）二姨夫养不活亲生的孩子，我俩，（掩面，自指其腹）咬定牙关不要这苦命的一块肉了吗？

〔李懂得了文君所指何事，无情的现实问题使他沮丧。只叹口气，不答。

唐文君 （退走，坐在办公桌前的椅上）我也盘算过多少回了，维勤，只有将他打掉。（极力忍住悲痛）可是，上次你说朋友介绍的那个医生，跟他谈过没有？

李维勤 （愤愤不平）不用提了，那家伙，嘴巴倒漂亮。（慢慢踱着）

唐文君 （尚存万一希望）他要多少呢？

李维勤 （止步，冷笑）说是尽义务，白当差，不要手续费，光算药钱。

唐文君 （忽又有希望，含泪的眼睛明晃晃了）那不会太多吧？

李维勤 （怒极而转作反语）不太多！说是两万，天公地道，半送半卖。

唐文君 （低头垂泪，声哽咽）生下来呢，养不活，不让生下来呵，又没有这么一笔钱去孝敬医生。穷人就该这样走投无路吗！？

李维勤 （趋至唐前，安慰她）文君，莫伤心，反正我们不打了。

唐文君 （仰视其夫，泪痕纵横）就那么留下来吗？

李维勤 （渐愤激）当然留下。我们的又不是私生子，干吗不留下？

唐文君 （心里极矛盾，欲言又止）唉！

李维勤 （更愤激）干吗我们就不应该有个孩子？我们贪吃懒做吗？没有。我们抢过人家，诈过人家吗？没有。我们是安分守己的好人，我们不留个后代，难道倒让那些抢人的、诈人的、汉奸卖国贼的孽种，布满这世界吗？不，不，不！文君，打胎这件事，从此不提。

唐文君 （见李如此愤慨，颇惊讶，以帕拭泪）那么，至多再挨这么个把月，我那个工作只好丢了。

李维勤 （迟疑地）个把月？（低声）文君，月份还差得多吧？

唐文君 （俯首）月份呢，当然还差得多。可是，维勤，你忘了吗，我那边这倒霉的公司，章程上不收出嫁了的女职员的。

李维勤 （明白了，皱眉苦笑）嗯，他们一直不知道你有丈夫。

唐文君 （低声）可是天气一天天热了，衣衫单薄，前天那混蛋科长就不转眼地老瞅着我的肚子。（一顿）还有，打扮得花蝴蝶似的一个女同事，狗嘴里长不出象牙，老在我耳朵边说些尖刁刻薄的话，隐隐约约指我的肚子大了是那个混蛋科长……（说不下去了，掩面伏椅背）

李维勤 （怒气直冲）混蛋，混蛋！唉，有那样不通的章程，就有那样不是人的科长和女职员！文君，马上就离开这乌烟瘴气的地方！

唐文君 （抬头，犹有泪痕，但脸色意外镇静）唉，说走就走，怕不干脆吗，不过，那边的待遇虽说不好，到底也有七八千呵！

李维勤 （心中的事耐不住不说了，忽笑）也不过七八千！文君，我心里正在盘算一件事……

唐文君 （性急地打断了李的话）凭空短了七八千的收入，这且不说，可是，离开了那边，你叫我住到哪里去呢？（四顾房中）你这间房，可以多一个我吗？

李维勤 （搔首四顾）主任说过，宿舍里不能带家眷……

唐文君 （急躁）可不是！本来，最后一招，也还有芳姊姊那里；可是，现在我就不敢开口。（忽瞪目直视床后那窗，脸色陡变）维勤，你瞧，窗上那个破纸洞，——好像又有谁站在那里了。

李维勤 （向床前踱去，恨恨地轻声说）这，——老是——岂有此理！

〔但窗外此时实在并没有谁在那里恶作剧，李看了一下又踱回来。心事很重地望望墙上的钟，轻声自语："怎么还不来呢，到底得手没有？"宿舍里的胡琴声唱戏声又隐隐来了，唐未注意到丈夫的自言自语，惘然起立，惘然走到床前，偶然拨弄那堆旧衣，终于随手拾起一件破烂不堪的衬衣，反复看着，但心不在衣，叹口气，机械地坐下，拿针理线。这当儿，李痴立在办公桌前，一会儿，取桌上之镜，自照其面，再三审视。

李维勤 （放下镜，转身走向唐，脸色不定）文君，你看我今天的气色怎样？不像要倒霉的吧？

唐文君 （抬头，并没有注意李的话，只说她自己心中盘算了半天的事）维勤，想来想去，还是要把他打掉。只要那医生不是滑头，两万块钱，把我的冬衣卖了，拼拼凑凑该也差不多了。

李维勤 （也被自己心里的事占去了整个心灵，只摇了摇头）嗯！

唐文君　（抱所补之衣在怀，凄然欲泣）生下来呵，养得大吗？白白地多一番痛苦。（竭力抑止那涌上来的悲哀，企图说服丈夫）如果将来也还有好日子呢，我俩年纪不算大，不怕没有孩子。（一顿，终于悲不自胜了）要不呵，谁叫我们命苦呢……（哽咽着，说不下去）

李维勤　（突然愤激）不是命！文君，把我们弄得这样苦的，不是命，是人！是那些不管别人死活只顾自家升官发财丧尽了天良的人们！

〔李维勤这样的愤慨是向来没有的。唐文君骇得发怔了。

李维勤　（愤激愈甚）我们做好人也做够了，落得了什么？结婚快一年，两地分开，苦中作乐，个把月借一次旅馆，偷偷摸摸，比狗还不如。我们俩的血汗钱，每月每月，喂肥了债主！我们安分守己，一心要做好人，——哼，有谁说过我们一声好吗？没有！人家笑我们，人家骂我们是脓包，是傻瓜！（快步在那狭窄的房里绕圈子，脸色忽明忽暗，似乎重大的决定正在心的天平上衡量，立将得到结果）

唐文君　（依然抑止了悲痛，而且不疑李心中另有计谋）唉！你这样发牢骚，有什么用！

李维勤　（止步，脸色略平）这不是发牢骚，（突然狞笑咬牙，表示下了决心了）我正在忖量：一不做，二不休……

唐文君　（惊惶，起立）维勤，你打算怎样？

李维勤　（习惯又发生作用，太太的“教导”又被记起，已在唇边的话不得不缩住，忙改口）哦，打算怎样？打算来一次……咳，就是打算找一间房。

唐文君　（回坐，姑妄听之似的）嗯！

李维勤　（倒不是信口开河）有一间房，文君，我们就有一个家。什么打胎不打胎啊，从此你就不用再提了。

唐文君　（仍是姑妄听之的态度，取衣缝补）嗯，一间房。泥巴里钻出来吧？

李维勤 （十分正经，眉目间也有喜意了）更新厂的一位老同事，他有余屋分租。（指指点点）比这一间还小这么两三尺，反正一张床一张桌子总该挤得下。

唐文君 （低头弄针）嗯，他要多少呢？

李维勤 （有点支支吾吾了）房租倒不怎么大，可是，可是……而且还得开办费，烧饭的锅子呀，马桶呀，——还没算上桌子凳子和一张床……

唐文君 （姑妄言之）总得万把块钱吧？

李维勤 （在办公桌前坐下，随手拨弄算盘珠）一股脑儿，搬进去住下，唉，（将算珠一拨）零数不算，三万元也就差不多了！

唐文君 （皱眉，抬头，白了她丈夫一眼）维勤，你还在穷开心！

李维勤 （叫屈）不开玩笑。三万元总该还有办法。

唐文君 （暴躁起来，抢白）哦，这是三万，刚才那讨债的，明天要，又是三万，你从哪里变出来？天上掉下来吗？

李维勤 （急要分辩）文君，干吗你又着急了，你听我说——

唐文君 （固执而又心烦）不要听！你偷人家去，你抢人家去吗？

李维勤 （无可奈何，苦笑）那么，回头你瞧吧。

〔刹那的沉默。唐文君听惯了丈夫那样的言辞，不以为意，而且此时正为手中的破衣无可缝缀而集中了注意力。李维勤又拿起镜子，端详自己的脸色，自言自语："哦，气色不差，该是好运道来了！"但马上又焦灼不安，又自言自语："怎么还没有消息？"皱眉回顾其妻，又轻声对自己说："不成也就算了，"松一口气，聊以自慰，"省得担风险！"放下镜子。

唐文君 （终于注意到丈夫最后两句的自言自语，顿生疑窦，阴凄凄的眼睛看定了丈夫）维勤，你自言自语，说些什么？维勤，你得告诉我，你想干些什么？

李维勤 （一惊，转身，刚碰到唐的严肃的眼光，急低头垂眼）没有什么，没有什么……

唐文君 （提手中破衣就灯头下审察）不能是没有什么的。你不该连我也瞒着！……维勤，你一定得告诉我！

〔李甚窘，迟疑片刻，正决定主意要直说了，门上一声响，老庄直撞了进来。老庄已经喝过三杯，满面春色，前脚刚进来，口叫着“维勤兄——”已见唐抱破衣站在灯头下，立即堆上笑容喊：“嫂子，哈哈，天女下凡，怪不得今儿早上喜鹊叫了半天！”接着，便向李和唐连连拱手，一迭声说：“恭喜，恭喜！”唐不好意思，低了头，脸也红了。

李维勤 （让座，苦笑）老庄，别开玩笑。……有什么喜？喜事轮不到我们头上！

老　庄 （走到唐身前，看了一眼唐手中的破衣）嗳，我说，嫂子，您这就是太过于省俭了！这破衣服，还补它干么？明儿买一件新的。维勤兄发了财，难道您还不知道？（转脸对李做了个眼色）

〔显然，老庄的轻佻，唐文君素来讨厌，现在他这番话，当然更被认为是打趣。文君皱了眉头，背过身去。

李维勤 （听了庄的话，却蓦地一跳，庄这话正打在他心上）老庄，别开玩笑！请坐，请坐。

老　庄 （并不坐下，手舞足蹈）好吧，不开玩笑，咱们说正经话。（忽然正容）无事不敢打扰，兄弟专诚拜谒，有一点小事请老兄帮个忙。

〔李摸不清老庄的来意，干笑，只是“嗯，嗯”地应着。唐已回坐在床上，拈针待缝，却在用心听他们的谈话。

老　庄 （走近李，伸手做“六”的记号）不多，不多，这一点儿。

李维勤 （惊疑）呀——

老　庄 （拍李的肩）兄弟并无野心，固然机会是太好，可是兄弟也不过想——捞这么八圈麻将本钱而已。您老兄帮忙我六万元就成了！

李维勤 （尚以为庄是酒后胡说八道，又气又笑）啊哟哟，您真是盖屋子请教了箍桶匠，找错了人吧？

老　庄 （一脸正经，毫无醉意）哎，当然知道您维勤兄手头并无闲钱，可是，您总还有个办法。

李维勤 （渐不耐烦，倒一杯茶置庄前）得了，得了，别再开我的玩笑好不好？

老　庄 （指天发誓）开您老兄的玩笑？哎，老天爷在头上呢！好吧，六万办不到，四万如何？后天一定奉赵。（见李仍是摇头苦笑，忽转变口气，仰脸佯笑）嘻嘻嘻，维勤兄，您想一想：四万者，（抑扬其调）四十万之十分之一而已！（突低头凝眸看着李）况且，方科长可做担保！

〔李一听话中有话，不禁一震，脸色变了。未及回答，唐文君已悄悄地走到李身后，惴惴地轻声叫着“维勤”。李急回头，见唐满脸疑惧之色，眼光中并有责备之意，更觉窘急。

老　庄 （转向唐，嬉皮笑脸）嫂子，您来帮衬一两句，回头我请您吃馆子。哦，要是您喜欢看话剧，喏！（竖起大拇指）这几天顶顶时髦的，就有七十二烈士大闹两广总督衙门，手枪炸弹，热烈紧张的《黄花岗》！

唐文君 （不耐烦，似欲避开）咳，庄先生，维勤自己背了债，还着急得要死呢！

老　庄 （仰天大笑）嫂子，别装样了！

唐文君 （老实地）当真他没有。

老　庄 （忽又一脸正经）谁说他有呵！可是，他没有，（手向房外一指）那边，公事房，保险箱里，却有的是呵！（转脸对李）维勤兄，您这是惠而不费……

李维勤 （狼狈四顾，拉一下庄，着急得很）咳，咳，庄兄，庄兄！

老　庄 （狡猾地笑）哦，到底您也明白过来了！

唐文君 （越看越疑）维勤！

李维勤 （无暇回答其妻，拉庄走，神色慌张）老庄，咱们外边谈。

老　庄 （笑着随李走，满脸得意）维勤兄，这才像个朋友，有福共享！再说，兄弟绝对不是白叨光……（已走近门口）

〔李急推庄出门，同时压低了声音说："到那边再谈好吗？"唐趋至门边，李已反手将门掩上，唐但闻庄的声音："方科长要兄弟带个口信，只有一句话：后门通了！"唐拉门，打算出去，但又缩手，迟疑四顾，神情急躁而忧惧。以耳贴板壁，但一无所闻，垂头丧气，自言自语道："是到那边办公房去了！"坐床上抱破衣出神。渐渐悟透其中玄虚，又自语："他一定在那里做什么投机，"恨恨，"他不上当，这才怪呢！"暴躁地至办公桌，先翻检桌上的杂乱文件书信，然后又开抽屉，东翻西翻，仍无所得。唐坐椅上，低头长叹，忽然坠泪。此时，李维勤进房来了。李之神色又喜又惊。

李维勤 （见桌上物件凌乱，抽屉大开，妻低头垂泪，已了然一切，神情反见镇定）文君，你怎么——（轻抚妻背，忽又不知如何措辞，从何处说起）嘿，不要紧，你别担心，出不了岔子。

唐文君 （仍低头，其声哀怨）我担什么心呢？你还顾到我会担心吗？

李维勤 （忙赔笑）那你只当不晓得就算了。好吧？

唐文君 （当真有点生气，却又觉得丈夫之口舌拙笨得可笑）哦，只当不晓得？维勤，一个人除非断了气，哪里能够只当不晓得？

李维勤 （不知所措，负疚地）咳，咳——

唐文君 （暴躁）你说呀！怎么又不说了？到这地步，你还想骗我吗？

李维勤 （一惊，但也有被赦之感）这是今天下午才得的消息，黄金提了价，从二万提到三万五……

唐文君　（抬头注视其夫，更性急）提了价怎样？你几时有一星星的黄金？

李维勤　（也发急）哎，听我说呀！明天银行封关。今天二万买进，后天不就变成三万五？（兴奋起来）刚是一两，就赚了一万五！

唐文君　（不为一万五的数目所动）那你就钻孔觅缝借比期来买黄金了？

李维勤　（忽得意地笑）文君，你不大清楚市面上的情形。借比期来做，就不合算了，当然不是！那得另想门路。

唐文君　（不以为然地摇头）另想门路！（忽记起）怪不得刚才那姓庄的说你发了财了。（眼光突严厉）哦，维勤，到底是什么门路？嗯，你不能没有人合伙，那姓庄的是不是一伙？

李维勤　（急推其妻，狼狈四顾）哎，你总也得低声些呀！（略踌躇，然后压低嗓子）今天四点钟模样，科里刚收到一张支票；反正今天不能收款了，而明天银行又是封关，就在这张支票身上得了门路。

唐文君　（大惊起立，也低声，但激动已甚）啊哟，这不是挪用了公款吗？

李维勤　（急持其妻，意要使她镇静）文君，文君，放心！出不了乱子。

唐文君　（注视其夫，声音抖了）多少数目？

李维勤　（声低至不大听得清）四十万光景。

唐文君　（惊怖已极，忽大声）四十——万（此字音又忽低）吗？（不能支持似的靠在丈夫肩上了）

〔李甚惶恐，不知所措，仅低声唤着："文君！文君！"唐忽离李，急步至床前，回头颤声对李："维勤，你怎么也干这些……"反身伏枕上，哭了。李亦至床前，俯身视其妻，未及开口，而唐已抬起头来。

唐文君　（含泪声嘶）维勤，你这是犯法的事呀！丢差使不算，还得坐牢！要是……（哭声）我怎么办呢？我也没有脸见人！

〔李维勤本来为这件事弄得心里极为矛盾，畏罪之心，与侥幸之心，起伏不定，现在，唐文君的恐惧和悲痛，使他畏罪之心突又占了上风。他竦立床前，面无人色。但俄顷之间，希冀心又油然而生。他努力想用种种理由来镇定自己，并安慰文君。

李维勤　（惘惘然如在梦呓）出不了乱子。文君。咳，本来，谁想到去干……咳，还不是主任那一张手条提了个头？嗯，三点多罢，三点多，主任下了手条叫开三张——支票，五百万，（忽似梦醒）唉，文君，你瞧，主任在这里也有一手！

唐文君　（又悲又恨）啐！他可是主任呵！

李维勤　（不服，但已改换话头，找出另一个理由）不过，文君，明天银行封关，那一张，四十万的支票，白搁在保险箱里，还不是打盹儿？借用一天，于公家无损。后天，后天我们如数归账，这不是天衣无缝？

唐文君　（有点被说服了，但仍不放心，且在丈夫跟前任性惯了，亦不肯马上认错）嗯，说得好容易！你会魔术，怎么后天就变出来了？

李维勤　（见妻口软，而自己也被自己所说服所镇定，就不免得意扬扬）我的太太，你不懂那些过门。反正你不用操这份心也就得啦！

〔刹那的沉默。宿舍里的胡琴声又隐隐约约传来了。

唐文君　（忽然又不放心）维勤，你告诉我：这主意是谁出的？你和谁搭伙干这件事？你一个人不会这样大胆。是不是刚才来的那个姓庄的？

李维勤　（完全定心了）不是！谁先出这个主意？我们的总务科长……

唐文君 （性急，神情又紧张起来）哪一个是总务科长？是不是脸上有一块黑疤的？

李维勤 （坦然）对呀，就是他。方科长。

唐文君 （满脸恐怖，突然起立）当真是他吗？维勤，你上了当了！这不是个好人！（走至李前，手抖声颤）你一定要上当的！

李维勤 （不以为然）哎，文君，你别多心。（沉吟）好人坏人，——哼！这世界，早已好坏不分。（心中不免也有点动摇，想有以镇定之）可是，文君，你怎么知道他不是好人？

唐文君 （忧心如焚，不愿多说）少说废话，维勤！怎么办呢，怎么办呢？

李维勤 （也传染了恐慌，但因此愈欲寻根究底，以便镇定自己）咳，你到底也说个明白，大家好放心。

唐文君 （还是不愿多说）你没有看到他见了我——他那种下流的样子……

李维勤 （不禁失声笑了，也放了心）哦，文君，你真是妇人家的……（提起精神，安慰唐）那是另一回事。反正我和他搭伙干的，不过是一桩几天工夫就告了段落的生意经，并没牵连到什么女人。

唐文君 （微嗔）这是什么话！（失望地走开）

李维勤 （跟着走，努力想说服她）当然我不会马马虎虎就跟他合作。我和他说得明明白白，我担这风险，两天为度；跑银行，走后门，是他的事。（微笑低声）刚才得的回音，该他办的事他已经办妥了。（一顿）我们也说得明明白白，得了彩头，四六拆账。

〔唐满面怒容，不作声，坐在桌子前的椅上。

李维勤 （立在妻身旁。看着桌上镜子里自己的面孔）他得六成。这当然不太公平，可是——不让他占点儿便宜，你又怎样？

唐文君 （悲观而暴躁）这些都是废话！

李维勤　（不服）哦——怎么……

唐文君　（不让李说下去）四成呀，六成呀，都不去说它。你挪用了公款交给他，可是他呢，有什么凭据给了你吗？回头他不认账，你怎样？

李维勤　（略迟疑，旋即恢复自信）那还不至于吧！

〔唐长叹一声，走到床前坐下，惘然又随手拾起那件破衣。

唐文君　（又抬头看定了李）那么，刚才那姓庄的来噜苏半天，又是为的什么？

李维勤　（突然愤激）哦，这小子吗？（四顾低声）他是总务方科长的私人，当然也晓得一点我们的事，趁势也来要点好处了。

唐文君　（更暴躁而其声甚哀）好，你瞧，羊肉还没到口，先惹了一身骚！

〔李不答，只有苦笑，坐在桌前椅上。直到此时，那隐隐约约的胡琴声始终不曾断过。现在胡琴声中杂有三弦声，渐渐响些了。而低头坐在床上捧着那件破衣发怔的唐文君，悲观恐惧的情绪，也有增无减；她简直是坐立不安。李又捧起镜子，研究自己的气色；有时摇头，有时又点头，做自信状。

唐文君　（脸色惨变，像看见了什么鬼怪）啊，啊！（起立，声音发抖）不好，啊，不好！（走向其夫）我看见二姨夫——啊，又不是他！另一个人，戴着（声忽低）脚镣手铐。（止步，忽如惊醒）维勤，我怕我们就要——大祸临头了。你，你，有鬼在捉弄你呵！

李维勤　（毛骨悚然，同时对于妻之不能被说服又不胜焦灼）咳，咳，文君，怎么，怎么你越想越窄了？没有事的，——哎，不会出事的！嗳，文君，不要太感情；你得理性些。理——性些，好吗？

唐文君　（固然“理性”些了，但这是看清了大错已成，无可挽救时的痛定后的麻木的状态）理——性些？哦！

李维勤 （试做最后一次的努力以图说服其妻，同时亦为自己的行为找辩解）对呀，文君，你不要只往一边儿想。你也想想那一边儿呵！你看看这世界，贪污的事，堂而皇之在做；假公济私，简直不算一回事；千千万万，到处全是，——你看那些宝贝儿时掉了一根毛？（渐兴奋而愤激）我也看穿了，这一个社会，就许坏人得势，这一个社会不让人家学好！安分守己，落得死无葬身之地，嘿，偷天换日吧，一天天飞黄腾达！

〔唐木然在听，眼光阴凄凄，面色略平。宿舍中传来之胡琴及三弦声更响，突然只有三弦声，而歌唱声亦隐约可闻。

李维勤 （忽又自怜）我也想透了，文君！我们好比什么？嗯，——好比陷在奇大无比的烂泥塘，还没有死，可是能够透一口松气吗？不能！我们就是那么地陷在那里，时时刻刻往下沉，筋疲力尽，自己使不出力，也没有谁来睬我们。不用说痛快地活着，此生休想；连一个痛快的死，也没有我们的福分！

唐文君 （神情迷惘，麻木，但声极凄哀）奇大无比的烂泥塘！哦，我们几时跳进了这烂泥塘的？谁造下这烂泥塘来害人？

李维勤 （转又愤激）对，我们总还是人，是人就得活，就要活得像一个人！（眼光冷峻可怕）既然这世界皂白不分，是非不明，我干嘛还要做人人笑骂欺侮的傻瓜好人？一板三眼，永远翻不了身！

〔像已发泄完了全身的怨恨，李维勤颓然坐下。

〔唐惘然片刻，忽如清醒，近李侧，寂寞地笑了笑。

唐文君 （轻声，声浪极平）何苦来呢，发这些牢骚，维勤。

〔李苦笑，握唐手，不作声。传来之乐声与唱声忽高忽低。

唐文君 （环视四周）这是我们的一间房吗？维勤！是我们的，没有谁来偷看偷听，我们辛苦工作了一天可以躲在这里享受一会儿的安宁清静？

李维勤　（并没觉得妻之神情有异，坦然苦笑）对，我们的。——我们就要有我们的一间房，一个家……

唐文君　（凄然一笑）哦，一个家了，（忽含羞）还要有一个孩子！

李维勤　（高兴，幻想渐浓）对，一个孩子。而且，不像二姨夫那样，有了孩子就是添了债，——我们可以慢慢地翻身。

〔刹那的静默。传来的唱声是大鼓词《乌龙院》，清晰可闻。

唐文君　（茫然四顾）这是谁在那里唱呀？（忽矍然改容）嗳，维勤，我好像做了一个梦，维勤，我不是在做梦吧？

李维勤　（正在对镜，闻妻言放下镜）可是，文君，你看我的气色——行不行？

〔唐谛视夫面，惘然微笑。唱声更响，字字清楚。

——幕徐徐下

第三幕

登场人物

林永清　已见第一幕。

余为民　已见第一幕。

玛　丽　“某半官事业驻渝办事处”主任的夫人，三十五六岁，衣饰华丽，相貌其实平常，然而顾影弄姿，自以为倾国倾城；且以有异性之追求为乐事。

陈克明　已见第一幕。

严干臣　“某半官事业驻渝办事处”的主任，四十多岁，当然是“精明强干”，而且交游广阔。他和林永清相识已久，因为远在三四年前，他这“办事处”和林永清有些业务上的往来。他是一个“八面美人”——或者更正确说，他以能做“八面美人”作为终身事业。但侃侃而谈时，却又道貌岸然，老成持重。仪表也不错。跟他夫人一比，那就见得他是“深刻”得多了。他和金澹庵的关系，言人人殊，但总之是超乎一般友谊的。不过他又不大出面正式参加金与他人的交涉，例如林永清与金最近发生的金钱上的“通融”。

方英才　严干臣手下的得力人员，“办事处”的总务科长，三十多岁，别无惊人之处，除了脸上有块怪样的黑疤，除了他那“看见大菩萨拜一拜，看见小菩萨踢一脚”的才能。

黄梦英　这是我们已有若干印象的人物了。关于她的年龄，最好我们不去推测，这并不关重要。关于她的身世呢，人们从各个不同的角度就有各种不同的看法。例如严干臣、金澹庵等等，对她感兴趣的，不是她的过去而是她的现在。他们不管她是天上下来的或是地狱里钻出来的；但既然是那么漂亮、聪明而且又带点辣味的一位年轻女子，即使是从地狱里钻出来的，他们也要追逐她。甚至林永清，在三两个月以前，也还把她看作这一个时代中一些“可敬的自力更生的”女人群中之一员，不过以为她是比较受过教育，心里还有个分寸罢了。在太太们眼中，黄梦英自然是个“危险人物”了。比方说，林永清夫人赵自芳女士，该不是怎样浅薄的人吧？然而对于黄梦英她亦不能没有偏见，而在我们这故事开始时，她甚至还有了相当顽强的成见了。比较能够客观地看待她的，陈克明教授当然是其中之一——在我们这故事中，他还可以说是“唯一”。然而陈克明教授之所以能别具只眼，最主要的原因还在于黄梦英有一位“表亲”乔张。一般人曾从乔张身上创造了若干“黄梦英的神话”。陈克明对于那些神话并不感兴趣，他只知道乔张曾经是自己的学生，而且是一个好学生。相隔六年以后，在茫茫人海中，这旧时的师生重又相逢，当然双方都觉得到这艰苦伟大的时代在各人身上留着的烙印；但是光说陈克明这边的感想吧，陈教授是觉得他的这位高足除了那一对大而黑得惊人的眼睛还依然如故，其余的便都“苍老”了许多。人是沉默了些，但并不“圆通”些，有时且突然露一下棱角，甚至会连他的老师也感到不大自在。不过，陈克明仍然喜爱这位学生。而且也是从这位学生和黄梦英交谊“不平常”这一点上，他慢慢地构成了他想象中的黄梦英的身世。他的推论是，“七七”时期热情的烬余，现在是深埋在黄梦英心深处了，被玩世不恭的外衣厚厚地覆盖着了，可是即使如此，她还是代表着一种爆炸力，一种不甘于死寂的渴愿有所动作的欲望。陈教授这种观察究竟对不对，空论是无益的，我们等着瞧吧。

金澹庵　看去约莫五十岁了，但实在恐怕要年轻些。当然是“人情练达，世故洞明”，兜得转，担当得起，能“慷慨”，也能狠毒，——是我们这一个复杂矛盾的社会产生的而且喂养大的，而且反过来又能加深这个社会的复杂矛盾的若干人物中的一位。如果说严干臣那种道貌岸然的姿态不免常常叫人看了肉麻，那么，这一位“澹老”的随随便便的态度，即使有人讥为粗俗，实在也具大方本色。说起来，也许有点不敬，跟黄梦英相仿，这位人物究竟是天上下来的呢或是地狱里钻出来的，亦只好待考，不过，他之乘抗战风云而腾达，则确为事实；而今日之已成俨然一“存在”，当然也是事实，——虽然明日如何，谁也不知道。

唐文君　已见第一幕。

赵自芳　已见第一幕。

男仆、女仆，各一人。司阍——其实是门警，以及车夫，各一人。

景

严干臣公馆的一角庭院。这公馆地势颇高，且在江边，隔江山冈，历历在目；到了晚间，山上层层灯火，人家说香港之美亦无以复加，不过白天去看，既无树木，也没有白墙红瓦的高大建筑，实在不见得怎样漂亮。这公馆高踞于一群矮小、湫仄而污秽的、茅草其顶而竹笆其壁的贫民住宅之上，出路之不大雅观，是美中不足。但好在公馆里一切都很“合理”。我们在这里所见的，只是庭院的一角。正面后方是一道青石的栏杆，栏杆上摆着花盆，每盆相距二三尺。凭栏俯瞰，像一堆垃圾似的躺在下边的，就是那些贫民住宅，可是抬头平视，对面山色就扑人来了；倘若远眺，又可看见江中来往的轮船和白木船；夜静中还可听到白木船上船夫们打桨时的劳动合唱。石栏杆右端尽头便是一条宽阔整齐的石级，下通大门；石级上端与石栏相接处，有一穹门，这是横跨在石栏与右侧那座洋房之间的，穹门上缠绕着常春藤的绿叶，门顶有一盏大电灯。右侧洋房的地基又比庭院为高，我们只能看到这洋房的门面及其附属之平台，从这平台走下五六级台阶，就是那庭院了。平台亦围以矮石栏，而近穹门处（亦在平台上），又有一鹦鹉架。矮石栏上也整整齐齐摆着一排花盆，每盆也是相距二三尺。隔着庭院，和这平台相对的，是一棵大树和半角凉亭，这亭的地基也是填高了的，有台阶二三级。亭侧有玫瑰之类的灌木一丛，修剪为圆形。抄过凉亭，当然也有一条路通大门，不过我们是看不见了。庭院中摆着藤茶几、藤沙发、小圆桌，以及其他应有之陈设。靠着平台的台阶边，又有茶几和沙发，——那已是靠近穹门，而且适当鹦鹉架下了。

时　间

前两幕故事发生以后第八天。下午五时许。这天正是清明节。

〔幕起时，台上无人。天空有雾颇浓，对面隔江的山如笼薄纱，阳光若隐若现。——（后来，在对江的山头，渐渐显现出一轮红日，这是被浓雾包围了的太阳，其红如血，谛视亦不刺目）左侧凉亭边，有杜鹃的啼声。平台上的鹦鹉忽亦作人言："美钞，美钞，——黄金，黄金！"林永清和余为民一前一后从室内出至平台上。

林永清 （负手遥望对江的山，沉重地呼出一口气）吁——

余为民 （正走近林来，听得鹦鹉的说话，便笑骂道）哈，你这扁毛的畜生，刚教会了你两个字，就整天的"黄金，美钞"，叫个不了！

林永清 （回顾微笑）喂，为民兄，您再教它几句您的看家本领。

余为民 （高兴）教几句什么呢？

林永清 （一边走下台阶，一边苦笑着）哦，几句什么？就是"工业化"和"萨凡奇计划"吧！

余为民 （稍觉不好意思，但立即厚颜自解嘲）不开玩笑，要是连鹦鹉也教会了这些口号，那么，工业的中国也就差不多了。（也走下台阶）不过，永清兄，难道您对于"萨凡奇计划"还有什么怀疑吗？

林永清 （手扶一藤沙发背而立）总不能一点也没有吧！

余为民 （故作惊奇之状）啊，反响而从工程专家这方面来，还是第一次，倒要请教。

〔林微笑不答，在沙发里坐下。

余为民 （亦就座）永清兄，那么，我们再继续刚才的谈话如何？对于"更新厂"，您总得当机立断，决定个办法，总不能这样拖着。

林永清 （沉吟，还是不决）当然，拖也拖不远呵！

余为民 （另起一题，旁敲侧击）永清兄，您的黄金存单还在待价而沽，对，这是沉着观变，提得起，捏得住，大韬略，大作风，佩服佩服。然而，您对于您那个烂羊头却如此留恋，兄弟实在莫测高明。

林永清 （惘然微笑）哦，那么，假定是，遵照了您老兄的策划，——（举目瞥了余一眼）敢问，又将何以善其后呢？

余为民 （一时摸不到头绪）什么叫作“善其后”呀？

林永清 （渐兴奋）比方说，把积存的一些原料，——硅钢和特种钢，趁机会都脱了手……

余为民 （抓取几上的香烟和火柴）对呀，趁现在都还香俏的时候。

林永清 （更兴奋）那么，下一步，就不得不停止了大部分机器的转动，不得不停止了……

余为民 （一面燃火吸烟，一面忙点头）那当然，不得不裁减工人。

林永清 （兴奋到了高峰）一切都停止，活的厂变成死的东西，那还不容易吗！可是，为民兄，这死东西的背上还压着二万万多点儿的债务呢！

余为民 （喷着烟圈，莞尔微笑）嗯，二万万多。

林永清 （从兴奋的高峰跌下来了）哎，您说是烂羊头，嘿嘿，我干这一行也干了十多年了，而今落得个烂羊头！（苦笑）可是，既然连我这干了十多年的，也想送走这烂羊头了，请问谁又愿意来接受？二万万元的债权人们，（说到“人们”二字，声音特响）唉，难道他们倒愿意？

〔余为民仰脸长笑，连连摇头，然后伛身凑近林永清耳朵，好像有机密事相告。可是，一个男仆从凉亭那边出来，托着一盘茶，见了两位，就送茶到两位跟前，余为民缩住了口中的话。男仆捧茶盘上台阶进室内去了。

余为民 （似乎又改变主意，恢复原来的坐着的姿势，呷一口茶，望着林）对，恐怕没有人会来接受。不过，永清兄，您手里的黄金存单该值多少？您那一些原料——硅钢什么的，要是趁机脱手，又该值多少？（笑）当然，两笔合起来，您要想归清那二万万呢，还差得远啦，何况还有金澹老那一笔，——这又是短期。然而，您，永清兄，既然具备了那样

不算怎么小的机动能力，哦，别的不说，登高而望，见机而作，您也大可以要一下了……（又呷一口茶）

林永清 （哑然而笑）登高而望？望什么？无非是美钞吧？

余为民 （突然正色动容）不，不一定是美钞！何必一定是美钞！

林永清 （颇出意外）哦！何必一定是美钞？（沉吟玩味）

余为民 （猛吸烟，脸色更其严肃了）永清兄，咱们是谈工业，当然话不离宗，还是从工业上生发。您说“望什么”？唉，登高而可望者，在工业范围内，怕还嫌少吗？原料、器材、零件，哪一样是没有大利可图的……

林永清 （明白了，急打断余的话）哦，您是说办工业其名而贸易其实！

余为民 （笑，但脸色仍然十分正经）您喜欢这样说，也可以，不过总不能不承认这就不是工业范围内的事！

林永清 （略带沮丧之味）可惜现在这已经不是时候！

余为民 （看见林已心动，再也忍不住不把话说到底了）也不尽然！（呼一口烟，摇头摆尾）两年多前呢，这当然是差不多的角色都能玩玩的把戏，然而今天，有人事关系，有特别背景，（跷起大拇指一抖）依然是大可有为的！

林永清 （也觉得余有所指，但故作矜持，微笑不答）嗯！

余为民 （再进一步挑逗）永清兄，您当然知道，滇缅路的运输能力一天天有进步，而且外汇官价又只有多少呢！

林永清 （也忍不住不开口了）那么，具体计划——

余为民 （大笑，忽然又躲躲闪闪起来）好，好，伟大！您别忙，回头金澹老来了，大概是要跟您谈一谈的。

林永清 （不肯让余就此滑开）哦，不过——

余为民 （更狡猾，不让林说下去，故意大笑，卖弄）所以，永清兄，您那烂羊头，倒不是一定要埋掉，（又大笑）正要挂在那里，挂在那里！

〔这当儿，那边的鹦鹉突然高叫一声，余、林二人猛不防都吓了一跳，回过头去，却见陈克明正从室内出来。同时又听得高跟鞋嗒嗒的声音从石级那边来了，林永清很注意地望着穹门下方。

余为民 （看着林，带点打趣的意思）这是黄梦英来了，老兄是闻其声而如见其人的！

〔林不理睬，可也站起来了。

余为民 （忽大笑）不是呢！这一定是主任太太，我可以打赌！

〔果然，一个蓬蓬松松的“狮子头”先出现了，确是严主任的太太玛丽。她爬那石级，累得香汗盈盈，上气不接下气。她身后跟着个车夫，捧着许多的纸包和纸盒，这些东西，吃的用的全有。

玛　丽 （在穹门边歇一下，用手帕轻轻吸去脸上的汗珠）真是笑话，两个轿夫约好了轮流生病，明天都他妈回老家去吧！有钱还雇不到人吗？

〔车夫唯唯应着，捧着那些东西走到凉亭后边去了。玛丽移步向前，突然堆上满面笑容。

玛　丽 （向林招呼）啊，林总经理，您好吗？对不起，失迎了。

余为民 （嬉皮笑脸，表示还有他在）可不是，客人都快到齐了，您这做主人的这会儿才来，该罚！

玛　丽 （白了余一眼，仍与林寒暄）嗳，林总经理，今天您红光满面，一定是发了财了。恭喜，恭喜。（抿嘴笑，忽转口）太太呢？不肯赏光吗？哦，前几天听说她有点儿不大舒服，这该好全了罢？

林永清 （略带几分不自在）谢谢，好全了。

余为民 （也许想再得一个白眼）林夫人回头也是要来的。

玛　丽 （回顾余，扑哧一笑）啊，为民，谢谢您。（又笑）噢，我给您上个条陈——

余为民　（惊喜）嗳嗳，什么条陈？

玛　丽　（忍住了笑，双眸流盼，卖弄风骚）明儿您的名片上总得加一条头衔才好。

余为民　（认以为真，双手一拍）对，我倒忘了。我正在筹备一个“工业复员研究会”，对，就是“工业复员研究会筹备——”哦，就是“主任”罢。喂，永清兄，这一件事，不能不有您老兄来参加。您来做后台，实力支持！

林永清　（不置可否，寂寞地微笑）嗯！

玛　丽　（故意欲笑不笑）可是我的条陈还不是这一个。

林永清　（迷惑）哦，还不是这一个？咳，我的事儿实在也太多，常常自家也搞忘了。

玛　丽　（提高声浪）那么，我来提醒您吧：“更新机器厂总经理公馆机要秘书！”要不然，干嘛要你抢先报告林太太回头也是要来的？（说罢，掩口而笑）

〔林永清也失声笑了，连那站在平台上冷眼旁观的陈克明也笑了，而余为民自己索性用高声的笑来自解嘲。在笑声中，玛丽扬声唤着：“来人呀，倒茶！”就向平台上的陈克明点头，又向余为民抛了个媚眼，向林永清点了下头，说声“少陪，——一会儿”，就翩翩然向凉亭那边走去。

玛　丽　（未至凉亭，突又转身）呀，忘记了一句正经话了。有人告诉我，黄金提价泄露消息的案子当真要认真办一办呢！

余为民　（又是他发表意见的机会了，淡淡一笑）这是谣传了好多天了，据权威人士观察，认真办者，如此这般而已。（突然态度严肃）然而，所谓泄露消息，则于法无据。您说某甲某乙是得了内幕消息，这才去抢购，可是某甲某乙也者又何尝不能理直气壮地辩驳：我是心血来潮，料到官价总要提一提了，所以来一下投机？投机连美国也有的是呢！何况购存黄金是拥护政府黄金政策，并不是投机呢！

林永清　（瞥了余一眼，苦笑）可是这几天报上真攻击得厉害啊！

玛　丽　（眼光从余脸上溜向林，噘起嘴唇）啊哟，我真不懂，这些报馆干吗老做这一套损人又不利己的怪事！

〔这时陈克明已下台阶，踱到林与余之间。

陈克明　（冷冷地）听说这一次既然刮了风，也准备下点雨。有一说：财政部签呈意见，那天卖出的折存黄金，宣布无效；刚才，干臣兄还得了个电话呢。

余为民　（立即愤愤不平）这是——这是荒谬！

林永清　（脸色略变，但立即镇定）哦，有这一说吗？

玛　丽　（性急地追问）有电话？陈先生，干臣刚才得了电话么？

余为民　（拔步即走）我去打听打听。

玛　丽　（随后急叫）为民！为民！

〔余止步，玛丽姗姗走去，余扶玛，走上台阶，向室内走去了。林俯首沉吟有顷，当余、玛二人进入室内时，林亦向台阶走。但立即被陈克明唤住："永清！"林回身，陈上前，二人走在一处，相视，暂时各不发言。女仆从平台之旁，近穹门处，托着一个大盘来了。盘中有茶，有点心糖果。她正把这些东西一样一样分别摆在小圆桌和茶几上，吆喝喧哗之声忽自石阶下传来，最初这声音颇远，像在坡下的大门口，俄而渐近，又渐远；陈踱至石栏边，向下张望，回头对林："下边大门口，好像有个女人。"林未答，而女仆即曰："那是个疯婆子。昨天也要进来，也在门上闹了半天呢。"吆喝声已止，女仆下。林至陈前，两人都背靠着石栏杆，林似有所思。

陈克明　（意味深长地）刚才听严干臣的口风，今天是金澹庵要跟您谈谈。

林永清　（精神散漫，略有不安之状）哦，——严干臣跟您怎么说的？

陈克明　（忽然岔开，另起一波）可是，余为民又谈了些什么呢？

林永清（精神渐集中）还不是吹他的那一套。

陈克明（冷冷地微笑）又是鼓动您去投机美钞吧？

林永清（举目遥瞩对江的山，苦笑）嘿，这家伙，开头倒好像愿意把真话说一说，可是后来又吞吞吐吐一味卖弄，嘿嘿！

陈克明（突然转入本题）我看他们是想把你也拖进他们那所谓事业！

〔林不答，眉头微皱，哼了一声，却又胸有成竹似的笑了笑。

陈克明（注意林的神情，逼近一步）您打算怎样办？

林永清（苦笑）嗯，该怎样就怎样吧！

陈克明（不耐烦，神色渐严厉）可是，永清，“该”或是“不该”，有什么标准？

林永清（忽大笑）对，这不比我厂里造货，标准是有一定的。

陈克明（捉摸不定林的主意，只好激他一下）依我看来，金澹庵他们这回很想拉拢您；开头既然给您通融了一千多万，接着又是余为民透露秘密消息，让您凭空得点儿甜头……

林永清（立即纠正）不然，余为民有他自己的想头。他想在我这里（苦笑）分一点赃呢！

陈克明（微笑）分赃也罢，不管他。然而他们之想借重您，却是明明白白的。

林永清（嘴角的筋肉神经质地跳动了，但表情还保持冷静）嗯！

陈克明（再激一下）他们那所谓事业，当然也很需要精明强干的助手。

林永清（闻“助手”二字，眉头一皱，但立即故意一笑，半真半假地接口说）克明，我还比您想得美满些，远些：挣钱发财当然不会没有我的份，风险呢，也未必要我一个肩膀去担承，跑腿钻洞，自有那一班余为民，——什么都不差吧，不过，老朋友们在背后提起我的时候，光景要给我加一个头衔了：金某人门下的林永清！

〔林说罢长笑，走到庭院中央的小圆桌上拿起茶来呷了一口。陈也走来。林转身，很严肃地看着陈。

陈克明 （也会意地笑）这就是余为民献给您的全张礼单吧？

林永清 （点头，仍是反话）他那张礼单太好了。光说说其中一项罢，我那个厂，（苦笑）他称之为“烂羊头”的，以后也不用天天闹饥荒了；您瞧，嘿嘿，这一份礼，多么厚！

陈克明 （惶惑不解）哦，难道他们会投资到工业？

林永清 （怪样地笑）恐怕是要投一点的，虽然是另一种方式。

陈克明 （不愿再捉迷藏了）永清，您何必绕这么多的圈子！

林永清 （态度又严肃起来）好吧，那么，一句话：烂羊头正要挂在那里做个幌子！

〔林颓然坐下，捧着茶杯出神。陈亦终于领悟过来了，冷笑着，亦不作声。杜鹃在啼。鹦鹉又在叫：“美钞，黄——金！”室内传来了玛丽的笑声。

陈克明 （亦坐，态度严正而恳切）可是，永清，这比干脆做生意还要……

林永清 （急接口）还要糟些，还要不体面些！（苦笑）然而，更新厂又是关闭不下来的，它背上压着二万万多的债务呢！克明，您代我想想，我就是八臂大王，这多年来也该拖得我筋疲力尽。

陈克明 （激昂）不然。永清，您还记得我们把自芳劝回家那天的谈话吗？

林永清 （冷冷地）怎么不记得。自芳出了什么好主意？她尽管说不能放弃工厂，然而听见买了黄金转手之间就可以捞个五六百万，还不是照样高高兴兴。

陈克明 （大不谓然）哎，您忘了她还有积极性的提议。

林永清 （苦笑）哦，积极性的——（抱有成见似的摇头）对，她主张节约材料，减低成本，加精技术，改良出品。她要我一天到晚待在厂里。嘿，克明，她何尝不记得这多年来我们就是天天在努力减低成本，改良出品，我就是全身心力都交给了厂的，然而那天她还是当一桩新鲜事情说之不已，嘿，我就不能不猜度她依然是那心病在作怪，并不是真真相信照她那么一办，工厂就起死回生。

陈克明　（微笑）您说的她那心病，是不是黄梦英？

林永清　（点头不语，但旋即焦灼）今天她不愿意和我们一起来，故意要迟到，恐怕其中又有文章……

陈克明　（一笑解开）这又是您忒多心了。

〔林不答，起立，踱到台阶前，欲上又止。吆喝声又从石阶下边来了，陈至石栏杆前向下张望。这当儿，余为民和玛丽一前一后出现于平台上。玛丽已经换了一身十分鲜艳的衣服。

余为民　（一见林，就高声叫）喂，永清兄，您放心，黄金什么的案子，没有什么了不起，您放心。（马上又回头对玛丽）哦，您问这一块地方会不会淹没吗？（搔着脑袋）嗯！（踱到鹦鹉架边，郑重地望了望）嘿，这里呀——

林永清　（望着余，性急地）那么，宣布无效这一说究竟如何？

玛　丽　（移近台阶，欲下）还没晓得呢，电话打了几个地方，都没接通。

余为民　（踱回来）哼，这里呀——（对玛郑重宣言）百分之九十九，不敢担保。

玛　丽　（撇着嘴）呸！胡说八道！（提起衣角欲下台阶）

余为民　（急来扶玛，嬉皮笑脸）不信也由您呀！将来您淹在水里，上天无路，那就要想起我余为民来了。

玛　丽　（佯嗔，不要余扶）啐！（一边下台阶，一边对林）我还是来请教咱们的工程专家林总经理——

余为民　（随玛后下台阶，抢着说）咳，永清兄，今天的电话才作怪——

玛　丽　（回头横目嗔了余一眼）嗳，林总经理，您说，这块地方会不会淹在水里呀？

林永清　（自有心事，突然被问，摸不着头绪）哦，水淹到这里吗？

余为民　（眉飞色舞，抢前一步）这是包括在萨凡奇的伟大计划之内的……

玛　丽　（不许余说）啧啧，您休息休息，好吗？（媚笑，又对林）嗳，说是一个外国人“啥个”，打算在——哦，三峡吧，起一道这么大这么高的水闸，水没有出路，这里就该淹了，嗳，林总经理，您听见过这句话吗？

林永清　（不禁失声而笑）我倒不大清楚，还是请为民兄发表高见吧。

〔陈克明本在冷眼旁观，这时也走过来了，嘴角上缀着冷冷的微笑。

玛　丽　（有点失望）哦！（走向沙发）那么，各位都请坐吧。（扬声叫：来人呀，倒茶！）唉，要是水淹到这里，成什么话！（佯嗔，顾视余）鬼才相信你的胡说八道！

余为民　（受冤深重似的，柔声）我不过转述人家的话。人家还写了这么厚的一本报告呢！（兴奋起来了）哎，伟大，伟大！按这个计划，中国的工业就得全盘重新布置过了！

玛　丽　（装作不理余，向林笑）噢，伟大！淹了那么多地方，还说是伟大！

余为民　（叫屈）啊哟，我的主任夫人，您总得也看看——

陈克明　（忍俊不禁）怎样全盘重新布置呢？

余为民　（认为有人请教，大为高兴）这个，说来话长。总而言之，是伟大！是破天荒的革命！（转脸对林）咳，永清兄，按这个计划，兄弟已经决心来组织一个“工业复员研究会”，而这研究会的开宗明义第一事——

林永清　（讥讽地微笑）筹集一笔经费？

余为民　（正合脾胃）对！开宗明义第一事，印这么十万册的《萨凡奇计划报告》，嗳，永清兄，十万册呢，当然要有大大一笔经费。

玛　丽　（不耐烦地）噢，原来是印书。（盈盈起立）我还当是募了捐来给那些水淹了的人家搬家呢！

〔林和陈都失声笑了。女仆送上茶来。

余为民　（接茶，呷半口）啊哟，我的主任夫人！淹了的地方有好几个县哪！

玛　丽　（掩口笑。又坐下）嗨，越说越怕人了！

余为民　（正容扬声）当然有那么多。不过，这儿是近郊沿江有些地段不敢保险而已。

陈克明　（失声大笑）喂，为民兄，我看萨凡奇博士还得请您老兄去做顾问！

玛　丽　（睃了陈一眼，笑）嘿，叫他去做顾问呵，长江也要翻身。

余为民　（一脸正经）可不是，按计划，长江就得翻身。长江得乖乖地换一条路走一段了。伟大！空前的伟大！（看见众人被自己的大话所怔，更得意了）这是民族的千年万年大计。所以，永清兄，对于目今所谓工业的衰落，兄弟以为不足轻重！反正得重新全盘布置过呵！

林永清　（心事很重，似听非听，冷冷地笑）哦！

陈克明　（鄙夷地）千年万年！您是打着千里镜。我们凡人只问今年和明年。咳，请教，这萨凡奇计划几时动手，几时完成？（冷笑）恐怕还不过这么一句话罢哩！而您就叫大家饿着肚子笼了手望着云端里空等！

〔余觉得不好意思，咯咯地干笑。玛丽急用话岔开：“得了，得了，各位请用点儿糖果。”举糖果盘子敬客。

林永清　（嚼着糖果）说起来，我也是个没出息的近视眼，赶不上为民兄那样动辄是一百年一千年。（苦笑）嗳，为民兄，您刚才打听黄金案的消息，究竟如何？

〔男仆自石阶上，朝院子里的人们望了一眼，就上台阶进室内去了。

余为民　（取香烟，燃了火）哦！这个——还没准确消息，总之，您放心好了。

林永清　（皱眉）电话没有打通？

余为民　（忽然又要卖弄起来）不。接通了线，可没有接通了人。第一是金澹老，（一顿，似在回忆）电话接通，他刚巧出门。第二是某行长，嘿，他在会客。他的秘书接了电话，问我要不要叫他来？哈哈，永清兄，您猜怎样？

玛　丽　（撇着嘴笑，半真半假）结果是他要你去，是吗？

余为民　（也是半真半假）一点儿也不错。

林永清　（皱了眉头，不耐烦）哦，第三呢？

余为民　（喷着烟圈）这是一位最最灵通内幕消息的人物了，（半闭着眼）他不出声则已，一出声，半个重庆城都会受影响……

陈克明　（讥讽地）可惜他也在会客或是出门了！

余为民　（老脸不以为忤，笑了笑）克明兄，您的推测还少一点儿：我留下了号码，回头他打电话来找我！（转脸对林）确实消息还没得到，可是，什么宣布无效之类的谣言，您放一百个心，——谁愿意这样恶作剧？

〔这时候，严干臣出现于平台上，后随方科长及先此进室内去的男仆。

严干臣　（板起脸问）人在哪里？

男　仆　（抢前一步，闪在一旁垂手回答）还在大门口，不敢放她进来。可是，一大堆老百姓都挤来看……

〔严冷笑，摆手，即下台阶，男仆与方科长跟随着。

严干臣　（一面与客人点头招呼，一面回头对方）咳，方科长，你下去看一看。

玛　丽　（目视其夫）什么事呀？生这么大气。你瞧你的脸色也发青了。

方科长　（献殷勤，趋至玛侧），还是那个疯婆子，吵着要见主任。

严干臣　（对众人，干笑）这不是岂有此理嘛，疯疯癫癫一个女人，谁知道她是什么路数，找上门来生事！

玛　丽　（让自己的沙发给丈夫）不理她不就完了吗？方科长，你也不用下去看，叫他们门上的轰她走就得了！

〔方科长和男仆都鞠躬应着"是！"男仆自去。方科长赶快从平台边搬过一只藤圈椅来，手忙脚乱用手帕扑打几下，请玛丽坐，自己站到严主任背后去，做出了随时听候吩咐的姿态。

余为民　（又发议论）近来疯子很多，而尤其是女的（摇头摆尾，抑扬其声）疯子，嘿，（瞪目做严重状）其中还有很像样的人物呢！哎，这都是——一大半是，想发财给想疯了！

陈克明　（冷冷地微笑）也有一大半是太穷，活不下，给逼疯了的吧？

余为民　（强辩）哦，他为什么不安于穷苦呢？哈哈，还是想发财给想疯了！

严干臣　（对于疯子不感兴趣，望着余、陈二位淡淡一笑，回头对林）刚才一位银行界朋友来的电话，据他的看法，黄金案子的新发展是无可避免的了，三两天内就要公布。

林永清　（一怔，但立即镇定，也淡淡一笑）怎样的新发展呢？

严干臣　（表面的沉着，掩不住内心的烦恼，冷笑）还不是那句话，宣布无效。

玛　丽　（忙接口，斜睨着林，抿嘴笑）可不是我也听说，还要把那天购户的名单在报纸上登一下。

余为民　（忽然仰脸长笑）要真是这样一办，那就是百分之百的羊肉没吃先惹一身骚了。（突转为庄重）不过，永清兄，中国总是中国呵，照例是雷声大，雨点小！

〔林心神很不定，特别是觉得严、余二人调子不同，好像故意装着双簧在捉弄他。但他依然保持冷静，看了余、严一眼，不说话，只冷冷地笑了笑。这当儿，那鹦鹉忽然叫了一声，清清楚楚是三个字：黄小姐！众人愕然，急转脸看，黄梦英已经站在那穹门之下了。

玛　丽　（娇滴滴喊一声“啊”，急趋前欢迎）黄小姐！咱们正在说呢，怎么您还不来，（抢过梦英手中的月白色丝质的坎肩，代为拿着）可巧您就到了。

〔玛又要扶黄，但黄很大方又很温和地拒绝了，移步上前，与众人相见。玛又扬声高呼：“来人呀，倒茶！黄小姐到了！”严干臣让座。

黄梦英　（对严点头微笑称谢，却不就座，手指对江山顶）严主任，您瞧，这像个什么呵！

〔众人抬头一望，只见白茫茫雾气中对江一座山的顶上托着一个浑圆的东西，其红如血，——众人齐声夸张地喊了声“啊！”这是太阳，但这是个可怜见的太阳了，没有刺人眼睛的威力了。

严干臣　（不感兴趣，但不得不应酬）哦，怎么我们坐在这里半天了，都没看见。黄小姐，您的注意力实在周到，佩服之至！

玛　丽　（殷勤周旋在黄的左右）啧啧！太阳也有这样的，这像个什么呢？（忽得“妙”喻，十分自喜）嗳，黄小姐，要是在前几年呵，不当它又是挂上了红球，这才怪呢？

余为民　（也是对于太阳不感兴趣的）可是，黄小姐，这红球是为您挂的。（此言既出，忽又自觉不妥，即改口道）哦，不，不——黄小姐，红球是您！

〔陈克明首先忍不住笑了，其他的人也都笑了，幸而此时女仆送上茶来，并对余说：“余先生，您有电话。”余即乘机离座，从鹦鹉架下，穹门侧的路去了。女仆亦下。

黄梦英 （对于余为民的话似未闻知，一无表情，回眸对林）太太好吗？前天我决定要去拜访她，跟她谈谈了，（眼光在陈克明脸上一瞥）陈先生提醒我，不如缓几天倒好些……（坐下，寂寞地笑了笑）

玛　丽 （移坐黄侧）噢，林总经理太太回头也要来的。（不老实地抿着嘴笑）

林永清 （惘然微笑）哦！前天吗？前天也不得闲。

黄梦英 （天真地微露一口白牙齿一笑，便拿起茶杯）人家常说我爱多事，瞎帮忙，自己弄些麻烦来消遣，——（放下茶杯，眼光忧悒而深湛，这比她欢笑时更耐人寻味；但立即笑颜忽开，转眼对严）呵，严主任，您要是不太讨厌我这脾气，今儿有一桩小事情，打算找您帮个忙呢。

严干臣 （外交式地）哈哈，哪里，哪里。

玛　丽 （装腔作势地笑）嗳，黄小姐，您跟我们还这样客气！

黄梦英 （淡淡一笑，回顾玛）咳，那么，谢谢您不讨厌我多管闲事。（突然转移目标）嗳，陈先生，您做何感想：七八天前，大家抢买黄金储蓄的时候，有个可怜的人儿实在穷昏了，也想睡一觉醒来两万就变作三万五，他做了一点小小的手脚，居然也买到几两；这人够可怜，也太糊涂，他不想想，这些偷天换日的把戏，他一个小职员怎么配学样？

陈克明 （猜到了下面的事，也猜到了黄的意向）要是他因此吃了亏，我倒并不觉得奇怪。这一个社会上，总不能没有替死鬼吧？

黄梦英 （笑容没有了，眼有异光）您猜得对。他本人坐了牢，他的太太发了疯了！（转身向严）就是这一点事，严主任，请您帮忙。

〔方科长从平台那边的圈椅上起立，打算走到严身边来，但又变计，踅到玛丽身后，轻轻咳了一声，玛悄悄离座，与方作耳语。

严干臣 （不动声色，客气中带点官腔）咳，黄小姐，抱歉得很，这一类的事，您瞧，我怎么能够帮忙？

黄梦英 （目光扫着陈和林，嘴角上缀有一个不可测的笑影）我跟他们非亲非故，素不相识，无非想想他们太可怜了——

严干臣 （忙抢住了话头）既然是素不相识的，黄小姐，您就不管也没有什么说不过去呵！

玛　丽 （走至黄侧）黄小姐，您何苦？这些事多得很呢，您可怜不得那么多。（掩口笑）况且您又不认识他们，谁知道他们是些什么路数？

〔方科长又至严身后似有所请示，严正回过头，却又被黄的话所止。

黄梦英 （眼光闪闪，语意亦极闪烁逼人）哦，谁知道他们是些什么路数！（令人心惊地不可捉摸地笑）可是，严主任，也许您不会同意尊夫人这句话。这些事多得很啦，我管不了那么多！嗳嘿！（又笑，声颇冷峭）我哪里敢，哪里配多管呢？比方说，眼前这个可怜人的糊涂账里牵连着的，说不定也还有一两个。可是，严主任，我只请求您为那女人想个办法。

〔黄说这番话时，方科长脸色大变，恨恨，而又无可奈何。玛丽也表示大大不满，正想开口，为严的目光所阻。

严干臣 （依然神色自若，但岸然道貌之概更为浓重了）请您原谅，黄小姐，咱们说话不兜圈子了。您讲的那个糊涂蛋，就是我办事处的职员，他挪用公款，营私舞弊，是我把他撤职法办的！

〔林、陈二人听了颇吃一惊，他们赞美地看着黄梦英。陈克明已知那个在大门口要进来的疯妇人就是这件事中的角儿，便走到石栏杆边，望着下边。

黄梦英 （莞尔微笑）哦，严主任肯明说就好了。（意味深长地瞥了一眼）也不用我多噜苏了，严主任心里当然什么都明白。

〔严虽老练，什么都见过，但当着客人面前，这样的绵里针也有点受不住，而又不便对黄发脾气。正有点窘，恰好林永清救驾。

林永清　（实在不明就里）咳，干臣兄，既然是您的部下，兄弟以为您不妨斟酌略示宽厚，——倒是那女的太可怜了。

严干臣　（立刻抓住机会，侃侃而谈）呵，永清兄，您还不知道吧，那舞弊的，就是李维勤。这几天事情忙一点，忘记了告诉您了。说起来，也还是看您老兄的面子，本月初旬，陈科长请了长假，我就派李维勤代理会计。哪里知道他接手不到三星期，就出了这个乱子！（摇头）这人也真笨，上月二十八挪用的款子，直到本月二号还没全数归清。而且，永清兄，搅得办事处同事个个都知道了！大前天，（回头看了方一眼）方科长来报告了，我这才……咳，永清兄，（满脸慈悲的样子）。太不像话了，我不能不办一下啊！

林永清　（知道是自己保荐的人出了毛病，颇觉狼狈，苦笑）哦！原来是李维勤！不过，此人从前在兄弟那边，倒是老老实实的！

严干臣　（感慨无穷）这就叫作人心不古！唉，这年头儿，老实人也会贪污！

〔当严主任侃侃而谈时，黄与陈都在注意玛和方的窃窃耳语。

黄梦英　（直接痛快地）那么，严主任，他挪用的公款，现在归清了没有？

严干臣　（眉头略皱）差不多吧？会计上的事，现在我派了方科长兼理。（回头）咳，方科长，那一笔账……

〔林离座至石栏前，与陈并立，二人相视无言。林惘然望着下边，又抬头望着那血红的太阳。

黄梦英　（明白了内幕似的也朝方瞥一眼，微微一笑）那么，严主任，您宽恕他这一次吧，（又不可捉摸地笑）当然您不能再用他，可是，免了他吃官司，您也算是积点阴德，好不好呢？

严干臣 （哑笑，然后正气满面地）黄小姐，您如果处在我的地位……（又哑笑，口气突转为断然而严肃）对不起，请您原谅，我要是不那么一办，不但众人不服，连我也担了不是，——按法律说，可不是我就成了他的同谋？

〔女仆又换上热茶来，还有预备客人擦手的小毛巾。

陈克明 （回坐，冷冷地微笑）那就成为同谋了，——对，严主任不能是同谋！（会意地看着黄）嗯，梦英，您得原谅严主任的不得已。

玛　丽 （急取热茶奉黄，又以毛巾奉陈及严）嗳，黄小姐，干一个主任什么的，简直伤脑筋，这年头的人呵，不老实的可就太多……

黄梦英 （低眸沉思有顷，忽爽然一笑）那是我冒昧了，嗳，严主任，对不起。想不到您是那么奉公守法！请您原谅我的冒昧。

〔严觉得梦英话中有刺，很不自在，但又不便如何，只好淡淡一笑。

玛　丽 （极力想转换话题）嗳，黄小姐，您该累了，到里边去歇一歇吧？（指洋房）二楼的一间客房，空气好，风景也好……

黄梦英 （神色很安详，好像根本就不曾有过刚才那件事）哦，谢谢。（盈盈起立）那么，劳驾您——（忽然转口）哦，忘记了一样东西在下边了。（转身便走向穹门）

玛　丽 （亦起立，殷勤地）啊，什么东西，叫当差的下去拿就是啦！

〔黄不答，已经跑下石级去了。林从石栏回座。

严干臣 （目视林，不大自在地笑）咳，黄小姐的差使，不容易应付呵！

玛　丽 （急要在人前表白）林总经理，您是知道的，干臣一向待人太厚道。这一回的事，说起来叫人又好气又好笑。干臣说那姓李的“发了昏”，一点也不错。可怜的是那位太太。昨天就来过，干臣没有肯见她。（转眼向陈）嗳，陈先生，您说不是吗，见了她又怎样？

〔有争执的声音从石级下传来，其中似有梦英之声。

陈克明　（不答玛，却沉吟自语）这些偷天换日的把戏，他一个小小的职员怎么有资格学样？（最后二字抑扬出之）

〔严色略变，锐利地射了陈一眼。忽闻梦英之声自石级来：“没有你的事。严主任怪不到你！”座中众人皆惊讶，玛起立，将往视。方科长则已至穹门前，才看了一眼，便惊慌失措：“呀，她把她带上来了！”玛即离座，向穹门。然而一个女人的头已经从石级升上来了，——这正是唐文君。梦英在唐身后推之。梦英后，跟着严公馆的司阍，一脸尴尬神气，用了负罪的眼光望着玛丽，又遥望严主任。唐文君衣衫如常，站住不动了。

司　阍　（屁股上横着一支手枪，趋至严前，立正）报告主任——

严干臣　（不耐烦地摆手）下去！（转脸视黄及唐，略欠身）嗳，黄小姐——

黄梦英　（痴痴地笑，似顽皮，又似天真）严主任，我的面子不够大，只好请她本人自己来见您了。（挽唐文君手，走近众人前）

〔方科长满面怒容，从石栏前走至严身后。司阍站在一旁，带点好奇的意味望着。方科长示意司阍下去，这才懒懒地下去了。

陈克明
林永清　（相视，以眼光商询，然后同声）哎，梦英！……

黄梦英　（不理林和陈）嗯，李太太，您不认识他们吗，我来介绍。

玛　丽　（趋前挽黄手）黄小姐，您——嗳，您真不怕累。（放了黄的手，慌忙地拖了近在手头的本来她自己坐的那张圈椅）黄小姐，您请坐呵！

黄梦英　（取那圈椅置唐身后，笑着）谢谢您，严夫人！我是熟客，您别客气。恐怕李太太还是第一次来做客吧？（捺唐坐椅中）

〔唐坐了，两眼直视，不作声。方科长又至玛丽身后，与耳语。陈与林苦笑，离座，退至凉亭附近，抱臂看着。女仆和男仆也在平台边探头张望。黄退后一步，背靠石栏，等候发展。严则慢慢伸手取桌上之香烟，燃火，似在寻思处置这事情的方式。

唐文君　（慢慢起立，慢慢四顾）啊，这是什么地方？（声渐惨厉）啊，这又是些什么人哪？（转身望天空的红日）哦，这是什么，没有见过。（忽浑身发抖）啊啊，这是维勤的脑袋，这是维勤的血吗？

严干臣　（皱眉起立，招呼林与陈）哎，永清兄，克明兄，咱们客厅里坐吧……

黄梦英　（急拦阻）严主任，不忙！这位李太太好不容易才见到您，总得给她一点面子呵！

〔林、陈二位亦不动，相视而悲悯地摇头。严无奈，又坐下，玛来与严耳语。

唐文君　（慢步移向林、陈二人）哦，我做了一个梦……债也还清，房子也租到，（怪样微笑）嗯，我和维勤有了一个家！（自己点头，声极低）嗯，一个甜甜蜜蜜的梦。（忽然惊呼）可是维勤不见了！他们把他关进监牢去了！他们说，说他犯了罪了！（在林、陈二人面前突然站住）

林永清　（苦笑，同情地）密司唐，认识我吗？……认识赵自芳的先生吗？

唐文君　（瞪眼直视，喃喃地，从林、陈面前移开）他犯了什么罪？他没有害过人家，（语调渐快）没有抢过人家，也没有诈过人家，他只想弄几个钱来还债，这不是嫖账，也不是赌债，这是他和我结婚的时候借的债，这是正大光明该的债！可是他从没想赖掉。（渐走近严这边）他知道我有了孩子，他只想租一间小小的不能再小的房——睡觉、烧饭、拉屎，都在这一间房；他只想有这么一间，能够和我同住，他就心满意足了。（声音凄凉）可怜哪，他和我结了婚快一年，才只得个把月我们同住一间房；狗也有个窝，我们总得有个家呀！他就只想有这么一个简单的家。（站住，俯首）

〔唐这样喃喃自诉的时候，林、陈脸色都极严肃，而林则时露苦笑。陈至黄梦英侧，以目询，但梦英惘然注视唐之后身，愤愤不平之意溢于眉梢眼角。方科长站在严背后做鄙夷状，严则泰然自若，似乎在把人家的痛苦作为欣赏的资料。严且用手示意，阻止玛丽之打算干涉唐之独白。在那里窥探之男仆和女仆索性站到平台旁边来了。

唐文君　（突然举首，两眼发赤）你们说他做错了事，他做了什么了？他做的，还不是大家天天都在做吗？干吗他做了一次就算是犯了罪呵！哦，你们欺我年纪轻，是一个女人，你们打量我看不透你们的心肠吗？（声尖厉而急）你们就是不许我们轻轻松松地过日子，不许我们有个温暖的家！

〔严脸色一沉，威严地咳了一声。

方科长　（抢前一步，举拳威吓）疯子！活得不耐烦吗？……

〔唐退一步，但毫无惧色。

黄梦英　（上前，厉色对方）你这是干么？别再丢你主任的脸了！

〔方垂首而退。

唐文君　（忽狂笑）疯子？你们把好人叫作疯子，就可以办他的罪，监禁他杀他，你们把一些敢说老实话、真话的人叫作疯子，就可以遮盖你们自己的罪恶吗？……

〔严脸色完全变了，玛趋至黄前，似将与梦英交涉，突然听得严威风凛凛地高呼："来人呀！"便急回顾。此时方科长又气势汹汹上前。

唐文君 （后退一步，狞笑）你们却把那些替你们圆谎的，替你们洗掉手上血污的家伙，称为君子，称为圣人贤人吗？（突然上前一步，厉声）哦，我认出你来了，我认得你脸上这一块黑疤，你就是教唆维勤挪用公款的，你坐地分赃！（狞笑）

方科长 （骤闻唐揭露其罪行，脸如死灰，但立即转青，举拳）混账，你想含血喷人吗？……

〔唐避过了方的扑击，更狞厉地笑。

林永清 （及时上前拦住了方，冷笑）您不是说她是疯子吗？疯子的话，您何必认真呀！

〔陈像拿一件最肮脏的东西，拉住方，又向旁边一推，便赶快放手，也冷冷地哑着声音笑。

黄梦英 （看见一个男仆已经站在严侧，垂手等候吩咐，便笑着至严前）嗳，严主任，捆她起来，好吗？真是不识趣，应该是磕几个响头，哀求哀求您严主任这才像个样呀，怎么倒发疯发癫起来了？（长笑，使人心战的长笑）可是，严主任，请您别生气，疯子嘛，何必计较。哪怕是她说您严主任也挪用了这么三五百万公款买黄金，您也只好一笑置之，是吗？

〔林、陈二人闻之失声而笑。方科长面如土色，背了黄与玛丽做手势，咬牙做恨恨状。玛惶急，但又不能露恨意，只好来挽住黄的臂弯，叫着："黄小姐，您也要够了，也累了……"男仆见无后命，就悄悄下，仍躲在原处偷看偷听。严木然僵立，装出了威严和坦然不以为意的姿态，但心中实在焦急万状；拂袖而去吧，太那个，这是失态；坐着瞧吧，可又不知道那疯子的嘴里还要说出什么刺心的话来；撵她走吧，无奈黄梦英又不是个好惹的，何况林、陈二人也站在黄一边为疯子撑腰。幸而此时来了救星了。

余为民　（忽出现于平台，半身尚在室门内，大呼）喂，喂，得了确实的消息了！喂，干臣兄，永清兄，黄金案子的办法我打听到确实的消息了！

〔严松口气似的大声“哦”了一下，便向平台走，方科长急随在后。

严干臣　（故意大声，且做严重状）办法是怎样的？外边传的那些……

余为民　（缩身进室内）您来看呀！我都记下来了，办法有五六条之多呢！

〔严急上平台，又回顾呼“永清兄”，怪样地苦笑。余这消息，的确吸引了每人的注意，而且连那疯妇似乎也被余高声叫着的“黄金”二字震醒了。她后退至凉亭边，就坐在那玫瑰丛后面，低了头。玛看了林等一眼，也匆匆走上平台进门内去了。林皱眉，迟疑地，也想走上平台。

陈克明　（近黄前，低声）梦英，您这么一来，痛快是痛快，然而事情也僵了！

黄梦英　（低声，但义愤填膺）唉，您不知道，他们是早有计划，存心要葬送那姓李的了。就因为他们也舞弊，都落在李的眼里。（手指凉亭）她并没疯狂到不知人事，刚才在下边，她原原本本都告诉我了！

〔陈叹气不语。林听得他们的说话，就又回身走来。

黄梦英　（同情地对林）咳，永清，消息不好吧，这次您押的宝，也许是一场空欢喜了。

〔林烦闷地苦笑。突然平台上室内传出玛丽的尖声叫喊：“这还了得？都一笔勾销了吗！”林全身一震。

黄梦英　（以臂挽林）去！也去看看去！

〔林垂头丧气，被黄拉上了平台，进室内去了。陈默然深思，绕着桌椅走。闹哄哄争论的声音从室内来，夹着余为民的大声："荒谬！荒谬！"陈克明面对平台而立，一抹冷冷的鄙夷的笑影从他嘴角上化了开来，旋即成为满脸的憎恨愤激之状。他慢慢地转过身去，没有想到唐文君就站在面前，不禁吓了一跳。唐文君的脸色发青，两目直视，徐徐伸手做攫拿状，委实有些疯气，看了害怕。

唐文君　（双手移向天空，对着隔江那些山，以及山顶的那个血轮似的太阳，做攫拿状）哦，这是血！维勤的血，我的血，别人的血，千千万万人的血！（忽狞笑）哦！这是黄金吗？磨片大的黄金，压得死千千万万人的黄金！（又狞恶地笑）哦！千千万万人的血变成了你们的黄金了！（突然垂手站住）

陈克明　（不胜同情而悲愤）唉，密司唐！

唐文君　（全身轻轻一震，畏惧地向四周顾视，像在寻觅那声音的来源）哦，没有，没有。（以鼻狂嗅）啊，我闻到了血腥气！啊，到处全是血腥气！（急快步向陈）哦，你，你是谁？你的身上也有血腥气！

陈克明　（叹气，苦笑，但又激动地）密司唐！认识我吗？密司唐！

唐文君　（全身又轻轻一震，瞪目直视陈，神智似乎稍稍清醒）哦！有人在叫我吗？哦，还有谁来叫我，理睬我吗？（神智又错乱了）哦，这位先生，好像在哪里见过？哦，在地狱里见过！（狞笑）对了，在地狱里，你，我见过！

〔陈打一寒噤，不觉后退一步，但立即上前，未及开口，而唐文君已后退。

唐文君　（且退且言，声极惨厉）哦！今天你从哪儿来？还是从地狱里来吧？看见我的丈夫吗？看见我的维勤吗？呵，我知道维勤也在地狱——他替代了方科长、严主任，哦，成百成千的人，进了地狱！（狞笑）

〔陈脸色变白，木然痴立，视而不见。唐文君则已退至凉亭边，又坐在灌木丛边，低头倚膝，远看像是谁丢在那里的一件旧衣服。室内议论纷纷尚未停止。陈渐复常态，沉重地松一口气，正在自言自语：“嗯，我的身上也有血腥气，我也是从地狱里来的吗？”点头苦笑。这当儿，严宅的车夫引了赵自芳上来了。

赵自芳 （见陈一人，且面色异常，颇惊讶）**呵，克明，只您一人，他们呢？**

〔陈未及答，而车夫已言：“主任在客厅里吧？林太太，我去通报。”赵摇手：“用不着！”车夫自去。

陈克明 （心神不宁）**哦，他们呀，**（指屋）**也许在商量……咳，您在这里坐一坐吧。**

〔这时，黄梦英的笑声从室中来，这正是赵自芳所谓叫人心跳的笑。而陈之含糊恍惚的态度又使赵起疑。她更无一言，急步就上平台，入室。陈惘然四顾，亦上平台，甫及室门，即闻室内众人惊讶地叫了一声，——显然是赵的突然出现之故。旋闻玛丽娇声娇气说：“啊，林夫人，您要是再迟来一步，林总经理可就……”笑声杂沓，以下语句不可闻。陈亦入室。台上无人，唯闻室中杂乱之语声。俄而女仆自平台边，穹门侧，没精打采地出来，收拾桌上、几上、地上的茶杯，香烟头，果皮及其他。

女　仆 （忽见凉亭边灌木丛下的唐文君，似一惊，自言自语）**唉！可怜见的！人家发财，他去坐牢。**（轻轻悄悄踅至凉亭前，打算与唐说话，但忽然又怕起来，迟疑不前，而唐于此时突然一声狞笑，女仆吃惊，转身急走，至穹门侧，鹦鹉忽又叫着：“黄金——美钞！”女仆伸拳对鹦鹉做示威状）**你这畜生，就晓得这一点！**（匆匆即下）

〔赵自芳与黄梦英一先一后出现于平台，黄反手关上门，笑挽赵手。

黄梦英 （拉赵至鹦鹉架下，神色安详，口气坚决而温柔）**我以为，**

我应该向您解释一下。在您的眼睛里，我是怎样的一个女人，这会儿我不愿意自己来辩护，您将来总会明白。可是，刚才冷言冷语，您以为林总经理这一次去做投机，全是我怂恿他，那我不能不表白一句，您这猜想是落了空了。您——

赵自芳　（不耐烦而又反感）谢谢您的关心。（心乱如麻，不愿多言，但又忍不住）永清这还是第一次干投机，——虽然第一次就好像做一场大梦，就落了个话柄，然而，我还是谢谢您的关心。（冷笑）

黄梦英　（无可奈何地）嗳，您误会了——

赵自芳　（立即抢住话头，口风尖利）一点也不误会。当然，什么都与您不相干呵，（冷笑）您是喜欢帮忙人家的，您总是与人为善，而且也舍身为人，我早就知道，您善于牺牲！（转身想走）

黄梦英　（虽然感受到对方这番话的刺痛，可并不生气，仅微觉失望）林夫人，我要是再多说，也许您对于我的误解只会加深；可是，有一句话，我不能不向您警告：一个人并不像法律条文那样死板而单纯！

赵自芳　（立即站定，盛气凌人）哦，领教！

黄梦英　（微笑，温婉地）一个人的最危险的敌人不是从身外来的，而是埋藏在他的内心。我希望您多注意那躲藏在林总经理内心的敌人！

赵自芳　（盛气之下，不能受忠告）哼，谢谢您的教训。（走下平台）

黄梦英　（亦下平台，态度转为冷峻）林夫人！我对于两种人，向来是犯而不较的：一种是糊涂虫，这是不必；又一种便是我所同情而又敬重的人，这是不忍！

〔这时赵已走到庭院中央那些沙发前了，听得黄的这番话，冷笑几声，回过头去，正要反击一二语，突然一声惊呼将她牵住。唐文君已站在面前了。赵亦惊呼："啊！您——"而唐裂帛似的像把满腔怨恨并作一处喷了出来，叫着："芳姊姊呵！"就扑在赵的肩头。这一声，惊动了室内诸位，都一拥而出，首先是余为民、方科长，其次便是玛丽，脸上都带点看把戏的恶意的微笑。当然，在他们想来，这不是赵自芳和黄梦英吵了起来，难道还有别的事情吗？

余为民 （见黄悄然站在平台附近，就来讨好）咳，您这是何苦！太太们总是太太们，不找点儿酸东西来尝尝，不过瘾！

玛　丽 （直趋赵前）噢，林太太，您——（可是看见唐文君偎在赵肩上，就立刻住嘴，脸色变了，掉头就走）

〔黄不作声，冷眼微笑，走在一旁。陈克明、林永清、严干臣三人，这时也出现在平台上了。严做惊异而又惋惜状。林脸色灰败，惘惘然，似另有烦恼压在心头。陈则略带焦灼，情绪不宁。

方科长 （回头朝平台诸人报告，当然特别是对于严）没有什么。不是吵架。（冷笑）可是那疯子忽然不疯了，认识人了！

〔陈、林、严都下来，看着互相偎依着的唐和赵。唐见人多，忽又神经错乱，放开赵，浑身发抖，退至原处。这时，男仆上来大声报告："报告主任：金老爷到了！"即闻有汽车喇叭声自下来。严、余、方匆匆忙忙下石级欢迎，玛丽拉了黄梦英亦下。

赵自芳 （见了林即大骇失声）呵，永清，你的脸色，多么怕人！

林永清 （苦笑，声音异样）不舒服，老是一阵一阵打冷噤。（转脸看着陈）黄金黄金，全盘落空。（打冷噤）我猜想他们早就得了风声，他们不见得真会那样麻木，他们是做给我看的，（又打冷噤）你注意到吗？严干臣的神色就大可研究。

赵自芳 （摸林之额）永清，你当真病了，回家去吧，怎样？

林永清 （不答，依然对陈）金澹庵挑选在这个时候要跟我谈谈，（打冷噤）一定有他的作用。（苦笑，冷噤更甚，说话都不大连贯了）我现在的地位太不利了，跟他谈判，还不是自己送上去当俘虏？

赵自芳　（焦躁不耐）永清，还谈判什么！你这样一句话要打上十来个冷噤，好跟人家谈判吗？回家去吧！

〔唐文君见人少，神智又稍稍清明，悄悄走至赵身后。

陈克明　（沉吟有顷）对，自芳说得对，您还是回家去。让我来代表您，先听听他们的口气，回头再作计较。

〔此时，笑语声已从石级下来了。林点头同意陈之建议，赵回头忽见唐，即拉了她，与林同向穹门边的小路去了。这时，一个满面红光、精神饱满的肥脑袋从石级上升，这就是金澹庵。

金澹庵　（回顾身后）可是，干臣，还要公布名单呢！有些想吃天鹅肉的人儿这回可真真落了一句老话：羊肉没上口，先惹了一身骚。（仰脸大笑）

〔陈默然遥望那一轮血红的太阳，——此时已有一角被山顶所遮，冷冷地微笑。江中忽来汽笛声。

——幕落

第四幕

登场人物

除了唐文君和赵自芳，余皆同第三幕。

景　　同第三幕。唯平台上没有了那鹦鹉架。

时　间　当天（第三幕故事发生之日）晚上九时左右。

〔女仆正从一个大托盘里取出水果、糖食之类，摆在桌上和几上。车夫则背靠石栏杆，悠闲地看着。妇孺们啼饥号寒的声音，时时从下面的贫民区传来，——这是当天薄暮时候刚到的不知何处来的难民。重载的白木船正在江中经过，船夫们打桨时的劳动合唱，抑扬地飘到这高踞江边的庭院中。天空有薄雾，对江的山上灯火点点，朦胧多姿。平台上室内，时时透出变幻多端的笑语声，——惊愕，懊丧，失望，得意；那里有一场牌局，玩的是最富于机诈色彩和刺激性的“沙蟹”。车夫吹着口哨。

女　仆　（自捶其腰，转脸瞅着车夫）你倒会享福呀！人家忙得喘不过气来，你呵，站在那里吹口哨！

车　夫　（索性再享受一下，在几上烟盒内取了一根香烟）噢，今儿你当真累断了腰肢了，（嬉皮笑脸）给你捶几下，好吗？

女　仆　（正正经经）呵，别动手动脚！

车　夫　（点燃了烟）他妈的，两条腿也快跑断了，还说人家享福。刚拉了太太回来，一身的臭汗还没收干，又叫去接什么总经理了。你瞧，回头那总经理什么的回公馆去，又该是我的两条腿倒霉了。（无限感慨）人家金老爷的司机多舒服！金老爷刚进了大门，他这小子，把车门一锁，就溜到冷酒店里喝他妈的三杯，这才是享福！

女　仆　（同情）可不是，干吗不派汽车去接呢？

车　夫　（做鬼脸）嘿，人家金老爷体恤他自己的人呀！

〔小孩、女人们哭，喊饥饿，女人们和男子们吵架哭骂之声，又从下面来了。

女　仆　（停止了手中工作听）唉，这还是那批难民吗？哪来的？有多少？

车　夫　（不感兴趣似的）谁知道呢！（俯瞰，又发感慨）这是个人吃人的世界！

〔刹那的沉默。室内来的欢笑声高起来了。

女　仆　（终于将东西都摆设好了，抬头看车夫）嗳，你说，林什么经理的怪不怪？太太一来，他就慌慌张张走了。连那个疯婆子……

车　夫　（鬼鬼祟祟地笑）你不知道么，一个来了，一个就走，都为的（手指室内）那个黄——

〔一言未毕，平台上一声门响，车夫的话就此打断了。玛丽出现于平台上。女仆和车夫相视匿笑，即下。玛丽立平台上，搔首弄姿，顾影自怜；她满脸鸩红，有八分醉。余为民悄悄推门出来，站在玛丽身后。玛丽又一次扭转脖子自顾其臀部时，猛不防看见了笑嘻嘻站着的余，吃了一惊。

玛　丽　（佯嗔）啐，是你呀！

〔余为民痴笑，打着饱嗝，反手指室内，又交指作势。玛丽似悟其意，低头又啐了一口，便姗姗下平台。又回眸睃了余为民一眼，扑哧一笑。余亦跟随下来，二人至庭院中央，玛丽坐，余立其侧。船夫们打桨的劳动合唱又从江中来了，其声凄婉而断续。

玛　丽　（百无聊赖，心里的话不好出口，却捡了句空话）嗳，这儿多么凉快！

余为民　（酒红的眼睛射出邪淫的光）您的脸蛋儿多么红呀！

〔玛丽抿嘴笑，不答，只抛了个媚眼，机械地伸手抓了几粒瓜子。

余为民　（得寸进尺）噢，你的心在跳！

玛　丽　（报以白眼，扭腰，轻声）嚼舌头的，狗嘴里长不出象牙！

余为民　（更大胆）不跳？我这才不相信哪！（挨近玛丽）干嘛我的在跳呢，你听，这不是扑扑地响？

〔玛丽像有点不能自持了，两眼水汪汪地看着余为民只是笑。余为民伸手，偷偷地正待绕着玛的细腰，玛忽侧身闪开，丢掉手中的瓜子，盈盈起立，投余为民以似嗔非嗔之一眼，姗姗地走到石栏杆边，仰脸望着天空。难民们的啼饥号寒声又从下面传来，玛俯瞰。余为民略一迟疑，即悄悄踅至玛后。但玛忽然转过身来。

玛　丽　（扑哧一笑）嗳，我在想，梦英那妮子真——是……

（满面春意，不能掩饰）嘻嘻，把人家浪上火来了。（低了头）

〔余为民心里像有一大队蚂蚁爬过，张大着嘴巴，打着饱嗝，口水也流出来了。

玛　丽　（抬头又扑哧一笑）怪道男人们一见面就会爱上她！

余为民　（像要指天誓日似的）可是，我，我，例外。

玛　丽　（撇撇嘴，做媚眼）没有人在问你哪！

余为民　（更情急）我的心坎里，就——就只有一个……

〔玛丽笑了，其声甚荡；忽折身向凉亭那边走去，余为民紧跟上。但此时，凉亭与大树之间，忽出现了女仆，捧着茶盘。玛与余都一怔。女仆故作惊讶："噢，太太在这里呀！"奉茶。玛丽不接茶，也不开口，转身走向庭院中央，坐沙发内。女仆从茶盘中取茶一杯置玛前，又望了余为民一眼，然后也取茶一杯置桌上。余亦至桌前。女仆捧了茶盘上平台。

玛　丽　（手托下巴）嗳，为民，听说您在活动当什么代表……

余为民　（心不在焉回答）哦，玩玩罢了。

〔女仆在平台上立定，回头偷眼望了玛和余一下，又窥室内。旋即进去。

玛　丽　（随口拉扯）嗯，——当个代表有什么好处呢？

余为民　（兴趣的方向开始转换了，态度也就庄重一点）好处嘛，好处还在后头。

玛　丽　（撇嘴做打趣状）嗯，明天还是后天，一年还是半载呢？

余为民　（完全庄严起来了）呵，不开玩笑，后望无穷。（又打着饱嗝）比方说，当了代表，就有当选做那个的巴望，而有了那个的头衔呢……

玛　丽　（痴痴地轻狂地笑）呸！不用你背诵了。当是我真个不晓得吗？打回老家的时候便有省府委员的巴望！对不对？嘿，干个把省府委员什么的，也没有多大意思！（又投一媚眼）

余为民　（不能不有反应，做个鬼脸，语意双关）咳，好大的胃口呵！

玛　丽　（也不能不解悟，佯嗔）啐！嘴巴干净点！（闭了眼，懒洋洋地）那么，我先来买个预约。

余为民　（心荡神摇，对玛言不能更作别解）预约？

玛　丽　（低头媚笑）你这人，当真，想——

余为民　（馋涎欲滴，凑近些）想什么？

玛　丽　（掩口笑）想邪了，想想就想到邪路里去了！（把身体坐得端正一些）

〔玛丽此种忽冷忽热的挑逗，把一个余为民弄得惘然失神，红着眼，张开着嘴，瞅着玛丽发怔。船夫们的劳动合唱，难民妇孺的啼哭喊肚子饿，二者错综，忽断忽续。

玛　丽　（正襟端坐，但眼波斜溜）有把握了吗？

余为民　（惊觉，不知所对）什么把握？

〔玛出声笑了，手尖指着余，又掩口笑。余茫然，亦呆着脸笑。这时候，室内喧声忽作，一声门响，黄梦英跳到平台，手持纸牌，严干臣旋亦探首门外，对黄说："不看就不看，得啦，何必跑？进来进来，圆满这一局！"梦英笑着，即复进室内。玛丽注目遥视，撇嘴做鄙夷状。

余为民　（又是那另一个欲望支配了他了，坐下，神情亦恢复正常）当真，玛丽，你不能不帮一点忙。

玛　丽　（稍感意外）哦，要我帮忙了？

余为民　（七分正经）就是刚才说的活动一个代表的事。还差一点款子。（懊丧）本来呢，都已经筹划好了，可是，财政部它办它的黄金提价泄露消息的案子，却把我的一个到口馒头活生生地打跑了。

玛　丽　（一手支颐，不感兴趣似的）你的到口馒头又是谁呀？

余为民　（抓取一支香烟，神经质地干笑）还有谁？——更新厂的大经理林永清呵！

玛　丽　（假装痴呆）哦，跑是跑过，可不是又找回来了？

余为民　（点火，着急）哎，玛丽，求求你别再逗着我玩了！（打饱嗝）当真，我还差这么几个七位的数字，你总得代我想想办法。

玛　丽　（不信似的撇撇嘴）哦，七位的数字！（瞅着余为民抿嘴笑）

〔方科长出现于平台上，遥望着余与玛，想下来又恐冲撞了他们。

玛　丽　（扬声）咳，方科长，牌局散了吗？

方科长　（下来，至玛前，一边走，一边回答）散了。（格外讨好）主任呢，来了电话。澹老和林经理，还有那个陈——克明，都到小客厅里谈话去了。

〔女仆又换上热茶来。方迎住，忙着取一杯，双手献与玛。女仆下。

玛　丽　（手按在茶杯上，慢条斯理）嗯，刚才那梦英，又捣的什么鬼呀？

方科长　（有机会献殷勤，精神百倍）有一副牌，该她赢的，她不要。

余为民　（吃惊，打饱嗝）哦！

玛　丽　（嫉妒而又故作鄙夷）真会卖俏！

方科长　（语气夸张）那一次，澹老好像一上手，就抓到一副好牌，开口就有斤两。我们都派司了，主任朝澹老笑了笑，也派司了。可是，梦英说她不服，偏要斗一下……

玛　丽　（撇撇嘴，回眸看了余一眼）嘿，肉麻！

方科长　（忽然像泄了气）嗯，后来呢，澹老摊出牌来，十足的一无所有。哪里料得到梦英忽然接连说：“是我输，是我输了。”

就抢过澹老的牌，澹老要看她的，她就跑出来了。

玛　丽　（十分看不惯似的）哼，装腔作势，一定是她的牌更坏！

余为民　（有点不过瘾的样子）完了吗？不精彩！（又冷笑）反正是输给澹老，输来输去还不是一个口袋里的东西。

方科长　（鬼鬼祟祟，忽然低声）可是我偷看过她的牌，该是她赢的。

玛　丽　（一惊，但立即冷笑）哦，灌男人的米汤也还有这样一个方式！

余为民　（莫名其妙大笑起来）伟大，伟大！

方科长　（凑近玛耳边）澹老送给她钱，——一张支票。

余为民　（注意听，而又装作早在意料中）哈，当然啦！可是多少呢？您不知道吧？

方科长　（傲然自负）怎么不知道。有奖储蓄的一个二彩！

玛　丽　（一惊，不能掩其欣羡之情，口做啧啧声，但立即做不屑状）嘿，数目是不算少呵，可是，这年头儿，也没有多大意思！

余为民　（大笑）难怪她不在乎那一副牌了！

方科长　（用了最夸张的声调）可是她没有肯要呢！

玛　丽　（嫉妒之心不能自掩）准是嫌少！她要一个头彩！

余为民　（忽生怀疑，看定了方的脸）你怎么会知道这些事？

方科长　（似有反感）偶然看到。情报是情报，造谣是造谣，您去问去！

〔余、玛二人相视而笑。但余的笑是没有内容的傻笑，玛的却是冷笑。余忽然一连串地打起饱嗝来。又听到了下边难民们的啼哭声、呼饥声，这次特别响，惊动了这三位高贵人士了。

玛　丽　（惊异而又讨厌地）这是什么？吵吵嚷嚷的？

方科长　（又是他献殷勤的机会）说是难民呢！也不知道是哪里来的。大大小小一堆，又脏又不安静。

余为民　（连打着饱嗝，说话很费力）咳，我的主任夫人，您这公馆，什么都好，就是下边一堆破破烂烂的人家，太不像话了！好，而今又加上了难民，这，简直是，不成个体统！

玛　丽　（皱着眉头，威风凛凛然）方科长——

〔方连忙垂手应了声“有”，这当儿，女仆来了。

女　仆　余先生，主任请您去，——主任在书房里。

〔余慌忙起立，拔步即走，但被玛丽唤住。

玛　丽　（盈盈起立，走近余，回顾吩咐方）咳，方科长，你下去看看，不许他们哭哭啼啼，又嚷又喊，（扶着余为民献给她的臂膊走了一步，又说）再到右边那个派出所去一趟，就说是主任的命令，要他们赶快把这批难民撵走，（顿了一下）你对那巡长说，难民们良莠不齐，要是发生了什么事，他这巡长可担当得起吗？（与余为民冉冉而去，从穹门边的小路转入那洋房后边）

〔方科长垂手躬身，一连应了不少的“是”，望着玛丽的后影不见了，这才快步走下石级。台上无人。难民们的啼哭声隐约可闻，船夫们的劳动合唱又来了，其声悲凉。陈克明在平台上出现，口衔烟斗，徘徊深思。然后慢慢走下台阶，绕着桌椅走，时时摇头，又时时颔首，似在心中自问自答。下边的啼哭声忽低，方科长的吆喝声可以听见。陈似略感惊讶，走近石栏杆，但立即又全身心埋在自己的深思中了。他背靠石栏杆，无端冷笑一声，这当儿，黄梦英从穹门边的小径翩然而来。因为也喝过几杯，黄的脸色红彤彤的，更觉光艳照人，可是眉眼之间笼罩着忧悒的黑影；她的一颦一笑，放射出使人目眩神迷，使人兴奋激昂的魅力，但她默然敛眸低首时，却又使人烦恼战栗，似乎深藏在她心深处的那股怨恨和愤激的爆炸力临时会轰然爆发。

黄梦英　（急步至陈前，眼光闪闪）陈教授，谈话结束了吗？

陈克明　（矍然从沉思中惊觉）哦，还没有。（凝视着黄的神色）你觉得怎样？（忽又改口，自己申说）我越听越闷，就躲到这里来了。

黄梦英 （焦虑而又惊讶）你越听越闷了？

陈克明 （不答所问，在石栏杆上敲去烟斗里的灰，沉吟，另起一题）可是，梦英，您为什么要回避？我看金澹庵也并不把这些事当作秘密的。

黄梦英 （淡然一笑）也许。不过，假如您还只有听的分儿，而且越听越闷……

陈克明 （抬眼瞥了黄一下，口气变得肯定）那又不然！多一个人，我就不至于孤掌难鸣，而且，在微妙的关头，您又懂得怎样转换空气，把事情缓和下去。

黄梦英 （低头不语，半晌后抬头）唉，陈先生，您想得太好一点。

〔陈克明苦笑，慢慢地把烟丝装进烟斗，踱了几步。船夫的劳动合唱隐隐约约，似已渐远去。

黄梦英 （移行近陈侧）干吗有那么多的话说不完呢？

陈克明 （冷冷地微笑，立定，以两指撮烟斗，在空中摇荡）这——就是话多的原因。

黄梦英 （失望）哦，林总经理还是游移不定！

陈克明 （擦燃了火柴）也跟这（苦笑）一样，只有这一点光和热，还顶不住风的吹动。

黄梦英 （怃然半晌）刚才他既然已经回去了，大可以不必再来。

陈克明 （点头）我也想不到他又会马上来的。无非因为人家的字条儿太甜蜜了一点。

黄梦英 （恳恳切切）陈先生，我以为您应当提醒他一句。

陈克明 （吁一口气）他自己心里何尝不明白呢？不到黄河心不死罢哩！

黄梦英 （低头叹了口气，低声）可是，听他说起来，倒还——

陈克明 （急接口）您不知道嘛，他向来就喜欢用自己的声音来镇定自己的心。（吸着烟斗，仰脸沉吟）不过，料想起来，他今晚上不能有所决定。

〔黄梦英正待追问，方科长出现在穹门下了。他像办好了一件重要无比的大事，得意之状，满脸而又满身。

方科长　（见了黄，觉得不能不来应酬一番）啊，黄小姐，您刚喝了酒，最好不要吹风。而且这里的风啊，早晨跟晚上的最是——

黄梦英　（冷冷地截住了方的饶舌）哦，谢谢您！

方科长　（尚不识趣）啊，哪里哪里，言重言重，可是，黄小姐，这一会儿，您没有听到下边来的顶顶讨厌的声音了吧？

黄梦英　（不耐烦，懒懒地走开）嗯！

方科长　（追上一步，非吹一吹自己的功勋不可）嘿，那些啼啼哭哭的声音，那些难民，刚才，奉主任之命——

〔陈克明当方来时就转脸不理，靠在石栏杆上眺望对江的灯火。这时再也忍不住了，突然转身，打断了方的话头。

陈克明　（语调冷峻）喂，方科长，有一件事要请教。

〔似乎此时始发现了还有陈克明在，方科长愕然回顾，不大高兴地"嗯"了一声，连客气话也没有半句。

陈克明　（似笑非笑）刚才听那位李太太说起她丈夫所犯的那件事，好像中间还有个把人不见得干净。方科长您也应当劝劝那个人，别发昏，别以为背后有靠山，就可以逍遥法外，随便牺牲了别人！

〔陈还没说完，黄就纵声笑了，这是呕出了胸中一团秽气似的痛快的笑。

方科长　（脸色惨白，怒目向陈）嘿，笑话！（马上"理性"起来，急转口，哑笑）哎，疯子的话，全部是胡扯！（忽又"福至心灵"，得了好主意）可是，哼，说她疯呢，还是可怜她。那是什么疯？简直是存心乱咬！

〔方说着就转身走，逃上平台，进室内去了。

黄梦英 （天真地笑着）嗳，陈教授，您这一炮真妙！

〔陈微笑不语，衔着烟斗，仰脸出神。黄蹀躞往来，屡次想开口又缩住，似乎心中愁绪万端，反正无从说起，但闭口无言呢，又闷得难受；终于，似乎为了仅仅要打破这窒息性的沉寂，她开口了。

黄梦英 （站住，凝眸望住了陈）嗳，陈教授，有一句古老话：赌钱的时候，一个人会露出本相来。您觉得这句话怎样？

〔陈从嘴边取下烟斗，惘然看了黄一眼，没有回答。

黄梦英 （走近一只沙发，坐了）也许您有点儿诧异吧，刚才那副牌明明是我赢的，干吗我反倒自认是输了？

陈克明 （亦走近，微笑，坐下）有一点。然而程度上还不及那个方科长。

黄梦英 （略觉意外）哦，怎么，那个——科长之类猜到了该是我赢的牌吗？

陈克明 （喷一口烟）不是猜到。您把您的牌给我看的时候，他就站在我背后。（黄纵声笑，却皱着眉，陈把烟斗在桌腿上敲去烟灰，慢条斯理）可是，梦英，我记得也还有一句古老话：不义之财，取之不伤廉。

黄梦英 （又笑，但眼光是严肃而忧悒的）那么，陈先生，照您看来，（心神不宁地起立，倚沙发背）我这一手，难道有什么深刻的意义吗？

〔陈正在取烟装烟斗中，只略略点头，未及开口。

黄梦英 （长笑，但心情之烦闷也在笑声中流露）没有。好玩儿罢了。（懒懒地，无可排遣似的，轻盈缓步，走到石栏杆前，倚栏望着夜空）

陈克明 （目送黄，注意其坐立不安之状，然后亦走向石栏杆）梦英！您不应当对我这样不坦白！

〔黄转身，面对陈，首微敧侧，定睛看着陈，终于无一言。船夫们的劳动合唱又来了，似尚远，其声呜咽。下边难民之群中，发生断断续续的一二声不敢哼出来而又忍无可忍的呼号。

陈克明 （踱了一步，侧身靠着石栏杆）梦英！我好像到了一个阴森森的山谷，夕阳的最后一抹红光还留在最高的山峰上，可是乌黑的云阵也从四面八方围拢来了！

〔黄的嘴角掠过了淡淡一丝的笑影，凝眸视陈，仍无一言半语。

陈克明 （摸出火柴）我有预感，一个可怕的大风暴，就要封锁了那山谷。我好像已经听见了呼呼的风声，隆隆的雷响！

〔黄渐渐低下头去，腰亦微折。船夫们的劳动合唱声渐近渐高，其声渐转为悲壮。

陈克明 （态度渐兴奋）我还想起了不多几天前我做的一个梦，从汪洋大海，万顷碧波中，飞出来一条龙，对，一条龙，飞到半空，忽然跌下，掉在泥潭里，不能翻身，（顿一下，注意地看着黄，声调转为激越）蚊子苍蝇都来嘲笑它，泥鳅也来戏弄它，而它呢，除非一天天变小，变得跟泥鳅一般，就只有牺牲了性命。——梦英！（声调突转为低沉）我当真替它担心！

〔陈克明说这番话时，梦英的头愈益低垂，直至话毕，方慢慢抬起头来，凝眸不动。陈点着了烟斗，用劲吸着，避开黄的注视，仰望天空。船夫们的劳动合唱声更近，似即在岩下，声悲壮，刹那间舞台上唯有这声音。俄而声又渐渐远去了。

黄梦英 （幽幽地叹了口气）哎！

〔陈收回眼光，直注黄面。

黄梦英 （眼光闪闪）我想，人到了成为疯子，倒也是痛快的！（翩然转身向平台方向走，陈似惊讶，亦随往，但黄突又转身，面对陈站住）陈先生！（眼光凝定而坚决，声音亦然）您那个梦，不能成为事实！

〔陈颔首，但他的眼光告诉黄：他还不知道黄这句话的确定的意义。

黄梦英　（朝庭院中央走，声调转为缓和而柔媚）陈教授，您自然也不会不了解，有一种人，自己没有病倒是天天在那里发愁，看见了真正有病的人反以为没关系；另外有一种人可巧完全相反——

陈克明　（叼着烟斗，双臂相抱）嗯！

黄梦英　（坐下）他不担心自己。因为自己的健康如何，他知道得更清楚些。（淡然一笑，忽然停止了话语）

陈克明　（也坐下）可是，您也不要忘记那句格言：旁观者清！

黄梦英　（异样地笑了）教授，您是一位很现实的人，（语调渐急，声渐激昂）请您忘记了什么龙，——对，龙是困在泥潭中，可是，只要它还没变小，还有一口气，龙之所以为龙，也还不可知呢；陈教授，让我请您记起一个人！一个青年，大眼睛的青年，血气太旺，心太好的一个年轻人——

陈克明　（惊讶失声，起立）啊，乔张！有了下落吗？（仰脸似在回忆）三天四天前有人告诉我……（突转口）可是，梦英，您没有得到恶劣的消息吧？

黄梦英　（声音冷峭，正因为心里太愤怒）不太坏，也不太好。要是只从一边儿想呵，甚至可以说，有这么七分希望。然而，乔张要是知道了如何取得这七分的希望，他一定要不理我了！

陈克明　（脸色变了，坐下，以烟斗遥指室内，声音愤激），是不是他——

〔陈的话被黄的一声狂笑——使人战栗的笑，所打断了。

黄梦英　（眼光闪闪，如将燃烧）当然他这妄想，搁在心里，并不是一朝一夕的事了，可是为了乔张，倒给他一个正面表示的机会，刚才他就对我说，下落，已经打听到了，办法，也不是没有，不过，万事俱全，单要一样药引子……（没有说完，就纵声狂笑——使人毛骨悚然的笑）

陈克明　（把烟斗重重地在桌上敲一下）哼，乘机要挟，太无耻了！

黄梦英　（冷峻，但语调缓和些了）陈教授，你没有听见过说竟想用龙肉来做药引子吧，即使是困在泥潭里的一条龙呵！（盈盈起立，走向石栏）陈教授，您现在也许要说，即使像刚才那副牌这样的不义之财，我干脆一脚踢开，也是十二分应该的吧？

陈克明　（起立，以烟斗就桌边敲去烟灰）那么，梦英，我替您担心的程度又加重了几分。

〔黄不答，仰首遥望对江山上的灯火，刹那的静默。忽闻有金澹庵的笑声，陈不禁一怔，四顾，却不见人。

黄梦英　（转过身来，从容得很，微笑）陈先生，也许您明后天又得了第二个梦：忽然一声霹雳，雷电飞迸，那泥潭里的龙，把它满身的烂泥烧得干干净净，把它自己化成一道青烟，一堆白粉！

陈克明　（会意地点头，叹一口气，但又下一转语）不过，干吗不是破空飞去呢？……

〔又是金澹庵的笑声将陈的话打住。陈一看，从穹门旁的小径出现了金和林永清。林低头沉思，金且走且言："您再想一想罢，还有没有什么困难？有，就说出来；可是，哈哈，永清兄，您得痛快一点儿！"说时，已看见了陈、黄二人，金即招呼。林亦抬起头来，苦笑颔首。

陈克明　（注意地观察林的神色，做询问状）嗯！永清？

〔金正对黄说："呵，你在这里？又是讲什么故事吧？"听得了陈的询问，就转脸对陈。

金澹庵　（一半善意，一半讥讽，但口气是痛痛快快的）克明先生！今天我这才领教了林经理的心眼儿有那么细！哈哈！（这笑，颇有几分豪气）他把事情都看成了打图样，造机器，一颗螺丝钉按在哪里他都要先问过了又考虑，考虑过了再问这一颗钉子的质地！（转脸对林）哈哈！永清兄，佩服佩服，您真是造机器的！可是——（忽然顿住了，似乎在搜索字汇，而要表达他此时的意思的那些字汇，可巧不是他熟悉的）

黄梦英　（微笑，猜中了金的意思）可是，机器是死的，而市场是活的；机器是摆在那里不会变的，而市场是瞬息万变的！

金澹庵　（大为倾倒似的拍一下黄的肩膀）对，对，一个是死的，一个是活的。

〔冷眼观察的陈克明忍不住出声笑了。

金澹庵　（转眼望着陈）咳，克明先生，您的高见？

陈克明　（冷冷地）这一个死活之论，也还有另一种看法……

金澹庵　（故作惊讶）哦，倒要请教。

陈克明　（微笑）什么是死，什么是活，都在乎人们是怎样玩的。比方说，现在种种统制管制的法规，一切官价限价的措施，扣在工业头上便都是死的，被扣住的也就奄奄一息，透不过一口气来，可是轮到了投机囤积的手上呢，种种法规，一切措施，马上又变活了，投机是满天飞跃，无孔不入。再说，这一套东西，老百姓给套了进去，当然是死板板不留情面，可是官老爷们撮起三个指头玩弄的当儿，那又是可大可小，可严可宽，活动得了不得。（顿一下，脸色沉痛而严肃）还有呢……

金澹庵　（仰脸大笑，急接口说）呵，克明先生，真说得痛快。还有——还有什么？哈哈，我来代您说。还有一些不官不商，亦官亦商的人们，那才是神通广大呢！（半真半假地挺胸傲然自负）外国人科学进步，死的可以变活；哼，这算得了

什么！我们中国就更巧妙：先把活的弄死，然后再变它活！（说罢，又哈哈大笑）

林永清 （无限感慨）可是，现在的工业是半死不活；工业的脖子是被扣住了，您说准备垮了罢，可又洒下来几滴续命汤——工贷！这不是叫人啼笑皆非吗？

黄梦英 （开玩笑似的）那么，澹老，您把这个半死不活的先弄死它了，然后再变它活起来吧？

陈克明 （冷冷地微笑）这个，嘿，自然又当别论了！

〔金微笑，踱了一步，然后又豪气十足地大声笑了起来，顺手拉过一张沙发来，坐了，伸起一条腿架在沙发的靠手上，悠闲地看着天空。陈亦坐。黄倚石栏杆，呈现出一个美妙的侧影。林小步踱着。

金澹庵 （自言自语地，但显然是说给林听的）嘿，宣布了无效呢，那些从没见过大阵仗的人儿也就够受了，还要宣布名单，给一个面子上不光彩，嘿，他妈的，我就不做这种缺德的事！（口气一转，忽然直落到林的头上）咳，永清兄，您以为如何？您的大名要是给这么一登，未免扫兴！

（林站住了，淡然一笑，就慢步走向金，态度凝重，好像捧着一满碗的水，又好像他的心的天平上正称量着两件东西，稍一震动，或欹侧，越会失却了平衡，以至称得不准确了。

林永清 （在金斜对面坐了）克明，刚才谈到一半您先走了，后来澹老提出了个办法……（一顿，神经质地笑了笑）

陈克明 （幽默地）哦，是把死的再变活呢，还是把半死不活的干干脆脆送了终呵？

金澹庵 （扭转脸看着陈，口吻颇自大）克明先生！本人说话，喜欢个痛快。一桩事情两个方式，随便林经理自己挑选：他要是还想办厂呢，成，他尽管办他的，可是我们的合作就不是全面的了，个别问题得随时看情形办理。（笑了笑）如果他下了决心要改换一下事业的兴趣呵，好，很好，那就简单了，不说别的，（转眼对林）光是永清兄您这么一表人才，我就愿意跟您拉个交情！

陈克明　当真干脆痛快！那么，永清，您也得干脆些了罢？（忽幽默地笑）第二个方式的确简单，美中不足唯有一点：自由而又不自由！

〔金大笑，并不掩饰他的优越感。

黄梦英　（一向都在静观，此时翩然而来）那么，第一个方式就该是不自由而又有自由了！

〔金又大声笑，拍着大腿，并想捉住黄的臂膊，黄巧妙地闪开了。

林永清　（仅淡淡一笑，态度即严肃起来）好吧，澹老，我们随便谈谈个别问题如何？（凝神静气似的）刚才在那一边，（转脸看着右首的房子）您表示过，您愿意用"更新"的名义搜罗某几种物资和材料，您大略地说过一番您的布置……

金澹庵　（不耐烦，腿从沙发靠手上滑下来了）对呀，我说过，现在不用再说了吧？

林永清　（提起精神，声微扬而调子亦较快）可是有一点您没说过：要是那么一办，我们中间是个什么关系？

金澹庵　（成竹在胸，轻描淡写）我欢迎您参加百分之三十到四十的投资。

林永清　（也早已料到，态度依然镇定，微微一笑）那么，澹老，您这句话可不可以这样解释：在处分一切业务上头，我们享有平等的权利？

金澹庵　（不耐烦，且稍带惊讶）哦！平等权利？（笑）永清兄，请您想一想商业行为的惯例罢！您才只有百分之三十，充其量亦不过四十呵！（豪爽似的）您放一百个心，利润方面，我不会待亏您，公平办理。

林永清　（不为所动）当然，商业行为的惯例我得尊重，但是商业行为也还有另一惯例："更新"这块牌子并没有过户呀！

金澹庵　（哑然失笑）这容易解决。分红的时候，多给您百分之五！

林永清　（微笑不答）哦！

〔上身伏在一张沙发背上的黄，小声对陈说："百分之五啦！"陈在烟斗内装烟，只举目望黄一下，亦微笑。

林永清　（再整旗鼓）如果我不参加投资，而您所搜罗的物资和材料刚好"更新"也需要，那么，澹老，"更新"总该有个优先权，而且也总可享受优厚的条件罢？

金澹庵　（很痛快而坦白的样子）这个，临时协商就得啦！（眼珠一翻，笑了笑）我也不妨预先说个原则：优先权当然不成问题，条件也总得优厚些，比方说，照市价打个九五扣。

〔林举首遥望空中，沉吟不语，目光有点黯淡。

陈克明　（点起了烟斗，微笑）我来说一句外行话。要是永清兄一不投资，二不需要什么购买的优先权，那时候，澹老，您跟他之间的关系又当如何？

金澹庵　（轻描淡写，随口应付）那就简单了！方式很多。我用"更新"的名义，可以是借，也可以是租。借的话，有一次算一次，要是租呢，长期短期我都无所谓。这些小节目，将来可以再议。

黄梦英　（异样地笑着，拉开沙发来坐了）嗳，陈先生，您听澹老的话就跟快刀砍脑袋似的，哧，哧，哧！

金澹庵　（大笑，不免得意）哦，你挖苦谁呀？（拍黄肩）别当我是老粗呵！（起立，伸臂作势）

林永清　（眼光又闪闪有神，嗓子亦响亮）那么，澹老，我也提一个办法，请您考虑。

金澹庵　（带点姑妄听之的神气）嗯，您尽管说罢！什么办法？

林永清　"更新"也还有若干材料，其中且有些市面上不大买得到的，就把这全部的材料作为百分之五十五，您来参加百分之四十五……

金澹庵　（不待林说完，大笑）呵呵！林经理，您可是打算转动机器，要我也来这么一手吗？

林永清　（郑重其事）不是，倒也不是！事业的性质和方针，仍然按照刚才您说过的那一套。不过，按这办法一来，我们就有个基础可以谈谈如何全面合作了！

金澹庵　（故意反问）林经理，到底您下了决心要换换事业上的兴趣，您收拾残余，作为百分之五十五，而我呢，来投个百分之四十五的资嘛！

〔林未及答，陈已大不以为然地叫着："咳，永清……"而金已出声笑。

金澹庵　（眼光瞥着陈与黄）你们两位瞧，林经理的心眼儿可真是又细又巧！不过，（又向林）永清兄！您还有什么话？

林永清　（捉摸不定金的意思，但仍然坚定地说出了自己的话）您那笔短期的款子，一千二百万，也就一并解决。

金澹庵　（忽正色）怎样个解决呢？

林永清　您要是愿意，这就移作百分之四十五中间的一部分。

金澹庵　（半真半假）如果我不大愿意呢？

林永清　（已觉对方口气不对，笑了笑）那么，短期改作长期，利息也请您减低些——假定是减低了百分之四十五，这以后可以再议。

金澹庵　（从桌上抓起一支香烟来，定睛看住林，表情严肃）永清兄，这是您郑重考虑的结果？

林永清　（针锋相对）差不离！

金澹庵　（把刚抓在手中的香烟回掷桌上，佯笑）好吧！那么，以后再谈。

林永清　（不得不表示让步了）可是，澹老，如果您对于这个办法没有什么不同意，百分比等等当然不妨从长计议。

金澹庵　（霍地站了起来）什么百分比？短期的利息呢，还是……

陈克明　（也起立，严正地）永清，以后再谈吧！

〔这当儿，平台上门响，玛丽出现了，手里拿着黄梦英那件坎肩。

金澹庵　（胜利者的姿态）对，克明先生说得对！林经理，今天谈到这里为止了。（威胁地笑）我不妨也去考虑考虑您的提议，（轻轻拍林肩）您呢，也请去考虑一下那笔短期，日子不多了呵，您得准备准备！（说着就踱到石栏杆前去了）

〔林的脸色略变，金的威胁的严重性使他愤怒，但又不免有些自馁。他赶快起立，惘然微笑，转身也向着石栏杆，正待举步，陈克明已抢步至林前，拉住了他。

玛　丽　（下平台，直趋黄前）啊哟，我的小姐！找遍了整个屋子不见，原来您在这里！（急以手中之坎肩代黄披上）晚上凉，您怎么不加件衣服；回头冻坏了，那我可担不起这个责任呵！

黄梦英　（坦然接受玛之谄媚，却带点不屑的意味微微笑着）谢谢您！

〔林与陈闪在一旁低声说了一二句，两人又慢慢踱到平台前。女仆送上茶来，玛又忙着招呼金等。黄坐沙发中，凝眸望空中出神。严干臣与余为民也从平台下来了。

余为民　（指手画脚，且走且谈）哎，不然，希特勒还是了不起的！您想，他一个人挡住全世界！柏林吗？起码可以守一百天！

严干臣　（眼望着金，随口应着）哦，一百天？

余为民　（转身对陈）呵，克明兄，您以为兄弟的观察对不对？

陈克明　（冷冷地笑）不敢批判。可是，我记得去年今天您说过，日本一定马上要进攻苏联，因此苏联必败，您还打了赌的。（与林走上了平台）

〔严干臣至金侧，与金同倚石栏杆密谈。

余为民 （厚颜强辩）哦，您又提起这句旧话吗？这不是我的预言不灵，这是日本的那些军阀太蠢，失掉了大好的机会呵！

〔陈克明不屑地“哼”了一声，林永清也冷笑，二人即进室内。

〔余为民在那里瞎吹的时候，玛丽正倚在黄梦英肩头，附耳刺刺不休，且屡次以手遥指金，黄的神色极不耐烦，有怒意，不时冷冷一笑。至是，玛声忽扬：“……我的小姐，人家是一片真心，只等您点一下头呵！”黄忽长笑，霍然起立，这时余为民刚转过身来。

余为民 （正觉没趣，立即向黄搭讪）咳，黄小姐，您说一句公道话……

玛　丽 （拉黄手）万事齐全，只等您一句话！

余为民 （打诨，实在还没知道玛所指何事）对，一句话，半句也行！

玛　丽 （投以白眼）少说几句废话成吗？（又转向黄）嗳，您是默许了吧，（媚笑）我代您宣布了？

余为民 （在玛背后大声叫屈）怎么是废话？（至黄前嬉皮笑脸）咳，黄小姐，您说，柏林可以守多久？（挺胸昂首）我说是起码一百天！我跟您打赌，一百天以内没有了柏林，您就打我的嘴巴！

玛　丽 （撇着嘴）哼，算了，不用再说打赌了，反正你是空头支票！

余为民 （大不服）啊啊，这，怎么说？您这简直是侮辱我的人格！

黄梦英 （不耐烦已极，忽狂笑）对，我尊重你的人格！（一言未毕，举手连打余为民两个嘴巴）

〔余猛不防有此一举，昏昏然倒退一步，白痴似的站着。严与金闻声愕然回顾。玛即拉黄：“嗳，黄小姐，您喝醉了！”

黄甩开玛手。

黄梦英　（不可捉摸地大声地笑）余先生，我相信您不会不高兴，我是给您维持信用，当场兑现呵！一记是兑现去年您的旧欠，一记是预支您今天的；我是尊重您的人格！

〔金闻言仰脸大笑，严和玛也赔着笑。余为民本已清醒过来，正怒目视黄，一听到金他们的笑声，那怒容就逃走了，也讪讪地干笑。

黄梦英　（翩然走上平台，反身对庭院中那一伙）恭贺各位做一万个好梦，恭贺各位在一切种种的好梦里升官发财，啃桌子底下的骨头，舐刀口上的鲜血，可是，恕我不能奉陪了！（一气说完，即纵声长笑）

〔金、严等四人先一怔，继闻黄的笑声，又不禁全身一震。玛丽尖声叫了一下，急步欲上平台，可是一声门响，黄梦英已经不见了。此时江中又传来了船夫们的劳动合唱，由远而近，其声悲壮。

——幕徐徐下

第五幕

登场人物

林永清，赵自芳，陈克明，余为民，唐文君，男仆女仆各一人。

景　　同第一幕。

时　间　第四幕故事发生以后的第三天，上午，天阴沉。

〔幕起时，林永清、赵自芳、陈克明三人正在商量大事，——显然，这已经进行了若干时间了，但未有结果。林永清垂头沉思，慢慢踱着；陈克明抱臂倚着壁炉架，赵自芳坐在写字台前。

赵自芳　（幕起及半，已闻赵在说话）三四年前那种困难的日子也对付过去了，雾季还没完就担心敌人会来轰炸，天天提心吊胆，咬紧牙关，准备着一个炸弹下来什么都完——这样的日子也对付过去了；永清，那时候，你不是亲手写了一张标语贴在这儿墙壁上吗？（手指对面的墙壁）永清，你还记得不？

〔陈克明机械地回头朝墙上看了一眼，又看看林永清，便摸出烟斗来。

林永清　（仍在踱步，不耐烦地）唉，这些旧话，说它干吗？

赵自芳　（冷笑）哦，旧话？刚才我提到迁厂和恢复生产的无数艰难困苦，你摇头叹气，说是一场大梦，现在你连那一张庄严誓言性质的标语，也不愿回忆一下了，（伤心）那么，永清，你的新话到底是什么？

林永清　（站定了，苦笑，十分委屈似的）哎，自芳，你总是性急。……

赵自芳　（说她性急，她就更加性急起来，打断了林的话）嘿，你好像忘记了人家姓金的追逼得多么急？（转脸望着陈）倒说我性急！

陈克明　（装着烟斗）可是，自芳，您别忙，听永清说。

林永清　（态度镇定，但脸色依然阴沉）你和克明都早已知道，而且刚才也说过又说，我的办法，昨天已经告诉了余为民，要他转达去了，——

〔赵又想插嘴，但陈克明对她摇手。

林永清　现在只有等他来了回音再作决定。

陈克明　（看表）也该来了，约定的时间也快到了。

赵自芳　（忽然作色）谁不知道你交给那余为民的办法？谁不知道你一步一步尽管退让，快退到尽头了！永清，你好比淹在水里，而你那办法，只是漂沉不定的小小木板一块！

林永清　（依然冷静）然而这一块小木板却可以帮助我脱离那万丈深渊呢！

赵自芳　什么万丈深渊！怎么说得上是脱离万丈深渊？（语调更急）我看你的办法倒真是一个万丈深渊！永清，我真想不到你从工业转到投机，倒还自己称为跳出了万丈深渊！

林永清　（转脸看着陈，苦笑）咳，一味暴躁，真没有办法！

陈克明　（向赵走近）自芳，您不要那么急。永清现在还停留在两可之间。他还打算把两头都抓住，凑合起来；不然，他又何必跟金澹庵他们来来往往开谈判？（在赵的对面坐下）

赵自芳　（愤激之中有悲观）可是我敢预言，他抓不住两头，他是白费精神，白糟蹋时间，金澹庵他们回复的条件一定照旧苛刻！（转脸对林）厂里一大堆的问题立等解决，你呢，都不管，倒有时间和精神老跟那姓余的扯淡！

林永清　（踱到壁炉架前）不是扯淡，是讲条件，而讲条件也就是要解决问题呵！

赵自芳　（冷笑）解决什么？解决了工厂吧！

林永清　（背靠住壁炉架，无可奈何地摇头，但忽然又提起精神，想说服赵）啊哟，我的太太，难道你不晓得厂里那些问题要解决，只有一个字：钱！你说厂里的事我不管，可是，没有钱，我去管什么？怎么管？煤焦完了，锰铁也快完了，零件要配，米要买，十五号的工资也得发，哪一样不要钱？也就是为了钱，我在这里等候余为民的回音，我这才低声下气和他们鬼混，从大前天直到今天！

〔严酷的现实使得赵冷静一些了。她叹口气，低头无言。

陈克明　（当林诉说困难时，他几乎是听说了一项就点一下头的，此时长长吁一口气）嗯，永清，昨天您还奔走了好几处，接洽数目不大的借款，多少总还有点希望吧？

林永清　（苦笑）昨天接洽的几处吗？嘿，一张一张的面孔就好像还摆在我眼前，哪里说得上有希望！（低头沉吟）而且，即使有一两笔成功了，也都是短期，总共不过一百几十万，而条件之苛刻，使人难堪！（一顿，抬起头来，声忽扬）靠借比期来转动机器，绝对是饮鸩止渴；况且，天天在借东还西，挖肉补疮的生活中，我也疲于奔命了呵！

〔陈点头不语，将烟斗中烟灰慢慢敲落。赵忽抬头，一脸凄凉的表情，频频左右顾，又侧头思索，似在寻觅什么东西。

林永清　（走至陈前）可是，克明，您料想余为民今天来的任务还是仍旧来讲条件呢，或者像那天晚上金澹庵的表示：干脆不谈。

陈克明　（冷冷地）然而过了一夜，金澹庵又不大“干脆”了吗？

林永清　（眉目间豁然开朗）那么，我也还有回旋之余地。（一顿）要是他们还愿意谈判，当然我不拒绝。

陈克明　（注意地盯住了林看）为了赢得时间？

林永清　（笑了笑）这也是作用之一。（小步踱着，忽转身，面向陈，脸色紧张）只要他们不再逼人太甚，不把我完全当作俘虏看待，只要他们放弃了随便扔几根骨头给我啃啃的态度，而尊重我应有的权利，我是打算再让步的，我不希望决裂！

陈克明　（惊讶，起立）哦，这是您最后的决定吗？

〔赵在开视写字台的抽屉，找东西，但无时不在谛听林、陈二人之谈话，此时亦注视林面，叹了口气。

林永清　（坦然而坚决）是的！我决定先把经济状况弄得好一点……

陈克明　（急接口，冷冷地微笑）而要改善经济状况，您觉得只有走上他们劝诱您去走的这条路了？

〔林苦笑点头，不作声，又小步踱着。

陈克明　您还是不到黄河心不死。

林永清　（仍在踱步）不！我是早已到了黄河，（反手指工厂模型）而且在黄河里漂泊了三四年了，然而直到今天，这才心死了。

赵自芳　（从写字台的抽屉中找出一张纸来了，当面一扬）永清，这就是三年前你亲笔写的标语："炸弹可以毁灭物质，不能毁灭精神；万一今天炸垮了工厂，明天我们就重新恢复！"唉，只不过三年，不堪回首！（急步至工厂模型前，打算把这标语挂在窗上，但急切之中无法挂，只好将就披在模型上，忍痛地笑着）再挂一会儿吧，算是告别，然后我就要用一把火将它焚化——连同这模型也在内。

〔刹那的沉默。三人都对那标语看，无限感慨。

赵自芳　（走回原处，声音凄楚）永清，敌人的炸弹并没有能够炸垮了厂，倒是金澹庵他们的"炸弹"把你的精神都炸垮了！

林永清　（大步走去，轻轻将标语取下，郑重其事卷成一卷，放在模型旁边，转身看着赵与陈，态度镇静）没有炸垮！也没有忘记那最后四个字："重新恢复"（渐激昂）然而，自芳，你以为只是"金澹庵他们的炸弹"，这才厉害吗？不是的，不是的！统制管制，官价限价，等等一切，才是最厉害的脚镣手铐！

赵自芳　（坐下，悲观）唉！不管是哪一样，总而言之，七年心血，一旦完了！

林永清　（走近赵身旁）可是，自芳，别那么悲观呵！我们的七年心血，咳，花得太冤枉，然而我不承认就此完了。（沉吟）重新恢复，当然，今天还谈不到。这还不是今天的事！可是，自芳，抗战胜利就在眼前了，现在我所采取的方针，就是准备在抗战结束以后重新恢复！（轻抚赵背）自芳，你不该老想着昨天，——回忆徒然使人感伤，你也不要死盯住今天，——头痛医头，脚痛医脚，都不是办法，你应当朝远处看，看看明天吧！明天有我们的希望！

〔赵惘然望着壁上的镜框，不作声。

陈克明　（惊讶而失望）唉，永清，您这是相信了余为民之类的胡说八道了。

林永清　（大起反感）克明！感谢您的忠告！可是，哼，一钱不值的余为民之类，我林永清还不至于就拿他来当作一回事吧！（踱了一二步，坐下）事实总是事实，克明，（口气已缓和）今天的工厂变成了陷人坑，我们掉在里面的，还不是进退两难吗？今天我就是有钱，这无底洞就填得满吗？克明，这一些您都明白，请您下一转语来吧！

陈克明　（徐徐起立）工业要发展，先得政治上了轨道……

林永清　（忽然打断了陈的话）哦！克明，此刻您又提起这句话，我当真有点反感了！这一个道理，我们说过又说，而且我这个厂就是个有力的证明，我相信我对得住自己的良心；可是，您看政治明天后天，明年后年会走上轨道吗？而我这厂，办呢不办，怎样支持，却是眼前就得切切实实有个答复！（提高嗓子）再说，我之所以把重新恢复的希望摆在抗战以后，也就是巴望政治上轨道，而现在呢，无可为之中不能不有所为，只得设法积累资金。

赵自芳　（忽然兴奋）可是，永清，抗战结束以后难道政府就听凭这一大堆焦头烂额的民营工业自生自灭，置之不理吗？

林永清　（失声笑了）你盼望一个奇迹吗，自芳？你盼望有那么一天，政府会对我说：咳，林永清，七八年来您也受够了，现在您有什么困难，都说出来，政府替您解决——自芳，你盼望会有这样的事吗？

〔陈也忍不住笑了，慢慢走到了工厂模型前。

赵自芳　（颓丧）唉，不过，永清，我有预感，我觉得你那么想得头头是道的什么改变方针，积累资金，到头来还是一场空！

〔林微笑，很有自信地“哦”了一声。

赵自芳　你这计划，是买黄金的时候开了头的，可是，得了好处没有？现在呢，（渐兴奋而又懊恼）黄金梦醒了，什么事也不会办，本来价格也还相宜的一批材料也买不到了，一千二百万的短期借款可到期了，而你，又在一心一意想跟金澹庵什么的来一个合作，——永清，我们这一次，开头就倒霉，事情都坏在那一个开头！

陈克明　咳，自芳，过去的事情不必再提了，只是，永清，如果回头余为民来了，别的不谈，单要那一笔短期，那您又怎么办呢？

赵自芳　（愤愤）当然归还，难道还拖得下吗？黄金梦做不成，钱可是还在呀！还了他们，落得耳边清净！

陈克明　那么，厂里又靠什么来周转呢？

赵自芳　（伤心已极，作决绝语）停工，关门！反正迟早得关门！

林永清　（犹有自信）咳，何必意气用事，没有意思。（很认真的态度）只要我再迁就一点，他们也不会逼人太甚。（确信的口吻）他们自有他们的打算，他们看中我这里也还有利可图，这是那天晚上我就猜准了的。（起立，走向陈）您以为他们只想收回那一千二百万就干脆和我分手了，事情不会这样简单的。

赵自芳　（忽起身至林前，声调异样，怜悯与愤慨混在一起）唉，永清，你这是多么可怜相，老指望人家不会这样那样！（声音略哽）唉，永清，干么我们这样可怜了，我们的命运好像捏在人家手里，只凭人家一句话了！

林永清　（一怔，但马上振作，安慰赵）何至于此呢，自芳！别太神经质，何至于此！我们还据守着最后的——而且也还是有利的一方阵地呢！我还在养精蓄锐，准备着一年两年以后的大反攻呢！

〔赵叹口气，回原处坐了，望着空中出神。陈踱到壁炉边，慢慢坐下，时时对林瞥一眼，似在视察一件东西的发展和变化。林则绕着室中那摆着大花瓶的矮脚小圆桌兜圈子，踌躇满志。

赵自芳 （自言自语）嗯，黄梦英说我光知道那些死板板的法律条文，她这话也许有几分对吧。嗯，我简直像在梦里……民国二十七年，二十八年，种种的经历，喜——怒——哀——乐，都在眼前，都跟昨天的事情混做了一堆。（激昂）我不愿意，我不服气！我不能忘记二十八年的秋天！怀了有五个月的孩子小产了，就为了要保全这一个！（手指工厂模型）那时我还能自己安慰：丢了孩子，却保全了厂了，厂也是我们的孩子！（突然起立）可是，现在——永清，还有什么？五个月的孩子是白丢的！从上海，从汉口，在大轰炸之下，我们一切的辛苦痛苦，也是没有代价的……

〔林此时正踱到隔着那小圆桌和赵相对的地点，站住了，皱着眉头正待开口，唐文君却从右首的门出来了，直奔赵侧，叫了一声，就伏在赵的肩头。赵猛不防，一惊，但当看明了是唐时，便重重地吁一口气。唐文君表面上完全无异状，跟好人差不多，两眼亦不直视而可怖，只是憔悴不堪，神经脆弱，不作声时像个木偶，而一开口时又杂乱无章，忽东忽西。

赵自芳 （拉着唐，想使她回去）文君！不要出来，静静儿躺着不好吗？

〔唐文君只是摇头，不答，反拉着赵一同坐下。女仆张嫂也从右首门口出现了，站在门口。

张　嫂 （小声）李太太刚才说是看见了她的先生了，又看见了什么姓方的。

唐文君 （似从噩梦中醒来，松一口长气）我怕，我怕只剩下我一个人。（恳求）让我在这里坐一会儿，我在你们中间就胆大些。

〔赵无奈地笑着，颔首，张嫂自下。

林永清 （坐下，看着陈）唉，想不到严干臣竟会下作到这一步田地！

唐文君 （似畏怯，又似没有力气）总经理，他们——他们把维勤——（声忽微扬）维勤还在不在呢？

林永清 （努力想安慰她）哪里就会不在了啊！罪亦不至于死呵！

赵自芳 文妹，您放心吧！明后天我去找找几位做律师的朋友。

唐文君 （怯生生地笑了）律师？（又笑，颇有傻意）噢，您的朋友！您带他们来，先让我看一看，好吗？我会相面。我一看就知道他们是真的还是假的！（忽又做畏惧状）维勤不会相面。他还把那脸上长一块黑疤的坏蛋当作知心朋友！（突然全身都定住了，像一个木偶）

〔赵惘然看了永清和克明一眼，好像在说："怎么办？"林摇头。

陈克明 （小声）神经还是反常。送她进什么医院罢，恐怕倒好些。

唐文君 （出人意料地听觉灵敏，睁大了眼）哦，医院？哪一个医院？（点头，做领悟状）不错，我得进医院，我快要生孩子。（俯首做拥抱婴儿状）好一个又白又胖的孩子。（傻笑）你不知道娘为你担了多少心呢！你不知道，娘和爸爸为了要不要留下你来，吵过多少次架呢！（抬头）维勤，你一定也明白的罢，我天天愁钱，我们一见面三句话里有两句脱不了一个钱字，就为的我们快要有一个孩子！

〔女仆张嫂在门口探头窥视。赵示意令扶唐文君进去。

赵自芳 （挽唐手使起）文君！您还是去静静儿躺一会儿，我叫张嫂陪着你。

〔唐又木然如无知觉，任凭张嫂扶挽着，从右首门进去。

陈克明 （目送唐之后影）唉，都是什么黄金提价、稳占便宜的秘密消息，这把戏之下的牺牲品！

〔林苦笑，起立，低头，又在室中徘徊。

赵自芳 （惘然目视空中）嗯，牺牲品！我们跟唐文君他们一比，也不过五十步之与百步；我们可不是忽而高兴，忽而又皱眉头，疯疯癫癫了好几天？我们不也是，“偷鸡勿着蚀把米”，惹了满身的麻烦？

〔忽然唐文君的呼喊声从门内来了，赵急回头看时，唐已挣脱了张嫂的手，跳出门来，神态紧张。

唐文君　（喘息未定）啊，我听得一个声音！我听得有人对我说！维勤是谁也救不了的！就因为他，因为他知道了人家的秘密，人家也舞弊犯罪！他是人家的替死鬼，他做了人家的牺牲品！

〔唐文君这时的神气很可怕，安慰她，跟她说话是多余的，赵自芳只唤着张嫂，两人合力，打算把唐文君拉进内室去。但是唐文君忽然力大过人，推挽都不能使她就范。

唐文君　（完全不是疯子那样，哀求）嗳，芳姊姊，芳姊姊，我不愿意进去，进去了我就怕。我要挤在人多的地方，让我坐在你们中间。我一定做个好样，不吵，不开口，悄悄地坐在角落里，芳姊姊，芳姊姊！

〔赵迟疑地放了手，回头看着林永清。

林永清　（轻轻叹一口气）那有什么办法呢！

陈克明　（怜悯地）我看她这病是有周期性的。而且，她说“要挤在人多的地方”，这才胆大些，这句话很有讲究。

〔唐文君果然静下来了，悄悄地坐在右首门口一角，张嫂站在她的旁边。这时，男仆自左首门进来，手持一名片，自言自语：“多长的头衔呵，嘿！”林永清接过名片，也没有看，就对陈克明说：“余为民来了！”说着就与陈克明走向门去，赵自芳也将去。不料唐文君忽然惊叫一声，快步跳到门前，刚好夹在林与陈之间。

唐文君　（惶急万状）总经理，不要丢下我啊！芳姊姊，你们到哪里，我也到哪里，剩下我一个，他们就要来害我的！

〔唐拉住了林，不肯放手。赵、陈、林、张嫂，都乱作一堆，没有办法。这当儿，余为民已经到了窗外，响亮的嗓子叫着“永清兄”了。这一声，倒把唐文君吓了一下，放手后退。余为民已经进来，连连拱手：“对不起，兄弟到迟了！”在赵自芳和张嫂的一推一挽中，唐文君屡次回头瞪目直视余面，状如甚怖又甚恨，但终于被赵和张嫂拥进内室去了。

余为民 （最后看了唐等进去的门一眼，哑然失笑）还是那个疯子！永清兄，您倒真有这点儿闲情逸致，弄一个疯子在家里解闷儿。

林永清 （皱了眉头）哎，您这话！怎么是解闷儿？（让座）这位唐女士跟内人是朋友，现在她丈夫坐了牢，本人又有点神经错乱，怎么好不照顾她呢！

陈克明 （坐下，冷冷地）恐怕也真有把疯子来解闷儿的！

〔男仆送上茶来。

余为民 （突然双手一拍）有，有，怎么没有！（坐下，忽叹口气）嘿，这世界，难怪疯子多了，简直是人心不古！兄弟今天之所以来迟，就为的碰到了一件岂有此理的人心不古！

林永清 （不感兴趣，随口敷衍）哦！岂有此理的人心不古？（聚精会神，引到正题上来）可是，为民兄，您是从澹老那边来吧？

余为民 （愤愤然只管说他自己的）人心不古，由来已久，而兄弟今天碰在头上的，却是闻所未闻，荒谬绝伦！（急急忙忙抓起一支香烟，边吸边说）永清兄，想来您也知道，我领导下有一个民众组织：“统一民主协进会”，（以手拍桌）谁料到人心之不古，竟也波及了这一个组织里头！

林永清 （点着头）哦！（再引到本题）为民兄，咳，上次我们谈的那几项——

余为民 噢，不忙，不忙。（转脸对陈）他们居然提出要求，其中之一是改选正副会长，哎，克明兄，这是岂有此理的！

陈克明　（冷冷地）他们是谁啊？

余为民　会员呀，“统一民主协进会”的会员呀！

陈克明　（冷冷地失声笑了）哦！是会员！想来您那个什么会的章程上并没规定会员得选举正副会长。

余为民　（理直气壮似的）不然，会员的权利义务都有规定。这是最民主的一份章程。（兴高采烈起来了）会名曰“统一民主”，就是说要把这个民主去统一其他等等，而又曰“协进”者，乃是……

林永清　（再一次想关住余的话匣子）得了，为民兄，章程以后再谈——

余为民　（又不让林说下去）对！不谈章程，先谈他们的人心不古，无理要求；咳，克明兄，——照章程……

林永清　（无可奈何，只好顺水推船）照章程还没到改选正副会长的时候，是不是？

余为民　（大声）也不是！照章程，他们得遵守誓言！

陈克明　（冷冷地笑了）哦，原来是有誓言的。

余为民　（睥睨四顾）怎么没有！这是我的誓言，他们有义务遵守。我发起这一个组织的时候，就庄严宣言，我这会长要等到五件大事都完成以后，这才洁身引退，五件事中有一件不成，我是要负责到底，决不中途推卸的！

林永清　（皱了眉头，姑妄问之）怎样的五件事呢？

余为民　（急忙扔掉了香烟，揎臂屈指）第一，发展会员到三万万七千五百万人；第二，收复外蒙，重领越南；第三，消灭奸党，肃清异党……

陈克明　（大笑）那您这会长一定可以做到您老死！

林永清　（也笑，而且再也忍不住，直截了当提出正文）得了，现在谈谈正经。为民兄，金澹老的回答如何？

余为民 （这才想起了似的）哦，澹老的答复吗？（笑了笑）干脆，痛快，简单！（再抓起烟来，且吸且看案头日历）哦，还有六七天，（抬头视林）哎，永清兄，澹老要兄弟来转达的，只有一句话：一千二百万那笔短期，请您准备好！

林永清 （一怔，但犹以为此乃余之故弄狡猾，对陈使一眼色，即佯笑）哦，遵命，遵命！兄弟早就准备在这里了。

陈克明 （微笑，冷冷地）可是，金澹老还有没有别的话呢？

余为民 （仰脸喷一口烟）没有！

林永清 （又笑，满不在乎的样子）哦，那很好。

余为民 （顾谓陈）澹老很忙，兄弟呢，也有点小事，昨晚上匆匆只谈了几句话。他说：我的意见早就表示过了，现在要看（回头看着林）永清兄您到底是怎样一个打算。

林永清 （希望复活，但不肯示人以弱点）我吗？我的意见也表示得差不多了吧？（口气松一些）不过，谈到具体问题，那当然是另一回事了。（笑了笑）在有些具体问题上，我倒也没有多大成见。

余为民 （忽然放弃了那种冷淡的态度）对，对，我都明白，我早已懂得您并不坚持那些枝枝节节。（显得亲切起来）然而，永清兄，现在兄弟不妨坦白说，时机已经过去了。（狂吸一阵以后，就将烟屁股扔掉）

陈克明 （装着烟斗）哦！什么时机？

余为民 （更显得亲密）不瞒您说，永清兄，严干臣请客那天，时机最成熟，那天澹老灵机一动，情绪是当真很高的。可是，（非常惋惜似的）永清兄，您的犹豫不决可就坏了事了！（突然起立）兄弟今天还有点事儿，再会，再会！

林永清 （没有摸清对方的真意，尚不甘心）啊！何必这样匆促？

余为民 （拱手）对不起！兄弟还得去把那“人心不古”的事件作一最后的解决，——再会，再会！

〔陈已起立，冷冷地微笑。林也不得不起身送余出去。

余为民　（且走且言）那么，永清兄，那一笔短期——（笑了笑）费神，费神！兄弟总算是原经手，了此一事，功德圆满。（又仰脸笑）

林永清　（强颜为笑）哪里，哪里。不成问题。

〔陈送至左侧门前站住，林、余二人已出门，陈听得余在说："唉，这一次，兄弟的献议，本来是正当时机最好的关头，可惜！"林的声音："嗯，无所谓！"余的声音："然而兄弟总觉得遗憾万分……"声愈远，不可得闻。陈冷冷微笑，踱到写字台前，有意无意地望了一下案头日历，赵自芳急急忙忙从右首门内出来了。

赵自芳　（惊讶）怎么？永清呢？

陈克明　（刮去烟斗内的积灰）送客去了。

赵自芳　（性急）姓余的就走了吗？他怎么说？

陈克明　（微笑）只有一句话：收回那一千二百万的短期。

赵自芳　（也不能不感受这打击的威力）呵，呵，别的都没有谈起？

陈克明　没有。对方的口气，这回是完全没有弹性的。

〔赵沮丧地叹一口气，坐下，有意无意地把手搁在那案头日历上，翻动了一下，又转眼望望那工厂模型。

陈克明　（走近自芳，态度严肃）悬而不决，闹了几天的事情，一下子告了段落，永清也可以把心定一定了。

赵自芳　（一喜一忧）可是，周转的资金马上又——

陈克明　这当然也伤脑筋。然而最最碍事的，是游移不定。现在永清那颗心是一定可以定下来了！

〔赵的情绪也稳定起来了，松一口长气，微露笑容。林的声音从外边传来，暴躁地在申斥那男仆："不成话，院子里怎么这样乱七八糟，花呀叶的，快打扫干净！"陈和赵相视会意而笑。

林永清　（刚进门就宣泄那一肚子的闷气）金澹庵简直可恶，存心开我的玩笑！余为民这小子，更不是东西，（目视陈）听听他那种半冷半热的口气，哼，他打算捉弄谁啊！

赵自芳　（起至林前）永清，也犯不着生气了；这也是一番经验。计划计划明天的事吧。

林永清　（在写字台前的圈椅里坐了，口气不能平静）还有什么计划？有什么可以计划呢？（随手抓起一支铅笔，敲着桌子）自芳，你说，明天怎样？明天还不是跟昨天一样，跟已经过去了的无数个昨天一样，脚镣手铐，再加上千斤重闸，用不到计划，也根本不容许你来计划！

赵自芳　（特别能忍耐）嗳，光是发发牢骚有什么用呢？（坐在壁炉旁，聚精会神，慢慢地说）周转的资金自然得马上设法。我想起了几个熟人，回头找他们谈谈，也许可以活动到一个相当的数目。

林永清　（神态略觉镇静，但意气消沉）嗯，挖肉补疮，疲于奔命，这是应付，不是计划！

赵自芳　应付也罢，可是你不应付也不成呀！（渐兴奋）当然除了应付也还有别的事要做。永清，前些日子，我听得工程师说，有一种什么材料不凑手，他们试用了人家还没试过的代用品，居然也成，也合标准，可见技术上也还有些地方可以研究改良。

林永清　（点头）这一个试验，他们先跟我商量过。（苦笑）然而，未见得就是起死回生的药方。（转脸看着正在慢慢踱步的陈克明）可不是，克明，技术问题还不是今天工业上主要的障碍？

赵自芳　（抢着说）无论如何，有些改良，总比没有好。永清，要是你像前几年那样把全副精神都放在厂里，改良进步一定还要多，出品可以更好，浪费和蚀耗也还可以再减少，出品更好了，成本也低了，那不是就慢慢撑住，渡过了这难关吗？

〔刹那的沉静。陈克明站定在林的背后。室中只有林手中的铅笔忽徐忽疾敲着桌面的声音。

林永清　（扔掉手中的铅笔。叹口气）唉，自芳，你这一番话，都是太平世界的想法！你是用了外国的标准来看中国的事情了！

赵自芳　（一头冷水，又不耐烦起来了）噢，那么，永清，依你说，照你看来，应当怎样？

林永清　（仍旧自顾自说）中国有所谓中国的“特别国情”，这特别的国情便是嘴巴上说得好听，文字上写得漂亮。重床叠架的法令，何尝不严密堂皇，然而，解决了问题吗？请看事实，取缔了贪污吧，哼，那可连看也不用看，嗅一嗅就够了！（激昂）自芳，这一切，你，不是不晓得，为什么忽然都忘了？（霍然起立，看了看赵，又看着陈）克明，刚才你说我“不到黄河心不死”，现在我可真是死心塌地定下来了。（慢步徘徊）嗯，明天的计划？（苦笑）有，我也到底有一个了！（站在自芳前），中国有句格言，“饮鸩止渴”，我们做过了；中国又有一句格言，“挖肉补疮”，我们也做够了；中国还有第三句格言，“画饼充饥”，那是余为民之类干得最起劲的，这是一种麻醉药，叫人忘记了痛苦，我们身受其痛的，实在没法做；中国更有第四句格言，“挂羊头卖狗肉”，哼，有人在做，我们可不够资格；（声音冷峻）可是，也还有第五句格言，留给我们，这第五句叫作“守株待兔”，这是笨伯干的玩意，（苦笑）好罢，在这聪明人太多的世界，我们不做笨伯，又将奈何？

〔刹那的沉默。

赵自芳　（由惊疑而渐变为恐惧）嗳，“守株待兔”，——啊，永清，你的意思是停工，是关闭了工厂，让机器生锈，笼着手，等着瞧么？

〔林苦笑不作声，走回原处坐了。

陈克明　（站在赵与林之间）永清，您打算从十字架底下开小差吗？上帝不许。

赵自芳　（毅然）上帝允许了，我不能允许。

陈克明　（态度异常严肃，走近林）即使，自芳她也允许了，而这厂，——负了那么多的债务，好像绷紧在您身上的一件湿布衫，简直成为您的一层皮，您想随便撩开它，怕也不容易。所以，永清，事情要换一方面来设法的。

赵自芳　永清，你要是那么一办，我就去做律师。（林、陈二人都愕然转眼望着她）我要代表厂里的员工控告你：从前你要大家流汗流血，从上海来四川的时候你是怎么说的，现在你想把大家扔到马路上去，那可不成！

林永清　（冷冷地苦笑）那么，我也要控诉！我要向社会控诉！我要代表我这一个工业部门向千千万万有良心的人民控诉！（抑制不住愤激，霍然起立，绕着室中央的小圆桌急走）我没有做过对不住国家的事。八年前，战争刚一开始，我就响应政府的号召，把工厂迁来内地，我不会观望，更不曾两面三刀，满口爱国爱民，暗中却和敌人勾勾搭搭，我相信我对于国家民族，对于抗战，也还尽过一点力，有过一点用处。（突然站住）可是现在怎样？焦头烂额的我，走投无路！我不是早已给抛在马路上了？自芳，你说你要控告我忘记了从前约许的话，你说我要把全厂员工不管他们的死活扔到马路上，（沉痛）可是，先要请你也替我申一申冤呀！

〔赵的头渐渐垂下去了，但脸色紧张而愤慨，全身使劲，似在挣扎。

陈克明　（坐到林刚刚坐过的椅内）说得对！永清，我拥护您！

林永清　（满腔怨愤，非发泄不可）刚才你又提到了改进技术，减低成本的话；谁不知道这是应该的，哪一位大人先生不打这些官腔？可是自芳，我们没有那样做过吗？不是的！这多年来，我们天天这样做了！我花在这上头的心血，自芳，都在你眼里；我们在这一方面的成就，也是有目共睹的！我不敢说这些成就多么了不起，可是在最困难的条件下能有这一点，我们也可告无罪。然而，无济于事！统制和管制，抽干了我们的血，飞涨的物价，高利贷，压得我们喘不过气来，哪怕我们绞尽脑汁把效率再提高，勒紧裤带把成本再减低，难道就能起死回生不是？（顿一下）克明，我们的血给抽去了做什么用呀？滋补了公家还是滋补了私人呢？

赵自芳　（愤然抬头，感情激动至于声音发抖）私人！我们永远不能饶恕这些非法的行为！

林永清　（又踱步，但步子稍缓慢）再说，也还有所谓工贷呢？嘿，名目是堂而皇之的。也不用我多说了，你是知道得清清楚楚，历届工贷分配到民营工厂的到底有百分之几！而且手续之麻烦，办事之迟慢，一言难尽！（冷笑）人家打发叫花子的也还干脆爽利得多呢？

〔林说完，就去倚在壁炉架上，虎起了脸发怔。刹那的沉默。

陈克明　（严肃，坚决）说得对！问题的中心，都在这里！（向赵走近）自芳，这些情形，都不是工厂里的技术问题，然而它却一把抓住了工业的命脉。这些情形不改革，工业就永远没有发展的希望。所以，自芳，您主张永清像从前那样把全部精神时间都放在厂里，都去对付工厂的管理和制造的技术，我可是要劝他分出一部分精神时间来反对这些不合理的法令规章，联合工业界人士来要求民主！

林永清　（有苦难说地）咳，我们何尝不呼吁……

陈克明　（声调激昂）呼吁是呼吁了，然而，要有联合的决心和行动作后盾，呼吁这才不是可怜相，这才能够发生反应！永清，您说要向社会控诉，对啊，需要，可是，您别忘记了您就是社会的一分子，您和您的同业就是社会的一根台柱，你们要拿出主人翁的身份来，向那些公仆们算账！

林永清　（沉着，点头）嗯，事情就是这样，工业界不是没有组织的，然而还不够坚强，不够行动化；政治不民主，工业就没有出路，我们不是没有认识，我们从痛苦的经验中早就认识得明明白白了，然而我们的决心还不够，我们大部分同业还以为谈政治是狗捉耗子，多管闲事！

陈克明　可是最大的弱点还是太多了幻想，舍不得那些幻想……

〔男仆入，呈一信与赵自芳，即下。

陈克明　（微笑地看着林）永清，您不要生气，您刚才说的什么“守株待兔”，也就是幻想。永清，您这所谓“兔”，是指那抗战胜利以后你们这班焦头烂额的内迁工厂应得的报偿——胜利的果实吧？永清，没有人敢说你们这要求不合理，可是，政治不民主，你们这合理的要求只是一种幻想。您这向往中的“兔”，正像跑狗场中的龟兔一样，竞争而捉它的不是您，而是那些特别豢养着的猎犬，您最多只能在那些猎犬身上押这么一宝，碰碰运气罢了！……

〔赵已阅信，很感动似的以手抚胸，然后惊喜地“嗳”了一声，陈克明顿住了话头，惊讶地看着赵。

赵自芳　（以信授陈，同时自言自语）我应当再做律师。从前我对于做律师灰了心，因为觉得这还不是讲法律的世界；可是现在我决心再做律师，就因为这世界上太不尊重法律了！

陈克明　（阅信）哦，这是黄梦英的信。（惊喜地抬头向林）啊，她到昆明去了！（又摇头）咳，乔张是有了下落了，然而麻烦。（以信还赵）

赵自芳　（镇静而坚决）嗯，梦英说过，人的心不像法律条文那样呆板，这话竟是对的。我一向误会了她了。（以信给林）永清，我也误会了你！（转身向陈）克明，并且我一向也把工厂只看成一堆机器，老逼着永清只在机器身上找寻解决困难的办法。现在我明白了。我们要打断那把工业拖得半死不活的脚镣手铐！可是，永清，我又怕已经迟了一点了！

林永清 （两眼放光，声音洪亮）不，也还不迟！就跟黄梦英信上说她自己的事一样，看明白了就下决心，就行动，今天也还不迟！

陈克明 （沉着地微笑）不过也不能再迟下去了！世界已经变了，中国再不变，可就完了！

〔赵爽朗地笑，走近林，二人拥抱。陈抱臂目视亦笑。

——幕下

开明书店 1945 年 10 月初版

窑　工

丁玲　陈明　逯斐

人物表

以上场先后为序

张永泉　五十三岁，高个子，森下瓦窑厂的经理。

汪子和　四十八岁，森下瓦窑厂的大先生。

刘小发　十四岁，刘忠厚的孙子，森下瓦窑厂的苦力。

刘忠厚　六十岁，刘小发的祖父，森下瓦窑厂的厨子。

李生财　三十二岁，森下瓦窑厂的工头，张永泉的狗腿子。

杜老汉　四十九岁，小葡萄园的主人。

金　本　五十岁，森下的老丈人。

赵　满　二十七岁，森下瓦窑厂的苦力。

钱根弟　三十岁，森下瓦窑厂的苦力。

凤　仙　三十二岁，张永泉的小老婆。

小　玉　十五岁，原名翠子，刘文发的女儿，张永泉的养女。

刘文发　四十二岁，刘忠厚的儿子，森下瓦窑厂的苦力。

高炳武　二十三岁，森下瓦窑厂的苦力。

陈国梁　二十岁，森下瓦窑厂的苦力。

周平安　三十二岁，森下瓦窑厂的苦力。

小头目　甲、乙、丙。

八路军　甲、乙、丙。

工人群众　甲、乙、丙、丁、戊、己……

孔主任　二十八岁，四区工会主任。

第一幕

第一场

时　间　一九四五年四月某日黄昏。

地　点　森下瓦窑厂大柜上。

布　景　左边是森下瓦窑厂的大柜房，墙上挂有工牌，靠广场的墙边有一门，门里放着一写字桌，桌上有算盘、电话机等，右边是一广场，场上堆着已烧成的砖瓦。右方是魁星阁的远景，左远方露出城墙的一角。

开幕时　台后工人乱嚷嚷，喊：“五千九百八十”，“五千九百九十”，有的喊：“齐了！齐了！五十万”，又有的喊：“开车了！开车了！”接着汽笛声，火车开动，由近而远去。张永泉坐在柜房里抽烟，刘小发跳跳蹦蹦地上，眺望火车远去。汪子和拿了一把交货的筹码，匆匆走进柜房。

汪子和　啊，三爷！货装走了！

张永泉　给打个电话到龙烟去！

汪子和　是！喂！接龙烟铁工厂——喂！龙烟铁工厂吗？我们是森下瓦窑厂……我是大先生，喂！今天装走了五十万砖，十万瓦，什么？……还要多些？（对张永泉）怎么？

张永泉　煤运得不够数，叫他交足了煤，再来催砖！

汪子和　喂！喂！运来的煤不足数呀！这样下去，我们要脱期交货了！

张永泉　他们不守合同，我们不能把胳臂当柴烧，叫他们守信用。

汪子和　一定得守合同！不补足不成！到期交不了货，不能怪我们呀！是！好！（放下电话机，坐下点筹码）

张永泉　这个月的账结了没有？

汪子和　还没有！

张永泉　该领款子了，快点！

汪子和　是！待会儿就请您过目！

〔刘忠厚上。

刘忠厚　小发，怎么跑到这来呢？人生地不熟的。

刘小发　爷爷！这不是打从北京来的火车吗？

刘忠厚　不是，是龙烟铁矿的。

刘小发　到这来干什么？

刘忠厚　运砖的。

刘小发　火车还到这儿来运砖？真阔气。

刘忠厚　头天到这儿，别乱说，惹出了什么事，再把这碗饭丢了，可又找麻烦。

刘小发　唔！今儿晚上吃那号沙子饭，还没有天津厂里好哪！

刘忠厚　天下老鸦一般黑，换一个地方，那能好上天去？这年头，唉！

刘小发　李先生不是在天津说，到这儿好吃好穿，工钱多？

刘忠厚　待一阵再说吧！别再像天津发大水那年，工也找不着，你妈又闹病，弄得一身债，逼着只好把你姊姊卖了。

刘小发　爷爷，姊姊卖到哪儿去啦？

刘忠厚　谁知道那个姓王的，把她带到哪儿去了？（沉思）

汪子和　（突然想起）唔，三爷，今儿晌午，您太太和小姐来找您，您刚好到……

张永泉　他屌儿操的，老上这儿来撒野，说什么来着？

汪子和　您小姐要做鞋子，找老三老婆纳底子，没半顿饭工夫就回去了！

张永泉　唔……

汪子和　您小姐真漂亮，真好福气！

张永泉　哈哈！……

刘小发　爷爷，姊姊比我大一岁，一定没有我高！

刘忠厚　谁知道呢？卖她的那一年是十岁，今年该十五了，唉！去年你爸爸还托人打听她的下落！有的说那姓王的在口上，有的说到南边去了，这辈子要见到她，恐怕也难了！

〔李生财带了一包礼物上。

刘小发　爷爷！李先生！

刘忠厚　呵！李先生！

李生财　怎么跑到这儿来？

刘忠厚　这孩子看火车。

李生财　这儿是柜房，以后少上这儿来，要碰上三爷和东洋人，可不成。

刘忠厚　是，是。

李生财　你儿子呢？

刘忠厚　在屋里待着，等您老回话呢！

李生财　回去，待会儿找你们去，在这儿好好干，听我的话，准错不了。

刘忠厚　是！小发，走！

汪子和　三爷，请您过目。

张永泉　报个数就得了！

〔李生财向柜房走去，小发和忠厚下。

汪子和　五十万砖……（被李生财打断）

李生财　金本先生。（张永泉从椅上站起）

张永泉　谁？

李生财　（掀门帘入柜房）喔，三爷，您正在这儿！

张永泉　金本进城去了，你找他？

李生财　不，不，不找他，找他不顶事。

汪子和　唔！李先生回来了，请坐！

李生财　（对子和）好，您忙吧？

汪子和　唔，不空，不空。

李生财　三爷，这次招工可不容易。

张永泉　叫你办事，总是诉苦。

李生财　真的，这年头，年轻力壮的越来越少了。

汪子和　对了，年轻力壮是不多！

张永泉　到你那老鬼子那儿讨赏去吧！

李生财　还是请三爷栽培，三爷，这是一点海货，从天津带来的，小意思。

张永泉　干吗带东西，唔，你哪班车回来的？

李生财　上午就到了城里，在城里耽误了一下。

张永泉　唔，这回你肥了吧？

李生财　哪里，跟您老办事，怎么敢？

张永泉　招了多少人呐？

李生财　三十三个，一共花了五千二百九十八元，请您结算一下。

张永泉　得了，明打明说，捞了多少油水？

李生财　三爷，别开小的玩笑，一路上管这三十三个劳力，吃喝房钱，花了五千二百九十八，临走，给了我七千块，还剩下一千七百零两块，这个，您赏给我吧！算三月份的工资。

张永泉　工资？拿来，子和，你替他报七千块钱账！

李生财　给厂里报七千块钱账，将来在苦力身上还扣不扣呀？

张永泉　当然扣回来！

汪子和　扣回来，扣回来！

李生财　一个也不给我？

张永泉　怎么？

李生财　不瞒您说，我还没洗澡哪，借我几个吧！

汪子和　咳，真是！

张永泉　又装穷，给你，五百。

李生财　谢三爷。……这次招来的苦力，归我包吧！

张永泉　唔，十天交三万砖。

李生财　还是原先的三孔窑？

张永泉　怎么？

李生财　限多少天？

张永泉　狸猫吃了耳朵啦？不是说十天嘛！

李生财　十天？一孔窑是四千八——五千，三五一万五，行，就怕日子太短，三爷！

张永泉　一孔窑烧两天两夜，凉两宿，四天烧一回，十天能烧两回半，还不成？

李生财　往后天热了，两宿那能凉透？

张永泉　那我管不着，你能包就包。

李生财　多少钱？

张永泉　两万！

李生财　太少了。五分利还不到。

张永泉　您去合计合计，反正森下老板这个数目包给我的，不干也得干。

李生财　三爷做主，多照顾一点，再添几个吧。

张永泉　还有什么说的，就这么干吧。

汪子和　李先生，三爷亏不了您，以后再说。

李生财　对！对，三爷亏不了我！

张永泉　喂！子和，苦力多了，地再不能拖了，你去告诉杜老汉，快让出那片地来，别等着老子给他厉害看。

汪子和　是！

张永泉　马上就去。

汪子和　是！是！（出柜房下）

张永泉　李生财，以后放规矩一点，别鬼鬼祟祟在日本人面前跟我捣乱！

李生财　说笑话了，谁不知道你三爷的本领，在您老手下，敢怎么样？

张永泉　呵！呵！不是我吹，我要没有一点本领，森下这个厂，那会有今天？

李生财　可不是？要不是三爷办法多，凭他，那能赤手空拳闹下三四十孔窑。

张永泉　他妈的！我对森下，总算赤胆忠心，当初他一个浪人，到宣化来，有什么办法？要不是我凤仙同他东洋婆子做了朋友，我也不会帮他出主意，占地，抓苦力，替他赚下这片窑地，哼，到末了，他调到队伍上去了，不把厂交给我，倒交给他老丈人，提起这就生气。

李生财　真是，连我都有气，不过，要不是东洋人这块牌子，咱们也不好干。

张永泉　天津来的苦力，好好看着点，别又让赵满勾引了。

李生财　您放心，我带来的苦力，个个都是老实的。

张永泉　（两人走出柜房）二柜上的厨子跑了，从这儿挑一个老实的，有没有？

李生财　厨子？巧极了，这次，我找了这么一家三口，那老头当厨子最好也没有，他的儿子叫刘文发，是个大个儿，身体顶结实呢！

张永泉　叫什么？那儿子叫什么？

李生财　刘文发！

张永泉　刘文发？好像在哪儿听到过。

李生财　您老南走上海，北到口外，大买卖人，哪能不听到各种各样的名儿呢？

张永泉　刘文发，怪熟的。

〔杜老汉带了两只鸡上，汪子和跟上。

老　杜　三爷，唔，李先生。

李生财　三爷，我去了。

张永泉　唔！

老　杜　三爷，实在没有什么好送给您，这鸡……

汪子和　你听我说，还是把葡萄园子让出来好。

老　杜　大先生，我就靠这几棵葡萄活命，没法子。三爷，求求您，给东洋老板说一说，我只那一点儿地，种几棵葡萄糊口，你们要圈去了，叫我怎么过活呢？

张永泉　东洋人要圈你的地。

老　杜　您老是面子上的人，跟东洋人说得上话，求求您，看在我那个没爹娘的孙子身上，看我这老头可怜，您三爷修修好！

张永泉　管不了那么多。

汪子和　喂！东洋人喜欢吃葡萄。

老　杜　现在哪来葡萄，要有，哪有不送的呢？

张永泉　别废话！东洋人看中你的地，不让也得让，让也得让。

〔金本上。

汪子和　啊！金本先生！

张永泉　好！金本先生来了！

金　本　什么的干活，鸡的，唔！

老　杜　东洋老先生，求求您，我那块地，实在不能让，可怜可怜我一家子，靠那几棵葡萄过日子，修修好，这鸡……（把鸡提给金本）

金　本　唔！大大的鸡，哈……

老　杜　请东洋老先生吃！

金　本　走！米西米西！（向柜房走去）

老　杜　东洋先生，我甭搬了吧？

金　本　唔？米西米西！（入柜房，张永泉随入，金本和他耳语）

汪子和　鸡不是给三爷的？怎么又送给……

老　杜　给他送东西，也不止一回了！大先生，您抽烟，唉！

〔张永泉走出柜房。

汪子和　不抽！

老　杜　那我回去了！

张永泉　喂！老家伙，东洋老先生说，明天一早去拆院墙。

老　杜　啊？啊！东洋老先生不是说，甭搬了？

张永泉　谁告诉你甭搬？你看他冲着你笑？以为两只鸡油了他的嘴？告诉你，东洋人看中你的地，死也得搬！

老　杜　呵！三爷，这几个钱……

张永泉　放屁，我三爷缺这几个钱？别废话，滚回去，明天再在园子里，当心你的狗命！去去！去！（对子和使眼色）

汪子和　快去吧！趁早搬！

老　杜　三爷……（子和推着老杜同下）

张永泉　他妈的 × ！（入柜）

金　本　明天的宪兵队送五十个苦力来，睡的地方要小心的，有的没有？

张永泉　抓来的吧？那就送到魁星阁去。

金　本　魁星阁？（指远处魁星阁）好的，好的！（金本下，张永泉

随着送出柜）

〔赵满上。

赵　满　经理！

张永泉　干什么？

赵　满　三万砖十天出不来，上回的工钱还没给！

张永泉　我忙，没有工夫听这些！（入柜）

〔钱根弟带一条烟卷、两瓶酒上。

钱根弟　三爷！（跟着入柜）这点东西孝敬您老的。

张永泉　太费事了！坐！

钱根弟　甭，甭，三爷您坐！

张永泉　工钱还没发呀？

钱根弟　还没有！请三爷……

张永泉　这些人办事，就是老牛爬山，明天叫他们发给你！

钱根弟　谢谢三爷，我走，您忙！

张永泉　好！

〔钱根弟出柜房，张永泉拆烟卷抽烟。

钱根弟　（对赵满）怎么，你们的工钱还没发下来？你还没摸着门路，给送点什么，钱下来得快！

赵　满　没那笔闲钱！

钱根弟　谁也没这笔钱，我这还是跟葡萄园老杜借的，不这样，哪会发工钱？真没法子……唉！（下）

张永泉　（把烟丢下）他妈的鬼烟！（走出柜房）

赵　满　经理！饭吃不饱，干不了活，饭里尽是沙泥，咯吱咯吱的合不上牙！

张永泉　妈的 ×，告诉了老子，就吃得下饭了？挑好的吃，回家当太爷去！

赵　满　叫厨子把米淘净一点，让大家多吃一口，有气力干活。

张永泉　淘净一点？哼！就配给那一点粮，不掺沙子，就填得饱你们狗肚子？

赵　满　这样我们没法干，十天出不了三万砖！

张永泉　包给你们工头了，我管不着。

赵　满　你不能不讲理！

张永泉　老子就是这样！

（本场完）

第二场

时　间　与第一场相隔约一个月，某日午后。

地　点　张永泉的家里。

布　景　张永泉的会客室，中式房子，有些日本式装置，舞台右手后边有通内室的门，正中有通院子的门，左手是一排日本式的玻璃隔扇，可以拉开，通舞台左侧的走廊，走廊的左前方有门，通厨房。（舞台上并不看见）室中放一小圆桌，周围有两张沙发。右前方放一中式的橱，上有镜架、花瓶等，还挤着放一架小型收音机及电话，墙上挂些日本画片和美女月份牌等。不伦不类，显出很庸俗。

开幕时　凤仙坐在沙发上，神情恍惚地揉叠着一封已经皱了的信，不时望一望蹲在收音机旁的小玉，小玉一心一意地在听收音机，收音机里发出怪声、嘈杂声和唱戏的声音。

凤　仙　小玉！你说这信是哪天寄的？

小　玉　是……我忘了。（又开收音机，想着不好，才转过身）给我看看。（看信）嗯，是四月底。（又去转收音机）

凤　仙　四月底，（屈指计算）有半个月了，从乡下寄到扬州，从扬州再寄到这儿，也不该这么久？一定是我哥哥托人把信写好，在家里放了几天才寄的，唉，到底不是亲生姊妹，不关心！小玉，别开了。

小　玉　唔！（仍转）

凤　仙　离家十二年了吧？不通信也六七年了，跟着他就没有通过信，都是他不准，唉！小玉，别开了，吵得人头疼。

小　玉　今天北京有落子，妈！我喜欢听落子，早先我在天津跟我妈，喔，——不，错了，我说我在天津也听过落子，我还记得。

凤　仙　嘿……没有错，就是跟你妈，我并不是你的亲妈，小玉，你对我还多心？

小　玉　不！我只有你一个妈！

凤　仙　是的，现在就只有我一个人疼你了。前回有人去天津，我还托他打听你爸爸的消息嘞。

小　玉　真的吗？

凤　仙　真的，我想要是你爸爸还在，你不是说他身体顶好吗？他一定还在的，要是他日子过得还可以，我想让他们把你赎回去。

小　玉　赎回去？

凤　仙　唔，赎回去，跟着自己爸爸好。

小　玉　他们不会有钱，我小时候，常常饿肚子，不过，爸爸、爷爷都喜欢我！

凤　仙　谁都想家的，这个地方就不是家，简直是火坑。

小　玉　我舍不得你！

凤　仙　傻孩子，我也不会在这儿长久下去的。（看信）

小　玉　舅舅来信说你可以回去的。

凤　仙　可别让你爹知道，他要知道，非揍我不可，你看，这儿，还青着一大块呢。

小　玉　妈是不是想回扬州去？

凤　仙　可不，可是不容易，就是上了火车，他要一打电话，哪个站上都能把我扣住的。还有，我总想把你先安顿一下，不这样，我也不放心，那老家伙不是人！

小　玉　妈！你说谁？

凤　仙　你真这样傻，一点也不明白，只要他眉毛一动，我就猜得着他打什么主意，你还没有看见他，这一晌，老是对你挤眉弄眼的，哼！开口见喉咙，瞒得过我！

小　玉　你别瞎说！

凤　仙　一个马贩子出身的，从前吃高鼻子的饭，现在又舐东洋人的屁股，还贩卖人口，要不是你长得漂亮，还不是早又卖掉了，你想还会是好人？

小　玉　爹有时候打你，有时候也听你，按月三千块钱，都拿到家里来。

凤　仙　你不懂，三千块钱不过是他的工钱，他的外快比这多，要不是我认识森下太太，逼着我跟森下太太说，开这个厂，他会依我？他打的是我，怕的是森下太太，唉，吃这碗饭，不容易。

小　玉　妈，你今天有什么不顺心，我跟你买点什么去。

凤　仙　不！你回来！

小　玉　妈，要不，我们出去逛逛，托窑上的女人纳的鞋底，不知道好了没有！我们去一趟，好不？

凤　仙　也好，我想去找一个人，我托他去天津打听你爸爸的。

〔李生财在外叫："大嫂子！大嫂子在家吗？"凤仙藏信。

凤　仙　谁？呵！（李生财上）是你，哪阵风把您吹来了？我正要去找您呢。

李生财　呵，小玉，长得更漂亮了。

小　玉　讨厌！你见人就会说这句话。

凤　仙　小玉！去烧点开水，沏茶给李先生喝。

小　玉　好！（下）

李生财　（注目望小玉）十六了吧？

凤　仙　没有，还小一岁。

李生财　很值一笔钱，该找个婆家了。

凤　仙　我拜托你的事，怎么样了？

李生财　您拜托我的事——咳，咳？

凤　仙　你看你这人，嘴上说得那么好，原来都忘了，怪不得回来一个多月了，一回也不上这儿来。

李生财　咳，咳，您拜托我的事……

凤　仙　别说了，你就是忘了，托你打听小玉的亲生爸爸来着。

李生财　呵！没有忘，没有忘，不过——唉，他叫什么名字，啊呀！我把他名字忘了。

凤　仙　叫刘文发。

李生财　刘文发，啊呀，刘文发……有这样巧的事！这次我从天津招工回来，里面就有个刘文发，是个中年人，身体很结实，呵呀！要是真的，三爷知道了，可要怪我呢。

凤　仙　你知道他家里还有什么别人？

李生财　有一个老的、一个小的。

凤　仙　小玉告诉过我，她有一个爷爷和兄弟，现在全在这儿？

李生财　全在窑上，连件好衣服也穿不上，就算有一把力气，要不，还能让他带着老小来。

凤　仙　唉！

李生财　我说，还是把小玉另外找个人家，放在家里，是你的祸害。

凤　仙　倒不是为我！小玉，我很疼她，怕她受罪，我想让她回老家去才好！

李生财　做爸爸的不会肯的，都已经等得不耐烦了！

凤　仙　哪里事情全由他，他要真胡来，我卷铺盖就走！

李生财　走哪里？跟我走，连铺盖卷也不用带，哈……

凤　仙　别胡说！

李生财　说起铺盖，我还有气。前天窑上又跑了个苦力，留下一床好铺盖，我说三爷，赏给我吧，他连肯也不肯就拿走了。一年四季，留下多少被袄，一件也不分给我。

凤 仙 家里又不是没有，要那么多干什么？

李生财 好东西还嫌多？哈……有你这么一个好太太，他还打女儿的主意呢。

〔小玉捧茶壶、茶杯，站在隔扇外边。

李生财 请进来，请进来！不敢当，不敢当。

小 玉 李先生（把茶壶放在桌上）你说谁呀？

李生财 我说，女儿，嘿，父亲——

〔刘文发上。

刘文发 太太，张公馆是这儿吗？

凤 仙 找谁？别乱窜，这儿是张公馆。

刘文发 三爷叫我来挑水。太太，水桶放在哪儿？

凤 仙 小玉！带他到厨房去。

小 玉 唔，跟我来，（小玉从中间门出去，绕走廊走进厨房。刘文发随其下）

凤 仙 把那口缸挑满。（对李）这群苦力常常来挑水，把厨房弄得稀糟，他又老是今天叫这个，明天叫那个。

李生财 （自语）嗯，事情怎么这样巧。（对凤仙）喂！这是新来的。

凤 仙 你看他那股愣劲！

李生财 这是我打天津招来的。

凤 仙 这么脏，你尽挑这些货。

李生财 他姓刘！

凤 仙 嗯。

李生财 他叫刘文发。

凤 仙 呀！刘文发！

李生财 刘文发就是他。

凤　仙　真的？

李生财　你看这有什么办法？

凤　仙　唉！

李生财　可别让三爷知道，他一定要怪我的。

〔小玉从隔扇门走进来，后边跟着刘文发，他站在隔扇门口。

小　玉　水挑满了，还问有事没有？

凤　仙　（视刘文发）没有。

小　玉　（对刘文发）没事了！

刘文发　是。

小　玉　瞧你，满头的汗，你歇歇，我给你倒碗茶去。

刘文发　李先生，您也在这儿！

李生财　嗯，谁叫你来的？

刘文发　三爷。

李生财　真见鬼！

小　玉　你吃茶吧。

〔刘文发见小玉正面，发愣，直视小玉。

小　玉　这是茶，你喝吧！

刘文发　你……

李生财　老刘，这是张公馆，你发什么疯？快回去！

刘文发　你！（走进屋来）……翠……（逼近小玉）你……

〔小玉痴立，不自主地后退，正中的门忽开，张永泉站在门外，文发愕然。

凤　仙　小玉，过来！

〔小玉急跑至凤仙前。

李生财　呵！三爷，您回去啦！（对刘文发）还不快走，待在这儿等死！

〔张永泉大步上，咆哮。

张永泉　谁叫你进我的客堂！你偷东西来啦，还不给我滚！滚！滚！

刘文发　我挑水来着。（仓皇逃下）

张永泉　他屌儿肏的，这是你站的地方。

李生财　三爷，你歇会儿吧！同这群蠢猪生气犯不着，这沙发顶好，小玉，给你爹倒茶。

〔小玉倒茶，凤仙斜睨，张永泉狠视李生财。

张永泉　连苦力都拉到屋子里来了，你们还顾不顾我的面子？

李生财　三爷，您真爱说笑话，嘿……我特意来看你的，厂里有些苦力不稳当，鬼鬼祟祟的，好像在打什么主意。

张永泉　赵满那小子在下边怎么样？

李生财　那小子不爱吭气，是个厉害家伙，平常碰碰他，他不来，可有心眼。

张永泉　哼！等着瞧，看他骨头硬，过得了我这鬼门关，算他好汉。

李生财　我以后一定多看着他点，好，我这就回去，您三爷歇着吧！

张永泉　早晚同他算账。

〔生财下，小玉退回内室，凤仙站起，走向隔扇。

张永泉　哪儿去？

凤　仙　天不早了，给你做饭去。（下）

〔张永泉环顾两旁，向内室走去，凤仙在厨房里连喊："小玉！小玉。"

小　玉　来了，来了！（匆匆穿过舞台，走入厨房）

〔张永泉从内室上，在室内徘徊。

张永泉　凤仙，我要喝酒，去打点吧！

凤　仙　（走到走廊边）酒，家里有现成的。（进来）要葡萄酒，有沙城的，喝白酒，有东洋米酒，嫌不厉害，不醉人，还有上好的莲花白。（从橱中一瓶一瓶取出置桌上）你看，张经理家里的酒多着呢，还要太太临时去打？

〔张永泉觉其语有刺，装作不懂，仍嬉笑着。

张永泉　得啦！得啦！还没有下酒菜，买点酱牛肉来。

凤　仙　叫你的小姐去买吧。

张永泉　还要打醋呢！嗯，这个月的钱给你没有？

凤　仙　给了，三千块。

张永泉　我欠你的债了？

凤　仙　不欠。我欠你的债，你买我的时候，花了五十块大洋，我拿这钱埋了我的男人。

张永泉　你碰到什么鬼了，老在这里闹别扭，你以为我张永泉是个怕女人的！

凤　仙　哟！三爷，我可不敢那么想，跟你跟了六七年，你那点脾气我没摸到。我有几个脑袋敢同你闹别扭？我娘家连个信也没有，知不知道还有人呀！你呢？有的是东洋朋友，你要说三，我就不敢说四。

张永泉　那么……

凤　仙　我要做饭，我不上街，我不上街，三爷！（下）

张永泉　他妈的，有收拾你的那天。（沉思，有得，走去开门，故意大声说）呵！森下太太，请屋里坐，不坐，呵！要我女人过去？成，成，马上就来，您不坐会儿？慢走，好走！

（凤仙闻声走出站在走廊上，永泉关门返身，假装没看见凤仙）他妈的，这东洋婆子又来叫凤仙，敢情今儿凤仙又不愿出门，唉，这怎么好？坐在隔壁，三天两头地叫，我花钱讨的女人，是侍候你东洋太太的。

凤　仙　（走进客室）什么事？

张永泉　森下太太刚才来过，说在街口上等你，要你陪她上小市场。

凤　仙　等我，管不了那么多，我不去！

张永泉　我知道你不愿去，可又不能那么回她，当初一差二错，你和东洋婆子认识了。靠着你的面子，咱们挂了这份差使，捞两个钱，今天是人家的天下，他愿意怎么着，就怎么着，你看得还少吗？唉，我看你还是到街口上去看看，要不再就赶到小市场去。

凤　仙　早先也是你逼着我去的，我不去！（沉思有顷，看厨房）唉！小玉，小玉，我去看看，一会儿就回来。（下）

〔小玉在内听声，"呵！"张永泉笑，取酒喝一大口，坐沙发上。

张永泉　小玉！快拿饭来，（小玉应声，捧两碗菜上，放好，又要回厨房）别拿了，坐下来，陪爸爸喝一杯。（又自斟）

小　玉　我不会！

张永泉　不会也得喝，不喝，好，坐会儿吧。（小玉无奈，不坐，即去转收音机，内唱苏三起解）小玉，你今年十几了？

小　玉　十五了！

张永泉　十五了，该抱个男人睡觉了。哈……哈……（又喝酒）

小　玉　爸爸别瞎说。

张永泉　对，不愿意抱别人，就是爸爸吧。别看爸爸五十三岁了，并不比年轻人差。（小玉不理，忙往厨房去）你倒真是小姐出身，假装害臊，背着人还不是会偷人，（拉住小玉）小玉，放明白点，我有的是钱，你要什么，说，我明儿替你买。

小　玉　让我走，让我走，爸爸我要找妈妈去。

张永泉　谁是你的妈？谁是你爸爸？要不是因为你漂亮，我从天津买你来，养你这么多年，你吃了我这几年饭，穿得这样花花绿绿，不打你的主意，打谁的？走！

〔把她拉向内室，小玉挣扎。

〔凤仙在外叫小玉慌上，小玉脱身。

小　玉　妈……（哭泣）

〔凤仙上，见小玉哭，怒视永泉。

张永泉　怎么啦！你是看守我的宪兵，我张永泉有的是钱，有的是东洋朋友，放明白点，要不，对不起，哪天都能把你卖到烂婊子窝里去，卖到朝鲜兵那里，他们几十个人抢你做老婆，连洋狗也会来抱你的。

凤　仙　哼，你厉害，你是杀人不眨眼的活阎王，现在仗着日本人的势力，坑害中国苦力，我好歹都认了，你以为我逃不出你的掌心？几年来给你作践还不够呀！可是，小玉是我的孩子，是个没爸娘的苦命人，我不准你作践她。（小玉更哭得厉害）

张永泉　哈哈，倒看不出你，说得好听，你的孩子，打破了醋缸，今天我也要收她，你说我杀人不眨眼，就是！（抽小刀掷桌上）谁要动手，就砍手，要动脚，就砍脚！小玉，来！

〔小玉更紧贴凤仙，凤仙沉思有顷，决心把小玉甩开。

凤　仙　好！张永泉，我跟你拼了！（冲出去）

张永泉　哪儿去？

凤　仙　找东洋人去。反正今天是东洋人的天下！（下）

张永泉　（四顾无法，急追去，）凤仙，等一等，喂！我跟你开玩笑嘛！……

（幕急落）

第二幕

第一场

时　间　夏天的一个下午，隔前场约一个月。

地　点　森下瓦窑厂。

布　景　舞台正中是一座瓦窑，窑门开在两侧地平线的下面，左边是一列东洋式的烧砖窑的侧面，从窑墙底层的一排火孔里，可以看到熊熊的火光。连接这瓦窑右边是绵亘下去的另外的窑，舞台右后方是魁星阁的远景，更远是山。

〔开幕时：赵满、刘文发、刘小发、高炳武、钱根弟、周平安、陈国梁等工人，衣不蔽体，有的在窑顶上，有的蹲在地上，有的站在窑门口，李生财拿着扇子，来回走着。汪子和上。

汪子和　李先生，三爷才关照，明儿天不亮，火车就来，要把这些砖装走，日本人等着修岗楼呢！（*匆匆又去关照别的工头去了*）

李生财　听见没有？今天是非出不行，三爷限好了今天要！

高炳武　李先生，哎哟……实在，烧的砖没有凉透，天又太热。嘿嘿，您再待两天，等砖稍微凉一点儿，再出吧！

李生财　再待两天，三爷面前谁担待？森下说话，你们受得了呀？

赵　满　不是我们躲懒，不给出；是天热，砖没凉透，不能出，他们还不知道？

陈国梁　他们不怕烫，叫他们自己来出。

李生财　你们看，我没有什么地方对不起大伙儿，你们不是有心跟我为难？

刘文发　你什么地方对得起大伙儿？三爷包给你两万块钱，你只给我们一人五百。

李生财　咄，咄！三爷连五百都不敢出呢，亏得我……

刘小发　你赚了！

赵　满　我们不是跟你为难，你看，这么毒的太阳，打了门子，揭了盖子，至少还得凉个七八天，现在五天头上就要出窑，谁能在窑里待住了！

高炳武　别说在窑里做工，大太阳地点站这么一会儿，也就够受了。哎哟……

李生财　（思索）你们不出，那我去找三爷了！（下）

钱根弟　李先生，三爷面前，您说句好话，别怪我们！

周平安　怪我们，我们怪天去？不能出就是不能出。

钱根弟　唉！

赵　满　老刘，你这一晌怎么不爱说话？有什么心事？

刘文发　这几天我打听到一件事，想不出一个办法来！

赵　满　什么事？

刘文发　我打听到张永泉从前姓过王。

赵　满　人家跑码头的，常做坑人害人的事，保不住有几个姓。

刘文发　早先，天津发大水那年，我们日子过不下去，小发的妈又病得厉害，没有法子，二十块，我把女儿翠子卖给一个叫王永泉的，以后就没有信儿了，我们到处打听，也没有消息。

钱根弟　是呀！张永泉早先倒在天津住过。

陈国梁　那女儿，厂里人都知道是他买来的。

刘文发　前些日子，我替张家挑水，看见翠子了，他不大认识我了。

周平安　真有这样巧的事？你别看错了。

刘文发　没有错，她脸上有一颗痣，一点都不错。

高炳武　呵！就是常跟张永泉的娘儿们来的那个姑娘，长得顶好呀！哎哟……

刘文发　是呀，前天，李生财硬拉我去押宝，想赢我的钱，我不去，他生气走了，我怕他搞鬼，晚上就去找他，一看，满屋子人在押宝，我就没有进去，站在窗子外边看，听见两个人正在窗子里面说话。

陈国梁　说什么？

刘文发　他们说张永泉自己占了他女儿，女儿不情愿，又说森下前两天已经回来了，硬要张永泉的女儿，李生财要靠张永泉的女儿发呢。

钱根弟　对！前天我也在那儿，听李生财的口气，他这事办好了，森下还要提拔他到宪兵队去呢。——我告诉你了，你可别说出来！

陈国梁　他妈的，李生财到底回不回？老叫咱们在这儿晒着。

赵　满　你们先到阴地里歇一下吧。

钱根弟　望见他们来了，赶快喊我们。

赵　满　好。

〔陈国梁、周平安、钱根弟、高炳武等相继下。

刘文发　小发，你也去。

刘小发　我不去。

刘文发　（继续说）所以我心想过不去，女儿要不卖出去，吃得坏些，总不会这样给人糟蹋，一家子都在这地方受罪，你说有什么办法？

〔赵满沉吟不语，小头目甲、乙两人，捆着杜老汉上。

老　杜　你们占了我的葡萄园，还要送我到哪儿去呀？

小头目甲　有你去的地方。

小头目乙　那望乡台，就是你去的地方。

老　杜　我走了，我的孙子会饿死呀！你们狗仗人势……

小头目甲　快走！（与小头目乙、老杜同下）

刘文发　唉！

赵　满　他妈的，上年纪的人，还叫他受这个罪！

刘文发　唉，老赵，你说的那军队叫什么？

赵　满　叫这个。（比八字）

刘文发　老赵，我不能眼巴巴看着亲生女儿这样下去，我想走。

赵　满　轻点，先忍着口气，商量好了，大伙儿一起走，瞧，那边谁来了？

刘小发　你们快来，那边有人来了。

〔陈国梁、钱根弟等齐上场。

刘文发　那不是张永泉。

赵　满　是个娘儿们。

陈国梁　像你女儿。

刘小发　是姐姐？

钱根弟　是，是张永泉的女儿。

陈国梁　她冲这边来呢。

刘文发　她来了！？

〔小玉仓皇回头上。

小　玉　劳驾，求你们，我找一个人（一眼瞥见文发，跳到他面前）我是翠子，你还认识吧？

刘文发　翠子！

刘小发　姐姐！

小　玉　（哭）爸爸！

刘文发　翠子，你，你怎么来的？

小　玉　妈，就是这个妈，叫我来，找你出主意。

刘文发　翠子，你受罪了！

小　玉　（哭）爸爸！

刘文发　轻一点。

赵　满　咱们帮忙照顾着，别叫张永泉碰上了。

〔众远远散开。

小　玉　他们今天要把我送给森下，我不能呵……

刘文发　别哭，哭得我心焦！

小　玉　我跟你们走，爸爸！

刘文发　走？好！咱们想法子。

小　玉　那我不回去了。

陈国梁　不好，张永泉来了！

〔众各回原处。

刘文发　怎么办？你不能叫他看见。

小　玉　我走。

陈国梁　走不及了，不行。

〔张永泉的声音："屌儿肏的，谁说不出窑？"

赵　满　快，那是破窑，你先躲一会儿。

〔文发急引小玉到破窑去即回。

〔张永泉腰挂手枪，手持木棍上。金本及小头目甲、乙，都手持短枪、棍子，跟在后面，李生财在最前边引路。

张永泉　谁说不出窑？

〔众不语。

李生财　三爷来了，金本先生也在这儿，你们说吧，说呀！

赵　满　张经理，砖还烫着呢，窑里热气大，再凉两天再出。

张永泉　厂是你的？由你调派！

刘文发　我们不是牲口。

张永泉　亡国奴，就得当牲口用！

陈国梁　三爷，您不也是……

张永泉　我是，你们还不知道，我是活阎王，快，趁热出窑！

金　本　你们统统的亡国奴的，今天的出窑，再烧，省煤的，你们的明白？

张永泉　明白，明白。你们这群猪，还不干？快，出窑去！

〔众迟疑不动。

金　本　你们只米西米西的，建设东亚，不努力的，不行！

〔以枪逼住众人，永泉用棍子打人。

张永泉　（大怒）屌儿肏的，你们造反了！

〔众无奈，开始工作，有的跑到窑顶上，衣服脱得只剩一条短裤，或者用一块布围住，他们用脱下的衣服包手，伸到窑内拿砖，赵满和陈国梁先拿，依次递给刘文发、钱根弟、周平安、刘小发，他们把砖送到台后大柜的院子里。张永泉、李生财、金本监视着。

赵　满　炉条上煤又着起来了，谁快去担水去！

〔高炳武原在窑门口，应声担水桶，懒洋洋地走去。

张永泉　你娘给你长杨梅疮了，烂得你狗脚走不动路！快！（打）

高炳武　啊哟，三爷，我肚子疼了几天了。

张永泉　谁叫你吃那么多，一个个像饿鬼，见了饭就死胀，走！

高炳武　我两天一粒米也没粘牙呀！

张永泉　谁有闲工夫同你废话，快走，要不，一棒送你回姥姥家去！

刘文发　高炳武，你来拿砖，我来挑水。

张永泉　嘿，你倒是好人，你劲儿大，多拿几块砖，听见没有？

〔高炳武下。

金　本　（走到破窑外边）这个窑修理修理的。

张永泉　是的，修理修理。（正要跨步进去）

李生财　三爷，别进去，这窑要垮了！

赵　满　得赶快修，要不不能用了。

〔张永泉望了一望，与金本同下。那边高炳武担水回来，已蹒蹒跚跚，刘文发看见了急迎下来，替他把水挑到窑门口，高炳武喘息不已。

刘文发　老赵，我泼水了！（窑上工人应声停工，刘文发把一桶水从

窑口泼到窑内，扑哧一声，煤气、热气、烟突然外冒，正对刘文发的脸，刘被熏到，昏迷不省人事）

众 人 （急围上来）怎么啦？怎么啦？

赵 满 把他抬过去点儿，这儿太热！

刘小发 爸爸！

李生财 谁叫他充好汉来着。

赵 满 快拿冷水来！

〔高炳武、陈国梁把另一桶水提了过来，赵满用手捧水往刘文发身上浇。

李生财 别都围着，快出窑去！今天出不完，明天火车空着回去，日本人可不答应。

〔众无奈散去。

刘文发 （渐渐醒转）哎哟！

刘小发 爸爸！

李生财 死不了，行啦！别尽躺着！

赵 满 李先生，你让他歇一会儿。

李生财 好人要来做？快，出窑去，（赵满走，生财对文发）快，快起来！

〔文发无奈起立，脸、身上都熏黑了，小发扶住他。后面传来张永泉的声音："老子揍死你，老子揍死你！"刘忠厚喊着跑上来，后面张永泉，小头目甲、乙追上来。

刘忠厚 三爷，饶命吧，我再也不敢了。

张永泉 （追上刘忠厚）老不死的，你存什么心？叫你不要淘米，你偏要淘！（打，苦力们又围过来看）

李生财 有什么好看？干活儿去！

〔钱根弟、周平安赶快去，其余的不理，李生财无奈。

刘忠厚 三爷，我不敢淘，一粒沙子也不敢拿走，实在我看见霉得太厉害了！

张永泉　好大胆，你说配给的米是霉的？（又打）

刘小发　爷爷！

张永泉　小杂种，走开，你不知道东洋人就配给那么多，沙子又不是我掺的，淘了，不够吃，叫我赔吗？我有多少家当来填你们的狗肚子？（又打）

刘忠厚　饶了我吧……

刘文发　（叫）别打了，别打了……

〔小玉闻声探头。

张永泉　怎么，是你爸爸，打不得？

刘文发　他上了年纪啦！不能挨打啦！

张永泉　（直奔刘文发）我就打你！（举棒照刘文发的头，狠狠击去，小玉一跃而出）

小　玉　别打爸爸！

刘文发　呵，翠子！

〔张永泉停击，发呆。

张永泉　小玉，你疯了？到这儿来，（极严厉地）把他们全送到魁星阁去！（对小玉）婊子生的，跟我滚回去！（拉住小玉发辫下）

（本场完）

第二场

时　间　前场当天晚上。

地　点　魁星阁上（即望乡台）。

布　景　魁星阁的一角，右面墙上画有魁星的画像，正中的墙上，画被涂得乱七八糟，靠左面有台阶，到平台上，后面是到下面去的石级，但看不见，这里露出一角远天和山，屋檐上吊一古式的铁铃。

〔开幕时：夜晚，没有月亮，天边有几颗星星，凉风吹得铃声断断续续地响。墙角下蜷缩着几个苦力，发出哼哼之声，有的在打鼾，偶尔，远处传来一两声狼叫。老杜站在平台上，望着自己的葡萄园，赵满抱着头蹲在一边。

老　杜　唉，我的孙子，不知道叫他们赶到什么地方去了，我种了二十年的葡萄树呀，一定叫他们连根都拔掉了，打从这个厂成立，我那天不赔小心，今儿个送葡萄，明儿个送鸡蛋，没想到今天，连老命也要送了！

周平安　唉，白天那么热，这会儿这么凉，鬼天！

刘忠厚　啊哟！啊哟！

刘小发　爷爷（坐起），爷爷！（忠厚不应）赵大叔，这会儿风这么大，要天天关在这儿，我爷爷的病怎么会好呢？

赵　满　天天关在这儿没那么容易。

刘小发　这儿离地多高？

赵　满　两丈多呢！

〔刘忠厚在一阵急咳，很困难地坐起，小发扶着他。

刘小发　爷爷！

刘忠厚　我听他们说，这地方叫望乡台，上了这个台，就别想活命！

老　杜　关在这望乡台上，没吃没喝，没铺没盖，铁汉子也熬不过去。

周平安　前些日子，这儿还摔死过人。

刘忠厚　啊哟……

刘文发　翠子叫活阎王抓回去，送到日本人那里，还不知道受什么罪呢！

刘忠厚　翠子，好命苦呵！

老　杜　咱们全是苦命人。

刘忠厚　（咳）早知道翠子在这儿，不来这儿也算了，看见她受罪，又没办法救她，唉！（咳）

刘文发　咱们还不一样受罪，谁知道活阎王明天又会把咱们怎么样？

刘忠厚　都是你听李生财的话，上这儿来，上这儿来。

陈国梁　李生财都快去当宪兵队长了。

高炳武　吃娘儿们的准没好下场。

〔静，远处狼叫。

刘忠厚　听，又是狼叫。

老　杜　这一带本来就荒，加上这几年窑上工人死得多了，尸首尽往铁路那边撩，狼也成群结队地来！

刘文发　喂！老赵，你说那地方，离这儿多远？

赵　满　一百多里！

老　杜　那儿真有那么好？

赵　满　唔！我们蔚县那边，鬼子就不敢随便去，尽是这个（比八字）！那都是老百姓自己办事。

高炳武　不是说这全是红胡子？杀人抢人的？

赵　满　听他们胡说，人家全是庄稼人出身，还有女兵、学生，可疼爱老百姓呢。那儿当官的，都是老百姓选举，谁好就选谁。

高炳武　那你为什么跑出来？

赵　满　那年，我走亲戚家去，赶上鬼子扫荡，给抓来了。

高炳武　喂，那里买卖的，好做不好做？

赵　满　那儿没有苛捐杂税，没本钱做买卖的，可以向政府借钱。

老　杜　像我这老汉，到了那儿，没田没地，怎么过活呢？

赵　满　租几亩就成！

老　杜　租地？那辛辛苦苦种了一年，还不全得给地主？

赵　满　没那么回事，租子都是政府公平规定下的，叫什么减租减息，让大伙儿都有饭吃。

高炳武　那真是个好地方。

刘文发　老赵，你带我们走吧，实在待不下去。

陈国梁　对，跑出走就有办法。

刘小发　爸爸，可是翠姐姐呢？

刘文发　不是我不疼她，我们顾不了那么多。

赵　满　你爸爸挨打了，又有病，这会儿怕不能走。

陈国梁　不走，要白白被他们折磨死？

刘忠厚　我死了不要紧，你们能活着，我也闭眼了。

高炳武　走吧，死也得找个好地方。

陈国梁　你不也有病？

高炳武　我病？在这儿一辈子也不会好，能回去，请个大夫看看，吃几服药，就能好。

老　杜　跑得了，那是跑好，可是这下面的门是锁的，上不沾天，下不沾地，怎么下得去呀！四面还有狗腿子查夜。

刘忠厚　走吧！还是今天走，我也走，明天活阎王会来要咱们的命。

刘文发　好，爸爸，我背着你走！

赵　满　也好，咱们大伙儿走有照顾，壮胆，可得仔细点，过了铁路，一个劲儿往南跑！

刘小发　就到你们蔚县去。

刘文发　跳下去吗？

赵　满　不忙，（向远处眺望）你爸爸不能跳。

老　杜　跳下去要摔死的！

赵　满　来，咱们把腰带接起来，一个一个放下去。老杜，你的带子，我先下去看看，你们再下来。（接腰带）

老　杜　唉！我是不能走的，我家就在跟前，死也就死在这儿了。

高炳武　一起走好，大伙儿一定照顾你！

老　杜　我舍不得那点地，死也就在这儿了。老赵，我托你们一件事，我那个没爹娘的孙子……不知道叫张永泉送到哪儿去了？托你们，（哭）……今生不能报恩，来生……

赵　满　别这样讲，你放心好了！

老　杜　（见已接好腰带）走吧！路上小心，这儿……

赵　满　我先下去！（他轻轻地滑下去）

刘文发　爸爸，你下吧！慢慢的！

老　杜　刘大哥，我这还有几个钱，给你们路上用。

刘忠厚　不。（老杜把钱塞在刘忠厚怀里）

老　杜　小心丢了，快走吧！

刘文发　拉紧，别怕，（忠厚滑下去，他们正要把小发也放下时，被炳武拉住）

高炳武　快，那边有黑影子过来了！

刘文发　哪儿？

高炳武　那边！

刘文发　真的，快，（对下面）快躲起来，来人了！

〔电筒光四射，狗叫声，脚步声，人声。

人　声　谁？谁？！开枪啦！

刘文发　糟了！

老　杜　糟了！

人　声　再跑打死你！他妈的，开小差？（鞭子抽打声）

刘小发　杜老爹，我爷爷、赵大叔怎么办呢？

老　杜　唉！我说也不容易跑！

高炳武　不死也得剥两层皮。

〔台上静，台下脚步声近，开锁声，开门声，上台阶声，四五个小头目拿了电筒、手枪、刺刀，押刘忠厚、赵满上来，刘忠厚气喘，咳，脸色苍白了，赵满左手被扎了一刀，流血不止。

小头目甲　（对刘忠厚拳打脚踢）他妈的，跟老子捣麻烦。

小头目乙　活得不耐烦了？跑，往哪儿跑呀？

刘小发　爷爷！赵大叔！

小头目甲　人都快死了，看你们再跑吧！（小头目甲等下）

〔锁门声。

老　杜　唉！老刘！

刘小发　爸爸，赵大叔，（指赵满左手上的血）血！血！

刘文发　啊哟，你受伤了！（撕自己衣服替他扎上）

赵　满　不要紧，给那小子扎了一刀，死不了！

〔鸡叫。

老　杜　天都快亮了！

刘忠厚　（对赵）我连累你们了！

赵　满　这不怪你，他们狗腿子多，他妈的。

刘忠厚　唉，我，我，我这把老骨头，回不了家啦！（咳喘）死在这儿，不，不甘心哪！唉！……我冷，冷！

赵　满　（把衣服脱下给上）还冷吗？

老　杜　睡一下吧！

刘忠厚　（吐）今天挨了两次打！（又吐）文发，我怕不行了！

老　杜　不要着急，会好的，你儿子、孙子都在跟前，慢慢想办法。

刘小发　爷爷！（哭）爷爷！

刘文发　他妈的，张永泉，我不死，你就别想活！

〔东方发白，钟声，叫："上工，上工了！"又是开锁声，小头目甲、乙等上。

小头目甲　操他妈，快起来上工去，怎么不动？

刘忠厚　我……我不行了！……翠子……

高炳武　我有病！

小头目甲　病也得去。走！

小头目乙　少废话，尽是贪吃懒做的家伙！

刘文发　这儿全是病号，不能上工！

刘小发　你们把我爷爷打成这样，赵大叔也给你们扎出血来！

小头目甲　（对高炳武）不走？好！我找三爷去！

〔陈国梁、高炳武、老杜下。

〔张永泉上。

小头目甲　啊！三爷，您来得正好，这几位有病，不能做工！

张永泉　有病？开小差就不病啦？哪个有病呀？啊！老家伙！（踢忠厚）看你脑瓜子硬不硬？

刘忠厚　啊哟！（转身，咳，吐血）哟！三爷……三……

刘小发　爷爷！（哭，文发抱住忠厚）

张永泉　脑瓜子硬，还得上工！（又踢忠厚）

刘忠厚　啊！啊！（死去）

刘小发　爷爷！爷爷！我要爷爷！（哭）

张永泉　死了喂狼去！

赵　满　（推永泉）打死人，要你抵命！

小头目甲　不要命了！（抱住赵满）

张永泉　你通八路，你鼓合大家散心。（用木棍打赵满，赵满晕倒）

刘文发　妈的，我跟你拼了！（与张扭打）

张永泉　妈的屄，你造反？把他送到宪兵队去！（小头目把文发捆住）

刘小发　爸爸！爸爸！（大哭）

刘文发　好孩子！活下去，这辈子不见下辈子见！

小头目乙　走！（拖文发下）

张永泉　他妈的屄，女儿卖给我了，还想拐回去？想拐着跑？看你跑！

〔台下突然大乱。

刘小发　爸爸！（望着爸爸的去处）爸爸跑了！

张永泉　什么？跑！（转过身去看，拔出手枪）（打一枪）（跑下）

刘小发　爸爸，快跑！

〔灯光暗转，灯光复明时，旷野上，一条铁轨横穿过去，远处是黑暗的山，天边没有星星。

〔人声，脚步声，风声。火车头上的灯光自远处射来，听到火车的轰叫声近来，刘文发自台左奔上，后面一声枪响，正中其右腿，文发跌倒。

人 声 倒了，倒了，抓住那兔崽子！

〔刘文发挣扎爬起，踉跄跑去，终于又跌倒在轨道上，回响在旷野中的是小发惨厉的号哭！火车急驶而来。

（幕急落）

第三幕

第一场

时 间 一九四五年八月十五日中午。

地 点 张永泉会客室。

布 景 与第一幕第二场同。

〔开幕时：张永泉在喝酒，凤仙坐在旁边。

凤 仙 酒还能解闷？火上浇油唬！灌多了，好胡说八道。

张永泉 怕什么？

凤 仙 怪谁也怪不上，小玉也是你自己送给森下的。

张永泉 他屌儿肏的李生财，都是他，森下才来硬要。

凤 仙 哼！他也不算外人，还不是你的手下，他现在挂上皮带做官，神气，你也有面子嘛！反正小玉又不是你的闺女！

张永泉 他要再敢上我的门，不打死这杂种不是人养的！（喝酒）

凤 仙 好！好呀！

张永泉 等着瞧！（又喝）

凤 仙 唉，其实没有他，森下也会硬要的，从上回他请假回来，就说不上队伍了，要多住一阵，把工厂好好搞一搞，那时就在打小玉的主意了。唉！落在火坑里的人，谁也不饶她，在哪里都是一样！

张永泉　（又喝）他妈的小玉，这婊子养的也不是个还债的家伙。是老子把她养得这么大，这么漂亮，她一个人还敢往窑上跑，找她亲老子去！

凤　仙　都是你逼的，唉！她爷爷死了，爸爸也死了，只落得一个兄弟在窑上受罪，你把这一家人害得好苦！

张永泉　眼睛上戴镜子，透亮，谁不清楚谁，要没有你在背后摇鹅毛扇，唆使她，她敢！

凤　仙　千怪万怪只怪李生财，他把他们打天津招来，又拿人家的女儿去讨好东洋人，都想仗东洋人的势；其实，东洋人也不一定靠得住。昨天森下太太告诉我，俄国毛子已经打到关外了。要不是这么紧，这会临时又把森下调回去。

张永泉　什么？俄国毛子打到关外了？她怎么知道？森下走的时候，跟我说过几天就回来。

凤　仙　往日他出去，从没叫厂停工，这回一走，就叫把工人都打发走，这里面就有道理，我看，唉，跟着你呀！我是不会有好下场的！（外面声音："有人没有？"）哪一位？（走到门缝去看，回过头来）厂里的工人来找你！

张永泉　讨食鬼又来了！说我不在家。（朝内室走）

〔赵满、陈国梁上。

赵　满　张经理！

张永泉　怎么是你？你又来了？

赵　满　是我来了，我还没有死。

张永泉　你们还不走？不是一停工就要你们走吗？

赵　满　走呀？成，给工钱！

张永泉　我欠你的？

赵　满　不给盘缠，谁也走不了！

陈国梁　今天不给不成！

张永泉　我又不是老板，找东洋人去！

赵　满　你不管？

张永泉　不关我的事。

赵　满　好，找东洋人去，成，东洋人还有仓库在厂里呢。

陈国梁　那里面全是我们的血汗！对，走吧！

赵　满　哼！（两人下）

张永泉　打不死的这些贱骨头！

凤　仙　唉！

张永泉　有种呀！造反？哼！（摇电话）喂！喂！接森下瓦窑厂——你是森下瓦窑厂？呵，子和，喂，赵满跟陈国梁想造反，赶快派人等他们回来，扣起来，再送到宪兵队去。嗯！当心仓库，当心些。（放下电话机，金本上）他妈的王八羔子，不治死你，是不会安分的呵，金本先生！

金　本　苦力的造反的？统统的开路，明天，明天。

张永泉　是，是！明年开工，明年再抓，中国人有的是。

凤　仙　金本先生，您喝茶！

金　本　事情大大不好，红军大大的有，东北的不好。

张永泉　东北的不好？

金　本　不好，不好，（喝茶）森下的走了，危险危险的，我女儿担心的，心里的不痛快。

张永泉　红军的不怕，皇军厉害厉害的。（倒酒）喝酒。

金　本　（喝）好酒，好酒。

〔凤仙无聊弄收音机。

张永泉　干杯！

金　本　干杯，哈……

〔收音机中发出日语：“只今重大ナル報道ガアリマカラ，何卒御注意二……”意思即谓有重大事宣布。

凤　仙　呵！这是东京的！

金　本　有重大事！（继续广播日文）呵！天皇的广播！

张永泉　天皇的广播，消息大大的好。

〔金本起立，脱帽，收音机内继续广播日文：朕カ股肱タル將兵百官克クカヲ協ヤ勇謀善戦之努メ南海ニ北辺ニ其威武ヲ発扬ヤシルルモ戰局遂ニ吾ニ利非ズ広岛、長崎ニ原子弹ノ使用ヤラル、ニ当リ吾カ本土ヲ焦土化シ吾カ民族，滅亡ヲ见ルニ忍ヒス加フルニ八月八日ソ連参戰ヲミタリ斯クテ朕ハ直チニ百僚ニ諮リ遂ニ鋒ヲ收ムル，止ハナキニ至リ連合国ボツトム波茨坦宣言，受諾ヲ宣シタリ……

凤　仙　（对永泉）怎么回事？

张永泉　别说话！

〔金本衰弱地跪下，广播仍未完。

凤　仙　啊，什么事？说什么呀？

张永泉　谁知道。

〔广播完，金本起立。

金　本　唉，完了完了的。（颓然地去关收音机）

张永泉　怎么回事？

金　本　唉，现在，你们中国人，太君太君的，我们皇军，苦力苦力的。

〔李生财匆匆带电报上。

李生财　唔，三爷，（张走开，不理）金本先生，好找您呢，森下太太叫我送电报给您。

金　本　电报？（读电报，痴立）

凤　仙　怎么啦？

李生财　森下战死啦！

金　本　皇军统统的死……（哭）

李生财　（对永泉）天皇广播，消息不好，投降了，三爷，您听到没有？

张永泉　听不懂，看懂了。

〔电话铃声，凤仙接电话。

凤　仙　喂！喂！你说清楚呀！您是森下太太，您别哭，听不清，啊？在，金本先生，你的电话。

金　本　（接电话）"……只今……直ヶニ……ハ宜江シイ……"（意即现在马上，好）唉！（放下电话机，匆匆拿了帽子准备走）我的北京的开路，工厂的，你的小心小心。

李生财　（对永泉）问他要钥匙。

张永泉　（拉住金本）仓库的，统统的钥匙！

金　本　（昏头昏脑）给你，给你的。（给钥匙，仓皇狼狈下）

李生财　现在森下死了，小玉还可以回来，过去的事，谁也甭提了，我李生财对您三爷总算够得上朋友。

张永泉　（不理，自语）他妈的，鬼子都跑光了，咱们怎么办？

李生财　这事倒顶要紧，皇军一走，叫咱们守城，谁都知道这儿离八路近，八路军来了，哼，咱们全活不成。

张永泉　这怎么好？

李生财　还有什么说的？大家一条心，城上去，好歹守住这个城，您老哥就到我队上，亏不了您！

张永泉　要关城，得先把窑上的粮食东西运进来。

李生财　我派几个兄弟去抬回来！

张永泉　对！

李生财　那走吧！

凤　仙　这些杀人卖命的勾当，你们是干不完的。

李生财　你不懂，不这样全要完蛋，连你也保不住。

凤　仙　我横竖是倒霉鬼。

张永泉　娘儿们，少废话！

李生财　时候不早了，快走！

张永泉　等我把家伙带上。（从屋里拿出手枪，两人下）

〔灯光暗转。

〔机枪声大作，稍停，鸡叫，天亮室内渐明，枪声稀疏可闻，狗叫声近，急促的叩门声，凤仙披衣，从卧室上，状极惊慌恐惧。

人　声　开门！开门！

凤　仙　谁？

人　声　他妈的，连老子的声音也听不出来？

凤　仙　（开门）哟！怎么这个样子？

张永泉　关上门，关上门！（进会客室，凤仙随后）妈的，弄得一裤子水，快，快拿衣服换！

凤　仙　怎么把衣服打湿了？

张永泉　妈的，要老子揍你？衣服！衣服！衣服！

〔凤仙急入内，张永泉把短枪放在桌上，脱裤子。

凤　仙　（把衣服拿上）枪打了半夜，到底怎么样了？

张永泉　（边换衣裤）完蛋了，完蛋了！快把衣服用水泡起来，（凤仙照办）唉！完蛋了！

〔"三大纪律"的歌声，由远而近。

〔两人静听，歌声渐远。

凤　仙　进来了，是八路？

张永泉　倒霉！倒霉！

凤　仙　啊？怎么回事呀？

张永泉　李生财也完蛋了，老子差点送了命！

凤　仙　我早说这样闹下去，是没有好下场的。

张永泉　他妈的，天不亮就开上火啦，李生财还是叫弟兄冲下去，话没完，一颗手榴弹甩上来，他就完了，跟着八路军都爬上城啦，一上城墙，火把也点上了，我一看，咱们厂里的那些苦力跟上来了，他妈的，脚板上擦油，赶快溜呵！

〔外面有打斗声。

张永泉　谁？（匆匆设法藏枪，最后急忙把枪浸在水里湿衣服下面，对凤仙）你快去开门！（自己避入室内）

凤　仙　谁呀？（装作才起床的样子）

人　声　开门，快开门！

〔凤仙开门，八路军三人持枪入室，凤仙鞠躬，八路军搜索。

凤　仙　哟！官长，有什么贵干？

战士甲　你们掌柜的在家吗？

凤　仙　唔！唔，在，在家！

〔张永泉披衣迎出，深深鞠躬。

战士甲　掌柜的，我们来看看。

张永泉　唔！您好！您好！呵，看看，看看，请坐，请坐！

战士乙　我们要到里面查查！

张永泉　唔！请进，请看，这是我内室。

战士甲　你在这守着！

战士丙　是！

〔战士甲、乙随永泉入内，稍停。

张永泉　不再看了？外面再坐一坐。

战士甲　掌柜的别客气！

〔永泉与战士甲、乙上。

张永泉　是！

战士甲　这屋子再看看。

〔战士乙、丙搜查。

张永泉　是！这是收音机，那是脏衣服，咳，凤仙，这几件衣服还没洗完，怎么放到客厅里来了？还不拿走？

〔凤仙急忙把盆子拿到桌子底下。

战士甲　那里面不会藏有东西？

张永泉　嘿，老总，我们都是善良百姓，不敢藏什么！

战士乙　你做什么生意的？

张永泉　做点小买卖，糊口，唉，这几年可叫东洋人欺侮透了！

战士甲　唔！我们是八路军！

张永泉　好容易盼到中国军队来呵！欢迎！欢迎！嘿……

战士丙　没有什么就走吧！

战士甲　走吧！（三人下）

凤　仙　呵！可把我吓坏了！（急搬木盆，恰巧战士乙回头探视）

战士乙　喂！回来！回来！

张永泉　老总，没有什么，您抽烟。

〔凤仙急忙把木盆放下，假装无事，站在桌前。

战士甲　走开！

〔永泉急退至桌旁，欲取盆中之枪。

战士乙　站住，开枪了！

〔永泉不动。

战士甲　走开！

〔凤仙走开，张永泉亦无奈走开，战士丙去木盆中搜出手枪。

战士乙　好！你好狡猾！

张永泉　老总！这是别人丢的！

战士甲　麻烦你跟咱们上指挥部去一趟。

张永泉　真是冤枉呀！

战士甲　不要怕！都说得清楚的！

战士乙　走！

战士丙　走！（三人拥永泉下）

凤　仙　（彷徨）这怎么办呢？（四顾，后从怀中取出信，阅后揉成一团）对！只有这样办！（匆匆入内室取小提包，及小包袱下）

（本场完）

第二场

时　间　离前场隔四天。

地　点　森下瓦窑厂大柜上。

布　景　与第一幕第一场相同，但已去掉电话机及零碎东西，柜房里弄得很乱。

〔开幕时：一群苦力，错错乱乱坐在大柜前后或上边，老杜坐在砖瓦上唱乐子。有的在场上筛煤渣。

老　杜　想起来，张永泉，咬牙痛恨，害得我，一家人，生死飘零。望乡台，众苦力，受尽折磨，我叫天，又哭地，天地不应。

刘小发　（听到唱望乡台即流泪）你另外唱个吧，这个太难受了！

老　杜　怎么？小发，过都过来了，难道还听不得？

刘小发　我心里还搁着一件事情呢。

老　杜　这娃娃心事可大，现在你姐弟都团圆了，也该有些欢喜。

汪子和　小发！你真好福气，有那么一个漂亮姐姐。

老　杜　唉，给他们作践得也真够她受了。

刘小发　翠姐姐说，她要搬来和我一块儿住呢，她说要把她的几件衣服卖了，给我们大家过日子，等张永泉的下落呢。

周平安　那你还是我们中间的老财呀！

老　杜　有这么好的姐姐，就该高兴呀！

刘小发　唉，我还没有替我爷爷，替我爸爸报仇呢。

钱根弟　你还想报仇？张永泉是什么人，你是什么人？你想把他怎样？怎么个报仇？

刘小发　杀人抵命！

汪子和　啊呀……好厉害！

周平安　张永泉不是还叫人扣着吗？他老婆也卷着铺盖走了，他一家人财两空，这也就差不离了。

老　杜　对呀！我看八路军一来，赵满、陈国梁都放出来了，倒把张永泉扣了起来，这就不含糊。

刘小发　那天，我碰到一个八路，他对我说八路军是什么工人，什么农民的。

老　杜　开头，八路军攻城的那天晚上，我可怕得厉害，哪有百姓不怕兵的？可是一说话，倒顶和气，我偷着一瞧，嘿，都是年轻小伙子，不像日本人告诉咱们的，说八路军长的红胡子，我胆子就大了，跟他们抬云梯到城边，城上的机关枪像爆豆一样，吓得我想跑，一看他们挺有劲，一鼓劲就爬上城了，这伙人真棒呀！

钱根弟　他们好是好，可是咱们还是没法子。

汪子和　说话总是好听的，那个队伍不说些为国为民的话，这世上要真都不自私，那就不会打仗了，拿枪杆子的人，有什么好的？

刘小发　八路军不好，难道是东洋兵好？

汪子和　可不敢那样说，谁要说东洋兵好，谁就是汉奸。

陈国梁　（上）赵满呢？还没有回来？

周平安　他进城打听消息去了。

汪子和　打听什么消息？

周平安　打听张永泉，就便看看有什么法子籴点儿粮食。

〔国梁把被子一丢。

众　人　怎么样？

陈国梁　太破了，卖不出去，只卖掉一个短褂儿，够喝两顿稀粥。

老　杜　怎么得想个长久办法。只要我那块地能拿回来，我押也要押几个钱，咱们总可过一阵。

刘小发　反正张永泉不死，我就不离开这地方。

钱根弟　不离开，等在这儿饿死？

老　杜　张永泉占了我的地，拆散了我的家，我的小孙子饿死了，剩下我几根老骨头，上哪儿去呀？死也要等在这儿拿回我的地。

陈国梁　咱们光等不行，要想法告他去，一定要把这家伙弄死。

刘小发　要告他，我也去。

钱根弟　告他，到哪儿去告？人家腿粗，腰硬，你能告倒他？别弄得自己吃亏。

周平安　不告他，又怎么办？守在这儿，没吃的，走吧！没盘缠，唉！

陈国梁　一个人扳不倒他，咱们大家来，等老赵回来，咱们商量商量办。

〔后台有人叫小发。

钱根弟　听，谁叫小发呢？

陈国梁　像是你姐姐。

汪子和　这两天她高兴的，你看，又跳着跑来了！

〔后台仍叫小发。

刘小发　在这儿，什么事。翠姐姐，你快来吧！

小　玉　（上）哎哟！快跑，不好了！不好了！

老　杜　怎么？东洋人又打来了？

小　玉　不是，活阎王放出来了！

众　人　什么？

小　玉　活阎王放出来了，刚才找我去，问我妈到哪儿去了。可把我吓坏了。他还说要来找你们。

众　人　怎么把他放出来了？

小　玉　他说八路军就没怎样他，他硬说枪是捡来的，八路军就让他取了铺保，他还说，八路军要给他撑腰。

陈国梁　真有这样的事？

钱根弟　你们还要告他呢！我就说他腿粗，扳不倒，会惹祸，这怎么办呢？

周平安　哪个朝代当官的不要钱？看吧，这回张永泉可没有少花钱，唉！

汪子和　该干什么的，还是干什么，我以为八路军一来，你们就封了王啦！

陈国梁　什么？你放什么屁？

老　杜　这会儿别理他，你听见张永泉放出来了，又想溜他的沟子，好，咱们先想个对付的办法。

小　玉　怎么办呢？他就要了，怎么办呢？

刘小发　怎么办呢？

陈国梁　也不知道赵满打听消息怎么样？好，咱们先这么着，沉住气，不要怕，咱们大家在一块，他来要是好说就好对付，要动手，咱们大伙儿一齐上，干掉他，再不活受他的气了。

刘小发　等赵大叔回来，咱们大家想法子，凑点钱，给八路军好不好？不把他扳倒，不能活下去。

钱根弟　咱们的钱，哪有张永泉的多？

陈国梁　八路军也要钱！

老　杜　那也不是好办法，好歹今天不是东洋人的天下，张永泉过去是仗东洋人势力，今天他仗谁？

小　玉　你们看，他来了，小发，我们快走。

陈国梁　就他一个人，不要怕，别乱动，看我眼色办。

〔小玉拖小发下，小发不走，小玉悄悄下。

〔张永泉若无其事地上，但对工人态度已不同。

汪子和　三爷！（鞠躬）

钱根弟　三爷！（鞠躬）

陈国梁　您出来了！

张永泉　哦！你们也出来了！

陈国梁　怎么样？

张永泉　哦，没什么，你们放出来了，也很好，前两天，八路军也把我找了去谈谈……没有什么！嗳，不过，你们以后，好好听我话，要不，给八路军抓住了，可不好玩，当汉奸办啦！

钱根弟　三爷，那可不行，您得照顾点咱们，咱们现在卖衣服过日子呢！嘿……也没盘缠，回不得家，住在这里连稀粥也没的喝，你给大伙儿想想法子吧，咱们走，嘿……

张永泉　我有什么法子？我又不开银行，你们也没钱交给我，我有什么法子？八路军跟我谈好了，森下这个厂，从今以后算我的，不要开工，你们等着吧！

钱根弟　三爷，那就好啰！您给咱们对付点粮食，好糊口。

陈国梁　森下厂算你的？还给你做工？

张永泉　唔！（巡回审视）八路军要咱们成立个工会，他们请我出来当会长，我也不好推，替大家做事嘛，八路军也不让我推，那么，咱们工会就算成立了，（掏出纸来）你们先把名字都写下来！

陈国梁　写名字干什么？

张永泉　不用管，你们写得了！

陈国梁　不告诉我们为什么写，我们不写！

汪子和　八路军叫写，还能不写，三爷不会亏待大家。

张永泉　当真不写？

陈国梁　不写！

张永泉　你们全不写？

刘小发　写个鸡巴！

周平安　不写。

众　人　不写。

张永泉　好！好！屌儿肏的，是你们的天下了？不写，我去告八路军，撵你们走！

钱根弟　三爷！

陈国梁　八路军怎么样？八路军总是中国军队，咱们谁也不能写，

走！（往后台走，工人陆续下）

钱根弟　唉！（也随着下）

〔汪子和随众人走后，又回过来，向三爷鞠躬。

汪子和　三爷，这几天您不来，这厂上可改朝换代了，给他们闹得简直不像话。

张永泉　闹又怎么样？这些饿不死的王八羔子。

汪子和　他们打算要告您呢！

张永泉　告我？到哪儿告我！

汪子和　这，我也不大清楚！都是赵满在里头，他一天到晚四处打听。您知道，他是蔚县人，那年皇军讨伐的时候抓来的，保不住八路军里他会有什么熟人。

张永泉　啊，那小子还不回去？

汪子和　回去？他说死也要打倒您！

张永泉　唔，呵！子和，（拿出几张钞票）你先拿着用吧，多跟着他们跑跑，要有什么，告诉我！

汪子和　呵，这哪成！这哪成！谢谢，谢谢三爷，呵，三爷，还有一件事没跟您说，您那小姐，这几天天天往窑上来，和那个刘小发都认了姐弟啦！

张永泉　唔！

汪子和　要是你对八路军没几分把握……嘿，三爷，咱们换个地方谈谈，这里成了他们的地方了，不方便，不方便……

张永泉　唔！屌儿肏的，也成！（与子和同下）

〔小发上。

刘小发　唉！走了，同汪子和嘀嘀咕咕的！（国梁、小玉等上）

老　杜　汪子和不是个好人，大家要当心他点，不知道他们又要什么鬼了！

钱根弟　这么一来，对咱们要更厉害了！

周平安　还要跟张永泉做工，不能，不能！

陈国梁　贪他祖宗的，把这条命划出去了，这里告不赢，旁处告去，反正跟他们没有完！

刘小发　姐姐，咱们跟着他们一道去告他。

〔*赵满匆匆上。*

赵　满　怎么？老家伙放出来了？

陈国梁　他才来过，还没走呢，跟汪子和不知道到哪儿去了，两个人鬼鬼祟祟的像商量什么，他还要咱们写名字给他。

赵　满　写了没有？

众　人　没有！

赵　满　好，他一定想顶咱们的名字去骗政府的救济粮。

众　人　什么？救济粮？

赵　满　我到城里打听消息，碰到一个亲戚，拉到他家里，他斜对门住着四区的区工会，跟他闹得挺熟，我告诉他没有粮食了，他说，听工会说，政府里有救济粮，专发给穷苦百姓的，我一听敢情好，就问他怎样领法，他说他不知道。

众　人　唉！

赵　满　我就要他去工会问了，他回来说，要咱们也成立工会，打个花名册，就能领。

陈国梁　那张永泉一定也知道这个事，才来叫咱们写名字。

众　人　老赵，咱们就成立个工会，你给大家打个花名册，咱们自己领吧！

赵　满　张永泉的事，我也跟他说了，他带着我到那个区工会，见了主任。

老　杜　怎么样？

赵　满　那主任姓孔，个儿不高，穿一身粗布短衫，跟我们穿的差不多，腰里别了一支驳壳枪，上面还缠着红绸子呢。说话顶亲热，他叫我别害怕，说他从前也是个工人，知道工人的苦处，说工会就是自己的会，工人入了会，就能做主，保护工人自己的利益，他问这问那的，我就说开了！

众　人　张永泉的事，你说了没有？

赵　满　我全说了，他都写了下来，他跟我说叫咱们森下的工人也团结起来，成立工会，才能保护自己，不受人欺侮。他叫我回来，让你们大伙儿再去谈谈。

钱根弟　谈了会怎么样？

赵　满　要他帮咱们成立工会，好有人做主，跟张永泉算账嘛！

陈国梁　刚才我们正说着要告张永泉，现在好了，有了孔主任！

赵　满　孔主任说，一切还要靠自己，要我们自己结团体，自己拿主意，什么事大伙儿都商量着办，他还说龙烟铁矿、宣化纸厂，工人们全在组织工会呢。

钱根弟　我说还是不顶事，他不替咱们出头，咱们这伙穷苦力有什么办法？我看算了，人家现在还在厂上呢，人家认识八路军，有面子！

赵　满　孔主任说，八路军共产党是替老百姓办事的，公平得很，八路军不会帮他的忙，我在蔚县见得多！

周平安　那为什么把活阎王放出来呢？

老　杜　活阎王本领大，城里也有熟人，取个铺保，当然容易，八路军刚进城，生来乍到，咱们又没去告他，哪里搞得那么清楚，我看，先找孔主任谈谈，把张永泉几年来帮助日本人，欺侮咱们的事，从头到尾告诉他，要他帮我们拿个主意，孔主任是八路军共产党的人，他们里边也是通的嘛，怕什么？

刘小发　我第一个去，赵大叔，四区工会在哪儿？

赵　满　我认识。

周平安　先去谈谈也好，看以后怎样再说吧。

陈国梁　走！大家都去，根弟，你怎么样？

钱根弟　大家都去，我也去！

赵　满　好，哥儿们，别忙，咱们现在的事多啦，老杜，你会写字，你来打个花名册，带几个人先去领点救济粮，别叫咱们人空着肚子跑。老陈，你带着小发、小玉、老周、老徐先上四区工会，好好把厂上的事告诉孔主任。我到坯子房邀几个人，把活阎王看起来，现在还不能抓他，可别叫他跑了，今儿晚上回来，我们再商量，怎么成立工会。孔主任说，工人要不结团体，不齐心，是一盘散沙，没有力量，咱们要听他的话，大伙儿一条心，把活阎王扳倒，走！

众　人　对，走！走！走！

〔众一拥而下，赵满正欲下，子和上。

汪子和　赵满，他们到哪儿去？我也去，我也去！（追着下）

赵　满　他妈的！

〔永泉上，见赵满，两人不语相对有顷。

张永泉　赵满，你捣什么蛋？今天八路军我也认识，嘿……

赵　满　你认识你的，怎么样？

张永泉　你闹不出什么花样的，你还是回蔚县去吧，盘缠我给你，要带点什么东西回去，也行！跟他们一起胡闹，告我，没有好处！

赵　满　这不是一个人的事，我们大伙儿告你！

张永泉　你心里要明白，告我，哪里那么容易，你又有什么好处，这是五千元，你先拿着。

赵　满　哼，张永泉，你当我什么人？我要你这几个血腥钱！

张永泉　（急）好，就算咱们认识一场，今儿做个朋友，你要多少，你说，这里还有一万，再添你一张支票，一万五，两万，怎么样？

赵　满　（沉思有顷，毅然接过钱来）

张永泉　好！你现在就走！……

（本场完）

第三场

时　间　九月初。

地　点　森下瓦窑厂大柜上。

布　景　与第一幕第一场同景。大柜的墙上挂着“森下瓦窑厂清算委员会”的牌子，旁边贴着一张大布告，上写“各位工友：本月初五和活阎王开清算大会，凡受过他欺侮的，不管厂里厂外，都赶快来算账不误。森下瓦窑厂清算委员会启，九月一日”。字迹显然出自工人的手笔。大柜的外院里，放了一张八仙桌和两三个凳子。成堆的砖瓦上，贴着彩色的标语：“拥护民主政府”“工人团结起来”“打倒张永泉”“枪毙活阎王”……，五颜六色，墨迹新鲜，很引人注目。

〔开幕时：杜老汉、周平安、钱根弟等三人在柜上极紧张地工作，钱根弟念账，杜老汉一手拿笔写，一手拨着算盘，周平安在一边磨墨，干杂事。小发、小玉紧张地进出大柜，张贴标语。

钱根弟　……高炳武，欠工资一千七百元……香烟两条……白土布三丈五……

老　杜　你念慢一点，我来不及记。

钱根弟　快了，快完了。

周平安　快开会了，快算吧！

刘小发　（指着一张彩色标语）姐姐，这两个字怎么念？

小　玉　这就是赵大叔常说的两个字，这念“团”“结”。“工人团结起来”，就是说，做工的，不管男的女的，老的少的，也不管是什么地方人，都要一条心，才有力量。

刘小发　真的，姐姐！这一晌跟张永泉算账，我们大伙儿出主意，一块儿做事，人多手多，我从没有这样痛快。

小　玉　我还有点儿怕，怕那老家伙厉害，扳不倒，反过头来害死咱们。

刘小发　不怕，也是赵大叔说了，只要工人团结起来，又有新的政府做主，不要怕，我一点也不怕。前天在区上告状，当着汉奸的面，我还指着他骂来着，他也不敢怎么样我。往后咱们成立工会，那就更好了。姐姐！你不要怕。（两人继续工作）

〔高炳武换了小商人装束上，径向大柜。

高炳武　你们还在算账，结出来没有？

老　杜　你快来替替我吧！大家要我算账，唉，我是老太太坐牛车，慢透了！来，你比我打得快，你来算，我专管写。

〔高接过算盘，并拿出钱来给老杜。

高炳武　这是我上回答应捐的钱，给大家买纸，你收着吧。

钱根弟　还是你热心！

高炳武　没有什么，八路军一来，买卖也好做了，现在一天比以前一个月赚得多，这几个钱，算不了什么，人生在世，总要图个名嘛！

老　杜　我把你的名儿写上，高炳武乐捐五百元，好不好？

高炳武　好，好！听说还要成立工会，我可要参加一份！

钱根弟　成立工会大家都有这意思，可还有几个人不愿意呢。说清算了就完了，成立工会干什么？

周平安　不过这儿成立工会，你也不能参加，你是个买卖人，工会是工人的。

老　杜　你参加城里的什么——小商人联合会吧！

高炳武　啊，对！

老　杜　快算！

高炳武　呵！三五一十五，五去一进一，一下五除四……

〔一边紧张工作，工人甲、乙上。

工人甲　你说，咱们成立工会有什么好处？

工人乙　你没听老赵说呀？你瞧，我这五个指头，捏在一块儿，是个拳头，顶有劲；一扯开，五个手指头，就一点劲也没有。再说，咱们这回，要不是有团结，拳头捏得紧，还能同活阎王算账？你想这个理吧。

工人甲　唔！（四面找）喂，老杜！这是张永泉克扣坯子房工人的总账，给你！

工人乙　你们也算得差不离了吧？

高炳武　（点头）三万六千九……

〔工人丙、丁、戊上。

工人丙　借光，（对小发）小兄弟，在哪儿开大会？

刘小发　清算大会就在这儿。

〔工甲、乙出柜，巡视标语。

刘小发　你们打从哪儿来，你们不是这窑上的？

工人丁　我们是从这阎王窑上跑出去的，昨儿赵满托人带信给我，说今天在这儿开大会，跟张永泉算账！让受过气的都来，政府给咱们做主，我就邀他一起来了。

工人丙　当年张永泉开窑，把我家的坟地都刨了，今天也能跟他要吗？

刘小发　能要，你们先到柜上写个名字，让他们记下。

〔工人等去写名，写好后又出来。

工人丙　小兄弟，听说汉奸的老婆跑了。

刘小发　可不是，张永泉一被扣，她害怕，就逃走了。

工人丁　妈的，便宜她了。

小　玉　跟他有什么相干？她还不是受张永泉气的，她是好人。

〔陈国梁，挂了纠察队的袖章，后面簇拥着几个工人上。

陈国梁　（对工人甲、乙、丙）老董，老田，你们好！你们都来了！

工人丁　盼星星盼月亮，我们盼到今天啦！

陈国梁　咱们当工人的，也能出头啦！

〔老杜等算完，收拾账本，出柜房。

陈国梁　算完了？

老　杜
高炳武　完了。

〔汪子和上。

汪子和　你们早呀！（众不理他）

老　杜　汪先生，这时候来，又有什么好事耽搁了？

汪子和　有一点儿小事，有一点儿小事，各位原谅！

陈国梁　你来得正好，还没到算账（特别提高）的时候呐！

钱根弟　赵满他们怎么还不来？

陈国梁　快了！快了！他还在区上，区上的孔主任正问他话呢。

刘小发　怎么还在问，前天问了一宿，昨天又谈了一天，今天又谈了一个清早，找这个谈，找那个谈，现在还在谈？

陈国梁　你们不知道，又有了花样了，张永泉拿了钱，想收买赵满。

高炳武　他花了多少钱？

汪子和　（假镇静）有这样的事？

陈国梁　真他妈的装傻，你还不知道？

周平安　老赵呢？

陈国梁　老赵还是老赵，把这事全告诉孔主任了。孔主任和老赵商量呢。

工人丁　有种！

刘小发　张永泉瞎了眼，把赵大叔当什么人！

老　杜　你们看，那不是他们来了！

陈国梁　他们来了，赵满，孔主任都来了！大家让开点。

〔众人纷纷起立，鼓掌，孔主任、记录员、赵满等上，后随警卫员两名，押着张永泉，更后跟着一群看热闹的工人、市民。把张永泉押到大柜内。

赵　满　哥儿们，咱们全都受过张永泉的罪，今天跟张永泉算账，有冤的申冤，有仇的报仇，今天是咱们工人说话的日子。孔主任，你讲吧。

孔主任　工友们！（众人议论：这是孔主任！这就是孔主任哪！舞台上有一阵静）刚进城的时候，我们抓住了张永泉，没有仔细调查，让张永泉花言巧语骗过去，取保释放了。现在政府已经又把他扣起来，大家要求今天在这里开清算大会，大家不要怕，有什么说什么，前两次会没有来过的，都可以说。民主政府不冤枉一个好人，也决不放走一个坏蛋！（肃静）

赵　满　哥儿们，听见没有？张永泉是咱们的对头，他帮助日本人，把咱们工人不当人待。现在八路军来了，孔主任又给咱们做主，咱们敢不敢和他算账呀！

众　人　敢！

赵　满　敢不敢和他斗呀？

众　人　敢！

赵　满　把张永泉叫出来！

〔工人纠察队员二人，从人群中疾步向柜内走去。众人寂静，兴奋，聚精会神地注视着，记录员整理纸张，准备记录。少停，纠察队员带张永泉到会场，后随警卫员。

赵　满　当着他的面，大家有什么全说吧！（沉寂）

老　杜　（走到张跟前）张永泉，我什么事得罪了你？把我指着过日子的葡萄园占了？我求你，向你叩头，你不答应，还把我扣起来，白天替你做工，晚上在望乡台上受罪，把我的孩子也活活饿死了！你还我的地！还我的孩子！

张永泉　你说话别亏心，那是日本人的意思！

老　杜　太阳红彤彤的，我不亏心，你跟日本人是一伙！

众　人　（一部分工人）他是日本人的狗！……他和日本人是一伙，欺侮咱们！……

高炳武　（挤到前面）各位同胞，我叫高炳武，我是一个做小买卖的，千不该万不该从森下过，张永泉没收了我的货，抢了我的钱，还把我看起来给他做工，说三两天放我回去，三两个月了，也不放我出去。我病得几天没有吃饭，他还打我，逼我做苦工，也不给我发工钱。这笔账怎么算？

工人丙　你讨好日本人，开窑，把我家的祖坟刨了。他们是地下的人了，碍着你什么事？要使得他们阴魂都不安静。你刨人祖坟，大前年间就是个死罪，现在是民国了，八路军来了，你该什么罪？

陈国梁　（一跳到张永泉面前）你一张嘴，就说我通八路，把我们关在望乡台，老子现在就通八路，我还要当八路去，你敢怎么样？！

众　人　好！

〔工人己拄着拐子，后面还跟有一群人，横冲直撞地嚷着上，会场上一阵乱。

工人己　让开！让我走路！

周平安　你干什么？

工人己　来找张永泉算账的！他在哪儿？（看见张永泉）你让开！（到张永泉面前）我做工，你克扣我工资，给我们吃沙子米，为什么还要送到日本兵营去，谁愿意做日本人的炮灰呀？逼得我从魁星阁上跳下来，把腿摔折了！你说，你说……（擦汗）

张永泉　我不认识你！

工人己　（气得说不出话来）你不认识我？

老　杜　你不就是去年跑了的老吕吗？

陈国梁　对！他就是二柜上的吕振华。

工人己　（举拐杖打张）不认识我也得要你赔我的腿！

工　众　打得好！

众　人　打！打！打得好！哈……

老　杜　别着急，慢慢跟他算账！

周平安　我说吧！我从天不明，卖力气，干到天黑，就不给我一个子儿。

工人丙　你还欠我五千六百块！

工人戊　你扣过我四千块！

张永泉　日本人没开支，我有什么办法？

钱根弟　日本人没发钱，三爷您……

陈国梁　什么三爷，汉奸！

钱根弟　对！汉奸！怎么那会儿，我一给你送礼，你就给我发钱？钱还没给够。东洋人已经少给了，你还要扣一半！

小　玉　你拿回家的钱，哪儿来的？

〔张永泉低头。

老　杜　张永泉克扣咱们的工资，大家推我和周平安结算，这里有一个清单，一共是二十万三千六百零四元。

众　人　这么多呀！

张永泉　多少随你们说吧！

老　杜　什么？咱们这账都有凭有据，一笔一笔写得清清楚楚，一加二是三，那么加起来的！

陈国梁　你还要光棍，这不是时候了！你赔我们大伙儿的！

张永泉　赔，没那么多钱！

赵　满　哥儿们！我证明，张永泉有的是钱！这是他给我的两万元。（众鼓掌叫好）他想收买我，要我离开这儿。

众　人　有这样的事！

赵　满　还有，汪子和也收了他的钱！

众　人　把他拉出来！

〔群众把汪推出。

汪子和　（面无人色）我……

陈国梁　快说！收了多少钱。

众　人　快说！……

汪子和　我说，我说，是我不好！张永泉给我五百元，要我打听大伙儿的消息，张永泉一被扣，我也没有给他送信，我该打！我该打！你们饶了我吧！

老　杜　钱呢？

汪子和　在这，在这，我花了二百元。

陈国梁　你还想溜沟子，给大伙儿赔不是！

汪子和　对不起，对不起，大伙儿原谅！

赵　满　我们还是跟张永泉算！

张永泉　好，别算了！你们说多少，我赔多少，没有现钱，我卖产业。可是你们也得照法律办事，不能乱来！

众　人　什么法律？

赵　满　咱们什么地方没按照法律？

张永泉　你们不能乱打人！

〔众寂然。

孔主任　我说几句话，好不好？

众　人　好！

孔主任　张永泉也讲法律了，大家想一想，他以前打人骂人，是凭什么法律呀！那不是日本人的法律吗？现在，民主政府，是有法律的。可是这法律不是保护汉奸，是保护咱们人民的！

老　杜　对！你还想拿法律来吓唬人，不成了！

工人丁　他妈的还想唬人！

刘小发　我要说。活阎王，你把我们一家人从天津骗来，你不给我们工钱，你不让我们歇着，你把我爷爷打伤，还要他做工，你踢死我爷爷，逼死我爸爸，连尸首都没看到……赔我爷爷！赔我爸爸！……（哭）

小　玉　弟弟！别哭！（自己也哭，转向张）你糟蹋我们一家，不准我父女见面，你糟蹋我，还嫌不够，又把我送给日本人去糟蹋，你们大家给我打呀！打死他！……（跺脚，号啕大哭）

众　人　打！打！

陈国梁　别打了，让他说话！

张永泉　那是李生财跟森下说好的。

老　杜　李生财是你的狗腿子！

刘小发　杀人抵命！

众　人　对！杀人抵命！枪毙他！枪毙他！

赵　满　张永泉，你听着！你背叛咱们国家，勾结敌人，帮助敌人打中国人，日本投降了，你参加伪军，还打咱们八路军，政府调查你，还欺骗政府，平日虐待咱们，克扣工资二十多万，还奸淫妇女，强占民地，逼死人命，你说，是不是有这些事！

张永泉　我也是在日本人手底下，没法子！

众　人　日本人，我们也便宜不了他！什么没法子？你凶得很，你也有今天，没收他财产，枪毙他！

赵　满　枪毙张永泉！我们请孔主任转告政府。

众　人　好！

孔主任　大家的意见，没收他的财产，赔偿工人的损失，还要枪毙他，是不是？

众　人　是！是！

孔主任　好，我一定把这意见转告政府。

众　人　对！好！拥护人民的政府，拥护孔主任。

赵　满　哥儿们！大家看见了吧？咱们工人团结了，就有力量，就能跟张永泉算账，咱们还要不要成立工会？

众　人　要！要成立工会！

赵　满　好！工会得要几个人办事。

众　人　就是你！

老　杜　老赵兄弟，我早看中你了！

赵　满　唔，我算一个，还要……

〔远处锣鼓声渐近，纠察甲上。

纠察甲　龙烟铁矿的工人给咱们送礼来了！

赵　满　欢迎龙烟铁矿的工友们！

陈国梁　（拉张永泉到一边）别挡着咱们路！（张看他一眼）今天谁都不用看着谁，告诉你！这就叫工人翻身！

众　人　让他跪下！

陈国梁　跪下！

〔锣鼓声更近，龙烟铁矿工友拿了两面红旗——一面旗子上写“工会万岁”，另一面写“组织起来”，穿过人群，向台口走来。

赵　满　（呼号，众和）

工人团结起来！

庆祝工人翻身！

民主政府万岁！

……

（全剧终）

一九四六年三月于张家口

原载《北方文化》1946年第1卷第3期、第4期，名为《“望乡台”畔》，另刊《文艺复兴》1947年第3卷第1期、第2期，易名为《窑工》。

选自《文艺复兴》版本

红旗歌

（四幕话剧）

刘沧浪等集体创作
鲁煤执笔

人　物

老　刘　甲班细纱组的生产组长，兼本组分工会的主任，四十来岁，性情厚道而幽默。

彭　刚　本班生产管理员，二十八九岁，共产党员。

金　芳　络纱女工，二十一岁，共产党员，积极，负责而善良。

美　兰　络纱女工，十七八岁，一个很会挖苦人的积极分子。

仙　妮　看车女工，十四五岁，一个比较早熟的小大人（童工），聪明、伶俐、活泼而勇敢，多事、多话是她的特点。

大　梅　看车女工，十八九岁，一个爽直、倔强，但是对落后分子只知一味打击的积极分子。用俗话说，是个有勇无谋的人。

月　香　看车女工，十八九岁，一个正在由胆小走向胆大、由不够积极走向积极、由不够觉悟走向觉悟的工人，一个由犹豫走向坚定的工人。

小美姑　看车女工，十四五岁，一个天真、活泼，但是思想糊涂、爱偷懒的小童工。

马芬姐　看车女工，二十三岁，一个被旧世界的剥削、压榨、凌辱所歪曲了的性格，一个痛苦、孤僻、倔强，甚至有些无赖的性格。在不觉悟时，她破坏、捣蛋、仇恨而反抗；觉悟后，则奋勇生产、深刻地谴责自己，成了一个杰出的积极分子。

万国英　生产助理员，二十五六岁，一个认真而固执、热情而烦躁的工人。

娘　　　五十来岁，一个依靠女儿生活，因而特别疼爱女儿，对女儿的乖戾抱着“逆来顺受”态度的娘。

女工乙　看车女工。

其他摆管工、扎锭带工、看车工、络纱工等共二三十人。

王所长　四十来岁。

第一幕

时　间　秋季。星期日下午两点多。

地　点　纱厂的细纱间。

布　景　正面偏右一进出厂门。右前一门通工务室。台中左半边置三十八号、三十九号、四十号三部细纱车。三十八号在前，只见车头；三十九号、四十号则见半部车身。（往左是无限宽阔的细纱间）台中右边是宽阔的道路，搁有管箱、管斗等物。正面墙上装有玻璃窗。工务室门右墙上有登记工人勤惰符号的黑板。有钢骨水泥柱子矗立车头。工务室门外往右仍是细纱间，同时通往茶炉、厕所、粗纱间等。

〔开幕，台上空无一人。外边正下着雨，有充满生产热情的歌声交织着雨声传进来。稍待，歌声减弱，工人喊声。

女工甲声　呵呀，雨越下越大啦，在道儿上淋不湿，在这儿还淋湿了哪！

男工甲声　走，到俱乐部玩儿去吧，咱不在这儿等着啦！

男工乙声　不，我不去，道儿这么腻，又跑那么远……

女工乙声　管理员！管理员！……管理员进厂没有哇？！——你给门岗说说，叫我们先进厂吧。

〔在喊声中，组长老刘从台左前上，他在检查车，并不时地弯腰拾起掉在地上的一两个纱管。当他检查到三十九号车时，听清外边喊声，急上前，推门外望。

女工乙声　组长，外边雨这么大，你给管理员说说，叫我们先进厂去吧！

众　声　对，叫我们先进厂去吧！

老　刘　好好好，我来请示一下管理员！（急转身到工务室门口，推门向里）彭管理员，许多工友同志们都来啦，外边雨挺大，叫他们先进来吧！

〔彭刚上。

彭　刚　（高兴地）大家来这么早哇！（急忙到大门口推门向外）

众欢呼声　彭管理员！彭管理员！

彭　刚　门岗！门岗！放工人同志们到车间来吧！

〔一群男女工人活泼地蜂拥而上，有的打着伞，有的披着包袱皮；进门后便彼此打闹着，嬉笑着。

〔有人说，得红旗也不多挣一斤小米儿，不得红旗也不少拿半张票儿，光图干活儿紧哪？——我们才不当那傻瓜蛋哪！对于红旗的何等不同的看法呵！在这里就显示了工人中的积极分子与落后分子截然不同的政治态度与劳动态度。一个把工厂看成自己的，把得红旗看成顶光荣的事；一个仍然以过去工人对待私人厂主的态度对待国家工厂，仍然抱着多挣钱、少做活的老主意；换句话说，就是一个已经开始有了主人翁的意识，一个则还根本没有这种意识；后者仍然保持着旧的习惯和旧的思想。

〔作者在这里做了一个戏剧性的安排：两个小鬼的吵嘴不过是积极分子与落后分子两方的一个前哨战罢了，接着登场的是双方的“两员大将”，被称为“瞎积极”的张大梅与被称为“马蜂窝”的马芬姐，她们围绕红旗竞赛展开了一连串的斗争，成为剧本的中心纠葛。作者从始至终贯穿了这样一个思想：工人中的前进分子必须耐心地去团结、争取与教育落后分子。

〔所谓“依靠工人阶级”，是什么意思呢？主要就是依靠工人的觉悟性与组织性。对于工人中的落后分子，必须启发他的政治觉悟、鼓励他的劳动热情。对于已经有了觉悟的工人中的积极分子，必须进一步提高他的觉悟程度，提高他在生产劳动中的团结互助精神。

众　人　对，管理员快给我们算分数去吧！——走，咱们也赶紧挂钩去吧！（分别向左、右前喧闹而下）

女工甲　管理员，你可快算呵，叫我们等急了还来找你的麻烦！（随众下）

彭　刚　（看着这些幸福的背影）这些小闺女儿过得真痛快呀！

老　刘　痛快，真痛快！……半年以前没解放的时候，她们做梦也没想到会过得这么痛快，也没想到这辈子还有这么大心劲儿来干活！

彭　刚　（点头微笑）嗯！……

老　刘　……哎，管理员！（掏出一沓纸）这是前天咱们甲班分工会开生产讨论会给助理员万国英同志提的意见，请你转给他。

彭　刚　（笑）这是反对他官僚主义的意见吧？

老　刘　可不，给他提的意见还会有别的吗？（诚恳地）哎，彭管理员，要说工作呀，助理员那积极负责劲儿可算是一百分，比给官僚资本家干的时候强几倍，就是他那思想呵，还是钻在牛角尖儿里出不来，看不起群众！（笑）

彭　刚　（笑着）是呵，咱们就要帮他慢慢搞通思想呵！

老　刘　（连连点头）对，对，对！

彭　刚　还有，老刘，回头金芳来了，叫她到工务室来一趟，我要跟她谈谈她们车上的事儿。

老　刘　又是谈马芬姐跟大梅闹不团结的事？

彭　刚　嗯！

老　刘　（摇摇头）唉，她们这组哇，真是——

彭　刚　（会意地）真是难办，是吧？

〔二人相对笑。彭刚向工务室下，老刘继续检查四十号车。金芳及另外一些工人上。

金　芳　组长！（工人与老刘彼此打招呼，而后向左前、右前下）

老　刘　呵，金芳，你来啦！

金　芳　组长，你检查车怎么样？（放下书包等物，开始换鞋）

老　刘　上个班给弄得很好，钩儿搁得挺顺当，没什么断头儿。

金　芳　这就好……连着下了一天一宿雨，天气太潮啦，我看非缠皮棍不可，不定出多少白花哪！

老　刘　是呵，天也该晴啦！……金芳，彭管理员让你去一趟，谈谈你们车上的事。

金　芳　行，我也正要找他哪，我挂好了钩就去！

老　刘　好！（向左后下）

〔美兰、仙妮上。

美兰 / 仙妮　（先后）金芳姐，你来这么早哇！

金　芳　呵，你们来啦？——我也是刚到。

仙　妮　美兰姐，咱们到茶锅上洗洗脚去吧！

美　兰　你去吧，我在外头水坑儿里洗过啦；干净难看都是它，我可不要那么好看！

仙　妮　哟，我洗脚也不是为了好看哪，我这鞋都成了泥疙瘩啦，你还看不见吗？

金　芳　（逗仙妮）去吧，仙妮洗洗去吧，小孩家就是为了好看，我们也不笑话！

仙　妮　（娇气地噘嘴）哼！（提鞋向右前下）

金　芳　美兰，快换鞋赶快挂钩儿吧！

美　兰　嗯！……（一面换鞋）哎，金芳，（向四面仔细探寻）她们还没有来呀！

金　芳　谁呀？——你说谁没有来呀？

美　兰　（嬉笑地）你们组的两位大将，马蜂窝跟瞎积极呀！

金　芳　你是说马芬姐跟大梅她们哪？

美　兰　嗯，还有马蜂窝那个狗腿子，小蘑菇……金芳，我真想她们哪！

金　芳　美兰，你个精灵鬼，又要说风凉话啦！

美　兰　你说不是吗，她们一来了就热闹啦，大梅骂马芬姐是个“顽固堡垒”，马芬姐骂大梅是个“瞎积极”，俩人一见面，眼也红啦，气也粗啦，那多好看哪！……哎，金芳，看戏不打票，这个星期日也不算白过呀！（大笑）

金　芳　（制止）美兰，你别光在背地里说废话啦，一会马芬姐跟大梅来了，你也帮我劝劝她们！

美　兰　（精明地）我？！——我才不劝哪，放着好人不做，我闯那个祸去？！（笑）还是自个儿管自个儿吧！（笑向车当下）

金　芳　你这个精灵鬼！（上车挂钩）

〔仙妮上。

仙　妮　（放下鞋，戴围腰）金芳姐，你就挂这么多啦！

金　芳　嗯，我光挂的前头！……仙妮，你来的时候没去找大梅吗？

仙　妮　（生气地）噢，你不说我倒忘啦，金芳姐，你就不用提让我去找大梅啦！

金　芳　怎么啦？

仙　妮　刚才我去找她，一进屋就见她气得鼓鼓地在那坐着哪，噘的那嘴呀，都拴住个驴了，我才说拉她来呀，她就这么一阵子乱推，把我轰出来啦！——金芳姐，这你还不知道是怎么回事儿吗？！

金　芳　（思考地）噢！……

仙　妮　金芳姐，你看吧，今儿个咱们组里再要得不上红旗呀，大梅跟马芬姐不定要闹多大乱子哪！

金　芳　不怕，咱们好好劝劝她们。

仙　妮　（抱怨地）哼，大梅跟马芬姐老这么鸡一嘴、鹅一嘴地吵架，我看咱们没有个翻身的时候啦！

金　芳　（安慰）不用着急，仙妮，只要你以后不帮助大梅打击马芬姐跟小美姑就行啦。

仙　妮　我也不愿意叫大梅姐打击她们哪，可我一听马芬姐跟小美姑说那落后话，我就恨死她们啦！

金　芳　（亲切）仙妮，你是积极分子，怎么能跟她们比哪？

仙　妮　（听话地）行，金芳姐，以后你常说着我点儿吧。

〔美兰上。

美　兰　我们的钩都挂好啦，要我帮你们挂吗？

金　芳　不用啦，我们就挂好啦！

仙　妮　金芳姐，我挂后头去啦。

金　芳　去吧。

〔仙妮向车当下。

〔一群男女工人上，分别向左、向右下，月香、大梅上。

美　兰　（精俏地）哈，大梅，你才来呀！金芳等了你半天，快把人家想死啦！

〔大梅朝美兰恨恨地瞪了一眼，把书包等物猛力向车头一丢，生闷气地往管箱上一坐，换鞋，不语。美兰微笑。月香也脱鞋、擦脚、换鞋。

金　芳　（开始摆管，笑）真的，大梅，平常你来那么早，今儿个来这么晚，在家闷着干什么啦？

美　兰　（打趣地）是啊，在家干什么啦？

大　梅　（气话）在家里吃包子啦，你们不知道吃包子费工夫哇！

美　兰　（信以为真）吃得真香呵，什么包子啊？

金　芳　是啊，什么包子呵？

大　梅　（有力地）气包子！！！

〔众人大笑，月香拉金芳至一旁私语，指点着大梅。

美　兰　可是过星期日在家歇足啦，要不哪儿来这股子牛劲儿啦！

大　梅　哪儿来这股子牛劲儿？——（气话）一会儿我们这组就得红旗啦，劲儿还不大？！（戴围腰）

〔美兰大笑，月香、金芳私语毕。

月　香　美兰，你别惹大梅啦，人家正生马芬姐跟小美姑的气哪，你还火上浇油！

金　芳　（严肃起来）说真的，大梅，今儿个咱们这组要再得不上红旗，也别跟马芬姐她们要态度啦。

大　梅　（未听金芳话，严厉地）金芳，我跟你谈个事儿！

金　芳　（意外地）什么，谈个事？

月　香　（也惊讶地）什么事儿呵？

大　梅　今天上午我在家里想了半天啦，不说我实在受不了啦！

金　芳　（安抚地）怎么，又沉不住气啦，大梅？——什么事儿，你说吧。

美　兰　（风凉话）是呵，有什么话你说吧，让我也领教领教哇！

大　梅　（质问）金芳，竞赛过去两个星期啦，咱们组一回也没得上红旗，你知道吧？

金　芳　我怎么不知道哪！

大　梅　打今儿个起，再过十天就要开竞赛第一阶段的总结大会，你也记得吧？

金　芳　怎么不记得呀！

大　梅　是呵，竞赛开始的时候，咱们订生产计划，说要在第一阶段争取出数达到个标准数，超过国民党时候出数的百分之八，人家别的组像美兰她们都快达到标准数啦，咱们还跟竞赛以前一样，你说这怎么办哪？！

金　芳　你说怎么办？

大　梅　我说呀，（大叫）把马芬姐跟小美姑调走！

金芳/月香/美兰　（同时）又要求把她们调走？

大　梅　嗯，非把她们调走不可！

金　芳　哎，大梅，你怎么又提把她们调走啦？

大　梅　那你叫我怎么办哪？

金　芳　大梅，我知道你很积极，自打竞赛以后，你饭不吃、水不喝地干活儿，可你就不会劝别人跟着你干？你看上星期，你光跟马芬姐她们吵，打击她们、气她们，弄得她们简直——

大　梅　（截断金芳）金芳！——你不说这话我不动心，你知道我心里受多大委屈呀！你想想，在你没来以前，马蜂窝死顽固欺侮我们、气我们，噎得我们说不上话来，我们成天价想你、盼你、要求管理上调你来，可你来了还是叫我们受她们的气，我三番五次地要求把她们调走吧，你还偏要留下她们！

金　芳　（耐心地）留下她们是为了改造她们哪——

大　梅　（冲动地截断金芳）你改造她们，不能影响我得红旗呀！

金　芳　（要解释）大梅，你——

月香/美兰　（同时，劝阻）大梅——

大　梅　（抢着）不用跟我说，有本事你改造她们好啦，反正我非要求把她们调走不可！！！

彭　刚　（自工务室推门探头）噢，大梅、月香你们都来啦。——金芳，你来一下，我跟你谈两句话。（退下）

金　芳　（奈何）大梅，你先歇一会儿，咱们回头再谈吧！

大　梅　金芳，你告诉管理员，就说我要求把马蜂窝调走，叫他马上回答我！

金　芳　告诉他行，可我不同意你这么办。（对美兰、月香做手势令劝大梅，下）

美　兰　大梅，你的话可不好听呵，金芳到你们这组来，是你左一趟、右一趟请来的，又不是人家赶来的，到这儿才不过一星期，你就给人家翻脸啦？

月　香　是呵，再说金芳姐说咱也是为了工作好哇！

大　梅　她为了工作好，我也不是为了工作坏呀，谁要不是为了多生产、支援前线，谁跟马蜂窝、小蘑菇生这份儿气呀！

美　兰　是呵，咱都不是为了自个儿，马蜂窝跟小蘑菇落后，咱们就该帮助改造她们哪。

大　梅　哼，一碗凉水看到底，她们这辈子要改了哇，狗也就不吃屎啦！（上车当干活去了）

美　兰　行啦，行啦，大梅，别生她们的闲气啦……（对月香）哎，月香，金芳不是让你回家劝劝马芬姐跟小蘑菇她们吗，你劝了没有？

月　香　我才不劝哪，反正我知道她们不想进步，跟她们分开道儿走就是啦，我不去惹她们，说深了得罪人，合不着……

〔仙妮上，听月香话，忍不住了。

仙　妮　（上前拉住美兰，鄙夷地对月香）月香呵，就是这么个积极又不积极的人儿，金芳姐说过多少回，叫她多劝劝马芬姐跟小蘑菇，她都说“怕捅了马蜂窝，惹不起人家”！

美　兰　（风凉话）哼，要不人家就叫个半积极分子啦！

仙　妮　（对月香，抢白）是呵，当个半积极分子多好哇，又不得罪人，又不……

月　香　（打仙妮）小死丫头，你积极，你可不去说？！

仙　妮　（天真地）我怎么说呀！我一说，她们就跟我闹难堪，还骂我是“小豆豆”……（难过起来）

〔美兰大笑。

大　梅　（从车上出来）仙妮，有我守着你，以后不用怕她们！

仙　妮　（天真地）对，大梅姐，以后她们要再捣蛋，我就说给你，叫你骂她们！

美兰/月香　（笑）小死丫头！……

〔摆管工提管斗自左前上。

摆管工　大梅，那边儿有两部车要擦，组长叫你们去帮忙收拾一下。

仙妮/美兰　走，咱们去吧。（要下）

摆管工　别都去啦，留下俩人帮我摆一下管儿。

大　梅　（对仙妮、月香）你们两个摆管儿吧，（对美兰）美兰，咱们去。

〔与美兰左前下。

仙　妮　（对摆）你这家伙真懒，你的活儿让我们干。

摆管工　你们闲着没事儿，发扬一下互助友爱多好哇！

月　香　去你的吧，别得了便宜还卖乖啦。

〔摆管工下。

仙　妮　真的，月香姐，你以前跟马芬姐、小蘑菇那么好，这会儿还住同院儿，上班下班一块儿走，你也好好劝劝她们！

月　香　越是以前那么好，才更不能说她们哪，要不她们还骂我是投降分子哪，我要再说深了，成天价挨她们的骂就挨不完啦。

仙　妮　（责备地）咱们要不多卖点儿力气，老叫金芳姐在马蜂窝跟大梅她们中间受气，你心里就乐意呀？

月　香　哪个王八羔子才乐意哪，刚才大梅跟金芳姐吵架，我还不是

跟美兰一块儿劝大梅啦？！（提管斗向左前下）

仙　妮　（向月香背影一努嘴，看不起地）哼！……（无事可做，从围腰兜里掏出课本来，念）“军队向前进，生产长一寸，加强纪——纪——纪——”（指下面律字）左边两撇一直道，右边像个笔字儿，又没那个帽儿，这念个什么呀？！

〔小美姑提袋面等物上。

小美姑　（见仙妮埋头读书，故意轻轻进门，从背后将仙妮用力一推，大喊）嗨，小豆豆，你来这么早哇！

仙　妮　（吓了一跳，气极）吓死我啦，你个小蘑菇！

小美姑　（讽刺地）哟，我可不敢，把你个积极分子吓死了，那还得了？！

仙　妮　不用你小蘑菇贫嘴！

小美姑　（换鞋）我贫嘴！你不是积极分子呵？——平常干活儿那么紧张，星期日又赶死似的急着往厂里跑——

〔月香上。

小美姑　（见月香）还有月香，等了我半截儿就一个人偷偷地跑来啦！

月　香　我等了你那么半天，才说央告得你来呀，你马芬姐又把你叫走啦，谁知道你们穷嘀咕什么去啦！

小美姑　放屁，谁穷嘀咕啦？是我芬姐叫我给她缠线去啦！

月　香　缠线？

小美姑　嗯！（卖弄地）咳，红的、绿的、半红半绿的，什么色儿的都有，净是那自由线，绣的那花儿呵，叫——“凤凰单展翅”！

仙　妮　绣花？——她是做慰劳袋儿吧？

小美姑　人家做绣花儿枕头哪！——想得倒美，慰劳袋儿！

仙　妮　（鄙夷地）哼！……

月　香　哼！

小美姑　（对月香）哼？！——你哼什么？月香，我实话跟你说了吧，你今天可得小心着点儿，一会儿芬姐来了，还请你老人家谈话哪！

月　香　（胆小地）谈话？

小美姑　嗯！谁叫你刚才来的时候不跟我一块儿到她那儿去哪！——（提鞋）我先刷鞋去。

仙　妮　（拦住小美姑，打趣）小蘑菇，你别走，我给你报告个好消息！

小美姑　什么好消息呀？

仙　妮　你想想，今儿个星期日，该干什么啦？

小美姑　（忽然想起来）咳，小豆豆，配卖票发了没有？

仙　妮　（意外地）配卖票？

小美姑　嗯，上星期不是说今天发配卖票吗？

仙　妮　（赌气）没有哪！

〔月香做了个看不起的表情。

小美姑　（把鞋一丢，失望地）还没有发呀？！哼，白让我跑了一趟！……刚才我在家正给芬姐缠线哪，芬姐忽一下子想起来今天要发配卖票啦，叫我拿上麦口袋就来啦，跑得我差点栽个大跟头，生怕耽误了。

月　香　（生气地）摔死你才活该哪！

小美姑　（发横）月香！……（对仙妮）小豆豆，那你说好消息是什么呀？

仙　妮　（故意逗小美姑）这消息呀，比配卖票还重要哪，我要说了，保证你高兴！

小美姑　什么呀，你快说。

仙　妮　（大声）咱们这组（一字一顿）得——红——旗——啦！

小美姑　（更失望）哟，我当什么出奇的好事儿啦，闹了半天是这个呀？——屁松！

仙　妮　哎，小蘑菇，你上星期不是说你喜欢红旗吗？

小美姑　那么块红布条子有什么喜欢的呀？！我芬姐没说吗，净是糊弄你们小孩儿玩，捉你们大头的。

仙　妮　放屁，这会儿工厂是咱们自个儿的啦，为咱自个儿干活儿，积极生产，支援前线，得了红旗多光荣呵！

小美姑　光荣？——光荣吃不得，也喝不得的，有什么用呵！

仙　妮　多劳多得，你不知道吗？得红旗多了，到年底还发奖金哪。

月　香　（应声）对啦，还要发奖金哪！（提管斗向左前下）

小美姑　到年底还有好几个月哪，谁知道到时候发不发呀？——你们没听我芬姐说呀，反正这会儿我们知道得了红旗也不多挣一斤小米儿，不得红旗也不少拿半张票儿，光图干活儿紧哪？——我们才不当那傻瓜蛋哪！

仙　妮　你这家伙真可恶，张嘴是你芬姐，抿嘴还是你芬姐，你知道吧，你芬姐是个死顽固！

小美姑　你不顽固，你积极！——你积极你可别拿工厂里的钱哪，你要光给厂里干活儿，不拿厂里钱，那才积极哪，那才光荣哪，保险还给你登黑板报哪！

仙　妮　你们就是死顽固，你芬姐是顽固堡垒，你就是顽固堡垒的狗腿子！（跑）

小美姑　嘿，你人个儿不大，胆子可不小，你敢骂我芬姐死顽固？！（追仙妮）

仙　妮　（边跑边骂）就是死顽固，就是死顽固，简直比蒋介石还顽固哪！——你们就是蒋介石，就要消灭你们！

小美姑　（抓住仙妮，把仙妮的手扭在背后）消灭谁？消灭谁？你说，谁是蒋介石，你要消灭谁？

仙　妮　（别扭地弯着腰）哎哟，月香！月香！……

〔月香自左前跑上。

月　香　（上前拉小美姑）小美姑，撒开，快刷你的鞋去吧！

小美姑　（推开月香）不用你管！——豁出我那双鞋不要，非跟她弄清楚不可。（转对仙妮）说，谁是蒋介石，你要消灭谁？

仙　妮　（猛力挣脱）小蘑菇，你软的欺侮硬的怕，光会欺侮我。你是英雄，你敢惹惹大梅去？

小美姑　大梅？——有我芬姐给我做主，大梅个“瞎积极”又不是老天爷，我不敢惹她？！

仙　妮　你敢惹，你动动人家的小书包去！

月　香　是呵，你不是喜欢人家书包上那个花儿吗，你敢摸摸去？

小美姑　摸摸？——你看我敢不敢！

仙　妮　你光说敢，可得让我们看看哪！

月　香　对呀，叫我们看看哪！

小美姑　（鼓起勇气）看看？（走上前去）看看还不现成！（取下大梅的书包伸给仙妮、月香看）看我敢不敢，看我敢不敢！

仙　妮　光拿着不行，你不是喜欢人家那个花儿吗，你得摸摸呀！

月　香　是呵，你敢摸摸，说人家那花儿多好看哪！

小美姑　（一手举书包，一手摸花样）好看！好看！好看！……

仙妮/月香　（在旁喝彩）好！好！好！……

〔小美姑正喊“好看”，大梅、美兰突然自车当上。

大　梅　（一把夺过书包）拿过来！——你知道丢人值多少钱一斤？

众　人　（大笑）……

小美姑　（窘、无言）

大　梅　你也不摸摸你长着几个脑袋，就凭你个顽固腿子还想要我的书包？！

〔马芬姐上。

马芬姐　（见状，伫立在门口冷冷地）干什么？干什么？

美　兰　哟，马芬姐来啦！

〔全场肃静，仙妮、月香退步。

小美姑　（回头见果然是马芬姐，大胆地对大梅）你当我真是要你的呀？——我想拿过来给你扔了哪！

大　梅　（逼）看你给我扔！看你给我扔！

马芬姐　干什么？！干什么？！

小美姑　（一头向马芬姐扑去，哭）芬姐，她们欺侮我！

马芬姐　（猛力将小美姑一推，小美姑被推得很远）滚一边子去！！！

小美姑　（意外地）芬姐，你——

马芬姐　（一把将围腰扔给小美姑）先擦擦你那爪子再挨我，别叫那摸了烂脏书包的手让我沾上臭味儿了！

〔大梅欲冲上前，被仙妮、月香拉住。

小美姑　（明白了，重新扑马芬姐怀中，哭）芬姐，她们欺侮我，她们都欺侮我……

仙　妮　（不服气）谁欺侮你啦？！

马芬姐　欺侮你？——吃了你才活该哪，谁叫你不是积极分子啦！你就不死，你这么落后还有脸活着？！

大　梅　（欲上）马芬姐，你——

马芬姐　（对大梅）嗯——？

月香/仙妮　（拖大梅）大梅，大梅！

大　梅　马芬姐，你说，你这是什么意思？

马芬姐　哟，我教训小美姑哪，又惹得你肉痛啦？！——小美姑，积极点儿呵，积极了工厂好收你当个干闺女呀！

〔坐管箱上换鞋，小美姑倚立一旁。

大　梅　马芬姐，你成心气死人哪？——我跟你说吧，今天我在家里就生你半天气啦！

马芬姐　你生气就找我说？！——我昨天晚上做梦挨狗咬啦，我找谁去说呀？！

大　梅　（冲上前）马蜂窝，你个死顽固，你——

马芬姐　（冷冷地）哎，张大梅，你今儿个中了什么邪气儿啦？——吃了鸟枪药啦？

月　香　（对大梅）算啦，大梅，有拾银子拾钱的，还有拾骂的呀？

大　梅　她老这么指鸡骂狗地点示人，我受不了！

马芬姐　（冷笑）哼哼！（对小美姑）走，小美姑，跟我上茅房去！——孙猴子跳到老佛爷手心儿里打跟斗，我看不出你有多大的“道行”！（拉小美姑，悠然向右前方走）

大　梅　（在月香、仙妮拖拉中暴跳如雷）马蜂窝，你别走！——撒开我，月香，你们撒开我！

〔马芬姐停下，仇视大梅。

月　香　大梅，算啦，算啦，大梅！

仙　妮　算啦，大梅姐！

〔马芬姐也实在不愿意找事儿，下。

大　梅　（急得跺脚）气死我啦，马蜂窝，你气死我啦！

〔金芳自工务室上。

仙　妮　（奔向金芳）金芳姐你快来吧，马蜂窝又跟大梅姐吵架啦！

金　芳　又吵架啦？——马芬姐在哪？

月　香　跟小蘑菇一道儿上茅房去啦！

金　芳　（上前劝抚）大梅，怎么又跟她们吵啦，看把你气成这个样儿！

大　梅　（不语）……

金　芳　大梅，上星期你叫我来的时候，你可是答应过我的！

月　香　是啊！大梅，你不是答应过金芳姐，不跟她们吵吗？

大　梅　（气得跺脚）对，答应过你的，不跟她们吵，光跟人家说好话，敬着人家，捧着人家！（将金芳等猛力一推）哼！窝囊废，受气包！（向车当冲下）

金　芳　大梅，大梅！……（见大梅已去，痛苦地）月香，刚才到底是怎么回事？

美　兰　刚才仙妮又逗小蘑菇啦，才惹得大梅跟马芬姐这两位大将出了马！——哎，金芳，刚才算是打了头通鼓啦，咱们就等着看后头的武把子吧！哈哈……

金　芳　行啦，美兰，你只恨天不塌，地不陷！

美　兰　（得意地笑，下）……

仙　妮　真倒霉，真倒霉！

月　香　唉！咱们这组真是没办法……

金　芳　仙妮，月香，别泄气，咱们来商量个好办法，一定把她们扭过来。

〔哨声，老刘且吹哨且喊上。

老　刘　第六段的络纱工在这儿开会啦！第六段的络纱工在这儿开会啦！

〔幕后络纱工重复着同样的声音，彼此招呼着。

金　芳　好，仙妮、月香你们先玩会儿去吧，等开过会了咱们再说！

月香/仙妮　行。（退在一边）

〔老刘站在工务室门口台阶上，美兰等七八个络纱工跑上。

众　人　（以老刘为圆心围成半圈，活泼地喊着）开会啦，开会啦。

一络纱工　组长，怎么还不挂红旗呀？

又一络纱工　是呵，怎么还不挂红旗呀？

众　人　别麻烦了，开了会再说吧！——组长，有什么事快发表吧！

老　刘　现在宣布三件事情，第一件事情，发配卖票，大家都把面口袋儿带来没有？

众　人　带来啦！

老　刘　对，还是跟过去一样，一个人配卖四十斤，照市价打八折，因为照顾大家过八月节，工会决定提前发的！

众　人　（高呼）拥护！

〔老刘发票，众接，每人一沓。

老　刘　第二件事情，是检查中秋劳军的工作——做慰劳袋儿的事儿都给车工布置下去没有？

众　人　布置下去啦，前天你跟我们说了就布置下去啦。

金　芳　我们组不光布置给车工，连工人家属都布置到啦，我们组仙妮、大梅、月香还动员她娘她们做慰劳袋儿哪。

一络纱工　我娘把慰劳用的香胰子、洗脸毛巾都买好啦！

众　人　好，你娘真进步啊！

美　兰　是呵，闺女是个积极分子，她娘还能落了后！

老　刘　（阻止玩笑）别瞎扯啦！……对，咱们每个人多买点慰劳品，多买点饼干、罐头——

众　人　（抢着）花生、糖、香烟、袜子、铅笔、日记本……

老　刘　哈，你们比我还记得清楚哪！……好，多买点慰劳品，叫咱们解放军在前方好好过个八月节。

众　人　老刘，叫他们好好过个八月节！（又彼此挑战）对，看咱们谁的慰劳品好！

老　刘　第三件事情很简单，等会儿挂过红旗了，征求大家对上星期竞赛的意见。还是那句老话，没得的别泄气，得上的别骄傲，完啦。

一络纱工　哎，组长，还不到开车的时候呵，我们都不想玩啦！

老　刘　是呵，三点来电，谁叫你们两点一刻就来哪！——自个儿找点活儿干吧。散啦！散啦！

众　人　（一哄而散）好，好，好！（下）

〔老刘向工务室门下。

美　兰　哟！仙妮，刚才金芳在会上表扬你啦，说仙妮这小豆豆真积极，还动员她娘做慰劳袋啦！

仙　妮　（娇笑地打美兰）不用你管！

月　香　别说啦，美兰，刚才我们在后边都听到啦，你看仙妮笑得，到这会儿还合不上嘴哪！

美　兰　（摸月香脸）不用说她，还有你这个半积极分子哪！

月　香　（打美兰）去你的！

〔美兰笑下。

月香/仙妮　金芳姐，接着商量咱们的事儿吧！

金　芳　嗯！……月香、仙妮，你们说咱们怎么加强工作呢？

仙　妮　（泄气地）金芳姐，照我看，咱们就同意大梅姐那个意见，把马芬姐调走算啦！

金　芳　仙妮，你怎么也说这话哪？

仙　妮　我看要没有马芬姐了，什么事儿也就没有啦，咱们心里也就干净啦！

金　芳　仙妮，你这是有点儿大梅的思想，光看见马芬姐跟小美姑顽固，就看不见自个儿的态度也不强？大梅你们要不好好检讨改正，对落后工友光打击，到哪组也非碰破脑袋不可！

月　香　我想起来啦，金芳姐，我看要加强工作呀，先得防备仙妮那两片嘴，别给大梅当尾巴，她老是东说说、西说说，跟马蜂窝、小蘑菇她们加言儿！

〔仙妮噘嘴要打月香。

金　芳　（制止仙妮）别闹，仙妮，月香说得很对，你这病就该吃这个药。……好，今天咱俩就负责劝大梅，叫她别再指着人家眼窝子，骂马芬姐死顽固啦，逼得人家下不了台。（对月香）月香，你呢？

月　香　我——（想）

仙　妮　（抢着）她？！——她个半积极分子，手软得跟面条儿似的，光会团结，可不会斗争！

金　芳　（笑了）对呀，仙妮说得也很对。月香，以后你要壮起胆儿来，为了工作，该批评马芬姐几句就批评她几句，一会儿你就找她去谈话——

月　香　我找她？！——哼，她还找我哪！

金　芳　那不正好吗？

月　香　不，我不去！

金　芳　不怕，月香，我教你怎么说。

〔女工上。

女　工　金芳姐，你真难请呵，你怎么还不到我们那儿去？

仙　妮　（娇怒地）到你们那儿干吗去呀？

金　芳　她们那组也闹不团结哪，叫我去给她们谈一下。（对女工）我们的问题还没弄清哪，怎么办？

女　工　哎呀，金芳姐，走吧！

金　芳　好，走，走！——月香，那你替我把配卖票发一下吧，还有检查一下做慰劳袋的事情。

月　香　嗯！

仙　妮　你快去快回啊！

金　芳　嗯！

女　工　（拖着金芳）走吧，金芳姐！（下）

〔老刘自工务室抱红旗上。

老　刘　（边上边喊）挂红旗啦！挂红旗啦！

〔男女工人呼叫而上，首先是美兰及女工乙。

众　人　（欢呼）挂红旗啦！有我们的没有？（把老刘挤在工务室门口层层围住）

美兰 / 女工乙　（从老刘手中夺过登记表来看，众与美兰齐念）三十八号赵美兰！……哈，我们又得红旗啦！

女工乙　（对仙妮）仙妮，我们又得红旗啦！

老　刘　美兰你们上次不是就得啦？

美　兰　（自狂地）是啊，上次得啦，这回又得啦！

老　刘　对，继续努力，下次还得，来他个连中三元。

美兰 / 女工乙　对，来他个连中三元！

老　刘　仙妮，你们哪？

仙　妮　（渴望，气愤）下回我们要得了红旗呀，就把它锁在我们家里，连走亲戚、串门儿都不让它去！

众　人　好哇，仙妮，好哇！（老刘把红旗给美兰，向左前下）

众　人　美兰这精灵鬼就是有办法，这回又得红旗啦！（下）

〔台后欢呼声、歌声。

〔马芬姐、小美姑自右前上。

美　兰　（逗仙妮）仙妮，你看这红旗多鲜亮啊！

女工乙　（自美兰手中夺过红旗向小美姑炫耀）小蘑菇，你不是喜欢红旗吗？借给你们挂一天哪！

美　兰　是呵，挂在你们那顽固堡垒上头，你们就更威风啦！

马芬姐　（冲向美兰）美兰！

月　香　（制止美兰）美兰！

美兰/女工乙　（做鬼脸）哟，又捅了马蜂窝啦！（向左前跑下）

美兰声　大梅你别回去啦，我们又捅了马芬姐蜂窝啦！

大　梅　（自左前气冲冲上，见马芬姐，不屑地）哼！（扭过身背对马芬姐、小美姑）

〔哑场。

月　香　金芳姐叫我给大家发配卖票，传达她们开会的事情。工会为了照顾大家过八月节，特地提前发的，合作社晚上还办公。（发票）

小美姑　（接过配卖票）芬姐，一会儿下了班咱就赶紧去领吧，听说合作社洋面不多啦，省得去迟了领那小磨面！

马芬姐　（制止小美姑）又嘴贱啦？！

仙　妮　死顽固——干活儿没劲儿，领面多积极呀！

小美姑　你积极？！——你积极可不把你的配卖票送给我！

仙　妮　不要脸！

月　香　仙妮，刚才金芳姐费了那么多唾沫算是喂了狗啦？

小美姑　你要脸！——你那么要脸厂里也是卖给你四十斤，可不多赏给你一点儿？

月　香　……还有，做慰劳袋儿的事儿，金芳姐叫我问问大家都开始做了没有。

仙　妮　开始啦！

月　香　大梅，你哪？

大　梅　（生气，不语）……

仙　妮　我知道，大梅姐也开始啦，前天晚上我跟她一块儿上街买的线！（转向马芬姐）马芬姐，你那么会绣花儿，这会儿做慰劳袋你可不为难啦！

月　香　是呵，芬姐，刚才听小美姑说，你在家绣花儿哪，你的慰劳袋儿快做好了吧？

马芬姐　（冷冷地）做好啦！

小美姑　（认真）芬姐，你做的不是你自个儿的绣花儿枕头吗？怎么说是慰劳袋哪？

马芬姐　少扯淡！——人家愿意这么听，咱们为什么不这么说呀！

大　梅　（恨恨地跺脚）人哪，天不怕，地不怕，就怕不要脸！

月　香　（制止大梅）大梅！

仙　妮　（勇敢地上前）芬姐，你说这话可就不对啦，现在秋季攻势开始啦，解放军在前方为咱拼死忘生地打胜仗，咱送点儿慰劳品来表表咱们支援他们的心思，你说不应该吗？

马芬姐　（不语）……

大　梅　（制止仙妮）仙妮，别说啦，给狗说人话有什么用呵！

马芬姐　张大梅！

月　香　（急制止）芬姐！（转对大梅）大梅！

马芬姐　（气冲冲对大梅）哼，你们不是常说，今天生产就是支援前线打蒋介石吗，咱们天天生产就行啦，又添这么多零碎儿干什么？

大　梅　那你们天天吃小米饿不死算啦，为什么还死皮赖脸地抢着领面哪？

月　香　大梅，少说两句吧！

仙　妮　我找金芳姐去！（跑下）

马芬姐　（压抑着）是呵，谁叫厂里配给我们哪！你积极，你吃得开，你下命令叫厂里别配给我们哪！

大　梅　马蜂窝，你浑蛋，你破坏我们的竞赛，你——

月　香　大梅，你抱点屈吧！

大　梅　月香，我非说不可！——马蜂窝，咱们算算账吧，我们这组碰上你这个不要脸的死顽固算倒了八辈子霉啦，一连两个星期累得我们得不上红旗，累得我们达不到标准数，二九一十八天我们费的劲、流的汗，你给我们赔出来，给我们赔出来！

马芬姐　（依然压抑着自己）张大梅，先说清，我可不是好惹事儿的人，可你真要把我逼急了，我也不怕事儿！

大　梅　我不听你胡说，你给我赔出来，赔出来！

马芬姐　（完全撕破脸大叫）赔？！赔你个屁！你找我算账，我还要找你算账哪！张大梅，我问你，是谁提议发动竞赛的呀？！

大　梅　（理直气壮）我们，我们发动竞赛的，怎么样？

马芬姐　是呵，是你们想给厂里多干活儿，发动的竞赛，不是我，不能叫我守你们的竞赛规矩！是你想出风头，露面子跟别人挑的战，不是我，你得不上红旗是你自个儿打自个儿的脸，我又没往你脸上吐唾沫，你凭什么找我的麻烦？！

大　梅　马蜂窝，你死顽固！

月　香　（制止）大梅！——芬姐！（拉马芬姐）

马芬姐　月香，干什么，你要拉偏架吗？！——张大梅，你不提竞赛算没事儿，你一提竞赛咱们是解不开的冤仇！以前工友们多好哇，各干各的活儿，各挣各的钱，谁也不用找谁的碴儿。偏是你们这些积极分子，干闺女们，发动什么竞赛，分什么这个积极，那个顽固，把这个圈在墙里，把那个推到墙外——

大　梅　马蜂窝，我不听你放屁啦！眼前只有一条道，你给我滚，你不许再在我们组里搞乱，你给我滚！

马芬姐　放屁！滚什么，你说！

月　香　大梅，芬姐，你们听我说，听我说！

大　梅　不要脸，不要脸！

马芬姐　你才不要脸哪！你才不要脸哪！

〔仙妮跑上。

仙　妮　金芳姐来啦，金芳姐来啦！——（回头）快点，金芳姐！

小美姑　（拖马芬姐）快走吧，芬姐，金芳来啦，我怪怕！（向左后顺车当下）

〔哑场。金芳急上。

金　芳　马芬姐呢？马芬姐呢？

仙　妮　跑啦！跑啦！

金　芳　我找她去！（下）

大　梅　（好半天，才舒出一口气来）气死我啦！马蜂窝，你气死我啦！

〔彭刚上。

仙　妮　他妈的马蜂窝！

彭　刚　怎么，仙妮，又骂人啦？

仙妮/月香　（气得要哭）彭刚管理员，马芬姐快把我们的肺都给气炸啦！

彭　刚　又吵架啦？（用目光寻找）马芬姐跟小美姑哪儿去啦？

仙　妮　还不是怕管理员说她们，不定又钻到哪个老鼠窟窿里去了哪！——金芳姐逮她们去啦！

彭　刚　好，大家不要生气啦，回头我来好好地批评她们。——怎么样，你们对这次挂红旗有什么意见？

月　香　（抱怨地）管理员，你说凭什么扣我们的分啦？

彭　刚　（拿铅笔指黑板上的符号）噢，来咱们算一算。马芬姐旷了一个工，扣两分；小美姑跑了三次车，扣三分；这一共就五分啦。

仙　妮　（性急地）扣五分还有九十五分，也该得呀？

彭　刚　你别着急呀，全细纱间二十多个竞赛组，出白花你们数第四多，也扣三分。

仙　妮　那我们总分是多少哇？

彭　刚　（从书夹中查看）你们总分——连九十分都不到。

众　人　连九十分都不到？

彭　刚　嗯，你们想，你们白花出多了，出纱的数量就少啦，上星期你们平均数才 0.95 磅，所以在出数这一项上，扣分最多，共扣五分！

大　梅　（气极）那净是马蜂窝跟小蘑菇的过！

彭　刚　（和蔼地）也不光是马芬姐跟小美姑的过。大梅，你跟她们闹不团结，也扣了两分哪！

大　梅　管理员，你要不把她们调走哇，我一辈子也跟她们团结不了！

彭　刚　（笑着）哎，大梅，我就知道你又要说这句话。

大　梅　是呵，你知道我说这句话，你就回答我吧，金芳给你说过没有？

彭　刚　说过啦——大梅，你很积极，很热心，上级都知道，什么标准数、竞赛总结大会，你样样都记得很清楚，这很好，可就有一条儿你还没有记住，搞红旗竞赛，不仅要完成生产计划、达到标准数；还必须有进步工友带动落后的呀！

大　梅　要是叫进步的带动落后的，为什么上星期马芬姐旷了个工，我跟她闹了一顿，你还扣我一分哪？

彭　刚　是呵，你为什么非跟她闹哪？——大梅，我跟你说过多少回，马芬姐的工龄比你们哪个都长，马芬姐的手艺比你们哪个都好，你们要——

大　梅　（截断彭刚）她手艺好，就算她一个人能顶我们两个用，可是她不跟咱好好干，这还不是白搭？！

彭　刚　正因为她不觉悟，不好好干，才要你们帮助她呀！

大　梅　（不听）行啦，行啦，管理员，反正我要求把她们调走，你说答应不答应吧！

彭　刚　大梅，五个指头还有长短哪，哪个组里都有落后的，不光你们这组——

大　梅　（不听）好好好，算啦，算啦，反正我也说不过你们，我也早就知道你不会答应把她们调走！

彭　刚　（笑）是呵，你知道我不答应，你就该听说了吧？

大　梅　你不调拉倒，我自有我的办法！

月香 / 仙妮　你有什么办法！

大　梅　不用管什么办法，反正听你们的话，不调走她们就是啦！

仙　妮　（天真地）我知道，大梅姐的办法是要好好检讨自个儿啦！——是吧，大梅姐？

月　香　对，大梅姐，不要再要求调她们走啦。

大　梅　行啦，行啦，你们不叫我要求，我不要求好啦，还这么麻烦干什么。

彭　刚　对，大梅，好好检讨一下自己吧，冷静一下，等会儿我再找你谈谈。月香，仙妮，你们跟大梅团结起来，改造马芬姐跟小美姑哇！

月香 / 仙妮　好！

彭　刚　对！（对大梅）大梅，先消消气儿，有什么话回头咱们再谈。（看表）还有一会儿就要开车啦，准备干活儿吧！

〔彭刚向左前下。

月　香　大梅，管理员说得对，人心又不是铁打的，咱们多拿好话儿劝她们，她们慢慢就改啦！

大　梅　（生气地说怪话）管理员？！哼，管理员跟金芳一样，就因为马芬姐手艺好点，就光叫咱们给她们说好话！

月　香　管理员也不光叫咱们给她们说好话呀，就是因为她们手艺好，改造过来才能起大作用嘛。

仙　妮　是呵，管理员不是说一会儿还要找马芬姐她们谈话，批评她们吗？

大　梅　（厌烦地推开仙妮）好，好，好，你们对，我不对，你们听，我不听！（跺脚向左前下）

月　香　（痛苦）金芳姐光叫咱们说她，你看又把她说跑啦！

仙　妮　不要紧，月香姐，走，咱们追她去！（推月香下）

〔小美姑悄悄自四十号车后鬼鬼祟祟上。

小美姑　（悄悄四望，见月香等确已去，回身招呼）芬姐，芬姐，快出来，她们都走啦！

马芬姐　（也鬼鬼祟祟上，四望）……

小美姑　（兴奋地）这回可好啦，咱们什么都偷听啦，咱们可摸着底细啦！

马芬姐　（心情比小美姑沉重得多）嗯！

小美姑　芬姐，你听管理员不答应张大梅调咱走，她说她有办法，她有什么办法呀？

马芬姐　你听她吹牛皮！——当管理员的还不能把咱怎么样哪，她张大梅个瞎积极还不是在咱们手心里攥着哪！

小美姑　（相信马芬姐的魄力，但也担心地）可管理员还要批评你哪！

马芬姐　批评？！看吧，管理员他要说的是门道，我就听上两句，他要胡说呀，我就来个“石棒槌灌米汤——叫它寸水儿不进！”

小美姑　（放心地）嗯，（又想起）哎，芬姐，月香个死丫头还要找你谈话哪！

马芬姐　哼，她要找到咱门儿上来，那不是正好吗？

月香声　芬姐，芬姐！美姑！

小美姑　你听，她找咱们哪！

〔月香自左后上。

月　香　芬姐，你们在这儿啦……

马芬姐　（故作亲切地上前拉月香）干什么，月香？

月　香　芬姐，今儿打家里来的时候，你不是说跟我有两句话说吗？

马芬姐　是呵，你怎么不搭理我，就偷偷跑来啦？

月　香　（胆怯）我……我……

马芬姐　月香，连你也看不起你芬姐啦？！

小美姑　是呵，刚才小豆豆要笑我，你也帮她的腔，刚才大梅跟芬姐吵架，你也要拉偏架，你——你也把我们看扁啦？！

月　香　我……我……

马芬姐　月香，不用怕，为这么一点儿事儿，我不怪你！

月　香　嗯！（要说内心话）芬姐，我劝你……我劝你——

马芬姐　月香，你先别劝我啦，我先问问你——（真情打动）月香，你想想，是谁这样一年到头，每天两趟，不管刮风下雨，不管黑天半夜，上班来，下班去，跟你一块儿走哪？！

月　香　（不语）……

马芬姐　月香，你想想，是谁跟你在一个院儿里住南北屋，我叫你娘婶子，你叫我娘大娘哪？

月　香　（不语）……

马芬姐　月香，你小时候上班是我为你向工头们求爷爷、告奶奶介绍的；在厂里，你那老鼠胆儿净受人家的气，我常护着你；这些事儿你都记得吧，怎么今儿个你倒跟大梅她们站在一边来欺侮我哪？！

月　香　（苦涩地）不是，芬姐！我……我是说解放啦，厂里配卖米面……（怯懦，口吃）工厂对咱好——

马芬姐　（制止月香）工厂对咱好？！——月香，别叫那点儿便宜东西迷了眼睛吧，你就不看看助理员万国英还是像解放以前那样威风？前年厂里开除我就是他亲手挂的牌儿，这会儿他还是歪着脖子吓唬咱！

月　香　（要解释）不是，芬姐，不是。

马芬姐　不是？！——月香，解放啦，管教咱的人倒更多啦，像张大梅这样的瞎积极也敢随便要求调走我！

月　香　（痛苦、恳切地）芬姐，我说你别再跟大梅她们闹啦，解放以前你叫厂里开除过两回，还不够吗？

马芬姐　（痛心地）是呵，我也知道闹翻了再找个事儿不容易！……（仇恨地）可她们非逼我走上这条道，我有什么法子哪？！——月香，说实话吧，真要到了那时候，我什么也豁出去了！

小美姑　芬姐早跟恒大纱厂她干妹妹那儿说好啦，这儿要实在待不住了，我们就到她干妹妹厂里去上班……

月　香　（意外地）到恒大纱厂去上班？

马芬姐　（避讳）月香，你不用管这，我问你，我的话你听明白没有？

月　香　（痛苦、不语）……

马芬姐　（阴沉地）月香，今儿个大梅和你们打算怎么克对我，你们是怎么商量的？

月　香　（极痛苦）没有，芬姐，什么也没商量，那都是你胡猜的，压根儿就没有这回事儿！

马芬姐　（泼辣地）月香，她要再要求调我走，你就跟我站到一边来，一块儿要求调走她！

月　香　（痛苦、挣扎地）不，芬姐，你别这么想！大梅，大梅她们逼你还不是为了……（嗫嚅，不敢说下去）……

马芬姐　（愤激地）是为什么？！

月　香　（挣扎，奋勇；忽然来了一股勇气，使月香完全忘记了自己，忘记了害怕，脱口而出）为了解放啦，咱们是工厂的主人，生产是为了咱们自个儿！！

马芬姐 （完全没有想到，失望地）月香，你决心要跟大梅一个鼻子眼儿里出气呀？！你决心不要你芬姐啦？！

小美姑 是呵，月香，你得想一想！

马芬姐 （威胁）好哇，月香，这会儿你翅膀硬啦，你自个儿会飞啦，你就过了河拆桥，你就不要你芬姐啦？！

小美姑 （也痛苦地）是呵，月香，就因为你胆儿小怕鬼，赶黑夜回家，走到那没灯的胡同里了，咱们就拉紧手，到今儿个你就真要舍下我们啦？！

月　香 （痛楚万分，急哭）不是，芬姐，不……

金芳声 为大梅呀，磨得咱这嘴快生茧子啦！

〔金芳、仙妮自车当上。

金　芳 噢，芬姐，你们到这儿来啦，怪不得我转了一圈也找不到你们哪。（见月香）月香，怎么啦？

月　香 （哭，不语）……

金　芳 （略知一二）仙妮，拉月香姐到那边玩会儿去吧。

仙　妮 （拉月香，亲切地）走，月香姐，咱们玩去吧。（向左前下）

金　芳 小美姑，你也玩去吧，我跟芬姐说会儿话。

〔小美姑向右前下。

金　芳 （诚恳地）芬姐，刚才我们把大梅说了一顿，批评她过去对你态度不好。

马芬姐 （截断金芳）狗咬耗子，多管闲事嘛，她张大梅又不是管理员，又不是助理员，她凭什么对我态度不好哇！

金　芳 是呵，芬姐，我们比你小两岁，你是我们的大姐姐，我们态度有不好的地方，你就痛痛快快地说我们，别憋在肚子里生闷气！

马芬姐 哼，我才不生气哪！

金　芳 （沉默一下）芬姐，你也是七八年的老工人啦，手艺比谁也不差，你该挑着头儿领着我们往前干哪。

马芬姐　我？！——我这个顽固分子，我可不配！

金　芳　芬姐，大梅态度不好，她该受批评；可她有好些意见还是对的呀！你想，咱们平常干活还不能光跑车，又旷工，断了头不接，出那么多白花哪，今天咱们正红旗竞赛，为了完成生产计划，达到标准数——

马芬姐　（不听这一套）车不好看，花不好纺，谁能挡住它不出白花哪！

金　芳　芬姐，要是解放以前，我也不这样劝你。那时候，咱们受国民党压迫，吃不饱、穿不暖，我也偷厂里的纱，我也跑茅房去歇着；那时候，咱们那样做是对的，可今天还这样就完全错啦。

马芬姐　（不语，躲向一边去）……

金　芳　（无奈）芬姐，听月香说大娘心口痛的老病又犯啦，是吗？

马芬姐　（不语）……

金　芳　芬姐，你领大娘来咱厂的医院里看看吧，咱这儿大夫挺好，吃药也不花钱。

马芬姐　行啦，金芳，你别管那么多啦，我娘没有病。

〔大梅、月香、仙妮上。

大　梅　（且上且说）别再嘟囔啦，别再嘟囔啦！反正我听你们的话，不再要求调走她们就是啦，还问我有什么办法干什么？！（马芬姐见大梅上，不示弱地相对而立，使人觉得又要开火的样子。忽然钟打三点，幕后喊声："三点啦，开车啦！"）

众　人　电来啦，开车啦！（各上车）

〔紧张地工作。有工人抱大纱、推管箱、提管斗等左右穿梭上下。

美　兰　（上）玩这么半天才到点，咱今儿个来得太早啦。

女工乙　可不，差不多早来了四五十分钟。

〔小美姑自右前上。

美　兰　哟，小蘑菇，你到哪儿去啦？

小美姑　（没好气）上茅房去啦！

美　兰　把你掉到茅坑里去了吧？开车这么大工夫才来！（下）

小美姑　他妈的精灵鬼！（上车工作）

〔紧张地工作。

〔万国英、彭刚自左前上，万国英走在前面，手里拿着工人的意见书。

万国英　（急躁地，边上边谈）好好好，彭刚同志，你不必再给我解释啦；你放心，我不会因为他们给我提了这些意见就灰心丧气，放松管理；因为我还自信我是一心想把工作搞好的，这一点你应该完全了解！

彭　刚　（耐心，和蔼地）这还用说吗，万国英同志？你积极、负责的动机是谁也不能否认的。问题是既然大家提了这些意见，咱们管理方面就该冷静地研究一下——

万国英　（极不冷静地）当然要研究！……是的，要彻底研究！……这不只是因为今天工人们给我提了这些意见，而且因为这也是一个我们争论了很久的问题啦。事情发展到了今天，如果再不弄清是非，我看我这助理员简直也没法做下去啦！

彭　刚　（无可奈何）……好吧，万国英同志，你还是先把大家的意见看一看吧。有什么不同意的地方，咱们回头再细谈，我先到那边去照顾一下工作。

万国英　（激情地）好，你去吧！

〔彭刚下。

万国英　（苦闷地）把我满腔热血，一片苦心，叫作什么“态度不好”“官僚主义”，这，这不完全是颠倒黑白的说法吗？！哼！（气，向工务室下）

〔哨声，老刘喊声："络纱工开会啦，第六段的络纱工开会啦！"

美兰声　金芳，叫咱们开会啦！

金　芳　好！（向车当）月香，仙妮，你们有意见没有？

月仙声　没有！

金　芳　大梅，你哪？

大　梅　有——还是我那个意见，我提议一部车一组，叫管理员好好考虑一下（接头下）

金　芳　好！——小美姑！

小美姑　（没好气）没有！

金　芳　（向车当）马芬姐，你有意见没有？

马芬姐　（尖刻地）我又不是积极分子，我还敢有意见？！

金　芳　（一笑）……

美　兰　（上）走吧，金芳！（取笑小美姑）小蘑菇，好好看车，少出点白花吧，别再掉到茅坑里去啦！

金　芳　（制止）美兰！（推美兰向左前下）

小美姑　（见美兰下，跑到美兰车头）他妈的赵美兰！我出白花扣我的分，关你什么事呵，你给我闹这个难看？！（说着，从围腰兜中掏出一团白花，吐上唾沫，扔在地上，恨恨地用脚踩成泥）他妈的，看你们还说我白花多，看你们还说我白花多！……

〔大梅声：小蘑菇！

小美姑　（大吃一惊，以为被发现了，支吾地）干什么？

〔大梅上。

大　梅　你这个锭带儿断啦！

小美姑　（松一口气）我把升带牌儿支起来得啦。

〔马芬姐上，在后面观望。

大　梅　光支起来就行啦？这么大个厂子，哪年才等到扎锭带儿的来呀，这四个锭子就叫它空着管儿呵？！

小美姑　那你叫我怎么办哪？

大　梅　怎么办？——（将小美姑一推）我叫你找扎锭带儿的去！（欲下）

马芬姐　（上前）哎，张大梅，你又欺侮小孩儿啦？

大　梅　我怎么又欺侮小孩儿啦？

马芬姐　你叫她找扎锭带儿的去，你跟她说好啦，你推她干什么？——老实告诉你，我不在这儿你欺侮她我说不了，我在这儿你再欺侮她呀，那就办不到！

大　梅　我就是推啦，我就是推啦，她要再不去我还推哪，怎么样？！（理直气壮，冲上前又将小美姑一推）去！

小美姑　（见势不好，拉马芬姐）芬姐，芬姐。

大　梅　哼，今天你还想骑在我脖子上拉屎呵？你做错了梦啦！（气下）

马芬姐　哼，我看你简直要封王啦！你不推呀，我也许叫她去哪；你这么一推呀，就是不叫她去啦！——美姑，把升带牌儿支起来算啦，扎锭带儿的来就来，不来少纺四个管儿正好少出白花，这么大个厂子，你打哪儿去给她找哇！

小美姑　他妈的，我又不是你们（指大梅）狗使的奴才！

马芬姐　对，不理她！（无意中看见地上自己的泥鞋）哼，让她们耽搁得咱连鞋都没刷了。

小美姑　芬姐，我先刷鞋去吧！

马芬姐　去吧，连我的也带去刷刷。

小美姑　嗯！（提鞋向右前下）（马芬姐上车，下）

仙　妮　（自车当急上，朝小美姑去的方向看看，回头向里）大梅，小蘑菇又跑车啦！

大　梅　（轻松地笑着上）噢，不是，是我叫她找扎锭带儿的去啦！

仙　妮　不是，她刷鞋去啦，你看她那鞋都没有啦！

大　梅　（一看果然没有了，怒）可不，这家伙真可恶！（跑到四十号车头小美姑工作处看看，而后跑到右前方对小美姑去的方向大叫）练——完——啦！（回自己车）跑车吧，反正我看我这二十根毛棍儿完事，你练翻了车我也不管，看管理员来了说谁！（上车）

仙　妮　对，就不用给她看！（上车）

万国英　（自工务室急上，不耐烦地）又嚷什么？又嚷什么？

大　梅　助理员！你看刚开了车，小蘑菇这个锭带儿断啦，我叫她找扎锭带儿的去，她又跑出去刷鞋啦！

万国英　你们车上怎么老是出事儿？！

大　梅　谁愿意出事儿哪，她跑车，光练疙瘩，还耽误我们达不到标准数哪！

万国英　你先帮她接一下！

大　梅　我才不给她接哪，我净干点子没名没利的黑活，也得不上红旗！

万国英　你先替她接上，我去捉她去！（大梅下，自语）像你们这样的工人，整天价处罚都制不服哪，还能给你们讲民主？哼！（向右前方走）

〔小美姑自右前方上，见万国英，怔住，把鞋背在后面。马芬姐上，在万国英背后偷看。

万国英　（官僚地）小美姑，你还想干不想干哪？

小美姑　（可怜地）我怎么不想干哪……

万国英　想干？……想干你早不捣蛋啦，大梅叫你干什么去啦？

小美姑　叫我找扎锭带儿的去啦……

万国英　那你为什么跑车哪？

小美姑　我……（答不上来，看马芬姐）

马芬姐　（上前）助理员，她不是跑车！

万国英　（回头对马芬姐）没有你的话说，去！（马芬姐退后，万国英转对小美姑）说，你干什么去啦？

马芬姐 （在万国英后面向小美姑示意，作肚痛状）……

小美姑 （抱肚子蹲下）我不是跑车，我是上茅房去啦，我肚子痛……

万国英 （不耐烦于小美姑的谎话）肚子痛请假！

小美姑 （带哭地）我真是肚子痛，昨天晚上没盖好被子，冻着啦……

万国英 哼，岂有此理，给你画个跑车号！（往黑板上画）

小美姑 给我画个跑车号？

万国英 嗯！画个跑车号，扣你一分！要是在解放以前哪，官僚资本家们早把你开除啦！——去吧，看车去吧！

〔在万国英画时，小美姑屡屡向马芬姐努嘴，意思是问怎么办。仙妮上，在背后偷看。

马芬姐 （上前）助理员，许我提个意见吧？

万国英 （回头）什么意见？

马芬姐 人家肚子痛，跑一趟茅房就不行啊？

万国英 跑茅房？

马芬姐 嗯！管理人员肚子痛也不能不跑茅房吧，怎么工人跑趟茅房还画个跑车号哪？

万国英 谁说她跑茅房啦？

马芬姐 人家不是说得清清楚楚啦，昨天晚上没盖好被子，冻着肚子啦，您没听清楚哇？

万国英 你听清楚啦？

马芬姐 嗯，不听清楚我就说啦？

万国英 听清楚？！——听清楚了也给你画一个！（又画）

马芬姐 也给我画一个？

万国英 嗯！画你劳动态度不好、画你包庇错误，跟她受同样处分，也扣一分！

马芬姐　包庇错误？！

万国英　嗯！她不是肚子疼，她是装傻！——大梅叫她找扎锭带儿的去，她跑去刷鞋啦，你知道吗？

马芬姐　噢，我不知道……

万国英　不知道你可多嘴？

马芬姐　噢……助理员，不知不为过嘛，就算我错啦，顶多也是因为我不知道哇，你也不该给我——

万国英　像你这样糊涂，顺嘴胡扯，就是干涉行政管理，就是不遵守劳动纪律，就是包庇落后，就是错误，就该画！

马芬姐　好，你不让提意见，你就画吧！反正画了是你的错，不是我的错！

万国英　不是你的错？

马芬姐　嗯，谁叫你随便画哪？

万国英　（大吼）粉笔在我手里，我要画就画！——你再说，你再说我还给你画一个！

小美姑　（推马芬姐）芬姐！芬姐！

马芬姐　好，好，我不说啦，我不说啦。（被小美姑拖下）

万国英　哼！——怎么就有你们这样不争气的工人？！解放啦，工厂改善了你们的生活，共产党对你们这么好，你们没学会一点儿正经的，倒光学会提意见啦！就凭你们成天光拿厂里的钱，不想给厂里干活儿，还有资格给我提意见？！……哼，提意见、提意见，我一听提意见就头痛！（愤然向右前下）

小美姑　（见万国英下，大胆起来，跑到右前方，对万国英去的方向）呸！你当助理员怎么样，也不能不讲民主！

仙　妮　都扣两分啦，你还讲民主哪！

〔马芬姐见万国英走，也上。

小美姑　就是不讲民主，什么竞赛呀，简直是人管人！

仙　妮　像你这样死顽固，就得管着点儿，从前给国民党干活儿，你偷懒、泡蘑菇行了，今天工厂是咱们自个儿的——

马芬姐　（上前推仙妮）什么自个儿不自个儿的？！——小豆豆，才几天不穿开裆裤哇，就学会了卖膏药？！

仙　妮　今天解放了，工厂就是咱们自个儿的——

马芬姐　是自个儿的可不让你随便拿一捆纱，可不让工人随便多歇会儿，可不让你把细纱车分半截抬到你家去？

小美姑　是自个儿的，你叫它，它可不答应？

仙　妮　（急了）就是自个儿的，就是自个儿的，你们再不好好干活就不行！

小美姑　（逼仙妮）就不是自个儿的，就不是自个儿的，要是自个儿的，我刷鞋去助理员就不给我画跑车号啦！

仙　妮　（被马芬姐、小美姑逼急，向车当大叫）大梅！大梅！快点儿！快点儿！

〔马芬姐溜下。

〔大梅上。

仙　妮　大梅，小蘑菇刷鞋去，又画了个跑车号，不知道为什么也给马芬姐画了一个，怎么办？怎么办？

大　梅　真的吗？

仙　妮　（指黑板）真的，真的，你看，你看！

大　梅　（气急）好，你不要管，我来收拾她们！

仙　妮　对，狠狠地收拾她们！（下）

大　梅　（急得浑身发抖，几乎说不出话来）好！小美姑，你刷鞋，我们不刷鞋，你的鞋值钱，厂里的纱不如你那鞋值钱！

小美姑　我那鞋是漂白布的，挺贵的，弄脏了回家我娘又说我呀！

大　梅　（过度气愤，反而说不出什么来，声音也喊不高了）好，好，好，小蘑菇，我们惹不起你们，我们怕你们了，（推小美姑）你们请出去吧！请出去吧！

小美姑　（退，惊异）请出去？

大　梅　反正我好话也跟你们说完啦，我也再没劲儿跟你们吵啦，把你们开除完事儿。——你们请出去！

小美姑　（大惊）开除？

大　梅　嗯！以前我劝过你们多少回，叫你们进步，叫你别老跟在死顽固屁股后头跑，你不听，到这会儿要开除你们啦，我再也没法儿救你啦！

小美姑　（急得要哭）谁要开除我们，谁要开除我们？

大　梅　（声音突然高起来）我们！我们要开除你们！

小美姑　你们？！

大　梅　嗯！我们！（向四下看看，无人，大声）金芳、月香、仙妮，我们刚才在西段开会决定的，你们要再不好好看车，多出了白花，影响我们达到标准数，我们全组要求管理员开除你们！

小美姑　这是真的吗，连月香也赞成？！

大　梅　嗯，你们别觉得月香跟你们住同院儿，以前跟你们好，可今天人家进步啦，她也完全同意开除你们，连外组的美兰也赞成开除你们。还有，我敢说，保险连助理员也赞成开除你们！

小美姑　（跺脚，哭）呵——

大　梅　哎！小蘑菇，你哭什么？——有本事你去捣蛋吧，这会儿我们欢迎你们捣蛋——

小美姑　（哭声更高）呵——

大　梅　去吧，找你马芬姐去吧。（报复地）小蘑菇，这会儿我倒要看看她死顽固马蜂窝有多大的道行哪。（下）

小美姑　（哭着）芬姐，芬姐！

〔马芬姐上。

马芬姐　（阴沉地）哭什么？

小美姑　芬姐，他们要开除咱们啦，连月香也赞成！

马芬姐　别说啦！我什么都听见啦。

小美姑　什么，你都听见啦？

马芬姐　嗯！……

小美姑　芬姐，那怎么办，怎么办哪？

马芬姐　……（受到严重的打击——悲怨和仇恨纠结在一起，沉重地，慢慢地）哼，竞赛才不过两个星期，总共也只有二十天，就让你们弄得我站没站处，立没立处，没处藏，也没处躲？！……你们把我当成大粪车子似的，谁见了谁恨，走到哪儿哪儿臭？！……连月香这原先跟我靠得近的也走远啦，连金芳这看着老实的也跟我下了狠心，连美兰这外组的也来趁雷打鼓看笑话……

小美姑　（打断马芬姐，也是提醒马芬姐）大梅说连助理员也赞成哪！

马芬姐　（继续地）是啊！连助理员也还是跟解放以前那样欺侮我，你们上上下下、远远近近地结成伙儿来欺侮我，你们……

小美姑　（听着不是味儿了）怎么，芬姐，你怕了她们啦？

马芬姐　（茫然如石沉大海）怕？

小美姑　（失去了主宰，抱怨，哭）芬姐，你刚才还不如不叫我刷鞋去哪，你刚才还不如不叫我刷鞋去哪！

马芬姐　（被刺痛，悔恨地）别说啦，你放这马后炮还有什么用！

小美姑　（大哭）呵……

美兰声　金芳，我看你们那马蜂窝跟小蘑菇就欠开除啦！

金芳声　美兰，不许随便瞎说！

〔马芬姐急退回车上，小美姑伏三十九号车头哭，金芳、美兰自左前上，仙妮跟在后边。

小美姑　（哭，不语）……

美　兰　（上前看黑板）可不，不多不少整两分呵！

仙　妮　金芳姐，这星期头一天就扣两分，我看挂红旗又完蛋啦！

金　芳　去吧，干活儿去吧，仙妮，我来说她们。

美　兰　（打趣小美姑）小蘑菇，你跟马芬姐可真是好到家啦，领配卖面在一块儿领，画跑车号又跑一块儿画去啦！

〔女工乙上。

金　芳　美兰，看你的车去吧！

女工乙　（也上前打趣小美姑）我看看这是谁哭得这么痛呵？——哟，是小蘑菇哇！

美　兰　（也凑上去）呸！——就那么好哭，拿这流泪呀，比吐唾沫还容易哪！

金　芳　美兰，你们怎么这么顽皮不听话？！

美　兰　金芳，马芬姐跟小蘑菇哇，这才是秤杆离不了秤砣哪！（与女工乙大笑下）

金　芳　（拉小美姑）小美姑，你跑车，扣了分儿，连累全组工友，你该不该受批评？

小美姑　（哭，咳嗽）……

金　芳　（极诚恳地，有些怨愤）别人都把工厂当成自个儿的，疯了似的积极生产，只有你们落后，人家说你，你说怨谁呀？

小美姑　（哭，咳嗽声变高）……

金　芳　别哭啦，把嗓子都哭干啦！赶紧接头儿吧，我给你倒碗水喝。（拉小美姑上车，小美姑止哭；金芳拿碗到美兰车头，正要倒水，低头见美兰斗中白花，赞叹地）哎呀，美兰，开车这么半天，你们才这么点儿白花呀？（一手将白花举起，回头对小美姑）美姑，你看人家这组多齐心哪，你快别哭啦！

〔金芳放下白花，倒水。女工乙接头上。

女工乙　我们六个人又不打架，又不吵嘴，光奋拉着脑袋接头，怎么就出了白花啦？（接头下）（美兰接头上）

美　兰　是呵，我们又没有马蜂窝，又没有狗腿子！哎，金芳，你倒水给谁喝呀？要是给小蘑菇，我可不乐意呀！

金　芳　别贫气啦！（美兰下）（端回给小美姑）小美姑，快喝点儿，好好干活儿吧！

小美姑　我不喝！她不愿意叫我喝，我还嫌她夜壶里那水臊哪，我不喝！

〔络纱哨响。

金　芳　小美姑，我去络纱去，你不许再跑车啦！（对车当）大梅，她们要再跑车，你给她们报告管理员，不许再跟她们闹啦！

大　梅　（上）是呵，有管理员在，我还跟她们闹干什么，我才不那么傻哪！（下）

〔金芳欲走，仙妮上。

仙　妮　金芳姐，刚才助理员给她们画的跑车号怎么办哪？还叫咱跟她们打利钱哪？

金　芳　等我络纱回来，找管理员来解决，好好干活去吧！

仙　妮　对！叫管理员来解决她们！（下）

〔金芳向左前下。金芳声：美兰，去络纱啦！

〔小美姑伏车头哭，马芬姐上。

马芬姐　（愤，制止小美姑）没出息，哭什么？！

小美姑　（迫切地，急得跺脚）芬姐，你听她们都说找管理员去，她们可真是成心害咱啦！

马芬姐　（坚决）打破头了不怕扇子扇，她们要这样叫咱过不去，我也要叫她们看看咱们不是好惹的！你出多少白花啦？（掏小美姑兜中的白花）

小美姑　（意外地）怎么，一把白花？（指美兰车头）

马芬姐　嗯，都扔到她斗里！

小美姑　不行，芬姐，她们要看出来了哪？

马芬姐　扔进去给她搅和搅和，怎么就看出来啦？！（又掏自己的）

小美姑　不行，芬姐，我怕！

马芬姐　（训斥）房子塌了有我给你扛大梁哪，你怕什么？——刚才给咱画了跑车号，这会儿又出了这么多白花，开除咱你就不怕啦？！——去，给我看着人去！

小美姑　（不怕了）嗯！

〔小美姑乖乖地看着左前方和右前方。

〔马芬姐看看本组，见无人，奋力将白花投入美兰斗中，而后急转回车当。小美姑见马芬姐扔得很过瘾，于是自己又到自己车斗中取出一把白花，顽皮地向美兰斗扔去。

马芬姐　（急喊止）美姑！你别扔啦，快回来！

小美姑　（调皮地）不，让她精灵鬼扣一分！

〔小美姑正搅和，月香急自四十号车后上。

月　香　小蘑菇，你干什么？！

小美姑　不用你管！（仍搅和）

月　香　（急取花）这不行，这不行！

马芬姐　（急上，冷冷地）月香！——告诉你，少管闲事！

月　香　这不行！……

〔扎带车响声，马芬姐急退下，小美姑跑回三十九号车头，月香畏缩在美兰车头前。

〔扎带工上。

扎带工　几号车锭带断啦？

小美姑　四十号！

〔扎带工由三十九号和四十号车中间下。小美姑、月香下。

〔静场。

〔彭刚自右前上。

彭　刚　（向左前摆手）老刘，老刘！

〔老刘上。

彭　刚　老刘，我现在就要到工会开会，刚才络纱工开会有些什么意见？

老　刘　有两个意见，一个是说竞赛两部车一组不好，有一两个人落后，累得全组得不上红旗，太不公平，提议一部车一组……我说这不行！

彭　刚　（往小本上记）嗯，还有呢？

老　刘　还有就是说比白花不好，虽然能叫工人紧接头，多出数，可是有些不老实的工人把白花往地上和别人车上乱扔，糟蹋东西，又生是非，不如把比白花这项取消。

彭　刚　对，这些意见都很好。

老　刘　别的没有啦，请你把这些问题在今天常委会上研究一下吧！——那边还有一排纱没络，我先络纱去。（下）

彭　刚　好！（由大门下）

〔马芬姐出，偷看，闻人声，急退下。

美兰声　你看她们那段儿白花也是多得不行——车真难看呵！

金芳声　可不，恐怕还属你的白花少哪！

〔金芳、美兰上。

美　兰　真的，还许数我们组白花少哪！

金　芳　（跑到自己车上）咱们加油吧！刚才我们络纱去，见她们那段也着急得不行，紧接紧练，慢接慢练，出白花可多哪！

美　兰　（得意地看着自己的花斗，而后惊异地大叫）哎，你们谁跑车啦？

〔女工乙及另一车工上。

女工乙　没有哇！

车　工　真的没有，怎么啦？

美　兰　你们谁也没跑车，那我走了这么一会儿，怎么就出这么多白花啦？

女工乙　（掏出自己兜里的白花）美兰，你看，这是我的白花，还没有掏出来哪！

美　兰　你们都没扔，这是有了鬼啦？（金芳上）

金　芳　怎么啦，怎么啦?

美　兰　有人给我们扔白花啦!

车工、女工乙　你看，你看!——这怎么办，怎么办?!

金　芳　美兰，你们不要慌，咱们调查一下，看是谁扔的!

女工乙　调查什么，走，我们到工务室报告去!走，走走!

金　芳　管理员到工会开会去啦。不要着急，这事儿咱们自个儿解决得了，不用报告去啦!

美　兰　(向车工、女工乙)刚才有人到咱们车上来过没有?

车工、女工乙　没有，谁也没来过!

金　芳　(好意地)你们想想，也许谁来过，你们忘了吧?

女工乙　(见金芳说，忽然想起)噢，我想起来啦!

众　人　谁呀?

女工乙　(注视金芳，生气不语)……

美　兰　看你真急死人，是谁呀，你只管说!

女工乙　(盯了金芳一眼，嘴一落)哼，谁扔了谁自个儿知道!

〔众目光集中在金芳身上。

美　兰　(不信地对女工乙指金芳)你说她?

女工乙　错不了!

金　芳　(一怔)你这是什么意思?

女工乙　自个儿扔的，自个儿就承认吧!

金　芳　(如晴天霹雳)呵，你说是我?

女工乙　你刚才倒水来，摸我们的白花，你说，你扔了没有?

车　工　对啦，这么半天，除了你，别人连挨都没有挨过我们的车哪!这会儿倒来装好人，给我们调查?

金　芳　(急)美兰，你要把事情弄清楚，不要听她们诬赖人!

〔大梅、月香、仙妮、小美姑、马芬姐先后急上，小美姑、马芬姐拼命把月香拖往一边。

大　梅　怎么啦，怎么啦?

金　芳　大梅，她们说我给她们扔白花啦！

车工 / 女工乙　你们金芳给我们扔白花啦！

大　梅　你们可不能诬赖好人哪！

女工乙　就是你们金芳，没有别人来过，不是她是谁？

老　刘　（自左后急跑上）怎么啦，怎么啦？

大梅 / 仙妮　她们诬赖金芳给她们扔白花啦！

女工乙　就是她扔的！

老　刘　（制止地）别吵啦，别吵啦——你们姐妹平常那么好，怎么也闹起这个事儿来啦？

美　兰　（不大相信是金芳）是呵，金芳，咱们姐妹平常可不错呀！

金　芳　（哭）美兰，平常咱们姐妹没犯过脸红，你想为这么把白花，我就学这么小气吗？我怎么能办这事儿呵！（跺脚哭）

月　香　（从小美姑手中挣脱，上前扑向组长）组长——（张口欲说）

马芬姐　（突然袭击，压倒月香）组长，错不了，保险是她们自个儿扔的！

月　香　（痛哭跑下）呵……

车工 / 女工乙　（推马芬姐）你胡说，你胡说！

老　刘　（茫然）这到底是怎么回事儿？这到底是怎么回事儿？

〔万国英自右前急上。

万国英　怎么，又有了问题啦？

老　刘　她们两组为白花又出了事啦？

大梅 / 小美姑 / 仙妮　助理员，她们诬赖我们金芳！

车工 / 女工乙　就是她们金芳给我们扔的！

大梅 / 小美姑 / 仙妮　助理员，你得给我们弄清楚！

车工 / 女工乙　助理员，你得给我们弄明白！

万国英　（火急，大吼）够啦，够啦，够啦！……（哑场片刻，极度认真而痛苦地，拷问着自己，也拷问着世界）唉——！这叫什么红旗竞赛！这叫什么民主管理？！——这简直是惹是生非，自找麻烦嘛！！！

——幕急落——

第二幕

时　间　紧接第一幕。

地　点　工务室。

布　景　左右各一门，均通细纱间。（左门是上幕所看见的右门）正面墙上有窗，两边墙上有生产竞赛的各种图表，及工人名牌。室内有管理员、助理员的办公桌。

〔开幕，万国英、金芳、美兰、大梅、小美姑、女工乙等俱在。美兰及女工乙在一边，金芳及大梅在另一边，小美姑则躲在一个角落里。众无言，万国英在进行训话。

万国英　（在人群中走跳着）……就像你们这些工人，天天没事儿找事儿，惹是生非，还不许管？！……真正为了生产，不同意你们把正经事儿耽误了，去打哈哈、搞竞赛，就是“官僚主义”“不民主”？！……哼，我真不明白，我真想不通！！（不耐烦地）好吧，咱们光实事求是地解决问题，我先不训你们啦，说多了又是得罪你们，唉……（痛苦地坐下对女工乙）你说，金芳往你们车上扔白花啦？

女工乙　扔啦！

万国英　你见了没有？

女工乙　见啦！

大　梅　（急插嘴，对女工乙）放屁，你整个胡说八道！

万国英　（制止大梅）不许你说！（对女工乙）说，你见她怎么扔啦？

女工乙　那会儿小蘑菇啼哭，金芳拿个茶碗到我们车上去给她倒水，装着说我们白花少，偷着就给我们扔了一大把。

大　梅　你胡说！我们的人都死绝了你这么诬赖我们行了，这会儿我们都在这儿，你这样随便放屁就不行！

万国英　不许你说！……再说要重重地罚你。

女工乙　（做一个下狠心的表情，捏造地）还有，我看得清清楚楚，金芳扔的白花就是大梅给她的，要不她就这么护短啦！

大　梅　（无法无天地）助理员，你看她们要逼死人啦！你再不叫我们说话我们就不干啦！——（猛力往前推小美姑）小美姑，金芳给你倒水去，给她们扔了没有，你都看见啦，你死啦你不说话？你那蘑菇嘴光会给我们耍厉害呀？！

小美姑　（畏缩地）助理员，我看她们说话连一点味儿都没有，鸟儿飞过还得有个影儿哪，她们两片嘴一碰就说金芳给她们扔白花啦？……我看得清清楚楚，金芳连挨都没挨她们的白花！

女工乙　没挨？！——哪个狗娘养的摸我们的白花啦，摸了不承认让她们全组烂手指头！

万国英　不许胡骂人！

大　梅　（同时）你，净骂你自己，净黑你自己！

万国英　（拍案）不许吵啦，不许吵啦，先让我想一想再说，先让我想一想再说。（又苦恼地走跳起来）

小美姑　（装蒜）哼，为了给我倒水，让人家金芳背这么大伤，我怎么对得起人家呀！

万国英　（并未听到小美姑的话，仍在苦恼地走跳）哼……

大　梅　（追着万国英）助理员，一把白花是小事儿，人的脸面是大事儿，她们这么随便破坏我们的名誉，你说怎么办哪？

万国英　（停住，苦恼）那你说白花不是金芳扔的？！（坐下）

大　梅　不是，不是，一百个不是！——金芳干活儿好，是全厂有了名儿的，就是因为她好，上星期才把她调到我们这组来，助理员你也不是不知道哇！——我们一辈子得不上红旗儿行了，也办不出这见不得人的事儿来！

万国英　那你有什么证据哪？

大　梅　（非常自信）不用证据，金芳人强就是证据！金芳压根儿就办不出这不要脸的事儿来，太阳儿还会打西边儿出来呀？

万国英　人家有事实根据，你知道吗？

大　梅　狗嘴里吐不出象牙来，那都是她们胡编的！

美兰、女工乙　你才胡编哪，你才胡编哪！

万国英　不许吵！（对大梅）那你说是谁哪，你给我指出个人来。

大　梅　（指女工乙）她们！她们扔的！准是美兰络纱去的时候，她们跑了趟茅房，多出了白花，怕美兰说她们，才赖到我们金芳。

女工乙　（急了）哈！你们真厉害呀，扔了白花不承认吧，还倒打一耙？

大梅/小美姑　你们诬赖我们，我们承认什么？！

女工乙　（受到大梅、小美姑包围，急）美兰！你没长着嘴呀，你不出头儿？我为了全组的工作受人家欺侮，你倒装好人哪？！

美　兰　（原不敢咬定是金芳，但现在骑虎难下，只得硬着头皮说了）诬赖？！——我们怎么不诬赖别人，单诬赖你们金芳？！

大　梅　你们看人家金芳老实，你们可不敢说我！

美兰/女工乙　你们要无赖！

大梅/小美姑　你们要流氓！

万国英　（这一团纷乱，使他更纷乱了）不许吵！这到底是怎么回事儿，这到底是怎么回事儿？！——你们实话实说，不要挽这么大圈套好不好，不要挽这么大圈套好不好？！（苦思）

金　芳　大梅，咱们有理说理，不跟她们吵！

小美姑 （趁着混乱）谁不知道你美兰精灵鬼，得了红旗自夸自大，恐怕我们把红旗夺过来了，见我们吵架就来拱火儿，这会儿又来给我们安赃！

女工乙 你胡扯，你给我们安赃！

大梅/小美姑 你给我们安赃！

〔双方又吵成一团。

万国英 （猛力拍桌，大叫）别吵啦，别吵啦，叫你们把我的头都吵大啦！（又暴跳地走动起来，竭力压制自己，想从乱麻里找出头绪来；最后停下来，对女工乙）你说，美兰络纱去的时候，你们跑茅房没有？

女工乙 没有！——不信你把我们车工都叫来问问！

万国英 （对大梅、小美姑）你们说，金芳到她们车上去倒水，说她们白花少了没有？

大梅/小美姑 说啦！

万国英 （逼问）用手摸了没有？

大　梅 （急说）摸是摸啦，可也没有往里扔呵！

万国英 嗯！……哎，金芳摸过了她们的白花，又有别人到她斗车上去过没有？

美兰/女工乙 没有！

大　梅 去不去我们不知道，都各干各的活儿哪，谁光注意她们哪！

小美姑 我又不是她们当差的！

万国英 嗯！（又走跳起来，低头苦思，研究情况，最后，好像非常果断，又非常冷静地对大梅、小美姑）你们看，第一，她们（指女工乙）没跑茅房；第二，金芳摸过她们的白花；第三，金芳去过以后再没有人去过。你们说，你们说这白花是谁扔的？！

金芳/大梅/小美姑 什么？

万国英 （又急躁起来）是呵，你们说白花是谁扔的，你们说！

金　芳　不是我，助理员，你没调查清楚，我不能承认！

万国英　就是你！！——你看，要物证有那把白花在，要人证有她们车工在，（指美兰、女工乙）这么些人在你跟前吵了这么半天，人对人，口对口，真赃实犯，难道谁还能冤枉你吗？

小美姑　（内心痛苦地）她们诬赖金芳，不是她！

大　梅　（暴躁如雷）不是金芳！不是金芳！不是我们金芳！

万国英　是你们金芳！——除了你们金芳没有第二个人，违反竞赛纪律，扣你们两分！

大　梅　扣我们两分？

万国英　嗯！为这么点小事儿，耽误这么长时间，给找这么多麻烦，扣你们两分还不便宜呀！

金　芳　（诚恳请求）助理员，你不能这样处理问题！这样硬逼着叫我承认，我怎么能心服哪！

万国英　（急躁）哎，刚才大家讲的话，字字句句你都听见啦，我没有给你添枝儿，也没有给你加叶儿，完全是公事公办，有一句算一句，你还叫我调查什么？你还叫我调查什么？

〔哨响，老刘自右门上。

老　刘　金芳，美兰，络纱啦！

万国英　去吧，没说的啦！

〔美兰、女工乙下。

大　梅　哼，金芳跟我们在一组算遭了罪啦！打上星期调到我们组里以后，每天不络纱了就看车，为了团结工作央告了这个又劝那个，落不了个好吧，还受这冤枉气！

老　刘　怎么？（看看众人，明白了）噢，大梅，有什么话回头再说，这样发脾气有什么用哪？走吧，金芳，别耽误了工作。

金　芳　助理员，我不能为我一个人的事儿耽误工作，我先络纱去，可你还得调查一下！

万国英　（急，发怒）哈！连你也学得这么刁啦？！难道我连这点儿判断力也没有吗，你还叫我调查什么，你说！

〔金芳无可奈何下。

大　梅　（跺脚）不干啦！死也不干啦！（下）

万国英　（同时）去！（急得又苦恼地走跳起来）

老　刘　怎么，助理员，白花真是金芳扔的吗？

万国英　是金芳扔的！

老　刘　不会吧，金芳平常是很老实可靠的呀，我看她不会——

万国英　（气愤）是呵，这不就是什么红旗竞赛、民主管理的结果吗，连金芳这样的老实人都捣起鬼来啦！

老　刘　助理员，这样处理问题不大好，我看还是先调查一下，也听听大家的意见——

万国英　意见？！——哼，我正要问你哪，老刘，工人同志们那些意见是你拿来的吗？

老　刘　是！（沉一下）你看过啦？

万国英　嗯，看过啦！

老　刘　怎么样？

万国英　怎么样？——哼，倒是挺可笑的！

老　刘　怎么，可笑？

万国英　（有力地）嗯！（又热情地走跳起来）老刘，解放以前咱们在一块儿干了两年，解放以后眼看又快半年啦；在这两年半里边，我助理员万国英的人品怎么样，十成你也看个七八成吧？

老　刘　我看得很清楚，助理员。

万国英　嗯！老刘，我万国英是个学生出身，靠自个儿的本事干活吃饭；解放以前在这个纱厂干了两年，没有给哪个科长、经理送过一份年礼，也没有随便欺压过任何一个工人，我姓万的不媚上、不欺下，为人是清白的，这一点你也不能不承认吧？

老　刘　是的，是这样，万国英同志。

万国英　可是你看看解放以后哪，老刘？！

老　刘　解放以后，你很要强，很想积极负责，这一点我也常跟彭刚同志谈起。

万国英　（兴奋地）是呵，因为我觉得共产党好哇！第一，上边派来的干部刻苦、清廉，工作在前、享受在后，跟国民党的贪污、腐化完全不一样；第二，他们尊重我万国英的人格，比如彭刚同志，他纺织学上的专门技术比我懂得少，他就甘心向我学习。所有这些情况，又把我读书时那种“工业救国”的理想给鼓舞起来啦，于是我觉得英雄找到了用武之地，我开始了积极的工作——老刘，这一点也不是我万国英往自个儿脸上贴金吧？！

老　刘　是的，这都是事实，万国英同志，可是——

万国英　（更激动）是呵，可是结果哪？——工人们倒把我怪下来啦！你看这些意见，连我哪次谈话声音太高啦，哪次眼睛睁得太圆啦，也都记得这么清楚；连我脑子里不同意竞赛也被列为罪状，说是反生产观点；看样子连我晚上做的什么梦，脑袋上长着多少根头发都要来问一问哪，你想，她们还有什么精力来注意生产？！这不是让她们搞竞赛搞得玩儿荒啦，民主管理把她们惯坏啦，这还是什么？！

老　刘　万国英同志，说到你现在工作卖力气，打心眼儿里想把工作搞好，我完全同意；可要说到大家不该给你提意见，我可就有两句话要说啦。你想，凭着你脑子里不同意竞赛，就大吵大闹地随便给工人画跑车号，凭着你反对民主管理，不耐心教育，有错不管大小，遇事儿不问真假，上去叮当扑哧就训一通，惹得小闺女儿们这个啼哭，那个叫唤，这不就实实在在影响她们生产啦，比如刚才——

万国英　（急）老刘，我看你这话还是留着骗鬼吧！提起刚才的事情更叫我难以忍受，你看，为了一把白花，从车间吵、吵、吵，一直吵到工务室来，费了这么大工夫，伤了这么大脑筋，结果怎么样，还不是又从工务室吵到车间去啦？……你想，叫张大梅这样原来就不老实的工人更会发脾气、闹态度；叫金芳这样原来很老实的工人学得胡捣蛋、扔白花；把马芬姐这样原来就很捣蛋的工人容忍下来继续捣蛋，却美其名叫作说服教育；你想，这叫什么竞赛？这叫什么民主管理？这是谁在影响生产？这是谁该给谁提意见？！

老　刘　（要解释）万国英同志，这——

万国英　（截住老刘，更激动）老实说吧，共产党的政策我样样拥护，就是什么民主管理、生产竞赛我不敢领教！因为你们就不想想，工人就是想多挣钱、少干活儿，管理上就是想增加产量、提高质量、降低成本，管理和工人根本是矛盾的，你想她们怎么能会没有意见？

老　刘　万国英同志，解放以前，我们给官僚资本家干活的时候，你这个道理说得很对；可是现在解放啦，工厂是咱们自个儿的啦，就应该启发大家的觉悟，让我们自个儿来管理自个儿——

万国英　（不耐烦地）不要太相信工人的觉悟吧，老刘！你觉得那些女工为了一面红旗吵吵闹闹就是阶级觉悟吗？……哼，再让我斗胆地说一声吧，真要提高生产，达到标准数，只要管理上订计划、下命令、有魄力、有信心、勤查勤管、有错就罚，就会完成任务，根本用不着发动群众，根本用不着让她们自个儿管理自个儿！不然你看，扔白花、你吵我闹，这不是叫工人之间惹是生非、行政管理上自找麻烦还是什么？！

老　刘　（无奈）万国英同志，说半天你还是不接受大家的意见啦？

万国英　她们的意见都是错误的，你叫我怎么接受？！

老　刘　那刚才的问题，你也不打算重新处理啦？

万国英　（气愤）还要重新处理？刚才问了那么半天才决定下来的，还会有错？！

老　刘　（要辩解）万国英同志，这——

万国英　（厌恶地制止）好好好，老刘，咱不谈不谈，我知道三两句话也给你搞不通，我今天谈话的目的主要是请你把我的意见转达给大家。她们不是讲民主吗？请她们把我的意见也考虑考虑！——好，我也该到车间去看看啦，说不定又要出什么乱子哪！哼，可笑！（向右门下）

老　刘　（见万国英已下，苦笑）唉，这个一榔头砸不开的死脑袋瓜子！（欲向右门下）

〔彭刚自右门匆匆上，几与老刘碰个满怀。

老　刘　噢，彭管理员，你开会回来啦？

彭　刚　嗯，老刘，我正要找你研究一下扔白花的事情哪！

老　刘　怎么，你知道啦？

彭　刚　嗯！刚才我一进门，仙妮赶上来给我说了一下。老刘，听说金芳她们都不同意助理员的处理，是吗？

老　刘　同意？！——助理员他不调查，不研究，光听美兰跟大梅她们吵了一顿，就判定是金芳扔的，这怎么能叫她们同意哪？！

彭　刚　噢！

老　刘　刚才我就是给他说这个理哪，可他倒反过来把我教训了一顿！

彭　刚　噢！

老　刘　彭管理员，我看这事情得赶紧重新处理一下。

彭　刚　当然要重新处理。哎，老刘，你听到有什么新的线索没有？

老　刘　没有，我还没来得及打听哪，就让助理员给“生米煮成熟饭”啦。

彭　刚　那这样，咱们先到车间找工友们谈谈，要依靠群众才能把问题解决得好！——走吧！

老　刘　走！

〔二人全下到右门口，金芳自左门上。

金　芳　管理员！

彭　刚　噢，金芳！——老刘，那你先去吧，我先同金芳谈谈！

老　刘　好！——金芳，别难过啦，好好地跟管理员谈谈吧！

〔向右门下。

金　芳　彭刚同志，扔白花的事情到底怎么办哪？

彭　刚　（沉默很久，而后）金芳，白花到底是不是你扔的？

金　芳　不是我！

彭　刚　（严肃）金芳，虽然你是党员，你很能服从党的纪律，接受党的任务，可是你还年轻，你还是个小孩儿，如果一时没想通，犯了小孩儿脾气……

金　芳　彭刚同志，你说我——

彭　刚　（截断金芳）嗯！比如像挂红旗以前我叫你来这儿谈的一样，是不是因为你们组没有挂上红旗，大梅跟马芬姐吵哇、闹哇，逼得你没有办法，结果弄得你手忙脚乱——

金　芳　（激动）彭刚同志，你想，红旗竞赛是我们响应党的号召自动发起的，帮助大梅，改造马芬姐、小美姑的任务是我自愿接受的，大梅要把马芬姐跟小美姑调走，又是我坚持留下的；像这些工作我成天价忙到不吃饭不睡觉，往一块儿成全还成全不来哪，我还能给自个儿拆台？！（抽噎）

彭　刚　（严肃）那怎么会有人说是你哪？！——金芳，今天党还没有公开，群众不知道你是党员；可是，如果你真要这样做了，这实际是在影响党的威信，因为党要求我们每一个共产党员，在一切工作里，只能做群众的模范！

金　芳　（伏案哭）彭刚同志，我想不到这会儿连党也不能完全相信我……

彭　刚　金芳，不要哭！

金　芳　（站起来，抹去眼泪，勇敢地要求自己）彭刚同志，我知道我的工作应该检讨，打上星期把我调到这组以后，我要能多想办法，叫美兰她们也都转变了，那今天她们就不会怀疑到我身上……（又抹泪）

彭　刚　（亲切）不要哭啦，金芳，你放心，党相信你对党是忠诚的，但在事情没有弄清楚以前，党更不能不严格要求你！

金　芳　我知道。

彭　刚　金芳，群众的眼睛是亮的，只要你平常的工作得到了大家的拥护，她们会出来帮你摘掉这顶冤枉帽子的。

金　芳　彭刚同志，我以后一定会加强工作，拿事实来证明我是一个好党员！

〔老刘自左门兴奋地上。

老　刘　（兴奋地）管理员，事情有点儿门儿啦，许多络纱的小闺女们正在那儿三一堆两一伙地谈论哪，都想把事情弄清楚。

彭　刚　（也兴奋地）嗯，怎么样？

金　芳　（兴奋地期望着）……

老　刘　她们一共提供了两个情况，一个是有根据的，一个是没根据的。管理员，咱们去跟她们研究研究吧！

彭　刚　好，金芳，咱们一块儿去吧。

金　芳　嗯！

〔老刘与彭刚低谈着三人同由左门下。

〔月香自右门上。

月　香　（躲躲闪闪地急喊上）管理员！管理员！（一看无人，焦急地）哎，管理员哪？（跑至左门口，外望）

〔马芬姐自右门上。

马芬姐　（从右门探进头来，见彭刚不在，急上）月香！

月　香　（猛回头）谁呀？噢，芬姐！你干什么来啦？

马芬姐　（非常不在乎地）我找管理员来啦，他不是正在打听扔白花的事情吗，我有话向他报告！

月　香　噢，管理员不在……

马芬姐　管理员不在——（阴毒地）我找你也行！

月　香　找我？

马芬姐　嗯！——（狠狠地）月香，我问你，干什么好事儿来啦？

月　香　（畏缩地）我……我……

马芬姐　别装蒜啦，你那两手儿少在我面前耍！——月香，我知道你干什么来啦，我也明白你知道我干什么来啦，既然咱们谁心里都有谁，为什么不打开窗子说亮话，痛痛快快地谈谈哪？

月　香　谈谈？

马芬姐　（有力地）嗯！——月香，明人不做暗事，你有胆儿，你想把小美姑怎么样，就直截了当地跟我说吧，还这么鬼头鬼脑地干什么？

月　香　（痛苦无助）芬姐！

马芬姐　（又突然软下来）月香，我刚才也跟你说清啦，是你，是我，是小美姑咱们三个亲，不是别人；你不能过了河就拆桥，你不能这样没良心！

月　香　芬姐，你这是什么意思？

马芬姐　不错，这些日子你是进步啦，特别是竞赛以后，你常上课，常开会，常跟大梅她们一块儿谈话，一块儿玩——

月　香　（急切地）芬姐，你说这干什么？

马芬姐　我说这话，不是嫌你进步啦，我们要拦住你，我是说这一回小蘑菇扔了白花，她错啦，你先帮她瞒过去；美姑年纪小，咱们要不给她挡风遮雨，还有谁肯护着她哪？

月　香　芬姐，你是说这回就冤枉人家金芳，叫我昧着良心装哑巴，见死不救哇？！

马芬姐　（坚决而诚恳地）不，咱们一定不能冤枉金芳！……（内疚地）金芳人强，我也知道……

月　香　那你说怎么办哪？

马芬姐　（困惑，痛苦）怎么办？……（沉默。而后，突然肯定地）月香，咱们就说是美兰她们车工自个儿扔的！

月　香　说人家自个儿？

马芬姐　嗯，大梅不也是这样说吗，咱们大伙儿要都这么说，管理员也就信实啦！

月　香　（认真地）可……可这真是小蘑菇扔的嘛！

马芬姐　月香，你别这么傻！

月　香　（坚持地赌气）人家金芳人强，人家是为了工作，咱不能看着——

马芬姐　（真心恳求地）月香，你芬姐长这么大，还没有这样低声下气地央告过谁哪，你得摸着胸脯想一想！

月　香　我……（勇敢地）我非说不可！！（转身欲向右门冲下）

马芬姐　（翻脸，一把将月香抓回）月香！我好话跟你说了三千六，听不听在你，反正一天三八廿四个钟点，你不能光在厂里待着，回了家呀，大梅、金芳她们谁也不能成天价陪着你！万一小美姑有个差错，不能上班了，你得把她请到你家去，敬着她、养着她，供她吃、供她穿！

〔外边有人声。

马芬姐　（推月香）走，到车间说去！（推月香向右门下）

〔彭刚、大梅自左门上。

彭　刚　大梅，别光要意气啦！

大　梅　不，不干了也是一样，我非把事情弄清楚不可！

彭　刚　（给大梅倒杯水）大梅，坐下慢慢说。

大　梅　（坐下）管理员，我们为了生产，发动竞赛，不怕干活儿紧，累死累活都受了，就是受不了这冤枉气！

彭　刚　怎么是受冤枉哪？

大　梅　（毫不客气地）助理员！助理员他不问青红皂白，不弄清谁是谁非，光坐在屋子里拍桌子、打板凳，逼着我们承认，扣我们两分儿，这不是冤枉人吗？！

彭　刚　你说不该扣你们的分？

大　梅　（理直气壮）不该！不用说扣两分，扣半分儿也不该！——平常我们要得九十四分半，差半分不到九十五分，还得不上红旗哪，他扣我们两分儿，我们更拉不过来啦，死也不干啦！

彭　刚　大梅，你说白花不是金芳扔的？

大　梅　（气，起立，奇怪地）管理员，你也相信助理员的话呀！（坚决）金芳人实惠，是全厂出了名的！特别是解放以后，又积极，又肯帮助人，把她调到哪车上，哪车上哈哈笑；把她打哪车上调走，哪车上就噘嘴啼哭；别看我还叫她生过气，可我敢保险，隔着皮儿我就看透她瓤儿啦，金芳肚子里就没有这坏心眼子！

彭　刚　那你说是谁哪？

大　梅　美兰！——美兰她们车工扔的，不敢承认才诬赖金芳！

彭　刚　你有什么证据哪？

大　梅　（主观特强）我想着就是这样哪，还要什么证据呀！

彭　刚　（笑）大梅，这就不对啦！你说不是金芳，我有点儿信，因为金芳平常人强；可你要说，你想着是美兰她们自个儿扔的，就不好说啦。因为你跟金芳好，美兰她们跟金芳也没有仇哇！

大　梅　她们见金芳摸她们的白花啦！

彭　刚　是呵，她们见金芳摸她们的白花才诬赖金芳，总比你想的那样还有点儿根据吧？

大　梅　那，那……（一时想不通，闷气）……那到底是谁哪？！

彭　刚　（说服）是呵，问题就在这里，在事情没弄明白以前，先不要吵吵闹闹弄得厂里昏天黑地，影响大家生产——（老刘自左门上）

老　刘　管理员，刚才的事情又调查啦，还是只有扎锭带子的看见的那两个人有根据。

彭　刚　（思索地）噢！

老　刘　怎么样，我把她们叫来吧？

彭　刚　叫来吧。

老　刘　先叫一个哪，还是两个都叫？

彭　刚　（考虑一下）先叫一个吧，随便哪个都可以。

老　刘　行！

〔向右门下。

彭　刚　（继续）所以现在不要闹什么“不干啦”“不干啦”！如果错扣了你们的分，等事情弄明白了，自然会给你们修改过来的。

大　梅　（听话了）嗯！（气愤地）管理员，等你把扔白花的这个人逮住了，咱们非狠狠地斗争她一顿不可！

彭　刚　不，要好好教育她一顿。

大　梅　不，要好好斗争她一顿！还给她登上黑板报，让她光荣光荣！

仙妮声　走哇，你怎么又不进去啦？！

彭　刚　谁呀，进来吧！

〔仙妮推月香自右门上。

仙　妮　看你这么大个人啦，老这么抽抽爽爽的，一辈子也成不了事儿！

大　梅　（好事地）月香，你们干什么来啦？

彭　刚　我叫她们来了解一下情况，大梅，你先下去看车去吧，也帮我调查着点儿。

大　梅　嗯！（热诚地）月香，仙妮，给管理员说完了后快回来吧，你看今天耽误咱们多少活儿啦，呵！

〔向右门下。

彭　刚　（对月香）月香，是组长叫你来的吧？

月　香　是！……

彭　刚　（对仙妮）仙妮，组长也叫你来啦？

仙　妮　（干脆地）没有，组长叫月香来，她老磨磨蹭蹭不愿意来，我陪她来的！（多话地）管理员，你看月香这生成的鸡骨头兔子胆儿，你说一个树叶儿掉下来呀，她也怕砸破了脑袋；刚才见美兰她们吵着说金芳给她们扔白花啦，就把月香吓哭啦！

月　香　（低头）我没哭……

仙　妮　别装傻啦，那会儿那么多人谁没有见你哭哇，刚才你在车上还哭哪！管理员，你看吓得她连哭都不敢承认啦！

月　香　我就是没哭嘛！

仙　妮　没哭？！组长他们谁没看见哪！

月　香　（顽强）看见？！——看见也没哭！

彭　刚　仙妮，月香已经进步啦，你不能再拿以前的眼光来看她啦。

仙　妮　她？！——哼，生就的骨头长就的肉，她且不容易改哪！

彭　刚　好，仙妮，你先回去看车去吧。

仙　妮　嗯！（欲下又回）管理员，你是真不知道，月香就是这么块废物点心，三竿子打不出个屁来！

月　香　（要打仙妮）去你的！

〔仙妮向右门跑下。

彭　刚　（耐心地）你怕什么，月香？

月　香　（内心非常痛苦）我是，我是——

彭　刚　你是心里有事吧？！——月香，你该痛痛快快地说出来，我知道你心里有事。

月　香　（胆虚）管理员，你是说扔白花的事情？

彭　刚　是呵，怎么有人说是你扔的哪？

月　香　（冤屈）我扔的？——（颓然而哭）呵，我知道是谁说的……

彭　刚　谁说的？

月　香　（痛苦着大声地）那个扎锭带子的，她看见啦！

彭　刚　你知道扎锭带的看见啦，你为什么还不承认？

月　香　（哭着）不是我！

彭　刚　不是你？——是谁？

月　香　是小蘑菇！

彭　刚　是小蘑菇一个人，没有你？

月　香　没有我！——管理员，是我见小蘑菇往美兰斗里扔白花啦，我怕出事儿，要把白花拿出来，马芬姐吓唬我，不叫我拿！

彭　刚　怎么，马芬姐？

月　香　嗯，马芬姐不光不叫我拿，还不叫我报告，刚才我鼓着劲儿来找你报告，又叫她一把给抓住啦！她拿软话儿来拢我，拿硬话儿来吓唬我，后来不容分说地就又逼着我走啦！……

彭　刚　噢！……她为什么不叫你来报告哪？

月　香　管理员，你不知道马芬姐跟小美姑亲哪！马芬姐净护着小蘑菇！

彭　刚　噢……

月　香　管理员，不信你问金芳，我这人是不是心眼儿实在，我怎能给人家扔白花，怎么能办出这么大胆的事儿来？

彭　刚　嗯！——月香，因为你平常工作很踏实，上级本来就没有完全相信是你扔的，不过既然有人说你，当然要问清楚，你说对吗？

月　香　嗯！——事情到了这会儿，天塌下来我也不怕啦，马芬姐她成心隐瞒小蘑菇的错误行了，我可不能成心看着金芳为了工作受冤枉，弄得跳到黄河里也洗不清！

彭　刚　对，你报告得对，月香，最近你真是大有进步啦，以后更要积极起来！……好，你先回去吧。

月　香　嗯！……（走，又回）管理员，我报告是来报告，你可别为这事儿开除小蘑菇哇！

彭　刚　怎么，开除？

月　香　嗯，马芬姐说，要因为我来报告，你把小蘑菇开除了，就让我养着小蘑菇！

彭　刚　（笑了）你放心，月香，不会为这点小事儿把小美姑开除的，你不用害怕。

月　香　嗯！

〔老刘、小美姑自右门上，月香向右门下。

彭　刚　（低声）组长，已经证实啦，月香没有扔。

老　刘　噢！……

彭　刚　小美姑，你看刚才助理员对白花问题的处理对不对？

小美姑　不对。

彭　刚　怎么不对？

小美姑　压根儿就不是金芳扔的，你们没听见大伙儿在外头说呀！（故意把问题扯远）组长，你看刚才络纱的时候，金芳那两眼哭得像铃铛似的，都是冤的她，要不人家就哭啦？

彭　刚　你说是谁扔的？

小美姑　美兰她们自个儿扔的……

彭　刚　（紧逼）你见啦？

小美姑　我……（答不上来）

彭　刚　你没见为什么说人家扔的？

小美姑　……（狼狈，但顽强推脱）我不知道，这是大梅这样说的！

彭　刚　（沉了一下，严肃地）小美姑，你知道大梅她们为什么要求把金芳调到你们这组来帮车吗？

小美姑　……为了……

彭　刚　嗯，为什么？

小美姑　为了大梅她们嫌……嫌马芬姐我们不好……叫……叫金芳来帮助改造……

彭　刚　可是你们不听金芳的劝告，还是不好好干活，马芬姐还旷工，你还跑车，累得她们得不上红旗，人家都不想要你们啦，你知道吗？

小美姑　知道！……

彭　刚　知道？！知道你为什么还扔白花？

小美姑　我扔？

老　刘　小美姑，没有不透风的墙，你想你扔白花就没有个人看见啦？

小美姑　谁看见啦？

老　刘　我看见啦，扎锭带儿的看见啦，你还有什么说的？！

小美姑　（大哭）噢！……不是我，是马芬姐！……

老　刘　怎么，是马芬姐？

小美姑　是，是我不敢扔，马芬姐扔啦，我才敢扔！……

彭　刚　小美姑，真是马芬姐先扔的吗？

老　刘　小美姑，你不要看马芬姐比你更落后，你就把什么事情都推到她身上去呀！

小美姑　真的，真的是她，要不她就不叫月香来给你报告啦！连刚才刷鞋都是她叫我去的，要不画了跑车号她就着急啦！……

彭　刚　噢！……

老　刘　（有些明知故问地）小美姑，你说的都是实话吗？这一回你要再说瞎话，可就不原谅你啦！

小美姑　我再不说瞎话啦，我再不说瞎话啦，都是马芬姐不好，连我刷鞋回来装肚子痛都是她教我的。

彭　刚　好，美姑，你能认识到这一点很好，以后要听金芳的劝告，不要再跟马芬姐学。去吧，看车去吧！

小美姑　嗯！……（向右门下）

彭　刚　（松一口气）嗯，总算找出头绪来啦！

老　刘　管理员，你可别太乐观了，马芬姐恐怕且不容易承认哪！工友们不是都叫她顽固堡垒吗？

彭　刚　（思索着）嗯，她是带有很多旧思想的工人，同时过去我们对她的帮助教育也很不够……

老　刘　怎么办？

彭　刚　好，你把她叫来，咱们来诚诚恳恳地说服她。

老　刘　好！（向右门下）

〔彭刚踱了几圈，刚欲坐下，外面人声嘈杂：

——老刘：大家不要吵，不要吵！

——络纱工甲：哼，就是你扔的，你还不赶快承认！

——络纱工乙：叫金芳为你背黑锅，你好狠心哪！

——络纱工丙：叫她坦白，叫她坦白！

——马芬姐（大吼）：放屁！你们整个地放屁！说，你们谁看见啦，说出个板眼来！

——众人：我们看见啦！就是我们看见啦！

——老刘（大声）：大家不要吵！大家不要吵！回去干活儿吧！

彭　刚　（上前推开右门）同志们，回去干活儿吧，这样没根没据地瞎吵，是要受严厉批评的！

众　声　好，让管理员问她去吧，咱们回头再来！

彭　刚　（对外）马芬姐，到里边来吧！（退回）

老　刘　里边来吧，马芬姐！（上）

马芬姐　（怒气冲冲上，一边谩骂着）哼，我才不信她们哪个敢咬我一口哪！

老　刘　这是什么话，马芬姐？——管理员不是说过她们啦！

彭　刚　马芬姐，不要着急，不要着急，坐下，坐下。

马芬姐　（对立一旁，顽抗地）管理员，你得给我弄清楚，她们这算怎么回事，这算怎么回事？！

彭　刚　（和气地）对，对，对，回头我一定好好批评她们。——马芬姐，咱们先谈谈今天你犯的错误吧！

马芬姐　（强硬地）我犯的错误？！

彭　刚　（温和地）嗯，刚才你没有扔白花吗？

马芬姐　（凶恶地）我扔白花？！——管理员，你们就听那些络纱工随便胡扯一顿，就说是我扔的呀？！

老　刘　马芬姐，不要再硬赖啦，刚才证据不确凿的时候，我不敢说，这会儿是白菜剥心，一层层地把你剥出来啦，你还有什么话讲？！

彭　刚　是呵，马芬姐，我们已经调查清楚啦，白花不是你先扔的吗？

马芬姐　（仍想赖）她们说我？！

老　刘　（进逼）嗯，还要把扎锭带儿的、月香、小美姑叫来，对证一下，来个三堂会审吗？

马芬姐　（看着无法抵赖，泼辣地）好，就算是我吧！

彭　刚　（奇怪）怎么，就算是你？！

老　刘　（同时，惊异）……

马芬姐　嗯，好汉做事好汉当，我扔白花，我引的小美姑扔白花，我都承认，可这都是张大梅叫我们扔的呀！

彭刚 / 老刘　大梅？！

马芬姐　嗯，大梅叫我们扔的，要不我怎么说就算是我扔的哪！

老　刘　（困惑地）这，这，这到底是怎么回事？

彭　刚　（苦闷）是呵，这到底是怎么回事儿？！……噢，马芬姐，你说大梅今天——

〔大梅自右门冲上。

大　梅　（气冲冲地）管理员，闹半天白花是马蜂窝她们扔的呀？！（转脸见马芬姐）闹半天白花是你们扔的呀！

老　刘　大梅，不要吵！

大　梅　我吵？——小蘑菇都给她翻出来啦，车间里也都闹动啦，还不叫我吵？（对马芬姐）刚才我跟美兰吵了那么半天，这会儿又叫人家畅快我，这都是你办的好事儿！

马芬姐　我办的好事儿？我们扔白花还不是你叫我们扔的！

大　梅　（意外）我叫你们扔的？！

马芬姐　嗯，就是你张大梅！

大　梅　（急得跺脚）你胡说，怎么是我叫你们扔的？！

马芬姐　管理员，这事儿只有小美姑知道，让她上来做个见证吧！

大　梅　（气得浑身发抖）好，管理员，快快快，你快把小蘑菇叫来问问吧！她这样给我造谣，这不是成心要气死我呀！

彭　刚　不要着急，大梅！——好，把小美姑再叫来问问。

老　刘　（乐观地打趣）我看这简直比走山道儿还难哪，眼看走到头儿啦，一拐弯儿——又远啦！……马芬姐，你们哪，（摇头笑）哎！……（向右门下）

大　梅　管理员，你看这是祸打天上来不，她说是我叫她们扔的！

马芬姐　我才是祸打天上来哪，要不是你呀，今天就没有这回事儿！

彭　刚　先等一下再说吧！

〔小美姑、老刘上。

大、马　（急喊）小美姑！——

彭　刚　（急制止）不许乱说。——小美姑，你说刚才你们扔白花到底是怎么回事儿？

小美姑　（一愣）怎么回事？

马芬姐　说，小美姑，咱们扔白花是不是她大梅叫咱们扔的？

大　梅　（对马芬姐）放屁！——（对小美姑）你说，我叫你们扔，是怎么说的，怎么讲的，谁看见啦，谁听见啦，你找出个地点时刻来！

小美姑　噢，管理员、组长，你看我倒忘啦，刚才你们问我，急得我心里转不过弯儿来，我就说了一半——我们扔白花都是为了怕开除！

彭刚/老刘　开除？！

彭　刚　谁要开除你们？

马芬姐　（泼辣地）你，管理员，你要开除我们！

彭　刚　我要开除你们？！

马芬姐　嗯，这都是她张大梅说的！

小美姑　大梅说她和金芳、月香、仙妮她们三个商量好啦，连美兰也赞成，要求管理员开除我们！

老　刘　管理员，这是怎么回事儿，金芳跟你说过没有？

彭　刚　没有哇，金芳没有说过！——大梅，这是什么时候？

小美姑　这是刚才挂过红旗了，管理员你训了她们，她们不服气，才到西段开了个会决定的！

彭　刚　怎么，真有这么回事儿吗，大梅？

大　梅　（不语）……

马芬姐　说呀！张大梅，这正是你称英雄道好汉的时候呵！

小美姑　你刚才逼我的时候那么有劲儿，怎么一下子就泄气啦？

老　刘　怎么回事儿，你说呀，大梅！（大梅不语）管理员，叫金芳她们过来问问吧？（欲下）

大　梅　（急制止）管理员，组长，不用问啦，是我说的！

老刘/彭刚　真是你说的？

马芬姐/小美姑　看我们没说瞎话吧！

大　梅　（勇敢地）都是我一个人说的，金芳、月香、仙妮她们都不知道！

彭　刚　她们都不知道？

马、小　（更吃惊）怎么，就你一个人？

大　梅　金芳、月香、仙妮、美兰她们都不知道，是我一个人怕她们多出白花，拿开除来吓唬她们的！

小美姑　好家伙，闹了半天是你一个人吓唬我们的呀？——芬姐，要早知道是她吓唬咱们的，咱们早不扔啦！

马芬姐　（发觉自己被欺骗得如此之惨，羞愤至极，疯狂大叫）好家伙，闹半天是你张大梅一个人的事儿，闹半天是你一个人吓唬我们的呀？

彭　刚　马芬姐，不许乱吵！

马芬姐　好家伙，张大梅，为了怕我们多出白花，就拿大伙儿来吓唬我们，就拿管理员来吓唬我们，就把我们当成三岁小孩儿拿开除来吓唬我们哪？！——管理员，你们说这是谁造谣，你们说这是谁造谣？！

彭　刚　（严厉）马芬姐，你不要这样歪曲！大梅她逼你，她有错，可她还是为了生产哪！你们哪，你们不光不为了生产，还破坏生产，这就更不对啦！

马芬姐　她为了生产，她应该讲理，也不该吓唬我们哪！

大　梅　（抢着）我拿开除来吓唬你们，也没叫你们这两位姑奶奶去给人家扔白花呀？

小美姑　（多嘴地）你说再多出了白花开除我们就行啦，还用着你姐姐妹妹地捏着耳朵嘱咐哇！

彭　刚　大梅，你逼她们，你也应该深刻检讨！（对马芬姐）那么我问你，马芬姐，你们为什么扔到美兰车上哪？

小美姑　谁让美兰个精灵鬼光说风凉话，笑话我们哪！

〔马芬姐张口欲说，被老刘制止。

彭　刚　好，现在问题已经明白啦，咱们有理说理，不许再吵啦！——老刘，你带大梅、小美姑工作去吧，等一会儿叫金芳、美兰来，我先跟马芬姐谈谈。

老　刘　好！

大　梅　（欲走，又回）哼，肚里没病死不了人，你们要不多出白花呀，我说你们也扔不了！

老　刘　够啦，大梅！（推大梅、小美姑向右门下）

〔空气沉寂。彭刚在室内来回踱着。深思地，很久很久地踱着。

马芬姐　（憋不住了）管理员，有什么话你就说吧，老这么溜达干什么？

彭　刚　不要紧，你先歇一会儿，消消气儿再谈！（还走）

马芬姐　管理员，我早就不生气啦，你说吧！

彭　刚　不，你还在火头上哪！（还走）

马芬姐　管理员，你说吧！

彭　刚　你不生气啦？

马芬姐　我不生气啦！

彭　刚　（停下）好，你不生气了，咱们说了才有用。马芬姐，刚才扔白花的事情想通了没有？

马芬姐　张大梅逼我扔的呀！

彭　刚　谁的错误多？！——比如说，你好好看车，少出白花，不影响她们得红旗，她还能逼你吗？……大梅说的有道理，肚里没病死不了人！

马芬姐　我有错？！——我有错，她逼我，她一样有错呀！

彭　刚　嗯！……可是话再说回来，马芬姐，刚才助理员给你画跑车号是怎么回事儿？

马芬姐　（仍倔强）他胡画的呀！

彭　刚　嗯，就算是他胡画的吧，可是，马芬姐，你想想，是谁叫小美姑去刷鞋的？！

马芬姐　（欲赖无语）……

彭　刚　好，你说扔白花是大梅逼你犯的错误，我也同意有一部分理由；可是你想想，别人都在紧张生产，你叫小美姑去刷鞋，这是谁逼你犯的错误？！

马芬姐 （不语）……

彭 刚 小美姑刷鞋回来，你叫她装肚子痛，欺骗助理员，这又是谁逼你犯的错误？！

马芬姐 （不语）……

彭 刚 刚才我开会回来你就找我，说助理员给你错画了跑车号，不说就是你叫小美姑刷鞋去的，这样来欺骗我，这又是谁逼你犯的错误？！

马芬姐 （在彭刚步步进逼下，内心步步败退，痛苦异常无话可说）……

彭 刚 为什么刚才月香来报告，你吓唬她，为自己掩护，还说是为小美姑，这又是谁逼你犯的错误？！

马芬姐 （不语）……

彭 刚 马芬姐，我也不给你发脾气，我也不给你闹态度，你刚才嫌大梅逼你，不是要讲理吗，现在你就先跟我讲讲理吧！

马芬姐 （不语）……

彭 刚 马芬姐，你不是很有理由吗，你为什么不说话呀？！

马芬姐 （挣扎起来）行啦，管理员，你别说啦！反正我里里外外都叫你看穿啦，我也就不用瞒着你啦，要打、要罚、要记过、要开除，全由你去，我二话不说，可是这笔账我要——

彭 刚 （沉痛地）马芬姐，这不是说把你里里外外看穿啦，要打你、要罚你、要记过、要开除的问题！——扔白花是小事，主要的是你对咱们今天的工厂一直抱着成见化不开——

马芬姐 （截断彭刚）我抱成见？！

彭 刚 （严肃、诚恳）马芬姐，检讨起来，我也很对不起你——

马芬姐 （惊异）怎么，你对不起我？！

彭 刚 嗯，过去由于工作上的忙乱，我这当管理员的一直没有根据你的具体情况，和你好好谈谈，解释一些你不了解的问题，我对你的帮助是很不够的！

马芬姐 （不知怎么说才好）管理员，你，你这是——

彭　刚 （亲切地）我知道，你是一个七八年的老工人，过去受过很多苦……比如解放以前，国民党开除你，是助理员万国英给你挂的牌儿，解放以后他还是那样看不起工人，你也就一直跟他记着仇，越结越深，我也没有很快地给你解决——

马芬姐 （有点心酸，不愿让提起）管理员，你提这干什么？

彭　刚 还有，你的老娘有病，我以前不知道，没有早些照顾你，其实我早该叫你领大娘到厂里的医院来看病，可是我——

马芬姐 管理员，你别说这些啦！

彭　刚 还有，你跟大梅的问题——

马芬姐 行啦，管理员，你别说啦！你人强，你把我当人看，这我算知道了一点，要是提到别人，哼，你又不是人家肚子里的蛔虫！

彭　刚 不，马芬姐，这也不是我个人强不强的问题，我是说今天解放啦，咱们工人生活改善啦，工人地位提高啦，生产竞赛是为了支援前线打蒋介石，是为了建设咱们的新国家，助理员跟大梅他们对你的态度虽然有些不好，可也是为了叫你觉悟，叫你进步！——

马芬姐 （不听）管理员，你别说啦！我刚才不是说过啦，你人强，你把我当人看，我服你；要提到工作，提到助理员，提到大梅——哼，他们眼里看见一只蚂蚁，也看不见我马芬姐！

彭　刚 （深感困难）……马芬姐，自从解放了以后，你觉得厂里一点好处也没有吗？就因为助理员、大梅他们态度不好，你就什么都不承认吗？厂里低价配卖米、面、布匹，工人生活改善了吧？！你说他们对你不好，可厂里别人对你态度怎么样？

马芬姐 （彭刚的话触到了内心痛处，竭力躲避）行啦，行啦，管理员，你别说啦！你要真看得起我，那你就帮我捎个信儿给金芳，说她为我受了冤枉，我对不起她！

彭　刚　（感动地）对，你应该深刻地检讨自己——

〔金芳上。

金　芳　你不是叫我来吗，彭刚同志？

马芬姐　（上前一把抓住金芳手）金芳，我对不起你……（低头，哭泣）

金　芳　（安慰）芬姐！……

〔沉默。美兰、仙妮自右门跑上。

美兰 / 仙妮　（且喊且上）管理员，白花是马蜂窝——

彭　刚　（制止）……

马芬姐　（见美兰、仙妮，急抹去眼泪，倔傲地）金芳，我实在对不起你，可我也得跟你说清楚，这都是她张大梅害的我，我才连累了你！

〔急向右门下。

美兰 / 仙妮　（急问）管理员，真是马蜂窝、小蘑菇扔的呀？

彭　刚　嗯，她们已经承认啦！

仙　妮　（上前抱住金芳欢跳）金芳姐，她们可承认啦！

美　兰　（难为情地）金芳姐，我对不起你，怨我小孩儿脾气，金芳姐！……

仙　妮　（不平地）管理员，看你刚才还逼着金芳姐检讨哪！

彭　刚　（笑）那时候还没弄清楚哇，（对金芳）金芳，现在你的冤枉帽子也摘下来了吧？

美　兰　金芳姐，怨我太冒失啦，你别跟我一样……

金　芳　（笑，拉美兰手）以后可要听话啦，美兰！

彭　刚　（在一旁笑着，不语）……

仙　妮　（责备）哼！美兰你个精灵鬼，看见一把白花就红了眼啦，疯狗似的乱咬一阵子，也不认清好歹人！

美　兰　（吞吞吐吐）我那会儿也说不准是金芳姐扔的呀！

仙　妮　（抢白）说不准你可说？！

美　兰　（狡赖）我们车工逼的我！

仙　妮　（鄙视地）什么呀，就算你眼里不揉沙子就是啦，你还嘴硬！

彭　刚　美兰，你知道马芬姐她们为什么把白花扔到你车上吗？

美　兰　（羞愧）不知道……

彭　刚　你平时对她们的态度怎么样？

美　兰　我？

彭　刚　嗯，你想想。

美　兰　（难为情地）我就是嘴尖点儿……

仙　妮　美兰这个积极分子呵，也真是太精啦，光往里积极，可不往外积极！

美　兰　（不高兴）我怎么光往里积极，不往外积极呀？

仙　妮　不是呵，你在你们组里挺会团结人儿的，哄得你们那车工滴溜转，对我们外组的呀，就东烧一把火，西吹一口气儿，恐怕我们那大火烧不到房顶上！

美　兰　不用你小丫头多嘴！

彭　刚　美兰，仙妮说得很对，你在你们组里很能团结，可是不能团结外组的工友，光怕别人把自己超过去了，是吗？

美　兰　（痛苦地）……是……

彭　刚　好，现在事情已经明白啦，把刚才助理员扣金芳的分取消；金芳、仙妮，你们组扣马芬姐两分，扣小美姑、大梅各一分；美兰，也扣你一分！

美　兰　也扣我一分儿？

彭　刚　嗯，以后要好好改正你的本位主义！

仙　妮　（噘嘴）管理员，这星期头一天就扣我们这么多分儿，累死也得不上红旗啦！

彭　刚　不要紧，只要你们把马芬姐她们团结好了，全组积极工作，还是可以加分的。

金　芳　对，仙妮，只要咱们把她们团结好，还能补过来！

仙　妮　哼，真讨厌……

〔大梅自右门冲上。

大　梅　管理员，我不干啦，你看马蜂窝又在车上骂我哪！

彭　刚　噢，大梅，你来得正好，我正要找你谈谈哪！——坐下！

仙　妮　大梅姐，开车以前管理员劝咱别再要求把马芬姐她们调走啦，你说你有办法，闹半天是这么个“二百五”的办法儿啦？

美　兰　是呵，你这个办法可真妙，闹出了这么大事儿，让我也平白无故地跟金芳姐撒了半天赖，叫我脸上多挂不住哇！

彭　刚　大梅，你说，你对马芬姐跟小美姑这一味打击的态度，到底是为什么哪？

大　梅　（理直气壮地）为了少出白花少扣分儿啦！——谁叫你不答应把她们调走哪！

彭　刚　噢，这么说好像你做得蛮有道理吗？！——大梅，我不答应你把她们调走，是要你首先检讨自己，改正对马芬姐她们的态度和看法，不是叫你去假造大家的意见，拿开除来吓唬她们！

美　兰　是呵，怕吓唬不倒她们，还把金芳、月香、仙妮，我们四个人拉上当你陪绑的，你可真阔气呀！

金　芳　（制止）美兰！

大　梅　（不语）……

彭　刚　大梅，这种假造上级命令、假造大家意见的事情，本来应该受到严厉处罚的，只是看你平时工作积极，先原谅你一次。注意以后可要好好劝她们啦，她们不听可以向组长，向我来报告。

大　梅　（不服）反正我是为了工作好！

彭　刚　可是结果你把工作做坏啦！你为了少扣分儿，逼得她扔了白花，倒多扣了分儿啦！

仙　妮　是呵，你看这还不是咱们自个儿吃亏吗？

美　兰　大梅，这才是弄巧成拙，自个儿搬石头砸自个儿的脚哪！

彭　刚　对，大家说得都很对，常说人急造反，狗急跳墙，你这么一逼不要紧，又让她多走了二里冤枉路，本来她们对工厂、对工作、对你们的好意，就一点儿也不了解，这一下叫她误会更深，更不容易觉悟啦！

大　梅　（有些故意不讲理）那你还是把她们调到别的车上去吧，我不跟她们在一块儿啦，叫人家这会儿还在那儿数茄子道黄瓜地骂我哪，我还干活儿不干哪？！

彭　刚　大梅，你怎么还是这么固执呵？为了工作少说两句不要紧，重要的不是你干不干的问题，而是哪个车上都有落后分子，你必须想法儿改造她们，也想法儿改造你自己的问题！——你想，假如全厂工友都像你们这样积极，不是根本就用不着开展竞赛啦？

金　芳　大梅，要是不团结改造，光打击，那跟官僚资本家对咱工人还有什么两样哪！

仙　妮　对啦，大梅姐，有时候我就想，我想你要不改你这牛脾气，真要有一天叫你当了干部哇，准跟助理员一样的官僚！

大　梅　（打仙妮）不用你放屁！

众　人　（笑）……

美　兰　哎，管理员，我说马蜂窝这家伙也真是个怪物，你说她落后吧，她是大错儿不犯；说她不落后吧，又是死顽固，小错儿不断；她出个坏主意，光让小蘑菇出头儿，咱一点儿也抓不住她的短处！

仙　妮　这才是黏皮虱子咬死人哪，她那个不紧不慢的劲儿，就叫你干着急，可不出汗！

彭　刚　对呀，正因为她不是有意地破坏生产，只是因为不觉悟，才不好好干活儿的，咱们才更要团结改造她呀！

仙妮 / 美兰　好，大梅，咱们一块儿来团结改造她们吧！

金　芳　以后再不要逼她啦，大梅。

彭　刚　大梅，真要把她改造好了，她会跟你们一样积极起来的！

大　梅　（赌气地）好，你们说是我逼的她，那我以后不逼她好啦！

〔七八个络纱工人急上。

众络纱工　（急喊上）管理员，听说扔白花的事情弄清楚啦？

络纱工甲　管理员，白花是马蜂窝她们扔的吧？

彭　刚　（笑）嗯，是马芬姐她们扔的。

众　人　（围抱金芳）金芳姐，我们就知道不是你扔的！（笑跳）哈哈哈……

彭　刚　（莫名其妙）怎么，你们是有什么事情吗？

络纱工甲　我们就是问你来啦，刚才我们络纱去，金芳姐哭得两眼通红，听说助理员判定是她扔的，我们就知道，保险又是助理员合着两大眼给弄错啦！

络纱工丙　那会儿我们就猜着是马芬姐扔的哪！

〔万国英推右门上，众并未发现。

仙　妮　要不是管理员给弄清楚哇，人家金芳姐被冤死了，还不知道怎么死的哪！

络纱工甲　（莽撞地）冤死了找助理员偿命去！

〔万国英急退下。

络纱工丙　对啦，助理员这么稀里糊涂地处理问题，咱们应该再给他提个意见！

金　芳　哎，管理员，助理员看了我们给他提的意见，他说什么？

彭　刚　还不知道，我把意见给他以后，还没有跟他见面哪。

络纱工乙　金芳，我知道，刚才听分会主任说他还不大接受哪！

络纱工甲　听说他不光不接受，还老是咬住死理不撒嘴，说什么他是真心为生产，还倒过来把分会主任给训了一顿哪！

彭　刚　是吗，不会吧？（为万国英遮瞒）不会，不会！

络纱工丙　准是，我看咱们就找他去算啦！

仙　妮　对，我也赞成，你们是不知道，刚才他给马芬姐画跑车号那官僚劲儿多大，（模仿着万国英的神态）他说："粉笔在我手里，要画就画"！——吓得我连动也不敢动，恐怕他一高兴，顺手一带也给我画一个！

彭　刚　（制止）大家不必找他去，这样无组织无纪律的行动是错误的，我把这意见转达给他好啦！

金　芳　（笑着）对，咱们先工作去吧，让管理员给他谈过了再回答咱们。

众　人　好，管理员，你可得好好地检讨检讨他！（欲走）

彭　刚　哎，刚才工会开会给咱的竞赛办法，做了几个新的决定，等会儿有时间了你们集合一下，叫我去讲一讲！

众　人　好！

仙　妮　哎，管理员，我看助理员跟马芬姐一样，都该好好改造一下！

众　人　对，都改造一下！（哄笑而下）

彭　刚　（送众工人至左门，回来）

〔静场。

〔万国英垂头丧气，但也因受了工人这样大"愚弄"而满怀气愤地自右门上。

彭　刚　（回头）噢，万国英同志！

万国英　嗯……

彭　刚　（考虑着怎样来说服万国英）万国英同志，刚才的事情有些变化，白花不是金芳扔的！

万国英　（羞愤，厌恶，躲避的心情）噢……

彭　刚　白花是——

万国英　（不愿彭刚说下去）噢，噢，噢……

彭　刚　（不明何故）怎么样，万国英同志，你不舒服吗？看你精神不大好。

万国英　我刚才在门外边什么都听见啦，我——

彭　刚　（明了地）噢……（知道万国英正在极不冷静的情况下，觉得难以说通，所以沉默了很久。但是问题到了实在不能不解决的关头，于是又试探着，但也是坚持地，提出自己的意见）万国英同志，通过今天你对白花问题的处理，我觉得咱们的确应该彻底谈谈啦。

万国英　（气愤地，甚至有些讥讽地）你是说，还要耐心说服下去吗？！

彭　刚　正是这样！……比如马芬姐的落后，虽然她本身有很多错误，但是我们领导上不正确的管工作风，也应该负很大责任；而且她的技术是很好的，所以我们更要——

万国英　请你相信，彭刚同志，我从来也是很重视马芬姐的技术的；但是我们不能因为她技术好就姑息、迁就她，因为全厂像她这样有技术而非常落后的工人实在不在少数！

彭　刚　正是因为像她这样有技术而非常落后的工友不在少数，我们才更有必要坚持教育改造、耐心说服的方针呵！因为我们不管改造好了她们中间的哪一个，那对其他人都会有很大影响的，因为她们时时刻刻都在想知道我们到底对她们抱的什么态度！

万国英　（不服气地）这……

络纱工声　彭管理员，我们都集合啦，你来给我们报告吧！

彭　刚　（向外）好，我就来！……（本来想继续争论下去，但一方面外面众人在等着，另一方面考虑到谈下去效果不一定好，所以犹豫了一下，而后肯定地）好，万国英同志，我知道你心里不大愉快，你先自己想一想也好，等我报告回来咱们再谈吧。

万国英　（没好气地）嗯。

彭　刚　（欲走，又回）噢，万国英同志，刚才工会常委会决议，把咱们红旗竞赛的物质奖品，由在年底发，改到每月发一次，从下星期竞赛第一阶段总结大会开始实行；另外关于竞赛的制度，决定取消比白花一项，把这项的分数加到出数上来，你有什么意见吗？

万国英　我……没，没意见，没意见……

彭　刚　好，咱们回头再谈吧。（下）

万国英　（站起来，烦躁地思索着踱来踱去）哼，耐心说服！……耐心说服！……

〔仙妮急上。

仙　妮　（急喊上）管理员，管理员！

万国英　（猛回头）又嚷什么，又嚷什么？！

仙　妮　（见不是彭刚，欲不说，但又不能不说）助理员，马芬姐跟大梅又吵起来啦！

万国英　（意外地）怎么，又吵起来啦？

仙　妮　（急）嗯，真的，又吵起来啦！

万国英　（苦恼，急得跺脚）哼！

仙　妮　助理员，你看马芬姐那嘴老是不干不净地骂大梅，起先大梅不惹她，后来她把大梅骂急啦，大梅就找金芳去啦，偏巧没找着，不知道金芳到哪儿开会去啦，马芬姐硬说大梅是报告她去的，这会儿俩人儿又吵到一块儿啦！——怎么办，助理员，怎么办？

万国英　（厌恶地向仙妮摆手）好，让她们进来，让她们进来！

马芬姐/大梅　（场外音）走，找管理员讲理去，走……

仙　妮　助理员，你听她们来啦，她们来啦！

万国英　让她们来，让她们来！（仙妮下）

〔马芬姐、大梅二人彼此急急推扭而上。

马芬姐/大梅　（边上边喊）管理员，管理员！

万国英　（竭力认真压抑自己）吵，吵，就没个完啦，就没个完啦？！

马芬姐　（一见是万国英，失望地，但也是凶凶地）管理员哪儿去啦？

万国英　（力求诚恳，压抑自己）管理员？

马芬姐　嗯，我们是找管理员来的！

万国英　（负责地）管理员不在，有什么事儿，给我说也是一样！

大　梅　（对马芬姐）对，有理走遍天下，给谁说也是一样，咱们就跟助理员说吧！——助理员，反正你得管她，你不能再叫她回车上去骂我！

马芬姐　（锋利而快）张大梅，你胡说！

万国英　（对马芬姐）今天咱们有理说理，你不要吵！

大　梅　（抢说）刚才管理员问出来白花是她扔的啦，兜了她的老底儿啦，打这儿往后，她披不住她那光棍皮啦，她不能再在我们面前晃来晃去充人啦，她就——

马芬姐　（截断大梅）张大梅，你胡说！

万国英　（对马芬姐）你先不要说！

马芬姐　（凶恶地）不叫我说？！

万国英　嗯，一个人说了，再一个人说。

大　梅　（仍抢说）她骂我，我不搭理她。刚才彭管理员跟金芳她们批评了我，我听话，我让着她，我去找金芳来说理，可她就骂我是告她去啦！

马芬姐　（大吼）你就是告我去啦，你就是告我去啦！你仗着你是工厂的亲闺女，你去告我，你去搬兵！你——

万国英　（被马芬姐激得有点压不住火了）马芬姐，你不许吵！

大　梅　（气极）助理员，你听她顺嘴胡扯！

马芬姐　（猛烈进攻）不是吗，你是积极分子，你可以随便吓唬我们，要笑我们，把我们推个四脚朝天，叫大伙儿拍着巴掌看笑话，还怪我们落后！

万国英　（仍然竭全力压抑自己，免于爆发）马芬姐，你有理说理，不要这样乱吵！

马芬姐　（成见地）你不叫我吵？！——好，我不跟你说，我找管理员去！（扭身欲走）

大　梅　（急挡住）马蜂窝，你想得倒不错，你骂了半天人，你要跑，你要找管理员去？

万国英　（仍然有些耐心）马芬姐，你有理说理呀，你走干什么？

马芬姐　（大叫）你不是不叫我说吗，我在这儿干什么？！

万国英　我叫你有理说理，我叫你说正经的，你不要随便胡扯！

马芬姐　嘿，叫我说也是你，不叫我说也是你，你就这么随便哪？！——我才不说哪，我就不是找你来的！

万国英　（怒）马芬姐，我先给你说清楚，（强调）现在我对你用的完全是“耐心说服”的办法，我可是完全放弃了成见，我可没有不把你当人看哪，你得认清这一点！

马芬姐　呸！我早就看透你啦，你压根儿就没把我当人看过，你还有资格耐心说服我？！——不听你这一套，我找管理员去！（走）

万国英　（爆发）哎，马芬姐，你这么不知道好歹，你这么看不起我万国英呵？！好，给你好你不要好，我也就没好啦，咱们就算个清楚！——说，你为什么给我捣蛋，你为什么找我的别扭，你为什么这样看不起我？

大　梅　助理员，她看起过谁呀，她连工厂的竞赛都说是哄小孩儿的！

马芬姐　我就是看不起你，我就是不跟你说，我就不是找你来的，我

走！（欲走）

万国英　你走？！——你走不了，你想得倒便宜，你骂了这么半天人你走，说，在我面前承认你的错误！

马芬姐　我就不承认错误，我就走，我就要找管理员去！

万国英　找管理员？！——哼，管理员也得叫我来处理你的问题！刚才为小美姑跑车你跟我捣那么半天蛋，为扔白花又给我下那么大圈套，这会儿你又要跑到管理员那儿去承认错误？！不行，你这样看不起我就办不到！

马芬姐　办不到？！——（受到两重打击，不免神伤）好，你们两个来欺侮我呀？！

万国英／大梅　谁欺侮你？！

马芬姐　（锋利，快）你们，你们，你们欺侮我，你们两个人欺侮我一个，你助理员欺侮我，你张大梅仗着助理员欺侮我，你狗仗人势！！！

大　梅　（跺脚）助理员，我不干啦，我不干啦，我受不了她这样骂我！

马芬姐　你不干？——哼，你不干，我还不干哪，我就不再受你们这欺侮，我马芬姐有骨气，饿死也再不受你们这欺侮！

万国英　（怒火万丈）你不干？！

马芬姐　嗯，我不干，我豁出来不吃你们这碗饭，我不干！

万国英　好，不干，不干，你滚蛋！

马芬姐　（意外万国英竟说出这种话）滚蛋？

万国英　嗯，你有骨气你滚蛋，像你这种工人早该滚蛋，你欺侮上级，你不服从管理，你破坏生产，你还血口喷人，我这助理员根本管不了你嘛，这个厂里根本容不下你嘛，你滚蛋，你滚蛋！

马芬姐　好，不干就不干！（摘围腰、证章）日本鬼子的气我受过，国民党的压迫我没怕过，我老子娘还不敢把我怎么样哪，你来欺侮我呀？！你以前仗着国民党来欺侮我，你今天还仗着共产党来欺侮我呀？！不行啦，我长大啦，我离开你这个厂子有饭吃，我不吃你这一套！（把围腰、证章摔在地上）你们的围腰！你们的证章！都给你，都给你！（向外冲至右门口，猛回头，对大梅）好，张大梅，你等着！（跑下）

〔哑场很久。

万国英　（见马芬姐真去，颓然而伫）……

大　梅　（逐渐从混乱中清醒过来）助理员，她走啦，她真走啦！

万国英　（呆然，不语）……

大　梅　（急）助理员，这不行呵，这就是开除了吧？！

万国英　（呆然，不语）……

大　梅　助理员，她回不来啦，这真是开除啦，这——

万国英　（清醒，突然起立，慌张地）呵，她真走啦？！

大　梅　嗯，她走啦，她真走啦！

〔沉默。

万国英　（突然肯定地）好，就是开除她！就是叫她走！（去摘工人名牌中马芬姐那个牌）

大　梅　（意外）啊，就是叫她走？！——不，这不对，助理员，我不是想把她……

万国英　（把牌摔在桌上）就是叫她走，叫她饿两天！

大　梅　饿？！——不，助理员，这不对，家里她老娘指着她上班吃饭哪！

万国英　（烦躁万状）去吧，去吧，去吧！

大　梅　不行呵，助理员，这就是我害了她啦！

万国英　（拍案）去吧，什么你害她，去吧！

大　梅　（掩面大哭）呵，我错啦！我错啦！……（跑下）

万国英　（暴烈地将地上围腰、证章拾起摔在桌上，一边吼叫着）不干！不干……

〔彭刚自右门上。

万国英　（抬头见彭刚，痛苦地）彭刚同志，这叫我怎么干，叫我怎么干？！

彭　刚　（莫名其妙）怎么啦，怎么啦！

万国英　（指桌上围腰证章）你看，你看！

彭　刚　这是谁的呀？

万国英　马芬姐，马芬姐！

彭　刚　万国英同志，这？

〔金芳手持面袋急自右门上。

金　芳　（慌张地）管理员，管理员，你看大梅在车上哭，马芬姐跑出厂去啦！

彭　刚　已经跑出厂去啦？

金　芳　嗯，已经跑出厂去啦，你看她这面口袋跟配卖票还丢在这儿！

万国英　她不干？！——好，我干不了，我也不干啦！（要走）

彭　刚　（上前急拉万国英）万国英同志！万国英同志！

万国英　不，彭刚同志，我没能力，我不配当这助理员，我干不了不干，我干不了不干！（从彭刚手中挣脱，向左门冲下）

彭　刚　（追上前）万国英同志，万国英同志！（万国英已下，彭刚回头）

金　芳　彭刚同志，你看事情越闹越大啦，这到底应该谁负责任？！这到底应该谁负责任？！

彭　刚　（严肃而镇定）不要抱怨，金芳，困难还多得很，但是我们共产党员绝不会害怕，绝不向困难低头！！

——幕　落——

第三幕

时　间　次日，上午八点左右。

地　点　马芬姐家。

布　景　普通的北方城市的工人住宅。台右是马芬姐的住屋，有门窗，檐下有炉灶。台左是月香家住屋的后墙，由左前可通往。正面是一道短墙，有大门通外面。小美姑，很可能就住在大门对面的人家。院里有树，树下有饭桌、小凳等家庭用具。外面远处，是电杆、烟囱、楼房等构成的都市远景。

〔开幕，马芬姐伏在桌边低泣，娘站在她的一旁数落着，抹着眼泪。桌上饭菜均已摆好。

娘　（继续的语气，数落着）……可不，才说厂里配卖四十斤面，咱们早点儿预备过八月节吧，你这一闹可好，面也甭领啦，节也甭过啦，连面口袋也丢给人家啦！……

马芬姐　（低泣，不语）……

娘　（伤心地）芬姐，你娘这苦老婆子，跟前没有五男二女，外头没有三亲六友，可就守着你这么一个老闺女呀！……

马芬姐　（低泣，不语）……

娘　芬姐，说不定哪天你娘这心口痛的老病一重，一合眼就看不见你啦；你老娘再也累不了你几天啦，你该孝顺你娘，叫你娘舒舒心！

马芬姐　（泣声高，不语）……

娘　（渐渐压抑不住气愤，有些激动起来）芬姐，要是你心里还想着你娘一点儿，你昨天下午为什么还把你那围腰证章扔了哪？！

马芬姐　（哭声更高，不语）……

娘　（知道说中了女儿的短处，更激动，责难地）芬姐，要是你心里还想着你娘一点儿，你压根儿就该忍气吞声地待下去，压根就不该在人家助理员面前充硬汉子、去找碴儿、去闯祸呀，芬姐！！（哭）……

马芬姐　（突然站起来，忍住眼泪，激愤而悲伤地）娘，你别说啦！就算你上辈子没修好，养下了我这个造孽的闺女，叫你成天担惊受怕，生气受罪！……可是你放心，娘，你闺女就算是没出息，当个要饭的花子到大街去讨吃要吃，也不能叫你老人家像以前那样挨饿受冻；再说你闺女今天也长大啦，还有着这么一个丢不掉的手艺……（伤心地抹泪，说不下去）

娘　（见女儿伤心，自己更疼爱起来）丫头，娘不是不心疼你，可是娘实在后悔你不该——

马芬姐　（悲痛地打断娘）是啊，咱把围腰证章扔都扔出去啦，就是后悔死也拿不回来啦……

娘　（疼爱地）好，不说啦，我不说啦……

马芬姐　（拔腿欲向外走）

娘　芬姐，你干吗去呀？

马芬姐　我找王所长去，看看他把事儿给我找好了没有！

〔月香自家门匆匆上。

月　香　大娘，怎么大清早起来就嚷开啦？（上前对马芬姐）芬姐，昨天晚上下了班我就来看你——

马芬姐　（截断月香）看什么看？！——开除都开除啦，还用着你们这菩萨心黑天半夜惊动我的门子来看我！（向外门走）

娘　（拦住）芬姐，你先吃饭！这么一大早起，连口水还没喝哪。

马芬姐　我不饿！——你也快到我干妹妹家去吧！

娘　　嗯，我立时就去！——你还是吃了饭再去吧？

马芬姐　不，我吃不下去！（对月香）人活着的时候你们烧香咒他死，人死了你们又烧纸哭他该活啦！哼……（急向外门下）

月　香　（茫然地）大娘，你看昨天晚上芬姐不见我，今儿个早上还生我的气哪！

娘　　行啦，月香，不用管她生不生你的气啦，你要真对你芬姐还有点真心诚意，你就赶紧到厂里给她求求情去吧！

月　香　我怎么不去哪，要不我起这么早啦。

娘　　（心急地）那你为什么还不走，真急死我啦！

月　香　去，我去，大娘。昨天晚上咱娘儿俩商量好了，我就像烙饼似的，翻过来、掉过去，半宿没睡着，我是想今天进厂去，怎么跟彭管理员和金芳姐他们说——

娘　　（更不耐烦地）怎么好听怎么说，怎么央告得人家心眼儿里喜欢，不开除你芬姐怎么说！月香，这你还用问吗？！

月　香　不是，大娘，不是这个！

娘　　（着急地）那你说是什么哪？

月　香　我是说，我还摸不清芬姐到底安心怎么样，没法儿给彭管理员他们报告，因为你不是说，芬姐昨天下午打厂里回来就托人找事儿去啦？

娘　　她到派出所去啦，王所长说，让她今天早晨去听回信。

月　香　她不是还叫你找她干妹妹去吗？

娘　　嗯，她干妹妹不是在恒大纱厂上班吗？

月　香　嗯！……（学会了调查研究）哎，大娘，她要在外头找着事儿了哪？

娘　　找着了再说！……（自知失言）噢，不，反正我是一心想叫她回你们厂去，你赶紧去吧，月香！

〔小美姑自家门上。

小美姑 （赌气地）你干什么来啦，月香？大娘，昨天晚上我不是就给你说啦，芬姐这事儿就怨月香！

月　香 怎么怨我呀，芬姐是你供出来的，又不是我。

小美姑 你要不先把我供出来，我就供不出芬姐来，你就是这坏事儿的祸根苗！

月　香 （吵）你才是坏事儿的祸根苗哪，芬姐要不是为了护着你——

娘 （制止）行啦，行啦，别吵啦，这不是你们打糊涂官司的时候，你们俩要有一个有良心的，昨天给你芬姐遮瞒两句，也不会有今儿个！——去吧，月香，去吧！

小美姑 （责怪地）哎呀，大娘，你才认死理啦，开除都开除啦，再讲情去还不是白跑道！

月　香 开除也没挂牌儿啦！

小美姑 （抢白）没挂牌也开除啦！（对娘）芬姐给人家扔了围腰证章，算是把自个儿的饭碗给扔啦，按解放以前的老规矩，还能不开除？

月　香 （动摇，同时说出自己内心的不满）是呵，大娘，我也是觉得有这个短处，你想，像你芬姐这个没有王法的劲儿，谁还敢要哇，恐怕只有出厂的道儿，没有进厂的道儿啦。

小美姑 对呀，没挂牌也跟挂牌一样，昨天晚上助理员在工务室吵了半宿，说芬姐简直是造反，他也闹着不干啦，下班的时候听说都吵到厂长那儿去啦。

娘 （被月香、小美姑等吓到）这……这可怎么办，这可怎么办？（胃忽然痛起来）哎哟，心口又痛起来啦……芬姐，你就折磨死你娘啦！……

月　香 （见娘状，忽然安慰地）大娘，不要紧，咱们穷人面前没有走绝了的道，我去，大娘，你等着，我去啦，呵！

〔向大门下。

娘　（胃痛得轻了，痛苦地舒一口气）哎……

小美姑　（认真地）大娘，你别看月香以前腼腆得不行，这会儿学得可俏啦！

娘　（一面忍受着胃痛，并不太经心地听）嗯！

小美姑　别听她嘴里大娘长、大娘短，叫得挺甜，她心里可是跟咱们走远啦！

娘　嗯……

小美姑　别看她装得那么厚道，说什么给芬姐讲情去，我看她不添油加醋地告芬姐的状就是好的！

娘　（埋怨地）人心隔肚皮，随人家去吧，反正这会儿是咱们求着人家啦。

小美姑　大娘，我说芬姐开除都是月香的过，一点也不假；以前她常跟芬姐我们在一块儿玩，可打竞赛以后，她就常跟大梅她们一块儿玩啦；她也常上课，常开会，碰对了还疯子似的撅着屁股扭秧歌，芬姐我们看不上她，她还觉得一美一美的是进步哪！

娘　（感叹地）嗯，这是世道、人心都要变啦！

小美姑　哎，大娘，芬姐的事儿找好了没有？

娘　还没有。

小美姑　（犹豫一下）大娘，让芬姐找两个事儿吧，也给我找一个。

娘　给你也找一个？

小美姑　嗯，我——

女人声　哟，她金芳姐来啦，来坐坐吧！

〔金芳应声。

小美姑　大娘，你听，金芳来啦？

娘　　金芳？

小美姑　嗯，金芳心眼儿挺实在，咱们快来跟她打听一下芬姐的事儿吧。（扶娘）

娘　　（打起精神来）嗯，咱们快打听一下。（与小美姑同向大门迎去）

小美姑　（慌张地）哎，大娘，我叫芬姐找事的话你可别给金芳说。

娘　　嗯，我不说。她金芳姐！她金芳姐！……

〔金芳自大门上。

金　芳　（欢笑地）大娘，我看你来啦！……噢，小美姑也在这儿。

娘　　（殷切地）嗯，她金芳姐，你来啦，快来坐，快来坐。

金　芳　嗯！大娘，咱们娘儿俩快有半月不见面啦，听说你那心口痛的老病又犯啦？

娘　　不要紧，这回不厉害，还吃得下去。

金　芳　嗯，这就好。

小美姑　（迫不及待地）金芳姐，芬姐还回厂上班不？

娘　　（更急地）是呵，她金芳姐，芬姐叫厂里开除了吧？

金　芳　不要紧，大娘！

娘 / 小美姑　（惊异地）不要紧？不开除？

金　芳　嗯，厂里正开会讨论哪，我看不要紧，大娘！

小美姑　（顽固地）不要紧？……哼，我看比钉儿钉得还准哪，给人家扔了围腰证章还不开除？

女人声　美姑，你个死丫头还不来吃饭哪！——我要等着刷碗啦！

小美姑　来啦，来啦！（向自己家门下）

娘　　（激动地）她金芳姐，真的不要紧？——听月香、小美姑她们说，助理员那个坏东西不是非闹着要开除她？

金　芳　就是因为助理员闹着要开除她，才开会讨论哪！——不要紧，真的不要紧。

娘　　不，她金芳姐，我知道你心眼儿好，你怕我们难受；可真要开除了，也就别瞒着我们啦，我们好重打算盘另找事儿。

金　芳　不瞒你，大娘，我就是给你送信儿来啦，还能糊弄你老人家？——你放心吧，大娘！

娘　　（感动得突然哭起来）哎，老天爷，你保佑，真要不开除我芬姐，赶八月十五给你摆五花大供……

金　芳　别乱想啦，大娘，我给你送信儿来啦，你怎么还哭哪？

娘　　（抹一把泪，长叹）唉——她金芳姐，你是不知道，芬姐以前叫厂里开除那两回，把我们娘儿俩吓惊啦！……

金　芳　嗯，那两回开除都是厂里冤枉咱！

娘　　（激愤起来，控诉地）是呵，她金芳姐，你评评这个理，他们凭什么开除我芬姐？！你看，那头一回还是给日本鬼子干的时候，（紧张而快，短促地呼吸）说是工人们净跑茅房去歇着，可她刚上班一年，才十七岁，可不敢那样做。有一回当头儿的去检查啦，人家玩的人都跑啦，就她一个人真在那儿解手没起来，当头儿的就说她是成心怠工，就把她开除啦！……

金　芳　嗯，大娘，别生气啦，过去的事咱不提啦。

娘　　（遏制不住的激情）她金芳姐，你是不知道，那一回更没道理哪——那一回是国民党刚来，芬姐她爹临死的时候，芬姐要请假回来守着她爹，当科长的不准她，说："你那么愿意叫你爹死啊，你非守着他！"气得芬姐就骂了他一句："你才愿意叫你爹死哪！"也就叫人家给开除啦……还有，给芬姐当场挂牌的就是这个助理员！

金　芳　（同情，愤慨地抹泪）大娘，那都是日本鬼子、国民党害咱们！

娘　　（更高声地，激动地倾诉）她金芳姐，芬姐那两回开除，都是我们拿着膝盖当脚走，给人家磕头、求情，卖了她的棉袍、她爹留下的排子车，给人家送鸡、送酒才又上的班，要不芬姐就给厂里记下这么大仇啦？要不她一下班就往家走，那会儿也不肯在厂里多待会儿？！……

金　芳　（坚信地）嗯，大娘，你放心，今天是共产党，是咱们一家人，保险不能那样冤枉咱！……大娘，解放快半年啦，你就不觉得共产党比日本鬼子，比国民党对咱好吗？

娘　　（渐缓和）嗯，我也觉得共产党配卖米面布匹，照顾咱们生活，比日本鬼子、国民党强得多，可共产党真要叫工人翻身，怎么还叫以前开除芬姐的那个助理员在厂里横行霸道哪？

金　芳　大娘，这个助理员还是一个好心人，就是态度不好，要不今儿个就开会批评他啦？

娘　　嗯，要真是这样可就好啦！……（渐渐平息下来）哎，她金芳姐，刚才我打发月香找你去啦，你见到她没有？

金　芳　见啦，我正好碰到她在胡同口儿上，我叫她去找大梅啦。

娘　　（意外地）大梅？

金　芳　嗯，叫大梅来跟芬姐和好，叫她们都检讨一下，互相认个错！

娘　　（怒）认错？！……不，她金芳姐，这不行，我芬姐不跟她检讨，我芬姐没有错！

金　芳　不，大娘，不——

娘　　（不听）不，你不用说，金芳！大梅她不常来我这儿玩，我那回不是给她买上半斤花生还觉得对不起她，可她就不想想，你们姐妹都是给人家干活，都是干活吃饭，你凭什么跟人家管工的合起来欺侮你芬姐？！她这是夺我们的饭碗子，金芳，我不去找她娘算账就够给她脸啦，她不能来气我！

金　芳　不，大娘，芬姐也有错，你不是也常嫌芬姐太别扭吗？

娘　　　不，就算芬姐有错，有我这脏老婆子活着，也轮不着她张大梅来管教哇！——不，你不能叫她来，金芳，她要把我这心口痛的病气出个好歹来，我可叫她们一家子安生不了！……

金　芳　好，好，大娘，不叫她来！你累啦，到屋里歇会儿去吧！

（扶娘向屋门走，娘被金芳扶着气哼哼地下）

〔静场。

仙妮声　走哇，大梅姐，你可进去呀！

大梅声　嚷什么，小死丫头！

〔仙妮、月香推大梅自外门上。仙妮左臂上还挎着小书包，里面装有未做好的慰问袋。

〔大梅进门后便向月香门冲去，被仙妮、月香拦住。

月　香　不行，大梅，金芳姐叫你到芬姐家来的，你不能到我家去！

仙　妮　（同时）不行，不行！

月　香　（按大梅坐下）好，你就在院里坐会吧。你可不许再跑啦，大梅，你跑了我们可给金芳姐交不了差啦。

〔屋里有金芳、娘谈话声。

仙　妮　哎，月香，你听金芳姐跟芬姐她娘说话哪！（指屋方向）

大　梅　（惊）她娘？！

月　香　那正好，金芳姐就是叫你先见见她娘哪！

大　梅　（挣扎）不，我不见她娘！（起身要跑）

仙　妮　（紧拖大梅，急喊）金芳姐，你看大梅不愿意见大娘，她要跑啦！

月　香　（抱着大梅，同时）大梅，大梅！

大　梅　（将月香、仙妮猛推，向月香家门跑下，仙妮被推倒在地）

月　香　（同时）大梅，大梅！（追下）

金　芳　（同时自屋门上）大梅！

仙　妮　（坐地上，弹动着两腿，噘嘴）金芳姐，我不干啦！我不干啦！

金　芳　（急将仙妮抱起）怎么又不干啦？

仙　妮　你看大梅这家伙多难斗哇！

金　芳　怎么啦？

仙　妮　看她昨天下午在车上哭，你说她，她多听话呀，撇着个小嘴儿跟小绵羊似的，可过了这一宿，她又变卦啦！

金　芳　你怎么知道她变卦啦？

仙　妮　（立刻恢复了原来活泼的情绪）咳，她这个变卦呀，也是我们早就算出来的！刚才你不是叫月香找我去啦，我们走着道就想，她要是钻在屋里不出来可怎么办哪？哼，走着走着，我们就想出来一个计策！

金　芳　小丫头心眼儿真多，什么计策呀？

仙　妮　你听我说呀！——我们到了她家门口，故意不进去，月香就装个生人叫："张大梅在家吗？——纱厂里的张大梅！"听着是她走道的声儿，我们就在门两边一躲，赶她走出来啦，我们就这样把她一抱——

金　芳　（高兴地）是呵，这不挺好吗？

仙　妮　（又噘嘴）好什么好？！——她一看是我们，扭头就往回跑，我抱她太紧啦，（用胳膊比画着）她使劲这么一甩，就摔了我个屁股蹲儿！（生气地）哼，摔得我这会儿还痛哪！

金　芳　（笑）好仙妮，为了团结工作，再摔十个也值得，你赶紧看着大梅去吧，怕月香那面条手一个人看不住她！

仙　妮　（听话地）嗯！……（又生气）哼，要不是为了团结工作呀，我才不吃她这一套哪！（欲向月香门下，又回）哎，金芳姐，刚才你跟月香说，美兰她们在厂里干什么哪？

金　芳　我说刚才我来的时候，美兰，还有咱们分工会的许多工友，都找分会主任去提意见啦，坚决反对助理员开除马芬姐。

仙　妮　（兴奋地）大家都这么卖力气呀？

金　芳　是呵，大家都这么卖力气，咱们就更不应该怕困难啦！

仙　妮　（更高兴）对，不怕困难，叫他官僚主义也看看（拍胸脯，伸大拇指）咱们群众的力量！（向月香家门欢跳下）

〔娘上。

娘　　　你跟谁说话呢，她金芳姐？

金　芳　我跟仙妮说话哪，大娘。

娘　　　我听你们说什么大梅哪？——金芳，大梅她就不用打算登我的门边！

金　芳　大娘，你这样做可就不对啦，她来了也可以给你认个错嘛！

娘　　　不用她来！要是她给厂里讲讲情，叫芬姐上了班，她再来认错我才见她！

金　芳　大娘，你小声点，她就在月香屋里，叫她听见了不大好！

娘　　　（故意大声）我就是故意叫她听见的！不用她来！反正我们娘儿俩谁也不见她，我们不认得她张大梅是谁家的闺女！（要走）

〔仙妮手持慰劳袋着急跑上。

仙　妮　（边上边喊）金芳姐，金芳姐，你叫大梅——

金　芳　（急制止仙妮）……（对娘）大娘，你哪儿去呀？

娘　　　我出去一下就来！——她金芳姐，芬姐也快回来啦，你就在家等她吧，我也就不锁门啦。

金　芳　大娘，你还是先别出去吧，等一会儿芬姐回来了，咱们俩好一块儿来说她呀！

娘　　　她金芳姐，刚才我在屋里又想了想，我还是去找她干妹妹一趟。

金　芳　大娘，刚说好啦，怎么又不信啦？

娘　　我不是不信你，丫头，我是说，遇事儿不要光往好处里想，这会儿厂里也说着，外头也找着，骑着马找马，比什么都保险。

金　芳　用不着，大娘——

娘　　不，金芳，你别拦着我。万一厂里开除了，外边的事儿也耽误了，那你的好心可就成了坏意啦！（顽固地向外门下）

金　芳　（无可奈何地）哎！……（转对仙妮）小丫头没眼色，又嚷什么呀？

仙　妮　我是让你叫大娘说话声儿小一点，大梅都不高兴啦！

金　芳　大娘的话你们都听清楚啦？

仙　妮　听是听不清，反正听着粗声粗气的，觉出是气话来了；月香我们正守着她做慰劳袋哪，她听见大娘嚷啦，拔腿就要跑，我一挡她，她把我一推，差点儿把我的慰劳袋给撕了。——金芳姐，你还不赶紧劝劝她去！

金　芳　嗯，那你就在这儿看着门吧，别出去，呵！——小丫头勤快的，出来还拿着慰劳袋！

仙　妮　（不服气地）嗯，光拉她们狗打架，我就不做慰劳袋儿啦？！

〔金芳笑向月香家下。

仙　妮　（四下看望，见桌上的绣花绷子，拿起端详）哎，凤凰单展翅，自由线，就是好看！（和自己的比）……比我的可好看多啦，这家伙，你要把这绣花枕头改成慰劳袋，送给前方战士该多好哇！

〔小美姑上。

小美姑　（趴在门口看看，见只有仙妮一人，娇怒地上前）小豆豆，你一个人在这儿偷人家什么东西啦？

仙　妮　你放屁！我看马蜂窝这绣花枕头哪，谁偷东西啦？

小美姑　绣花枕头？！——（将枕头一把夺回）不叫你看！让你们闹

得把我芬姐都开除啦，你们还有脸进人家的院儿？

仙　妮　（忽然灵机一动地）哟，小蘑菇，你可真跟你马芬姐学会啦，我还没张嘴哪，你倒先跟我开了火啦！

小美姑　我怎么先跟你开了火儿啦？

仙　妮　闲话少说，小蘑菇，你来得正好，咱们坐下谈谈！

小美姑　（莫名其妙地）谈谈？

仙　妮　（理直气壮）嗯，我早就想好啦，今儿个一定找机会教育你一顿！

小美姑　教育我一顿？！——放屁，你敢教育我一顿？

仙　妮　嗯，小蘑菇，我问你，你看马蜂窝以前光给别人要来要去地逞能，今儿个把她自个儿要住啦，你心里怎么想？

小美姑　我愿意怎么想怎么想，你铁路巡警，管不着我这一段儿！

仙　妮　（俨然一副大人的模样）我就是管着了！看以前金芳姐跟我们劝过你多少回，叫你学习月香，叫你常上课学点道理，叫你跟月香团结起来改造马芬姐，叫你别腿子似的老跟在马蜂窝的屁股后头跑，你听过一句没有？你劝过马芬姐几回？

小美姑　这能怨我吗，我一说她，她就骂我，她还教我不搭理你们哪。

仙　妮　这怨她，也怨你自个儿！你自个儿要真想进步，她不听你的话你就跟她分开呀！她扔白花你不扔，你去报告给金芳姐，不就什么事儿都没有啦！——你说，这会儿你心里想通了没有？

小美姑　（无话可说，要跑）不，不用你管，我不听你放屁，我走！

仙　妮　（追小美姑）你跑什么跑，你跑了和尚还跑不了庙哪，你跑到家去我也非帮你搞通思想不可——说，你什么时候改邪归正？！

小美姑　（挣扎着）不用你管！——我们不干啦，把我芬姐开除了，我也不想去啦，你还给我说这干什么？

仙　妮　开除？！——照我看厂里才不开除你们哪，厂里硬是要好好教育你们！……咳，小蘑菇，你小心点儿，那个顽固堡垒要打垮了，你个狗腿子就要当解放战士啦！

小美姑　（挣扎，喊）小豆豆，王八羔子！王八羔子！

仙　妮　（掐腰对峙）有理说理，你骂人干什么？！

〔马芬姐自外门上，形色更见烦躁。

马芬姐　搗什么乱啦，你们两个黄毛丫头？！

小美姑　（放弃对垒，哑静）……

马芬姐　（对小美姑）我娘上哪儿去啦？

小美姑　我不知道。

仙　妮　（快嘴）我知道，找你干妹妹去啦！

马芬姐　（沉一下）小豆豆，你跑到我家来干什么，找死呵？

仙　妮　（理直气壮地）等你来啦！

马芬姐　等我？！——谁叫你等我？

仙　妮　金芳姐！

马芬姐　金芳？！——（倒抽一口气）

仙　妮　（快）嗯，金芳姐叫我等你啦，要等不着你啊，我就不走啦！

马芬姐　（惶愧，混乱，低头不语）……

仙　妮　（误会地）哟，听说金芳姐来啦，你倒不高兴啦，真是狗咬吕洞宾——你不识好人心哪！打你昨天下午扔了围腰证章以后，金芳姐就忙着找管理员，为你说好话；回到车上又劝大梅，叫她跟你和好；今儿个早起金芳一爬起来就又去找管理员跟分会主任，为你快把脚后跟都跑掉啦，你还不知情啊？！——等着吧，大梅也来啦，我们就是给你们做这团结工作哪，要不是为了团结你们哪，狗才到这儿来受这洋罪

哪！（向月香家门跑下）

马芬姐　（气愤）大梅？！——滚，滚，滚！

小美姑　（上前）芬姐，你——

仙　妮　（又突然跑上）等着呵，你跑了可不行！（急向月香家门跑下）

小美姑　芬姐，你刚才到派出所去，人家怎么说？

马芬姐　（焦躁不安）你也滚蛋！

小美姑　（想了想，说谎）不是，芬姐，刚才大娘出去的时候，叫我问问你。

马芬姐　派出所的人吃饭去啦，没见到。——你问这干什么？

小美姑　（悄悄地偎近在马芬姐的身边）芬姐，刚才我给大娘说啦，大娘也答应啦，叫你也给我找个事。

马芬姐　给你也找个事儿？

小美姑　（亲近地）嗯！芬姐，反正我是离不开你，你走到哪儿我就跟到你哪儿，你要不在这个厂里干了，大梅她们欺侮我，就没人护着我啦。

马芬姐　（听完小美姑的话语，知道她小美姑的心灵也受到了创伤，自己不免更难过，更沉重起来。不语）……

小美姑　芬姐，你答应我，一定也给我找个事儿，呵！

马芬姐　（突然回转身）不，美姑，你回厂去吧。

小美姑　怎么，芬姐，你叫我回厂去？

马芬姐　嗯！——（凄凉地）洒水容易收水难，你想出这个厂好出，可再想进这个厂就难啦，你看这会儿我想找个事儿多么不容易呀！

小美姑　（难过起来）芬姐！

马芬姐　这回你回厂去，上了班一定要好好干，少跑车，少旷工，这样大梅她们也就不敢再欺侮你啦。再说，人家厂里花钱买着咱们不就是要咱们给人家多干活吗！

小美姑　（伤心地哭起来）芬姐……

马芬姐　别难受，小美姑，你芬姐这些话都是为了你好……

〔金芳自月香家门上，小美姑哭向家门下。

马芬姐　（上前，拉金芳手，惶愧、感激地）金芳！……

金　芳　芬姐！……

马芬姐　（长久低头不语）……

金　芳　芬姐，你想什么？

马芬姐　（痛苦地）金芳，你走吧。

金　芳　（吃惊地）怎么，芬姐，你叫我走？

马芬姐　嗯，你回去吧，金芳。

金　芳　（不理解）怎么，芬姐，连我也把你得罪啦？

马芬姐　（痛苦不语）……

金　芳　芬姐，（难过地）打今儿往后，咱们姐妹们就算谁也不认得谁，就算谁也没有跟谁见过面？

马芬姐　（痛苦，歉疚）不是，金芳。我是说你这个好心眼子，看得起我，昨天我扔白花冤枉了你，你不光没抱怨我，反过来你倒为我从昨天下午一直跑到今儿个早起，我没什么好东西致谢你，可我也实在不忍心再叫你为我受苦啦。我说你该回去多休息会儿，免得下午上班累呀！

金　芳　不，芬姐，我不累，我是找你来谈谈你扔围腰证章的事儿。

马芬姐　谈扔围腰证章的事儿？……（觉得没有必要）

金　芳　嗯！……（听出马芬姐之痛苦，不由得沉默了一下。而后）芬姐，听说刚才你出去找事儿去啦？

马芬姐　（充满了对工厂的仇恨情绪）鸟儿起飞还得找个落处哪，厂里不要我啦，我不找事儿干什么？

金　芳　不，芬姐，厂里还没有开除你！

马芬姐　还没有开除？……（不信地）哼！

金　芳　嗯，厂里还没有开除你；是助理员嫌你昨天扔围腰证章态度太不好，昨天下午你走了，他也就闹到工务科长那儿去啦，他的意思是厂里要留你他就不干，要他干就得开除你——

马芬姐　（紧盯）是呵，这不正好开除吗？！

金　芳　还没有，芬姐！刚才我打厂里来的时候，管理员跟分会主任就一块儿到工会里找总会主任去啦，连工务科长也跟他们一块儿去了哪。

马芬姐　（冷冷地一笑）哎，为了“开销”我这么一个奴才工人，连工务科长这大将都出了马啦？——我可真够派头呵！

金　芳　（知道马芬姐想错了）不是，芬姐！他们是开会专门讨论你们的事儿去啦，去批评说服助理员！你胡思乱想到哪儿去啦，芬姐？

马芬姐　（意想不到地）去批评说服助理员？！……

金　芳　嗯！他们在厂里批评助理员，叫我到这儿来跟你谈谈；管理员说你的态度也太不好啦，叫你好好检讨一下！

马芬姐　（想不到自己竟猜错了，矛盾着。沉默）……

金　芳　芬姐，检讨一下你自个儿的错误，也跟大梅和好！

马芬姐　（气）大梅？！——哼，我们两个人的闲事儿你们就不用管啦！

金　芳　不，咱们是为了工作，为了大伙儿，这不光是你们两个人的事儿。

马芬姐　为了工作也用不着啦！

金　芳　为什么？

马芬姐　因为我不回厂上班啦呀！

金　芳　怎么，芬姐，你不回厂上班啦？

马芬姐　（倔强地，但内心也充满感伤）我正打外头找事儿哪，有两个厂子我都托人去说啦；好好歹歹在我面前还摆着两条道，我就不信拿着我马芬姐八年的手艺还找不出一碗饭吃来！

金　芳　别这么想，芬姐！我不是跟你说啦，厂里还没有开除你。就因为你平常干活就不强，昨天对助理员态度又那么坏，错误太大啦，管理员他们才不得不说服助理员再叫你上班。管理员也说啦，你的错误一定要受处分，可助理员也有错，不能拿开除你来了事！

马芬姐　（极固执地）我说金芳，你怎么这么傻呀？——你想，我给人家当助理员的扔了围腰证章，算是惹着阎王爷啦；要论罪嘛，除了开除没有第二条道！再说助理员在解放以前就开除过我，解放以后也一直暗算我半年啦，这一回不正对他的心思？！

金　芳　芬姐，你看错啦！国民党时当科长的开除你，叫助理员给你挂牌，你不能全怪他；那时候他给人家干活儿，也是受人家使唤哪。——可今儿个咱们工人提高啦，就是他助理员一个人主张开除你，事情却不能由他啦，要不工务科长他们就去开会批评他啦？……噢，还有，我忘记告你啦，咱们工友们也往上反映意见啦，坚决反对开除你。

马芬姐　（觉得金芳的话有些道理，所以沉默下来。但是世故极深的她，是不易轻信的）哎，金芳，我看批评恐怕也是白批评，工友们反映意见恐怕也是白给人家凑热闹吧？！（强调地）胳膊肘儿只能往里拐，哪有往外拐的呀？——我干了这八年工，叫厂里开除过两回，没有哪一回厂里不是向着管工的，还能向着咱们穷工人？！

金　芳　芬姐，你真是太糊涂啦，你就是吃了你糊涂的亏啦，今天共产党是把咱们当成兄弟姐妹教育咱，不是随便打骂、开除，平常你没上过课，这些事儿你都不知道！

马芬姐 不一定我就不知道，金芳！——好歹我比你大两岁，比你多吃了两年纱厂饭，比你多吃了几斤棉花毛，我看什么事儿也就比你眼明一点儿。别看我没上过课，可什么事儿我一猜就猜它个七八成。我也知道共产党比日本鬼子、国民党办法好，比如吧，日本鬼子、国民党叫咱冻着饿着，共产党来了给咱配卖米面布匹打八折——

金　芳 （抓住机会）是呵，知道好你为什么还不相信呢？！

马芬姐 （顽强地）看，办法好是办法好，谁知道人家心眼里怎么样哪？！（激愤地）你们倒也常说，今天解放啦，叫咱们工人翻身啦，可是工人还不是穷工人，助理员还不是助理员，人家还不是把咱当成拉套的牲口？！

金　芳 芬姐，不是这样！助理员不好是他一个人不好，要不就开会批评他啦？可是你不能因为一个灯不亮就说全厂黑，你就不看看别人，看看咱们管理员？

马芬姐 （诚恳，感激地）管理员人强是人强，我一辈子也忘不了他！……其实他人强又有什么用哪？又不是他家开的厂子，他也做不了主。再说要人家为咱的事儿去得罪助理员哪，哼，咱压根儿就不该这么想！

金　芳 芬姐，你错就错在这儿啦！以前我给你说过多少哪，今天工厂是咱们国家的，是咱们工人的，管理员他们是代表咱们工人管厂的，这不是他一个人强！……芬姐，半年以前没解放的时候，咱们不是常盼着有这么一天，工人受了欺侮厂里给咱撑腰，管工的犯了错误厂里不护着他吗？——咱们盼的这一天早来啦！

马芬姐 （迟疑地）这一天早来啦？

金　芳 是呵，芬姐！你想想：要不是这一天早来啦，昨天你扔了白花，管理员不光没像官僚资本家那样打咱、骂咱，反倒跟咱平起平坐地谈半天话，跟咱一五一十地讲半天道理？

马芬姐　（想着）……

金　芳　芬姐，要不是这一天早来啦，你跟助理员闹事儿扔了围腰，厂里就给咱说两面理，就去批评助理员，去专门开会，连工务科长都亲自参加？！

马芬姐　（考虑着，不语）……

金　芳　芬姐，要不是这一天早来啦，要不是共产党爱护咱们工人，今儿个就专门派我到你家来给你送信儿，就叫我恨不得把心都掏给你似的左说、右劝，叫你觉悟、叫你高兴？！……

马芬姐　（心中有所动摇，觉得金芳的话有些道理，不语）……

金　芳　芬姐，你想想，今儿个这么些个好事儿，要是在解放以前，咱把脑袋磕破也求不来，送鸡送酒也换不来吧？——你干了这八年工，八年里头有谁像今儿个共产党这样把你当人看过？！

马芬姐　（内心激荡着，感动着）金芳！……

金　芳　（更恳切，更激昂）芬姐，就因为你太认死理啦，才害得你什么也不想听，什么也不相信，害得你什么也不想睁眼看，害得你在解放了这半年里头还是跟解放以前一样的苦！

马芬姐　（激烈地斗争，痛苦）金芳！……

金　芳　芬姐，别看平常你什么话都吃在肚里、烂在心里不跟我们说，可是你的鬼思想我们样样清楚。我知道你看见我们拼命地干活就暗地里生气，你觉得咱们今儿个还应该是当一天和尚撞一天钟，干一个工拿一个工的钱。

马芬姐　（金芳的话句句击中要害，激烈地制止）金芳！

金　芳　还有，就因为我们搞竞赛、争红旗，你就骂我们是傻瓜蛋；大梅叫你觉悟、叫你进步，你就骂她是工人不向咱工人，你就跟她翻脸为仇。

马芬姐　（慌愧地）金芳！金芳！你——

金　芳　芬姐，你错啦，你错得真吓人！你害苦了你自个儿，你还想害别人；你对不起你自个儿，你也——

马芬姐　（哀求地，急制止）金芳，你别说啦，你别说啦，你——（说不下去了，急忙躲到一个角落去；激烈的内心斗争）……

〔哑场很久，很久。

月香声　大梅，大梅！

仙妮声　金芳姐，你看大梅不进去！

金　芳　（对月香她们）大梅，大梅，到这儿来！

马芬姐　大梅？！

金　芳　嗯，芬姐，你们两个应该相互检讨一下，和好！（拖住马芬姐）

马芬姐　（痛苦地）不，金芳，你先不要让我见她！

金　芳　不，芬姐，是我叫她到这儿来的，你不见她你对不起我！（拉住马芬姐）

马芬姐　（哀求地）不，金芳，我求你放开我，我心里乱得很……

〔自金芳手中挣脱向里屋下。

〔月香、仙妮推大梅上。

仙　妮　进来吧，进来吧！

金　芳　（责难地）大梅，你诚不诚心团结？！

大　梅　（愠怒地）我怎么不诚心团结呀，我要不诚心团结我早回家去啦！

金　芳　那你为什么还这么别别扭扭的，想来又不想来哪？——你觉得这样拉拉扯扯的好看吗？

仙　妮　（快嘴）可不，叫你进来活像要杀你似的，拉着你呀，比拉个老牛还费劲哪！

金　芳　仙妮，少贱嘴！

月　香　大梅不是不想来。金芳，是我们听你跟她说话，她（指马芬姐屋）老那么大声小气地嚷，大梅当她不高兴哪。

大　梅　（抱怨地）是呵，和好这事儿嘛，要两好合一好才行；以前谁都有错，今儿个谁都该认错！——可你们老按着我的脑袋批评我，活像事情闹到这一步，就我一个人有错似的！

金　芳　谁说你一个人错啦，大梅？你不知道我到这儿来就是批评她来啦，你还伸着舌头瞎说？

仙　妮　是呵，你听刚才她（指马芬姐）那么大声小气地嚷，那就是金芳姐按着她的脑袋，批评她来着！

大　梅　（不语）……

金　芳　大梅，以前我劝过你多少回，叫你改改你那牛脾气，你不听；这回闹了这么大事儿，你还这么任性；你真是不到黄河不死心？

大　梅　（不语）……

月　香　金芳，你刚才给她（指马芬姐）谈得怎么样啦，她信了没有？

金　芳　（转轻松地）差不多啦！

仙　妮　（高兴）差不多啦？

金　芳　（也不免兴奋起来）嗯，刚才我就是一口气给她争了这么半天，把她的心里话都给她掏出来啦。（松了一口气）哎呀，跟她谈话简直像打仗，你们看，急得我出了这么两手大汗！（张手给月香等看）

仙　妮　（不觉兴奋地喊出来）嗨，你就是在打仗嘛！金芳姐，拿顽固堡垒还不是打仗？！

金　芳　（急制止）仙妮！

仙　妮　（吐舌，做一鬼脸）……

月　香　（兴奋地）金芳姐，她的心比死人心还死哪，你把她劝过来了，这简直是把死人说活啦！

金　芳　是呵，她心里真动啦，你们刚才进来的时候，她就是因为撑不住，躲进屋里去啦。——好，大梅，这会儿就单看你的啦！

仙　妮　大梅姐，顽固堡垒都动摇啦，看你怎么办吧！

月　香　是呵，大梅姐，要打铁可得趁热呀！

大　梅　（矜持不语）……

金　芳　（诚恳而严肃地）大梅，我们知道马芬姐的错误比你大得多，你的好处她简直不能比；可是为了生产、为了竞赛、（更深刻而庄严）为了达到标准数、为了团结争红旗，趁这会儿她心里动啦，我提议你还要受点委屈，先张嘴给她低个头、认个错！

大　梅　（难以接受地）我先张嘴，给她低个头、认个错？

月　香　（紧上前）大梅，昨天下午金芳姐不是还在车上给咱们说，为了工作，先给她低个头、认个错，是光荣吗？

仙　妮　是呵，大梅姐，咱们这积极分子，就该起个带头作用呵！

大　梅　可你们也得让她检讨，叫她认清自己的错，要不她还是觉悟不了，还是不能进步哇！

金　芳　没问题，大梅，咱们叫你先给她说话，正是为了教育她呀！

月　香　对呀，大梅，你要先开口检讨，动了她的心，她也就跟上来啦！

大　梅　（坚决地）好吧，以前我错啦，我今儿个对她承认错误！

月香/仙妮　（高兴地跳起来）好，好！

金　芳　好，月香，咱们这儿说好啦，你再回厂去看看吧，问问管理员跟分会主任他们把事情确定了没有！

月　香　（兴奋地）好，早确定了早成功，我去！（向大门跑下）

金　芳　（也兴奋地）大梅，你看美兰她们许多工友在厂里也给咱们帮忙，掉了心似的发动大家提意见，反对开除马芬姐，你要再有一点三心二意，可就对不住大家啦！

仙　妮　对啦，大梅姐，不管她（指马芬姐屋）态度好坏，你可也别变卦啦！

大　梅　（坚决、勇敢）反正为了工作，你们叫我怎么做，我怎么做好啦！

娘　声　芬姐，芬姐！

金　芳　大娘来啦，咱们就先跟她谈谈吧！

〔娘上。

娘　　　（急急慌慌地边上边喊）芬姐！芬姐！——（见大梅，怒目而视）金芳，这是来干什么？

金　芳　大娘，我叫大梅来给你们——

娘　　　走，走，走！把我芬姐都开除啦，你还不解气呀，还到我家来找账？

〔马芬姐自屋门上。

金　芳　（正直地）大娘，你这就不对啦，是我叫她来给你们认错的！

马芬姐　金芳，这会儿我心里难受，要给我娘说句话；你先到月香家去歇会吧，等会儿我去找你！

金　芳　（考虑了一下）好吧，我们一会再来。（与大梅等向月香家门下）

娘　　　（对大梅背影）哼，说得倒容易，认错？！

马芬姐　（急切地）娘，你见着我干妹妹没有？

娘　　　（同样急慌地）见啦！——你到派出所去王所长怎么说？

马芬姐　王所长吃饭去啦，没见到。我干妹妹怎么说？

娘　　　（不愿直接说出不好的结论来，但内心的急慌是掩不住的）

我去了，你干妹妹刚下了夜班打厂里回来，她说她昨天晚上特意早进厂跟她们会主任谈了一下，添人是添人——

马芬姐 （急促地）添人？！

娘 （紧补充）添人是添人，可就是得开个介绍信！

马芬姐 开什么介绍信？

娘 （急促地）说是派出所的介绍信！——你干妹妹说，她们工会主任打听得可清楚哪，什么是个新手还是老手，在哪个厂干过，干了几年啦……你干妹妹说，人家一听你是个七八年的老工人，挺高兴；可又一打听是刚不干的，就又犯了疑惑啦！

马芬姐 （怒）他妈的，她们也打听得这么清楚！——开介绍信干什么？！

娘 人家说派出所知道你的底细，开个介绍信，算是给你担保！

马芬姐 （怒气冲冲）那我到派出所开信去！（要走）

娘 （拦阻）芬姐！

马芬姐 干什么？

娘 芬姐，刚才金芳来说，厂里还没有——

马芬姐 （截断娘）哪儿有那么便宜！——又说这干什么？

娘 芬姐，我是说另找个事儿又这么难，你不如回厂里说说情——

马芬姐 娘，你别啰唆啦，你闺女还有什么脸进人家那个门哪！（急向大门走）

王所长声 马芬姐在家吗？

娘/马芬姐 在家，你来吧，王所长！（迎至门口）

娘 来吧，来吧，进来坐坐！

〔王所长上。

王所长 （边上边说，胸有成竹地）马芬姐，你让我给你找工作，到底是怎么回事儿呵？

马芬姐　（吃惊于王的质问，知道不是好的预兆）怎么回事儿？！

王所长　嗯，我不大清楚，你再给我说说。

马芬姐　（说假话）没什么，就是我想换换口味，打这个厂里告退啦，想另换个厂子干干。

王所长　（笑）不，不是吧？

马芬姐　（故作坦然）噢，那就算不是我告退，是厂里把我开除啦！

王所长　开除？——也不是吧？

马芬姐　（耐不住了）王所长，你不用问这个那个啦，你说把事情给我找好没有吧！

王所长　工作是有，昨天下午你给我说了，我就给裕民纱厂打电话啦，人家说也欢迎你这样的老手；今天早晨我就给你们厂去电话，了解你的情况，可是你猜你们厂回电话怎么说？

马芬姐　（急问）怎么说？

王所长　他们说叫我们先不要管你的事儿！

马芬姐　先不叫你们管？！——王所长，是谁接的电话？

王所长　是一个什么主——（想，想不起来）接的电话——

马芬姐　（急问）是助理员吧？

王所长　我，我没听清楚，许是助理员吧。他说他们正开会，没空儿给我细说，急急慌慌地说了两句，就把电话给挂啦——

马芬姐　（迫不及待）王所长，他真说不叫你们管？！

王所长　是呵，他说你的问题还没弄清楚，叫我们先不要管……马芬姐，他叫我们先不要管，我们就不能管哪！你想，你是工人，有工会管你们的事儿，我们再插手，不就把事情搞乱了吗？

马芬姐　（不语）……

王所长　马芬姐，他说不叫我们管，就是厂里还管你的事儿，我看厂里一定没有开除你，你还是回厂去看看吧！

马芬姐　（不语）……

王所长　马芬姐，你先回厂看看去吧，真需要工作，我再来给你介绍！——好，我还有事儿，我先回去啦。（向大门下）

〔哑场。马芬姐茫然，娘惊呆。

娘　（慢慢地，提起勇气来）丫，丫头，怎么，助理员？！

马芬姐　（呆）嗯，一定是助理员打电话来啦，不叫派出所管！

娘　（清醒，急）这，这是怎么回事儿？！

马芬姐　（愤怒地含泪）这你还不明白吗，他把咱开除啦，还不叫派出所管，叫咱离了他厂子也不能到别厂去上班，把咱冻起来、饿起来，叫咱喝西北风！

娘　（含泪）这，这……

马芬姐　（不语）……

娘　（逼近）芬姐，这……

马芬姐　（不语）……

娘　（抽噎，慢）芬姐，我知道你心里难受，我知道你心里苦……要有一分奈何，我也不非叫你去给人家说好话，不非叫你回这个厂去上班……你没见我刚才也跑到你干妹妹那儿去找事儿？

马芬姐　（不语）……

娘　（高一些）芬姐，可这会儿实在没办法，眼看就要秋凉啦，缸里的米面吃不久，你老娘的病……

马芬姐　（不语）……

娘　（正面、有力地）芬姐，你要觉得空着手不好张嘴，就拿上你刚开支的钱，打街里买上两瓶白兰地，买上几筒那美国罐头，给你们那管理员、助理员一个人送上一份！……他们吃了、喝了，嘴就软啦，以前开除你那两回不都是这样上的班？……

马芬姐　（不语）……

娘　（深沉，痛苦）芬姐，你觉得这样还不行，那就跟他们说，这回叫咱上了班，给他们白干一个月不拿钱也行！……还有，跟他们说，咱们那一袋配卖面也不领啦，就算咱自个儿罚自个儿……（哭泣）

马芬姐　（不语）……

娘　（激奋）芬姐，要这样你自个儿还实在拉不下脸来，那你娘这苦老婆子替你求情去也行，叫金芳、月香她们领着我……

马芬姐　（不语）……

娘　（不可忍耐地摇着马芬姐）芬姐，芬姐，你怎么不说话呀？！……你难为死你老娘啦，芬姐！芬姐！芬姐！（失声大哭）

马芬姐　（咬紧牙关，跺脚）娘，你别说啦，娘，你别说啦！

〔金芳急上。

金　芳　怎么啦，芬姐，又嚷什么？——大娘，怎么又哭啦？

马芬姐　（狂野地将金芳一把抓住）金芳，走，陪我进厂去！

金　芳　（莫名其妙）干什么？！干什么？！

马芬姐　找助理员磕头认错去，求他饶我这一回！

金　芳　芬姐，怎么啦？！怎么啦？！

马芬姐　哼，他三尺的城门，我五尺的汉子，我不能再不低头，算咱胳膊拧不过人家大腿！

金　芳　芬姐，怎么啦，你胡说！

马芬姐　（激愤地）反正刀把儿在人家手里攥着哪，我还有什么话讲？！我要跟人家说好话去，我不愿说也得说，为了我老娘也得说，为了我挣人家几个钱吃饭也得说！——

金　芳　（截断马芬姐）芬姐，你胡说！到底是怎么回事儿？！到底是怎么回事儿?

马芬姐　人有脸，树有皮，我要不是个穷工人，我也不愿意跟人家说好话呀！——走吧，金芳，你不是心疼我吗，管理员不是人强吗，走，帮我给助理员说好话去，这回我什么错都承认，叫我立下个字据攥在他手心里我也答应，叫我给大梅认错我也答应，叫我给吃屎的孩子认错我也答应，走，走，走！

金　芳　芬姐，你疯啦？你疯啦？！

马芬姐　不，我不疯，金芳，我比你明白得多！我刚才差一点儿信了你的话，我想也许今儿个工厂真对咱好，我想也许咱们工人出头的日子真来啦！可是我错啦！金芳，你也错啦，刚才厂里都把电话打来啦，我不能再不给人家磕头赔礼去！——走，金芳，走！（拖金芳将至大门口）

金　芳　（猛转身挡住门，将马芬姐拼力一推——马芬姐扑向娘——声嘶力竭）马芬姐，你胡说！咱们共产党是不兴这样磕头赔礼的，你这是侮辱咱们共产党！！！

〔马芬姐伏在娘肩头，仇恨和痛苦绞成一团混乱，哭不出声来。

金　芳　大娘，到底怎么回事儿？谁打电话来啦？

娘　　　（泣不成声）助理员！助理员！……

金　芳　没有的事，这都是你们脑子里有鬼！——我往厂里打电话问问去！（跑下）

〔汽车声、喇叭声。

月香声　（兴奋地）到啦，组长，到啦！——金芳，仙妮，组长来啦！

〔仙妮、小美姑，各从己门跑上，欢叫："组长！组长！"跑下。

〔马芬姐、娘，在众声的动荡里不知是凶是吉。

〔老刘随金芳急上。

金　芳　（急切地，边上边问）组长，闹半天电话是你打来的呀？

老　刘　是呵，我们正开会，电话来了，我说了两句就挂上啦！（见马芬姐、娘状，开朗、开心而急切地）怎么，大娘，你们还在难受哇？——哎，真是太死心眼儿啦！你们就不想想，芬姐犯了错误该受处分是不成问题的，可怎么能随随便便谈到开除哪？！

娘　　（惊呆）这——

老　刘　（开朗而较快的节拍）嗯，放心吧，大娘，没开除！我们就怕你们着急，特别先到你们这儿来的。看，（示以手中的围腰、证章）这是芬姐的围腰，（对马芬姐）芬姐，这是你的围腰、证章，都拿去吧！（一面用手帕擦着汗）哎，你们真是太死心眼儿啦，今天一大早就叫金芳给你们送信儿来，你们偏多心，还疑神疑鬼地叫派出所给我们打电话。你们想，咱们自个儿能解决的事儿还叫派出所干什么？你们说，还麻烦人家派出所干什么？！

〔月香、仙妮抬面上。

月香 / 仙妮　（兴奋地）大娘，你们的配卖面也送来啦！

老　刘　对啦，还有，这是你们的配卖面，没零没整四十斤！

娘　　（惊呆）分会主任，这——

老　刘　行啦，大娘，我走啦，我还要照顾着给别的工友家送面去！仙妮，你的面我直接送到你家去吧？

仙　妮　行！

老　刘　金芳，一会儿彭管理员就来啦，汽车在外边等着哪，我就走啦！

娘　　分会主任，这——

老　刘　噢，我还忘记说啦——大娘，下午你跟芬姐到厂里的医院里去看看你那心口痛的病吧，去了先找我开个家属证。——好，我走啦，芬姐，你也准备上班去吧！——（打趣地）你那围腰、证章，怎么摘下来的还怎么戴上吧！（匆匆下）

〔在老刘说话时，月香、仙妮又先后下场，月香搬上自己的一袋面，仙妮帮小美姑搬上。小美姑放下面，匆匆跑上前。

小美姑　（大惊小怪地）哎呀，大娘，组长把芬姐的围腰、证章都送来啦？——真好，还有配卖面，这可真是百年不遇的大喜事呵，真没有开除！

娘　（抓住金芳的手）她金芳姐，这到底是怎么回事儿？这是不是做梦，她金芳姐？！（已逐渐清醒）

金　芳　真的，大娘，真的！我不是早跟你说过啦，今天解放啦，工厂不像日本鬼子、国民党那样看不起咱工人，这会儿你都看到了吧？！

娘　（神经质地颓然而哭）噢——真的，真的，都是真的，这都是真的……（止哭，对马芬姐）芬姐，你看你的围腰，你的证章，还有这一袋配卖面，都是真的！

〔再来说话时，月香已下，又拉大梅上。

〔马芬姐惊呆如木偶。

仙　妮　（上前，天真地）芬姐，你这家伙别装蒜啦，厂里把你的围腰、证章，还有你的配卖面都送来啦，你还不说话呀？

马芬姐　（不语，含泪）……

小美姑　（天真地）芬姐，闹半天厂里真是把咱当人看，没听助理员的话开除咱，你快别找事儿啦，也别给我找事儿啦！

马芬姐　（不语）……

娘　（着急地）芬姐，芬姐，你醒醒，你醒醒！这都是真的，芬姐，你还愣着干什么？

仙　妮　（抱怨地）大娘，你看芬姐这个蒸不熟、煮不烂的脑袋瓜子，她还不高兴哪！——芬姐，你别不知足啦！你看组长亲自跑腿来给你送围腰、证章，叫你去上班，你还摆的什么神气呀？你还非叫工务科长来请你，叫助理员来给你赔不是呵？

小美姑　（有感情地）芬姐，芬姐……

马芬姐　（不语）……

金　芳　（上前，严厉地）马芬姐，事情到了这一步，你什么也该看清啦；我也再没有什么话跟你说啦，也用不着我再说什么啦；我就希望你好好检讨一下，你以前对工厂的态度对不对，你对大梅的态度对不对——

大　梅　（抢上前，制止金芳）金芳姐，你别说啦！……都……都怨我，怨我不对！……我有错，我对芬姐态度不好，金芳姐一回也没打击过我，没黑过我，哪会儿都是把我当亲妹妹似的捧着手儿嘱咐我；可我对芬姐哪，哪会儿也没有当成亲姐姐似的耐心劝说过……就因为我这自个儿管不了自个儿的炮筒子脾气，才闯下昨天这场大祸，让大娘跟芬姐担惊受怕；要不是咱工厂好，真要把芬姐开除了，那我的错误就更大啦！（上前，对马芬姐）芬姐，你别记我的仇！

马芬姐　（痛苦，不语）……

金　芳　（更严厉）芬姐，大梅也承认自己的错误啦，你还想不通吗？……芬姐，芬姐，你可说话呀？！

马芬姐　（知道这一切都是真的了，信了，知道自己完全错了。像山崩一样的痛苦向她压下来，她猛然压抑地叫了一声，向屋里冲下）呵——

众　人　（急切地）芬姐，芬姐！

〔众正欲下，外面传来美兰等的欢叫声：“马芬姐！金芳！管理员来啦！”

众　人　（欢叫）管理员来啦，管理员来啦！

〔彭刚、美兰及另外四五个或七八个女工迎头上。两支“大军”的会师，带来了舞台上的热烈和欢腾，女工们像多少年不见面似的互相拉扯着，问候着，跳跃着。

金芳/月香/仙妮/小美姑等　（欢叫）管理员，你可来啦！——美兰你们也来啦！

娘　　（也上前）管理员，你来啦！

彭　刚　（急匆匆，兴奋地）嗯！——马芬姐哪？

娘　　（兴奋地）芬姐在屋里哪！

仙妮/小美姑　（高兴地抢说）管理员，马芬姐都哭啦！

彭　刚　怎么，马芬姐还在哭哇？

金　芳　嗯，刚才我正批评她，大梅也跟她检讨啦！

彭　刚　噢，这很好，这很好！

娘　　管理员，你坐着，我把芬姐叫出来！

女工等　对，咱们看看芬姐去！（向屋走）

彭　刚　（急制止娘、美兰等）不，她不是正在哭吗，不要叫她出来，也先不要着急看她去吧，本来我打算来了要好好地跟她谈谈哪，既然她这一天多太紧张啦，太累啦，叫她自己休息一会儿也好。

金　芳　管理员，助理员的问题怎么处理哪？

彭　刚　噢，提起助理员来，这倒是一个喜讯儿——今天上午，经过我们工务科长、工会主任的批评、说服，助理员也不再闹着不干啦，并且承认昨天对马芬姐的态度不好——

金芳/娘/月香/仙妮/小美姑等　（欢叫）他也承认对马芬姐态度不好！？

美兰等　（兴奋地抢说）他不光承认昨天对马芬姐态度不好，还承认以前对咱们全体工友态度都不好哪！

金芳 / 仙妮 / 月香 / 小美姑等 （欢叫）好！……

彭　刚 （有力地）嗯，以后他也要决心改正——最后我们决定给马芬姐记一次过，给助理员记一个批评——

仙妮 / 小美姑 / 月香 （欢跳着）好！……（情不自禁地向屋里喊）芬姐，也给助理员记了一个批评！

娘　　 管理员，这是真的，也罚助理员个批评？

彭　刚 嗯，今天咱们工人跟管工人员地位完全是平等的，谁犯了多大错误，就要受多大处分！

〔马芬姐突然从屋门奔上。

马芬姐 （满面热泪，激动状）管——管理员——

彭　刚 （上前）嗯，给你记了一过，给助理员记了一次批评，你和助理员的错误都同样受到了处分！

〔静。绝对的沉寂。

马芬姐 管理员，厂里真不开除我？！

彭　刚 嗯，希望你通过这一次的处分，好好地改正自己的错误。过去你的落后虽然领导上应该负主要责任，但是你的错误也给工作带来了不少的损失，希望你以后在工作里好好表现，拿出你熟练的手艺来，为咱们自己的工厂积极工作！

马芬姐 （惶愧万状，心痛欲碎。看看金芳，看看大梅，看看彭刚、娘、工友等每一个人，自己都无话可说。最后，含着满眶痛苦又羞愧的热泪，突然抓起桌上的围腰、证章，冲开重围，向大门跑去）……

众　人 （追上去，以大梅为首，拖住马芬姐）芬姐！芬姐！

马芬姐 （恳求，甚至几乎是哀求的）你们不要管我！我要回厂去！

〔跑下。

——幕急落——

第四幕

时　间　第三幕后十天，早晨八点后。

地　点　工会俱乐部，工人文娱室中的一间。

布　景　正面靠右一门通往车间。进门往左，即舞台整个正面，是一条由低到高，直通楼上礼堂的大楼梯。左前一门通往工会。室内有长方桌，可能是素日的乒乓球台。右墙上有高大的毛主席像。小桌上有电话。

〔开幕，外面有扭秧歌的锣鼓声。金芳、仙妮二人坐在长桌旁，在埋头往一红布横条上缝字。

〔半分钟后。

金　芳　仙妮，快缝呵，我这儿就缝好啦。

仙　妮　我这儿也快缝好啦……哎，金芳姐，咱们可一定得想法儿叫马芬姐跟大梅把她们的团结经过报告好哇。

金　芳　嗯，一定让她们报告好。她们要把这个团结报告做好了，非成了今天大会上最精彩的节目不可。

仙　妮　是呵，她们要把报告做好了，咱们的工作也就百分之百地完成啦。

〔老刘与女工甲、女工乙自楼上匆匆下。

老　刘　缝好了没有，金芳？

金　芳　好啦，好啦！（缝完最后一针，收起针线）组长，你们来检阅下吧。

老　刘　（高兴地）对，检阅检阅！

女工甲 / 女工乙 （玩闹地）是呵，看看这字儿有脑袋朝下的没有。

仙　妮 （娇气地）你放心，我们不能像你们似的，瞪着俩大眼，连屁股脑袋都分不清！（一面和金芳把横条拉开，各执一端）

女工甲 / 女工乙　别吹牛，看看再说！（二人齐念，一字一顿）甲、班、细、纱、组、红、旗、竞、赛、第、一、阶、段、总、结、发、奖、大、会——嘿，小豆豆缝得就是不错！

老　刘　好，真好，（对女工甲、女工乙）去吧，赶紧挂上去吧！

女工甲 / 女工乙　好，挂上去！（接过横条）

女工甲　哎，金芳，你们组马芬姐跟大梅的团结报告准备好了没有？

女工乙　是呵，我们可是都支棱着耳朵，单等着听哪！

金　芳　等着吧，管保你们听得上！

仙　妮 （多嘴地取闹）管保给你们个"狗喜欢"！

〔甲、乙追打仙妮。

老　刘 （劝解）去吧，快挂上去吧。

女工甲 / 女工乙　算是组长救了你！（一边笑闹着跑上楼去）

老　刘　金芳，马芬姐跟大梅她们在哪儿哪？

金　芳　她们不是正给乙班加点吗？

老　刘　不，咱们班给乙班加点的工友都放回来啦。

金　芳 （奇怪）都放回来啦？——这可奇怪啦，那马芬姐她们怎么还不回来哪？

仙　妮 （急切地）是呵，那马芬姐她们到哪儿去啦？

老　刘 （思索，而后）好，我来打电话问一下。（取耳机，拨号）喂，是乙班工务室吗？……是王管理员吗？……我俱乐部，我是老刘。喂，我问你呀，王管理员，我们甲班给你们加点的工友不是都放回来了吗？……（着重地）那马芬姐她们哪？——（更强调）嗯，马芬姐她们！……什么，她们自动留下，继续加点？！——不，这不行，我们这儿马上

就要开会啦！对，请你叫她们马上回来吧，叫她们一定回来！……对，马上回来！（挂电话）

芳、仙　（急切地）怎么，她们自动留下，继续加点？！

老　刘　是啊，怪不得我见别人都回来啦，可看不见她们哪。

〔彭刚自正门匆匆上，腋下挟有在即将开始的大会上用的总结文稿等。

彭　刚　（边上边问）老刘，大家要求万国英同志在大会上讲话的事情，你跟他谈过没有？

老　刘　谈过啦，他不答应！

彭　刚　他不答应？

老　刘　嗯！——我跟他说，反正这是工友同志们的好意，请他好好考虑，他说他要找你来谈哪。

彭　刚　噢！——金芳，马芬姐跟大梅她们准备得怎么样啦？

金　芳　马芬姐她们还给乙班加点哪，组长刚给王管理员打了电话，叫她们回来。

彭　刚　怎么，我不是跟你说叫马芬姐跟大梅好好商量一下吗，你怎么还叫她加点哪？

仙　妮　（不平地）管理员，这是马芬姐自个儿死乞白赖要加的呀，哪是金芳姐叫她们加的哪！

金　芳　是哪，刚才我们下班的时候，乙班的王管理员说，今天花太不好纺，他们乙班的手艺软，叫咱们多留几个人帮他们做一会儿，马芬姐头一个就报名要留下。起先我不答应，我说她该跟大梅商量一下怎么报告，她说工作着也可以商量嘛。没办法，我才叫大梅、月香也留下，叫她们一面干活一面商量。

彭　刚　噢！

仙　妮　（天真地担心）管理员，你看这里边不会有什么问题吧？

彭　刚　（因仙妮的天真而笑着）哪会有什么问题！——金芳，这些天大梅对马芬姐不是很好吗？

金　芳　是呵，这回马芬姐一上班就积极工作，大梅可高兴啦；大梅见她不吃饭，不喝水，死守着车干活儿，可是心疼的；找着给她说话，慌掉了心似的劝她吃饭，劝她多歇会儿——

仙　妮　（打断金芳）可是她对大梅姐就不一样啦，她老是那么阴头阴脑的，大梅姐问上她十句，她也不一定能回人家一句！

金　芳　倒是这样，芬姐对大梅可是不如大梅对她那样好。

彭　刚　噢！

老　刘　（乐观而莫解地）管理员，这事情叫我也有点糊涂啦！说马芬姐跟助理员这两个人以前奇怪吧，可打上星期闹了扔围腰证章的事儿以后就更奇怪啦！……（自己给自己解释）哎，就算助理员他固执，搞不通，因为给他记了公开的批评他闹情绪、不说话，总还有点道理，可是马芬姐哪？——班也叫她上啦，处罚也不大，她也疯了似的积极干活儿啦，可就还是不愿意跟大梅说话，你们说（憨笑着）她这包子里到底是装的什么馅儿哪？

彭　刚　不，不会有什么问题。

金　芳　倒不一定有什么问题，我看就是马芬姐觉得自个儿以前对大梅太不好啦，脸上磨不开，一下子转不过这个弯儿来！

仙　妮　是呵，管理员，我们算知道啦，马芬姐才真是死要面子哪！

彭　刚　嗯！（考虑，而后）你们不是打电话叫她们回来吗，等她们回来看看怎么样再说吧，我先找助理员去。

〔男工急促的喊声：“别闹啦，别闹啦，小心花盆，小心花盆！”两个男工各捧花盆，互相追逐着，自左门跑上。

男工甲　（惊奇地）呀，管理员你在这儿啦，助理员正各处找你哪！

彭　刚　助理员？

男工甲　（气喘着）嗯，刚才我们端着花盆水的时候碰见他，他问我们管理员哪儿去啦，我们说不知道，他扭头就走啦！

男工乙　（顽皮地）咳，管理员，我见助理员老不说话，我就故意说了一句："助理员，今天欢迎你给我们讲话！"你猜他怎么样？——哈，活像撒了气的皮球似的，他把脑袋一耷拉，走得更快啦！

众　人　（大笑）……

彭　刚　（急切地）他现在到哪儿去啦？（要走）

男工甲　（指左前方）他到那边去啦，看样儿准是到宿舍里找你去啦，你打图书馆里穿过去吧！（指左门）

彭　刚　好，我就去！老刘，那你就照顾一下马芬姐她们的问题吧。（向左门下）

男工甲　哎，组长，看我们差点忘记给你说啦，参加咱们大会的工人家属都来啦，人家要见分会主任哪！

老　刘　是吗？

男工乙　是呵！——哎，仙妮，我看见你娘也来啦，快去看看吧。（甲乙持花盆上楼）

老　刘　金芳，你再打个电话，问问他们到底来了没有；我先到工会去看一下，有事情随时去叫我！——仙妮，你也去看看你娘吧。

仙　妮　（认真地）那咱这一摊子事儿怎么办？

金　芳　不要紧，我来管。——见了你娘替我问个好！

仙　妮　谢谢你！——好，我去一下就来！（与老刘向左门下）

金　芳　（打电话）

〔大梅急喊声："金芳！金芳！"自正门上。

大　梅　（一边抹着眼泪、生气而委屈地）金芳，我，我……我再也不当这下三烂啦！（背对金芳而立）

金　芳　（急上前劝抚）大梅，怎么啦，怎么哭起来啦？

大　梅　金芳姐，在家里我对我老子娘都没有这样低三下四地央告过，可在厂里倒叫马芬姐，马芬姐——（抽噎得说不出来）

金　芳　大梅，别发火嘛！——你快说，马芬姐哪？

大　梅　（不哭了，气得无可奈何地跺着脚）人家不来，人家不来，我这小香火请不下人家这大神灵来，人家怎么也不沾我的边儿！

金　芳　大梅，别生气，你说，你怎么跟她商量的？

大　梅　她不来，她还要加点，我说“芬姐，咱们商量商量吧”，她说“你自个儿讲吧”，我说“芬姐，你这是什么意思？”她说“你别逼我吧，你别逼我吧！”——金芳姐，你看，我要跟人家和好，人家倒说是我逼人家，你说，我这是图什么，我这是图什么？！

金　芳　大梅，你不要这样着急，你先坐下歇歇，听我跟你谈谈好不好？

大　梅　（不可忍受地）金芳姐，你说这怎么不叫我着急？这怎么不叫我着急？——你想想，第一回，我逼得她扔了白花，你们批评我，我接受；第二回，她骂我，我吵得她扔了围腰，你们把我揪到她家去给她认错，我照办；这一回她到厂里来上班，干活儿积极啦，可还是不愿意跟我说话，你叫我问她我哪儿检讨得不深刻，叫她指出来，帮我改正，我也听话；我这样火盆似的对她，她老那样冷冰冰地对我；我这炮筒子脾气，快叫马芬姐捻得比咱纺得细纱还细啦，可她还说是我逼她。你说说，这叫我还有什么办法，她跟我还有和好的一天没有？

金　芳　大梅，你别这么误会，她不是不愿意跟你和好；你放心，她顶多是因为以前太对不起你，不好意思跟你说话就是啦。——你想，有几个像你这样直出直入的直肠子人哪！

大　梅　（截断金芳）不，不是这样，金芳姐；她什么不好意思呵，她就是死记我一个人的仇就算啦！……哼，反正过去我错啦，人家记我一辈子仇也应该，只要她现在对厂里好了就行！——金芳姐，这么些天，我跟她闹来闹去还不是为了叫她积极生产吗，既然人家积极生产啦，我还非逼着人家跟我和好干什么？！

金　芳　不，大梅，这样你就错啦。马芬姐的进步，你对她的帮助很大，你应该继续帮助她；就是她还有点对你不了解，可是离完全了解也只隔一层窗户纸啦——大梅，大山大海都过去啦，剩下这小坡小沟你倒害怕了吗？

大　梅　（正直而激昂）金芳姐，这还用你说吗？——打竞赛以后，我没怕跟马芬姐大吵大闹过，我也没怕给她低头认错过！可剩下这小坡小沟，人家非不让我过去，叫我还怎么着哪？

金　芳　有办法，大梅，只要你咬一咬牙，让自己多受点委屈就行啦！——你过去在竞赛里进步很大，你今天也应该在竞赛里更前进一步哇！……去，大梅，赶紧把她找来，我来帮你说服她！

大　梅　不，我不去啦，我知道我空着手去还得空着手回来，她不会听我的话！

金　芳　不，大梅，我跟你一块儿去，咱们两个去。

〔月香声，急喘地："金芳！金芳！"自正门跑上。

月　香　（急迫地，喘得说不上话来）金芳，大梅，坏啦，坏啦！

金　芳　怎么啦，月香，这样大惊小怪的？

月　香　坏啦，坏啦，马芬姐跑啦！

金　芳　别胡扯，怎么是跑了哪？

月　香　（急促地）真的跑了嘛，你们怎么还不信哪！——刚才大梅来了，她还是在车上加点，后来我叫乙班工友帮我劝她，才硬逼得她跟我来啦；我跟在她后头走着，一边细声细气地劝她，她也哼呵哈地答应；等快走到俱乐部这里啦，她说她要上茅房，叫我先头里走；我有心说“你可别跑呵”，又怕惹烦了她，我就到前头等她来啦；可是一等也不来，两等也不来，等着等着连个人影儿也没有啦。你们说，她这不是跑啦，还是怎么回事？

大　梅　（听罢，失望而焦躁地）看，金芳姐，人家一个劲儿地看不上我，还非叫人家来干什么？！人家看不上我，还非叫人家来干什么？！

金　芳　（镇定地）别这么瞎着急，大梅！——月香，你想她是不是回家去了哪？

月　香　是啊，说不定是回家去啦。

小美姑声　金芳姐，大娘来啦！

〔小美姑拉娘自正门上。

小美姑　金芳姐，大娘来啦。

芳、月　大娘，你开会来啦？

娘　　　嗯，参加你们的庆祝大会来啦。

金　芳　是芬姐叫你来的吧？

娘　　　（快乐地责备）她？！——要靠她呀，我连知道都不知道，这是昨天月香通知我的……哎，芬姐哪？

金　芳　芬姐正加点哪，大娘。

娘　　　加点？

金　芳　嗯，因为花太坏，不好纺，我们七点下了班，帮乙班做一会儿。

娘　　　（高兴）噢，这说，芬姐真是变得勤快啦？

金　芳　是呵，芬姐快成了头号积极分子啦！

小美姑　大娘，芬姐积极得连上茅房都怕耽误工夫哪！

娘　嗯，越积极越好，这一下我可就放心啦！——哎，你们是不知道，打上星期芬姐又上了班以后，这十天里头没有正经地跟我说过一句痛快话，老是耷拉着个脑袋给自个儿算账；回了家除了做慰劳袋就是蒙着被子睡觉，呼噜呼噜的跟死猪似的，我可真怕她再不知道好歹，不好好干哪！……（忽然看见角落里对墙面立的大梅）哎，那不是大梅吗？（上前去）大梅！

大　梅　（也不好意思地回过头来，上前招呼）大娘！

娘　（极关切地对大梅）听月香说，芬姐这个“阴阳头”还是不愿意跟你说话，是吗，丫头？

金　芳　（劝慰地）没有什么，大娘。

娘　不，这可不行，丫头们，芬姐她可不能再这样对待人家大梅！——大梅这丫头心眼多直正呵，可上星期让我冤枉得人家喘不过气来……哎，金芳，想起来我恨不得一头扎进个尿缸里去淹死呵，你说我那会儿怎么就那么糊涂啦？！

金芳/大梅　（感动地）大娘！

娘　（热诚地）对，咱们这样吧，大梅，一会儿等芬姐开会来了，我就揪着她跟你说话；你自个儿也当面出头，来逼她、问她！（不禁幸福地开着玩笑）要这样她再不搭理你呀，大梅你就一把揪住她，狠狠地捶她两下子！——你就是捶她两下子我也不再怪你啦，这回我这糊涂老婆子可明白啦！

芳、月　（笑了）好，就这样办，大娘！

〔连大梅也不禁破涕为笑了。

娘　对，就这么办！——小美姑，把芬姐那两个慰劳袋交给金芳吧。

小美姑　（把慰劳袋给金芳）金芳姐，月香，你们看这就是芬姐那绣花儿枕头改的慰劳袋，这个花儿就是那“凤凰单展翅”！

娘　　嗯，这里头装着花生、糖、香烟、罐头，东西可也不少。——咱们也走吧，美姑。

金　芳　你上哪儿去呀，大娘？

娘　　外头工友们不是在扭秧歌吗，小美姑叫我去看扭秧歌的。

金　芳　去吧，大娘，许多工人家属都到啦，像你这样的老太太可多哪！

娘　　对，小美姑，快领我去看吧，叫我也开开眼！（高兴地走去，又回头对大梅、玩笑也是认真地）大梅，记着呵，芬姐要再不搭理你，你就狠狠地捶她两下子！（笑着与小美姑向正门下）

月　香　（急）金芳姐，你看家里也没有她，她到底跑哪儿去啦？

金　芳　（坚决地）咱们找她去！

〔仙妮、美兰自左门上，彭刚、万国英同时自正门上。

仙、兰　金芳姐，马芬姐来了没有？

彭　刚　（几乎同时）怎么样，马芬姐回来没有？

金　芳　彭管理员，马芬姐打厂里出来，不知道跑到哪儿去啦；她娘来参加大会啦，反正她也没回家，我们分开四下里找她去！——仙妮，咱们找她去吧！

彭　刚　对，打工会里、宿舍里、车间里都去找一找！——金芳，你到车间去找吧，同时告诉王管理员，说咱们就要开会啦，请她准时到！

金　芳　好！——大梅，月香，仙妮，咱们走吧！

美　兰　金芳姐，还有我哪？不叫我去吗？

金　芳　我们四个人就够啦，你忙别的去吧，美兰！（与月香、大梅、仙妮向正门下）

美　兰　（顽皮地）管理员，这可是她们不叫我帮忙，我可是改了我的本位主义啦！

彭　刚　（笑着）对，你们都进步啦！——哎，美兰，奖品在工会办公室搁着哪，你找几个工友去搬来吧！

美　兰　（高兴地跳起来）我们搬奖品去呀？

彭　刚　嗯，把红旗也都拿来！

美　兰　好，把红旗也拿来！（转身向左门跑下）

〔美兰声："走哇，工友们，搬奖品去呀！搬奖品去呀！"众欢呼声："走哇！走哇！"

万国英　（半低着头，痛苦而认真地，继续的口气）不，彭刚同志，无论如何你不要叫我讲话，我心里实在没有讲话的要求！

彭　刚　（感到困难）噢！……哎，万国英同志，刚才你不是说，你愿意来参加这个大会吗，怎么能没有话说哪？

万国英　不，最初我是根本不想来参加的；只是后来我一想，像工人同志们这样重视的一个发奖大会，如果我不来参加，虽然你不会误会我是消极怠工，但工友们是不会理解我的；而且，真要是不来，我自己觉得也太对不起他们！

彭　刚　对，万国英同志，你考虑得很周到；你想，主要负责的就老刘咱们三个人，你要不来帮忙，怎么能把会开得更好哪？

万国英　是呵，所以我决定来参加！——可是我只是来听听，来看看，要是叫我讲话——

彭　刚　（截断万国英）不，万国英同志。这一星期以来，细纱间的工友们都反映，说你的态度，你的管工作风都大有改进啦，所以他们才——

万国英　（认真而固执）不，不是改进！——与其说是改进，倒不如说这十天以来我简直没有做什么工作；特别是最近几天，我几乎到了一种自顾不暇的状态，我花在自己给自己解答问题上的精力，比我花在工作上的精力多得多；（自责地）所以偶尔清醒一下，我发现我这几天也太不负责任啦！——是的，彭刚同志，我太不负责任啦！

彭　刚　（体谅地）万国英同志，你放心，我完全理解你的心情。

万国英　是呵，既然你很理解我的心情，你就该答应不叫我讲啦！

彭　刚　不，正因为我知道你最近想得很多，所以才更该请你讲呵！同时工友同志们也都很想知道你在苦心孤诣地想些什么，比如你对马芬姐最近的工作——

万国英　（不愿触到内心痛处，有意简单了事）马芬姐最近的工作很积极，我看得很清楚，从她的工作情况，我的确理解到厂里对她的宽大并没有落空，她今天的工作成绩足以报答厂里的恩情的——

彭　刚　（插入，奇怪地）什么，恩情？！

万国英　嗯，我最近深深感到马芬姐这个工人还是很有良心的，她对厂里的恩情感激很深，她知道应该记着厂里的好处，并且要以更多的东西和这好处交换——此外，我就没有什么可说的啦！

彭　刚　（逼近）比如你对她最近的觉悟，和你过去的管工方法？

万国英　（不同意地）她的“觉悟”，和我的管工方法？——这，这……

〔彭刚正等待万国英的答案，群众喊声叫成一片：“奖品来了！奖品来了！”男女工人七八人抱奖品自左门跑上。上场后逐个把奖品放在台中的大桌子上，并逐个兴奋地喊着。

男　工　（一面放着）毛巾！

男　工　（同上）毛巾！

女　工　（同上）肥皂！

女　工　（同上）肥皂！

男　工　（同上）练习本！——铅笔！

女　工　（同上）毛巾！

女　工　（同上）铅笔！——练习本！

美　兰　（最后上）红旗来了，红旗来了！——（也放上）红旗！

〔刹那间桌上显现一座奖品的小山，红旗插在上面像满山红花。

众　人　（拍手叫好）管理员，你看跟山一样，比山还高哪！

男　工　管理员，有我们的没有？

女　工　管理员，我不要毛巾，我要练习本！

〔围着彭刚，吵成一团。

彭　刚　有，有，得过红旗的都有！没得过红旗可是干活积极的也有！——我正跟助理员谈话哪，你们先安静一下。

众　人　（又上前将万国英围住，喊成一团）噢，助理员，你一定给我们讲话！

——讲你对马芬姐的感想！

——讲你这些天想的什么心事！

万国英　（在众围中后退）我……我……我……

月香声　（急喘地）金芳！金芳！

〔众静。

月　香　（自左门跑上）金芳！——噢，管理员，我没找到马芬姐！

彭　刚　你到哪儿去找她的？

月　香　（急喘地）我打工会去找她的！——我打秘书室找到文教部，打文教部找到劳保部，反正挨门挨户都找遍啦，连工人子弟小学都找遍啦，有的地方还跑了两趟，可连马芬姐的味儿都没闻到！

彭　刚　不要慌，月香，你先坐下歇歇，等金芳来了再说。

月　香　（担心地）管理员，要不我再到别的地方去找找吧，你看老是找不到她，可别出了什么岔儿啦！

彭　刚　（被月香的胆小逗笑了）不要紧，月香，没有什么问题，一定能找得到，你先坐下歇歇！

〔大梅自正门匆匆上。

大　梅　（进门后气冲冲地一站）金芳回来了没有？！

月　香　（胆战心惊地）还没有！

大　梅　哼！（气冲冲地一坐）

月　香　（上前）大梅，宿舍里也没有马芬姐呀？

大　梅　（不语）……

彭　刚　大梅，你到宿舍去找的吗？你——

〔老刘及另外一些男女工人自楼上下来，娘、小美姑自左门上。

老　刘　管理员，还有五分钟开会！

彭　刚　（有些慌乱了）还有五分钟开会？

老　刘　嗯！工会主任、工务科长、许多工友和工人家属都到会场里（一面指楼上）去等着开会啦！

娘　　（也上前）管理员，你可真忙呵，我还没见你哪！

彭　刚　嗯！（心不在焉地）大娘，你身体好了吧？（要去打电话）

娘　　（急拉住彭刚）管理员，可真要谢谢你们，我这心口痛的老病，吃了咱们厂里的药见轻多啦！——管理员，就是芬姐这丫头这些天没心搭理我，叫我不舒心……哎，管理员，你们可多包涵着她点儿！

彭　刚　嗯，大娘，你先坐坐，我来打个电话！（焦躁地打电话）喂，王管理员吗？金芳上你们那儿没有？（着急地）嗯，我们班的金芳同志到你那儿去没有——

〔仙妮自正门急跑上。

仙　妮　（急促而严肃地）来啦，来啦，大家注意呵，就来啦！

众　人　谁呀？！

仙　妮　马芬姐，马芬姐！

彭　刚　（对电话）来啦！来啦！（放下电话）打哪儿找到她的？！

仙　妮　（严肃地）哼，我们四街找了她三街，才打车间里把她找出来，闹半天她又跑去给乙班加点啦！——她怎么也不来，我们许多人硬把她拖来的！（看门外）来啦！来啦！

〔众齐向正门一拥，而后紧退开。以金芳为首，群众拥马芬姐上，马芬姐满头满身花毛，低头不语。

娘　　　（上前疼爱地）芬姐！

〔静场。

彭　刚　（感动地责备着）马芬姐，怎么你又跑去给乙班加点啦？连着干了一宿，你就不累吗？——快开会啦，赶紧坐下歇歇吧！

马芬姐　（低头不语）……

娘　　　（忍不住了）芬姐，你怎么还不愿意跟人家大梅说话呢？

大　梅　（怒气冲冲，上前）马芬姐，你说你到底要把我怎么样吧！

彭　刚　（上前关照）大梅！

马芬姐　（低头不语）……

大　梅　马芬姐，以前你落后的时候记我的仇，这会儿你成了积极分子啦，你还记我的仇，你打算给我记到哪年、记到哪月？！

马芬姐　（低头不语）……

大　梅　（由冲动变成感动）芬姐，这十天你进步啦，你不吃饭，不喝水，守着车死命地干活，我真心疼你；我觉得咱们真亲，我觉得咱们就像没闹过别扭一样；我光愿意守着你、跟着你、看着你，给你端水、给你取饭，我心里疼你、爱你，我恐怕你受一点委屈；可是芬姐，你对我怎么样哪？（抹泪）

娘　　　是呵，芬姐，你到底安的什么心哪？

马芬姐　（抹泪不语）……

大　梅　（恳切，深挚）芬姐，你觉得你这样闷着头干活给我看我就乐意呀？你错啦，芬姐！你这样比骂我祖宗还叫我难受，比以前你跑车、捣蛋、恨我、气我，还叫我难受！

马芬姐　（低泣不语）……

大　梅　芬姐，你觉得我哪儿检讨不深刻，我哪儿还有对不起你的地方，你就说，我当面认错，行不行？！

马芬姐　（低泣不语）……

大　梅　（激动得全身发抖）芬姐，芬姐，有什么话你可说呀！芬姐，你憋得住我可憋不住啦！！！（跺脚大哭）呵——

马芬姐　（泣声渐高，不语）……

芳、月　（扶大梅）大梅！

彭　刚　（深沉地）芬姐，工厂对你的好处，工友们对你的好处，你已经完全看清楚啦！

马芬姐　（低泣不语）……

彭　刚　芬姐，十天以前你是细纱间有名的落后工友，十天以后到今天你又是细纱间有名的积极分子啦；你的进步是非常惊人的，这里面大梅她们对你的帮助是非常大的；虽然她过去对你的态度不够好，但是如果现在你还记着她的仇，那是完全不应该的；而且，像你们这些新老积极分子们团结起来，你们的力量是会更大的！

马芬姐　（低泣不语）……

彭　刚　马芬姐，你们应该团结起来啦——由于你上星期特别积极工作，你们终于得到了红旗——

马芬姐　（猛地抬起头来，含泪的目光，惊异地望着彭刚）什么，我们得到了红旗？！

彭　刚　（着重地）嗯，得到了红旗！

马芬姐　（不信，激动地，高度紧张地）不，管理员，上星期因为美姑我们刷鞋、扔白花已经扣了六分啦，扣得不到九十五分啦，我们再也得不到红旗啦！

彭　刚　不，（着重地）由于你特别积极工作，昨天分会主任我们总结分数的时候，按照竞赛制度给你加了三分，把你们刷鞋、扔白花扣的分拉过来啦！

马芬姐　（抢问）管理员，这，这是真的？！

彭　刚　嗯，这是真的！——而且，由于你特别积极看车，你们组最近每天的出数都超过了标准数，和前几天平均起来，你们上周也达到了标准数——

马芬姐　（更为惊诧）管理员，我们也达到了标准数？！

彭　刚　嗯，达到了我们竞赛第一阶段的要求，你们组并没有落后！——你看，那些红旗、奖品里面就有你们组的一份！

马芬姐　管理员，管理员，这，这——（激动得说不上来）

彭　刚　（明白了马芬姐的意思）嗯，这完全是真的，都是真的，马芬姐！

马芬姐　（突然转向大梅）大梅，你都听清楚没有？！

大　梅　（感动地）听清啦，芬姐，咱们也得到红旗，达到标准数啦！（上前紧握马芬姐手）

马芬姐　（泪眼闪光，呆望大梅）大梅！……（而后突然拥抱大梅，放声大哭）大梅！……

众　人　（上前急扶马芬姐）芬姐，芬姐！

娘　　　（也上前）丫头，芬姐！

彭　刚　不要难受，芬姐！

老　刘　有话说话，不要哭，芬姐！

马芬姐　（在最高度的悲与喜的交集里，在最高度的阶级友爱的感动下，用最大的努力压抑着自己的激动，慢慢地抬起头来，坚强有力地）我不哭，我不是难受，我是高兴！……我要说，我心里有多少话要说，我早就想说呀！……（泣不成声，顿。而后，严肃地、沉痛而慢地回忆）打上星期分会主任、管理员你们给我送去围腰、证章以后，我就知道，我错啦！……以前什么都怨我的过，大梅、金芳你们做得都对，你们没有一点儿错！……（逐渐高昂）今天解放啦，生产是为自个儿，我还当是为别人；我不好好干活，我也恨别的工友们好好干活；我落后捣蛋，我也拖着美姑陪着我落后捣蛋；月香，你进步啦，我骂你是投降啦，说你没出息；大梅你们积极生产、发动竞赛，我说你是给厂里抱粗腿，拍马屁；你叫我进步觉悟、改正错误，我把你当成冤家对头；（逐渐加快，有力）我的心术坏，我什么都不信，我没有信过金芳跟管理员的话；工厂对我好，工友们对我好，我有眼无珠看不见，我把大家的好心当成驴肝肺，我把亲人当成仇人，（激动而沉痛）我该死，我不是人，我不配厂里对我这么好——（又大哭，泣不成声）

众　人　（痛切地）芬姐，芬姐！

马芬姐　（挣扎起来，较慢，恳切地）以前我恨红旗，恨标准数，可打这回上班以后，我多么想红旗，想标准数呵！……（激昂起来）可是眼看月底就到啦，眼看红旗竞赛第一阶段的总结发奖大会就到啦，我们这组还没有得到过一次红旗，还没有一次达到过标准数。就是这一星期我们想得红旗也来不及啦，因为这一星期头一天美姑我们刷鞋、扔白花就扣了六分，扣得不到九十五分啦。在第一阶段总结发奖大会以前，我再也没法儿把你们为我落后受的损失补过来啦，我再也没法把我的罪过赎过来啦，我恨，我恨死我自个儿，我没脸见人，我不能空口说白话求你们原谅，我马芬姐不是那样一个不值钱的工人！……（抹泪，顿。而后，更坚决，短促，而快地）我不敢来参加这个会，我不敢想金芳、大梅、月香、仙妮你们看着别人高高兴兴地领奖，你们自个儿生闷气；就在昨天大家叫我报告跟大梅的团结经过以后，我想走，我想跑，我想请假，我想不进厂来，我想躲开这个大会！……（忽然更坚定地）可是我不能！（激动，赶快地）我不能躲，我不能跑，我不能请假！我舍不得咱们的工厂，我舍不得我的姐妹们，我舍不得咱们的细纱车呀！——（哭）

众　人　芬姐，芬姐！

万国英　（突然上前，激动得几乎要握马芬姐的手，大声）马芬姐，我对不起你！现在我才完全明白，以前你的落后我该负多大的责任呵！就因为我脑子里有官僚资本家的剥削思想，不把工友们当成自己的阶级兄弟姐妹，才产生了我那样的官僚主义！而且这种思想又是多么顽强呵，就在刚才，在你没讲话以前，我还怀疑你的积极工作，可能是单纯地为了报答厂里的恩情，可是现在我知道啦，这完全是伟大的民主管理的精神提高了你的阶级觉悟，恢复了你的人格！——马芬姐，我错啦，请你原谅我！（突然转向彭刚，紧握彭刚手）彭刚同志，以前我错啦，我错得多么严重，多么可怕呵！（摇头自叹）

彭　刚　（面对着自己艰辛缔造的结果，不能压抑住自己的兴奋了，高兴大叫）同志们！马芬姐转变啦，助理员进步啦！咱们的阶级兄弟姐妹真正回到咱们自己的队伍里来啦，咱们应该高兴，让咱们大家高兴起来吧！

众　人　（欢呼，跳跃）好！好……

马芬姐　（解放地，轻松地笑着）彭刚管理员，同志们！我高兴，我要说，我要到会场去大声跟大家说！（激动地跑上楼梯，站在楼梯中腰）我说我知道了共产党是咱们工人的党，我说我知道了今天咱们是工厂的主人，我说我马芬姐有手艺，我要拿出七八年不卖的力气来给咱们自个儿干活，我要把解放这半年不好好干活的损失补过来，我要把竞赛以后金芳、大梅你们白流的汗补过来，我要跟金芳、大梅一块儿把我们全组团结成一个人，让红旗永远插在我们的车上，我们要向全细纱间的工友们挑战！

众　人　（高声欢呼）好……我们应战！我们应战！

〔铃声高响。

彭　刚　同志们，铃响啦，让我们开我们的胜利大会去，让我们胜利地开始我们第二阶段的竞赛！

众　人　（欢呼）胜利地开始第二阶段竞赛！

〔幕后，扬起充溢着生产热情的欢乐的歌。

——全剧完——

一九四九年八月七日夜半，改写完于口字楼。

一九五〇年六月廿九日，重改完于创作室。

1949 年 5 月天津新华书店初版，

1953 年 4 月人民文学出版社重印第一版。

本书选用人民文学出版社 1953 年 4 月版。

四十年的愿望

（三幕六场话剧）

李庆升　赵锵　田广才　石玺　石曼

人物表

李国亮——西南钢铁第一厂军事代表，党委书记，三十五岁。
赵崑山——老产业工人，钢轨部党支部书记，车间工会主席，五十八岁。
陈凤鸣——钢轨部主任，五十岁。
梁树云——老产业工人，五十五岁。
冯柏年——钢轨部工程师，三十岁。
赵大城——赵崑山之子，轧钢班小组长，二十四岁。
大　刘——轧钢工人，二十四岁。
魏海青——来厂不久，农民出身的轧钢工人，二十八岁。
陈　琪——女，军事代表室秘书，二十岁。
韩振江——李国亮代表的通讯员，二十岁。
吴　青——李国亮代表的爱人，成渝铁路工程局材料科科长，三十岁。

王国荣——成渝铁路工程局驻厂检验员，五十岁。

赵　妻——赵崑山之妻，五十岁。

梁玉珍——梁树云之女，二十一岁。

工人甲——烘钢炉工人。

工人乙——轧钢班工人。

工人丙——烘钢炉工人。

工人丁——烘钢炉工人。

工人戊——烘钢炉工人。

工人己——轧钢班工人。

工人庚——轧钢班工人。

蒋　凯——潜伏工厂内的特务，在轧钢班上，三十四岁。

邱　奇——直属蒋凯指挥的特务，在烘钢炉上做领班，三十岁。

董班长

战　士

二大叔——魏海青的叔叔，六十五岁。

小　波——李国亮代表的小女儿，十岁，少儿队员。

解放军筑路英雄三人。

藏民三四人。

工人群众、工人眷属、农民、农妇、商人、小孩等十余人。

乐队五六人。

第一幕

第一场

时　间　一九五〇年六月。

地　点　军事代表办公室。

布　景　室有两门，一通内室，一通外面，中有一窗。室内有桌椅、电话机、钢轨样品。墙壁破旧，挂着一幅成渝铁路工程图……

幕　启　陈琪坐在桌前，刚写好一份报告。窗外传来《解放军进行曲》的歌声，通讯员韩振江上。

韩振江　陈秘书，陈秘书，咱们修成渝路的部队出发了。（韩振江、陈琪到窗口，拉开竹帘，外面是六月的艳阳天，透过窗口爬墙虎的叶子，可以望见远处的烟囱吐着黑烟）

韩振江　（指外）你看你看，背着枪，带着铁锹，真带劲！陈秘书，这次我要不是跟着李代表来工厂工作，我也一定参加修路去了。

陈　琪　好哇，可是部队的任务真是够艰苦的了：一面剿匪，一面还得带头修成渝路。

韩振江　那保险能完成任务，国民党的反动军队八百万，都叫咱们解放军七叉八叉地给打垮了，现在参加和平建设，那还能没把握呀？

陈　琪　你说得对。

韩振江　就说李代表吧，淮海战役的时候，他指挥了四个团，一气打了好几个漂亮仗；西南一解放，他马上就领导起大工厂来了，还是呱呱叫呀。

〔外面汽笛声悠扬响起。

陈　琪　对，你听，你听，汽笛响啦。

韩振江　嗳！咱们厂明天就要开始大生产啦！

陈　琪　（电话铃响，接电话）喂，是的，是军代表办公室，你哪里？哦……大声一点，钢轨部，是赵崑山同志，有什么事……李代表开会还没有回来呀……是的……好的。

〔成渝铁路检验员王国荣上。

王国荣　（四下一看）这里是李代表办公室吗？

韩振江　是呀，同志，有什么事吗？

王国荣　我是成渝铁路工程局派来验收钢轨的。

陈　琪　噢，你们来啦。

韩振江　这是陈秘书。

陈　琪　你们消息真快，我们的第一根钢轨刚刚试压成功，你们就来啦。

王国荣　是呀，我们的吴科长就是你们李代表的爱人，怎么知道得不快呢？一会儿她也要来了，李代表呢？

陈　琪　他到西南军政委员会开会还没回来……你是不是有事要跟他当面谈呢？

王国荣　不用了，（拿出介绍信）这是我的介绍信。

陈　琪　（接信看）王同志你先坐一下，我给你写封介绍信。

王国荣　好。

韩振江　喝茶。

王国荣　嗨，这个地方真难找，爬了一个山又一个坡的。

韩振江　四川这个地方，就跟住在大洋楼上一样，到哪里去都是上楼梯下楼梯的，一抬腿就是坡。

王国荣　是呀，我打东北来的时候就听人说："蜀道难，难于上青天。"

韩振江　这一回，等成渝铁路一修通，那就方便多啦。

陈　琪　王同志，你做验收钢轨的工作有多少年啦？

王国荣　解放后才干的，我当了二十多年的铁路工人，唉，就是一次中国的钢轨也没见过。

陈　琪　那你今天可以亲手验收咱们新中国自己造的钢轨了。（指钢轨样子）王同志，你看我们搞了二十多天，昨天才把合乎规格的钢轨压出来，现在就等你们来验收了。

王国荣　好啊，我们等了好久了。往后咱们中国也有了自己的钢轨啦。同志，这可是一件大事啊！

陈　琪　是啊，《新华日报》记者刚来收集了材料，还要登报哪。

王国荣　（兴奋地）好。好，好，好。

陈　琪　（写好介绍信，递给王国荣）介绍信。

王国荣　好，那我马上去检验。

陈　琪　小韩，你把王检验员送到钢轨部去找陈主任。

王国荣　我自己去。

韩振江　不，那个地方不好找，还是我送你去吧。

陈　琪　王同志，到钢轨部咱们再联系。有什么问题，你还可以找工会主席赵崑山同志。

王国荣　好。

陈　琪　再见！

〔王国荣与韩振江下。

陈　琪　（打电话）接总务科。嗯……张科长吗？我是陈琪，刚才工程局来了十七位检验员，你给解决一下吃住问题吧，想办法解决吧……挤一点倒没关系，反正他们也知道咱们房子困难。

〔陈琪正在接着电话，赵大城、魏海青送钢轨样品来。

赵大城　李代表呢？

陈　琪　噢，赵大城、魏海青同志！

赵大城　这是给工业部送的钢轨样品。

陈　琪　好，坐坐。

赵大城　你看上边还刻着字呢！

陈　琪　一九五〇年六月十日，这一天是咱们新中国钢轨的生日呀！

魏海青
赵大城　（笑）可不是！

〔吴青上。

赵大城　（先看见）嗳，吴科长你来啦。（吴青和赵大城握手）

吴　青　（向陈琪亲切地）陈秘书，（两人握手）老李还没有回来？

陈　琪　快啦。（吴青脱去上装挂起）

赵大城　老魏，这是吴科长，是李代表的爱人，铁路局材料科的科长。

魏海青　呵，吴科长！（鞠躬）

陈　琪　吴科长，这是魏海青同志，他刚从农村来。嗳，大城，你们还叫他什么来着？

赵大城　（笑）成渝铁路相思病。

吴　青　你们坐呀。

〔电话铃响，陈琪接电话。赵大城、魏海青坐下。

陈　琪　是的，是的……（看吴青）她已经来了……好吧。（对吴青）李代表跟你讲话。

吴　青　（接过听筒）老李，我是吴青……是啊……钢轨供应计划吗？……带来了……你马上可以回来吗？好好。（放下听筒）

赵大城　吴科长，这次修路光是军工修吗？

吴　青　不，军工是开路先锋，后面十九万民工也马上就要参加啦。

魏海青　（入神）啊！前几天我二大叔来信，还叫我打听修路的事呢！

赵大城　哎，老魏，把你那个玩意儿给吴科长看看吧？

吴　青　什么？拿来看下！

魏海青　好……（从布袋取出一个小手包，打开交吴青）

吴　青　噢！（念）川汉铁路股票，宣统三年！

赵大城　吴科长，成渝路四十多年都没修起来。你看，这个纸上倒画上了一个火车哪。

魏海青　纸上画火车有什么用？看了四十多年，还不是一张纸。吴科长，这一张股票还是在满清时候，我们家里大人小孩都饿得两眼直发黑的时候，县太爷硬逼着我爷爷买的。打这以后，我爷爷就气病了。吴科长你是知道的，穷人有病哪有钱治呢？没几年，我爷爷就死啦。（愤慨）我爷爷盼了几十年，到了儿连个铁路影子都没看见。（愤极不语）

〔吴青将股票还给魏海青。

魏海青　前几天我二大叔还叫我打听打听：这一次成渝铁路要是真修，那几时才能修得起来呢？他这么大年纪啦，还能看得到看不到呢？叫我赶快写个信告诉他。

吴　青　嗳，你二大叔还不相信？

魏海青　不，他叫问实在点。

吴　青　也难怪，这是你二大叔过去受反动派的骗受得太多了。魏海青同志，你放心吧，人民的铁路人民修，这次一定会修起来的。

陈　琪　（写毕信，过去拿起样品，对吴青）我叫他们把这个赶紧送到工业部去，你们谈吧。

〔陈琪捧样品下。

魏海青　吴科长，你不是四川人，我跟你说，这一条铁路要能修成了的话，不说别的，光是成都的大米、自流井的盐，还有我们家乡的糖，就都可以运出来啦。（转身对赵大城）交通这一方便，我们乡下再也不会种了满田的甘蔗换不到大米吃啦。

赵大城　（点头，对吴青）还有那山里的煤呀、铁呀的，也都可以运出来啦，成都人烧木柴也不会比吃大米还贵啦！

吴　青　现在刚一动工，几百家大大小小的工厂也都恢复生产了。大城，这条成渝路全部都得用你们造的钢轨，往后可得使劲地干呀。

赵大城　这你放心好了。老魏，咱们赶快干活去吧，吴科长，咱们明天就正式交钢轨给你。

吴　青　好极了！再坐一下吧？

赵大城　不，不，我们走了。

〔赵大城与魏海青同下。

吴　青　（自言自语）西南人民盼望这条成渝铁路盼成这个样子！（坐下等待，看表，但又焦急）怎么还不回来呢？（拿出文件看着，外面小汽车急停声）

韩振江　李代表回来了。

吴　青　（迎上去）你怎么到现在才回来？

李国亮　（急促地上，想说什么但又停住）我先打个电话，（拨电话）喂！接钢轨部……找工会主席赵崑山同志……啊，我是军代室，在哪里……什么？在班上修理轧钢机？……喂，马上找他来接电话……

吴　青　会开得怎么样？

李国亮　（集中精神听电话）喂……你是赵崑山同志吗？我是李国亮……对，你马上到我这里来一趟……什么？先把活交给梁树云同志干着吧……好的，马上来。（放下听筒，对吴青）你带的钢轨供应计划，快给我看一下吧。

〔吴青拿给他。

李国亮　第一季度钢轨供应数量，平均每天是多少？

吴　青　第一季度平均每天要四百根。（边说边拿出文件）

李国亮　（看计划）四百根，第二季度每天六百根，第三季度八百根，哎呀，第一年度还要这么多……（抓头）够受的。

吴　青　第二年度还要多，能供应得上吗？

李国亮　（想了一下）你们需要多少，我们就供应多少。

吴　青　（有些出乎意料）啊，真的？

李国亮　（有决心地）当然是真的。

吴　青　（突然十分严肃）同志，你要好好地考虑一下，计划订立了之后，就是法律。到时候完不成任务，是要受法律处分的。

李国亮　你说这个，是叫我不答应你们的计划是不是？

吴　青　嗳，哪里，哪里，我不是这个意思呀！

李国亮　（开玩笑地）到时候要是真的完不成任务，你代表铁路工程局做原告，我是被告。我蹲法院，你还得给我送饭哪。

吴　青　（感觉受了伤害）想得倒轻松，我给你送饭！

李国亮　（立刻严肃）同志，这不单是一个法律问题，这是一个政治任务。今天在会上刘伯承将军说，西南人民盼望这条成渝铁路已经盼了四十多年啦，我们不能教人民失望。现在一定要把这条铁路修起来。这一仗不管有多么艰苦，只许打胜，不许打败。

吴　青　是呀，这就要看你们钢轨供应上到底有什么困难没有？

李国亮　没有。

吴　青　一点困难也没有吗？

李国亮　没有一点困难。

吴　青　算啦，别嘴硬心软了，有什么困难给我说说嘛！

李国亮　（似乎又在逗她）给你说了，你也不能少要两根钢轨呀！

吴　青　（又觉愠然）少两根？少一根也不行呀。

李国亮　那还说什么呢？刚才你提的这个问题就不对。你参加革命十几年了，什么时候做工作没有困难？我自己不懂工业，厂里干部又少，像钢轨部这样重要的车间才只有赵崑山一个党员，现在接管工作还没有全部结束，就接下了你们这么大的一个生产任务，你说难道没有困难吗？对，我现在再给你看一样东西。（从抽屉中取出《钢轨供应八年建议书》）

吴　青　《钢轨供应八年建议书》？你们钢轨部陈主任还是这样没有信心吗？

李国亮　有信心就出不来这个八年建议啦。其实在上月钢管局的会议上，他并没有解决思想问题，不过当着上级和苏联专家、重工业部派来的专家面前，他当时没有坚持自己的意见罢了。这个人，思想方法成问题，现在一时也还很难说服他。

吴　青　这样的人我们局里也有，他们说共产党在政治上是本行，军事上是内行，工业建设上是外行。

李国亮　外行？可是外行能把成渝铁路修起来。（二人大笑）

吴　青　你们干部思想不统一，你要想办法呀！

李国亮　你读过辩证法没有？困难，克服困难，这就是生活的辩证法。

吴　青　你当我不知道怎样克服困难吗？刚才我是替你担心，你知道小波今天为什么不来？

李国亮　为什么不来呢？

吴　青　上个星期小波来，你不理她，她回去跟我说：爸爸压不出钢轨来，急得眉毛都成了一根了。

李国亮　（笑）这个小家伙真难伺候，你知道她要干什么？她要我带她到河边上去摸螃蟹！

〔韩振江上。

韩振江　赵主席来了。（赵崑山上）

赵崑山　啊，吴科长，你今天怎么有空来了？

吴　青　你们明天不是要正式生产吗？我是给你们道喜来的。

李国亮　哪里是道喜的，是要钢轨来的。我们还没有开张呢，要账的都盯上门来了。

赵崑山　噢，我说今天不是礼拜，吴科长怎么有空来了呢！

吴　青　以后我还要常来呢！

赵崑山　欢迎得很。（对李代表）你快说说今天你去开会的事。

李国亮　赵崑山同志，今天军政委员会已作了正式决定，一定要两年修好成渝铁路，要咱们保证在两年以内完成全部的钢轨供应任务。

赵崑山　是吗？还有什么指示没有？

李国亮　在会上各部门负责干部都提出了一些困难，我也把咱们厂里的情况反映了一下。最后邓小平同志作结论，说无论有多少困难也要克服，要我们学习贺龙同志一把菜刀闹革命的精神来战胜经济建设上的困难。老赵，明天咱们开工厂管理委员会好好地讨论一下。

赵崑山　（高兴）好啊！

李国亮　你有什么困难没有？

赵崑山　我有个请求。

李国亮　什么？

赵崑山　李代表，现在我是工会主席，又是生产班长，还得搞支部工作，顾了这头就顾不了那头……

〔电话响，李国亮接。

李国亮　喂，我是李国亮呀，你是陈主任？噢，我刚回来。怎么？你跟冯工程师要到这儿来？好。赵主席也在这里，你们来吧。（放下听筒）

赵崑山　就说陈主任吧！我就得想尽办法团结他。

李国亮　要团结的。我们还必须团结住他哪！技术人员我们团结不住，生产也会同样搞不好的。

赵崑山　当然啰，可是李代表，咱们能不能请一位苏联专家专门住在咱们厂里？

李国亮　请苏联专家我也想过，可是现在好多企业、好多工厂都需要他们帮助，我们能够克服的困难尽量自己克服，除非像大烘炉那样复杂的技术问题，一般的我们不能轻易去找苏联专家。

赵崑山　（思索）李代表，那你是不是给我们车间里派一个搞思想领导工作的同志呢？（拿出一张反动标语）你看，刚才在车间墙角上发现了一张反动标语。

李国亮　（接）交给保卫科吧，（收在抽屉里）老赵，现在情况复杂，任务也很艰巨，要干部是没有，今后你应该抓紧做发展党的工作，把支部建立起来才行。要是你自己实在忙不过来的话，就叫梁树云来当你这个生产班长，怎么样？

赵崑山　梁树云这个老家伙跟我在一起三十多年了，有一手好技术，就跟咱这个轧钢机一样，潜在力不小；可这个人是眼见为实，脾气倔点。

李国亮　那不要紧。现在的关键是我们必须把群众发动起来，特别是像老梁这样的老工人。

〔陈主任由外上。

陈凤鸣　李代表。

吴　青　陈主任来了，近来忙吗？

陈凤鸣　不忙，不忙，就是会多点。

李国亮　请坐，请坐。

陈凤鸣　李代表，你今天到上面去开会，关于钢轨供应问题，是怎么样决定的呀？

李国亮　两年。（交供应计划）这是吴青同志带来的季度供应计划。

陈凤鸣　还是两年？……（泄气，不语）

吴　青　陈主任，赵主席，你们有把握吗？

陈凤鸣　噢！我是钢轨部的负责人，自然应该尽全力来完成……（静场）

吴　青　（发现陈凤鸣不好意思讲话）我先到王检验员那里去一趟，你们讨论吧。我在这里，你们不好讲话是不是？

陈凤鸣　不，不，不！

吴　青　你们谈吧。

〔吴青下。

李国亮　这次，为了修这条铁路，领导上下了最大的决心。参加修路的部队，是贺司令员亲自动员的；中央铁道部从各条干线上，抽出来大批技术人员和工人来参加这一工作；苏联还派来了专家，专门来帮助修这条铁路；鞍山、太原的钢铁厂还大量地供应我们钢坯；海员工人也保证准时运到；枕木全部由农民负责；现在各方面都动起来了！咱们厂的任务是必须保证钢轨供应。咱们明天上午召开工厂管理委员会，现在我们对于这个决定先交换一下意见也好。

陈凤鸣　咱们按期供应全部钢轨任务……时间这么短……困难哪，你不知道这里面有多少困难哪！

赵崑山　困难是明摆着的啦！现在问题是我们怎么来克服这些困难嘛！

陈凤鸣　嗳，克服困难，李代表，克服困难总该有个限度吧？别的我不说啦，就拿咱们这部轧钢机来说吧，这是一九〇五年的产品，现在，已经超过它的有效使用年龄两倍了。按道理说，早就该跟光绪皇帝一块进棺材啦。咱们用这样的机器来搞生产，从科学原理上说，也是讲不通的。李代表，说句实在话，这种情况，在任何一个工业发达的国家，这都是一种被消灭了的落后现象啦，咱们怎么能用它来完成这么大的生产任务呢？

赵崑山　提起这部机器，这我清楚，打光绪年间张之洞把它买来，从广州搬到汉阳，又从汉阳搬到重庆，我都跟着它，虽说四五十年了，可是一直没大用过，这跟使了四五十年的机器还不一样吧！再说，苏联专家也亲自来看过这部轧钢机，说是个好货哪，还可以用几十年哪。

陈凤鸣　是呀，可苏联专家是国际友人，那是鼓励咱们的。

李国亮　这不仅是鼓励呀，苏联专家也是对修好成渝铁路的计划负责的。陈主任，按照你的意见，怎样完成任务呢？

陈凤鸣　还是我那个意见，工厂里假若没有完善的设备，生产上是不可能做出精确计算的。

李国亮　你建议修大烘钢炉的事，工厂管理委员会不是已经同意了吗？苏联专家也答应了亲自帮忙设计，而且认为可以缩短修建日期，提前完工。你看还要增加什么设备呢？

陈凤鸣 （觉得一时说也说不清楚）这……

赵崑山 陈主任，设备是重要的，但主要的还是靠人，什么都是熟能生巧，只要你摸准了机器的脾气，那叫它压多少就可以压多少。现在咱们第一次轧钢轨，大多数工人操作还不熟练，俗话说："头难头难"，开头总是难一些。

陈凤鸣 从工业观点来说，设备还是个重要问题……

〔冯工程师穿着沾满了油污的工作服上。

冯柏年 李代表，（招呼陈凤鸣、赵崑山）好啦，小烘钢炉已经修理了，炉温非常正常。度数烧得非常准确，明天就可以开始生产了。

李国亮
赵崑山 噢，那好极啦。

李国亮 冯工程师，你看，今后咱们钢轨部在生产上有什么问题，一起来谈谈吧。

赵崑山 （对冯柏年）现在上级已经决定两年完成任务。

冯柏年 哦。

陈凤鸣 李代表，困难还不只是设备问题。这次大规模出产钢轨，在咱们中国历史上还是第一次。钢轨部两千多工人，大部分都是生手，技术人员寥寥无几，连我跟冯工程师也是第一次担当这么重大的责任。

冯柏年 陈主任，我觉得咱们不能只看到眼前的困难，也应该展望一下将来的发展哪。前些时候苏联专家在我们厂里，我也问过，苏联开始发展工业的时候，也像我们今天这样，同样的困难。

陈凤鸣 老冯，谈点具体的吧。

冯柏年 具体的，有啊。比如修大烘钢炉需要的火砖，过去都是依靠外货进口，现在咱们自己也可以造啦！再拿咱们那部马力机来说吧，过去我们一直认为顶多能开七十转，可是苏联专家来试车，一下却开到一百二十转，陈主任，这我们过去想都没想到的呀！

陈凤鸣　……好吧，既然大烘钢炉有了办法，这部机器，赵主席又认为还可以用，冯工程师热情又这么高，现在我服从多数。好在明天还要开会，咱们明天再详细谈吧。我先回去了。

李国亮　陈主任，我看咱们还是扯开了谈谈吧。

陈凤鸣　没什么……（欲下）

李国亮　陈主任，你这个八年计划是不是先带回去呢？

〔陈接建议书。

陈凤鸣　好，好，你们谈吧。（下）

赵昆山　冯工程师，你刚才的意见很好。陈主任过分强调困难是不对的，不过我们还得好好地合计合计，方能做到“心中有数”。

冯柏年　困难是有，不过今天在共产党领导之下，我想也没有什么问题解决不了……李代表，我是四川人，我懂得四川人盼望铁路的心情。记得在十几年前，我到北京上大学的时候，坐在平汉路的火车上，我就非常感慨，我当时想：要是西南有条铁路，该多好啊！……现在共产党来了，决定修成渝铁路，并且还用中国自己造的钢轨，这真是我多年的理想就要实现了，我甚至兴奋得晚上连觉都睡不着。好啦，不说这些了，李代表，苏联专家设计大烘钢炉，什么时候动手啊？

李国亮　苏联专家下星期就来。

冯柏年　那太好啦。我的意见是赶快把大烘钢炉修起来，那陈主任的意见就会少一些了。现在陈主任总是困难哪，困难哪，（陈凤鸣上）简直把一切事情都困难化了。

陈凤鸣　你们谈，你们谈；李代表，刚才我想了想，还有一个情况没说清楚。

李国亮　坐下来谈吧。

陈凤鸣　赵主席知道这个事。李代表，这个工厂在解放前，也压过几天钢轨，那时候我叫工人每班压九根都不可能，顶多的是八根，当然没压几天，宋子文不要，也就从此不压啦；可这都是实际情况啊！所以李代表，我这个建议还是放在你这里做个参考吧。

赵昆山　（激动地）嗳！陈主任，你知道解放以前，我们为什么一班只压八根吗？那时候咱们工人饿着肚子，连个山洞都住不上，谁愿意给他妈的蒋介石卖劲？现在……

陈凤鸣　现在当然不同了，工人是国家的领导阶级，可是我这个建议书里已经把工人阶级的觉悟估计在内了。就是这样，产量顶多能增加两倍，你算算看，无论如何两年是办不到的呀！

李国亮　陈主任，今天我在技术上虽然是一个外行，可是有一点我们必须明确：工人阶级的觉悟，不是能用数字可以计算出来的。

——幕落

第二场

时　间　当天的黄昏。

地　点　赵昆山家。

布　景　工厂附近山坡上，一个小院落。有门通内室及厨房，另有路通梁树云家。院子里有桌、竹椅、树、山石……

幕　启　从远方传来船夫拉纤喊号子的声音。赵昆山在桌边研究“生产计划”，赵妻在桌边择菜……赵大城扭着秧歌，敲着饭盒，嘴里喊着“锵锵，其锵其……”（上）

赵大城　妈，噢，爸爸，你也回来啦？

赵　妻　什么事把你乐得这个样？

赵大城　（兴高采烈地）大喜事。

赵　妻　是不是和玉珍的事？

赵大城　这个，待一下给你汇报。爸爸，我先给你汇报我们小组的情况。

赵崑山　（摘下眼镜，幽默地）好吧，小组长，你说吧。

赵大城　是。明天要正式生产了，嘿，大家的情绪……（想不起合适的词来）真带劲。

赵崑山　嗳，说实在些。

赵大城　……分了工，提出了保证，订了安全公约……都具体得很，记录都拿来了，你看吧。（把记录本给赵崑山，赵崑山看）

赵　妻　是啊，今天我们家属也开了会。听说厂子里明天要开始生产，大伙儿可高兴啦，我们还订了公约呢，保证你们："下了班就吃饭，衣服常洗换，做好家务事，保证大生产。"

赵崑山　哈，哈……

赵大城　（高兴地鼓掌）好！

赵　妻　（严肃地）我还上台讲了话作了保证呢。您爷俩可不能给我丢脸！

赵崑山　（笑）还保证呢？第一天你就误了点。

赵　妻　今天不能算数，菜一下锅就得了。（提菜篮欲下）

赵大城　妈，你别走，我还跟你汇报呢。

赵　妻　嗯，你跟我汇……报什么？

赵大城　（近靠母亲的耳朵）嗳，玉珍明天就要到"铁路员工训练班"去学习啦。

赵　妻　啊？玉珍考上啦？……嗳，那你们的亲事什么时候办呢？

赵大城　这个，我们自己决定。

赵　妻　嘿，又是自己决定……（玩笑地）现如今做爹妈的都成了废品了。

赵崑山　废不了，你还可以提意见嘛。

赵　妻　你就会说，孩子们的事，你一点都不操心。

赵崑山　好，好，咱们俩别再开展思想斗争啦，赶紧吃饭吧，我一会儿还要到陈主任家去。

赵　妻　这就好。（下）

赵大城　我找玉珍去。

赵崑山　嗳，大城，告诉你梁大叔，叫他一会儿到咱们家来，我有事跟他商量。（看表）哎呀，你先别去了，我得先到陈主任那儿去啦。

赵　妻　（上）嗳，嗳，饭就好啦，你吃了再去吧。

赵崑山　回来再吃。嗳，预备点儿酒，待会儿我还要和他梁大叔喝两盅。

赵　妻　你快点回来。（赵崑山下，妻进厨房）

赵大城　（摸摸肚子）妈，快点吧，人家怪饿的，我一会儿还有事呢。

赵　妻　（上）你爸爸还喝酒呢！（拿酒瓶）你先把桌子收拾收拾。（去买酒，下）

〔赵大城收拾桌上的东西。梁玉珍由外急上。

梁玉珍　（焦急地）大城，糟啦！

赵大城　怎么？出了什么事？

梁玉珍　我爸爸不让我去学习，大城，你说这个事怎么办呢？

赵大城　那，那……哎呀，（抓脑袋）你妈的意见呢？

梁玉珍　我妈呀，当着我就说愿意我去，可当着我爸爸她又说不愿意我去。

赵大城　（考虑）这……这样，（想了想）你去把你爸爸叫到我们家里来，我趁空先来打通打通他的思想。

梁玉珍　（不信任地）算啦，我爸爸听说你叫他，他准不来。

赵大城　怎么是我叫他呢？你就说我爸爸叫他来。

梁玉珍　（四周一望）赵伯伯在家吗？

赵大城　刚出去，一会儿就回来。

梁玉珍　那你的态度可要好一点儿呀。

赵大城　没问题，我泡壶茶，来包香烟，好好招待招待他。

梁玉珍　好，那我就去。（下）

〔赵大城倒茶。梁树云由外上。

梁树云　（在外）老赵。

赵大城　噢，梁大叔，（梁树云上）你来啦。

梁树云　你爸爸呢？

赵大城　他马上就来。

梁树云　嗳，那怎么玉珍说你爸爸找我呢？

赵大城　（客气地）我爸爸一会儿就回来，你先坐一坐嘛。

梁树云　不啦，我先回去吃饭，等你爸爸回来了我再来。（欲下）

赵大城　嗳，梁大叔，你就在我们家吃吧，我爸爸叫你来有重要的事。（忙着拿烟、倒茶，热情地招待）

梁树云　（心里盘算）大城，你是不是有什么话要对我说呀？

赵大城　没什么，你先抽支烟……（静场）梁大叔，今天又过了不少修路的解放军，你看见了没有？

梁树云　看见啦。我还是一直等着队伍过完了才回来的。

赵大城　嗳，你看这回两年修好成渝铁路没问题了吧。

梁树云　没有问题？

赵大城　那咱们压钢轨可得加油干哪。

梁树云　加油干？还用你说，要是真正干起来，论经验论技术，我哪点也比你们小伙子强。

赵大城　对对。

梁树云　可，你想在两年之内把这条铁路修起来……这——（摇头，不相信地）

赵大城　（不服地）什么？现在有咱们工人阶级的党来领导，你还怕修不起来吗？再说咱们毛主席为了把这条铁路修起来，从北京派来了重工业部副部长，还有苏联专家，加上咱们厂子李代表，你想这就更不成问题了吧？

梁树云　（不以为然）你什么事都说得那么容易，照你这样，我看明天就能坐火车了。

赵大城　你……

梁树云　小伙子，你还年轻。这条成渝路的年纪比你大一倍还多。……自打光绪年间起就说要修，那个时候四川老百姓刚凑好了钱，满清皇帝就要霸占过去，想卖给外国人。四川人为了争这条铁路闹了革命，一家伙杀了端方、赵尔丰，怎么样了？还是没修起来。到了民国，蒋介石当了道，要的名堂可就更多啦，年年向老百姓要“随粮铁路附加捐”，还扣咱们工人的“铁路建设工资费”，要粮要捐都要到民国八十年……结果呢？钱都装进他们的腰包里去啦，铁路连个影儿也没看见……现在共产党来了，才半年，乡下土匪还乱叫唤，就是要修也不是一件容易的事呀。

赵大城　（气鼓鼓地）就是有困难，咱们每个人都长了个脑袋是干什么的？想办法克服它嘛！

梁树云　克服，就陈主任这个困难你就克服不了。你说两年修好成渝铁路，他说光压钢轨就得八年！你有什么办法？小伙子，光天天咋咋呼呼的“加油干，加油干”的，光咱们工人干有什么用？

赵大城　（理屈词穷）……梁大叔，你怎么老是说泄气话呢？我看你这个思想呀，非得好好检讨检讨不行了！

梁树云　检讨？嗳，要是检讨能检讨出个成渝铁路来，我就天天检讨。（欲下）

赵大城　嗳，梁大叔，你别走……

梁树云　（又转身）大城，弄了半天，你原来是想打通打通我的思想，好让玉珍去铁路上学习是不是？告诉你，我反正不让她去。（下）

赵大城　（一肚子气）就是个洋灰脑筋，也非打通不可！

〔大刘提着球上，魏海青跟上。

大　刘　（高兴地）大城，哎，小组长你看，我给俱乐部买的这足球、篮球、排球，还有乒乓球……好不好？

〔魏海青高兴地玩球，拍两下。

赵大城　（不语）

大　刘
魏海青　（一愣）怎么啦！

赵大城　又出事故啦。

大　刘
魏海青　啊！哪个地方的机器出了事故？

赵大城　不是机器出事故，是人出了事故。刚才梁师傅告诉我，陈主任说要八年才能完成成渝铁路的钢轨。

大　刘　要八年？（简单明了地）他扯淡！

魏海青　（惊讶地）八年？

大　刘　梁师傅是不是赞成陈主任的八年计划呢？

赵大城　他倒没说什么，不过，他的思想问题也很严重。

大　刘　这不要紧，他是你岳父，你是他女婿，你负责打通他的思想。

赵大城　别瞎扯了。咱们商量商量明天小组会怎么个开法吧。

大　刘　（不假思索地）我没问题，说两年就两年，坚决不动摇。

魏海青　我刚刚给我二大叔写了封回信，这怎么又出来个八年呢？你们不知道啊，现在乡下人巴不得一年就修起来，这都不嫌早。前些日子修成渝铁路的信儿一传到我们村子，全村的人，大人小孩，老老少少，男的女的都点着灯笼火把来庆贺，直热闹了一宿，我们隔壁那个老大娘，乐得比自己抱了孙子还高兴。人民政府一号召我们组织民工队，我们全村都是全家全家地去报了名……这回我到工厂里来的时候，我二大叔跟我说："到工厂里去要好好干，不见火车冒烟你别回家。"……你们看，老百姓是这么盼望快一点修铁路，这，这八年不太长了吗？

大　刘　这你放心，八年计划是陈主任一个人的意见，不能算数。

魏海青　那，他是钢轨部主任，怎么会说了不算数呢？不行，这我得去问赵主席。

〔魏海青欲下时，工人甲、乙、邱奇上。

工人乙　赵主席在家吗？

魏海青　你们找赵主席干什么？

工人甲　有事。

赵大城　刚出去，来，大家请坐吧。我爸爸到陈主任家去了，你们找他有什么事，先说说吧。

魏海青　说呀！

工人甲　大城，你看现在陈主任，跟咱们工人还是像竹竿子一样，上下不通气，这样生产怎么能搞得好，任务怎么能完成得了呢？

邱　奇　老贾，完不成任务？你怎么不早说呢？

工人甲　嗳，我并不是说完不成任务，我是担心哪。

大　刘　嗳，担什么心呢？反正活人不能叫尿憋死！

工人甲
工人乙　你……

〔蒋凯、工人丙上。

蒋　凯　（大喊大叫）嗳，我告诉你们一个重要消息！

群　众　啊？什么重要消息？

蒋　凯　别忙，日子长得很呢！

众　人　你快说呀。

蒋　凯　好。我刚才听陈主任说，咱们钢轨任务两年是绝对完不成……他还说，成渝铁路两年根本就修不起来！说是要八九年。

众　人　这是怎么回事，怎么回事？

蒋　凯　陈主任说，解放前美国顾问算过，起码得九年，这个意见他已经提给李代表啦。

赵大城　嗳，别提他妈的美国鬼子了。解放前美国鬼子来到咱们厂，看到这部轧钢机，就头摇屁股摆的，活像个钻洞钻到石头上的耗子，说这个不好，那个也不好……弄了半天，打身上摸出一张广告来做开生意了。你们说，这些美国鬼子能给咱们办点什么真事呢？

众　人　对，小组长说得对。

蒋　凯　同志们，我看陈主任的那个意思，他根本就是看不起咱们工人，不相信苏联专家，不相信共产党……

邱　奇　那我提个意见。

众　人　什么意见？

邱　奇　咱们这个陈主任的思想有问题，非叫他在工人大会上坦白一下不可。

工人丙　人家到底是个主任哪。

邱　奇　那要不行，就换上赵主席当咱们钢轨部主任！

工人乙　嗳，有道理。

工人甲　赵主席跟咱们工人一条心。

赵大城　现在李代表叫咱们工人好好团结技术人员，你倒要撤人家的职，你这是什么意思？邱班长，往后你说话要合乎规矩才行。

邱　奇　嗳，现在讲的是民主，还能不让工人提意见哪？走，我们直接找赵主席去。

蒋　凯　对。

魏海青　小组长，你去不去？我跟他们一块儿去啦！（众下）

赵大城　（气）真是越搞越乱了！

大　刘　嗳，我也跟着他们去一趟，听听他们说些什么。

赵大城　对。

〔赵崑山由外归，上。

大　刘　赵主席，你回来啦！刚才大伙儿到陈主任家去找你啦，你在路上没碰见他们吗？

赵崑山　我是打小路回来的，没碰上。你不坐会儿吗？

大　刘　不，我走了。（下）

赵崑山　刚才他们来，有什么事儿吗？

赵大城　刚才大伙儿一听说陈主任的八年计划，就有的泄气，有的说要主任坦白，还有的说要撤他的职，换你当主任。

赵崑山　你们怎么讨论出这个事来了呢？对陈主任的态度，要有分寸，不能随便乱来。你们小组明天要好好谈谈，给大伙儿解释清楚，不让群众泄了气。

赵大城　可是大伙儿对他的意见就是那么多哩！

赵崑山　你是小组长嘛，你得给大伙儿解释啊，光靠工人积极，没有技术人员，行吗？当小组长不比在爹妈跟前，由着你的性子，想怎么办就怎么办；你还得领导别人呢。你呀，就是毛毛愣愣的，什么事儿光凭一股子劲儿，咋咋呼呼的还行吗？……你梁大叔来了没有？

赵大城　来了，又走了。

〔梁玉珍急跑上。

梁玉珍　大城。赵伯伯，你回来啦？（对赵大城，焦急地）我叫你态度好点儿、好点儿，你还说没问题，现在你看，他更不让我去了，把我的入学证明书都收去了。

〔赵妻由厨房门上。

赵　妻　你回来啦？吃饭吧。

梁玉珍　赵伯伯，你说怎么办呢？赵伯伯，我爸爸不让我去铁路上学习，愣让我去纱厂，说那儿保险。

赵大城　这真成了思想问题啦！

〔梁树云在外喊："玉珍！玉珍！"

赵　妻　（对赵崑山）这个事，还是你跟他梁大叔商量商量吧，咱们上里边吃饭去。

〔赵妻拉梁玉珍、赵大城下。

梁树云　玉珍没到这里来吗？（上）噢，老赵，你回来啦。

赵崑山　（亲热地）你来得正好，我正找你哪。

梁树云　玉珍没到这儿来吗？要吃饭了，这孩子不知道又跑到哪儿去啦。

赵崑山　丢不了。来、来、来，坐下。咱们老哥俩喝它一杯。（拉梁树云坐下，递酒，远方隐约的号子声）

梁树云　你不知道，玉珍这孩子，她非要到成渝铁路上的什么训练班去学习不可，刚才她还跟大城商量好了，要打通我的思想呢。

赵崑山　怎么？你不赞成玉珍去学习？

梁树云　成渝铁路修得起来修不起来，还摸不准呢，现在去学习，将来好等着失业呀！

赵崑山　失业？怪不得大城要打通你的思想呢。

梁树云　哼！

赵崑山　不用哼，你不对。

梁树云　啊，你这个老家伙，怎么也站在毛头小伙子那一边去了呢？

赵崑山　谁对，我就跟谁站在一边，我还能跟你一块儿犯错误？

梁树云　（惊讶地）什么？我犯错误？……好，不谈，喝酒。（两人喝酒）……老赵，咱哥俩在一块儿三十多年了，我不管有什么事也没瞒过你，你是个党员，比我进步，今天你跟我说句实话，成渝铁路到底是不是两年修成啊？

赵崑山　（想）哼，看样子，我说了你也不见得相信。

梁树云　嗳，不管怎么样，你说得总比别人牢靠点。

赵崑山　（直截了当）能修起来。

梁树云　修到底？

赵崑山　到底。

梁树云　完啦?

赵崑山　完啦。

〔静场，远方的号子声。

梁树云　（等回答）……嗳，你得说出个道理来嘛!

赵崑山　道理，你也不是不明白，你说咱们这个钢铁厂，解放前是个什么样的厂?

梁树云　他妈的，是（伸小拇指）这个……

赵崑山　啊，现在呢?

梁树云　现在，现在咱们这个厂……（伸大拇指）

赵崑山　（同时伸出大拇指）是这个。

梁树云　嗯嗯，是这个。

赵崑山　这，这你该明白了吧?

梁树云　这个嘛，明白。那你说这就是搞建设，修成渝铁路的样子?

赵崑山　是呀，就拿咱们这个厂来说吧，临解放的时候，被反动派破坏的水电部，现在已经发电了，炼铁炉也修复起来了，多少年没有冒烟的烟囱，也冒烟了，就是咱们这部四十五岁的“老母鸡”也要下蛋了，你说……这不是搞建设的样子吗?

梁树云　可成渝铁路三个朝代，四十多年都没修起来呀?

赵崑山　哪，现在咱们要在两年之内修起来，你老梁有意见是怎么的?

梁树云　（笑）我呀，我就怕修得慢了。

赵崑山　这就对啦。老梁，今天西南军政委员会正式决定，咱们在两年之内把成渝铁路要用的钢轨全部出齐，可陈主任他要八年，老亲家，按着你心里的算盘打一打。

梁树云　（沉思盘算）……八年吗，那是太长了点，这部机器你我都清楚，要是真的能把成渝铁路修起来，咱们叫它多出点钢轨，也不太困难；不过，你说两年也悬了点，这大话说出去，到了时候要是完不成，那你怎么能把这话收回来呢?依我说，先别提两年不两年的，咱们使上劲地干，两年能完成，那当然好喽，万一不行……

赵崑山　干吗？你还想留条后路啊，害羞不害羞噢！

梁树云　（连忙解释）嗳，不、不、不。我是想啊，咱们办事要牢靠点。再说陈主任也跟咱们工人搞不到一块儿去，你要他往东，他偏往西去。

赵崑山　嗳，咱们不让他往西去，一个劲儿地领着他往东走，不就行了？

梁树云　就那么容易？你要是主任那还差不多。

赵崑山　不要紧，主任也挡不住咱们修铁路嘛！

梁树云　（喝酒）老赵，你说，要是咱们压出来的钢轨，上面再来个不要了呢？那怎么办呢？

赵崑山　嗳，你今天是怎么啦，打定主意，成心请我吃竹笋，剥一节吃一节是不是？……不要咱们的要谁的？

梁树云　要谁的，你想过没有？过去咱们中国南南北北那么多条铁路，有哪一条是用咱们自己的材料修起来的？没有吧！都是他妈的外国货，就连玻璃、电灯泡、螺丝钉这些小玩意儿都是外国货，咳，可就有他妈的一样是中国货，那就是铺路基的石头子。

赵崑山　不止吧，还有更重要的，你忘了。

梁树云　什么？

赵崑山　人哪，咱们工人哪，哪条铁路不是咱们中国工人修的？

〔梁树云不语。

赵崑山　老兄弟，别用你那双老眼睛来看新社会啦。现在人民政府叫咱们压钢轨，赔了本也要咱们的！

梁树云　赔了本也要咱们的？

赵崑山　咱们现在刚开始压，成本高，慢慢地，咱们出多了，它就便宜了，咱们自己要是老不压，一辈子也不会有。

梁树云　我说的也当不了家呀。

赵崑山　嗨嗨，说了半天，你当了家还不知道哪。好，现在就给你个当家的事儿干。

梁树云　什么事儿啊？

赵崑山　行政上已经批准了，让你当我这个生产班长。

梁树云　（意外地）让我当班长？我才不愿意跟陈主任打交道呢。

赵崑山　你看你又来了，人家解放军都亲自修路去了，你连打个交道都不干哪？老梁，你……

梁树云　（考虑）好吧，我就代替你干两天儿，试试看吧。

赵崑山　大伙儿的事，怎么是替我呢？要干就得像个样儿。把你那股子老牛劲儿使出来吧。

梁树云　好吧，我听你的。

〔梁玉珍、赵大城急得往外面看。

赵崑山　来，干一杯。（喝酒）拿来吧！

梁树云　（不明白）什么呀？

赵崑山　嗳！孩子的入学证明书啊！

梁树云　怎么？这个事你也知道？

赵崑山　噢，这个事可是你不对啦。放心好啦，让玉珍学习去吧，她出来要是失了业，我养活她。

梁树云　好吧，反正这孩子迟早是你家的人了。（掏出入学证明书）

梁玉珍
赵大城　（高兴地冲出）爸爸！

梁树云　噢，原来你们都躲在里面。

梁玉珍　爸爸给我吧。

梁树云　要不是你赵伯伯说，我就不给你。（给她）

梁玉珍　谢谢。

梁玉珍　（拿着入学证明书，跟赵大城一块儿往外跑，又转身）谢谢你，赵伯伯。（鞠躬）

赵大城　（跑上山坡，看见李国亮）李代表来啦。

〔梁玉珍、赵大城上前握手。

赵崑山　噢，李代表来啦。那好极啦。

李国亮　（满脸笑容地上）梁师傅在这儿。

梁树云　我们老哥俩趁空儿喝两盅。

李国亮　赵大嫂，今天做什么好菜来招待客人哪?

赵　妻　凉粉萝卜丝，腊肉炒榨菜，李代表，晚饭在这儿吃吧。

李国亮　好啊。

赵崑山　李代表，先喝一盅吧。

李国亮　（举杯）噢，好香的大曲酒啊！（喝）嗳，大城、玉珍，什么时候喝你们的喜酒呀?

赵　妻　噢，对啦。他梁大叔，你看，玉珍要去学习啦，他们的亲事就赶快办吧。

赵大城　这个由我们自己决定。

赵　妻　你看，又是自己决定。李代表你说说看，大城今年二十二啦，玉珍也十九啦，还不该结婚哪?

李国亮　这个事还让我说呀?（看看房子）我现在也不同意他们结婚。

赵　妻　（莫名其妙）噢……

李国亮　你看，赵大嫂，你们一家三口住在这间破房子里，现在结婚让他们住在什么地方呢?再说你们只有这么一个儿子，梁师傅也只有一个女儿，我看，不能再叫他们在这破房子里结婚啦。稍微等一等，咱们厂把新工人宿舍盖起来，搬到新房子里去再结婚，那该多好啊。

赵　妻　对，对，那就照着李代表说的办吧。

李国亮　（赶紧地）哦，不，大嫂，这事我说了不能算数，还是问问他们自己，要不然他们可要批评我这个军事代表包办婚姻啦。

梁玉珍　（害羞地）我还要去学习哪。（跑下）

赵大城　等成渝铁路修起来，我才结婚呢。（跑下）

李国亮　要是他们自己要结婚，我这个军事代表负责给找房子。

赵　妻　李代表，你喝酒，我再给你们炒个菜去。（下）

李国亮　不要忙。

梁树云　李代表，你在这儿跟老赵谈谈吧，我先回去啦。

李国亮　没什么事，一块儿谈谈吧。

梁树云　不，不。家里还等着我吃饭呢。（下）

李国亮　老赵，你跟陈主任谈过没有？

赵崑山　老梁当班长的事他同意，关于生产他还没信心。

李国亮　嗯，刚才听说，大家对陈主任有些意见，特别是他那个八年建议，引起了大家的思想波动。既然这样，我们就应该把上级决定两年修好成渝铁路的计划向群众解释清楚，免得引起思想混乱，你说对不对？

赵崑山　对，这样大家可以安心生产了。

〔陈主任上。

陈凤鸣　赵主席住在这儿吗？

赵崑山　噢，陈主任来了。

陈凤鸣　噢，李代表也在这里。

李国亮　刚来。

陈凤鸣　事情实在难办。刚才你一走，就有好些工人去找我，七嘴八舌的，意见很多。李代表你看，这还没有正式生产呢！我不听吧，这又不好，要听吧，有些专门技术问题，谈不清楚。

李国亮　陈主任，按照你的意思，觉得怎么样好呢？

陈凤鸣　现在任务这么繁重，我个人能力有限，政治水平又低，我看我们是不是彻底把工分一下。关于技术问题，你们既然相信我，就交给我好了，我负完全责任。赵主席，其余的工作由你负责。我负责的事情，错了我担待，大家不必这么七嘴八舌，你负责的事情，爱怎么办就怎么办，我也可以完全不问。

赵崑山　陈主任，这个太彻底了。这不是分工，倒有点像分家了。

陈凤鸣　别误会我的意见。这样我可以集中精力搞烘钢炉、大马力机，免得互相牵扯。

李国亮　分工是需要的。大烘钢炉你是要多负些责任，也不要把技术问题和发动群众的政治工作割裂开来看。任何事情，如果不发动群众都是搞不起来的。

陈凤鸣　李代表，我倒不是不相信群众。搞起实际工作来，困难哪，你不知道有多少困难哪，比如厂里在试轧的时候，事故就那么多……

〔赵大城上。

赵大城　李代表，陈主任，爸爸，为了庆祝明天正式开工，工会打城里请来了电影队，给我们放映电影，马上就开演了。

赵崑山　什么片子？

赵大城　《光芒万丈》，听说是演咱们工人克服困难的事。

李国亮　那好哪，陈主任，大家一块儿看电影去吧，今天咱们先松松脑筋。

陈凤鸣　我不想去。

李国亮　去吧，一块儿去吧，看了这个片子，说不定还可以给我们一些启发。

陈凤鸣　电影片子上克服困难当然容易啦，那是人家编出来的嘛。

——幕落

第二幕

时　间　一九五〇年十一月底。

地　点　钢轨部，工人休息室。

布　景　休息室在钢轨部的楼上，右面一门通办公室，台左有一过道通小烘钢炉。上面是走廊，走廊左通车间，右通外边。室内置有长椅、克朗球等物。墙上挂的有宣传建立专责制的标语、图画。……

正面望去，可看见车间轧钢机上轮盘，以及远处正在兴建的厂房。

幕　启　冬天的早晨，室内墙上的电钟已经快到九点钟了。梁树云、赵崑山二人由外上。

梁树云　（边说边上）你看刚刚接班，炉子温度又烧不起来；都是你，让我当这个班长，搞了几个月，接二连三地出事故，我这个班长，都快成了事故班长了。

赵崑山　你这个班长当得不错嘛！我当班长的时候，搞了一个月，才搞出一根钢轨来，你一下手就是二三十根，五六十根，现在你班上都压到一百〇五根了。你干得比我漂亮多了。如今，你又搞了一个“两根一块压”的办法……

〔电话响，梁树云接。

梁树云　哪儿啊？……你找陈主任？（赵崑山接过来）

赵崑山　喂，我是赵崑山，你找陈主任什么事啊？嗯……嗯……我说啊，陈主任正忙着设计大烘钢炉呢，这些事你们自己搞一下吧！（挂上）

梁树云　好啦！（拿出图样）你快点把这个拿给陈主任吧，跟他商量商量，他要是说行的话，咱们就可以试验了。

赵崑山　（看图）好啊！就趁你这股劲儿，咱们先把专责制搞起来。

梁树云　专责制？我们早建立起来了嘛！

赵崑山　你们是建立起来了，还有没建立起来的呢！李代表老是提醒咱们：眼前咱们最重要的工作是消灭事故，各部门赶快要把专责制建立起来，防备有人扯咱们的后腿呀！

〔大刘上。

大　刘　赵主席，整理班派人来找你，说他们那里建立专责制出问题了，请你快去帮他们解决一下。

赵崑山　好吧，（对梁树云）你这个办法，等我回来再谈，我先到整理班去一趟。炉子没烧起来，你请陈主任去检查一下。

〔赵崑山、大刘下。

梁树云　（敲门）陈主任。

陈凤鸣　（在屋里）什么事？（出来）噢，梁班长，又出了什么问题？

梁树云　小烘钢炉的温度，到现在还没烧够，底下的同志个个都急得直跺脚，请你去想想办法好不好？

陈凤鸣　（不耐烦地）我检查过了，咱们这个炉子用的年头太久，事故当然免不了。你看，我正忙着设计大烘钢炉，等大炉修起来，事故自然就没有了。

梁树云　这么等着怎么行呢？陈主任，你还是去想想办法吧！

陈凤鸣　（不耐烦地要发作）嗳……

〔王检验员由外上。

王国荣　陈主任，我又来找你麻烦啦。

陈凤鸣　（客气地）哪里，哪里，这是理所当然。请坐。

王国荣　陈主任，今天一清早，工地上又打来了一个长途电话，说如果你们的钢轨再不能按期交货，过几天，我们铺路的十几万工人，可就要停工待料了。

陈凤鸣　王检验员，你们的困难我都清楚，可是，我们也有困难哪……当然啦，为了实现西南人民四十多年来的愿望，我们不应该叫苦，可是，这确实是没办法呀！

王国荣　没办法得想办法才行啊！最近，我们铁路上，学习了苏联的先进经验，采用了“分层填土打夯”的办法，前面铺路基，后边就接着铺轨跑火车，再加上筑路的军工、民工开展了一个你挑战、我比赛的“抢红旗运动”。这些日子，我们的铁路是越铺越快了……

梁树云　（着急地）陈主任，你到炉子上去看看好不好？

陈凤鸣　（摆手）你等一等。

〔梁树云碰钉子，不高兴地，转身下。

王国荣　陈主任，现在的情况是越来越严重啦，你们要是到时候不能按照合同如数交齐钢轨，那就直接影响我们整个成渝铁路的修建计划啦！

陈凤鸣　说实话，你们急，我比你们还急啊。可是，事故多，产量老是提不高，你有什么办法？

王国荣　你应该发动群众想办法呀。

陈凤鸣　发动群众？现在离年底还有一个月，就是发动群众也来不及。再说，发动群众是工会的事，我不能包办代替。

王国荣　照你这么说，是不是没办法了呢？

陈凤鸣　办法？那只有等大烘钢炉完工，新炉子它不会出事故，再一压长钢，产量自然而然地就提高了，那就好办了。

王国荣　那是明年的事，今年你们欠的钢轨，你打算怎么办呢？

陈凤鸣　这个，（想了想）哎呀，困难哪，你不知道有多少困难……

王国荣　你总得负责解决呀。

陈凤鸣　这……好吧，这个问题是需要彻底解决一下。待一会儿我找赵主席专门研究一下，明天给你一个肯定的答复。

王国荣　好吧，咱们一言为定，明天你可不能再推后天啦。

陈凤鸣　（急于脱身地）一定，一定。（送王国荣下，陈进屋）

〔邱奇上，欲找陈凤鸣，踌躇，又转向大水壶。蒋凯上。

蒋　凯　邱奇。

邱　奇　（转身）噢，蒋凯。

蒋　凯　（拉到角落）小炉子上的温度表你下手了没有？

邱　奇　已经下手啦……他们要查出来，怎么办呢？

蒋　凯　现在你们班上专责制还没建立，就是查出来，他找谁？……上面说，最近东京又来了命令，叫我们尽一切力量来破坏，不能让他们把铁路修起来。

邱　奇　那，那咱们用炸药算了。

蒋　凯　你的脑袋不想要啦！我们要做长期打算，还是利用技术破坏。表坏了，你告诉陈主任温度不够，陈主任准会叫你放大煤气。（看墙上钟）这么一来，半个钟头，就准把炉子烧垮啦！

邱　奇　好。

蒋　凯　记着，不能让他们把专责制建立起来。一定要把陈主任拖下水，烧垮炉子就有他顶着了。

〔脚步声，蒋凯急下。魏海青路过走廊，看见邱奇，走下。

魏海青　（着急地）邱班长，你怎么在这里？啊呀！炉子烧不上来，你怎么不着急？

邱　奇　嗳，我不着急也不来这里了。我找陈主任有事。

魏海青　（诚恳地）邱班长，你们炉子上老出事故，你得多想点办法呀！可别耽误了轧钢轨。你现在管烘钢炉，一定要负起责任来啊！

邱　奇　这当然啦，现在工人当家嘛，咱们不负责，谁负责呀？

魏海青　是呀。大家一负责，咱们钢轨就压得多啦，坐火车也就快啦。邱班长，你说是不是呀？

邱　奇　（拍魏海青肩膀）错不了，你好好地等着坐火车吧，我这就找陈主任想办法。

魏海青　对，我不耽搁你，你快找陈主任想办法吧。（由另外一方下）

邱　奇　（推门）陈主任。

陈凤鸣　（急躁不满地上）又是什么事？又是什么事？

邱　奇　炉子温度还是不够。

陈凤鸣　我要赶快地把烘钢炉最后一部分图样赶出来，去征求苏联专家的意见。炉子上的事，你当班长的多负点责任，不要零零碎碎的事都来找我，去吧。

邱　奇　唉！陈主任……小炉子老是出事故，怎么办呢？眼看就到十二月了，要是今年任务完不成的话，那上级要处分，报纸要批评，不用说陈主任您不好看，就连我们烘钢炉上也不好看啦。

陈凤鸣　那你们的意见呢？

邱　奇　我们都觉得，今年的生产任务，是完不成了。

陈凤鸣　弄了半天，你们也觉得完不成啦？

邱　奇　（钻空子）唉！底下大伙儿满肚子意见，谁敢说呀。

陈凤鸣　（上当）嗳，怎么不敢说呢？现在讲的是民主嘛，群众有话，应该让大家讲出来，你下去告诉大家，有意见要大胆地提，不要有任何顾虑，群众意见李代表向来是很重视的。

邱　奇　好吧，你这么一说，我就没顾虑啦。我马上下去找大伙儿商量商量。陈主任，你看炉子怎么办呢？

陈凤鸣　炉子？那有什么办法呢？

邱　奇　嗳，陈主任，你的办法总比我们多些。

陈凤鸣　（被激了一下）那这样，你把煤气加大，试试看。

邱　奇　对，加大煤气。（欲下）

陈凤鸣　嗯，慢点慢点。（看墙上钟）加大煤气，烧三十分钟，到九点半看看怎么样。

邱　奇　好，我就去加大煤气。（下）

陈凤鸣　（自以为深入了群众，自语）天天说依靠群众，依靠群众，群众真有意见，可是不敢说。（电话响，接电话）喂，是啊，我就是。你是赵主席，哦，整理班的专责制解决了，很好。喂，赵主席，现在烘钢炉上的工人，对咱们领导上有很多意见哪，你回来一下，咱们一起把它解决解决吧，是的……小炉子的温度还是不够啊……是的，你来吧……

〔冯柏年、梁树云上。

冯柏年　（边上边说）来吧，梁班长。陈主任正好在这里。

梁树云　（勉强地）好吧。

陈凤鸣　小炉子的问题我已经想了办法，还有什么事？

冯柏年　陈主任，你看看，（递上一堆合理化建议书，热情地）十二件合理化建议，工人们能在任务这么紧急的时候，提出这么多合理化建议来，真是太宝贵啦。

陈凤鸣　噢，这么多合理化建议，很好啊。（翻阅，挑出最大的一张图）

冯柏年　（解释）这一张是梁班长建议的“两根一块压”的喂钢法。很值得我们重视。

陈凤鸣　（仔细看）啊！这图样，画得很内行嘛。

梁树云　这是冯工程师帮我画的。

陈凤鸣　噢。

冯柏年　梁班长这个“两根一块压”的建议很好，如果试验成功的话，那我们的产量马上就可以提高一倍，我们欠成渝铁路的账就可以很快地补上了。

陈凤鸣　（沉默不语，半天）这个想法很好。可是，冯工程师，你很清楚，我们这部轧钢机压一根已经很吃力啦，要是压两根的话……

梁树云　（打断陈凤鸣）陈主任，咱们这部机器力气大得很，都还没使出来呢！我跟它三十多年了，脾气我都摸熟了。

冯柏年　我已经初步地估计过，是还可以。

陈凤鸣　（不高兴地）冯工程师，现在我们的重点工作是早日修好大烘钢炉，你应该尽力在这方面下功夫。至于这些合理化建议嘛，好是很好……不过，这到底是这里敲一敲，那里打一打的办法，解决不了根本问题。咱们回头再好好研究研究吧。

冯柏年　陈主任……

陈凤鸣　冯工程师，大烘钢炉用的火砖，今天出窑，你到火砖部去看看成分如何，打个电话告诉我。（下）

梁树云　得，你看，碰了一个橡皮钉子吧？

冯柏年　（牢骚地）唉，解放了，办事还是这样不痛快，这样好的事，碰上他也这么难办。

梁树云　我看，还是我到整理班去找老赵。冯工程师，你有事到火砖部就先去，把那十二件合理化建议交给我带给老赵，让他去想办法。

冯柏年　（交给梁树云，自语）好。

〔梁树云、冯柏年分头下。

〔邱奇领工人甲、戊、丁上。

邱　奇　大家坐一坐，我去请陈主任。（众坐下等待）陈主任，他们都来了。

〔陈凤鸣出，众立。

陈凤鸣　大家都来了，请坐吧。听说大家对生产上有很多意见，那很好，随便谈吧，不要有什么顾虑。（众不语）

陈凤鸣　大家都是为着把工作搞好嘛，有什么顾虑呢？

工人戊　（犹豫了一会儿）……好，我先说，陈主任，我们烘钢炉老出毛病，温度总是烧不上来，我这个烧煤气的干着急没得办法。现在高头要订立专责制，我怎么负得起这个责任啊。

工人丁　（附和地）是呀，到现在还不知道毛病在哪儿，要是建立了专责制，谁一个人负得起这么大的责任来呀？

工人甲　我就不赞成建立专责制。炉子老了，你搞什么花样都不行。你说，咱们年前的任务，怎么能靠专责制来完成呢？

陈凤鸣　当初开工的时候，你们不是保证完成任务的吗？

邱　奇　当初的任务是订得太高了。

陈凤鸣　嗯，你们大家的意见呢？

工人丁　当初保证是对的，要是不出事故，每天四百根的任务，保险能完成。

工人戊　哪个会想到事故这么多呢？

工人甲　我说咱们的任务要是完不成，还得赶快通知人家成渝铁路一声，别到时候完不成，耽搁了人家的工作。

工人戊
工人丁　是啊。

邱　奇　陈主任，你看大家的意见怎么样？

陈凤鸣　（点头）很好。大家的意见很好，都很重要。我想上级一定会重视你们的意见。

〔大刘、大城、老魏上。

赵大城　邱班长，你们怎么到这里来啦？

邱　奇　我找陈主任来的。

陈凤鸣　（制止地）慢点，慢点。（对众）……好吧，你们大家把真实的意见说出来，事情就好办了……马上我就跟赵主席研究一下，向李代表反映反映，我想李代表一定会重视大家的意见，难就难在这一阵。要是能把产量降低一些，明年大炉子一修好，一切问题就好解决啦！

〔大刘欲说话，魏海青拉住他。

赵大城　喂……

魏海青　（对赵大城）小组长，你的态度要好一点呀。

赵大城　（想来说服大家，态度非常好）邱班长，你们的专责制到现在还没有建立起来，有些什么困难，我们来帮你们克服，好吧？

邱　奇　困难呀？多得很，你问大家。

赵大城　（说服地）同志们，上级为了消灭事故，叫我们建立专责制，专责制是个很好的制度，我们工人应该拥护，只要我们努力干，一定可以克服困难。……

工人甲　（打断）呃！大城，用不着你给我们打通思想。

赵大城　（碰了一鼻子灰，忍着气）我们是来帮助你们克服困难的，为了咱们生产好啊，你知道吧！

魏海青　（劝解）唉！老贾，我们是替你们着急，给你们帮忙来的，大城是好心好意。

邱　奇　大城，专责制建立不起来，是群众的意见。

赵大城　（说服不成，怒火上升）群众意见？我这个群众就不答应。

大　刘　我也不答应。

魏海青 （怕吵翻，拉赵大城衣服）呃！慢慢说，大家不要吵，吵得乱七八糟，钢轨更压不出来了。

赵大城 你们的炉子老出事故，耽搁大家生产，我们主动地来团结你们想办法，你们怎么还不接受意见？

工人甲 赵大城，要是有办法不出事故，我们也愿意负责，保证完成任务。

大 刘 （挑战地）喂，你们听着，要是我们每天规定出一根，保险天天超额完成任务。

工人戊 刘大个子，你这个电线杆，怎么说话也冲人呀？这一阵子我们下班回家，家里的人问，走在路上，碰到谁谁也问："怎么样了，已经十一月了，你们今年任务到底完成完不成啊？"弄得我的脸都没地方放啦。你说你们愿意完成任务，我们就不愿意完成任务吗？谁不想早一点坐火车啊！

魏海青 是啊，都是为了生产好啊。依我看，这样吧，以后每个人起早贪黑地多辛苦点儿，做工的时候少歇一下，多卖点力气，你们说，要得要不得？

赵大城 （掏出一张报纸）你们看，长江三峡，谁不说是天险哪，自古以来，不管是外国的船、中国的船，就没有敢在夜间过的；现在人家海员同志们，为了修这条成渝铁路，赶运器材，一个个地不顾生命危险，创造了夜过三峡的奇迹。人家碰上困难就这么积极地干，可咱们一有了困难就不敢负责，咱们得凭良心呀！

大 刘 志愿军在朝鲜冰天雪地里，不怕辛苦打美国鬼子，保护咱们这些家伙。咱们搞生产，一碰到困难，就来了个向后转，咱们对得起志愿军吗？

陈凤鸣 嗳，不要扯远了，这是两回事，两回事。

赵大城 两回事？好，那我们轧钢班的，上了班叫一千二百八十度的温度烤着。你们看，（拉魏海青）魏海青的两个眼睛叫火烤的到现在还直淌眼泪。人家累得汗水从鞋子里往外流，都不叫一声苦，你们就不能克服困难哪！

邱　奇　好嘛，赵大城同志，你能克服困难，你有本事来替我们把小炉子给烧起来。

赵大城　（愣住）你……

〔魏海青一看赵大城给僵住了，着急地直搔头，想去找赵主席。正好赵崑山由通小炉子的门上。

魏海青　好啦，好啦，赵主席来啦……

众　人　赵主席来啦，赵主席来啦！

大　刘　赵主席，你给我们评评理，他们不愿意建立专责制，我们主动地来帮助他们，他们不接受意见，还要厉害。

〔众大乱。

工人戊　这是什么话？

邱　奇　谁要厉害啦？

工人甲　赵主席来得正好，咱们就灶王爷上天，有一句说一句。我看哪，咱们车间的行政、工会都太不了解情况了，任务完不成还不主动地想办法。现在炉子这么老，叫我们负专责，我们不敢负。

赵大城　不敢负，人家别的班上怎么都搞得那么好呢？你们不订专责制，影响我们生产，那可不行啊。

大　刘　是啊，我们怎么都订立起来了呢？为什么你们就不行呢？我看，你们就是缺乏主人翁的思想。

众　人　（不满）这是什么话……

工人戊　（气愤地）我们缺乏主人翁思想，好，不说别的，就拿我这个烧煤气的来说吧，一天到晚，起早摸黑的，东想办法，西想办法，累得两眼直发黑，可这个鬼炉子就是烧不上来，你有什么办法？大城、刘大个子，咱们说话可得凭良心。

工人甲　（对大城、大刘）我跟你们说，人吃了五谷杂粮还免不了生病，工厂里还能少了事故？我们这个炉子老出毛病，我看是没有办法了。工厂里要是没有事故，我看就不叫工厂了。

陈凤鸣　赵主席，你看，群众这么多意见，我们是不是需要向上面反映反映？

赵崑山　邱奇，你们仔细检查过没有，温度烧不上来，到底是什么毛病？

邱　奇　这，这个，炉子太老了呀！

〔梁树云捧表上，后边跟着轧钢班工人乙、丙、戊上。

梁树云　老赵，温度表拆下来啦。

赵崑山　（接表）陈主任，这个表，刚才我和老梁检查了一下，恐怕有毛病，你检查一下吧。

众　人　什么？表上有毛病？

陈凤鸣　（拆表，检查，大惊）哎呀，温度表坏啦。

众　人　啊，是个坏表？

工人丙　他妈的，这是怎么一回事？这就是把炉子烧化了，把人累死了，表上还不是个不够？

陈凤鸣　这个温度表用的年头也太久了……你看，谁也没想到，表上会出毛病。所以，我看，要想消灭事故，还是要从设备上着手。

邱　奇　（故作惊讶）哎呀，糟啦！陈主任，刚才你叫加大煤气，这不把炉子给烧毁了吗？

众　人　啊呀！可不是吗？

陈凤鸣　（看墙上的钟）糟啦，已经九点半啦，烧了三十多分钟啦，快去关煤气，快。

众　人　快走，快走。

邱　奇　是，是。（欲跑下）

梁树云　（拦住）别去啦，煤气管我们已经关小啦。

工人戊　他妈的，你看多危险。

工人乙　刚才要是再不关的话，炉子就完啦。幸亏赵主席和梁班长到你们炉子上去查出来啦!

梁树云　再不关小煤气，你们烘钢炉就变成炼钢炉啦!

邱　奇　哎呀!温度表怎么坏了呢?

赵崑山　刚才，我从整理班回来，到炉子上去，大家看表的温度还是不够，别的地方又没有毛病，老梁就提醒了一句，看看火色。等我跟他们打开炉门一看，炉子里面的钢坯都发白啦，要是再不关，烧到现在，钢锭都要化成水了。(问)这个表，你们班上谁负责管?

众　人　(互相追问)是谁负责?谁负责的谁说!(问不出来，面面相觑)

邱　奇　我去拿个新表来，真是……

工人戊　邱班长，这个表归谁负责呀?

邱　奇　这个，没规定呀，大家都看着的，大家都要负责。

梁树云　大家都负责，炉子烧垮了就都不负责了。

众　人　他妈的，真他妈的冤枉。

赵崑山　你们看危险不危险，要是坏人给你们捣个蛋，你们也没办法。

工人甲　坏人捣蛋?那非把他抓起来不行。

众　人　对，抓起来。

赵崑山　抓谁呀?抓谁呀?你们连专责制都没建立起来，抓表呀?

众　人　(愣住了)

工人戊　(愤激地)弄了半天，我还当是炉子的毛病，没有办法负责。谁知道在表上出了毛病。现在我明白了，咱们是得把责任分清楚，什么工作搞坏了，该谁负责就是谁的责任，不要搞得一锅糨糊分不清楚。

工人丁　他妈的，我还不是叫整了半天冤枉，炉上炉下、炉前炉后地到处爬着检查，谁知道漏子出在表上了。我看专责制是好，这是要每人管一样。不要出了大娄子，大家都哑巴吃黄连，有苦说不出。

赵崑山　专责制一建立起来，每人管一样，成天琢磨一件事，事故就少了。就是出点毛病，咱们也能很快地解决。再说，日子久了，看熟了，还可以出窍门呢。

工人戊　对，对。

赵崑山　老贾，你的意见呢？

工人甲　（羞愧地）不说啦，赵主席，我这还有什么意见？这会儿不叫我建立专责制，我也要建立了。

赵崑山　你看事故的原因查出来了，专责制再一建立，那完成任务还有问题没有？

工人甲　那就没有问题了，任务当然能完成啦，我保证。

邱　奇　（见风使舵）那只要大家愿意负责就好办，咱们马上下去开会。

〔众下。

赵大城　（拉邱奇）慢点、慢点。出了这么大的乱子，你不负责呀？你不是要求降低产量吗？

邱　奇　嗳，哪里，哪里，这是陈主任说的嘛。

赵大城　你不要求，陈主任就说了？你是班长，你得负责。

魏海青　（也生气了）邱班长，你满口跟我说，你要负责，要负责，到了出了这么大个事故，你是怎么搞的嘛？

大　刘　邱奇，你非当众做个检讨不可。

〔陈凤鸣抱着新表上。

陈凤鸣　好啦，邱奇，你赶快下去把这个新表装上去。（邱奇拿着表就欲跑下）回来，给你讲清楚，这个表装上去要把水平打好，不能有一点歪。

邱　奇　好，只要是新表，我保证没问题。（又欲下）

赵大城　不行，非要他做个检讨不可。

陈凤鸣　检讨？检讨也检讨不出技术来呀！去吧，我早就跟你说过，自己不懂的要多学多问，在技术上要下苦功夫，你看，这次差一点在表上出了大乱子，弄到现在，你自己还不知道是怎么回事。快去吧。

邱　奇　（狼狈地）是，是。（下）

赵昆山　（示意）老梁。

梁树云　好，等一等，邱奇，我跟你一道去看看。

〔梁树云下。乙、丙、戊等亦下。

陈凤鸣　大城，现在咱们搞工作，应该多多团结，不要老闹意见。

赵大城　（不满地）嗳，陈主任，你干吗老替邱奇说话呢？

陈凤鸣　（意外地）啊！……我怎么替他说话呢？

赵大城
大　刘　（气呼呼地）你……

赵昆山　（制止）大城，赶快下去准备轧钢吧。

〔赵大城、大刘不满地下。

陈凤鸣　（不高兴）赵主席，你说说看，我这怎么是替他说话呢？我向来就不满意这种技术不好又不求上进的人，你说他不行吧，炉子上目前还只有他才能马马虎虎地管一管，你说行吧，有的地方他实在不懂，真是叫人干着急，没办法。

赵昆山　陈主任，刚才这事不简单哪，（追究底细）刚才是谁叫加大煤气的？

陈凤鸣　是我叫加大的。

赵昆山　你也没检查？

陈凤鸣　我正忙大烘钢炉，没得空去呀！

赵昆山　陈主任，你太大意了。刚才是幸亏把坏表查出来了，要不然炉子就毁啦。眼看就到年底了，这节骨眼儿上可不能出大乱子。

陈凤鸣　（麻痹地）嗳，一个温度表坏了，差一点出了大事。所以我说，要想消灭事故，还是设备重要。

赵昆山　（严肃地）陈主任，我看今天这件事里面有问题。

陈凤鸣　有什么问题？

赵昆山　（警惕地）这里面会不会有人故意捣蛋呢？

陈凤鸣　赵主席，你这是想到哪里去了，表用的时间久了，总要坏的，有人故意捣蛋？不会吧？他何苦呢？

赵崑山　陈主任，你看今天群众的情绪怎么样？

陈凤鸣　很好嘛，在目前这种困难的情况下，我们是应该多听群众对咱们领导上的意见。你看嘛，大家对本年度的任务都感到了困难。

赵崑山　据我看，群众倒是很想完成今年的任务，向咱们来要办法，才提出了这么多意见。咱们要是以为群众是来要求降低产量，那就错了。

陈凤鸣　（不高兴地）难道说，今天我听取群众的意见也错了吗？

〔梁树云上。

梁树云　老赵，表安好了。

赵崑山　老梁，你那个办法呢？

〔梁树云递图给赵崑山。冯工程师上。

冯柏年　陈主任，火砖出窑了，成分很好，你赶快去大烘钢炉看看砌砖的工作。

赵崑山　陈主任，你看梁班长这个办法怎么样？

冯柏年　（再作努力）梁班长这个“两根一块压”的办法——

陈凤鸣　（冷冷地摇头）不行，不行。冯工程师，目前设备情况你不是不知道，那部机器是不能负荷的，小烘钢炉又不听使唤，一根一根地压已经很吃力，还谈得上“两根一块压”吗？冯工程师，你是懂得技术的人，要按这个试验，打坏了机器谁负责？

冯柏年　陈主任，我又考虑了一下，我觉得你对这部机器的力量认识得不够。如果你指的是保险系数问题，苏联有许多先进经验，都是超过了原来估计的。

陈凤鸣　冯工程师，你在哪儿看到过用这样的设备来进行“两根一块压”的？没有，绝对没有。即使说能行，那还有很多其他问题。首先，劳动组织要改变，生产程序要打乱，车间的温度过高，劳动保护还得想办法，这些你考虑过没有？哪能像你说得那么简单？

赵崑山　陈主任，这些问题我们商量过了。调整劳动组织、改善劳动保护，这些事我们工会可以协助行政来解决。

冯柏年　关于生产程序我先去拟一个办法，请你审核，你看怎么样？

陈凤鸣　刚才我不是跟你说过吗？现在大烘钢炉我还忙不过来，哪来时间考虑这些问题。

冯柏年　（激动地）陈主任，当初决定两年之内完成任务的时候，李代表不就说过，除了我们的物资设备、技术条件之外，群众的智慧也应该估计在内。现在有这么好的合理化建议，我们要是这样冷淡，那对于群众的意见不是太不重视了吗？

陈凤鸣　（也忍不住了）我不重视群众意见？赵主席，你看，我接受群众意见，你说不对，我不接受意见又不对，我真不知道怎么样才好啦。

赵崑山　（出示梁树云的建议）群众要想两年完成任务，才提出这样的建议。陈主任，这才是真正的群众意见。

〔陈琪上。

陈　琪　陈主任，赵主席，李代表请你们即刻到他那里去，苏联专家来了。

〔众为之一振。

陈凤鸣　你们看，吵，吵，吵。吵了半天，把正经事给耽误了。我的图样还缺一点儿没画好，这见了苏联专家怎么交换意见呢？

陈　琪　陈主任，不要紧。李代表说，苏联专家还要住几天，大烘钢炉的问题迟一天还可以。他请你马上把梁师傅的“两根一块压”的办法带去，叫梁师傅和冯工程师也一块儿去。

〔陈凤鸣一愣。

——幕落

第三幕

第一场

时　间　两个月之后的某夜。

地　点　钢轨部工人休息室。

幕　启　魏海青站在栏杆旁边，下边另一班在生产；钢坯的红光闪闪，轧钢机轰轰地响着。

台前工人庚、乙、丙、己在打克朗球，蒋凯在一边看报，就快要接班了，他们正在准备接班后试验梁树云创造的"两根一块压"的办法。

魏海青　（向下喊）张班长，你们压了多少根啦？……啊？多少？（下边喊声："两百四十根啦。"）两百四十根啦！喂，同志们加油干哪，多压钢轨咱们好早一点坐火车！

工人乙　吓，老魏又犯相思病了。

魏海青　（下平台向梁树云）他们压到两百四十根都快赶上咱们啦！

梁树云　赶上咱们还不好吗？咱们再往前跑啊！

工人乙　对，咱们再创造新纪录。

梁树云　现在真成了水浒传上的一百单八将了，个个都是英雄好汉。

蒋　凯　（双关地）对，老魏，怕什么？咱们那个大头还在后边哪！

工人庚　老魏，待一会儿，咱们把梁师傅这个"两根一块压"的办法试验成功了，他们就是脱了鞋、剥了袜子，保准撵不上咱们。

魏海青　嗳，要不是苏联专家帮忙，咱们今天还试不成哪！

工人丙　可不是嘛，要不是苏联专家帮咱们修好大炉子，咱们钢轨也压不了这么多呀！

工人乙　咱们可真得写信谢谢苏联专家。

众　人　对！好！

魏海青　等冯工程师来了，咱们叫他帮咱们写怎么样？

众　人　对！

梁树云　教我说，这次设计大烘钢炉，咱们陈主任功劳也不小哩。

众　人　是啊，这回陈主任也够辛苦了。

〔赵崑山上。

众　人　赵主席来啦！赵主席。

工人丙　赵主席，这会儿咱们钢轨压多了，要是成渝铁路用不完怎么办哪？

赵崑山　啊，用不完？现在就怕咱们压得少了不够用呢。前两天我听李代表说：华东、中南各条干线上都打电报来要咱们的钢轨哪！

魏海青　啊，真的？

赵崑山　你看我这么大年纪了，还跟你们说假话呀？加油干吧，往后还要把咱们每一条铁路都换上刻着中国字的钢轨哪！

〔众笑，冯工程师上，看图表。

赵崑山　李代表呢？

魏海青　（指办公室门）在跟陈主任谈话哪。

赵崑山　我去看看。（进办公室）

魏海青　冯工程师，你今天有空没有？

冯柏年　有什么事呀？

魏海青　刚才大家商量，苏联专家帮咱修好了大炉子，又帮梁师傅计算了这个新办法，我们大伙儿想请你替我们写封信，去谢谢苏联专家！

众　人　冯工程师，帮我们写写怎么样？

冯柏年　完全可以，完全可以！下了班大家商量商量我就写。

众　人　对！要得！好！（赵崑山上）

赵崑山　给谁写信？

冯柏年　给苏联专家。（赞叹地）唉，真是做梦也没有想到，咱们这部一九〇五年的老机器居然能达到目前这样的产量，同志们，这在任何资本主义国家都是不可能做到的。我们这种奇迹，要是叫美国知道了，我相信美国工程师都一定吓一大跳。

赵崑山　（笑）咱们可不能因为美国工程师吓一跳就满足了啊！

众　人　那当然！咱们当然不能自满哪！

魏海青　（对赵崑山轻声地）赵主席，自打咱们建立了专责制，这两个月事故少多了……咱们还有没有什么好制度啦？

众　人　对，对，还有没有好制度啦？

赵崑山　光靠制度还是不行啊！咱们要多动脑筋，眼光放远一点。

魏海青　对。

赵崑山　冯工程师，咱们下去到烘钢炉上看看吧！

冯柏年　好！

〔冯柏年、赵崑山欲下。

梁树云　冯工程师，别忘了给苏联专家写信哪！

冯柏年　哪能忘了呢，大家的意见嘛！

众　人　（笑）冯工程师一定写呀！……

〔冯柏年、赵崑山下。

魏海青　梁师傅，冯工程师真是个好工程师。（大刘跑上）

大　刘　喂，同志们，我刚才在下边，看见张班长那一班又搞出一个新办法来了！

众　人　什么新办法？

大　刘　他们说，不光每人负专责，为着各个部门配合得好，还得来个互相联络。

梁树云　对，那咱们也选出一个联络的人来好不好？

魏海青　好哇！

众　人　好，好！

大　刘　我提议一个人你们赞成不赞成？

众　人　快说吧！你提谁？

大　刘　我提议魏海青！

魏海青　提议我？

大　刘　魏海青办事热心负责，群众关系好，大家看怎么样？

众　人　同意！同意！

梁树云　那得起个名字呀！

大　刘　他们叫联络员，我看咱们叫联络官好不好？

梁树云　呵，好啊！老魏，这下你当了官啦！

魏海青　（故作正经地）我这个官可是群众选举的，往后你们可得听我的指挥呀！

工人庚　哟！你刚当官就下命令呀？

梁树云　指挥的还是咱们赵主席，你是咱们班上的一个部门！

魏海青　好哇！就快接班了，我得联络联络去。（欲下）

〔众笑。

〔赵大城抱了一堆石棉衣服、石棉鞋上。

赵大城　大家笑什么？

大　刘　小组长，刚才我们选了一个联络官，负责小组联络。

赵大城　谁呀？

工人丙　魏海青。

赵大城　呵，又提拔了一个新干部！

工人己　小组长，这么多的石棉东西呀？

赵大城　咱们试验这个“两根一块压”的办法，行政上怕车间温度太高，大家吃不消，给咱们发了这些石棉衣、石棉鞋、防火镜，每人一套，大家拿吧！

众　人　（拿衣服）好啊！

赵大城　慢点，让我记一记。

蒋　凯　（提饭盒）好，庆祝今天试验新办法，我去买条烟来慰劳慰劳大家。（下）

工人己　领导上对咱们照顾得可真周到。

魏海青　梁班长，你们在国民党反动派的时候，当工人的是不是也是今天发这个明天发那个的呀？

梁树云　（在桌上拿起克朗球的杆子）啊！在国民党反动派的时候，他每天就发这个。（戏打魏海青）

魏海青　喂，喂，你别打我呀！

众　人　（大笑）

梁树云　反动派他就发这个嘛！

〔汽笛声。

魏海青　预备接班啦，我要开始我的联络工作啦。

〔李国亮、陈凤鸣自办公室上。

陈凤鸣　李代表，您放心好了，你看石棉衣、石棉鞋不都发下来了嘛！

众　人　李代表来看我们试验哪？

梁树云　李代表，您就站在我们这个司令台上看两条火龙赛跑吧！

李国亮　好啊！可是“两根一块压”，车间温度太高；电机部送来的大电风扇装上没有？

梁树云　快装好了，电机部的同志们说保证在我们接班以前装好。

魏海青　李代表，领导上真是样样都想到了，七匹半的电风扇我还是头一回看见。

工人乙　老魏，你可要小心别让风把你吹跑了。

〔众笑。

陈凤鸣　李代表，我们下去看看准备工作吧！

李国亮　好的，同志们今天试验新办法，大家操作不熟练，石棉衣、石棉鞋可是要穿好啊！

魏海青　放心吧，李代表！

工人乙　李代表打一竿子吧！

李国亮　你们玩吧，我下去看看，改天来和你们比赛！

〔李国亮、陈凤鸣下。

魏海青　嗳，我该去联络联络了。（跑下）

〔电话响。

赵大城　（接电话）喂，好……（喊）赵主席电话！

〔赵主席上。

赵崑山　哪儿的电话？

赵大城　厂工会来的。（下）

赵崑山　（接电话）喂……我就是呀……好的。（挂上）厂工会通知咱们，说等咱们试验一成功，马上给咱们开庆功大会！

众　人　（鼓掌）开庆功会？那太好了……

〔汽笛声、钟声。

赵崑山　他们下班了，咱们赶快去接班吧！

众　人　走，接班去！

赵崑山　同志们，今天咱们搞新的试验，温度太高，这个活儿咱们又是头一回干，每个人可都要好好地准备准备呀！

众　人　好！好！保险马到成功。（下）

〔陈凤鸣上。

陈凤鸣　赵主席！准备工作都做好啦！可以试验啦！

赵崑山　好呀！都检查啦？

陈凤鸣　检查啦，赵主席……

赵崑山　陈主任！这次可得仔细检查一下；上次小炉子的事到现在我还觉得不像平常一般的事故。

陈凤鸣　赵主席！你看两个多月，一点事故也没出嘛！

赵崑山　不能这么说！这是因为咱们建立了专责制，就像浑水里下了明矾，清水是清水，泥巴是泥巴，坏人不敢乱活动啦！

陈凤鸣　赵主席！我总觉得在工厂里嘛，谁还不想把生产搞好呢？

赵崑山　陈主任，不能太大意了，上次那个事故我看情况很复杂，（汽笛声）我下去看看，你出去看看大炉子吧？

陈凤鸣　好吧！（赵崑山下）……邱奇！邱奇！

〔邱奇上。

邱　奇　陈主任！什么事？

陈凤鸣　炉子检查完了没有？

邱　奇　检查完了，温度烧得很好。新修的大炉子，哪还会有问题呀！

陈凤鸣　嗳！你可不能再粗心了！去年小炉子那个事你忘了？

邱　奇　陈主任！这个事您可不能都怪我啊！

陈凤鸣　这回这个大炉子我可都交给你啦！要是再出了毛病我就要找你。邱奇，你要留神坏人捣蛋哪！

邱　奇　啊？

陈凤鸣　去吧！

邱　奇　是！是！

〔陈凤鸣去办公室。邱奇愣了。

〔蒋凯提饭盒拿着一条香烟溜上。

邱　奇　我正找你，事情有些糟糕，他们已经有了布置啦！

蒋　凯　你怎么知道？

邱　奇　刚才听陈主任的口气他们在注意呢！你那块三角铁先别放了，放了他们会查出来的。

蒋　凯　噢！马上改变计划。还是在你那个炉子上下手。

邱　奇　（着急地）上回你叫我在炉子上下手，差点给查出来；这回你怎么又打我炉子的主意呀……

蒋　凯　不要紧！我是叫你给他来个猛火烧钢，外边白、里边黑，就是神仙也看不出来……

邱　奇　可是我刚才跟陈主任说了，炉子是新修的，表也是新的，没有问题呀……

蒋　凯　早给你准备好了，把这个橡皮套给它垫在温度表的腿底下。

邱　奇　哎呀！专责制厉害得很哪！

蒋　凯　怕什么？……事后把证据一消灭，专责制管个屁用！他们最近老是创造新纪录，今天又要试验“两根一块压”，共产党两年修好成渝铁路的计划就要实现了，咱们再不干，可就晚了……上面又催了，要是再不行，就用炸药，找机会把钢轨部连机器带人，一块儿来个大翻身。

邱　奇　好！（下）

〔蒋凯走到栏杆处，陈凤鸣上。

陈凤鸣　谁呀？蒋凯，上班了怎么还不下去呀？

蒋　凯　陈主任，您看今天这个试验，有没有把握呀？

陈凤鸣　大家都同意的嘛，不过这个机器的负荷量有限，你们开轧的时候可要小心。

蒋　凯　（看陈凤鸣手中图）梁师傅技术真有两下子，简直快赶上工程师了。

〔陈凤鸣付之一笑。

〔蒋凯下。

陈凤鸣　（顺手在桌上拿起克朗球杆）现在我成了克朗球了，随便谁都可以捅我一下。（坐下看图）

〔另一班工人甲、乙上。

陈凤鸣　换班了？

工人甲
工人乙　换班了。（一个换衣服，一个喝水）

〔梁树云与李代表上。

梁树云　陈主任，下边全都收拾好了，试验吧？

李国亮　还有什么需要准备的没有？

陈凤鸣　没什么了，开始试验吧！

梁树云　好。

工人甲
工人乙　李代表来看试验了？

李国亮　是呀，什么时候看你们的呀？

工人乙　我们正在动脑筋哪，李代表，您等着看好吧！

陈凤鸣　我们上来看吧，李代表！（上平台栏杆处）

梁树云　嗳，这个地方好，在咱们这个司令台上，到处都能看得清清楚楚。（在栏杆处往下喊）开轧了！（下）

工人甲　喂，试验开始了，快来看啊！

〔工人甲、乙上平台。

〔底下喊声、汽笛声、钟声。试验开始，红光闪闪，地辊轰轰作响。

〔内赵崑山声："李代表，你看老梁亲自掌大钳子，真是老将出马，一个顶俩。"梁树云声："大城，你小心地滚呀！"

李国亮　大家生产情绪这么高涨，可是要注意安全哪！

〔内众声："您放心好了，李代表。"

李国亮　陈主任，我看见老梁这个劲儿，让我想起淮海战役时候的一个老机枪手来了，真是又准又稳。

陈凤鸣　是呀，这是需要熟练技术的。

〔电话铃响。

工人甲　（接电话）喂，找谁呀……陈主任，你是谁呀？好吧，（放下听筒）陈主任，陈主任电话！

陈凤鸣　哪来的电话？

工人甲　王检验员打来的！

陈凤鸣　（拿起听筒）喂……我是陈凤鸣啊！梁师傅的办法正在试验呀，钢轨怎么样？……好吧，既然你们那边需要，我一定想办法凑齐就是了！（听见机器有怪声，侧耳听）好吧，好吧，（听怪声又起）再见。（急放下听筒）

李国亮　（向工人甲、乙）这个声音是怎么回事？

〔赵崑山上。

赵崑山　李代表，陈主任，机器的声音不对！

陈凤鸣　（跑上平台）停车，给我停车。

赵崑山
李国亮　停车，停车！

〔底下大乱，轧钢机猛然停住，李国亮、赵崑山急跑下，陈凤鸣转身入办公室，工人甲、乙跑下。

〔底下喊叫声：

魏海青怎么样啊？

哎呀，流这么多血！

机器坏了没有？

把老魏送医院去吧！

把机器看起来！

大刘快去打电话给医院！

〔陈凤鸣跑上，披工作服，手拿电筒，急跑下。

〔大刘急上。

大　刘　（急喘喘地）喂，喂，我要找医院哪……喂，你是医院吗？我是钢轨部呀！我们这里有一个同志叫钢给烫伤了……请你赶快派个车子来接呀……好，好。（挂上）

冯柏年　（急上）电话打了没有？

大　刘　刚打过！

冯柏年　真糟糕，这是怎么搞的呢？（打电话）喂，喂，我要找保卫科呀！

大　刘　谁知道是怎么回事呀？轧钢机咔嚓咔嚓地直响，吓得我心里直发毛！

冯柏年　喂，你是保卫科吗？我找曾科长讲话呀！

大　刘　（跑两步又说）这要不是陈主任、赵主席叫停车，说不定轧钢机都要完蛋啦！（急下）

冯柏年　喂，曾科长吗？我是冯柏年哪！试验还没得到结果呀！刚一试验，机器的声音就不对，现在停车了……原因还没查清楚，大概有问题……李代表正在看着检查哪，他让你来一趟，说有事找你商量……你马上就来？好，好。（挂上）

〔陈凤鸣上。

陈凤鸣　总算还好，机器没有损失！

冯柏年　试验之前一切准备工作都做得很好嘛！这到底是什么原因呢？

陈凤鸣　（把电筒往桌子上一摔，满身的油污，头发散乱）魏海青是怎么烫伤的？

冯柏年　今天魏海青负责联络，刚才他看着机器一时停不下来，忙着跑过去抢救，人哪有机器劲大呀？一下就叫机器给拖倒了，如果不是赵大城一把把他拉起来，命都送掉了！幸亏他穿着石棉衣，要不还会伤得更重。

〔群众、赵崑山、梁树云上。

赵崑山　陈主任，机器已经叫人看起来啦，李代表正在跟曾科长谈话，叫咱们先研究研究，他一会儿就来！

众　人　是不是因为大家操作不熟练呢？

钢坯一过机器我就听着声音不对。

毛病到底出在什么地方呢？

陈凤鸣　问题很简单，本来这部机器的设备就是压一根的，你怎么能凭空地想发明压两根呢？

冯柏年　陈主任，这个办法我们计算过多次，你不是也同意了吗？

陈凤鸣　不错，我是同意了。可是我早就说过，咱们不能太冒险，修成渝铁路全靠这部轧钢机；可是你们不肯接受我的意见，一定坚持要用这种“杀鸡取卵”的办法，我又能怎么办呢？你们看结果怎么样？轧钢机差一点被打烂，魏海青几乎把命送掉，要不是我喊停车，这会造成多么严重的后果？

赵崑山　陈主任，现在还不能断定是这个办法有错误，刚才我不是跟你说过，机器的声音不对，会不会是温度出了问题呢？

陈凤鸣　啊，赵主席，大烘钢炉是苏联专家帮助设计的，温度表是新的，难道说你连苏联专家也不相信了吗？

赵崑山　我当然相信苏联专家呀，陈主任，咱们这个“两根一块压”的办法也是苏联专家同意了咱们才试的呀！现在咱们应该仔细研究研究毛病到底出在哪里？

陈凤鸣　我刚刚检查过，事实证明一切，机器吃不住这么大的压力，保险系数超过得太多，这难道还不是很明显吗？

赵崑山　我看不会是压力问题，第一钢进机器的时候声音就不对嘛！

陈凤鸣　赵主席，你是工会主席，又是党支部书记，你不应该推卸责任。你说要是把机器打坏了，完不成任务，这个责任谁来负呢？

梁树云　陈主任，“两根一块压”是我出的主意，有错我负责，咱们应该把毛病出在哪里弄清楚，你不该把老赵也拖进去。

赵崑山　陈主任，批准这次试验的会议你也参加了，你也知道，要是咱们这次试验成功了，那“七一”通车，咱们的钢轨供应就更有把握了。

冯柏年　对呀，陈主任，咱们还是冷静一点儿，把问题彻底搞清楚……

陈凤鸣　（爆发）冯工程师，你也是学机械的，这一点科学道理还不懂？我陈凤鸣干了三十年的工业，难道就连这一点点技术问题都搞不清楚？明明是个压力问题，还要另找借口；上级委派我做钢轨部的主任，我对国家就要负责任，我绝对不同意那些满脑子个人英雄主义的人，拿着国家的机器来乱搞、乱出风头……好吧，你们愿意怎么干就怎么干吧！

〔陈凤鸣急入办公室。

〔众僵住，静场。

大　刘　（忍不住，冒火）这是干什么呀？今天咱们要把话说清楚，他这不是侮辱人吗？这太不像话了。

工人甲　（不高兴，对陈凤鸣不满）是谁对国家不负责任呀？

工人庚　这是什么态度？

〔梁树云突然站起，冲向办公室。

赵崑山　老梁，你干什么去？

梁树云　我找陈主任去评评这个理，我问问他，到底是谁拿着国家的机器乱搞了？

大　刘　走，梁班长。

工人庚　对，梁班长，非找他算算账去不可！

赵崑山　（严厉地）大家不要乱，要沉住气，我们不能这样做！

梁树云　（仍然要去）非找他不可，他凭什么血口喷人哪？

赵崑山　（大声地）回来，你给我坐下！（诚恳地、激动地）我不准你去！咱们都是在工厂干了三十几年的老工人，难道这点涵养都没有？

梁树云　办法是我想出来的，要处分也是处分我，要惩办也是惩办我，你能受这种冤枉气，我受不了。我非找他评评这个理不可。

赵崑山　老梁，他这也是为了怕打烂机器，耽搁生产哪，反正事情总会查个水落石出的。

梁树云　这部机器从广州搬到汉阳，从汉阳往重庆搬的时候，日本鬼子的飞机沿江轰炸，为着保护这部机器，咱们工人命都不要了，你还记不记得，老赵？

赵崑山　我一点都没忘，老梁。

梁树云　你再想一想：国民党反动派临跑的时候，在咱们厂里到处安的都是定时炸弹，还是你带着头冒着命一箱一箱搬出来，才把咱这部机器保住的……

赵崑山　对，咱们还要拿出那个劲来干！

梁树云　好，咱现在就去找陈主任，问问他到底谁乱搞机器。

赵崑山　老梁，你先坐下，有劲不是这么个使法。你我在一块儿三十多年，我这个倔脾气你也不是不知道，要是现在去找陈主任能把事情办好，我赵崑山早领头带着大家去干了；可是今天试验出了毛病，这里边有别的文章啊！咱们现在找陈主任去吵，那不是把事情更搞乱了嘛！

〔梁树云转身奔向另一门下。

赵崑山　老梁！

众　人　梁班长！梁班长！

〔众愣住，赵崑山挥手示意众下。

冯柏年　赵主席，我们找李代表商量商量去吧！

赵崑山　现在不忙去找他吧，等一会儿他跟曾科长谈完了就会上来的。冯工程师，你看今天的毛病出在哪儿？

冯柏年　办法是大家再三核计的，苏联专家研究了也很赞成，我想不会有错吧！

赵崑山　是啊，平时钢坯出炉要五分钟才冷，可是刚才不到五分钟就发黑了，你看会不会是毛病出在钢的温度上呢？

冯柏年　（犹豫）大炉子跟温度表都是新的呀！

〔赵大城上。

赵崑山　魏海青的伤怎么样？

赵大城　不要紧，没伤着骨头，医生正在给他包扎呢！

赵崑山　（掏钱）你到合作社去买点鸡蛋、点心给他送去，说我随后就去看他。

赵大城　好。（拿衣服下）

〔陈凤鸣上。

冯柏年　陈主任，你到哪儿去？

陈凤鸣　噢，冯工程师，好啦，刚才的一切都不谈了，我们不能为着意见的分歧把生产也给停了，现在我们继续生产，按原样开轧——一根一根地压。

冯柏年　那……这个试验还没得出结果来呢！

陈凤鸣　结果早就得出来了。我们不能为这个问题耽搁更多的时间了。

赵崑山　陈主任，事故的原因还没查出来，咱们怎么能开轧呢？你现在不查清楚就生产，那会发生更大的事故呀！

陈凤鸣　啊？刚才试验搞了这么一场乱子，你现在对这个办法还不死心啊？

赵崑山　事故原因还没查个水落石出，你怎么能冒险开轧呢？

陈凤鸣　赵主席，咱俩谁是钢轨部的主任，你不准开轧？刚才王检验员又来催钢轨了，完不成任务是你负责还是我负责，我找李代表去！

〔李国亮上。

李国亮　大家研究的结果怎么样？

陈凤鸣　李代表，你来得正好，我们为这个办法花费了过多的代价了，我们还是马上生产吧！

李国亮　陈主任，现在还不能马上生产，我们对于这次事故的发生，应该慎重研究，所以现在必须彻底检查。

陈凤鸣　我们不是已经检查过了吗，一切都很正常，李代表，我们要是把生产停下来，那我们的任务怎么办呢？

李国亮　我们停下来彻底检查，正是为了扫除生产上的障碍；我们不这样做，就要在政治上犯错误，将来就会受到历史的惩罚。

——幕　落

第二场

时　间　第二天下午。

地　点　军事代表办公室。

布　景　同一幕一场，室内翻修过，较前整洁、明朗。室角新添置毛主席石膏像一座。.

幕　启　陈琪在包扎文件，包好，走到凉台处。

陈　琪　小韩，小韩。

韩振江　（上）什么事？

陈　琪　（递报告）李代表叫你把这个报告马上送到工业部去，坐汽车，越快越好。

〔陈主任上。

韩振江　是。（看到陈凤鸣）陈主任来啦。

陈凤鸣　李代表不在？

陈　琪　请坐，请坐。

〔韩振江下。

陈凤鸣　（客气地）你忙，你忙。

陈　琪　（倒茶、拿烟、热情招待）喝茶、抽烟。

陈凤鸣　陈秘书，我想见一见李代表。

陈　琪　他开完党委会，又到保卫科去了，很快就会回来的。（电话响，接）喂，你是哪里……宣传部？有什么事？……记者要来见李代表？现在李代表正在忙，没有时间……什么时候，请等一等……我随后通知你们……（放下听筒，对陈凤鸣）陈主任，你有什么事吗？

陈凤鸣　看样子，李代表忙得很……我这里有一个报告，请你转达给李代表。（将辞职书交陈琪）

陈　琪　（看，奇怪地）啊，你要辞职？

陈凤鸣　这……我自己的工作没做好。好吧，我先回家去了。

陈　琪　嗳，陈主任，李代表马上就会回来，你等等吧。

陈凤鸣　（想了想，犹豫地）马上回来吗？（坐，心里杂乱无章……呆坐）

陈　琪　（忙自己的工作，发现陈凤鸣不安，找当天报纸）陈主任，我还有点事要办，你先坐坐看看报吧。今天的报纸上登着成渝铁路要在“七一”全线通车的消息，你可以看一下。

陈凤鸣　好的。（看报，见陈琪忙着下）

〔陈看了一会儿报，翻来覆去看不下去……他从口袋里拿出小本，撕下一张，写好后，把纸条放在桌上，欲下，电话铃响，转身想接，考虑，转身下。电话继续在响。

陈　琪　（上，接电话，发现陈凤鸣不在）喂，工业部？……报告已经派人坐汽车送去了……是的。（放下听筒）陈主任到哪儿去了，还能走了吗？（发现纸条）哎呀，“请约面谈”，还是走了，这个人真古怪。

李国亮　（上）你说谁？

陈　琪　（递纸条）你看嘛。

李国亮　（看）你去通知冯工程师先找他谈一下。

陈　琪　好的，向工业部写的报告已经送走啦，刚才宣传部来电话，说有个记者要来见你，我告诉他暂时没有时间。

李国亮　好的。（看完陈凤鸣的纸条，有点火，把它丢在桌上）我到钢轨部去一趟，有什么事，向钢轨部联系。（点烟，刚要走，赵崑山上，穿着工装满身油汗）来得正好，我正要到钢轨部去哪。

赵崑山　陈主任来过没有？

李国亮　（递纸条）你看。

赵崑山　（一气坐下，半天没说话）真没想到，陈主任这个人这么乱搞。刚才他在车间里下命令，不检查，自动召开干部会，他要带头检讨。

李国亮　啊，检讨了些什么？

赵崑山　检讨他在试验“两根一块压”之前，没有坚持原则上的斗争，差一点打坏了机器！……我看他的意思，是打算叫我做检讨，我没有答应，弄得会不欢而散。

李国亮　你做得很对，检讨什么呢？问题都没有搞清楚。

赵崑山　打开工的时候，我跟陈主任就在一起搞钢轨部的工作，搞到现在，一年多啦，结果还是没有把他团结好。他今天提出辞职，我是应该负责的。

李国亮　这轮不到你负责，主要的是他钻了牛角尖。现在是我们斗争最复杂、最尖锐的时候，陈主任的事回头再谈吧。

赵崑山　这样吧，我再去跟他谈一谈。

李国亮　嗳，赵崑山同志，你现在去说，他也听不进去的，就是我去说，也是解决不了问题的。

赵崑山　好吧，李代表，邱奇的事要是查出证据来，是不是就抓呀？

李国亮　先别忙，刚才保卫科开了一个会议，我去参加了，看情况，钢轨部里，不止邱奇一个反革命分子。

赵崑山　蒋凯的问题怎么样？

李国亮　蒋凯的历史是伪造的，名字也是假的。吴青他们那里最近破获了一个案子，跟蒋凯有关系，回头她就把材料送来。老赵，现在我们要特别警惕，这次敌人破坏没有成功，我们还没有破案，估计在这种情况下，敌人可能有更大的阴谋。

〔梁树云忙上。

赵崑山　老梁，你怎么又来了呢？

〔梁树云把钥匙往桌子上一放，坐。

赵崑山
李国亮　钥匙？

梁树云　这是陈主任办公室的钥匙，他叫冯工程师交给你，他不干了，现在冯工程师去找陈主任了。

李国亮　（收起钥匙）钥匙先放在这里，回头再处理。现在问题很可能出在温度表上，我看你们赶快去检查下大烘钢炉，咱们现在最重要的是把敌人破坏的具体证据查出来。咱们马上去查吧！

〔梁树云不动。

赵崑山　老梁，走吧。

梁树云　陈主任的问题怎么办呢？李代表，我想了想，还是我不对，昨天不该跟陈主任吵。我的这个老牛脾气，火一上来什么都不顾了，你看，现在陈主任也辞职不干了，成渝铁路的任务又这么紧，我们自己倒先闹起来了……那任务怎么能完得成呢？陈主任辞职，这都怪我。

李国亮　老梁，你放心吧，回头我就找陈主任谈话。

梁树云　（思想斗争得很厉害）陈主任是个念书的人，爱面子。（动情地）李代表，我梁树云都是快六十的人啦，面子不面子的没有关系，咱们就给他点面子嘛，我去找陈主任，跟他说几句好话，给他消消气，我也认了。咱们就一根一根压，要是钢轨实在供应不上，咱们再想办法，两根一块压就不试了吧。

赵崑山　你怎么越搞越糊涂啦？

梁树云　我怎么又糊涂了？

赵崑山　“两根一块压”的办法并没有证明是错误的呀，况且，这也不是你一个人的事，是群众拥护的，苏联专家同意的，党支持的。你说“两根一块压”不试了，难道说，真的是群众错了？苏联专家错了？党也错了？这样一来，以后谁还愿意提合理化建议？苏联专家的话谁还相信？那不更糟了吗？你想想看？

李国亮　而且敌人暗地里会哈哈大笑的，咱们绝不能这样做。

梁树云　（彷徨无主）那，怎么办呢？

〔冯工程师上。

冯柏年　李代表，噢，你们都在这里，陈主任现在还是情绪不高，我怎么跟他解释他也不听，现在我们车间许多重要工作都是由他负责……

李国亮　（考虑）这样吧，你再去一趟，就说我约他现在就来谈。

冯柏年　好吧，我再去找他。（下）

〔赵大城紧张地跑上。

赵大城　（气喘喘地）爸爸，李代表，报告你们一个情况，你不是叫刘大个子在烘钢炉上暗地里盯着邱奇吗？邱奇这小子，就像热锅台上的蚂蚁一样，转来转去，心神不安的，一会儿也待不住，总想把刘大个子支开。他为什么主动要求看守大烘钢炉呢？我看这里边准有问题。

李国亮　你们看，敌人已经沉不住气了，咱们赶快下去检查大烘钢炉，特别注意邱奇、蒋凯的行动。

梁树云　好，去吧。

〔赵崑山、赵大城、梁树云同下。电话响。

李国亮　（接电话）喂，是我，噢，你们会开完了，马上来？……好，你记住把材料带来，我在办公室等你。

〔魏海青上。

李国亮　（发现魏海青）嗳，魏海青同志，（走近）伤怎么样？

魏海青　不要紧，可把大家忙坏了。李代表，机器确实不要紧吧？

李国亮　机器没打坏，很快就要生产了。

魏海青　这可太好了。

李国亮　你回来，医院里答应了吗？

魏海青　嘿！……我自己回来的……李代表，我有个请求。

李国亮　（看魏海青）是不是想回车间？

魏海青　（高兴）哎呀，你可摸准了我的心思了，我想回车间去干活，可我跟大夫说，大夫不答应，请你给医院写个信，让他们叫我回来吧。

李国亮　那怎么成呢？医生不是不答应吗？

魏海青　（急忙解释）医生不了解我的心思呀。

李国亮　可医生了解你伤势的轻重啊。

魏海青　（给李国亮看伤）你看，我的伤不要紧……

李国亮　要听医生的话。我要是住医院，也得听医生的指挥。

魏海青　李代表，你不知道，我在医院里实在待不住，不干活手痒心憋得慌啊。昨天小组里刚把我选上当联络官，我要不去，不就耽误了小组的联络工作了吗？

李国亮　你想，伤没好，怎么能工作呢？

魏海青　不能干重的，我可以干轻活。

李国亮　魏海青同志，现在你的任务就是赶快把伤养好，快回医院去吧。

魏海青　李代表，让我回车间去吧，就是不干活，看着生产，我心里也痛快。

李国亮　现在车间也没开始生产，大家正在开会检查事故呢。

魏海青　（恳求地）那我就帮着检查事故好了。

〔陈凤鸣、冯柏年上。

冯柏年　李代表，陈主任来了。

李国亮　（握手）你留的条子我看见了。

魏海青　李代表……

李国亮　（向魏海青）好吧，等一会儿我叫陈秘书打个电话，同医院商量商量。

魏海青　（高兴）好！

李国亮　嗳，要是医院不答应的话，你还得回医院去。

魏海青　会答应，会答应，医院一定会答应的。（走到门口）李代表，请你一定给医院打电话啊！

李国亮　好。（魏海青下）

冯柏年　陈主任，你和李代表谈谈吧，我到车间去了。

李国亮　从去年年底突击大烘钢炉到现在，你花了不少心血，一直也没有很好的休息。

陈凤鸣　刚才我还在想，我自从来这个厂子到现在，十二年来，在国民党反动派的时候，有劲儿没处使，解放后总还算做了这么一件事情。

李国亮　不止啊。

陈凤鸣　其余的谈不到啊。这一年多，很多事情都没做好，虽然我自己觉得事事都在尽力而为，没想到弄得上下左右对我都不满意，昨晚上还跟赵主席、梁师傅闹得很不愉快，我一时着急，说话时措辞不当，言多语失，请你向赵主席解释解释。

李国亮　那不必要了，赵崑山同志对这些是不会计较的。

陈凤鸣　其实，我这个人一向对事不对人。可是呢，我脾气又太耿直，常常说话得罪人。就拿昨天晚上的事来说吧，我本来是一片好心，结果落了个四面楚歌，真是没想到。回想起来，这是何苦呢？李代表，我们共事一年多了，我想你对我应该有相当的了解。我在四川住了十几年，何尝不知道交通不方便的困难，何尝不希望早一天把成渝铁路修起来，何尝不愿意支持工人的合理化建议——只要它是真正合理的；可是，"两根一块压"的办法，大家都赞成了，为什么我偏偏要踌躇呢？我还不是怕打坏了机器嘛！早先的争论不必说了，出了事故以后，我又仔细去检查了一遍，的确是机器吃不消，这证明我的判断完全正确。

李国亮　你看，这项事故是不是还有别的原因？

陈凤鸣　什么原因呢？

李国亮　会不会有坏人给咱们捣蛋呢？

陈凤鸣　这个恐怕还不至于，这明摆着的是个科学技术问题。

李国亮　要知道机器是人操作的；我们怀疑的不是科学的本身，而是要寻找是谁在破坏科学。保卫科根据调查，已经掌握了一些可靠的材料，肯定这次事故有坏人在暗地破坏。关于这个问题，赵主席不止一次提醒你，你始终不相信有政治问题。你把技术与政治割裂开来，甚至对立起来，这完全是错误的。还有，我们要保证明年"七一"全线通车，六月十五日以前出齐全部钢轨，陈主任，现在我们任务这么重，事故的原因又没有查出来，你偏偏在这个时候提出辞职，这无论如何是不对的，你要好好地考虑考虑！

〔赵崑山、大刘带表上。

赵崑山　（兴奋地边上边喊）李代表，李代表！噢，陈主任，查出来啦，查出来啦！

李国亮　噢！好，好，好。（接表）

赵崑山　你看，邱奇这个小子干的好事啊，在这个表上塞了橡皮套。

陈凤鸣　啊！

赵崑山　保卫科已经把邱奇抓起来啦。

李国亮　怎么抓住的呀？

大　刘　李代表，你看这个。这次赵主席让我盯着他，我看这个小子在表那儿转悠，我寻思他准是要搞什么鬼，后来我装糊涂故意闪给他个空子，他就下手了，从表上拿这个玩意儿！这要不是他安上的，他干吗这么着急要拿下来？他狗日的想消灭证据，他可没想到我背地里留着神……过去就把他给抓住了！

陈凤鸣　（呆住）……那是什么东西？

赵崑山　这个，（递橡皮套）橡皮套，你看它的颜色跟温度表颜色一模一样，装上这个，不用烧火，表上就是一百度。敌人这是用了猛火烧钢的办法，外面火色烧得很好，可是里面还没烧透呢，昨天晚上要不是停车，机器准打坏了。

李国亮　陈主任，事故原因也查出来了，问题已弄清楚了，我看现在可以开轧进行试验了。

陈凤鸣　是。

大　刘　（兴奋地）马上开始“两根一块压”？好！（下）

〔赵大城急上。

赵大城　李代表，（紧张地）刚才我们在下边看守机器，看见蒋凯带了个饭盒，我们纠察队想检查他一下，他说：“饭盒子，检查什么！”说完他就慌慌张张地溜走了……后来我越想越不对，你说，这里边有没有问题？

赵崑山　他老带个饭盒子干吗？

李国亮　噢！（电话响）喂！是的……保卫科……什么？什么？噢，

邱奇已经坦白了，他是属于蒋凯指挥……唔，唔……什么？嗯，好的。（紧张地）赵崑山同志，蒋凯手里有颗定时炸弹，说是这次破坏不成就要用的！

赵崑山　（站）啊……定时炸弹！

赵大城　啊呀！我看蒋凯这个饭盒里准有问题！走，咱们赶快搜搜去！

赵崑山　李代表，我去查！

李国亮　对，马上去！

〔赵崑山、赵大城急下。

李国亮　（打电话）喂，钢轨部……找梁树云同志……喂，我是李国亮……你马上通知大家，暂时停止试验，把全部机器都看守起来……对，暂时停止试验……不行，停止，一定要停止……赵崑山同志已经去了解情况了，他会告诉你……

〔急促的汽车响，韩振江上。

韩振江　（紧张地）李代表，吴科长来啦。

吴　青　（急上）老李，材料来啦。敌人活动到我们鼻子底下来了，主犯就在我们材料科。

李国亮　（急忙打开）来啦，（看）对，一点也不错，就是他。

〔陈琪上。

陈　琪　李代表，钢轨部有些工人要见你！

李国亮　（靠近）蒋凯来了没有？

陈　琪　来了。

李国亮　小韩，马上告诉董班长，叫他带一个战士到这儿来。

〔韩振江下。

〔工人甲、乙、丙、丁、蒋凯上。

工人甲　李代表，反革命分子邱奇已经抓起来了，我们提议公审他！

工人乙
工人丁　开公审大会！

工人丙　斗争这个狗日的！

众　人　对，公审他！

蒋　凯　（伪装气愤地）我早就看出邱奇这个家伙不是东西，可我不知道他是一个反革命分子，李代表，我请求你接受我们工人的意见，立刻枪毙邱奇，为工人阶级除害！

李国亮　（心中有数地）噢？（电话响）喂，是的……我就是……赵崑山同志吗？嗯，是的，是的……好，好……你们是不是彻底检查过了？好，好，你们开始试验吧。

蒋　凯　李代表，我们看邱奇这个家伙是背后有人给他牵线。就拿去年小炉子出事故来说吧，就有人叫他加大煤气，这明明是让邱奇破坏，还有人给他打掩护，替他说话。李代表，我们要求赶紧追查！

〔陈凤鸣站起，紧张。

李国亮　（严厉地）蒋凯，你叫什么名字？

蒋　凯　我、我……我叫蒋凯呀。

李国亮　有一个叫黄杰的，你认识吗？

蒋　凯　我……我不认识。

李国亮　（示材料）不认识？好，这就是你在“中美合作所”的执照，你说，邱奇是不是你指挥的？

蒋　凯　（惊慌失色）不是我，不是我，要是我，枪毙、枪毙。

李国亮　我们会照你的意见办的。（喊）董班长！

〔蒋凯奔向门口，众阻止。董班长上。

工人甲
工人乙　你这个狗日的！

〔董班长给蒋凯上手铐。

赵崑山　（急上）噢，已经抓起来了。

〔远处爆炸声，众急至门前看。

蒋　凯　（垂死挣扎）哼，你们两年修好成渝铁路的计划完蛋了！

李国亮　（击桌、严厉地）你完蛋啦！

赵崑山　（对蒋凯）你放在马力机上的定时炸弹，在山坡上爆炸啦！

李国亮　带下去。

〔董班长带蒋凯下，群众愤怒未已。

陈凤鸣　（难过地）李代表，赵主席和我工作了十几年，我的情形他都清楚，是不是请组织上多方面了解一下。

李国亮　（与陈凤鸣握手）我们很了解你。人民政府不会放过一个反革命分子，也不会冤枉一个好人，敌人想破坏我们内部的团结，这一点，他们是永远也办不到的。

〔陈凤鸣深深感动。

〔远处锣鼓声，人喊声……

〔冯柏年、大刘跑上，众跟上。

冯柏年　（满头大汗，喘气）李代表，李代表，好了！好了！

李国亮　怎么？

赵崑山　怎么？

〔梁树云跑上。

梁树云　（欣喜若狂）李代表，老赵，“两根一块压”试验成功了！

众　人　（欢呼，远处锣鼓声隐约响起）……

李国亮　（握手）好极啦。（对吴青）好啦，你就说说你们的计划吧。

吴　青　（对众人）我们为了保证“七一”通车，决定在六月十五日以前完成成渝铁路的全部钢轨生产任务，有把握吗？

众　人　有！

赵崑山　现在“两根一块压”办法试验成功了，咱们产量可以提高一倍，同志们，咱们把十五去掉，来个五月底完成，陈主任，你看怎么样？

陈凤鸣　可以。

冯柏年　咱们镇压了反革命，保证一定完成任务。

梁树云　只要开动脑筋找窍门……

赵大城　那说不定还可以提高哪！

陈凤鸣　赵主席，我真不知道说什么才好，现在我才明白李代表说的话：工人阶级的觉悟，不是用数字可以计算得出来的。

赵崑山　陈主任……

李国亮　同志们！（充满信心地）不管有多少困难，都阻挡不住咱们修建成渝铁路。现在，我们必须全力完成咱们的钢轨生产任务，为了实现西南人民四十年来的愿望，我们无论如何，要保证明年“七一”通车。

众　人　对呀，没问题。

〔远处锣鼓声，响亮的庆贺汽笛声……

尾　声

时　间　一九五二年七月一日。

地　点　工厂附近，成渝铁路上一个车站的一角。

布　景　晴朗的早晨，蓝色的天空，太阳升起的时候。正面望去，可以看见远山和山旁成渝铁路的桥梁，铁路沿着长江岸边蜿蜒过来。铁道从台上铺过，道旁有黄桷树、石凳及铁路上带着号码的里程碑。远方耸立着工厂的炼铁炉，大烟囱的黑烟向天空喷吐着。

幕　启　工厂的汽笛声在晨风中悠扬长鸣，扩音机播送着乐曲，隐隐地传来锣鼓声。……场上是车站的一角。工人、工属、农民、农妇、商人、小孩等十余人，正围着几个藏族同胞在跳舞。人们笑着，闹着，跑过来跑过去的，充满节日欢乐的气象。梁玉珍，穿着崭新的铁路员工的制服上，她在维持秩序。

梁玉珍　（喊）同志们注意：别越过白线！别越过白线！

〔广播器报告：“苗族同胞来了，同志们赶快欢迎去。”苗民跳跃的音乐响，大家围拥着苗族同胞跳着笑着下。赵大城、大刘上。大刘吹着口琴，赵大城跳乌克兰舞，从铁道旁过来。

梁玉珍　上来，上来。（对大刘）大城，上来，上来。（赵大城上月台）大城，你怎么不听从指挥。

〔大刘把口琴在梁玉珍耳旁顺口一吹，梁玉珍追打，大刘跑了。台上只剩赵大城和梁玉珍。

赵大城　（从头到尾地打量了梁玉珍一番，爱慕地）玉珍，瞧你神气的，像个司令员。

梁玉珍　（自豪地看看自己上下）怎么样，不错吧，人民铁道的工作人员，指挥成渝铁路的第一列火车，应该神气些。

赵大城　嗳，嗳，玉珍，吃水不要忘挖井人哟，这当初还是我替你争取来的哩。

梁玉珍　（羞赵大城）你别不害臊了，亏你给我爸爸打通思想，差一点把我的入学证明书都给没收了。

赵大城　嗳，别提了。（拿出一个精致的盒子，又从盒子里面拿出一个光辉闪闪的雕花别针）你看这个！

梁玉珍　啊呀！真漂亮，哪里来的？

赵大城　北京来的。（帮梁玉珍把别针佩在胸前）你喜欢不？

梁玉珍　（眼神里充满着感激和爱情）北京来的，当然喜欢。

〔赵崑山、梁树云上，两个老伙伴今天都打扮得整齐漂亮。赵崑山的胡子刮得干干净净，梁树云胸前挂了朵劳动模范的大红花。两人看见赵大城、梁玉珍在谈话，赵崑山拉了拉梁树云示意躲回去。赵妻和四五个工人家属拿着鲜花上。

工属们　（吵吵闹闹地）赵主席，你们跟谁捉迷藏呀？

赵崑山　啊！

〔众人看见赵大城和梁玉珍，哈哈大笑。赵大城沉不住气跑下。

梁玉珍　（不好意思，嗔怪地冲到梁树云面前）爸爸！

梁树云　你看，怎么怪我呢？是你赵大伯……

赵　妻　（打断梁树云的话）你们这两个老头儿，倒着长的呀，越活越年轻了，逗人家小孩子，真该把你们胡子拔掉。

赵崑山　（幽默地，摸下巴）胡子，哪里来的胡子。

众　人　（笑）

工属甲　（看梁玉珍的服饰）玉珍，今天可真漂亮，该请我们喝喜酒了吧？

梁玉珍　（脸唰地红了）你……（跑下，众工属追下）

赵崑山　（对梁树云）老梁！

梁树云　（以为有事，严肃地）啊？

赵崑山　你赶紧替玉珍到劳动局去登记吧！

梁树云　（不解地）啊！干什么？

赵崑山　不然要失业了。

梁树云　（一愣，想起来了，不好意思地）嗳，嗳，嗳，你这个老家伙，今天是“七一”，党的生日，大清早上别算旧账。

赵崑山　老梁，你看，（指铁路）这不光石头子是中国的了吧。这枕木、道钉、鱼尾板，连这又长又大的钢轨都是中国的了。

梁树云　（不好意思）嗳，嗳，嗳。

赵崑山　（神秘地）老梁，你知道不知道，咱们修好这条成渝铁路可有人不高兴呢？

梁树云　（给蒙住了）不高兴？谁不高兴？

赵崑山　美国鬼子呀，他以为他不跟咱们做生意，咱们什么都不行了。

梁树云　呸，你说的美国鬼子呀？偏偏咱们自己能造钢轨，比他的更棒。气死他这狗日的。

赵崑山　（拍梁树云肩膀）对！对！

梁树云　（感慨万分地）老赵！

〔陈主任、冯工程师、赵大城、大刘、工人甲、乙、丙、丁、戊等齐上。陈凤鸣穿一件西装，冯柏年着新制服，佩戴一朵红花。

陈凤鸣　赵主席，梁班长，你们早就来了。看，我差点又晚了一步。（和赵崑山握手）

赵崑山　现在来正好。陈主任，你穿这套衣服年轻了十岁。

陈凤鸣　（笑）嗳，这还是结婚时候做的，压在箱子底下十几年了。今天是党的生日，又是成渝铁路通车，今天不穿什么时候穿呢？赵主席，梁班长，今天我还要向你们两位共产党员道喜呢。（和赵崑山、梁树云握手）希望你们两位以后还要多多帮助我。

〔陈琪着新衣裙上。

冯柏年　陈秘书，今天你也改装了。

众　人　（拍手）哦！

陈　琪　（有点不好意思）同志们，李厂长和吴科长马上就来了。大刘，咱们庆祝通车的大旗还在那边，你去找小韩一道拿来吧！

大　刘　好，扛大旗我最合适。（下）

〔李国亮、吴科长带着小波和王国荣上。

冯柏年　啊！李厂长来了。

〔众招呼。

李国亮　（对吴）你看，咱们的钢铁大军。

吴　青　好啊！同志们，我今天是代表成渝铁路工程局向同志们致谢来的，并且邀请劳动模范乘第一列火车到成都去。

〔众人欢呼，把劳模梁树云、冯工程师推到了前面来。

吴　青　还有几位部队里的筑路英雄也在咱们这里上车，咱们热烈地欢迎啊！

李国亮　（看远方）来了，来了。我起带头作用啊！

陈　琪　我们在后面助威！

〔三位解放军筑路英雄整齐地走上，后面跟着欢送的乐队。

李国亮　向英雄们致敬！

众　人　向英雄们致敬！

〔乐声顿止。

解放军的英雄们 （用力磕脚跟，立正，整齐地喊）为人民服务！

〔众欢腾。

〔魏海青扶二大叔上。

赵大城 魏海青和他二大叔来了。

〔众招呼。

李国亮 （对二大叔）你老人家好啊，多住几天吧，以后坐火车回去。

二大叔 （耳聋）啊？

魏海青 李厂长说，你老人家多住两天，以后坐火车回去！

二大叔 好啊！谢谢你。小海子，铁路在哪里啦？

魏海青 那不是啊。

二大叔 小海子，快扶我过去看看。（魏海青扶二大叔到铁路旁，二大叔高兴万分；感激地摸着铁轨，笑着。众人屏息地看着他）这条铁路，我十八岁那年就说要修，盼了四十七年，到底是盼到了。

魏海青 要不是解放了，毛主席来了，再盼四十七年也修不起来哪！

二大叔 小海子，你还记得你爷爷临死前跟你说的话没有？

魏海青 （不语）……

二大叔 你爷爷说，反动派只晓得要捐要款，要想修这条成渝铁路，那只有等到民国末年了。他又说有一天，要是真的有人把这条路修起来，你不要忘了，到我坟上烧张纸，告诉我一声，那我死也闭了眼睛了。小海子，这咱解放才两年，铁路就修通了，这真是托毛主席他老人家的洪福啊！

李国亮 老大爷，修铁路还不止修这一条呢！毛主席叫我们修好这条成渝铁路，还要修那条三十多年没有修起来的天成铁路呢。

二大叔 （惊喜）啊！这世道，真是变啦！

李国亮 同志们，天成铁路今天正式开工，钢轨仍然由我们来供应，大家说好不好？

众　人 好！（欢呼）

赵大城 李厂长，那我们还要在全国各地都修满铁路，从南到北，从东到西，来它个这么一条，那么一条，一直铺到北京，到北京去看毛主席。

二大叔　小海子，谁看毛主席去啊！跟他说把咱们四川的大曲酒、大广柑捎给毛主席去，叫他老人家尝尝。

〔大刘，小韩扛旗子上。旗上有毛主席题字："庆祝成渝路通车，继续努力修筑天成路！"

众　人　旗子来了，旗子来了。

魏海青　毛主席送的旗子。

二大叔　（急忙地）毛主席，他老人家怎么说？

赵崑山　他说咱们把成渝铁路修起来，再继续修筑天成铁路。

〔二大叔感动地对旗子深深地鞠了三个躬。

梁玉珍　（上）大家注意，重庆开往成都的第一列火车就要进站了。……请同志们不要乱跑，不要越过白线，以免危险……

〔众欢呼。小孩、少数民族、工属、农民等群众争相拥上。

众　人　英雄，劳模站在前面。

〔远处火车汽笛声，一列崭新的火车由山谷驶出，吐着黑烟。

众　人　火车！火车！火车来了。

〔火车绕过山谷，向站上驶来。乐声大奏。火车声大作……工厂汽笛同时长鸣。鲜花、手巾、帽子在手中飞舞，迎接进站的火车。

众　人　共产党万岁！

毛主席万岁！

〔火车声大作。在群众的狂欢声中，火车驶进了车站。

——幕落·全剧终

原载《剧本》1953年6月号

荣获第一届全国话剧观摩演出多幕剧创作二等奖（1956）

考　验

夏衍

（五幕六场）

时间　一九五三年。

地点　某一个工业城市。

人　物

丁　纬　新华电机制造厂厂长。

郑裕青　丁纬的妻子。

丁　淞　丁纬的女儿。

杨仲安　新华电机制造厂副厂长。

薛为德　轻电机车间主任。

徐达民　轻电机车间副主任。

钱沛之　总工程师。

俞嘉华　女秘书。

王　蕙　杨仲安的妻子。

方　克　工厂党委会书记。

马小宝　生产小组长。

何复清 变压器车间副主任。
朱 帆 职员。
公务员

第一幕

一九五三年春，三月下旬，傍晚。

丁纬的宿舍，两间一组的公寓式房子。舞台是作为会客室兼书房的一大间，正中后面，一排窗子，窗前面是写字台。一张旧式沙发，右边是书架、茶几等简单的陈设，左边靠墙是一张小书桌，这是丁纬的女儿丁淞读书温课的地方。前面是小圆桌、椅子等。

幕启时舞台虚空，夕阳透过窗帷，斜射在书桌上。

丁淞清脆的歌声、脚步声。

火车在飞奔，
车轮在歌唱，
装载着木材和食粮，
运来了地下的矿藏……

她拿着一束盛开的桃花进来，继续唱：

多装快跑，快跑多装，
把原料送到工厂，
把机器带给农庄。

把桃花插在花瓶里，丁纬跟着进来，把夹在臂上的上衣放在椅背上。

丁淞十五岁，白衬衫上罩着一件淡绿色毛线衣，藏青色的裙子，两条短辫子，健康爽朗。

丁纬三十七八岁，中等身材，浓眉大眼，新理过发，但是两颊的须根已现青色。

丁淞歌声：

烟囱像森林，

钢水在沸腾，

新纪录不断地出现，

找窍门开动脑筋。……

丁　纬　（坐下来，抽了一支烟，打断她）妈妈呢？怎么一转眼就不见了。

丁　淞　陪小弟回托儿所去了。（从带回来的小网袋中，取出用玻璃瓶子装着的昆虫，和搜集了的植物标本）

〔年轻的公务员推门进来，拿来一张字条。丁淞就近接过来。

公务员　刚才李部长来过，留下一个条子。（下）

〔丁淞抢着把一个折成 L 形的纸条接过来，打开，念。

丁　淞　我念给你听，这又不是密件。（推他坐下，靠在旁边念）“丁纬同志：顺道来看你，你们全家都去逛公园了。礼拜天，难得的好天气。我来是为了告诉你一个消息，你的请求，批准了，同意你去搞工厂。正式通知已经发出。要是干训班结束得快，希望你下礼拜内就来报到。”

〔丁纬抢过来看，显有兴奋之色。

丁　纬　（自语似的）搞工厂。

丁　淞　你搞工厂？

丁　纬　笑什么？笑我搞不来？

〔丁淞回到自己的桌子面前，去整理她的标本去了。

丁　纬　（自语）好快，批准啦。

丁　淞　（对父亲抱怨似的）我叫你用网套，你偏要用手，瞧，这么大的一个花蝴蝶，都让你把翅膀给弄碎了。

丁　纬　你用网子套，跑得满头大汗，一个也捉不到，我用手，一下就捉到了。(望着她)一样的蝴蝶，要这么多干吗？

丁 淞 一样？才不一样呢。这是粉蝶，后面的翅膀是圆的，这个的后翅膀有两条拖脚，叫作凤蝶。(撒娇似的反问)一样？

丁 纬 哦，还有这么些道理？

丁 淞 道理多得很呢。

〔看见她一心不乱地整理标本，回身坐到自己写字台前面，取出一本书来，看。

〔一分钟。丁淞大约觉得饿了，跑到后面去，取了一叠饼干出来，递几块给她爸爸。

丁 纬 才捉过虫子的手，不卫生。

〔丁淞憨笑，用小手巾揩手。

丁 纬 淞淞。

丁 淞 唔。

丁 纬 把你的代数练习本儿给我看一看。

丁 淞 (笑)哈，习题做不出，对吗？

丁 纬 谁说，十二个习题，昨晚上全做了。

丁 淞 那，要我的练习本儿干什么？

丁 纬 对一下嘛。

丁 淞 骗我，二次方程式，顶容易，只要把求出来的 x 数代进去，对就对，不对就不对。(顽皮地)我知道，x 求不出来，对吗？好，你再试试，晚上教你。

丁 纬 (苦笑)你真坏。

丁 淞 (想起了似的)爸，你学数学干吗呀，妈在笑你，她说："八十岁学吹打，老来忙。"

丁 纬 这，你就不知道了，数学，是学任何一门科学的钥匙。你也得好好地学，不管你自己想当一个生物学家也好，或者你妈妈想你当一个歌唱家也好，数学是一切科学技术的顶重要的助手，它帮你整理知识，整理思想，懂吗？小时候不打好基础……

丁　淞　可是，（撒娇地噘起了嘴）我学不好，这次考试……

丁　纬　（逗她）不及格，是不是？

丁　淞　谁说，我，四分。

〔楼下有人高声谈话。

丁　纬　妈回来了。

丁　淞　跟谁在讲话？（开门出去）

〔郑裕青陪着杨仲安上来。郑裕青，三十开外，中等身材，有点胖。穿灰色干部服。杨仲安四十左右，胆汁质型，正在发胖中，容易激动，习惯于用高嗓子讲话。

郑裕青　（推门进来）老丁，你猜是谁来了。

丁　纬　（完全出乎意外，眼睛一亮，迎上去，紧紧地握手）啊，老杨！

杨仲安　（热情地两手抓住丁纬的肩膀，看了又看）你简直没有变，可是——

丁　纬　你胖了。

杨仲安　一百四十五磅，正好，你一点也没有变，老样子，可是，裕青同志，你发福了。（对丁纬）刚才在门口碰上，要不是她先招呼我，我就不敢……

郑裕青　老了，这么多年……

丁　纬　别说她胖。最近看了几次话剧，她还打算归队，去演戏咧。

郑裕青　听他瞎说，（对丁淞）叫杨伯伯，怎么，不认识了？

杨仲安　淞淞？啊，日子真快，已经是大姑娘了，记不记得？我抱过你……哈哈……

〔丁淞有点怕羞，一时记不起来。

杨仲安　（脱熟地拉一把椅子坐下）你们一直在这儿？

丁　纬　不，南下的时候到过一下，待了一个月，后来在革大工作，整整两年半。去年才调过来，还是搞教育，在干部训练班。

杨仲安　真是“隔行如隔山”，同在一个地方，一直没有见面。

丁　纬　你，南下之后就在——

杨仲安　对，接管之后在厂里当军代表，后来是副厂长。

丁　纬　（高兴）怎么，你也在搞工厂。

杨仲安　不像吗？

丁　纬　像，像得很，（流露）老朋友又在一块了，真好。

郑裕青　你们谈谈，我去泡茶。

杨仲安　知道你在这儿，昨天就想来，凑巧今天是礼拜。老丁，你哪一天到差？

丁　纬　什么？

杨仲安　你不知道？装傻。

丁　纬　不，不，你说的是——

杨仲安　任命已经下了，你来当咱们厂的厂长，咱们又在一起。（由衷地高兴）你来了，我就放心了。

丁　纬　什么？这是真话。

〔郑裕青上，斟了茶。

杨仲安　我不像你，不爱开玩笑。（向郑裕青）他，爱开玩笑的脾气，还没有改？

郑裕青　老了，脾气难改啦。（笑）三反的时候，还有人提了他的意见，说在干部学校工作，态度不庄重、不严肃。在家里，跟小孩也开玩笑，装怪样子。

杨仲安　这不坏啊，他是革命的乐天派。

丁　纬　老杨，言归正传，你说的厂……

杨仲安　新华电机制造厂，造发电机、马达、变压器……

丁　纬　哦，生产情况怎么样？

杨仲安　你放心，有我。上个月就听说市委要派一个厂长来，心里嘀咕了好久。你知道我这个人的脾气，怕合不来。昨天接到通知，原来是你！哈，好极了，老战友，老同志，再好没有，厂里的事，你放心，我摸了三年，差不离了，已经有了底儿。

丁　纬　跟你在一起，当然再好没有啦，可是，我什么也不知道，没有精神准备，你说说，让我知道一点……

杨仲安　急什么，过一两天，我把详细情形向你报告，再叫各部门负责人来向你汇报。

丁　纬　不，现在就随便谈谈，你知道我的急性子。

杨仲安　对，不弄清楚，晚上睡不着，是不是？从哪儿谈起呢。

丁　纬　（从桌上找出刚才李部长留下的字条给他看）你瞧，就在你来的前五分钟，我才知道这个决定。正式通知还没有收到，也许送到学校去了，李部长的条子上只有三个字，搞工厂。（停一下）搞工厂，连什么厂也不知道，你说的那个厂，规模多大？

杨仲安　说大嘛，当然比不上五年计划的新建厂，说小嘛，可也有一千多工人。不过，这是一个重点厂，市委直接在抓。

丁　纬　生产情况——

杨仲安　现在可好啦。接管下来时是一个烂厂，一塌糊涂，好容易，搞了几次大运动，三反，民主改革，生产改革，这才变了样。老丁，你看看，三年，我的头发白了多少？

丁　纬　真不易！老杨，你从哪儿学会了这一套！（亲热地在杨仲安肩上重重地一拍）

杨仲安　（得意地笑）承老同志夸几句，白了头发，也甘心了。你知道，人家可不这样看，现在办事不容易，上面要检查，下面有意见，好了还要好，完成了生产任务，还要要求什么按节奏生产。工厂，可不比部队，凡事都得民主。凭良心，我这个人，不算不民主吧，可是这次党代表会议，意见就提了一大堆。老丁，你下去，得有个精神准备。（纵声大笑起来）

丁　纬　批评，提意见，这哪儿都一样，应该有……

〔郑裕青端了一盘饼干出来，又斟了茶。

郑裕青　什么东西也没有，吃一点吧。仲安同志，小王怎么样，身体好吗?

杨仲安　小王?噢，现在可不是小王了，老了，五个孩子的妈妈……

丁　纬　五个孩子?

杨仲安　三男两女，到这儿三年，添了四个。

郑裕青　三年添了四个?

杨仲安　五二年正月一个，老四，男的；同一年的十二月又一个，老五，女的。

郑裕青　她在哪儿工作?

杨仲安　就在厂里，还是老本行，在本厂的工会里当文教委员。孩子多了，事情办不好，我说算了吧，还是好好地管管孩子吧，她偏不肯。

丁　纬　三年添了四个，你真了不起!

杨仲安　要是厂里的生产，也像这个一样，节节高，一年增加这么百分之二百，那才好啦。

〔郑裕青下。

丁　纬　你不是说，厂里的生产很不错?完成了任务……

杨仲安　按理说，应该说不错。机器就是那些老机器，人，就是那批老人马，可是生产量，一年年在增高，要是别的厂，应该说什么问题也不会有，偏偏这是一个电机厂。

丁　纬　为什么?

杨仲安　在五年计划的第一年，电气机器的生产是一个重点。（从口袋里摸出一个小本子来，边翻边说）在各种生产品中，今年比去年要增加的比例，电机这一门顶大。发电机要增加百分之一百一十九，电动机——就是马达，要增加百分之四十一。在十八种主要生产品中，这两项增加得顶大。

丁　纬　唔，真不简单。

杨仲安　任务重，且不说它，困难的问题，是干部。老丁，市委派你来当厂长，表示对这个厂的重视。我算了算，三年多来，除去接管的班子，没有派过干部，跟我一起来的五个人，调的调了，垮的垮了。

丁　纬　垮了？

杨仲安　可不是，垮了两个，一个你也许还记得，在鲁东跟你一起工作过的小姜，“三反”的时候，整垮了。

丁　纬　唔，我好像听人说过。（停了一下）可是，三年来不是添了一大批新的骨干？

杨仲安　（摇摇头）刚从学校出来的，不顶事。

〔天色渐暗，丁纬想起什么似的，往后间望了一眼。

丁　纬　青！（没有反应。回头来对丁淞）叫妈妈来一下。

杨仲安　唔，还是老规矩，青！

丁　纬　还有什么新规矩，叫郑裕青同志，像在办公事；叫淞淞的妈，太封建；叫爱人嘛，年纪大了，叫不出口。

〔郑裕青上来，丁纬和她耳语了一下。

丁　纬　老杨，难得在一块儿，在这儿便饭吧，喝几杯叙叙旧，裕青知道你爱吃什么。晚上喝两杯的习惯，没有改吧。

杨仲安　不，不，今天可不行，我还有点事儿。

郑裕青　别客气，又没有——

杨仲安　跟你们还客气，真的，还有一个会，（看了看表）时间差不多了。

丁　纬　礼拜天也开会？

杨仲安　嘿，老丁，这一点，你也得有个精神准备，一搞工厂，就不像教书那样有什么礼拜不礼拜了。

丁　纬　老杨，我看你还是老脾气，什么事情都是一把抓，自己劳碌，也不让人家休息。不吃饭也可以，时间还早，再坐一会儿。

杨仲安　（看表）不行，时间到了，忙嘛，有什么办法。改天，我请。

丁　纬　（站起来）真的有事，那不勉强，改天，带小王，跟你的老四、老五一块儿来，好吗？说，哪一天？

杨仲安　这，可说不定，反正，来日方长，哈哈……再见。

郑裕青　不再谈谈，真是……（对丁淞）跟杨伯伯握手，说再见。

丁　淞　再见。

〔丁纬送杨仲安出去。

丁　淞　（问从门外回来的妈妈）谁呀？

郑裕青　你还想不起来？

丁　淞　（摇头）

郑裕音　爸爸老讲起的杨仲安，你爸爸的顶好的朋友，皖南事变那一年，背着你爸爸突围的。

丁　淞　是他？

郑裕青　可不是。

丁　淞　（很快地跑到窗口，俯望）杨伯伯，再见。

〔丁纬回来，郑裕青从后房出来。

郑裕青　淞淞，你又拿了我的鸡子儿？

丁　淞　（伸出两个手指）两个。

郑裕青　拿出来，好好的鸡子儿……

丁　淞　已经孵了两天了，在少年宫，电气孵蛋，过几天给你小鸡。

〔走到写字台前面，翻书，开了台灯。

〔丁纬有点激动，在室内走了一转，望着郑裕青。

丁　纬　事情来得太快，也真巧。

郑裕青　巧？

丁　纬　我说的是我跟老杨的关系。我当报社社长，他当经理；我当指导员，他是我的副手；现在，又在一个工厂里……

郑裕青　（含有深意地一笑）可是，你得当心他那火暴的性子，你们俩呀，见了面，好像亲兄弟，一抬杠，谁也不肯饶一句……

丁　纬　（笑）

郑裕青　（温婉地）几年不见，大家都变了，你得把老习惯改一改，人家已经当了三年厂长，你初去。

丁　纬　（点头）你讲得对。

丁　淞　（忽然大声地）爸。（回过身来）

郑裕青　什么事呀，吓了我一跳。

丁　淞　求出来了，x 等于二分之一，你来看。

〔郑裕青下场。

〔丁纬跑过去，父女二人热心地看着课本。

〔天色渐暗。

（幕徐徐下）

第二幕

距上幕一个多礼拜之后，三月底，清晨。

新华电机制造厂的厂长办公室。

总务科的职员朱帆，指挥着两个公务员，为即将到职的新厂长搬写字台。秘书俞嘉华帮着张罗一切。

舞台正面后方是一排大玻璃窗，从此可以望见窗外烟囱，厂房和水塔。窗前，面对面地摆了两张大写字台、两把回转椅。左方是出口的门，再左是文件架、保险箱等，右方前面是一张小写字台，这是厂长室女秘书俞嘉华办公的地方。

俞嘉华，二十三岁，穿着朴素的干部服，但是依旧可以看出女学生的本色。

远远的可以听到有人通过扩音机在做报告。

把厂长的写字台和“文房四宝”之类摆好之后——

朱　帆　小俞，你看看还差什么东西，（不等回答，对两个公务员说）可以了。

〔两公务员下。

〔俞嘉华看了一下桌上的东西，又检查了一下抽斗的钥匙。

朱　帆　大小倒一样，就是这只（指新添的一只）旧了一点，买新的，也不好。（望着俞嘉华）今天就来？

俞嘉华　听杨厂长这么说。

朱　帆　（打算走了，对俞嘉华）你再检查一下，要是缺什么东西，通知我。

〔俞嘉华点头，朱帆下。俞嘉华整理了一下文件，把许多要批阅的文案分门别类，放在杨仲安桌上，习惯性地撕了一张挂在她写字台背后墙上的大日历。这一天，是三月二十五日。

〔电话响，俞嘉华接电话。

俞嘉华　喂，是的，杨厂长不在……（紧张起来）什么？事故？又是触电，变压器车间，怎么样？伤很重，谁？一个老师傅，已经送医院了，没有性命危险，（在撕下的日历背后用铅笔记录）唔，什么？跟昨天重电机车间的情形一样，开车的时候忘记和管开关的工人联系。杨厂长在小会议室，和突击组长们讲话，好，你去找一找。

〔电话未完时，朱帆陪着丁纬上场。

朱　帆　杨厂长在讲话，快完了。（丁纬很注意地听俞嘉华在打的电话）这儿是厂长办公室，后面还有一间小会客室。对了，这位是这里的秘书，俞嘉华同志。

俞嘉华　（挂上电话，上前一步）是——丁厂长。

丁　纬　（和她握了握手，立刻就问）刚才的电话，出了事故？

俞嘉华　嗳，变压器车间又有一位老师傅触了电。

丁　纬　情况——

俞嘉华　说很重，可是，没有性命危险。（话未完，电话又响了，立刻听）喂，是的，杨厂长不在，你哪一位？重电机车间，什么事，唔，等一等，（笔记）有一批线圈被检验科退回来了，唔，这样好不好，再过……十分钟，再打来，杨厂长就回来。

朱　帆　（对丁纬）今天是二十五，快月底了，每逢月底，总得忙乱一阵，过了这几天，到月初，就松动了，您，休息一下，杨厂长立刻就来。（下）

〔俞嘉华拿过丁纬桌上显然是新置的有盖茶杯和热水瓶。

俞嘉华　厂长，您喝茶还是喝开水？

丁　纬　（笑）有茶叶？（俞嘉华点头）那喝茶吧，谢谢你。

〔一阵南风，扩音机的声音隐约可闻，丁纬一边把这间办公室观察了一下，侧耳听。

〔声音："……这是上级交下来的任务，任务很重，但是也很光荣，为了完成和超额完成这一个光荣的任务，为了本厂的荣誉，再加一把劲吧，同志们，我代表本厂的行政和党，向你们致敬，向全体突击组的同志们致敬，到三月底，只有六天了，本月份和本季度的任务，一定得在这六天内完成，同志们，工厂就是战场，让我们大家努力，用主人翁的态度，坚决地完成上级交下来的任务。完了。"若干鼓掌之声。

丁　纬　（在他看来，什么都很新鲜）唔，真像战场一样。

〔何复清，三十来岁的职员，穿着油脏了的工作服，闯进来。

何复清　杨厂长，没来？

俞嘉华　就来。

何复清　那，我就在这儿等一下。（性急地）这实在太不讲道理，看厂长怎么说。

俞嘉华　（轻声）什么事呀？

何复清　老问题，检验科有意找麻烦，早不说，晚不说，今天才说，离月底只有五六天了，老说什么铁耗大，温度高，不合检验规范。天晓得，这批矽钢片本来就是次货，铁耗怎么能不大？又要马儿好，又要马儿不吃草。真是……（一口气说了一大套，这才发现了丁纬仔细在听，停住）

俞嘉华 （趁势介绍）这位是丁厂长。

何复清 （有点后悔刚才的牢骚）对不起，我是变压器车间的何复清。

丁　纬 （和他握手）我才来，又是外行，等一下杨厂长来了……

何复清 好好，我在这儿等一等。（对俞嘉华）那个报告，杨厂长看了没有？这个问题很大，要是今天不解决，本月份的生产任务就甭想完成。

丁　纬 （想起来）你们车间，刚才出了件事故？

何复清 对，一位老师傅。这几天工作忙了一点，整天整夜地赶工，人太累了，就容易疏忽，出毛病。

〔这时候，杨仲安和总工程师钱沛之，轻电机车间的主任薛为德，副主任徐达民同上。

俞嘉华 杨厂长。

〔钱沛之五十五六岁，头发已经半白，但是很健康，绝无老态。薛为德，四十岁开外，两鬓已有稀疏的白发，深色干部服，可是穿得干净利落。徐达民二十八九岁，瘦长，但眉目间还有几分稚气，戴眼镜。

杨仲安 （看见丁纬，愉快地）啊，你来了，好极了。（热烈地握手）你看，我忙成个什么样子。来来来，我来介绍。丁厂长，丁纬同志，我的老战友，从三八年到渡江战役，我们俩一直工作在一块儿。（着重地加一句）好同志。这位是本厂的总工程师钱沛之同志，这位是轻电机车间的车间主任薛为德同志，这位是副主任徐达民同志。（看了一下俞嘉华）你，大概已经介绍过了。对，还有，何复清同志，变压器车间的副主任。好好，大家坐下来谈谈。

薛为德　（殷勤而又恭敬地对丁纬）丁厂长，真是久仰得很，厂里全体同志，盼得很久了。请坐。（忽然对俞嘉华）怎么的，这张写字台，没有新一点的？

〔杨仲安看了一下新添的办公桌，正要讲话。

何复清　（性急地对杨仲安）厂长，昨天向你报告的那件事，无论如何要请你做个决定。

杨仲安　（问俞嘉华）不是我已经批了？

俞嘉华　不，批了的是重电机车间的……（拣出一份文件，交给他）这一份，还没有看。

何复清　是那一批线圈规格的问题。

杨仲安　检验科的意见怎么样？

何复清　还是不肯签字，不签字，八只一千 KVA 的方棚就不能装配，不能如期出货，那，这个月的任务，就差了一大截。

〔这时，丁纬静静地听着，习惯性地从口袋里取出一包香烟，薛为德很快地从自己烟盒里取出一支，递给他，并给他点了火。

丁　纬　谢谢。

〔薛为德的善于应付和钱沛之的拘谨，形成鲜明的对照。

杨仲安　那么，你认为——

何复清　基本问题，是检验规范脱离实际，不符合实际施工需要，这是全厂普遍性的问题。

薛为德　（点头同意）对，我们车间也一样……

何复清　（继续下去）这个问题一定得解决，可是，为了目前紧急情况，我们车间的意见是，先解决这一批订货，先完成这一个月的生产计划，规格问题，留到下个月去解决。

杨仲安　（不假思索地）对，应该这么办。你，赶快把这一批变压器装配起来——

何复清　可是，检验科啃住了不肯签字。

杨仲安 他们不签，我签。

何复清 那好。（欲下）

徐达民 （禁不住站起来）厂长，这样不好吧。

杨仲安 不好？为什么？

徐达民 会出毛病。“出力铭牌”上刻上了字，规定了一千 KVA，现在铁耗这么大！……

杨仲安 我问过薛主任，（薛为德点头）他是内行吧，我还问过钱总工程师。他也说：任何机器设计的时候，都有一定的保险；就是说，实际出力，总要比“铭牌”出力多一点，不要紧。

〔钱沛之为难地欲言又止。

徐达民 这不错，可是，这一点保险，就是安全保障，连这一点也没有，使用的时候就有危险。

杨仲安 （不理会他，用下巴对何复清示意）就这样，你去办吧。（回头对徐达民）同志，这是什么时候？三月底，第一季度的任务……

徐达民 可是，杨厂长，这样做有危险，从科学上……

杨仲安 （接上来）你们，就爱啃住了科学两个字不肯放，科学科学，好像就只有我不尊重科学。问题是这儿不是研究院，（有意说给钱沛之听，钱沛之无言）这儿是要按月按季度完成任务的工厂！变压器车间这个月计划规定了要出一万多 KVA 的产品，完不成，谁负责。

薛为德 （看见杨仲安的决心很大，连忙打顺板）对对，现在是任务第一，特别是今年的第一季度完不成任务，上面会怪我们没有尽到最大的努力。

杨仲安 钱老先生，这个问题，你有意见没有？

薛为德 （抢着）我们谈过，不会有什么问题，当然咯，（看着钱沛之，似乎要他讲一句）……

钱沛之 严格一点说，问题不是没有……

杨仲安　（抢着）今天的问题，就是上面压下来的任务不容许我们太严格，对吗？（对何复清）好，就这么办。（何复清下，他搓着手，松了一口气）老丁……

〔徐达民还想讲话，俞嘉华轻轻地对他使了一个眼色，为了缓和气氛，她上前一步。

俞嘉华　杨厂长，这么安排，好吗？这儿是丁厂长。这样摆，两边的光线都好。

杨仲安　我没有意见。

薛为德　好，俞嘉华同志，你想得周到，这边靠窗，又有过道风，夏天凉快一点。（讨人欢喜地笑着）咱们杨厂长发了福，怕热。

杨仲安　好吧，谈谈旁的问题。（到自己位子坐下，俞嘉华把一大沓文件放在他前面）怎么，又是这么多？老丁，你看，这怎么得了呀！（一件一件地翻着）请购单、报销单、请假单。每天待看待批的文件就有这么多，看也看不了。今后，你得来当家咯。老丁，搞工厂，硬是不简单，忙呀乱呀，我看谁来干也免不了。（对俞嘉华）你，整理过了？

俞嘉华　这些是急件，等着要批，这些，可以缓一点。（递给他一份报纸）这是今天的报纸，参考资料。

杨仲安　（随手翻了一下文件，把报纸往后面的文件架上一搁）成天批公事，看报的时间也没有。老丁，对不起，你们先谈谈，我把马上要批的几件看一下。（对俞嘉华）这一堆都得批？（俞嘉华点头）主管部门都盖了章？（俞嘉华点头）不会错吧？（俞嘉华微笑不语）他们盖了章，我就批。（拿起笔来，画行，写同意）

钱沛之　厂长，你们谈谈，我，先走一步，还有一些事情……（杨仲安点头，丁纬和他握手，钱沛之下）

〔薛为德殷勤地和丁纬讲话。

〔电话响，俞嘉华接电话。

俞嘉华 喂，对，请等一等。厂长，电话。

杨仲安 喂，什么事，我是啊。什么？零件接应不上？零件到哪里去了？上个月赶工吃空了？为什么不事先点一点？难道要我来给你们一件一件地安排好？什么？什么情况，不必来，电话里讲吧。有人讲怪话，（丁纬侧耳听）要小组长把讲怪话的人的名字记下来。什么？（大声）你不管。告诉他们，今天是二十五，离月底只有六天，这六天，咬碎牙齿也得干，不能太民主！（挂上电话）

薛为德 （对丁纬）说实话，要不是咱们杨厂长领导有力，决心大，有魄力，这个厂的任务是很难完成的。

丁 纬 （沉思了一下）老是这个样子，这么忙？

薛为德 不，今天是二十五呀，月底嘛，总归忙一点，到月初……

丁 纬 （慢慢地走了几步，对俞嘉华）小姑娘同志，对不起，刚才介绍的时候，没听清楚……

俞嘉华 （笑着）我叫俞嘉华。

丁 纬 对，俞嘉华同志，你这里有材料吗？本厂按月的生产进度？

俞嘉华 有。（很熟练地取出一叠材料）这是今年两个月的材料，（念）一月上旬，完成本月份生产任务的百分之九，中旬，完成百分之二十一，下旬，完成百分之六十二。（停一下）二月份……

丁 纬 等一下。九，二十一，六十二，（屈指一算）一共是百分之九十二。那，没有完成任务。二月份……

俞嘉华 二月份，上旬，百分之四，中旬，百分之九，下旬，百分之七十七。一共，百分之九十。（解释）这个月是旧历新年，旷工多，受了影响。

丁 纬 （若有所思）唔！

徐达民 （忍不住了）可是，这只是数量上的百分比，讲质量，那就更——

〔杨仲安匆匆把公事批好，对徐达民看了一眼，站起来。

杨仲安　（慨乎言之）搞工厂就是这个样，特别是咱们这个厂。品种杂，规格多，任务重。老丁，你看看就会知道，挑这个担子，真不容易。（对薛为德）好吧，你们把急于要解决的问题，谈一下。

薛为德　情况嘛，杨厂长知道得很清楚，我的意见，昨天也已经向您报告过，没有什么补充，我完全同意您昨天指示的方针，这样办，错不了，至于工会方面的意见嘛，（迟疑了一下，对徐达民）达民同志，你反映一下。

徐达民　还是那两个问题，第一个是克服线圈短路问题的马小宝同志的合理化建议，再拖下去下面有意见；第二个是每逢月底的突击任务，工友们说，这是变相的加班加点。对于前一个问题，可以同意杨厂长的意见，放到下个月初去讨论，可是后一个问题，再不解决，不仅完成不了任务，还会出更多更大的事故……

杨仲安　（反诘）谁说是加班加点？

徐达民　领导上说是突击任务，下面却把它看作加班加点……

杨仲安　有人说，我知道，可是，必须认清，这只是少数落后分子的意见，对于这批人，要批评，要教育，要打通他们的思想，要他们想想，解放之前怎么样，现在怎么样。多出一点力，就叫苦，就说怪话，这不是落后是什么？（无意识地显示他的干练，有点兴奋，嗓门渐高）

徐达民　那，也不见得。刚才厂长在喊话的时候，我亲耳听见张大妹在说，机器不要睡觉，人可是要睡觉。（征求薛为德的同意似的）张大妹，谁都知道是马小宝小组的积极分子。

杨仲安　（拦住他）对啦，对啦，连积极分子都讲怪话，这证明你们车间里的政治工作做得不够好，是不是？支部、基层工会，还有，你们青年团支部，在干什么？（火辣辣地）造成这种思想混乱，你们车间的领导没有责任？

薛为德　对，对。这方面的工作，的确做得很差，我首先应该负责。（对徐达民）怎么样，今晚上开个生产小组长和积极分子的联席会，请两位厂长去讲讲话，打一下气，好不好？

徐达民　（率直地）会开得太多，气，也打够了，只打气，不解决问题。不如让他们早一点回去休息，说实话，这几天，工友们已经够累了。

杨仲安　工友们够累了，谁不累，谁不忙？这算是群众观点，是不是？（冷笑）车间主任照顾工人健康，厂的领导上不照顾，是不是？

徐达民　我没有这个意思。可是，工人累病了很多却是事实。

杨仲安　（按捺不住了）告诉你，老弟，你把问题看得太简单，你只看一个组，一个工段，一个车间，我可不能跟你一样。要有群众观点，同时要有国家观点。工人一定得休息八小时，请问，我厂长每天休息几小时？我哪一天不在加班加点？老弟，我杨仲安革命革了十五六年，难道连这一点群众观点都没有？……

〔电话响。

俞嘉华　喂，是的，（紧张）什么？又是事故？轻电机车间？在，都在。（对薛为德、徐达民）你们车间……什么？讲慢一点，轧伤了手，唔，有人在闹？……

徐达民　（性急地）薛主任，快去看看。（回身急下）

俞嘉华　（对电话）薛主任就来。

杨仲安　（也感到事态严重）我去！（回头对丁纬）老丁，我去看看，你等我。

〔与薛为德同下。

〔一阵救护车的警铃声。

丁　纬　（抽着烟，走了几步）每天都这样？

俞嘉华　忙，是经常的，事故嘛，这礼拜特别多，三天之内，已经……四五件了。

丁　纬　不是说，已经搞过一次安全生产运动吗？

俞嘉华　唔，那时候……（话未完，电话又响了）哪一位？哦，方书记，杨厂长刚出去。轻电机车间出了事故，对，丁厂长在，对，今天到的。

丁　纬　谁？

俞嘉华　工厂党委的方克同志。（对电话）喂喂，你来？（对丁纬）他说就来看你。

丁　纬　不，我去吧。

俞嘉华　丁厂长说他来看你。唔，好，等一等。（把电话交给丁纬）他要跟你讲话。

丁　纬　喂，方克同志吗？好，谢谢！对，今天才到。刚才到你办公室，你不在。不，我来吧。什么？人多，闹哄哄的，也好，欢迎得很。（放下电话）

俞嘉华　过去很熟？你们……

丁　纬　不，认识，可是不顶熟，开会的时候常碰到。

〔冷场一分钟，俞嘉华拿了一叠材料，出来，走向丁纬。

俞嘉华　丁厂长，这是有关本厂基本情况的一些数据。这是三年来的工作总结，市委批准了的民改——民主改革总结，还有一些原始记录，你，要看看？

丁　纬　好得很，我正想要，你想得周到。（翻了一下，自语似的）要摸清情况，单看材料就不简单。

俞嘉华　你，还可以跟方克同志谈谈，他知道得顶全面。

丁　纬　对。（坐下来，翻文件）

〔少顷。轻轻的叩门声，方克进来。

〔方克四十岁才过，年轻力壮，可是，从他沉着的表情和态度，可以看出经过了不少的斗争和考验。

方　克　（热烈地）啊，丁纬同志，你来得好极了，大家，盼望得很久了。（握手，久久不释）特别是这个时候来。

丁　纬　你，一直在这个厂？

方　克　四九年底来的。（点了点头，坐下，然后述怀似的）五〇年，留用的那位厂长调走了，我们一直向上面喊，派一位得力的厂长来。这一下，目的达到了。丁纬同志，你来得正是时候，（带着苦笑）碰上了顶忙乱、顶麻烦的时候，乱糟糟的情况，已经看到了吧。

丁　纬　组织上把这个任务交给我的时候，一方面很兴奋，可是说实话，另一方面也真是战战兢兢，有点胆怯。因为，这是一个我的能力所不能负担的担子。

方　克　不，我相信你一定能搞好，大家对你指望很大。

丁　纬　别这么说，别期待得太大。我懂得，今天搞工厂，单靠忠诚和决心，已经不够了。除了这些，还要有工业方面的知识，我有决心去钻，可是，钻，得有一段很长的时间。

方　克　（重重地点头）对。要钻，肯钻，就行了。丁纬同志，上个月党委会开会的时候，有一位同志说，要把咱们的厂搞好，现在是万事俱备，只欠东风，这东风，就是肯钻业务的，又懂事又内行的领导，你讲得对，重要的是业务，可是，在咱们领导上，就在这个问题上搞不通，困难就在这个地方。（不自觉地看了一眼俞嘉华。她很懂事，很自然地拿了刚才杨仲安批好的文件。出去）

丁　纬　你说的是行政领导？

方　克　对。

丁　纬　（无言，吐了一口烟，望着方克）

方　克　你也许已经知道……

丁　纬　你说的是，（停了一下之后）杨仲安同志。

方　克　（点头）

〔沉默了一下。

方　克　初看，好像问题很多，很严重。譬如说事故多，质量坏，生产不均衡，等等。其实这些问题都可以解决，（着力地说）只要领导上抓住生产改革这一个环节，有决心依靠群众，相信工人阶级，那么——

丁　纬　对这些问题，杨仲安同志应该……

方　克　这位同志，你知道得比我清楚。三年来，在厂里做了很多工作，应该说，在接管整顿阶段，都有了很大的贡献。他对党忠心，对生活严肃，这都没有话说。一件事就可以说明，三反运动中，他是一个群众意见较少的军代表。当然，那时候没有着重检查一般性的官僚主义。（停了一下）可是在今天，正和你刚才所说的一样，单靠忠心，已经是不够了。

丁　纬　（无言）

方　克　（有点不好意思地笑了笑）今天讲这些话，也许你会……

丁　纬　不，大家都是老同志。……

方　克　过几天你就会知道，这样继续下去，他会成为一个生产改革的障碍。

丁　纬　（沉默，抽烟）党委会……对这些问题……

方　克　今年以来，可以说，斗争得相当尖锐。起先，他兼着党委书记，万事一揽子，讲明了分工负责之后，情况还是一样。……（望着丁纬）所以，我刚才说，你来得正好。你担任这个工作，再适当也没有。因为第一，你刚才说过，有钻业务的决心；第二，你懂得他的长处和缺点，你是帮助他、纠正他的最适当的人物。

丁　纬　（无言，站起来踱了几步）

〔外面的大喇叭又发出声音，一听就知道杨仲安在讲话。

方　克　听，又在喊话。看来，训话，作大报告，他所说的“打通思想”，已经成了他的完成任务的唯一领导方法。偏偏，解放三年多了，工人觉悟都提高了，不解决具体问题，单靠打气、“打通思想”，行不通了。况且，他的做法，太主观，群众反映说：他的政治工作是“我打你通”“我说你服”，这是工人同志的天才讽刺，不是什么“怪话”。

丁　纬　（心情沉重，沉默了一下）方克同志，杨仲安同志的个性，我知道，就是主观强一点，看来，还有点自负……

方　克　（点头）对。

丁　纬　你可以多跟他谈谈，不一定在开会的时候……

方　克　谈得不算少，有时候也争得面红耳赤，（笑了笑）可是，说出来很滑稽，有一次，当着好几个人，他冲口而出，说我有心打击他的威信，提高自己，这不是——（不说下去）

丁　纬　（无言）

方　克　（站起来）丁纬同志，大家指望着你。

丁　纬　（想了一下）我接受了党交给我的任务，我一定尽我的力量，做我应当做的事情。可是，我才来，不了解情况。我得有一段时间，才能判断。

方　克　那，当然。（停了一下）你，一定会很快地了解。（又停了一下）丁纬同志。

丁　纬　唔？

方　克　为了便于你向大家了解情况，我不能不向你反映一个事实。

丁　纬　（望着他）

方　克　（用沉重的语调）大家热望着有一位能够解决实际问题的厂长，大家瞩望着你。可是，这几天，自从你的任命发表之后，从个别谈话中，许多人已经流露出一种不该有的顾虑。

丁　纬　（有点震动）顾虑？

方　克　对。杨仲安同志已经不止一次地说，新厂长是他的老同事、老战友、生死之交，在皖南突围的时候，他背着你逃离了危险……说你一定会支持他。

丁　纬　（很快地）他说了这些？

方　克　说了不止一次，当然，这是无意中随便说的。

丁　纬　那是事实，我一直感谢着他。（回身，用出自衷心的诚挚，对方克）可是，方克同志，今天你把这个情况告诉我，我更感谢你。（和方克握手）

方　克　我有责任把这个告诉你。你，可以向各方面去了解一下，钻之前，先得摸一摸。（停了一下）过了这个月底，打算开一次党委会，那时候，你可以听到更多的意见。（告辞）

丁　纬　好。（握手）

方　克　再见。

丁　纬　（想起，叫住他）差一点忘了，这是转关系的市委的介绍信。（交信）

方　克　好。（出门）

〔俞嘉华又拿了一沓信件、文件回来，与方克相遇。

俞嘉华　怎么，方书记走啦？

丁　纬　嗳，（走了几步，站住）俞嘉华同志。（消散了刚才的沉重情绪）

俞嘉华　唔，丁厂长。

丁　纬　你来这里多久了？

俞嘉华　快两年……

丁　纬　那么，情况应该知道得很详细了……

俞嘉华　（谦逊地）还差得很……

丁　纬　假使你同意的话，想剥削你一点公余时间。

俞嘉华　（出其不意，望着他，不知说什么才好）这——

丁　纬　就是说，在下了班的时间，或者礼拜天，带我到厂里的各处去看看，听听，随便跟同志们谈谈。譬如说，老工人、技术人员，和刚才杨厂长叫他“老弟”的那位……

俞嘉华　徐达民同志。

丁　纬　对，还有工厂管理人员，工会负责同志。

俞嘉华　好，什么时候都可以。

丁　纬　（摇头）不，不应该是“什么时候”，只应该是“下班之后”。例如礼拜天，或者……所以，我说剥削你的工余时间。（笑着）这是不应该的，特别是对年轻的女同志们。

俞嘉华　（愉快地笑）

（幕）

第三幕

第一场

四月初的一个礼拜日，清晨。

工厂的小会议室，正面是墙，墙上有一张毛主席与斯大林在克里姆林宫同行的彩色招贴画。右边前面是入口的门，右边墙上是油画毛主席像。正中，一张铺着白布的会议桌，不同样式的十来把椅子。左边后面，有一个小套间，靠窗一张小桌子，一具电话，桌上有热水瓶、茶具等。

太阳从左边的窗口斜射进来，照亮舞台前面，因之左后方的套间就比较阴暗。

幕启时，舞台虚空，在不很容易看到的套房书桌前面，有一个人坐在那里静静地看书。有时隐约可以听到他默念的低声。

一分钟后，俞嘉华陪了丁纬从右手推门进来。这一天是礼拜日，俞嘉华穿浅蓝色衬衫、藏青色裙子。丁纬把显然已经嫌厚了的黑呢上衣搭在左臂上，用手帕揩着汗。

俞嘉华 （介绍）这儿是小会议室。平常是厂长跟各个车间的主任开“调度会”的地方，有时候也开开小会。

丁　纬 （点头，把房望了一眼，看看那幅招贴画，看到了靠墙茶几上的一个扩音机）

俞嘉华 对啦，这儿也就是扩音室，厂本部在这儿向各个车间传达指示，或者作动员报告。（指了一下扩音设备）车间都有扩音设备。

丁　纬 哦。那些大喇叭的声音，都是从这儿发出去的。（笑着）说实话，我是最怕这些大喇叭的。

〔俞嘉华对于他爱开玩笑的习惯，似乎已经很惯常了，笑了笑，打算走了。

〔在后边套房看书的人，听到他们讲话，倾耳听了一下。

俞嘉华 （边走边讲）再去看看文化俱乐部、餐厅、托儿所……（回头）你约了小徐，（改口）徐达民同志，过一会儿就在这儿谈吧。今天礼拜，没有人来开会。

丁　纬 好。（正要回身出去，发觉有人在后面念书，站住）

俞嘉华 （走过去，看了一下，意外地）啊！钱老先生，您在这儿……

〔丁纬走过去，钱沛之拿起放在桌上的眼镜，戴上，起来招呼。

丁　纬 好极了，我正要来拜访。今天，算是巧遇。

钱沛之 不敢当，厂长很忙。

丁　纬 怎么，礼拜天，钱工程师不休息，一大早就在这里研究什么问题？

钱沛之 不，不。（有点忸怩）这，跟在年轻人后面，学习学习。

俞嘉华 （看见他手里拿的是一本俄文读本）在学俄文，钱老先生，你——

钱沛之 谈不上，才开始，讲出来，厂长可别笑话，这是给我的大孩子激出来的，他在发电厂当见习工程师，学了两年俄文，还不会看书。有一天，我问他：俄文真是这样难吗？你猜他怎么说，他说：难和易，要看决心的大小。这一点讲得对。可是他又说，年轻人学容易，老年人学困难。这，我就不同意了。把他的两句话连起来，好像年纪大了的人，就不能下决心，这成什么话呀。（摇头）我不相信。（好像揭露一个秘密似的）我不让他知道，悄悄地学，过些时，打算给他一个冷不防，翻译一段俄文给他看看。（把书摊开来）这是俄文速成阅读法，办法挺好。

丁 纬 （愉快地笑着）好，老先生真了不起。（让座）请坐，咱们谈谈。

俞嘉华 钱老先生的劲头可大呢，什么都不服输，去年秋天本厂开运动会，老先生还参加了网球比赛。

钱沛之 那算什么，年轻的时候，在外国，我跑过一公里。

丁 纬 （自己坐了下来，悠闲地）钱工程师以前在……

钱沛之 那是很久以前的事了，在法国念书，做过工，拖过地板，也洗过碟子，那时候勇气可不小，可是回来以后，这些年来，落后了，老了。

丁 纬 不，就单凭学俄文这一点，你一点也没有老，我们年轻人得好好向你学。小俞同志，往后别再叫钱老先生，把老字去掉。（笑）钱先生，要是不妨碍你学习时间，随便谈谈，好不好？真有好多问题，要向你请教。

钱沛之 没有关系，实在也说不上什么学习。（对俞嘉华）你别给我讲出去，我学了二十几天，每天两小时，（指书）这办法很好，单讲看电气工程的书，（得意地）我的程度，已经跟我大孩子的差不多了。（言归正传）喔，厂长，你太客气，我——

丁 纬 要请教的事情，多得很，你知道我是一个外行，正在当小学生，所以对于生产上的事，等我整理出一个头绪之后，再专门来向钱先生请教，今天初次见面，随便谈谈，谈谈生活，或者说，一般的感想。

钱沛之 （防御性地挡住）不，这些，我可谈不来，特别是什么感想，或者意见。我是学工程的人，不会讲话，我就是怕开会的时候有人要我讲话。去年国庆节，有一位记者叮嘱我，一定要我写一段感想，我，还是一句也写不出来。

俞嘉华 （笑着）你没有写，可是你谈了，记者把你的谈话记了下来，发表了，有一段话我记得很清楚。你说："人家说，生活在毛泽东时代的孩子是幸福的，我说，生活在毛泽东时代的老头子，也是幸福的。"对不对？

丁　纬 讲得好。

钱沛之 （态度随便起来，谈锋转健）那倒是我的真情实感。厂长，我们这批老人、旧人，或者说是留用人员，别的方面，什么都不行了，落后了，可是有一点，却看得比年轻人更清楚、更真切，就是看的多了，什么都有了个比较。满清时代我还小，不清楚。后来的袁世凯、蒋介石、汪精卫、日本人、美国人，还有什么统什么统的，我都亲眼看过，亲身受过，到今天和那些日子一比，我们学科学的人不愿意随便恭维什么人，可也不能不得出一个事实的结论，就是：现在比从前好。当然，不同的人，可能有不同的看法、不同的感受，我也问过我的老妻……（对俞嘉华）别笑我老派，我叫不惯新名词儿，什么爱人……

丁　纬 对，这一点我有同感。

钱沛之 我问过我的妻子，她把解放前后一比，举出了两条。（举起两个手指）她说，第一是物价稳定了，第二是小孩们规矩了。（三人同笑）这是总的印象。总的好了，别的嘛，就是有点缺点、偏差，也就不重要了。

丁　纬　钱先生，你能不能把缺点和偏差讲一讲呢？

钱沛之　（不免有点世故）这个嘛，没有准备，（笑着）跟您刚才所说的一样，等我整理出一个头绪之后，再向厂长请教。

丁　纬　（不再问了）钱先生觉得，咱们这个厂……

钱沛之　（想了一想）杨厂长很干练，领导得很好。（停了一下）只是有一点，也许我看得不对……我总觉得，你们共产党办事，是不是太急了点？

丁　纬　（以请教的口吻）你讲的是哪一方面？

钱沛之　就说咱们这个厂吧，三年多来的变化，可太大了，真是一个了不起的改变。接管过来的时候是一个破破烂烂的厂，现在，居然造起大型的发电机、马达和三万六千伏的油开关来了，（停了一下，似乎是要等待对方的反应）可是，领导上，好像总是不满意，打气呀，突击呀……发掘潜力，总归有个limit……（改口）总归有个限度吧，我，有点摸不到底。

丁　纬　（想了想）这个问题，照我的理解，可以分开来看。不合实际情况的急躁冒进，当然不好，不对，应该反对；可是，合乎实际情况的加快速度，就应该，就不该反对。

钱沛之　对了，就是这个合不合实际情况的看法问题。中国要工业化，要赶快工业化，这我完全了解，中国工业上太落后，这上面的亏，吃得太大，可是，现在的速度，是不是太快了呢？厂长。

丁　纬　厂里的事，似乎还有许多问题，需要大家一起来讨论解决，可是钱先生，一般来说，中国工业化的速度，应该是相当快的，而不是相当慢的。

钱沛之　这个嘛，也许是我的保守思想，我以为，这三年，抵得上过去三十年，已经不算慢啦。

丁　纬　对，不能算慢。问题，是在过去停滞得太久，太落后了，落后了就得快马加鞭，迎头赶上。

钱沛之　厂长，我补充一句，落后之外，还加上三十多年的破坏……譬如这个厂，八一三那一年，就打得稀烂。

丁　纬　（重重地点头）对，落后，加上内战外战的破坏。（停了一下）记得十月革命之后，苏联的情形也跟我们一样，落后，破坏，因此有人说过，反干涉战争结束的时候，年轻的苏维埃是扶着拐杖离开战场的。

钱沛之　我们中国也是一样。

丁　纬　有一样的地方，也有不一样的地方，一样的，是工农业生产的落后和战争的破坏，不一样的，是咱们中国并不是孤零零地扶着拐杖离开战场，而是被一个强有力的手扶着，支持着，离开战场的。

钱沛之　（领悟）对，这只扶着我们的手，就是苏联。

丁　纬　钱先生，这一点很重要。这一点，也就是中国工业化的速度可以比较快的因素和保障。钱先生，你在学俄文，你说是为了不服气，要给你的孩子一个冷不防，可是，我看呢，这之外，恐怕还有一个因素，就是通过俄文，学习苏联的技术经验。

钱沛之　（爽朗地笑了）好吧，讲穿了，也真有这么点意思。

丁　纬　这意思很好。

钱沛之　可是，俞秘书，你可不能传出去啊，直到此刻为止，还是一个秘密。

俞嘉华　好，一定。

〔这时，徐达民以为室内无人，推门进来，看见丁纬和钱沛之在谈话，有一点踌躇，反射地看了看手表。

徐达民　对不起，我来得早了一点。

丁　纬　不，来得正好，钱总工程师在这儿，一起谈谈。（拉开一把椅子）

钱沛之　（又不免世故起来）咱们谈得很多了，你约了徐副主任，你们谈吧。（解释似的）我还跟老婆孩子约好了去逛街。再见。（伸出手来）您刚才的话，对我的启发很大，这样谈谈，沟通沟通，很好。说老实话，跟领导上不拘形式地聊天，这还是第一次，（丁有反应）丁厂长，咱们初次谈话，我提个意见好不好？

丁　纬　当然好啊。

钱沛之　我说，咱们厂里，大会小会，开得太多，而跟领导上个别交换意见，汇报情况，又似乎太少，有时候看见领导上忙、乱，也真想提个意见，出个主张。当然咯，这些意见不一定对，可能十之八九是不正确的，可是，过去就没有这种机会。

丁　纬　这一点很正确，很重要，谢谢你，今后一定要多有这种机会，再见。

〔再度握手，钱沛之下，丁纬送到门外，回来。

〔这时候之前，俞嘉华从口袋里拿出一个很小的本子，取出夹在中间的两张电影票，给了徐达民一张。

徐达民　（有点为难）糟，也许，没有工夫。

俞嘉华　不是你自己要订的？（丁纬回来，不讲下去）

丁　纬　（对徐达民）请坐。

徐达民　（坐下，有一点僵，停了一下之后）丁厂长，那一天，我的态度不好。

丁　纬　（意外）什么事啊，哪一天？

徐达民　就是，你来厂的第一天，为了赶工突击，加班加点的问题，我对杨厂长的态度，的确不够好。

丁　纬　这……为什么要提这个问题？

徐达民　（答不上来，想了一下）我想，会给你一个很不好的印象。

丁　纬　（笑着，平静地）不，你给我的第一印象并不坏。（想了一下）你以为，我今天约你，为了这个问题？要你来承认态度不好？

徐达民　（露出稚气的窘态）你初来，才见过一面，你约我谈话，我想，可能是……

丁　纬　可能怎么样？

徐达民　（只好直说）厂长找谈话，照过去的经验，不是交任务，就是挨批评……这之外……

丁　纬　不对，不对。我初来，什么人都想个别谈谈，想找你，就是为了你那天的那个态度，那个（着重）对工作负责的态度。（对俞嘉华）对了，小俞同志，你约他的时候，怎么说的？

俞嘉华　（有点窘）我，很简单呀。我说，丁厂长要找你谈谈。（想了想）对了，态度不好的话，我讲过。不过，那是以后，团支部开会的时候，我提了他的意见。

徐达民　厂长，我脾气坏，态度不好，我可以承认。我在生活作风上，对人态度上，有许多缺点：经常跟人吵架，在车间里，别人不照我的办法做，我就冒火。看见有人浪费材料，或在工作时间开玩笑，我就看不惯。有些女工结了婚，技术学习差了，我就说“别做了，回去抱娃娃吧”，这些都不对。可是，说我提意见是为了出风头、个人英雄主义，这就，就太……

丁　纬　（向俞嘉华）有人这么说，还是你对他提的意见？

俞嘉华　他的脾气坏，在厂里出了名了，我只不过把听到的向他反映了一下，他，（望着徐达民，似乎有权利可以责备他似的）把两件事混起来了。

丁　纬　好，现在弄清楚了，约你来谈谈，是我的意思，批评你的态度，（指俞嘉华）是她的意思。对吗？这不能搅在一起。好啦，不谈这个，谈谈旁的。（稍停）你以前，工科出身？（看见他很紧张，补充一句）我希望咱们这次谈话能打破你过去的“经验”，厂长约人谈话，可以既不挨批评，又不交任务，好不好？随便谈，跟刚才钱工程师所说一样，“沟通沟通”。

徐达民　（松弛下来，但还是一本正经）以前在交大念过，没有毕业，解放前闹风潮，给开除了，解放以后，就进了革大。

丁　纬　（对俞嘉华）你们是革大同学？

俞嘉华　他比我早一期。

徐达民　革大毕业之后，在区委机关工作了一年多，后来，按技术人员归队的指示，派到厂里来搞民主改革。其实，我在交大两年，没有学到什么。

丁　纬　可别小看了这两年，有了这一点底子，再学业务，就比我们这一批全外行强得多了。今天，当我抓上这一个工作的时候，才真正深切地感觉到小时候没有很好念书的苦处，不懂得科学技术的苦处……你是团员？

徐达民　是，超龄了，去年十二月申请入党，（低下了头）还没有被批准。

丁　纬　哦。（停了一下）只要继续努力，改正快点，会批准的。你得好好学习，你有条件可以成为一个党在工业建设方面的专家，我们要有这样的专家，要有真正懂得技术的党内的行家。

徐达民　可是，在厂里，谈技术会挨批评的，你那天听到，杨厂长说我是单纯技术观点。

丁　纬　（很欣赏他的这种倔强和率直，可是，不直接回答他的问题）反对单纯技术观点，这讲法不明确，应该说，反对科学技术上的非政治观点。（停一下，为了使他了解，然后）其实，技术是重要的，斯大林同志说过，在社会主义改造时期，技术决定一切，今天的中国也是一样。

徐达民　那，厂长你看，那天我提出的，就不是单纯技术问题，而是严重的政治问题。譬如生产混乱、盲目突击，造成了许多不应有的事故，又譬如把不合规格的线圈装配出去，卖给工厂，矿山，这，这些不都是政治问题？领导上的思想问题？（不禁激动）丁厂长，谈到这儿，我要向你坦白，对于本厂生产混乱问题，我向党报写了反映。

丁　纬　（进一步感到厂内气氛的不对，勉力使他镇静）给党报写反映，不是很好吗，为什么要用“坦白”这两个字？

徐达民　（索性一倾无余）因为领导上的看法，写反映就是告状，就是破坏本厂的名誉。

丁　纬　（严肃地）领导上不会这样看，你可以放心。

徐达民　（无言，不能释然于怀）

〔电话响，俞嘉华去接。

俞嘉华　喂，谁呀？在，你是——（笑了）喔，请等一等。（对丁纬）“请爸爸听电话”，你的小姐。

丁　纬　怎么会找到这里来？（接过电话）喂，什么事？妈妈叫我回去？小东西，别胡说，不是妈妈叫我，是你叫我！对吗？小孩可不能说假话。我知道，票子已经订了三张，对，不会错。什么？吃午饭？哪有这么早！（挂下，回来，解嘲似的）没办法，小孩吵着要看电影。（对俞嘉华）你们是哪一场？

俞嘉华　（突如其来，有点意外）什么？

丁　纬　你们，不是也买了票？

俞嘉华　喔，工会订的团体票都是第三场。

丁　纬　那很好，大家一起去。这张片子很好，对咱们的工作有帮助，应该去看看。“马克辛三部曲”里面的一部，《维堡区的故事》。那时候，苏联也跟我们一样，外行人当了部长、行长、厂长……（看见徐达民心不在焉）怎么，还在为那件事情……

徐达民　（满肚子委屈，一吐为快）厂长，我实在看不惯，我要说。

（停了一下，痛苦地）我没有坏心思，只是想把车间搞好，把厂搞好，得罪人也不怕。（俞嘉华想阻止他，他一心讲下去）小的扣紧，大的放松，池子里捕鱼，太湖里放生，凡事不跟大家商量，我看啊，单枪匹马，是闯不出社会主义来的。

丁 纬 谁，单枪匹马？

徐达民 （脱口而出）杨厂长。

俞嘉华 小徐，你又——

丁 纬 （以手制止了俞嘉华）无保留地讲出来，很好，可是，杨厂长……

〔薛为德推门进来，看见丁纬，恭敬地。

薛为德 啊，丁厂长，您在这儿？难得碰上月初的礼拜天，怎么不休息休息？（对徐达民）哎呀，达民同志，你可把我找苦了，什么地方都……

徐达民 有什么事吗？

薛为德 没有什么，刚才，杨厂长打电话找你，请你就去，他在宿舍等你。

〔徐达民震动，丁纬也有了预感。

徐达民 我就去。（拿起帽子，像自语，又像对人说）迟早会来找的，为了那封给党报的信。（很快地下，忘了和丁纬告别）

〔俞嘉华有点紧张，目送他下场，回头望着丁纬。

薛为德 丁厂长，您真太辛苦啦，这些时……

丁 纬 （答非所问）薛主任，你知道，杨厂长找他，为了——

薛为德 （笑着）我也不大清楚。听说，为了徐达民同志的工作安排。厂长，您也许有一点知道，（对俞嘉华有一点顾虑，放小声音）达民同志的人缘不大好，在车间里很孤立，只有我一直回护他，替他讲好话……

丁 纬 为了工作安排？

薛为德　我猜想，不一定对，可能不是。不过，丁厂长，您能看到这一点，先找他谈谈，实在再好也没有了。这位同志，什么都好，工作积极，有见解，就是年纪小，愣头儿青，做事讲话顾前不顾后，容易捅娄子。（停了一下）厂长，您听说没有，那一批一千 KVA 的变压器，对方不肯验收，退回来了。

丁　纬　这，跟徐达民同志有什么关系？

薛为德　那当然，不一定因为他讲了话，不过杨厂长说，他嘴快，到处乱讲话，怕出什么……（忽然不讲下去了，停了一下）所以啦，丁厂长，事情总是内部解决的好，闹开了，内内外外都伤和气。

丁　纬　那么，杨厂长找他——

薛为德　不一定就谈这件事吧，对达民同志，杨厂长一直是很爱护的，就怕他猛冲猛打，搞出什么事来，所以——（又停住了）

丁　纬　（追问）所以？

薛为德　恰巧，区里要办一个工人技术学校，要咱们厂里派一个文化水平较高的干部去当教员，杨厂长就想……

丁　纬　派徐达民同志去？

薛为德　（不着边际地）这，也还没有最后决定，刚才杨厂长电话里说——（窥伺颜色）你看怎么样？

丁　纬　这不好，杨厂长在宿舍？

薛为德　对，要是，厂长您觉得不好，我去，跟杨厂长说……

丁　纬　不，我去。（披上衣服）这样办不好，对什么人都不好。（推门出去，立刻回来，对俞嘉华）小俞同志，给我打个电话回宿舍，可能回去晚一点，别等我回去吃饭。（下）

〔薛为德哑然，欲言又止，慌忙地追上去。

〔俞嘉华起初也有点意外，很快地清醒过来，眉目间显出兴奋感佩的神情。

（幕）

第二场

时间紧接上一场。

在杨仲安的宿舍，单幢楼房的楼下客室。正面是一排短窗，外面是一块很小的草地，有一棵树，可以望见远远的天和短篱笆。右边转一个小弯就是大门入口，左手通寝室的门，中间是一张小圆桌，靠右边墙壁是一张旧式长沙发，围着圆桌的是几把椅子，靠左边后面是一扇通院子的小门，门的左边是一个白藤书架、稀稀落落的几本书。通内室的门口，随便地弃置着的一个儿童木马，墙上挂着一只破风筝。

整个房间有落寞杂乱之感。

幕启时，徐达民站在杨仲安面前，杨仲安坐在藤椅子上，手指在小圆桌上轻轻地、无目的地叩着，似乎在观察徐达民的反应。

场面很僵，半分钟之后。

杨仲安　坐下来谈吧，你……还有什么意见？

徐达民　（停了一下）这个工作，我不想去！

杨仲安　不去还是不想去？

徐达民　（不语）

〔内室两个孩子争吵之声，增加了烦躁情绪。

杨仲安　（大声地）喂，把小鬼带到弄堂里去。

〔王蕙在室内的声音：“别吵别吵，爸爸骂了，去玩吧。”

王　蕙　（出场，是为了给孩子拿那个木马。看见徐达民，勉强地笑了笑）小徐同志，怎么不坐啊？孩子们吵得要命。

〔王蕙三十二三岁，身材不高，有一点憔悴之色。拿了木马，匆匆地下场。

杨仲安　（催他）怎么样？主意拿定了没有？

徐达民　（沉默，显然是在做思想准备，从眉目间可以看出，回答是否定的）

杨仲安　（放低声音，说服他）这个工作很重要，很重要，为了培养工人技术干部……

徐达民　我不是没有工作在做。上个月拖下来的马小宝小组的合理化建议，这几天正有一点进展……

杨仲安　（沉不住气了）厂里懂技术的不止你一个，审核合理化建议的工作，有人管。达民同志，要你去担任这个工作，是领导上再三考虑的结果。

徐达民　领导上？……丁厂长也同意了？

杨仲安　（出其不意，有点生气了）这，你不用管。

徐达民　丁厂长刚才跟我谈话，没有提起这个问题。

杨仲安　你，找了丁厂长？（站了起来）

徐达民　是他找我。

杨仲安　你，跟他谈了什么？

徐达民　随便谈。（迟疑了一下）当然也谈了些生产上的问题。

杨仲安　（这一下就显然有点激动了）你又想告状？告诉你，你别以为领导上会有两个不同的意见，你别想钻这个空子。丁厂长跟我之间……

徐达民　我没有这个意思，（补上一句）我没有这样坏。

杨仲安　（冷笑）没有这样坏？唔，再想想，人人说你旧习气很深，爱出风头，到处告状……

徐达民　（愤然）难道，有意见不可以说？

杨仲安 （大声）可以说，可以说。（反诘）为什么不当面和我（着重）说？

徐达民 刚才不是说了，调工作我有意见，我想搞绕线圈的合理化建议。

杨仲安 （勉强镇定下来）个人有意见可以提，最后决定还是在领导。这一点应该懂吧？你是团员？

徐达民 （无言）

杨仲安 好吧，你再去想想。

徐达民 （坚持）这个问题……

杨仲安 你，不服从调配？不服从领……导？

〔门铃响。王蕙匆匆地出来，去开门。

杨仲安 小老弟，我这样安排，为的是你的好，别……

王　蕙 （门口声）哎哟，丁纬同志，难得，一个人？怎么裕青同志没有来……

杨仲安 （有点意外，赶快把徐达民打发走）好，再谈吧，回去跟薛主任商量商量，再见。

徐达民 （拔脚就走，两三步后又回来，拿了忘在桌上的帽子）

丁　纬 （与徐达民正面相遇）哦，达民同志，怎么就走了？

徐达民 （从喉咙里发出的声音）再见。（下）

丁　纬 （欲留他，又停止，回头来和杨仲安招呼）礼拜天，没有出去？

杨仲安 这边坐。（对王蕙）去沏茶。

王　蕙 他，有什么礼拜不礼拜，（瞟了杨仲安一眼）不是打电话，就是约人来谈话。真是。

杨仲安 （好像没有听见她的话）怎么样了，老丁，情况摸得……

王　蕙 你看，又是老一套，情况呀，工作呀，这么好的天气，连院子里也不去走走。丁纬同志，他这个人，就是不懂得生活……

杨仲安　好好，你懂你懂。（注视着丁纬，等待着他的回答）

丁　纬　（坐下来）什么都是新事儿，一时还吸收不了。

杨仲安　（得意）对，本来嘛，搞工厂跟一般工作不一样，现在已经好咯，上了轨道，我初来的时候……

王　蕙　丁纬同志，打电话请裕青同志过来，一起吃了饭出去玩玩好不好？还有，小妹妹……

丁　纬　（看了一下手表）谢谢，今天不行了，改天来吧。（笑）违反你们的休息纪律，跟老杨谈几句就走。

王　蕙　干吗这么急……

杨仲安　好，谈吧。（看了王蕙一眼，王蕙感到气氛不对，下去沏茶了）

丁　纬　（轻声）徐达民同志的事，你刚才……

杨仲安　你怎么知道？

丁　纬　刚才薛为德跟我说……

杨仲安　对，刚才叫他来，就为了这件事，你的意见……

丁　纬　我看这样办不大好。

杨仲安　不好，为什么？

丁　纬　这样对待一个肯提意见的人，客观影响……

杨仲安　（抢着说）不是为了他爱提意见，而是为了他群众关系不好，这小子流氓习气很深，经常吵架，专说怪话，特别是跟车间主任薛为德合不来……

丁　纬　我也听说，他脾气不好，经常和人吵架。可是，我以为，我们应该了解一下，他跟人吵架，是站在哪一方面，正确的方面，还是错误的方面……

杨仲安　（笑）这还用了解，我……

〔王蕙端了两杯茶上来。

丁　纬　王蕙同志，据你了解，徐达民这个人……工会方面对他……

王　蕙　（想了一下）就是性子急一点，讲话太尖刻。好的一面是工作热情很高，肯动脑筋。去年车间里漏电，他冒险抢救，受到上级工会的表扬。在青年工人中间，关系是不坏的，虽然常同人争论，很多人还是喜欢他。

丁　纬　这就——

杨仲安　你别听她，工会的看法，有片面性，一件事就可以说明，这一次调动他的工作，主要是车间基层的意见，一向老好的薛为德，这一次很坚决。我们能不听一下车间主任的意见？

丁　纬　可是，刚才薛为德跟我说，调开他，是厂长的意见。

杨仲安　（大笑起来）哈，老丁，难道我会在你面前讲谎话，可以打个电话叫他来对一对。

丁　纬　这何必。（诚恳地）老杨，我当然相信你，可是不一定能相信薛为德。这些时日我用鼻子到下面去嗅一嗅，觉得薛为德这个人……不大正派。

杨仲安　（依然笑着）老丁，我在这里三年多了，薛为德，是留用技术人员里面进步得最快的一个，工作积极，人缘好，在会议上总是他带头响应领导号召，对上面交下去的任务从来没有二话……

丁　纬　老杨，我在革大和干校搞了两三年，也接触了不少旧知识分子，有这么一种典型，开会的时候发言很积极，讲话怪漂亮，可是，这种人又常常会上捧下压，两面三刀……

王　蕙　（正要讲话，被杨仲安拦住了）

杨仲安　当然，对一个人，可以有各种不同的看法，不过，从政治层面来看，老薛这个人，是可靠的。

丁　纬　好吧。（为了缓和气氛，笑着）咱们暂时不作人物评论，关于徐达民的事，暂时先别做决定，好不好？听听各方面的意见。

杨仲安　（心中不悦）你决定了，我没有话说。

丁　纬　（委婉地）不是这么说，我们之间的意见应该一致。

杨仲安　老丁，话得讲清楚，今后，意见不一致的时候，你做主。

丁　纬　不，不在于你做主或者我做主，由集体来做主，党来做主。

杨仲安　这，就未免小题大做了。好好，我同意，我同意。

丁　纬　那很好，明天，我们再找薛为德来谈谈。（站起来）杨大嫂，再见。（解释似的）淞淞催着我回去。

王　蕙　一定要走吗……（握手，陪着丁纬出去）

丁　纬　（在门口和杨仲安握手）下午不去看电影？

杨仲安　（摇头）对这些，我兴趣不大。

〔丁纬下。

〔杨仲安回到室中，走了几步，喝了一口茶，若有所思。

〔王蕙回来，手里拿了一张当天的报纸，本来打算翻一下就交给杨仲安的，可是一个标题把她吸住了，站定，看。

杨仲安　（发觉）什么事？

王　蕙　（念）"新华电机厂生产混乱"……

杨仲安　什么。（一下夺过来）

王　蕙　后面有编者按。

杨仲安　（看着）一定是徐达民捣的鬼！（怒火中烧）胡说，四月份事故十二件，数目就夸大。

王　蕙　（凑近来看报，一边说）我看，这问题——

杨仲安　（气哄哄地）你看什么？（迁怒似的望着她）

王　蕙　不一定是小徐一个人的意见。

杨仲安　当然有人在后面撑腰。（又看了一下，把报掼在桌上）这，简直是放冷箭。（对王蕙）就挑了这个时候，红五月竞赛开始的前夕，有意打击领导。（又禁不住把报拿起来）唔，我的估计不会错，你看，（念）"生产混乱的主要原因，是领导上的自满情绪，保守思想……"他妈的，谁自满？我不止一次批评过生产碰顶思想。（停了一下，打定主意，对王蕙）打电话叫总务处的魏秘书、薛为德，叫他们立刻来一下。一定得写稿子去说明……

王 蕙 不，你不能这么做。

杨仲安 （大怒）为什么？

王 蕙 这是党报。

杨仲安 （依旧火辣辣地）党报就不会登错？

王 蕙 你冷静一点，既然登出来了，就党、团、工会，大家讨论一下这篇通讯，看看哪些对，哪些不对。

杨仲安 （愣了一下，两眼瞪着报，终于忍不住，大声地）不行，一讨论，还得了，七嘴八舌的。这，明明是要我丢脸，趁丁纬刚到任，就来这一下……（望着王蕙）

王 蕙 趁老丁来了，检查一下工作有好处，编者按也说："希望该厂领导上进行一次认真严肃的检查。"

杨仲安 （大声）我不是怕检查，不是怕做检讨，我就看不惯这些捣乱鬼在厂里胡闹，我不能让他们到头上来拉屎……（走了几步，忽然心血来潮）喂。

王 蕙 （一怔）什么？

杨仲安 不用厂的名义去更正，那，你写一篇通讯，去反映一下，好不好？

王 蕙 （完全出乎意料）我？

杨仲安 对。

王 蕙 我是什么人？

杨仲安 你是我老婆，我知道，可是，徐达民不用自己的名字，你也可以不用王蕙的名字，你可以反映工会的意见。

王 蕙 （勃然变色）你昏了，想不到你会糊涂到这种程度。我是什么人，你是什么人？

杨仲安 （一怔）我？

王 蕙 别忘了，你是个共产党员。

杨仲安 我不知道？要你讲。

王 蕙 知道，就不该说这种话，出这种主意。我看你呀，差不离了……

杨仲安　什么，你，你侮辱我？（迎上一步，气势汹汹）

王　蕙　（大声一喝）站住，你打算怎么样？我侮辱你，还是你在侮辱你自己？

杨仲安　（为之失色，喘息，不语）

王　蕙　告诉你，尽管能力差，我也是个党员，我有个选择，我不能闭着眼睛，跟着你掉下去！这些年来，我也忍受得够了。

杨仲安　（已经气馁，做泄气语）你，你打算，趁这个机会，也来……

王　蕙　少说废话，好好去想一想。刚才老丁的话没有错，你，就是给薛为德这批人捧糊涂了，厂长正确，厂长英明，甜言蜜语地把你捧上了天，自以为了不起……

杨仲安　（声音低了下来）今天你怎么啦……

王　蕙　今天？这些话，早就该讲了。（也把脸色和缓下来）你再去想想，这是什么时候，你站的是什么位置……

杨仲安　（无言）

〔门外两个小孩的声音："薛叔叔，薛叔叔。"

〔二人回头望门口。薛为德兴冲冲地提了一大块猪肉、一个肘子推门进来。

薛为德　厂长，你不是要买猪蹄子，好容易给买到了，合作社今天……（察言观色，看见神色不对）王蕙同志……（把猪肉交给她）

王　蕙　多谢你。（接过猪肉，显然地强笑）

薛为德　方便，很方便。（看了一眼杨仲安，连忙告退）再见，再见。（下）

王　蕙　（望着杨仲安，不动）

杨仲安　（颓然坐下）

（幕）

第四幕

几天之后的一个傍晚。

舞台与第一幕同。

幕启时，丁淞将许多植物标本贴在一张张的图画纸上，钉满了她书桌前的半边墙壁，继续在整理，嘴里哼着《太阳落山》的调子。

〔少顷，丁纬从工厂回来。

丁　纬　（对丁淞）吃过饭了？

丁　淞　（点头，忙着，没有离开桌子，嘴里继续哼着那支曲子）

丁　纬　（看了下她钉在墙上的标本）怎么的，开展览会？还有音乐伴奏。

〔丁淞没有反应。

〔丁纬脱下上衣，放好皮包，到后间去洗了一把脸，出来。

丁　纬　妈出去了？

丁　淞　（停了哼曲子，简单地）开会。

丁　纬　（走过去欣赏她的那些标本）这是蒲公英，我知道。这是什么？

丁　淞　苍耳。

丁　纬　这些我都知道：莱菔、豌豆、毛茛，对吗？干吗枫叶要这么多？

丁　淞　错啦，这不是枫叶，这是槭叶，槭树的叶子。你数数，枫叶是五瓣的，槭叶就有七瓣……

丁　纬　（点头）喔，还有这个分别。这是……

丁　淞　你自己看嘛，下面有说明。

〔他回到自己的座位，抽了一支烟，看了下表。然后，从抽斗里取出一本书来，静心地研读。

〔天色渐暗，丁淞整理好了标本，点点数目，开电灯。

丁　淞　老师说过，这时候看书，顶坏眼睛。

丁　纬　（一笑）这时候不看，什么时候看啊。（看见她已经整理完了）淞淞，来互助一下，好不好？（指着书本子）这个公式，怎么来的？

丁　淞　不，你自己学。

丁　纬　你不来互助？好，过一天你问我时事测验的时候，我也说，你自己学。

丁　淞　（笑了）好好，我来看看。（依偎在他身边，撒娇地）爸，下个礼拜天……

丁　纬　知道了，又是一大串要求，上午逛公园，晚上看电影，是不是？

丁　淞　你答应了？

丁　纬　先把这个公式讲一讲。

丁　淞　这，不就是从上面那个公式简化出来的？（一边用铅笔写着）就是欧姆定律，电流和电压成正比例，和抵抗成反比例。

丁　纬　再说详细一点。

丁　淞　电流和抵抗成反比例嘛。就是说，抵抗越大，电流越小；抵抗越小，电流越大。

丁　纬　哦。（点头，自己把公式写了一遍，若有所悟）原来，电流怕抵抗，拣抵抗小的地方走，对吗？

丁　淞　（似懂非懂）反正，成反比例嘛。（回到自己书桌前面）

〔静止一分钟。

丁　淞　（忽然想起似的）爸，刚才，小王来过了。

丁　纬　小王？谁呀？

丁　淞　我没有见过，妈叫我叫她杨阿姨，可是她自己，却尽叫她小王小王，人家头发都有点白了，还叫小王……

丁　纬　（想起来了）杨阿姨，啊，对了，一定是杨厂长的太太。

丁　淞　对，她们尽讲厂里的事，后来，小王哭了。

丁　纬　为什么？

丁　淞　不知道。

丁　纬　她们讲了些什么？厂里的事……

丁　淞　唔，妈妈不许我听，只听见杨阿姨说，人家说你们两个闹意见，搞不好，不团结。

丁　纬　杨阿姨说，还是人家说？

丁　淞　杨阿姨说，她听人家说。

丁　纬　唔。

丁　淞　（盯着他）什么“唔”啊，（一本正经）爸，不可以，大家要团结。

丁　纬　（破颜一笑，但立刻敛起笑容）还讲了些什么？

丁　淞　过一会儿妈妈会告诉你的。（停了一下）后来，谈呀谈的，妈妈也哭了。妈妈说，不，杨阿姨说，老杨，上次来过的杨伯伯，要来看你，今晚上。

丁　纬　他要来，今晚上？

丁　淞　唔，杨阿姨说，起先他不肯来，杨阿姨逼着他，才肯来。（一本正经）爸，你看，人家多好啊，来看你，跟你团结。

丁　纬　（心不在焉）今晚上？那，我去看他。（看了下表）糟，不行，还有旁的人要来。（走过去打电话）“喂，请杨厂长听电话，不在？没有回来？王——”（对方挂断了，再拨另一电话）“喂，新华吗，接厂长室……什么，没有人听话。”（放下，有点心乱，合上书，在室内走着）

〔郑裕青回来，从街上买了一包水果，取出，装在盘子里。

丁　纬　刚才，王蕙来过了？

郑裕青　你怎么知道？（对丁淞）快嘴丫头，是你讲的？急什么，慢慢地告诉你。

丁　纬　老杨自己要来？

郑裕青　小王这么说。（停了一下，望着他）你们之间，真的有意见？

丁　纬　（想了一下）有。

郑裕青　（认真地）为什么不好好地谈一谈？要——

丁　纬　昨天的党委会上搞得很僵，本来今天想找他，碰巧工业部开了一天会……

〔丁淞走过来听。

郑裕青　淞淞到后面去温课。（给她一个苹果，丁淞噘着嘴下去）你啊，也应该冷静一点。老同志、老朋友之间，有什么事讲不清楚？再说，你新去，情况不了解。

丁　纬　（感慨地）就是为了老同志、老朋友，事情不好办。

郑裕青　（不很明白他的意思）这是什么话。（停了一下）小王很苦痛。她说，老杨真的把你当作亲兄弟一样，听说派你去当厂长，有说有笑的高兴了好几天。这几天，厂里都传开了，说你们不团结。（坐下来，停了许久）你得想想过去，你危险的时候，他怎么帮助你，他，救过你的性命，而现在——

丁　纬　（沉痛地）就为了这个。（一顿）现在，他危险了，我应该救他——

郑裕青　（意外）他危险？

丁　纬　（抽着烟，深深地点头）对。本来，也想再过些时候，等我多了解一点，再把问题摊开来谈，可是，事情发展到了变相地压制批评，这就不能再慢，不能再等了，为了挽救，我有责任。王蕙没讲这些？

郑裕青　（点头）就是报上那篇通讯？

丁　纬　（点头）

郑裕青　（开始感到事态的严重，但还是禁不住要说）给外面讲，不好听，"一个碗不响，两个碗叮当"，来了个新厂长，领导上就不团结。王蕙说了许多老杨的不是，可是，你，别太主观，你才下去，人家好歹已经干了三年……（下面门铃响）可能他来了，（欲走又回头）我不了解，不好多说，可是，他上门来找你，你得虚心冷静一点，少开玩笑，他这个人，受不了一句重话。（下去）

〔丁淞从后房伸出半个身子，装鬼脸。

丁　纬　别胡闹，淞。

郑裕青　（门外）这儿的天气可真怪，一下就热得像夏天了。（陪着杨仲安走进来）。他才回来。

〔丁纬迎上一步。

杨仲安　（强作镇静）今天的会，开了一整天？

丁　纬　（让座）到三点才结束，回来在厂里转了一下，你到车间去了？

杨仲安　对。（僵持了一下）晚上没有事吧。

丁　纬　没有，正好谈谈。

杨仲安　你这个房间很闷，怎么不开窗？（自己去开了一扇）

丁　纬　（过去）开这边吧，（笑着）把淞淞的虫虫草草吹了，又会胡闹。

杨仲安　真是个好父亲，想得周到。

〔沉默了一下，不知从何谈起。郑裕青端了一盘苹果进来。

杨仲安　嫂子还这么客气。

郑裕青　便的，我给你削。

杨仲安　（接过来）不，我自己来，你别忙。（削着苹果，异样的沉默）

丁　纬　（一边抽烟，好一会儿）老杨，前礼拜的事，我太性急了一点，你跟徐达民谈话，我不该撞上门来，也不该当时就否定了你的意见。要是，事先咱们商量一下就好了。

杨仲安　过去的事，别谈了，谈谈今后的事吧。报上既然登出来了，总得有个交代，更重要的，是用什么办法克服生产无计划的问题。（削好了苹果，可是不吃）至于礼拜天的事，我也性急了一点，就怕小徐太毛躁，东告状，西喊冤，把咱们的计划搞乱。

丁　纬　你看，徐达民这位同志——

杨仲安　我？我对他可不坏啊。你也许不知道，他是市委派来参加民主改革的，搞完了就要走。我看他还能干，是我争着把他留下来的，他当车间副主任，也是我提议的。（触动了心思，话就不自觉地转到这方面去了）整党学习的时候，要他参加，他就带头开炮，我也没有什么，这一点我有经验，哪一次群众运动，没有几个打手。可是近来，越闹越疯狂了，不了解实际情况，乱发表意见，在他眼里，简直没有领导，就说那一批变压器的事，人家挑剔，有话可说，自己厂里的人，难道不知道这个厂的机器设备、技术条件……（激昂起来）

丁　纬　（冷静地）不是他还提了改进设备的意见？

杨仲安　你听他，谈何容易，几位工程师又加上从大学里请来了一位专家，开了几天会还解决不了的问题，一个工人马小宝能够解决？我问过薛为德，薛为德又问过钱沛之，他们是专家了吧。他说：这不行，这不过是一个“想法”，而不是一个“办法”。

丁　纬　这个问题，我以为，倒可以研究研究。前些日子我跟马小宝谈了一下，觉得他的“想法”很不错的，而且，也还有一些具体的“办法”，——当然我是外行，不懂得，所以开会之前，我又找了钱沛之，他也说有道理，可以试一试。这样，我才初步同意了成立一个专门性的技术研究组，就叫徐达民来负责。

杨仲安　你决定这样做？

丁　纬　这样打算。（稍停）让他试试，不好吗？你打算把徐达民调出轻电机车间，免得他再闹。那么，就派他专门搞这个问题，不是很好。

杨仲安　你把这个人估得太高。这个人品质不好，爱捣乱，跟什么人都搞不来，加上政治落后。

丁　纬　（笑着）老杨，我还是上次跟你谈的那个意见，脾气不好是一面，生产上积极负责是另外一面。一个人能够一贯地用饱满的情绪来革新生产，给人民创造财富，如果没有相当的政治觉悟，我以为是不可能的。

杨仲安　政治觉悟高，他的申请入党就不会不批准了。这些年轻人，空话会说，实际不行。

丁　纬　（努力平静地）老杨，我说，应该多看看这批年轻人的优点，让他们试试。（似有感慨）咱们这一辈子，是在革命和战争的环境中生活过来、成长起来的。而现在，碰上了新环境，咱们熟悉的那一套，闲下来了，用处不大了，我们完全不熟悉的，却逼着我们去做，我们肩上的责任很重，自己去钻，去学，当然很重要，可是，更重要的，是有意识地去培养年轻的一代。

杨仲安　这，你把咱们自己看得太不中用了，我不这样想。我不懂什么科学技术，懂科学技术的是钱沛之这批人。可是三年来，这个厂是谁领导过来的？让他们领导，就不能完成上级交下来的任务，就不能使这个厂成为人民的工厂。老丁，你再考虑一下，我不赞成让徐达民另搞一个局面，这家伙……（显然动了肝火）

丁　纬　（沉默，在屋子里走了一转，坐下来，似乎已经有了决心）老杨，咱们是老同志，十几年的老战友，什么话都可以谈，应该谈，我讲几句也许不中听的话，好不好？

杨仲安　好。

丁　纬　老杨，我觉得，在你身边，有两种不同的人，一种是像薛为德那样的人，百依百顺，没有不同的意见，你说今天的太阳带一点蓝颜色，他说对啊，简直蓝得像阴丹士林一样，你说今天水里有点盐味，他说厂长真了不起，连千分之一万分之一的盐分也辨出来了。这种人像一块丝绒，摸上去顺手，光溜溜的舒服，可是相信这些人，就会坏事，就会把厂搞垮，把你葬送。另外一种是像徐达民那样的人，憨头倔脑，不听话，凡事有意见，你说好，他说不一定，你说对，他说还有问题。这种人像一块粗麻布，摸上去刺手，不舒服，可是，这种人会提醒你，警惕你，帮助你，把我们的事业搞好。

杨仲安　（怫然）你把徐达民看得太行，把我杨仲安看得太不行了，太糊涂了！我是昏君，我是官僚主义，是不是？同志，你太主观了，你把结论下得太早，你把厂里的复杂情况，看得太简单了。

丁　纬　（不语）

杨仲安　你既然这样讲了，那我也把要讲的话讲一讲。你前天找钱沛之，是上他家去的？

丁　纬　是的。

杨仲安　我知道你到马小宝家里去过，谈过，这很好。可是，一个党员厂长，御驾亲征，去登门拜访一个满脑子英美技术观点的留用人员，好不好？会产生什么影响？你才来，也许不知道，不了解三年来的经过，把留用人员的气焰压下去，可不是很容易，要他们尊重领导，更难，你这样一来，这批人，尾巴又会翘起来了。

丁　纬　（想了想）记得我们在胶东的时候，一起学习过列宁的那本“左翼”幼稚病。

杨仲安　这是什么意思？

丁　纬　最近我又找出来念了一遍。列宁跟我们说："我们能够而且应该不是用幻想的人才，不是用我们所特别造就出的人才，来建设社会主义，而是用资本主义遗留给我们的人才来建设社会主义。"列宁说："这当然是困难的事，不过除此之外，任何其他解决这个任务的办法，都是简直不值一提的轻举妄动。"（停一下）当然咯，咱们今天和当时的苏联有所不同，咱们有了苏联专家们的帮助，可是老杨，技术人员还是要就地取材，就地培养，我们要有成千上万的中国专家。

杨仲安　对这批人，我用啊，我没有开除他们，用，难道不要改造？

丁　纬　对，要改造，这一点很重要。但是，改造不单是消极地"压"的问题，而是积极地、诚恳地教育和帮助的问题。

杨仲安　同志，教育帮助之前，不压一下、冷一下是不行的。

丁　纬　可是，解放已经四年多了，应该承认技术人员这几年来的进步。老杨，我认为，对技术人员的政治工作，应该紧紧地结合实际业务，结合生产，空空洞洞地谈政治、背教条是不会起作用的。

〔门铃又响。

丁　纬　青！去看看，有人按铃。

〔郑裕青面色凝重地下去开门。

〔二人对坐沉默。

〔徐达民和马小宝兴冲冲进来。马小宝年纪已经五十以上，身体健康，徐达民手里拿了一卷打好的图样。一进门看见杨仲安在，有点意外，很快地冲淡了他兴奋的神色，丁纬起来和他们握手。

丁　纬　请坐，随便吧。

徐达民　马师傅，你说说。

马小宝　还是你说，我讲不清楚。

丁　纬　碰上了什么困难？

徐达民　不，没有，马师傅的建议，有把握了。

丁　纬　是线圈短路的问题？

徐达民　对。线圈短路，是轻电机车间的关键问题，这一点，马师傅早就看出来了，这一次研究小组检查了报废了的十一只线圈，除了绝缘问题之外，找出了一个主要毛病，就是绕线圈的时候绕的圈数不准确。有的时候多，有的时候少。（杨仲安露不耐烦之色）这样，就得出了一个结论，就是要去掉这个毛病，先得改造一下绕线机。（对马小宝说）下面，你讲吧。

马小宝　绕线机有毛病，转数不准，这件事早就看出来了，怎么样才能使它走得准，这个法子一直想不出来。这一次丁厂长要咱们研究，上级撑了腰，大家劲头就大了，组里提了好多个意见，试试都不行，我心里好嘀咕，对自己说，怎么的，看出了毛病，找不到药方，什么建议还不是废话。（停了一下）家里的老太婆看见我茶不思饭不想，开口问了，怎么的，出了毛病，挨了批评？我把事情告诉了她，嘿，想不到她听了就说，你到咱们厂去看看。

徐达民　（说明）老马的爱人，在振兴袜厂做工。

丁　纬　（不大理解）袜厂，织袜子的？

马小宝　对。织袜子不是也要绕线圈吗？去看看也好。我们去了，我、徐主任、张大妹，真怪，看了那部机器，脑筋活动了，窍门找到了，回来之后，再动脑筋，大家凑合起来，照织袜机的构造，打了份图样。

〔徐达民打开图样，丁纬仔细地看，马小宝从旁解释，看后丁纬把图交给杨仲安，杨仲安赌气不看。

丁　纬　改装机器，费事吗？

马小宝　一点不费事，赶一赶，三五天就可以做出来。

丁　纬　花多少钱，试装一部？

徐达民　那很省，许多配件有现成的，有的本厂可以造。

马小宝　还可以到废料里去找找。

徐达民　我估计了一下，先装一部试试，大概只花一二百万。

丁　纬　这，跟别的同志，商量过没有？

徐达民　对，我忘了讲，给钱总工程师看了。

丁　纬　他怎么说？

马小宝　（笑着）老先生看了图样，用手打自己的头。（做手势）

丁　纬　为什么？

马小宝　他说，该死该死，这么点轻巧的办法，为什么我就想不出来？

丁　纬　他同意这样做？

徐达民　对，他说，恭喜你们，窍门终于找到了。可是后来，他补充了几点。（取出附图）这是他的补充，都很重要。

丁　纬　那很好。

徐达民　厂长同意吗？

丁　纬　我想（目视杨仲安）应该同意的。

徐达民　那，请你批一下。

丁　纬　不，这一类的事，不需要厂长批，总工程师同意，签了字，就可以办，这一点，我已经跟钱沛之同志谈过了。

徐达民　那好。（兴奋地对马小宝）老马，回去就干。

马小宝　好。

丁　纬　不再谈谈？

马小宝　不，大伙儿在等消息。

徐达民　老马，告诉他们，说批准了，你猜，他们该多高兴。

〔二人下。

马小宝　（门外）顶高兴的，应该是你。

〔沉默了一阵。

丁　纬　老杨，这不就解决了一个问题？线圈不出毛病，产品的质量……

杨仲安　（冷笑）你，真是太天真，把问题看得太轻易了。三年来，这样的所谓发明创造，我看得多了，讲起来天花乱坠，画在纸上很好看，做出来呢，就完蛋，这样的事，不止三五次了。

丁　纬　这，我看不尽然吧。我看了你给市委作的三年总结里面，被采用而有效的合理化建议，（取出小本子来看了一下）就有六十八件。

杨仲安　（语塞）我不反对你这样做，我只是说，这些枝枝节节的改革，解决不了整个问题。

丁　纬　整个问题要解决，枝枝节节的问题也要解决。而坚决地支持革新，又是改进生产的主要环节。（停了一下）昨天除了揭发了一些问题，决定了生产改革的补课之外，谈得不够具体，我正想听听你的意见，对于解决整个问题，你以为——

杨仲安　（悻悻然）我以为？我站在挨整的地位，还有什么以为？

丁　纬　老杨，平静一点好不好？对于这个，咱们之间的意见应该一致。据市委工作组的检查意见，本厂存在的问题是成品质量差，事故多，每月每季的生产不均衡。这三条，都联系到一个问题……

杨仲安　（终于爆发了）我代你说，领导不好，是不是？我杨仲安是官僚主义者，是个人主义者，是不是？好吧，我不行，你来试试，你来整，你来改……

丁　纬　（竭力用平静的调子）老杨，别这么说，对于这些新事儿，咱们都还没有经验，谁都会犯错误，检查下来没有，当然顶好，要是有，在党和人民的利益前面，有什么不可以承认，有什么不可以纠正，我们过去都犯过错误……

杨仲安　（拦住他）要整就整，别兜圈子。我杨仲安，做事凭党性，干了三年，事实摆在面前，问心无愧，对得起良心，要检查，检查好啦。

〔站起来，拿了帽子，打算走了。

郑裕青 （出来，用有力的调子）老丁。

〔二人无语。

郑裕青 干吗要这样，老同志之间。（对杨仲安）仲安同志，你别跟他……

杨仲安 （气哄哄的）我跟他，有什么，不是我跟他有意见，是他跟我有意见，真是，新官上任三把火。

郑裕青 老丁，你不该用这种态度对待多年的朋友……

丁 纬 不，这不是朋友不朋友的问题，不是个人之间的问题，这是一个严肃的原则问题，要是个人问题，我决不坚持，我一定退让，我可以退十步，退一百步，退到自己没有立脚的地方。可是，这明明是一个用什么态度来对待人民财产，用什么态度来对待先进工作者的问题。这样的问题，有责任要争，我不能让，连一寸一分也不能。

杨仲安 好，争吧，我有准备。

丁 纬 不在这儿争，到党委会去争，让党、让群众来判断，这样的问题，是应该争出一个正确的答案来的。

杨仲安 好，到党委会去解决，再见。（连手也不握，愤然而下）

郑裕青 仲安同志。（跟着下场）

〔丁纬反背着手，慢慢地踱着。

郑裕青 （从外面回来，望着他，好容易说）睡吧，时候不早了。（入内）

〔这时，万籁俱寂，丁纬一个人踱着，拉开窗帷，窗外深蓝色的天上映出一轮皓月。在小圆桌前面站住，慢慢地坐下，拿起一支烟来，搓了一下，又放下，以手覆额，苦痛和烦恼。

（幕徐下）

第五幕

“五一”前夕的一个清晨。

与第二幕同，厂长办公室。

俞嘉华一人整理好文件，摊开当天报纸来看，窗外，可以看见工会文教科的工作人员搬着红布横幅、纸扎的模型、标着生产图表的硬片等经过，横幅上可以看出“五一劳动节”字样。

〔少顷，总务科的朱帆轻轻地推开门，先伸进头来望了一下，然后进来。

朱　帆　（低声地）小俞，出了什么事啦？

俞嘉华　（意外）什么？鬼头鬼脑的。

朱　帆　你不知道，装蒜。

俞嘉华　知道什么呀？

朱　帆　喂，（发表一个秘密似的）昨晚上的会开下来，好像有了结论了。

俞嘉华　（有点儿不耐烦）你说什么呀，没头没脑的。

朱　帆　（张望了一下）今天一早，杨厂长打了个电话来，我接的，气哄哄地说，要我给他把办公室里的私人东西送回去。

俞嘉华　哦！（觉着了）还说什么？

朱　帆　我问，要不要叫小俞听电话，他不理，砰的一声把电话挂上了。

俞嘉华　（平静地）那，你给他办呀，趁丁厂长没来的时候。

〔朱帆走到杨仲安的办公桌前面，对乱堆在一起的东西，有点无从下手。

朱　帆　钥匙有吗？（俞嘉华从抽斗内拣出一把钥匙给他，他一边整理，一边说）小俞，看形势，这次的风浪可不小。昨晚上李部长来参加，嘿，训人的人，挨了训。会开到后来，杨仲安的嗓门儿低了。

俞嘉华　你怎么知道的？

朱　帆　总务科嘛，会不开完怎么能先走啊，我在外面陪到了十一点半。

俞嘉华　哼，听窗户根儿，小广播，不好。

朱　帆　我又没有跟别人说。

俞嘉华　我不是别人？为什么要跟我说？

朱　帆　好，不说不说。这些，等午饭之后再给他整吧。（下）

〔一二分钟之后，方克推门进来。

俞嘉华　（放下报）方书记，有什么事吗？

方　克　丁厂长还没有……

俞嘉华　（笑着）还没到办公时间。

方　克　（看了一下手表）在宿舍？（拿起电话来欲打）

俞嘉华　就来的，别打扰他吧。他，很会安排时间，前天在他宿舍里看到一张他的日程表，除了规定的政治学习之外，上班之前，半小时阅报，一小时数学，下班之后，一小时半的物理。

方　克　哦，这样忙，办得到吗？

俞嘉华　听郑裕青同志说，很严格，学习的时候，连他顶喜欢的孩子也不准打搅他，在这儿的时间也一样。前天，小徐就被他训了几句。

方　克　他训了徐达民！

俞嘉华　（微笑）当然，训法不同咯。徐达民跑来告诉他，新办法实行了之后，车间里换了一个样子。马小宝小组的张大妹、赵师傅，下了班还不走，饭也不吃，一直搞到七点钟。小徐这样说，以为他一定会高兴，可是他面孔一沉，严肃地说，不行，要严格执行制度，不得迟到早退，也不得早到迟退，他说，只有这样，才能把正确的生产记录固定下来。

方　克　这讲得对，下了班不走，尽管说是自愿，也还是一种加班加点。这样的记录是不能作数的。（随手指着桌上的文件）少了些了？

俞嘉华　少得多了，至少，也少了一半。自从建立了三级负责制，实行了各科分工之后，报告简化了，鸡毛蒜皮的条子也不拿到这儿来批了。这样，我也可以有点工夫读读书，看看报了。

方　克　那好，这样吧，他来了之后，打个电话给我，今天有许多事要办。我在党委会办公室，不走开。（欲下）

〔王蕙气急败坏地推门进来，面色憔悴，喘息不定，一进门，和正欲下场的方克迎面相遇。

王　蕙　哦，方书记。（望了一下）丁厂长不在？

俞嘉华　快来了，王蕙同志。

王　蕙　（对方克）昨晚上，（语中断，用手帕揩了揩汗，好容易）做了决定没有？

方　克　（回身站定，镇静地）做了。

王　蕙　他，他会垮？

方　克　不会，只要他能够认识错误，很好地改正……他……怎么说？

王　蕙　昨晚上回来，看样子不对，家里，两个小孩又在生病，问他，什么话也不讲……后来，他直着嗓子喊，说要回家去种庄稼。

方　克　他太冲动了，嘿，种庄稼，这是气头上的话，你得劝他平静下来。

王 蕙 对他作了处分?

方 克 唔,作了处分。(严肃地)可是,王蕙同志,这是党对他最大限度地爱护和挽救,不这样,对他不好。

王 蕙 (痛苦地)这些时候,我跟他不止谈过一次,昨天开会之前,我表示过……

方 克 这些,丁纬同志都讲了。这样很好,你的这一个表示很重要,是的,这关系仲安同志的前途很大……你能够跟大家站在一起,一起来帮助他,那是,再好也没有了。

王 蕙 可是,我的话……(语中断,停了一下,突然)方书记,大家对他的意见……

方 克 是很尖锐。(稍停)他的错误是严重的。(又稍停)王蕙同志,昨天会上,是老丁挽救了他。

王 蕙 老丁?

方 克 对。(稍停)会上肯定了他过去和这几年来的成绩,同时也严肃地批评了他骄傲自满、缺乏批评与自我批评的严重错误……

王 蕙 (性急地)他的处分是——

方 克 那,我可以告诉你,对小徐那件事,他不仅以粗鲁的态度对待了生产积极分子,而且轻信薛为德的意见,压制和打击了来自群众的批评,所以,党内处分是当众警告。在党内刊物上通报。(俞嘉华有点震动)

王 蕙 行政上……

方 克 行政上处分,是降职使用,只要他能好好地改正错误……

王 蕙 (松了一口气,不禁感动)那,那不是太,太……(讲不下去,忽然口气一转)那他干吗还要……

方 克 对啊,这是爱护,很大的爱护,你先劝他平静下来,过一会儿,也许今晚上,我去找他。气头上,别跟他硬顶,这个人的脾气……

王　蕙　那不，我得跟他讲清楚，这样对他爱护，还发什么牛劲。真是，太得福不知……（转身欲下，很快地回过来，有把握的）方克同志。

方　克　（望着她）

王　蕙　请你和丁纬同志放心，我负责，一定要他好好检查。（停了一下，声音平静一点）方克同志，这个人就是脾气倔，一时转不过弯来，可是，我相信他一定会改，一定会懂得……党对他的……（激动）爱护和帮助。（用手帕掩住鼻子，欲言又止，转身下）

方　克　王蕙同志……（看她走了，沉默，脸上现出了一丝微笑，跟着下场）

〔窗外一群人走过，谈论着。

〔不多一刻，丁纬上。

俞嘉华　厂长，你，没有碰见方克同志？（丁摇头）他才走，说，请你来了之后打个电话给他，此刻打吗？（拿电话）

丁　纬　等一等，日报表来了没有？

俞嘉华　（想起）唔，还没来。

丁　纬　催一下。（自己泡了一杯茶，坐下，用缓慢的调子）这是制度，这是我给我自己规定了的制度。到办公室之后第一件事是看上一天的生产日报表。在这之前，什么事也不干。

俞嘉华　（笑着，接电话）喂，接统计科……我厂长室。对，日报表……刚送出，还没有收到，好。（对丁纬）送出了。

丁　纬　小姑娘同志，你笑什么，你以为我太机械，是不是？不对，对于自由散漫惯了的人，和机构，先“机械”他一下，养成习惯，有好处。

〔有人叩门，俞嘉华去接了日报表进来，交给丁纬，他仔细地看，面露笑容，拿起红蓝铅笔在墙上的图表上画了两条线。

丁　纬　（对俞嘉华）你瞧，这就是加强了作业计划的结果。这一条线，平了，没有什么高低，这一条线，直了，没有曲折，这多好。（再看了一下，然后对俞嘉华）好，现在给方书记打电话吧。

俞嘉华　（拿起电话）喂，接党委会方克同志。

方　克　（推门而入）不用打了。（对丁纬）你早。

丁　纬　早，方才来过?

方　克　对，我性急了一点，昨晚上决定的事，今天要办，想先跟你商量一下。

丁　纬　我会后也仔细想了一下，安排了一下，你看，今后的工作……

方　克　经过了这次整顿，不，应该说是改革之后，完成任务，提高质量，降低成本的一切可能条件，都具备了，只要群众真的动了起来，过去不能解决的问题，一定能够很好地解决。所以，我想跟你谈谈今后工厂党委的工作问题。

丁　纬　对。这很重要。

方　克　我以为，即使反掉了官僚主义之后，在定额问题，在劳动纪律问题，在奖金问题……我们还是会遭遇很多的抵抗的。对于这些，党和工会一定要尽最大努力给行政以最大的帮助。

丁　纬　这儿有一个有利的因素，就是群众基础很好，对于这一点，党委、工会、青年团，——包括杨仲安同志在内，都做了很多的工作，可是今后，用大喇叭每天训话的办法，不行了，单纯的政治号召，也不能解决问题，我们要做的，是深入生产、深入群众的，紧紧地和生产相结合的政治工作、思想工作。

方　克　对，昨晚上李部长临走的时候也跟我谈了这个问题。

丁　纬　现在，只能说才开步走，因此必须好好地学习，学苏联的办法，学国内先进工厂的办法，你看了五三工厂的经验总结？

方　克　看了，帮助很大，有些，我们已经做了，有些，正在识辨，可是也有些，因为厂的基本情况不同，我想，应该反复研究，经过群众讨论之后，再决定可不可以采用。

丁　纬　五三工厂的最重要的一点经验，正就是坚决地走群众路线。（停一下）这方面，方克同志，我们要尽先考虑出一些切实可行的办法。

方　克　好。

丁　纬　（想起）对咯，今天，你得抽空到杨仲安那边去一下，看看……

方　克　方才王蕙同志来过。

丁　纬　（关切地）怎么样？

方　克　不出所料，说，一晚上没有睡，吵着要回老家去种庄稼。

丁　纬　（沉默了一下）这是负气的话，这个人的脾气，一时别不过来，（望着方克）王蕙同志……

方　克　她很好，很能掌握原则。从这里也可以看得到，不正确的作风，在家庭里也遇到了抵抗。

丁　纬　对，（忽然想起，对俞嘉华）啊，差一点忘了，你记得，请医务所的黄大夫到杨厂长宿舍去一下，他的老三病得很厉害，跟黄大夫说，假如有必要，给他另外约一位小儿科大夫去看看。（停了一下，继续对方克）方才谈的这个问题，你得抓紧时机，布置一下，你估计……

方　克　那，很明白，看昨天会上的情形就知道，群众一定拥护。连一向盲目崇拜老杨的何复清也改变了看法，这几天车间里已经……

丁　纬　不，还得注意两条：第一，为什么要这样做，必须好好跟大家讲清楚；第二，同时要防止一种可能发生的偏向，对人不对事，算旧账，把问题扯开……工会方面布置了没有？

方 克 这倒没有问题，今天一早，工会主席把决定一宣布，大家起先不相信，后来就高兴得跳起来了。说，只有共产党才能这样做，丁纬同志，在这件事情上，我体会到一点，就是群众所欢迎和要求的，是懂事而聪明的领导。（高兴地）你，真行。

丁 纬 这句话是真理，可是老方，（十分严肃地）你不该把这句话对我讲，我们要的是集体领导。而且，我们离“懂事而聪明”还远得很。

方 克 （深深地点头）对。

〔有人轻轻叩门。

丁 纬 请进来。

钱沛之 （推门进来，看见丁纬和方克在谈话）哦，厂长有事。那——

丁 纬 不不，进来坐，我正要找你。听说，马小宝同志改装机件的试验，成功了。

钱沛之 好得很，成绩比我们预想的还要好。

方 克 （起来告辞）那，你们谈，我先走了，还有许多事要安排。（与钱沛之握手后下，到门口，站定）丁纬同志。

丁 纬 什么？

方 克 （笑着）过一会儿，还想打乱一下你的生活规律，占用你一点饭后休息时间，好不好？就这么一次。

丁 纬 （也笑了）好啊，怎么会不好？你，真的以为我这样机械，机械到不通情理？

方 克 那倒……（下）

钱沛之 厂长，你的办法好，把问题摊开来，跟大家讲清楚，让大伙儿一起来想办法，这样，技术上长期解决不了的问题，一个一个都解决了。除马小宝小组的线圈问题之外，减少铁耗的问题、防止绝缘下降的问题……都已经有了初步的解决方案，这些，慢慢地再向厂长来汇报，今早上我跑来向你报告的是一件更重要的事情。

丁　纬　什么事情，说说。

钱沛之　这两天，职工代表会的技术组，摸了一下这个厂的家底。厂长，说出来太不成话，当了这么多年的总工程师，原来家里有多少财产，完全心中无数。咱们的厂，不是已经经过了什么生产管理的民主检查，咳，真是自己骗自己，什么也没有摸到底。（解释）这次一查，证明了我们的原始记录，完全靠不住。家底子，要比知道的、入了账的多得多，好得多，譬如说……

丁　纬　这就证明了上次的生产改革没有搞透。

钱沛之　对啊，那一次，也开了代表会，可是杨厂长作了动员报告之后，只开了一次技术人员和老年工人的座谈会，接下来通过了改革计划，三天之后就转入劳动竞赛。

丁　纬　那么，沛之同志，这一次一定得彻底地清查一下。

钱沛之　这次可不同了，大家动了起来，要不彻底查也不行了，就拿绕线机来说，咱们用的那几架，的确旧了，超过了使用年限，可是，就在重电机车间的废品和呆料堆里，这次就找出了几套全新的，装在木箱子里，还没有装配的绕线机！

丁　纬　对，这是一个发现，把那些肮脏的废品搬走，把那些呆料整理一下，可能还会发现好东西。好吧，沛之同志，让咱们来一次废料山寻宝记吧。（愉快地笑）

钱沛之　对，厂长，因此，为了把事情彻底搞清楚，昨天的技术组会议上，要我来向你提两个要求。

丁　纬　提吧，哪两条？

钱沛之　第一，希望能够把现在的专业技术小组固定下来，不要运动一过就取消，因为现在已经发现了，潜力很大，大家都认为发掘潜力是一件长期工作。

丁　纬　很好，可以，而且必要。第二呢？

钱沛之 第二，照现在的情形看，过去的定额，订得太低，实在太保守，可以大大地提高，因此，大家主张重新讨论今年第二季度的定额。

丁 纬 这是多数人的意见？

钱沛之 多数，可以说绝对多数，有一位工程师讲话的时候，声音发抖，他说，太对不起大家，太不用脑筋，明明待在泉水旁边，却一直嚷着没有水喝。

丁 纬 那么，沛之同志，你估计——

钱沛之 厂长，我不知怎么说才好，说出来，你会笑话。过去谈定额，斤斤较量，要加这么百分之三、百分之五，会争到面红耳赤。可是现在看哪，应该加的不是什么百分之三、百分之五，而是百分之三十、百分之四十……

丁 纬 定额还可以提高，这是肯定了的，可是你讲的这个数目，不会太高？有把握？

钱沛之 （笑得天真）厂长，你可以去打听一下，我钱沛之是一个出了名的保守分子，没有把握，我绝不乱说，更不会冒险。因为一查之后，大家已经看得很清楚，过去的定额已经大大地落后在工人实际能力的后面了。

丁 纬 有把握，就应该，但是，这儿还有一个前提，就是要这样做，必须反复地核算、查对，（着重地）和在群众中间慎重讨论，只有在取得了工人和技术人员的一致同意，再经过行政上的审核批准之后，才可以决定。

钱沛之 那当然，那当然。

丁 纬 还有什么要求没有？

钱沛之 没有了。

丁 纬 那么，沛之同志，我也有一个意见，看你能不能同意？

钱沛之 （有点意外）意见？

丁 纬 对，就是，想从你们的技术组里，把徐达民同志调出来。

钱沛之　这——

丁　纬　可以同意吗？

钱沛之　厂长的意见，是调出去还是仍旧在厂里？

丁　纬　在厂里。

钱沛之　厂长，（停了许久）我不知道该说不该说，轻电机车间很重要，任务不轻，我怕，薛主任顶不住。老薛为人不错，他的缺点是太老好，拿不定主意，技术上，也不一定有把握。这些话，要是在过去，我绝不讲，现在嘛，不讲就不对了。

丁　纬　不，薛为德的缺点，不是老好，而是严重的不负责任。（钱沛之有点吃惊）你讲他技术上没有把握，这很对。有一位老工人说得很好，他说，薛为德这个人，在外行人看来是内行，在内行人看来是外行，对吗？（钱沛之笑了）对于他的问题，对于几个车间的负责人问题，我们已经有了比较全面的安排，你可以放心。

钱沛之　那，再好也没有了，就这么办，再见。

丁　纬　就这么办。（握手）对了，今天太忙，不谈了，我还有几个问题要向你请教。

钱沛之　什么问题？可以——

丁　纬　不，不，这是我个人学习上的问题，一本初级电工教本，硬是啃不下，有空的时候，到你府上请教。

钱沛之　厂长总是太客气，这些，只要……

丁　纬　可是，沛之同志，尽管啃不动，学了欧姆定律，我得了一个启发。

钱沛之　什么，欧姆定律？

丁　纬　对，不是说，电流的大小跟线路抵抗的大小成反比例，它拣抵抗小的线路走，是不是？我觉得，电流这家伙，爱走抵抗小的路，没有勇气，是一个胆小鬼。

钱沛之　对对。（想了一下）

丁 纬 因此，我想，咱们做事，不应该学电流的样子。

钱沛之 （谈到这些，兴致来了）你讲得很好，可是厂长，我有一个补充。

丁 纬 什么补充？

钱沛之 电流不肯走抵抗大的路，这是因为在它前面还有抵抗小的路可以走，假如线路只有一条，那么，按科学上说，只要有一定的电压，尽管抵抗大，它不仅会走这条路，而且，还会在通过抵抗的时候发出光来，发出热来，电灯（指顶上的电灯泡），就利用了这条定律。

丁 纬 好极了，沛之同志，这个补充很重要。咱们的线路上也还有抵抗，让咱们通过抵抗，突破抵抗，发出光来，发出热来吧。

钱沛之 一定，一定这么办。（有感佩之色，下）

〔俞嘉华好像有话要讲，丁纬忽然想起……

丁 纬 小俞同志，把这张写字台整理一下，从明天起，徐达民同志用这张桌子。

俞嘉华 （意外）什么？

丁 纬 他，已经被提升为副厂长了。

俞嘉华 （不自觉地）厂长，这，不是……（有点急）他太年轻，他不会……

丁 纬 怎么的，你有意见？

俞嘉华 （讲不出话来，一阵脸红）

丁 纬 小俞同志，我记得，你们，去看过一部叫《维堡区的故事》的影片，还记得吗？这片子里，党委决定了要马克辛去当银行行长的时候，斯维尔德洛夫跟马克辛怎么说的？

俞嘉华 （低声）记不清了。

丁 纬 你听，斯维尔德洛夫说："我们还没有在专门学校里培养部长，但是，才干不是生来就有的，干吧……倾听别人的意见，学习业务，不要紧，你能够胜任的。那样，你才是马克辛。”懂吗？“那样，才是徐达民同志，才是毛泽东时代的青年技术人员。”

俞嘉华 （感动）对是对。不过——

丁 纬 照常规来看，是提得快了一点，很多人有这个感觉，可是，为了鼓励革新，扶植新生力量，市委批准了这个提升。

俞嘉华 可是……（说不出话来，低下了头）

丁 纬 你有点替他害怕，可是我相信，你是会高兴的。不过，今后你们在一起办公了，可不要吵嘴呀。

俞嘉华 （羞怯）厂长，你……

丁 纬 别瞒我，尽管我离懂事而聪明还很远，可是这些问题，有一点经验，不讲，也会看出来的。

〔俞嘉华又羞又高兴，去整理那张桌子。

丁 纬 哦，对了，别忙，此刻这儿没事，你先到医务所去，陪黄大夫到杨厂长宿舍去。

〔俞嘉华点头，下。

（幕）

（全剧终）

原载《人民文学》1954 年 8 月号

幸　福

——献给青年工人

艾明之

人　物

胡汉亮　老师傅，57岁。

刘传豪　团支书，21岁，车工。

刘传明　刘传豪的哥哥，车工，青年团员，24岁。

胡淑芬　胡汉亮的女儿，20岁，装配工，团小组长。

王家有　22岁，车工。

淑芬妈　54岁。

传豪妈　50岁左右。

邓忠良　青工，绰号“小起哄”，23岁。

钱一涵　党支书，30岁左右。

朱济平　车间主任，35岁，胖子。

孙荣林　36岁，车工。

施小珠　女装配工，22岁，越剧迷。

张庆生　青工。
凌毓珍　党委会秘书。
长条子青工　24 岁。
小孩子气青工　18 岁。
邮递员
传达室老头
其他

第一幕

第一场

上海，某机械厂。
1954 年初夏，某天中午。
幕在笑声中慢慢拉开。
青年团支部办公室。
〔几个青年工人刚商量完一件什么事，边谈边笑地向外走；刘传豪端着饭盒，一面吃饭（他大概忙于刚才的讨论，没有来得及吃），一面送他们出去。

青工们　你吃饭吧，新定额的事，就这样决定啦！
刘传豪　说定了就只许成功，不许垮啊！
青工们　垮不了，垮了我们在姑娘面前说话都说不响啦！
〔众人笑着下。胡汉亮匆匆上，差点儿把刘传豪饭盒碰掉。
胡汉亮　谁是团支部书记？
刘传豪　有什么事吗？胡师傅。
胡汉亮　（不耐烦）我问你，谁是团支书？

刘传豪 （羞怯地）我……我就是。

胡汉亮 （怒）我没时间跟你开玩笑！（向里叫）谁是团支书？

刘传豪 我……我没开玩笑！

胡汉亮 老弟，我正在火头上，请你别再撩我，我要给你难堪的！团支书我在大会上看到过，大圆脸，头发这样，（做手势）像把毛刷子，说起话来，手一扬一扬。

刘传豪 不错。他最近提升到工业局当科长了。

胡汉亮 （一怔）唔？……那你真的是团支书了？

刘传豪 嘿……（不知怎么说好）才选的。

胡汉亮 （仍不信）我看不像，今年多大？

刘传豪 二十一。

胡汉亮 没有，我看碰顶才十七岁。

刘传豪 实足年龄十九。

胡汉亮 哈，看，一下缩了两岁。你还得缩，我看十九也没有。

刘传豪 不能缩了，一缩就得把我的选举权缩掉啦。胡师傅，有什么事你请说吧。

胡汉亮 你真是团支书，我就问你，是青年，但不是青年团员，你们管不管？

刘传豪 这个……得看什么事呵！

胡汉亮 那你说说看，什么事你们管，什么不管，让我听听；要是不管的，我干脆找厂长、党委书记，别浪费时间。

刘传豪 （为难地）胡师傅，这真是个难题，一下子叫人……

胡汉亮 说吧，说吧，别浪费时间。

刘传豪 （想了一想）譬如说，有人爱穿白衬衫，有人爱穿蓝的，我们就不能管，说非穿白的不行！

胡汉亮 唔，再说！

刘传豪 又譬如有人吃面爱加胡椒，有人爱加辣椒，我们就不能说，一律都要加辣椒，加了胡椒就违反纪律。

胡汉亮　我明白了，你们管的又是什么？

刘传豪　有关生产的，我们都得管。

胡汉亮　那就是说，我的这件事你们也管。

刘传豪　到底什么事你还没说哩，胡师傅？

胡汉亮　小事，请你把我的助手王家有调走！

刘传豪　（惊）小王？为什么？

胡汉亮　你先把他撤调了，再告诉你理由。

刘传豪　这不行啊，撤调一个人，不是桩小事。无缘无故的，别说我们团支部，行政也不答应呵！

胡汉亮　好吧，理由挺简单，我受不了啦！

刘传豪　到底为了什么？

胡汉亮　（自顾自说下去）我虽然五十七岁的人啦，老来还想光光荣荣地过几年，还想亲眼看看社会主义的日子，可他再当我的助手，我就一年，不，一天也活不顺心。

刘传豪　胡师傅，别着急，慢慢说嘛。

胡汉亮　说？我要全说出来，得带了铺盖在这里待三天三夜。好，说吧……

〔张庆生上。

张庆生　（叫）哎呀！小刘，王家有再不好好制裁他，我简直受不了啦！

胡汉亮　看，不用我说，就有人来递状子。

刘传豪　什么事？

张庆生　人家一天忙到黑，就中午一点时间，可以温习温习俄文。可他，还有小起哄邓忠良，不让人家有一点安静。我到俱乐部，碰到他们在那里乱吼乱叫，哪个理发店吹风吹得好，哪个车间的女同志漂亮，哎呀！不能听！我到饭厅，他们又带了人去学交际舞，我到了教室，他们又哄过来。

刘传豪　你跟他好好说说嘛。

张庆生 说，嘴皮说起了泡，也没有作用呵！

刘传豪 （沉思地）好，我过一会儿找他。

张庆生 那我就在你这里温习俄文吧，跑到哪儿也碰着他们，倒霉！

刘传豪 胡师傅正跟我谈事情哩！

张庆生 没关系！我用手捂着耳朵。（坐在沙发上，掩着耳，大声念俄文）客里加，书；格才达，报纸……

刘传豪 胡师傅，请你说下去吧。

胡汉亮 刚才小张说的唱歌什么的，我都忍了，才开始我真不惯，整天哼啊哈的，什么我要变一只小羊啊，愿她每天拿着皮鞭，不断轻轻地打啊……嘴里哼着不算，脚底下还要一二三，一二三，算了，我可学不上他那神气。

刘传豪 这我知道，他一向爱唱歌跳舞。

胡汉亮 可他不能破坏生产啊！

刘传豪 （一惊）他破坏？

胡汉亮 不是破坏还是建设？有一次，发电车间通风器坏了，我跟他一起上屋顶检查，完了我让他下去拿工具，再三叮嘱他，快点回来，快点回来！他老人家去了，十分钟，二十分钟，四十分钟，八十分钟，就没有回来。

刘传豪 出了事啦！

胡汉亮 什么也没有出！他老人家一出大门，碰到对面纱厂放工，他就跟几个人在那里当评判员！过去一个女工，他们就评一个，这个四十分，这个顶七十，这个……嘿！可我坐在一二十丈高的通风器上，刮着老北风，淋着雨，在等工具用呵！

刘传豪 这是小王不对！

胡汉亮 不对的还在后面呢。最近行政刚颁布新定额，我老了，在生产上可不愿服输！有人埋怨新定额，说是定高了，我可不服气，活是人干出来的，这就算高？我存心要它高了还要高，好好亮一手！可他老兄，昨天差点把我毁了！

刘传豪　怎么回事？

胡汉亮　我在车丝杠，车间主任叫我去，讨论新定额的事。我给王家有说，好好看着，你要哼几句也行，思想可不能开小差。他一口说好。等我回来一看，车子呜呜呜在转，他老人家不见了，就差这么一两秒钟，丝杠废了，整个车床都得分家。

刘传豪　糟糕！他怎么能这样！

胡汉亮　我四处一找，他在休息室，领了许多人，一人头上顶一个瓶子，嗨啊嗨啊在跳舞。

张庆生　（忽然插进来）这是匈牙利瓶舞，人家是女的跳的，他偏说来个合理化建议，男的也跳。

胡汉亮　支部书记同志，你要碰上这么一个助手，准是前世修下来的。平时迟到早退不说，心里有啥不高兴，就是一个假条；心里高兴了，又是一个假条；他常说，病假有劳保，事假一天扣一万六，不在乎。你要说他几句，他马上给你一个反批评。

刘传豪　（生气地）他还能批评人？

胡汉亮　你听着，他说："胡师傅，论技术，你比我强，没有二话说的；至于生产为了谁，干活要有主人翁态度等等，我可比你懂得多，在政治上我要比你强。"算了，我算受够了，你要真的是团书记，你就替我把这个"政治强"的助手调走吧。

刘传豪　不过，这主要得由行政决定，你跟车间主任谈过吗？

胡汉亮　唉，别提朱胖子了，今年元旦，我一出门就丢了个手套，我就知道今年准要有一些不如意的事，果真就碰上了。

刘传豪　你是说你们的车间主任？

胡汉亮　不是他是谁。人家三反把官僚主义反掉，他一反倒反出个新官僚主义了。

刘传豪　他怎么官僚主义？

胡汉亮　他什么事都推，都怕负责任。他口口声声说："这事情不能办，当心犯官僚！”王家有的事，我说了多少回了，该批评的得批评，该处分的就得处分，他总说考虑考虑，一天推一天。王家有变成这样子，他官僚主义，有一份责任！

〔外面传来王家有的声音：“小刘！小刘！”

〔张庆生从沙发上跳起。

张庆生　小刘，你看他们又闹到这儿来了。

胡汉亮　我走，怎么样，说了半天，什么时候调？

刘传豪　让我跟领导上研究一下吧。

胡汉亮　行！我十分钟后来听回音。

刘传豪　（惊）胡师傅，这不是一件小事。

胡汉亮　那，一个钟头以后……不，我既然已经忍了这些日子，也不在乎这几十分钟，无论如何，今天下班前，你们要决定。

刘传豪　好，我尽可能给你回音。……

〔窗外传出邓忠良的声音：“王家有！小刘在这儿哪！”

张庆生　（拿了俄文读本）我走呐！简直像蝗虫一样！

胡汉亮　不，简直像臭虫！走吧。

〔胡汉亮、张庆生下。王家有、邓忠良上。

邓忠良　（向外）嗳，俄文专家，怎么跑了！

〔张庆生伸了头进来，生气地说：“你们来了还敢不跑！”

王家有　（对刘传豪）哈，小刘，怕你不在哩！来，先吃颗糖！（从袋里摸出一纸包糖给刘传豪）

刘传豪　谢谢，才吃了饭。找我有事吗？

王家有　小刘，装配车间今晚开联欢会，还有票吗？

刘传豪　都分完了。你们车间不是也分了二十张吗？

邓忠良　一下都抢光了。

王家有　帮忙想个办法吧，小刘，我们俩一同进厂，一同当学习工，一同满业，这点忙你得帮。

邓忠良　对，这张票对王家有的关系可大啦！

王家有　小邓，别瞎起哄！

刘传豪　我……倒有一张，不过，他们叫我一定去，我又答应了。……

王家有　算了，这样的晚会团支书不去也行。

刘传豪　奇怪，为什么你对装配车间今天的晚会兴趣这么大？

邓忠良　那还能不大？人家看中对象啦！……

刘传豪　哦？

王家有　（喝止）邓忠良！

刘传豪　谁？

王家有　小起哄！不许你乱说！……小刘，给了吧，以后我请客。

刘传豪　好吧！我跟他们联系一下，能不参加，就给你。

王家有　谢谢！敬礼！（欲下）

刘传豪　别走，小王。我想跟你谈谈。

王家有　另找时间吧，我要把衬衫拿去烫一烫，晚上好穿。

刘传豪　（固执地）那用不了多少时间。

王家有　（无可奈何地将一颗糖丢进嘴里）好吧，快一点。

刘传豪　小王，我们分在两个车间里工作，碰面的时候就少了。

王家有　是啊，大家都忙。

刘传豪　才分的时候，我听到过人家对你的反映，都说你聪明，技术上进步很快。

王家有　（笑）嘿！

刘传豪　有一个时候，工作忙，我没有注意到你。最近……

王家有　（有点紧张地）最近听到了什么？

刘传豪　听说你常请假，跟着人去看戏，逛溜冰场。

王家有　（不以为然）哦！那有什么，溜冰场、戏馆子开了就是让人去玩的嘛！

刘传豪　这个不算，听说你一个月光到理发店就得去五六次！

王家有　那更怪了，连剃头也有人爱管！头发长了，还能不理一理！

刘传豪　就是胡子也没有长得那么快啊！还有……

王家有　（不快）还有什么，你一起倒出来吧！

刘传豪　听说你跟一个私营厂的小老板也交上了。是真的吗？

王家有　（支吾地）嘿，你听到的真多啊！

刘传豪　（追问）是真的吗？

王家有　是真的！跟他一起玩的，又不是我一个，旁的车间也有。

刘传豪　小王，你可要注意点，你要吃亏的！

王家有　（得意地，并没有懂得刘传豪的意思）那你放心，我可不会吃亏，反正出钱的事有他带头！

刘传豪　我不是这个意思，我是说，我们是工人，可不能学资产阶级腐化的那一套！

王家有　嘿，这叫什么腐化！（电话响，邓忠良去接）我们又没有违反厂里什么？

刘传豪　你三天两头请假……

王家有　我有事嘛，反正请假可以照扣工钱，厂里又没有吃亏！而且……

邓忠良　小王，你的电话。

王家有　奇怪，谁把电话打到这里来了。（接电话）喂！谁？呵，是你呵！你倒会找……什么？不，今晚我不去了。……不，坦白告诉你，（放低声音）我在这里发现新大陆了！哈哈，请客？还早！还早！我们碰头再仔细谈！好！再见！（挂电话）

刘传豪　谁的电话？

王家有　（支支吾吾地）是……一个……一个朋友……

刘传豪　哪儿的朋友？（王家有不答）就是那个小老板吧。

〔王家有不语。

刘传豪　（阻止地）小王，你可不能再这样下去，刚才胡师傅来，又提了你许多意见！

王家有　哼，又是他，把意见都提到你这儿来了！

刘传豪　他要求撤调你。

王家有　（惊）呵！……（恼羞成怒）好，撤就撤吧，我跟这老顽固反正搞不到一块！

刘传豪　他说你……

王家有　别说了，他的那些意见，我背都背的出来。撤吧，撤吧！我要当别人的助手，人家恐怕要排着队抢哩！

刘传豪　那你……

王家有　我没有意见。（站起来）可是你答应的票子，可不能赖。我走了！（下）

刘传豪　小王！……唉，怎么变成这样了！（见邓忠良）噢，忠良。

邓忠良　唔？

刘传豪　你别跟在他后面起哄！这对你，对他，对生产都没有好处！

邓忠良　唉，我这脾气，就爱凑热闹！

刘传豪　脾气不对得改啊！

邓忠良　我知道，我知道，可是跟才学骑车子似的，看见前面有电线杆子，就在心里跟自己说，别碰上去啊！别碰上去啊！一边说，一边就……

刘传豪　碰上了。

邓忠良　对。

刘传豪　这不好，忠良，以后得注意改。你虽然没到小王那样程度，发展下去也很危险。

邓忠良　我知道，我知道，以后坚决改！……

刘传豪　光口上说不行呵！

邓忠良　以后我在行动上也注意。不过脾气这个东西，有时发作起来，你要拦都拦不住。

刘传豪　看，还没有改先就泄了气。

邓忠良　不不，这回一定注意。没事了吧，我走了。

刘传豪　（犹豫了一下）等一等，你才说小王在装配车间找到了对象，是谁啊？

邓忠良 （劲头又起）真不坏！圆眼睛，看起人来这么一眯，眯得真好看，简直把人的心就眯掉了。笑起来有酒窝，人家的酒窝长在这里，她长在上面。（用手指自己的脸）……小刘，你脸上神气不大好啊！

刘传豪 没什么，受了凉，（但心里好像受了严重的打击似的）人到底是谁？

邓忠良 装配车间女工，就是胡师傅的女儿胡淑芬……小刘，你好像是有点不舒服。

刘传豪 不，没，没什么。

邓忠良 我给医务所打个电话吧。

刘传豪 不用，不用。

邓忠良 唉，我看这个事会闹成，小王对付女人有经验，他平时跟我们说起来，一套一套的。胡淑芬今晚有个节目，独唱《小杜鹃》，小王所以发了疯似的到处讨票子。不过，小王跟胡师傅闹翻了，倒是件麻烦事。小刘，你看呢？

刘传豪 （失神地）啊！

邓忠良 我说小王跟胡师傅闹翻了，要没有这件事，倒是坛子里捉乌龟，十拿九稳！

刘传豪 啊啊，是是。

邓忠良 我走了，你歇歇吧！

刘传豪 好，没什么。

〔邓忠良下。刘传豪沉思了一阵。远处传来《小杜鹃》的歌声。

刘传豪 （痛苦地自语）小胡跟王家有？……

〔邓忠良的声音：“梁山伯！你来干什么！”

〔施小珠的声音：“滚你的，小起哄！”

〔施小珠上。

施小珠　支部书记！

刘传豪　小珠！

施小珠　托你一件事，你们车间在登记《梁山伯与祝英台》的票，你让他们帮我多登一张。

刘传豪　你们车间不是看过了吗？

〔胡淑芬叫声："小珠！小珠！"

施小珠　（奔到窗前）在这儿哪！小胡！（回头）你帮忙再登一张嘛。

〔胡淑芬上。

胡淑芬　小珠，戏排了一半，怎么溜到这儿来啦！

施小珠　我不跟顾梅英排了，告诉她别笑别笑，唱到"马家不抬我不抬，马家要抬我要抬"，她总笑！笑！笑！

胡淑芬　再排一次吧，晚上要上台的啊，上了班要排，可不行，行政上要有意见。走走。（推施小珠）

施小珠　嗳，我的票子……

胡淑芬　什么票子？

刘传豪　《梁山伯与祝英台》的。

胡淑芬　（对施小珠）你疯了，看了三次还要看！

施小珠　要看，有票，看十次都行。

刘传豪　好吧，我去跟你说。（欲下）

胡淑芬　（阻止地）嗳，小刘，你晚上来参加吗？

刘传豪　我……我想不来了。

胡淑芬　（有点失望）为什么？你不是说过要来的？

刘传豪　临时有事，要开会。……入场券我也送了别人了。（对施小珠）我帮你说去。（下）

胡淑芬　别这个那个了，反正我们装配车间不是主要生产部门，人家团支书是大干部，照顾不过来！

施小珠　（对胡淑芬）梁兄啊梁兄！……（唱）你对人家有意思，人家对你冷清清。

胡淑芬 （愤急）唱，唱！看我把你的嘴……（追施小珠）

施小珠 （求饶）好，好，下次不敢了。可是，小胡，你到底跟小刘谈过没有？

胡淑芬 （装作不知）谈什么？

施小珠 别装蒜，你跟小刘的事啊！

胡淑芬 我们什么事也没有。

施小珠 旁的事可以瞒人，这件事一看他的脸就明白。

胡淑芬 你在他脸上看到什么啦？

施小珠 小刘一见你，脸上就像开了红灯似的，又红又亮。

胡淑芬 （不觉叹了一口气）唉，我们认识这么久了，除了工作，他什么也没有跟我谈过。

施小珠 那你干脆跟他摊开来谈吧。

胡淑芬 （摇头）这种事着急不来。就跟我们装配车间的活一样，少一件，都配不起来。

施小珠 你要不说，当心他跟别人好了！

胡淑芬 他敢！他要这样，我就要问他，我有什么缺点？工作不好，还是缺了只耳朵，少了个鼻子？……别说啦，走吧，排戏去。（与施小珠下）

〔台上静了一阵，外面人声、歌声，依稀传来。

〔刘传豪上。

刘传豪 （失望而沮丧）走了！（拉开抽屉，取出入场券，看。外面传来上班的钟声）……

——幕徐落

第二场

当天下午。

磨砂玻璃门上三个黑字：党委会。

这个办公室比刚才的整齐，书架上整齐地排列着书，墙上用幕布遮着各种图表……这一切都显示出，在这办公室里的，是个很细致的、爱秩序的人。侧门通到党委会其他部门。

〔钱一涵正在打电话，凌毓珍不时从侧门里走出来，将一个文件放在钱一涵桌上，或是从桌上拿走了什么。

钱一涵　（对着话筒）不行，老朱，因为他违反了操作规程才出了事故的！……（对走进来的刘传豪）好，我正要找你，先坐一下。……（对话筒）对不起，我不是跟你说的。……一定要他作书面检讨，在公布栏上公开贴出，广播电台要广播这件事，行政上也要考虑给以适当处分。……什么？有人反映行政上犯了惩办主义？不对，这叫原则性，连这点原则都没有，我们是办不好工厂的。老朱，你是车间主任，应该照原则办事，别顾虑这个害怕那个的！好吧，就这样，我一会儿就到你们车间来。（放下电话，对刘传豪）来得巧，正要找你。（将门关上，从口袋里掏出一封信）这个信封上的邮票谁拿去的？

刘传豪　（羞涩地笑）嘿……

钱一涵　（故作严正）别笑，说啊！

刘传豪　是我拿去的，这张邮票实在太漂亮了。

钱一涵　漂亮你就拿去了？这信是我爱人在莫斯科写来的，这个邮票是我特地叫她寄的。

刘传豪　（不安起来）哎呀，我可不知道，是小凌答应我拿的。

钱一涵　好啊，你连我的秘书也收买了！（叫）小凌，小凌！

〔凌毓珍上。

钱一涵　（故作严厉地）小凌，是你答应小刘把我信封上的邮票拿走的？

凌毓珍　钱书记，你没看见他那可怜样子，见了那张邮票，就像着了迷似的，眼睛直瞪着，（学刘传豪当时的样子）帮帮忙嘛，帮帮忙嘛，就拿这一次！

钱一涵　你动摇了？

〔凌毓珍笑。

钱一涵　你们女同志啊，心都是面做的。走吧，你这小鬼！（打了凌毓珍一下）

〔凌毓珍下。

刘传豪　钱书记，你也喜欢邮票？

钱一涵　现在我们两个书记算是碰上了。以后在邮票问题上，我们俩会有斗争的。

刘传豪　不，以后我再不拿钱书记的邮票了。

钱一涵　嘿，忽然客气起来了。好吧，我们来个互不侵犯条约。以后我信上的邮票你先别忙拿。

刘传豪　一定。

钱一涵　你看中了哪一张，告诉我，有重的我一定送你。没有重的，（考虑了一下）让我看一看，过过瘾，然后，还是送你。

刘传豪　（感激地）钱书记，我也一定这样！

钱一涵　这我没有意见。来，握握手，就算在条约上签了字。（两人握手）现在我们来谈别的。你好像有事来找我的吧。

刘传豪　是啊，胡师傅来找我……

钱一涵　知道，知道，一定是王家有的事。

刘传豪　对，他要求另换一个助手。

钱一涵　今天上午我跟厂长也研究到这个问题，在我们厂里，像王家有这样的人，还不止一个。他们年轻，到工厂的年数不多，我们工人爱劳动的习惯，还没有在他们身上生根！加上上海这地方，资产阶级的影响又像海一样深，生活一改善，他们慢慢就向歪道上走了。我们不好好注意这个问题，对生产是有影响的。这种影响而且会像传染病一样蔓延开来。

刘传豪　怎么办呢？

钱一涵　三反以后，我们对一些坏倾向没有及时展开斗争，这情况不能再拖了。特别是团，在这场斗争中，是一支主力部队，你明白我的意思吗？

刘传豪　我明白。

钱一涵　（沉思地）决定把王家有调开！伤脑筋的是安插问题，人家一听到王家有，头就大了。不信，我现在就来问问你们车间。（打电话）第二车间。……赵主任吗？我钱一涵。你们车床上助手配备齐了没有？差不多了？第一车间有个王家有给你们怎么样？……（话筒里一片着急的声音）啊啊……算了，算了，你别说理由了，我明白了，好吧，再研究吧。（挂电话）看，一提王家有，就急忙推。

刘传豪　王家有调走了，还得有人补他的空子。

钱一涵　唔，这也是个问题。但是比起王家有的安插，简单多了。（孙荣林从外面经过）等一等，看看他的意思怎么样？（走到窗前，叫）老孙！老孙！

〔孙荣林上。

钱一涵　老孙，你不是嚷了半天要领导上给你们派助手。

孙荣林　嚷是嚷了，你听嗓子都哑了，就是不派下来。定额提高了，助手又不派，要马儿好，又不给草吃！

钱一涵　你明白，现在到处都在要人呵！

孙荣林　可是你也明白，工作是要人去干的啊！

钱一涵　当然这里面有困难……

孙荣林　困难倒是能克服，完成新定额、新任务，可不敢保证。

钱一涵　这样说来，这个助手非派不可了。

孙荣林　非派不可。

钱一涵　好吧，既然你要求这么迫切，我们就决定从旁的地方抽人给你！

孙荣林 （喜出望外）钱书记，你这话可是真的？

钱一涵 党委书记还兴说假话，只是有一个条件。

孙荣林 十个条件都行。

钱一涵 派给你了，别又嫌这嫌那，三心二意。

孙荣林 不，决不。

钱一涵 讲定了？

孙荣林 讲定了！

钱一涵 好吧，我们决定把王家有抽出来给你。

孙荣林 （一怔）谁？

钱一涵 王家有。

孙荣林 （急叫）钱书记，你可是故意开我的玩笑，他，我决不能要。

钱一涵 这是你不对了，我们有约在先。……

孙荣林 （截住）有约也不行。我没想到是这位小祖宗啊！

钱一涵 你不要也不行，临了，你完不成任务，又怪领导没给你派助手。

孙荣林 我不怪。

钱一涵 新定额怎么完成呢？

孙荣林 我认了，反正一定完成就是。

钱一涵 能保证？

孙荣林 能。

钱一涵 （劝）其实呢，老孙，年轻人，有点毛病，好好教育，也是容易改得过来的。

孙荣林 不不，钱书记，现在为了完成新定额，大家都很紧张，每分钟都是宝，他到我车子上，随便出个错，我就受不了。算了，这事情就谈到这里吧，我走了（自言自语地下）这不是助手，是辣手！

钱一涵 （对刘传豪苦笑）看，做了半天工作，人家还是不要。

刘传豪 我倒想起来了，车间里前一个时候，要添预备工，谁生病有事，他就顶上，不过，小王心里会很不高兴的。

钱一涵　那不要紧，对他也是个刺激。我马上去跟厂长商量一下，早点把这问题解决了。怎么样？老胡把你逼慌了吧。

刘传豪　是啊，他说下班以前要回音的。

钱一涵　你等一会儿，我回来还有事跟你说。（下）

〔刘传豪在室内踱着，侧门仍不时有人来，放下或拿走什么，朝刘传豪点头招呼。刘传豪在书架上抽出一本书来看。

〔刘传明上。

刘传明　传豪！

刘传豪　哥哥！恭喜你，听说你今天已经达到新定额了！

刘传明　告诉广播电台，别来不及广播，万一垮下来了不好看！

刘传豪　好好干，垮不了！

刘传明　还是保险一点的好！

刘传豪　你放心吧，电台广播一下有好处，定额提高以后，好多人表示困难，没有信心，现在有事实可以鼓励他们了！

刘传明　好吧，你们硬要广播，我也没办法。我是另外有事来找你的。（摸出自行车上的软照会）这是我自行车上的软照会，你拿去吧。

刘传豪　（不解）为什么？

刘传明　你不早就攒钱，要买一个吗？

刘传豪　是啊。

刘传明　我的卖给你。

刘传豪　奇怪，你自己买来才不久啊！

刘传明　我等钱用。

刘传豪　哥哥，你跟李秀兰结婚以后，变了。

刘传明　（不愿说下去）不说了，我还有工作。

刘传豪　我总觉得你最近有心事，可是你什么都闷在肚子里，不肯畅畅快快地说。

刘传明　我的脾气你明白，我不爱多说。

刘传豪　可是，有事说出来，大家可以帮你出出主意啊！

刘传明　（摇头）别人帮不了我这个忙。（支吾开去）算了，支部书记要我汇报思想情况吗？不，今天不行，我还有事。

刘传豪　（试探）是不是跟李秀兰闹了意见？

刘传明　（近乎严肃地）叫你别说了，车子到底要不要？

刘传豪　我不要。钱还有一点，明天拿给你。再不，你到家里来拿，你已经三个礼拜没回去了，妈老惦着。

刘传明　还是你带来吧，生产忙，以后再去看妈。

刘传豪　唉，我真不明白，你挣的工资分也不少，李秀兰在医务所当护士，也有二三百分，你们两个又都没有负担，还要……

刘传明　别来教训我了，我受的教训够多了。……好吧，钱一定带来，我保证还你。我走啦，晚饭休息的时候我还要赶去买两张电影票。

刘传豪　你还能去看电影？你今天是中班，晚上十点才能下班啊！

刘传明　我当然不会请了假去看电影，我又不是王家有。

刘传豪　那你给谁买的？

刘传明　秀兰。

刘传豪　还有一张呢？

刘传明　我不知道。（猝然下）

刘传豪　（沉思地）好像发生了什么事啦！哥哥不爱说话，看样子已经苦恼了很久。唉，我早就有意见，太快了，太快了，认识李秀兰才两个礼拜，第三个礼拜就结了婚，太快了。

〔胡汉亮上。

胡汉亮　团支书，怎么还不调走王家有？

刘传豪　我们正在研究哩！不是答应下班时候给你回音的吗？

胡汉亮　我等不得了。王家有听说我要求调他走，一下午没给我好脸看。分配给他的工作，他也爱干不干的。（见钱一涵上）好，党委书记也来了，现在党的、团的书记都在，你们立刻替我解决掉这个问题吧。

钱一涵　别着急啊，胡师傅！

胡汉亮　不着急不行，影响生产啊！今天刘传明第一个达到新定额，我要是有个好助手，对不起，这个第一可不能让他拿去。

钱一涵　好吧，你这样说，就同意你的要求，调走王家有。

胡汉亮　谢天谢地！（鞠躬）

刘传豪　厂长同意了？

钱一涵　你刚才的建议他都同意了。

刘传豪　派谁去接替他的工作呢？

胡汉亮　对，派谁来呢？千万别再派这种“政治强”的人物！

钱一涵　你放心吧，这一个政治上也强，不过跟王家有的强可不一样！

胡汉亮　谁啊？是我们车间的？

钱一涵　不，是别的车间的。

刘传豪　谁啊？

钱一涵　（对刘传豪）就是你。

胡汉亮　他啊？

钱一涵　还不满意。

胡汉亮　说不上。（沉吟地）不过，他要不听指挥，怕比王家有更恼火！团支书，大干部呗！

钱一涵　怎么样，小刘，听听老师傅的意见吧。

刘传豪　胡师傅，放心吧，我不会不听指挥的，就怕我技术低，干活不满你的意。

胡汉亮　（截断）技术低不怕，有我呢！好吧，就这样，我还得干活去。（走出，又退回）你什么时候来？

刘传豪　过一两天吧，我原车间的事得交一交。

胡汉亮　那用得了几分钟？明天你就上班！

刘传豪　这……

钱一涵　（对刘传豪）望我没用，老师傅对他的助手发命令，党委书记也干涉不了。

刘传豪　好吧，明天来。

胡汉亮　一早就来，别迟到了。

刘传豪　不会，我进厂三年，还没有迟到过。

胡汉亮　（旁白）这小伙子有好吹牛的毛病！（大声地）好吧，就这样决定。（欲走）对不起，我忘了问你的名字。

刘传豪　我叫刘传豪。

胡汉亮　刘传豪？那我们车间的刘传明，是你什么人？

刘传豪　是我哥哥。

胡汉亮　妙！这下冤家算碰上了。可是我告诉你，这次新定额下来，我有心要跟刘传明比一比，他是我们车间一个尖儿，你同意不同意？

刘传豪　当然同意！

胡汉亮　你不会因为他是哥哥，对他客气吧！

刘传豪　亲兄弟，明算账，在生产上可没有那一套。

胡汉亮　好，我满意了，钱书记，谢谢你。（下）

钱一涵　小刘，你知道为什么从第二车间调你出来，当老胡助手？

刘传豪　不知道。

钱一涵　定额提高以后，大家的信心并不很高，可是你知道，这次我们做的活，都是支援基本建设重点工程的，耽误了任务，就是耽误了社会主义建设。现在就需要有几个火车头，冲到前面去。胡师傅性子急，脾气躁，但他的技术是高的，对生产是积极的，你去，就要把这个组变成一个火车头。

刘传豪　就怕……

钱一涵　（截住）什么也别怕，这不是你一个人的事，党会帮助你的。

刘传豪　小王呢？

钱一涵　小王也交给你。

刘传豪　交给我？

钱一涵　是的，你要好好帮助他。这次把他调做预备工，他一定不是很愉快的。在这种时候，或者他醒悟过来，痛改前非；或者是并不在乎，以后的发展就不能乐观了。这就更加要有人帮助，教育。

刘传豪　（想起了许多事）钱书记，领导上给我的任务，我应当接受，不过……

钱一涵　有困难吗？

刘传豪　（摇头）不是。你知道，我跟小王一起进厂，是老朋友……

钱一涵　这不是更好吗？

刘传豪　不，钱书记，换一个人吧，我可以间接地帮助他，但不要……

钱一涵　不对，小刘，你跟他之间好像有什么秘密？

刘传豪　（急忙）没，没有。

钱一涵　小刘，有许多事你没有告诉我。

〔刘传豪一怔。

钱一涵　评工资时，你的工资评低了一级，你没有告诉我……

刘传豪　这没有什么值得说的。

钱一涵　你当了支书以后，活动多了，有人说了闲话，你常常晚上自动加班补干活……（阻止刘传豪说话）我知道你要说什么？这都是个人一点小事，值不得说的。错了，有些小事，该说的还是要说。

刘传豪　（不安地）钱书记，我跟小王之间实在没有什么秘密，你一定要我说，我就……

钱一涵　不，今天我什么都不要你说，等你感到要说的时候，再来找我吧。怎么样？帮助小王的事还要另找人吗？

刘传豪　（决然地）不，我来吧。

钱一涵　好！不过你可得小心点，小王最近的表现很不好，我们要是不能把他挽救过来。那个小老板可就要拖他下水了。

刘传豪　钱书记也听说了？

钱一涵　听说了，虽然晚了一点，我们还是要尽一切力量帮助他。

刘传豪　（沉思地）我一定尽我的力量。

钱一涵　就这样吧，你赶快回车间把自己的事清理一下。我还得准备，你们的车间主任会跑来跟我大吵一顿的。

〔刘传豪下。

〔凌毓珍由侧门上，把一些材料放在桌上。

钱一涵　小凌，区委要的发展对象的名单整理好了吧。

凌毓珍　正在打字。

钱一涵　刘传豪的名字没有漏了吧。

凌毓珍　不会漏的，要拿来给你看一下吗？

钱一涵　我去吧！不能漏，这些都是我们党的新血肉！（下）

——幕落

第二幕

第二天。早晨。

右边一列长房子，门口有一木牌：第一车间。从窗口隐约可以看见里面的机床、人。左面一小屋，看来是新建不久的，门口也有一木牌：更衣室。台中是一块小空地，工人们用玻璃碎砖砌了图案，种了花和树。

〔胡汉亮拿着饭盒上。从窗口伸头到车间里看了一看。

胡汉亮　小刘！……我说是个吹牛家伙，嘴上说得蜜甜，实际，哼，第一天就迟到！小刘！小刘！

〔孙荣林从更衣室换了衣服出来。

孙荣林　叫谁啊，老胡？

胡汉亮　我的助手！老孙，还是你聪明，干脆不要助手，真是，越助越糟！（摇头）现在的年轻人啊，不知道酸甜苦辣，不解放，当个助手容易不？老师傅爱打就打，爱骂就骂！现在解放了，没人打骂，那就该好好干活哪，嘿，他反倒忘了本，吊儿郎当的！

孙荣林　你说谁啊？

胡汉亮　谁！还是个团支部书记哩！

孙荣林　你说刘传豪啊！老胡，恭喜恭喜，你算老年高运，得了个好助手！

胡汉亮　真好！第一天就迟到！

孙荣林　那你就错冤了人啦。

胡汉亮　冤枉不了，马上要上班，人呢？人呢？

孙荣林　人早来了，你看看你的床子。

胡汉亮　（回身朝屋里看了一会儿）咦！好像擦过了。

孙荣林　我来的时候，刘传豪差不多把车床全都擦干净了，这下又去领肥皂水了。老胡，这样的助手，全厂不多，给了我，乐得睡在床上都会笑醒哩！

胡汉亮　不忙夸。新剃头，三日光。新茅厕，三日香。

〔刘传豪领了肥皂水上。

刘传豪　早，胡师傅！

胡汉亮　今天你比我早。（从饭盒里拿出一个大馒头）这个给你吃。

刘传豪　我吃过早饭了。

胡汉亮　叫你吃，你就吃。

刘传豪　我实在吃不下。

胡汉亮　怎么？不听话了？给你吃这个馒头，有两个意思：一个意思，你没迟到，该奖励。

刘传豪 另一个意思呢？

胡汉亮 另一个意思是，王家有给了我经验教训，干一会儿活，他就说肚子饿了，跑到小吃部，一吃就是个把钟头。你吃了，等一会儿就别再学他的好样。

刘传豪 胡师傅，你放心吧。

胡汉亮 我放不下心。你的哥哥已经赶到我们前面了，我们两个不好好合作，要想撵人家就难上难哪！拿去！

孙荣林 胡师傅给你吃，你就吃了吧。

刘传豪 实在……（孙荣林把馒头塞在刘传豪手里，示意他不要说下去）那就谢谢了。

胡汉亮 别像王家有那样，我就谢谢你了。（把饭盒放下，走进更衣室）

孙荣林 （对刘传豪）是个好师傅，可是他不太容易侍候，是吗？哈哈！

〔孙荣林进车间。刘传明上。

刘传豪 （拿起了饭盒，看一下表，欲下，见刘传明）哥哥！你眼睛怎么黑了一圈？

〔刘传明不答。

刘传豪 昨晚什么时候睡的？

刘传明 一点多。

刘传豪 为什么这么晚？

刘传明 等门。（摸出钱）这个钱还你。

刘传豪 你不是要用？

刘传明 不用了。线要断了，用钱也拉不住的。

刘传豪 哥哥！……

刘传明 现在什么也别问，这是我的书面报告，给团支部的，请你们审查批准。

刘传豪 你决定……

刘传明 （不耐烦，大声地）叫你别问别问，报告上都有！

刘传豪 哥哥，你脸色不大好，是不是要休息一下？

刘传明 不，我没那么傻，为了这点事连活也不干了！（自语）谢天谢地，我总算有这个脾气，天大的事，天大的苦，我一干起活来，全都忘记了。（下）

刘传豪 哥哥！……（感慨地）热得快冷得也快！……

〔王家有和邓忠良一路热烈争辩着上。没有发现刘传豪。

王家有 ……太好了，唱得太好了！

邓忠良 不坏，特别在要唱以前的那个样子。（学）眼睛这样一眯……

王家有 她在台上看了我两次。

邓忠良 这个很难说，台下的人都觉得她看了自己。

王家有 不，她真的看了我，我觉得，她看了我以后，声音就特别好一点。

邓忠良 你还会调整声音？我们的麦克风沙啦沙啦的，该请你去修理一下！

王家有 别废话。后来我们到后台看她，她对我笑的样子，一定对我有好感。

邓忠良 她对我也是那样笑的。

王家有 不，对你不一样，没有眯眼睛，她的眼睛一眯，把你的心都眯掉了。

邓忠良 喂啊，太危险！……你准备怎么办？

王家有 干！决定干！（惋惜地）怎么我以前就没有发现。

邓忠良 那可要怪你自己，一天到晚就跟了人往厂外跑。

王家有 小邓，坦白告诉你，我现在外面有两个女朋友，一个是小老板介绍的，一个是我自己找的，可是，现在，现在我决定放弃她们，集中精力在她身上。

邓忠良 你真有把握？

王家有 （笑）哼，你看吧。

邓忠良 （羡慕地）要成了，太好了，这样的对象可不容易找，又漂亮，又积极，每次评奖总在前面！

王家有 这么说，她拿的奖金还不少。

邓忠良 当然，听说她自己很俭省，认购公债，捐子弹，一来就是几十万。

王家有 （快活地）好，好，我自己的钱总不够用，成功了，她用不完的钱正好给我用。你看怎么下手呢？

邓忠良 你马上给她一封信："我亲爱的眯眼睛……"（忽然发觉刘传豪）嗳，小刘，早！……我没起哄，我什么也没有说。……（对王家有）小王，我可没跟你说什么是吗？再见！（下）

刘传豪 小王，你对工作调动有意见吗？

王家有 （生气地）没有。

刘传豪 不要难受。

王家有 我不难受。

刘传豪 好好工作一个时候，以后还有机会调的。

王家有 不调更好，这样还自由些。

刘传豪 这想法就不对了。全国都在建设，大家全巴不得能多做一点活，多使点劲，让社会主义早点来。你有劲，有技术，能工作，却不肯好好干，可对不起自己，对不起大家啊。

王家有 没有什么对不起的，是人家不要我多使劲，多干活呗。

刘传豪 谁这样说过？

王家有 还用说，现成摆着的把我调了。

刘传豪 这得怪你自己，没好好干活，组织上为了教育你，帮助你才这样做的。你没有听到胡师傅，还有别的一些同志，对你的意见……

王家有 请你别说下去了。能让我说一句不中听的话吗？

刘传豪　说。

王家有　像胡汉亮这些老家伙，他们眼红我，打击我，调走我，只有一个原因，就是忌妒。

刘传豪　（疑惑地）我不懂你的意思。

王家有　那你好好听着。解放这么多年，我们工人翻身了，生活一天好过一天，我们唱唱玩玩，有事请天把假，这有什么不应该的？连这点自由，这点享受都没有，算什么解放？将来我们的日子，还要美，还要舒服，还要幸福哩！这些老家伙心里不舒服了，他们老了，才尝到好日子的甜头，就得向坟墓那边开步走了，所以他们就眼红，他们就忌妒，他们就钻空子，找碴儿，想点子，想打击我们！要按他们的心意，我们最好也跟他们一样，把自己整个儿拴在机器上，一天到晚就是从家里到工厂，从工厂到家里，从家里又……

刘传豪　（有点激动起来）你瞎说！老师傅提你的意见，可不像你刚才的意思，这是你自己编的。他们是为了工厂，为了生产！最近修改了定额，支援基本建设重点工程，大家都很紧张地生产，小王，我们青工应该带头推动才对。

王家有　我推动不了。

刘传豪　为什么？每个青工，只要有决心，就能推动。

王家有　还是你们团员来吧！

刘传豪　我们团员当然要参加，全体青工不一起来，光几个团员起不了大作用啊。

〔稍停。

王家有　不行，小刘，坦白说，这几年我可要痛痛快快生活一下！

刘传豪　你的话又让人不懂了。

王家有　你要聪明一点就懂了。工作有我们做的，十年二十年，一直到死，我们都得干！我是车工，我就会跟车床、零件、马达的响声，一年两年、十年八年地过下去。所以，我不要忙，我有的是时间、是机会，可以把工作做好。可是，有一些东西，我们现在不抓紧，就会永远没有了，永远得不到了。

刘传豪　你指什么说的？

王家有　生活的幸福！譬如，我今年二十二岁，明年我就不能再是二十二了。譬如，我现在爱上了一个人，我要不集中力量追她，别人就要把她抢跑了。

刘传豪　你说你爱上了一个人？

王家有　是的。

刘传豪　她……她也爱你吗？

王家有　我想……她……爱的。

刘传豪　（停了一下）哦……那……那当然很好，可是这跟工作没有什么影响。……

〔胡汉亮从更衣室上。

胡汉亮　小刘！……啊，小王也在，现在你可自由了，有人缺勤你就顶一下，没有缺勤，你就要你的。

王家有　谢谢你的提拔。

胡汉亮　老弟，冒火了？

王家有　不，我很高兴，一个月照样拿二百三十分！

胡汉亮　老弟，别拿话来刺我，老了，你这点小刺儿什么的，还经得起。你还是多想一想吧！

王家有　现在没有工夫。

胡汉亮　（笑）你迟早会找出工夫来的。……我的饭盒呢？

刘传豪　在这儿，胡师傅，我给你拿厨房去热，中午可不用吃凉的了。

胡汉亮　（感动地）谢谢你，不用了。……

刘传豪　不，应该热一下，冷了吃不好。

胡汉亮　那么我自己去吧，快上班了，你招呼一下车床。（拿饭盒下）

刘传豪　我就去。（转对王家有）小王，冷静一点，我们找个机会，把刚才没说完的，好好再谈谈。走吧，上班去。

王家有　等一会儿。

刘传豪　还等什么，今天小骆生病要你顶，车间主任没通知你？

王家有　通知了，我就来。

刘传豪　时间不多了，别耽误久了。（下，碰到邓忠良）

邓忠良　小刘，我什么也没说，是吗？……（见刘传豪下，折回王家有身边）写了没有？

王家有　什么？

邓忠良　信，那封信。……犹豫什么？来，信纸，信封。快！（将信纸信封给王家有）现在还有三四分钟上班，你快点写了寄出，当天收到，隔天见效。（欲走）

王家有　嗳，怎么写呢？

邓忠良　你爱怎么写就怎么写吧，你多说她美的地方，譬如眼睛像月亮一样，脸又……总之别说她丑就行。

王家有　信后面要具我自己的名字吗？

邓忠良　不具你的具我的？……（灵机一动）哦，对，不具也好，你在信尾这样写：一个你最理想的人，对，一个你最理想的人！她对你有意思，自然一猜就知道是谁，没有意思，猜不着，脸上也不难看。……好像有人叫我了，快写！快写！（下）

〔王家有掏出钢笔，摸出糖，丢一颗在嘴里，一面想，一面急忙写起来。上班钟响。孙荣林拿了工具经过。

孙荣林　小王，车间主任在里面叫你哩。

王家有　嗯，知道。

孙荣林　（摇头，下）谢天谢地，没派到我头上。

〔朱济平上。

朱济平　（顿足）小王，你还在磨蹭什么？我跑了一头汗，（擦汗）到处找你，还不快去接班！

王家有　快了，车间主任，我马上去。

朱济平　你在写什么？（走过去）

王家有　（急忙阻止）嗳嗳，别过来别过来，我马上就去！

朱济平　好吧，你可得快来。唉，你调了工作不算，钱书记还把我批评了一顿，说我官僚主义！凭良心说，我有什么官僚主义？有些人爱干活，有些人不爱干活，各有各的脾气，我车间主任管得了这许多！……小王，你听见我说的没有？

王家有　没听见。你别吵我，我一会儿就写好了。

朱济平　（叹了口气）唉！你快来啊，别人批评起来，我可是亲自来叫过你的！唉，没办法！真没办法！（摇头，下）

〔刘传豪在里面叫："小王！小王！"

王家有　（回叫）就来！就来！（不满地自语）才跑了一个车间主任，又来一个小主任……（念）此致敬礼，一个你最理想的人。……

〔刘传豪上。后面跟着邓忠良，邓忠良手里拿着工具，正出外干活。

刘传豪　快，小王，车子上等着你呢。

王家有　好了，好了。（用嘴涎封信封）小邓，你出去？带到大门口邮筒，给我丢下去。

邓忠良　行。

刘传豪　走吧，走吧。你已经耽误了好几分钟了！

〔刘传豪、王家有下。

邓忠良　（看信封）胡淑芬同志亲启。……哈，有热闹看了。（下）

〔胡汉亮拿了一个零件，走到屋外亮处，对图，量尺寸。

胡汉亮　（自语）唉，老胡啊老胡，看来你的老运还不坏，有了这个助手，定额再高一点，都不用心跳了。

〔邓忠良上。

邓忠良　胡师傅，恭喜恭喜！

胡汉亮　不客气，我的助手确实不坏，你这个小起哄应该好好向人家学习。

邓忠良　我是说你快做岳父大人了。

胡汉亮　（一怔）滚开，我可没工夫跟你瞎起哄！（欲走）

邓忠良　真的，有人跟你女儿谈上恋爱了。

胡汉亮　谁？

邓忠良　王家有。

胡汉亮　你滚吧！开玩笑也得看看人！当心我一家伙，把你打成个哑巴，免得你瞎起哄！我女儿摆在家里，就是生了锈，也不给这号人！（下）

邓忠良　嗳啊啊，人家要爱上了，可由不得你，有婚姻法保护哩。

〔王家有急出。

王家有　寄了？

邓忠良　寄了。

王家有　你帮我贴了邮票没有？

邓忠良　什么邮票？

王家有　我那信封上没有贴邮票啊！

邓忠良　你没有告诉我贴邮票啊！

王家有　哎呀，该死，糟！快走！把它拿回来。（拉邓忠良向外冲）

邓忠良　来不及了。我丢进邮筒不久，邮递员就来开邮筒，把信都拿走了。

〔里面一声巨响，人声鼎沸，刘传豪从窗口伸出头。

刘传豪　（大叫）小王！小王！

王家有　完了，什么都完了。

刘传豪　小王！你怎么随随便便离开工作岗位，车子出毛病啦！快！

王家有　（兀自独语）完了，邮票，该死的邮票！……

——幕急落

第三幕

第一场

第二幕后的若干小时。

胡汉亮家的院子。一张小白木桌子，几张凳子，一个小瓜棚。右面就是胡汉亮的屋子，门上有对联："劳动创造世界，工作才有幸福"。

〔胡汉亮揩着脸，从屋子里出来。从他的身上看来，他大约才从厂里到家不久。

胡汉亮　（对屋里）嗨，你出来一下！

〔淑芬妈的声音："汉亮，你嗨啊嗨的叫谁啊？"

胡汉亮　（生气）叫你呗，还有谁！

〔淑芬妈的声音："我正在煮饭呢，淑芬一下就要回来了。"

胡汉亮　叫你出来就出来嘛，还有这许多理由。

〔淑芬妈的声音："唉！好，我就来。"

〔淑芬妈上。

淑芬妈　什么要紧事，吃了饭说不行！

胡汉亮　不行，淑芬给你说过没有？

淑芬妈　说什么啊？

胡汉亮　真的没说？

淑芬妈　别考我了吧，汉亮！你到底问的是什么啊？

胡汉亮　什么什么，你整天就昏昏沉沉的，女儿的事，也不好好管着点。

淑芬妈　唉，我能管什么呵！她比我懂得多，强得多。……她怎么啦？出了什么岔子？

胡汉亮　岔子？她自己挑上了对象啦。

淑芬妈　（喜）啊！……也是时候了，我进你们胡家门的时候，才十九岁吧。

胡汉亮　（学淑芬妈）啊！啊！……你们女人都是一条线穿起来的珠子！十七八岁就慌着怕找不到人家！不行，我的女儿搁在家里发霉、生锈也不能给这样的人！

淑芬妈　人什么样？长得……

胡汉亮　长得很好，不缺鼻子不少耳朵，手上长的也是五个手指头。

淑芬妈　唉，汉亮，你怎么啦？

胡汉亮　吃喝玩乐，哪样也不少。

淑芬妈　那一定是个精灵的孩子！

胡汉亮　精灵！就是不肯好好干活，一颗心就好像长了十八只翅膀，跟着那些二流子，飞东飞西，就不肯安安静静地做点正经事！

淑芬妈　不能吧，淑芬可不是个糊涂孩子！

胡汉亮　你还在袒护她！都是你把她宠成这样的！

淑芬妈　天地良心！……

〔邮递员骑车子上。

邮递员　有姓胡的吗？有信。

淑芬妈　是这儿。

邮递员　信上没贴邮票，得补欠资。

胡汉亮　谁冒失鬼，不贴邮票！给我看（拿过信来念）胡淑芬同志亲启。看，又不知道是什么活宝写来的，连邮票也不贴！这个钱我不给！

邮递员　这封信怎么办呢？

胡汉亮　退回去！

邮递员　上面没地址，没法退。

胡汉亮　啊——哼，我看成心胡闹来的。……对不起，她本人不在，你找她本人要吧。

淑芬妈　汉亮！

〔胡汉亮挥手打住。

邮递员　嗨，老师傅，帮我个忙，别叫我又跑一次吧，请你先垫一下，回头你可以向她拿。

胡汉亮　我们父女俩财政独立！

淑芬妈　你怎么啦，汉亮！我来给。

胡汉亮　你钱多？你一个月挣多少分来？（气愤地，向邮递员）给我吧，看你同志面上。（给钱）

邮递员　谢谢。（下）

胡汉亮　什么糊涂蛋写来的，我倒要看一看。（拆信）

淑芬妈　汉亮，你……别拆吧，女儿这么大啦，会……

胡汉亮　会怎么啦，告我？

淑芬妈　唉！……

胡汉亮　（戴眼镜，看信）好，好，果然就是这个宝贝，连邮票也不贴，就把信寄来了。

淑芬妈　（心急）谁啊！

胡汉亮　真不害臊……肉麻……他怎么写得出来……一个你最理想的人！胡扯！我要报告工会去！这……

〔胡淑芬上。

胡淑芬　妈，快吃饭，我马上要回厂开会！

淑芬妈　淑芬！

胡淑芬　（发觉）出了什么事？爹！

胡汉亮　（嘲讽地）呵，你回来了，我的先进工作者，我的青年团员。你瞒着娘老子，跟这样的人谈起恋爱来了！真是个理想的人！

胡淑芬　爹，你说什么啊？

胡汉亮　拿去看！……慢一点，邮票钱你得还我，我宁愿丢在黄浦江里，也不愿花这个钱！

胡淑芬　什么邮票钱？

淑芬妈　这个孩子也真糊涂，寄信连邮票也忘了贴。

胡淑芬　给我吧，爹，我还你。

〔胡汉亮愤然将信交给胡淑芬。胡淑芬看看。

胡淑芬　（思索）这……是谁呢？是谁写来的呢？（渐渐想到刘传豪）是他吧？啊，是他！是他？……

胡汉亮　当然是他！一个大活宝！

胡淑芬　爹，你可不该乱骂人家！

胡汉亮　乱骂？我骂得一点不乱！他跟我一起干活，他手掌心上有几条皱纹，我都一清二楚！

胡淑芬　（旁白）真是他小刘！跟爹一起干活！呵！这鬼东西，脸上什么都不表示，倒让人急了好久！（对胡汉亮）爹，我知道，他可不是这样的人！

淑芬妈　说是不肯好好工作，真的吗？

胡淑芬　没有的事。

胡汉亮　当然，现在他就是一脸麻子，你都看成一朵朵鲜花。可是，淑芬，我警告你，今后不许跟他来往，今后我不愿再看到这样的信。……咄，见鬼！连寄信该贴邮票他都不知道！

胡淑芬　爹，你这态度可不好！

胡汉亮　你别来教训我，别忘记我是你老子。

胡淑芬　我跟谁恋爱，可是我的自由！

胡汉亮　自由！自由！共产党什么都好，就是这样的自由不好！一会儿自由地爱上了，一会儿又自由地离了，政府还得派许多干部，一会儿给你们登记结婚，一会儿给你们打离婚证明，忙得团团转。要是没有这一点自由，这些干部就可以节约，派去支援基本建设！

胡淑芬　爹，你的看法不对！

胡汉亮　我吃的盐比你吃的饭多，过的桥比你走的路多，我自己经过，看过，听过，我知道什么对，什么不对。你就看看你娘老子两个，三四十年啦，怎么样？不坏吧！

〔胡淑芬笑。

胡汉亮　你也知道笑了。可是我们没有你们这点自由，也不像你们，没有结婚，就在马路上一个月两个月地晃来晃去……

淑芬妈　这倒是实在的，我没进门时，你爹是胖子瘦子瘸子麻子，还一点不知道哩！

胡汉亮　可我们活了一辈子！

淑芬妈　我嫁过来了三天，还不敢正眼看看你爹，也不知道他长得是什么模样，只知道他有一脸拉碴胡子，刺在脸上就跟洗衣刷子一样的疼！

胡汉亮　别废话！就这样，我们没有那点自由，生活也不比你们坏！现在你们啊，没结婚，就来一番自由，拼命地叫，我爱你，我爱你，在嘴上叫，信上叫，跑在台上还要叫！（唱）"我可爱的姑娘，我的心！……"又不是交通警察，吼，吼个什么！

胡淑芬　爹！……

胡汉亮　（不睬）没结婚时吼得厉害，结了婚，跟打火石一样，亮一下，嘀，完了。我们可像……

淑芬妈　像发面一样，下了碱，慢慢发起来，越发越大。

胡汉亮　你听见吗，这是老一辈的经验。

胡淑芬　爹，你别说了。你在生产上不坏，没想到对这些问题还是老眼光！

胡汉亮　这样的老眼光没有什么坏！我要你找一个辛辛勤勤、老老实实的工人，别找那些花花公子！

胡淑芬　他不是那样的人！

胡汉亮　唉，你还在强辩，好像你比我还知道得多似的！（对淑芬妈）你对她说，以后别跟那小子来往！

淑芬妈　（恳求地）汉亮！

胡汉亮　说！

淑芬妈　（无可奈何）淑芬，以后别……别……

胡淑芬　妈！

胡汉亮　再说！以后不许寄信到家里来！

淑芬妈　汉亮，光写写信，不会出大乱子，还是……

胡汉亮　谁说的！快跟她说！

淑芬妈　淑芬，以后你叫他少写信到家里来，你们要写，可以写到别人家里转。

胡汉亮　瞎说！你……

〔胡淑芬突然跑下。

淑芬妈　淑芬！淑芬！……你看你把女儿逼的！

胡汉亮　走！我也到厂里汇报去。

淑芬妈　都快吃晚饭了，还去？

胡汉亮　气饱了，还用得着吃。给我打二两酒，留在那儿。（下）

淑芬妈　（看着他下）一个说好，一个说坏，到底是好是坏？算了，我也不管，他们父女两个，总会吵出个结果来的。（嗅）谁家烧焦了东西？唔！焦得真厉害！……哎哟，是我锅里的菜啊！该死，都吵忘了！（急下）

〔胡汉亮和刘传豪上。

胡汉亮　我正要去找你！

刘传豪　巧，我也有事来找你！

胡汉亮　找我？

刘传豪 这两天，我发觉我们找工具、找材料浪费了好些时间，我想了一个办法……

胡汉亮 慢一点，小刘，先别忙谈这个，你是团支书，我先向你汇报一下！

刘传豪 向我汇报？

胡汉亮 当然，青工都归你们管嘛。是我女儿的事，她跟别人闹自由恋爱，自由对了，我捏捏鼻子也就算了，可她跟这么一个宝贝闹恋爱……你听说了没有？

刘传豪 （低沉地）我听说了一点。

胡汉亮 你们青年团要出来干涉，我可不愿我的女儿嫁给这样的人。鬼迷了心！平时我女儿干个活说个话都不错，偏偏挑上这样的人！

刘传豪 你是说的谁呢？

胡汉亮 谁？王家有呗！昨天邓忠良跟我说，我还以为他瞎起哄。你看，这样的宝贝，昨天还出了事故……你怎么不说话？

刘传豪 啊，我在听着哩。

胡汉亮 你告诉他，不许再缠我女儿。

刘传豪 那……那可不行……

胡汉亮 为什么？你们不管谁管？

刘传豪 我们只能想法帮助王家有改好，我们不能干涉他恋爱，假如对方……也爱他……那就更……

胡汉亮 哈，我看你这个团支书有问题。你……

刘传豪 （恳求地）胡师傅，我们暂时别谈这个问题吧。这是我想的工具、材料固定放置的办法，这里有张图……

胡汉亮 （看图）唔……这样，好……这张图好像也批评了我，我常常也把材料工具乱丢乱放……

刘传豪 昨天我找扳头找了十来分钟，后来图纸又不见了！……

胡汉亮 这一张图是什么？……刀架子……嗳，刀架子摆得……小刘，这是什么意思……（没有应声，回头见刘传豪低着头，有点失神的样子）小刘！

刘传豪　（惊醒）嗳嗳，什么？

胡汉亮　你有什么心事吧。

刘传豪　不，没有什么。

胡汉亮　昨天熬了夜了？

刘传豪　是，就画了这些图。

胡汉亮　（困惑地笑）那你回去，先休息休息，明天我们再商量。

刘传豪　（踌躇了一下）那也好，不过得快！

胡汉亮　行！再不，你就在这儿吃饭，我女儿刚才跟我吵了一架，跑了，不过她总要回来。一个闺女，我就不信她能跑得多远！你们一块聊聊，你再帮我打通打通她的思想！

刘传豪　不，那……那……我还是回去休息一下。再见。（下）

胡汉亮　（目送刘传豪）多好的小伙子！淑芬这鬼丫头，明摆着好样的不挑，偏偏去找那样的活宝！（坐下看图）唔，对，我看出来了，这小鬼想的好主意，材料工具固定放置，还有，刀架子这么挪一下，吃刀吃得深一点，工作效率可以大大提高。好，太好了，这事不能拖到明天，我得立刻去找他，商量定了，马上就干……（进屋）

〔王家有畏畏怯怯地上。胡汉亮拿了衣服出。

胡汉亮　你来干什么？

王家有　我……这个……

胡汉亮　别这个那个，小王，跟你说，我这个破庙，容不下你这个罗汉，以后请你少来。

王家有　（理直气壮地）胡师傅，我不是找你，是找你女儿。

胡汉亮　我知道你不是找我。找我，问题倒简单，你就欺我女儿这方面没有经验。走，请你走，你在厂里闹了事故，现在又到我家里来闹事故！

王家有　（恳求地）胡师傅！

胡汉亮　没说的！我要到厂里去。邮票钱我不要你还了，以后请你也别来找我女儿。

王家有　胡师傅，我实在一时大意，不是有心……

胡汉亮　走吧，请你走吧。

〔王家有颓然下。淑芬妈上。

淑芬妈　你又跟谁大叫大嚷的？

胡汉亮　就跟那个小挨刀的！

淑芬妈　（急）他人呢？

胡汉亮　给我轰走了。

淑芬妈　哎，你啊……

胡汉亮　告诉你，回头他要来，你就再给我轰！（下）

淑芬妈　唉！五六十岁了，还是一筒子火药脾气！（王家有畏畏缩缩地上）咦，你找谁？……刚才汉亮是骂的你吗？

王家有　是。伯母，我急着把信发出去，忘了贴邮票，实在不是有心的。

淑芬妈　啊，你就是……唉，别生气，她爹就是这号脾气，刚才淑芬也跟他吵了一架。

王家有　淑芬？

淑芬妈　是啊，汉亮不让她跟你来往。

王家有　她的意见呢？

淑芬妈　她不答应。她说……

王家有　（紧张地）她说什么？

淑芬妈　（俏皮地）她说……哎呀，她说什么来着？我学不上你们的新名词，反正是好呗！

王家有　（喜出望外）真的？

淑芬妈　还能假！

王家有　（狂喜）真的！她爱我！她……伯母，你再说一遍。

淑芬妈　哎呀，你们这帮年轻人，就爱听这些，说了一次，不够，还要人家说。

王家有　（不好意思了）嘿，我怕我没听清。

淑芬妈　她说，她——对——你——好！

王家有　啊！真的？成了，成了，真的成了！（拉着淑芬妈打转）

淑芬妈　（叫）哎哎，别转，别转，一转我就要晕。……可是，我告诉你，她爹很反对，你还是找个上年纪的，跟她爹拉拉，打通打通思想，闹得老小不和也不好。

王家有　行，我可以找我姨爹跟他说。伯母，请你告诉淑芬，明晚我在俱乐部等她，我要跟她谈谈。

淑芬妈　在哪里？

王家有　在俱乐部门口。

淑芬妈　好吧，可是我记性不好，忘了可不能怪我。

王家有　谢谢你，千万不能忘！我一定等着她。

淑芬妈　唉，你们这些年轻人啊……（嗅）哎呀，菜又烧焦了。唉，今天的菜，你们啊，你们啊……（急下）

〔邓忠良上。

王家有　小起哄，你跟我道喜吧！

邓忠良　见效了？

王家有　见效了！她妈亲自告诉我的，她爱我。

邓忠良　好。刚才刘传明还说，你们不会成功，他要跟我打赌，我没敢跟他赌。

王家有　大胆赌吧，现在是坛子里捉乌龟，十拿九稳了。

——幕落

第二场

第二天早上。

工厂大门进口处。正是早班上班，夜班快下班的时候。

工人们纷纷进厂，向传达室老头交验出入证。张庆生一面读俄文，一面上。

邓忠良和几个青工，一面谈着一面上。

邓忠良　（对张庆生）俄文专家，等一下，告诉你一个新闻。

张庆生　没兴趣！……喀里加，书。……（下）

邓忠良　（悻悻地）嘿，喀里加，喀里加，当心一跟斗把脑袋砸破，你就“加”不起来了。

小孩子气青工　什么新闻？

邓忠良　你们听说没有，刘传明跟小护士离婚了！

长条子青工　这个谁都知道，算什么新闻！

邓忠良　别忙，还有下文哩！现在谁在追李秀兰，知道吗？

长条子青工　（一怔）谁啊？人家婚还没有离停当哩，他就干上了！

小孩气青工　（讪笑地）这家伙会捡便宜，谁？

邓忠良　医务所的那个“六比一”！

小孩气青工　又不是比足球，六比一,六比三的！

长条子青工　我知道，就是医务所里那个高个子，脸上雪花膏抹得香喷喷的闻大夫！

邓忠良　对！就是他！这个名字是他自己起的，思想检查的时候，他自己交代说，星期一到星期六，他穿制服、看病，他认为这是过社会主义，星期天他换了西装，逛跳舞场，找女朋友，那就是过资本主义，所以叫六比一！

小孩气青工　下流坯！

长条子青工　这家伙不是有老婆吗？

邓忠良　有。结了离，离了结，听说已经好几回了！小护士要是给他搞上了，那才……

〔刘传明上。

长条子青工　（发现刘传明）走吧，快上班啦！

邓忠良　我还没有说完哩！……（也发觉刘传明，窘住）嘿，老刘，下班了？

刘传明　（严厉地）以后再胡说八道，我可要揍人了！

邓忠良　（强辩）我……我没说你啊！

刘传明　（爆发地）说谁也不行！我再警告你，王家有的事，你也别跟在后面起哄。刘传豪对胡淑芬也有感情，让他们自己去搞吧，不许你帮谁！

邓忠良　（惊讶）你弟弟？你怎么知道？

刘传明　我为什么要告诉你，让你好起哄！（下）

邓忠良　看他那熊样！

长条子青工　算了，是你不好，给他听见了。

小孩气青工　走吧，我都有点怕老刘，不爱说话，谁把他惹火了，可吃不了！

邓忠良　（沉思地）真没想到，刘传豪也有这一手！（随青工们下）

〔胡淑芬、施小珠上。

施小珠　我简直不相信，刘传豪才到第一车间没几天，一下就创造出新纪录，突破新定额！

胡淑芬　黑板报说的还有假的！听说他们今天还要跟刘传明一组订竞赛合同哩！

施小珠　有趣！两兄弟干起仗来了！我看我们也跟他们挑个战吧！

胡淑芬　别扯，我们好好准备准备，这一炮不打算了，一打就得打响！

施小珠　先不让他们知道，你可不能通风报信呵！

胡淑芬　我给谁通风报信去？

施小珠　跟谁！嘻嘻……

胡淑芬　你嘻嘻什么？你说！你说！

施小珠　算了，装什么蒜！当然是说他！我看他一见了你，就红脸，就躲！是不是吹了？

胡淑芬　没有！

施小珠　你知道？

胡淑芬　（害羞地）他写了信给我，约我今晚在俱乐部等他！

施小珠　（喜，唱）梁兄啊梁兄……

胡淑芬　（阻止地）别唱！可是今晚我们要拿王家有的事做典型，讨论资产阶级的侵袭跟遵守劳动纪律的事，中午我得找他，告诉他。

施小珠　算了，你请个假吧，第一次约会。

胡淑芬　那还行！讨论劳动纪律自己倒为了约会请假。……走吧，有人来了！

施小珠　谁啊，让他来吧。（看门外）嗳，王家有！就是这个宝贝王家有！

胡淑芬　走吧，我一见他心里就腻烦，油头油脑的，像个阿飞！

施小珠　可是从那天开了晚会以后，他老盯着你看哩！

胡淑芬　呸！见鬼！

施小珠　当心！（唱越剧调）人家对你有意思！……

胡淑芬　走吧！走吧！我倒了十七八辈子的霉才会跟他有意思哩！昨天第一车间出的事故，就是他闹的。人家努力在完成新定额，他不努力不说，还在一边破坏！走吧，快来了！

〔胡淑芬、施小珠下。王家有挟着工作服上。

王家有　（失望地）怎么一见我就匆匆忙忙跑了？对，她也许不好意思，反正晚上在俱乐部还可以见面。现在赶快请假去找姨爹，只要把她老子思想打通，不出来干涉，事情就好办。（走了几步，停下）别忙，姨爹那边倒好说话，要紧的是先想法借点钱，请她好好吃几顿，带她到溜冰场等地方去逛一逛，见见世面，可是跟谁借呢？……

〔朱济平上。

朱济平　（边走边向后嚷）你别找我，你别找我，这是生产科决定的，我们不负责任。……唉，什么事情都要你负责任，什么都……噢，小王，你在这儿。

王家有　主任，我要请一天假。

朱济平　请假？为什么？

王家有　我有事。

朱济平　什么事啊，你才出了事故，还没有处理，又要请假向外跑，那可不行。

王家有　我实在有事，事故又不是我故意要出的。

朱济平　唉，小王，你要替我想一想，你一再出事故，别人已经在骂我官僚主义了，再准你的假，可就成了双料的官僚主义了！

王家有　可是人家当真有要紧事，你也不准假，还不是官僚主义！

朱济平　（叫苦）唉！啊！来了，又是一个官僚主义！你越是怕犯官僚，人家越爱给你扣这顶帽子，你到底有什么要紧事？你说。

王家有　（一时怔住）我……我要找人借钱去。

朱济平　为了借钱请假？那可不行！

王家有　不，我还要找我姨爹商量事情。

朱济平　那你晚上下了班去不行？

王家有　不行，有要紧事得马上去。

朱济平　到底什么要紧事，你说了半天也没有说出来。

王家有　（迟疑地）那不能告诉你。

朱济平　那我也不能准你的假。(走)

王家有　(急忙拦住)嗳!主任,你不能走,你不准我的假,就破坏了我的幸福,你就要负责任,你就是官僚主义!

朱济平　(沉吟地)又是官僚主义!老弟,不管你怎么说,我还是没有理由准你的假!

王家有　好吧,你不准也罢,我还是要走。可是话说在头里,以后出了什么事,都是因为你不准假造成的,你负一切责任!(走)

朱济平　(着急地)嗳嗳,怎么又要我负责任呢?

王家有　我跟你说了有要紧事,你还是不准,当然该你负责任!

朱济平　唉!真拿你没办法。好吧,你走吧。

王家有　你准了?

朱济平　不准,你也要走,还不如干脆准了!

王家有　谢谢主任。这就不是官僚主义的态度了!(欲走)

朱济平　慢一点,人家问你怎么请准假的,你怎么说?

王家有　照刚才的告诉他。

朱济平　(大叫)好啊,这一来,你当然没什么,我少不了又要被批评官僚主义。

王家有　那怎么办呢?

朱济平　(想了一下)你就说身体不舒服,有病,所以请假。

王家有　(沉吟地)好是好,可是这个月我已经请了四天病假了。

朱济平　那也不在乎多这一天了。你叫医务所开个证明,我也就可以名正言顺地批准你的假。

王家有　好,谢谢你。

朱济平　算了,以后少批评我官僚主义就好了。

王家有　以后再不批评了。(欲走)

朱济平　嗳,回来,刚才那些可不是我出的主意,都是你自己说的。对,是你说的,你明白吗?

王家有　我明白，不是你说的，都是我自己说的。

朱济平　对，你走吧。唉，没办法，真没办法！（下）

〔王家有欲下，刘传豪上。

刘传豪　小王，我在找你哩！

〔王家有不作声。

刘传豪　我刚下夜班，还没有睡觉，我想跟你谈一谈好吗？

王家有　不，我现在有事。

刘传豪　你要到哪儿去？

王家有　我要出去找人。

刘传豪　（惊讶）你不是当早班，顶小骆的缺吗？

王家有　不，我今天请假。

刘传豪　请假？为什么？是为了昨天的事故闹情绪吗？小王，还是好好干活，只要真正认识自己的错误，下决心改过，领导上一定会从宽处理的。

王家有　不，我不是为了这个请的假。

刘传豪　（不解）呵！……那为了什么呢？

王家有　（冲口）我有事……不，不，有，有点病。

刘传豪　（怀疑）到底有事还是有病？

王家有　又有事又是病。

刘传豪　哪儿病了？

王家有　（指心）这里，……头里也有点胀。

刘传豪　（看出破绽）小王！有病当然要休息。不过，你看，任务这么紧，大家都在动脑筋完成新定额，能不请最好！你看了医生没有？

王家有　（索性撒谎）看了。是医生叫我休息的。

刘传豪　证明单呢？给我看看。

王家有　（一怔，假意掏口袋）咦！才在这儿的。……（找了半天）证明有了，丢了。

刘传豪 （忍不住抵塞）小王，我们是老朋友了，你不生气，我就直说，你什么病也没有，你在说谎！

王家有 （心慌）我……我是有点病，不过主要是有要紧事。

刘传豪 什么要紧事？

王家有 （犹豫了一下）我要用钱，急着出去想点办法，另外我还要找我姨爹去。

刘传豪 你这么急地要用钱为了什么？

王家有 这……这个不能告诉你。

刘传豪 你找姨爹又为了什么？

王家有 这……这个也不能告诉你。

刘传豪 好吧，不过，小王，你最好还是别请假。钱，（想了一下）我身上还有十来万，原来是给我哥哥的，现在他不要了，你拿去用吧。

王家有 （接过钱，动摇了一会儿）不过，我还是要请假。

刘传豪 还要请假？

王家有 我姨爹那儿非去不行。

刘传豪 下了班去都不行？

王家有 不行，晚了。

刘传豪 （诚恳地）小王，你不能到了黄河才死心啊！昨天才出了个事故，你知道这个事故对我们的任务影响多大啊，基本建设等着用的机器来不及装配了！现在又为了芝麻绿豆的事请假，再说，车间主任也不会准你的假的！

王家有 不，车间主任已经批准了！

刘传豪 算了，你别再骗我了。

王家有 骗你是这个东西。（做手势）真的准了！

刘传豪 （愣了一下，气愤地）真的？真是官僚主义，我找他去！（下）

王家有 （急叫）小刘！小刘！糟，他不知道会去说些什么？我还是

快走吧。（欲下，刘传明上）

刘传明　小王，看见我弟弟吗？

王家有　（余怒未息）不知道。

刘传明　为什么生气？是不是你的恋爱吹了风了？

王家有　（横他一眼）还不至于。

刘传明　不至于？哼！邓忠良要跟我打赌，我看他要输的。你的那场桃花梦，不会有好结果！

王家有　你们两弟兄怎么啦，是串好了来打击我的吗？我可没有什么地方得罪你们啊！（欲下）

刘传明　（拦住）怎么？生气啦？小王，你知道我的脾气，不爱多说话，可是你生了气，我倒不得不说。算了吧，小王，收收心吧，别跟那些小阿飞学，别弄得工作做不好，恋爱上又碰钉子，驼子跌跤两头空，这个滋味可不好受！

王家有　（反感）你凭什么断定我会碰钉子？哼，我知道，你根本没安好心，自己垮了，希望别人也倒霉！

刘传明　随你怎么说吧。但我自己在这上面碰过钉子，流过眼泪。

王家有　这话什么意思？

刘传明　小王，我的事跟你的虽然不一样，但也值得你警惕。我们年轻，一碰到女人，就会把一切忘掉赶着恋爱，赶着结婚，等我们生活在一起，才知道错了！

王家有　我的情况跟你不一样。

刘传明　是呵，不一样，你的情况比我更糟！

王家有　哼，你放心吧，我这点把握还有。其实，就拿你的事来说，那得怪你自己，人家没说离，是你自己提的。

刘传明　对，我提的。可是大家在一张桌子上吃饭，各想各的事；在一个床上睡觉，各做各的梦，这样的生活，离了不是比不离好！

王家有　你们怎么会弄成这个地步的？

刘传明　这就是我刚才说的话了，大家一碰上，忙着恋爱，忙着结婚，日子长了忽然发觉，互相并不了解，大家有对自己生活的看法、想法！

王家有　我跟李秀兰跳过舞，好像还不坏啊！

刘传明　（痛苦地）是不坏，可是有一天，吃饭的时候，她忽然皱着眉头叫起来：唉，你的手大得真难看，我以前倒没有注意……

王家有　（不自觉地看看自己的手）哼！

刘传明　我看了她一眼，什么也没有说！这还不算什么，最可怕的是她对自己的工作没有一点感情，每天下班回来，就像害了一场大病似的，唉声叹气。一有空，她就不让人安静，拖着人到处跑：看电影，逛马路，找地方跳舞，她要这样一个丈夫，能成天陪着她玩、闹！

王家有　有时看看电影，玩玩，也是应该的。

刘传明　不是有时，而是每时每刻，她要让这些东西把生活填得满满的。实在没有地方玩的时候，她就拉我到百货公司，先到卖手帕的柜台上，叫人把手帕都拿出来。……

王家有　干什么？她要买手帕？

刘传明　（摇头）不，她什么也不想买，就是看看玩玩。手帕看完了，又跑到另外一个柜台上，叫人把各种袜子拿出来，完了，把袜子一丢，又去看衬衫……小王，你看这种生活能永远这样下去吗？

〔沉默。

王家有　（庆幸地）谢天谢地，她可不是那样的人！

刘传明　这样说，你们互相很了解了？

王家有　当然。

刘传明　（尖锐地）不见得吧。

王家有　怎么不见得，她是个团员，政治上没有问题，又是生产小组长，今年才二十岁。

刘传明　就这些？

王家有　你还要什么？

刘传明　（笑）这些东西，到她车间，随便问哪一个，都能知道。好吧，就算你了解她吧，她对你又怎么样？

王家有　当然也了解。知道我能唱歌，溜冰溜得很好，又是工会的舞蹈组长，政治上也没有什么问题，前年就申请入团了，虽然还没有批准，再等一两年，别人也不好意思再不批准了。至于外表，那，那是大家都看得见的。

刘传明　生产上呢？

王家有　那……那当然也晓得，我是三级车工，一个月的工资凑合也有两三百分！

刘传明　你又跟她说了没有，因为你不遵守劳动纪律，最近调了工作。昨天还出了个事故，她了解这个情况吗？

〔王家有不语。

刘传明　她知道了还能爱你吗？

〔王家有不语。

刘传明　所以我说……

王家有　（烦恼地）别你说我说的啦！我们的感情绝不会受这些影响！我哪怕出再大的事故，她也会爱我，她是爱我这个人，不是爱机器，不是……

刘传明　（截住他的话，更进一步）假如有一天，她忽然发现你，就像我忽然发现李秀兰一样，怎么办？

王家有　（向后退了两步，恶感地）呵，我说你是想破坏我，动摇我的情绪吧！哼，不管你怎么说，也是白搭！（下）

刘传明　小王，小王！……嗳，不吃苦头你就不会醒呵！

〔朱济平和刘传豪上。

朱济平　（悻悻地对刘传豪）你来车间才几天，怎么随便又说我是官僚主义呢？王家有他是说有病，我怎么能不准他的假？

刘传豪　他说有病，可是你了解过没有？……哥哥，你在这儿，小王呢？

刘传明　到里面去了。我们的竞赛合同什么时候研究？

刘传豪　马上就研究。

刘传明　你不睡觉了？

刘传豪　不睡了。我们得先拟出个底子，不然下午讨论不起来。

刘传明　那也好，在哪里碰头？

刘传豪　歇一阵你到家里来吧，妈说了几次要看你。

刘传明　（想了一下）好吧，我先去洗个澡，然后到家去找你。（对朱济平）主任，不是我帮着弟弟说话，王家有的事，你是有点官僚主义。（下）

朱济平　好吧，官僚主义的名声反正我背上了，随你们怎么吧。（欲下）

刘传豪　主任，你不能这样走，王家有的假，你得撤销！

朱济平　为什么？

刘传豪　他根本没病！

朱济平　看你这个主观主义！人家医生证明了，是肠胃有毛病，你偏说他没病！

刘传豪　这明明是撒谎！他跟我说的是头昏胸口疼。

朱济平　（改口）啊，对对对，是头昏胸口疼，我搞忘了。

刘传豪　主任，已经到了这个时候，我们对王家有再不管着点，那就要把他害了，你还是收回你的命令吧。

朱济平　（为难）可是我已经答应了他，以后他不要批评我犯官僚主义？

刘传豪　他一个人批评总比大家批评的好。

朱济平　（自言自语地）好吧，这下真是搬了石头砸了自己的脚。

刘传豪　主任，请你去跟他说说吧。

朱济平　不不，我怎么好意思去跟他说呢？还是你去说吧，反正我同意……同意撤销就是了。好像是他来了，我先走了。（下）

〔王家有急忙忙上，工作服已经放好，准备出厂，看见刘传豪，装作没有看见。

刘传豪　小王！（王家有不应，又叫）小王！

王家有　（不高兴地）什么事？

刘传豪　你现在到哪儿去？

王家有　出去！

刘传豪　还是别走吧，车间主任已经撤销他同意批准你请假的命令了！

王家有　（惊愤）好！撤销了？这都是你挑拨的！

刘传豪　小王！

王家有　别小王小王叫得那么甜！我算看清楚你了，什么好朋友，什么帮助我，全部是假的，你存心在跟我为难，作对！

刘传豪　小王，你不要太激动，你自己好好想一想，这样做对得起党，对得起大家吗？

王家有　我不管！我只知道车间主任是准了我的假的，我找他去，问问他是什么理由！老实说，这里就是把我开除了，我到私营厂去，一天还可以多挣两万三万的哩！（下了又上）你的钱我也谢谢了！（把钱掷在刘传豪身上，散了一地）

刘传豪　小王！小王！……（痛惜地）他怎么会说出这么可耻的话！

〔刘传豪捡起钱，沉重地向外走去。

〔传达室走出老头。

传达室老头　小刘，才来的一批信。有好几张好看的邮票，你快来看。

刘传豪　（沉重地）谢谢你，我现在有要事，不想看了。（忽然想起）如果没有主任的通知，没有下班，不要随便放小王出去！

传达室老头　好。唉，小王这孩子，这几个月真变坏了！我看着你们两个一起来报到的，现在一个成了这个，（竖大拇指）一个成了这个！（竖小指）

刘传豪　别这样说，他会改过来的，以后有不三不四的人来找他，干脆回绝他们。

传达室老头　好。这些人来得还不少呵！有一些也挂了工厂证章，也像是个工人，可是这些人要算是工人阶级啊，我看最多也只能算是工人当中的次货，我已经回了几次，他们还跟我闹过。

刘传豪　他们要闹，就说是团支部的意见。再闹，就把他们领到我这里来，我来对付他们。

传达室老头　对对，好好教育教育这些小油条！

〔钱一涵上。

钱一涵　小刘，你还没有回去？（端详刘传豪的神气）怎么？情绪有点不对啊！

刘传豪　（支吾地）没有，没有什么。

钱一涵　算了，你别以为我不知道你的秘密了。（故意试探）是我工作不细致，不应该调你到这里工作的！更不应该把小王交给你。

刘传豪　（吃惊）钱书记是什么意思？

钱一涵　你会明白我的意思。（故意叹息）难啊，小王嘛，不好好帮助，又怕党委书记批评没有完成领导交下来的任务，要是帮助了，小王真的改好了，那就会威胁到自己啦！

刘传豪　钱书记，你这个话不对，你把我看得太坏了！（气愤欲走）

钱一涵　（大笑，拉住他）哈哈，生气了？是我不对，我收回刚才的话，向你道歉。可是我真的想换一个人来担任这个工作，对于你，这的确太难了。

刘传豪　我可以保证，绝对不因为自己的事，影响工作。

钱一涵　可是，看样子你的情绪可有点那个啊！

刘传豪　（低头承认）我也保证，就是有什么情绪，也不影响工作！

钱一涵　好，你发明了新的辩证法，又有情绪又不影响工作。我相信你。不要找别的人来代你的工作啦？

刘传豪　不要！

钱一涵　送你一张邮票，算是我刚才说错话的处分。你现在哪儿去？

刘传豪　回家跟哥哥研究竞赛合同……这邮票真好看！好像是印度的。

钱一涵　一起走吧，我去找厂长研究王家有出的事故，完了，我也到你家里来。

〔刘传豪、钱一涵下。

〔王家有跟邓忠良上。

邓忠良　你要我做什么？

王家有　（气汹汹地）小邓，车间主任准了我的假，给小刘破坏了。刚才我在朱胖子那里大闹了一场。我现在还是要走，我跟姨爹说好去的，晚上又约好给胡淑芬回音。我走了以后，你帮忙跟车间主任说一声，要他另找人抵小骆的缺。

邓忠良　（连忙摆手）你自己去说吧，以后你的事，我怎么也不再跟在后面起哄了。刚才钱书记叫了我去，好一顿批评！

王家有　你怕了？

邓忠良　不是怕，是自己觉得理亏了，大家都在紧张工作，我拣了些鸡毛蒜皮的事，在瞎起哄！（苦笑）钱书记说我吃多了，怕消化不好，所以这样！

王家有　好吧，你不说也算，天塌下来我一个人顶着！反正我不能因为这些，把到手的幸福放掉！幸福！这是我的幸福！

邓忠良　小王，我再问一句，以后再不问了。

王家有　你问吧。

邓忠良　胡淑芬对你到底有没有意思？

王家有　废话，是她妈亲口告诉我的！

邓忠良　可是……（欲言又止）

王家有　（打了他一下）说！别吞吞吐吐，婆婆妈妈的。

邓忠良　可是我听说，她跟小刘感情好！

王家有　谁？

邓忠良　小刘，刘传豪！

王家有　（紧张而愤慨）谁说的？

邓忠良　刘传明说过，后来我问了施小珠，她不肯说，瞧她那神气，倒也差不离！

王家有　（喃喃地）我明白了！我明白了！朋友！哼！帮助！哼！我找他去！（冲出）

传达室老头　（阻拦）嗳嗳，还没下班，你到哪儿去？

〔王家有推开他，管自冲出。

传达室老头　（威吓地用手点邓忠良）看，看，一定又是你起的哄！

邓忠良　（顿足）糟！糟！闹开了，我怎么跟钱书记交代，我才答应了他。该死！该死！这个嘴！……

——幕落

第三场

当天下班后。

刘传豪家里。

屋子跟一般工人的没有什么特别不同。比较引人注意的是，在进入里屋的门边，有一个水槽，水槽上有一个木架，上面安了一个面盆，木架边垂下一条绳子，这是刘传豪自己设计的自动冲凉的设备。

从窗口，可以望见外面的小天井。天井对面似乎有一些屋子。

〔屋内只有传豪妈一人。

传豪妈　（站在窗前）传豪！传豪！干了一夜的活，不赶快睡觉，还在做什么体操？

〔刘传豪的声音：“妈，我有事，不睡了。”

传豪妈 （责备）什么大不了的事，睡了觉再做不行！

〔刘传豪的声音：“不行。……等一会儿哥哥也要来。”

传豪妈 （喜）呵，传明要来？真的？……

〔刘传明上。

刘传明 妈！

传豪妈 （喜不自禁）啊，传明，你来了，我几次想去找你哩，结了婚以后，你连妈也忘了。

刘传明 （不安地）妈，看你说的，厂里修改了定额，工作紧张了一点，就来少了。

传豪妈 都有三四个星期没来了。（心疼地）你瘦了，传明！

刘传明 没有的事，我这个身体还能瘦得了！

传豪妈 传明，你跟秀兰怎么……你们结婚才……

刘传明 妈，你别说了！

传豪妈 要我说，一定是这个小女人负了心。

刘传明 这不怪她。

传豪妈 不怪她怪谁，你是我儿子，我清楚你的脾气，你不会随便离她的，一定是她逼着你离。

刘传明 是我主动离的。妈，别说了吧。

传豪妈 要说，我还要找她，一起到工会去评评理哩！

刘传明 （急）你别去！妈，你要乱来，我以后就再也不回家了！……妈，你别管这件事吧，我自己明白该怎么办。好了，从现在起，不许再说这件事了，不然我现在就走。（欲走）

传豪妈 嗳，传明！别走，我依你，我再也不提这件事了。唉，第一次见了这个小女人我就不喜欢她的鼻子，这么向上翘，准是个反复无情的人。

刘传明　妈，又来了。

传豪妈　好，不说了，不说了，看我这老糊涂。

刘传明　弟弟呢？

传豪妈　在做体操哩！不管日班夜班，每天总做这么两回。你这个弟弟，我跟他生活了一二十年，还摸不清他算是哪门子脾气！

刘传明　怎么了？

传豪妈　你别看他一见了女孩子跟生人就红脸，他要决定了干什么事，你就是用火车来拉他也拉不动。你看，（一个个拉开抽屉）这个抽屉里放了这许多小玩意，说是要发明什么东西，这一抽屉的图纸，也是发明，这里还有一个发明，我说他，人家跟你拿一样工资，有的拿的比你还多，怎么你倒一天到晚想这许多！你听他说的："嘿，人要光为了几个工资活着，多没意思！"……

刘传明　弟弟说得对！

传豪妈　我知道，你们现在说话都学得一样了！你再看看他这个抽屉，捡了这许多破邮票，还有刷子、胶水，一摆弄起来，就是几个钟头。我常笑他，将来结了婚，婆娘一定会跟他大闹！……

刘传明　那为什么？

传豪妈　你没见他摆弄邮票的入迷劲儿！轻轻地用刷子刷，用水把邮票分开，拿胶水一个个粘上，老婆看了舒服？

刘传明　这个婆娘准是个醋钵子！

传豪妈　（生气地）算了，不跟你们说了，怎么说也是你们有理。……你别走呵，我煮饭去。

刘传明　妈，你去吧，我不走。

传豪妈　（悲哀地咕哝着）唉，现在老一辈跟儿女说话可真难，怎么也凑不到一块！（下）

〔刘传明向窗前走去，发现水槽上的木架，用手要去拉绳子。

〔刘传豪穿着一件背心上。

刘传豪　别动！这是我新安的自动化机械化设备！看！（把头伸在水槽下，拉绳子，木架就自动倾侧，面盆里的水就倒下来，淋在头上）

刘传明　（赞赏地）好，你这个发明可以推广。

刘传豪　（一面揩头上的水）就是水还不能自动灌上去。（从窗口伸手出外，舀了一面盆水，放回木架上）我们怎么谈好呢？

刘传明　先坐下来吧。

〔两人坐下。

刘传明　我们先拟一个底子，拿到自己小组上去讨论，通过了，就向领导上汇报批准，然后竞赛。

刘传豪　行！胡师傅已经跟我谈了几条！第一条……

刘传明　慢一点，我先问一下，我的报告团支委讨论了没有？

刘传豪　支委讨论了，同意。

〔沉默。

刘传明　好，你说吧，第一条什么？

刘传豪　哥哥，你既然决定离了，就搬回家来住吧，一个人住在外面，既不经济，又……

刘传明　不，暂时再住一个时候看。

刘传豪　你还等什么呢？

〔刘传明不答。

刘传豪　你还在等她？

刘传明　（犹豫地，痛苦地）我想她也许会变好的。……不，不谈了，第一条是什么？……不，不许再提那个问题，说下去吧。

刘传豪　第一条，保证超额完成新定额百分之四十。

刘传明　传豪，你是我弟弟，我可得警告你，别想出风头，贪多冒进，百分之四十能行吗？

刘传豪　（俏皮地）你害怕了？

刘传明　去你的！那你就写上吧，百分之四十。

刘传豪　第二条，保证全组不缺勤！病假例外！

刘传明　同意！干脆把病假例外四个字也取消！

刘传豪　那不行，写上了就一定要做到，生病又不是他自己要生的！

刘传明　要碰上王家有这号人，没病也说有病！

刘传豪　那是个觉悟问题，我看这条还是照旧，让小组讨论了再看！

刘传明　好吧，第三条呢？

刘传豪　保证遵守劳动纪律，贯彻操作规程！

〔胡汉亮上。

胡汉亮　哈，你们都在这儿！走，小刘，到我家去，我又找到了一个窍门。

刘传豪　真的？什么窍门？

胡汉亮　走吧，到了我家，画了图样给你们看。

刘传豪　我们正在研究竞赛合同的事，还没有完哩！

胡汉亮　到我家研究吧。

刘传明　好吧，你们去，我在这里等你们。

胡汉亮　（奇异）为什么？

刘传明　你们研究窍门，我夹在里面不方便。

胡汉亮　看，你这个资产阶级的脑瓜子！我还怕你把我的合理化偷了去？老实说，竞赛要赢你，也不在乎这一个两个窍门上，我们的玩意儿多着呢！

刘传豪　走吧，哥哥，看了也可以提些意见！

〔传豪妈上。

传豪妈　（惊）你们上哪儿去？

刘传豪　上胡师傅家去。

传豪妈　胡老头，我儿子一两个月没回来，屁股才坐热，你又要拉着走，我可不答应你。

胡汉亮　（俏皮地）对不起，你们家属不是也学习过，这都是为了总路线！

〔众人笑，欲下，王家有上。

刘传豪 （迟疑地）小王，你怎么把活撇下跑来了？

王家有 （阴沉地）你管不着！刘传豪，我要单独跟你说几句话。

胡汉亮 人家有要紧事。走！（拉刘传豪下）

王家有 （生气地）对不起，我没跟你说。

胡汉亮 （伸舌头）喂，好像吃了生姜似的！好吧，小刘，我们先走，你等一会儿来。（和刘传明下）

刘传豪 妈，你也到里面去。

〔传豪妈下。

刘传豪 什么事，小王，坐下来谈吧。

王家有 刘传豪，我们两个是不是朋友？

刘传豪 当然是，我们一起进厂，一起当学习工，一起升为助手。

王家有 如果是朋友，那就请你坦白告诉我，你跟胡淑芬有什么关系？

刘传豪 我跟胡淑芬？

王家有 是的。

刘传豪 （吃力地）什么关系也没有，有的话，也是普通的同志关系。

王家有 那么，我就可以告诉她，说你并不爱她，你和她不过是普通同志的关系！

刘传豪 小王，你怎么可以这样说？

王家有 不能这样说？那你就是爱她，跟她就不是普通同志的关系，是不是？……为什么不说话？

刘传豪 小王！……

王家有 别小王小王的叫，你快回答我。

〔刘传豪沉默。

王家有 （冷嘲地）朋友，老朋友，哼，我现在才完全看穿了你这个老朋友的真面目！把我调做预备工的是你！批评我受资产阶级影响的是你！破坏我请假的是你！……

刘传豪 住口！小王，你说这些话可不知道害臊呵！（激动得流了泪，立刻揩去）我对胡淑芬是有好感的，从去年我们就有了工作上的接触，我们彼此都了解，但我没有来得及表示，以后就知道了你对她有感情，我忍住了，始终没有跟她有过任何一点表示。后来你工作得不好，组织要我帮助你，我是团员，同时也是你的朋友，我自己也觉得应该帮助你。这些日子，我一次一次找你谈话，有时你说的话，像刀子一样插在我心上，你是无意，可是我的痛苦！……小王，你难道没有发觉，好几次你谈到胡淑芬的事，我都岔了开去，我不愿意因为这件事使你对我误会，但你结果还是误会了我！

〔王家有不语。

刘传豪 小王，我再说一句，以前我没有破坏过你们之间的关系，以后也决不！只要你们是真正互相了解，互相爱。可是，对生产，对工作，你必须好好干起来，否则，胡淑芬对你也有责任，因为她是团员。我已经决定，假如你还不觉悟，我就要直接找她，要她帮助你，假如她真的是爱你的话！

〔胡淑芬的声音："小刘！小刘！"

〔两人都紧张起来。胡淑芬奔上，没有立刻发觉王家有在。

胡淑芬 小刘，到处找你，今天晚上我们车间动员大家讨论王家有不遵守劳动纪律的事，不能到俱乐部来了。

刘传豪 （不解）到俱乐部？

胡淑芬 （奇怪起来）不是你跟我妈说的吗？

〔王家有忽然奔下。

刘传豪 小王！小王！

胡淑芬 （难为情地）哎呀，王家有在这里，我都没看见，都给他听见了！

刘传豪 小胡，我什么也没跟你妈说过！

胡淑芬　（受了一击）那么……那封信也不是你写的了？

刘传豪　什么信？

胡淑芬　那封没贴邮票的信。

刘传豪　（明白）这是王家有写的，为了这封信，他闯了一个大事故。

胡淑芬　（震惊）天啊，这是怎么回事，我一点都不明白！（抱着头坐下）

刘传豪　小胡，你是个团员，小王跟你比较接近，你有责任帮助他，他再这样工作下去，要把自己毁了！

胡淑芬　不，我没跟他接近，误会，全都是误会！（奔下）

刘传豪　小胡！小胡！

〔刘传豪慢慢走到水槽前，拉动绳子，面盆里的水流在他头上。

〔钱一涵上，看着他，沉思着。

——幕落

第四幕

秋末的一天。

工厂的花园。

灯彩，标语，歌声，手风琴声同笑声，充满花园。在两棵大松树间拉起一张红布横幅，上写："庆祝提前完成全年生产任务联欢晚会"。园内走动着欢乐的人群。

〔邓忠良和长条子青工、小孩气青工等上。长条子青工拉着手风琴。

邓忠良　（指前）嗨，那边跳起集体舞来啦，快走，我们去插一手！

小孩气青工　（跳跃起来）走走！

〔众人一拥而下。

〔兄弟厂青工甲、乙、丙上。

青工甲　（感叹）他们这晚会搞得真不坏！

青工乙　我们什么都比不上人家，竞赛搞不好，连个晚会也不像个样子！

青工丙　嗨，看，过来的那个人，好像就是在台上报告，提了十一个合理化建议，超额完成新定额七倍的刘传豪！

青工甲　好像是！

青工乙　我们跟他谈谈，学一点东西带回去！

青工丙　走！

〔刘传明上。

青工甲　（谦虚有礼地）刘同志，我们是应邀来参加你们的晚会的，刚才你在台上的报告，给我们很大启发！

青工乙　我们应该好好向你们学习！

青工丙　是不是可以介绍一点经验，怎么样才能找得到窍门。

刘传明　同志，你们搞错了，我可没在台上作过报告！

青工甲　嗨，同志别客气了！

青工乙　你这种谦虚态度也是值得我们学习的！

青工丙　对！对！

刘传明　（急）不，你们真的搞错了，那是我的弟弟！

〔三人一怔。

青工甲　噢，那你就是跟刘传豪第一个展开竞赛的。

刘传明　算是第一个吧，可是我们输给他们了！

青工乙　不，你们也超额了三倍，跟你谈也一样，就请你介绍超额三倍的经验吧！

青工丙　对，一个哥哥，一个弟弟，谈起来准差不多！

青工乙　我们修改定额以后，别说超额三倍，连完成都困难！

刘传明　这……

青工甲　别推辞了。

〔三人都摸出小本子。

青工乙　到那边亭子去谈吧，静一点。

刘传明　同志，这个实在……

青工甲、乙、丙　走吧，同志，你太谦虚了！

〔四人一起下。

〔邓忠良、张庆生、施小珠、胡淑芬、孙荣林、凌毓珍、长条子青工、小孩气青工等上。

邓忠良　静一点，静一点，今天是我们全厂大喜事，全年任务提前完成，为了庆祝，我们请施小珠同志来个拿手戏《梁山伯与祝英台》好吗？

〔众人喊好。

施小珠　不干，你一来就瞎起哄！

胡淑芬　不要紧，小珠，让他自己先唱一个，你再唱。

〔施小珠要推，胡淑芬示意阻止，施小珠会意。

施小珠　好，你唱了，我准唱。

邓忠良　真的，不许赖！张庆生，你做证人！

张庆生　（用俄文）大！

小孩气青工　我再告诉你们一个消息，小起哄新……

邓忠良　别再叫我小起哄了，为了这个我挨了不少批评！

小孩气青工　好吧，那就是邓忠良同志，新编了一首歌，刚才教我们唱过，还准备表演哩！

众　人　好！好！快唱！

邓忠良　（对长条子青工）拉起来！

〔长条子青工拉起手风琴。

邓忠良　（唱）有个年轻小伙子，

长得不高也不低，

什么人见了都要夸，

真是一个长得不坏的小青年！

众　人　（合唱）

算了吧，算了吧，

还是别提他。

邓忠良　（接唱）

他有一副好嗓子，

唱得麻雀不愿飞，

他蓬拆蓬拆跳起舞，

哪一个见了能不着迷。

众　人　（合唱）

算了吧，算了吧，

还是别提他。

邓忠良　（继续唱）

他的手艺也不坏，

聪明不比别人差，

这样年轻的小伙子，

你说还有谁能不爱他！

众　人　（合唱）

算了吧，算了吧，

还是别提他。

邓忠良　（唱下去）

可惜他不喜爱劳动，

他不能把他的心，

献给国家和工厂，

就像献给他的爱人一样！

众　人　（合唱）

算了吧，算了吧，

还是别提他。

邓忠良　（接唱）

为了追求一个姑娘，

他迟到、早退、旷工、怠工，
事故一桩又一桩，
但他没有贴邮票的信，
并没有把幸福接回来。

众　人　（合唱）
算了吧，算了吧，
还是别提他。
〔胡淑芬突然奔下。

施小珠　（惊呼）小胡！小胡！……（追下）

邓忠良　（停住，叫）嗳，小珠，别跑，别跑，你还没有唱哩！

施小珠　去你的吧，谁倒了霉才唱给你听哩！

小孩气青工　你揭了人家老底，人家不好意思啦！

孙荣林　邓忠良，你在这里唱唱没什么，给王家有听了就不好了！

张庆生　对，这一连串的事，够他受的。爱情垮了，同志审判会上大家对他进行了批评，行政上又记了大过。

长条子青工　这两个多月，他好像变成个小老头子似的。

小孩气青工　嗨，好像是他来了！

邓忠良　走吧，我们到桥边去唱，我现在简直怕碰他。

张庆生　走吧。
〔众人下。台上静寂了一会儿，王家有一人上，痛苦的痕迹还没有从他身上完全消退，他一人坐在小石凳上，沉思着。
〔朱济平的声音："喂，阿根，在那儿放个茶桶，那儿！那儿！真笨！连放个茶桶都不会！"
〔朱济平手里拿着两个瓷杯。比起以前来，朱济平显得憔悴了，好像受过什么大的刺激。

朱济平　（指台后花园）这儿再放一个！这儿……（见王家有）小王，你在这儿！
〔王家有不作声，朱济平坐下。

朱济平　我们两个都是不走运的。你受了处分，我也撤了职啦！现在让我在总务科管管勤杂工人！管茶水！哼！

〔王家有仍不作声。

朱济平　（自言自语）你受处分还有点道理，受了资产阶级侵袭，爱享受，不爱劳动，怠工，旷工，出事故，受一点处分也不冤枉。我呢？我算犯了什么错呢？你说说看，小王！

〔王家有仍不作声。

朱济平　我就是怕犯官僚主义，怕再来一次三反，别人要斗我！别人能管的事情，我就不沾手！能不得罪人的，最好别得罪人！这有什么不对呢？结果倒变成个大官僚主义了，你看奇怪不奇怪！

〔王家有仍不作声。

朱济平　最滑稽的是，把给你戴的帽子，也套到我头上来了，说我也是受了资产阶级思想侵袭。我真想不通，我又没有迟到早退，旷工偷懒，一天要开十七八个会，每个会我都参加，我也没像你，交一些不三不四的朋友，一下了班，我就在家里陪陪老婆，抱抱小孩，别的我一点没兴趣，资产阶级思想怎么能侵袭我？

王家有　（压抑许久的情绪，一时迸发）走开！我可不愿再听你的胡说八道，批评你受了资产阶级思想侵袭，还算便宜的。你简直是资产阶级的帮凶！

朱济平　（惊慌地）什么？什么？我变成了帮凶？帮凶？

王家有　是的。我为什么会落到这个地步的？还不是你！

朱济平　好啊，自己倒了霉，把账记在别人身上。

王家有　是要向你算账！为什么我第一次旷工的时候，你不好好教育我？为什么我在车间溜来溜去，你睁一只眼闭一只眼？为什么我跟一些不三不四的人交朋友，你不提醒我？难道我进厂的时候就是这样的吗？你说！你说！这……这不是你……你

你……（忍不住哭了起来）

朱济平　（有点失措）怎么了？怎么了？奇怪！倒把我骂了一通。算了，我还是走开些，人倒霉，什么时候都得碰钉子。（转过身，忽然大喊）嗳，阿根，你怎么搞的，叫你把茶桶放那边，你还是没放对，我看你才真是个官僚主义！（奔下）

〔王家有愤怒地一脚将朱济平遗忘下的瓷杯踢开，痛苦地坐下，啜泣起来。台上寂静，远处隐隐有歌声笑声。记者上。

记　者　（对王家有）同志，我是报馆的摄影记者，请问你看到刘传豪同志没有？

〔王家有不语。

记　者　他到这里来过吗？

〔王家有不语。

记　者　什么地方能找到他？

〔王家有不语。

记　者　（自语）这人怎么搞的！（悻悻下）

〔钱一涵上，手里折了两朵鲜花。

钱一涵　没有人？（发现王家有）小王，你怎么不跟大家去玩，一个人傻在这里？

〔沉默。

钱一涵　哎呀呀，小王，你还在闹情绪啊？

王家有　没有，我什么情绪都没有。

钱一涵　那就更糟，什么情绪都没有了。小王，这次你受了一些处分，这一切都为了帮助你，为了你好。这是第一次，希望是最后一次，永远不会再来的一次。小王，振作起来，老闹情绪，甚至闹到什么情绪都没有了，这不是大家所希望的，对你自己也没有好处。

王家有　（气愤地）我明白自己的错误，但我年轻，领导上应该爱惜爱惜我，记过也算了，还要让我像犯人一样受审判。

钱一涵 你觉得受委屈了？小王，假如有一个人，贪污了国家一百万元，你认为应不应该处分？

王家有 当然应该，这样的人不仅要受行政处分，还应该送去法院。

钱一涵 对。但你由于事故、旷工等等破坏劳动纪律的行为，使国家损失了七千多万，但并没有送到法院去，你还感到委屈吗？

王家有 （惊）七千多万！……

钱一涵 这是最保守的估计！说到爱惜，小王，领导上对年轻人可真是无微不至呵！（从袋里摸出一封信）你看看这封信吧。

王家有 （看信，惊惧地）这是批评我的！

钱一涵 （点头）你出了事故的第四天，你们车间就有三个工人联名写了这封信，要寄到报馆去，他们给我看，征求我的意见。

王家有 （紧张地）你决定怎么样处理呢？

钱一涵 我把领导上准备如何处理这件事的意见告诉他们，同时请他们考虑，这封信是否等你开过审判会以后，看你的表现，再决定发不发出去。他们同意了，把信也暂时寄放在我这里。小王，你想想看，领导上难道真的没有一点爱惜你的心吗？

王家有 （感动地）钱书记……（哽咽地）可是我在厂里还有什么脸见人？有人说我癞皮狗想吃天鹅肉，有人编了歌在唱我，你把我调到别的地方去吧！远一点，再远一点，到东北，到新疆，到淮河……让我在新地方重新好好工作。

钱一涵 这可算不得好汉啊，小王！我们是工人，处理事情也就应该有个工人的样子。犯了错误，不是闪避，而是坚决地克服它，永远不重复这样的错误。不要泄气，小王，有一本书里说得好，我们这个社会是一个不沉的咸水湖，只要他不自甘堕落，我们这个社会是永远也不肯让他沉下去的。……

〔刘传豪的叫声："钱书记！钱书记！"

钱一涵 在这儿，小刘！……（对王家有）还有，小刘跟我诉苦，你最近根本不睬他，话也不跟他说，这可是你不对呵！

〔刘传豪上。

刘传豪　钱书记，报馆记者老要我拍照怎么办？（见王家有）呵，小王，你也在这儿！

〔王家有不作声。

钱一涵　那你就让他拍了吧。

刘传豪　怎么行，这些合理化建议，都是胡师傅帮的忙，怎么倒跟我拍照！

〔胡汉亮和记者上。

胡汉亮　（边走边说）不行，不行，你把我这老头子拍上去有什么意思……小刘在这儿！

钱一涵　我看你们一起来一张吧。

记　者　对对。（对镜头）请别动，好，谢谢，谢谢。

钱一涵　小刘，我正要找你们，说个好消息！

刘传豪
胡汉亮　什么好消息？

〔钱一涵正要说，忽然传来歌声。

钱一涵　（喊）嗳，张庆生、邓忠良、胡淑芬，你们都来啊！

〔众人唱着上，刘传明也上。

众　人　钱书记，唱个歌吧。

钱一涵　别忙，先说个好消息。刚才厂长告诉我，部里打来了长途电话，要我们做一批新产品，我们就要充分地把厂里的潜力发掘出来——机器的潜力，人的潜力！

众　人　（轰动）呵！真的？

钱一涵　恭喜你们，你们许多人就要从助手提拔起来，担任主要的独立操作工作。

〔众人拍手。

钱一涵　为了看看青年工人的力量，行政上又决定成立一个组，全部是青工，组长决定由刘传豪担任。

〔众人拍手。

刘传豪　钱书记，这怕……

钱一涵　（诙谐地）别忙。毛主席说的，别人的意见哪怕不对，你也应该让别人说完，请你让我说下去：行政上还决定，授权给刘传豪挑选任何人做他的组员。

众　人　（争着喊）我！小刘，算我一个！

〔刘传豪和胡淑芬的目光相遇而过。

钱一涵　你选吧。

刘传豪　（想了一下，走到王家有面前）小王，我们在一个组吧！

王家有　（感到意外，激动万状）我……我不行！我……

刘传豪　不，小王，我们是老朋友，我知道你的脾气，你决定要做好一件事，就一定能做成功！

〔众人鼓掌。刘传豪和王家有握手。

记　者　慢一点！慢一点放，别动！好！……（见众人要走）嗳，别忙，我还想请大家让我拍一张集体的，就到那边大烟囱下面，对，大烟囱，这才有点工业气息，请大家帮忙，帮忙。

〔记者引着大家向后走出，胡淑芬和刘传豪走在最后。

胡淑芬　（叫）小刘！

〔刘传豪停下。

胡淑芬　（原来心里有点气，这时就借题发挥出来）看，我还没有说话，你就红脸！

刘传豪　（不好意思地笑了笑，轻声地）小胡，什么事，说吧。

胡淑芬　没有什么。（停一下）我只要你坦坦白白回答我一句话，你到底是胆小，还是真的对我没有好感？

刘传豪　（惶恐地，一时不知说什么好）小胡！……

胡淑芬　（误会）好，别说了，我全明白了！……（转身走出）

刘传豪　（急忙拉住胡淑芬）哪儿去？小胡！

〔胡淑芬不理。

刘传豪　（恳求地）你也听我说一句嘛！

胡淑芬　（停下）说吧。

〔刘传豪却不知从哪里说起好。远处传来起哄的叫声：“小刘，小胡，快来吧，等着你们啦！”刘传豪忽然从口袋里摸出一张纸，递给胡淑芬。

胡淑芬　（怀疑地）这是什么？

刘传豪　申请书，房屋申请书！请你也在上面签个字吧。

胡淑芬　（震动）呵……

刘传豪　小胡！（欲言又止）……好像小王朝这边来了，我们找个旁的地方好好谈一下吧。

〔胡淑芬没有作声，轻轻向前走去，刘传豪跟着下。

〔王家有上。向刘传豪、胡淑芬走去的地方走了几步，望了一下，然后回到台中央，沮丧地垂下头。

王家有　（一声痛苦的叹息从心里透出来）唉，王家有啊王家有，你怎么会落到这个地步，你到底演了一场喜剧还是悲剧！

〔灯渐暗。

——幕落 · 全剧终

原载《剧本》1955 年 5 月号

刘莲英

（独幕话剧）

崔德志

人　物

刘莲英——细纱女工，23岁。

王　娟——细纱女工，18岁。

张德玉——甲班络纱长，25岁。

老　赵——乙班络纱长，30岁。

富管理员——细纱甲班管理员，40岁。

时　间　1954年夏末。

地　点　东北地区某纺织工厂。

厂内女工宿舍里。正面有一扇通向外面的门，和一排玻璃窗。由窗户可以看见车间的房顶。门两旁摆着两张铁床，床上铺着干净的被褥。舞台左右角适当的地方有一张桌子、一把椅子，桌上放着暖水瓶、镜子和一些女工用的零碎东西。墙上有一张“我们热爱和平”的招贴画和一排衣挂，衣挂上搭着几件花衣服。

王娟坐在椅子上对着镜子化妆。现在是早班下了班的时候。今天是纺织业系统礼拜六了。

王娟是小学毕业的学生。从小学毕业后没有考上中学，因为她姐姐是厂子的老工人，也把她介绍到工厂来做工。她的思想很单纯，工作有一股愣劲，对人非常热情。一年前加入了青年团。由于年龄较小，还有些不定性，和一般女孩子一样，好笑，也好哭，很爱打扮自己。近一年来在刘莲英的帮助下，有了很大的进步。

王　娟　（看了看表，自语地）礼拜六了，她怎么还不回来呢？（拿起桌上放着的一捆毛线）这毛线给她放到床上，让她给织吧！（放好，走回原处，整理一下头发，由衣挂上取下一件衣服，换身上的衣服）

〔刘莲英上。她是一个漂亮姑娘，高高的鼻梁，大大的眼睛，清秀的脸上有一对酒窝。剪着短发，穿得很朴素。她是个老细纱工，家在乡下，很小的时候父亲就死去了，刚刚十二岁就离开亲爱的妈妈进厂做了童工，以低微的收入扶养弟弟妹妹。十几年独身在外。生活的磨炼使她养成了沉着、稳重和体贴入微、关心别人的性格。入党以后进步很快，现在担任车间党小组长的职务。她能辨别是非，坚持真理。她懂得了生活的意义，有强烈的上进心。现在正努力学习，积极工作，为党的事业和崇高理想贡献着自己的青春和力量。

王　娟　（见刘莲英，询问地）莲英姐，你今个怎回来这么晚呢？

刘莲英　送乙班小于去啦！

王　娟　她上哪儿去啦，还用送？

刘莲英　上党校学习去啦！（羡慕地）人家都有个机会学习，该多好哇。（指责地）大伙都去送啦，你姐也去啦！你怎么不去送送呢?

王　娟　我姐她俩是一班的嘛，我跟她也不熟，我送她干啥。我还要去看电影呢!

刘莲英　这个小丫头，一到礼拜六你就啥也不想干啦，下了班就赶紧跑回来打扮来啦。

王　娟　你好，等你也不回来，(指床)你快看看那毛线吧!

刘莲英　(走过去，拿起来)怎么回事?这是哪儿来的?

王　娟　络纱长才送来的。天快冷了，他打算织件毛衣。

刘莲英　(不好意思地)那你给我干啥，你就给他织呗!

王　娟　他求的也不是我，我给他织算干啥的!怎么?你还不愿给织是咋的?

刘莲英　不是，人家长这么大也没织过男人穿的，得怎么织呀?还得买副大号钢针。(但很小心地把毛线归弄好，放在被垛上)他说一会儿还来不?

王　娟　还来，他去开评奖委员会去啦!

刘莲英　啊!这又快到月底了!

王　娟　莲英姐，你说这个月红旗还能不能是咱们的?

刘莲英　还没公布呢，我上哪儿知道去!

王　娟　猜猜嘛，我看还是差不多。这个月组里让络纱长鼓动得都像开了锅似的啦!谁也没开过花，任务比上个月超过得还多。那还有个跑啦。(充满希望地)这个月要把红旗保住，咱们一下子就是全厂模范小组啦。

刘莲英　看你这个样。还没准的事呢!你先高兴上啦!

王　娟　我高兴?你不比我还高兴啊?这回络纱长也要变成模范组长啦!咱们组上半年那么乱套，好几个月都完不成任务，今天能整这么呱呱叫，不都是他一手搞起来的呀!他是多能干的人哪!(有意地)莲英姐!你真有眼光啊!这样人在全厂都挑不出第二个来呀!

刘莲英　（不好意思地忙打断）行啦，你别老当我面夸他，他有什么了不起的，小组搞得好，还不是党的决议贯彻得好。

王　娟　对对！反正谁心里高兴谁个人知道。（关心地）你们今天不去看看电影啊？

刘莲英　和谁去看电影啊？

王　娟　和络纱长啊！

刘莲英　和他看什么电影，我没工夫。

王　娟　怎么？你还有会是怎么的？

刘莲英　我得把小组计划写一写……

王　娟　（不高兴地）莲英姐，我真对你有意见，你怎么老这样呢？你们这么长时间啦！还像没事似的，平常见面，除了工作问题什么也不谈，到礼拜六了还是那一套，多咱也不出去玩一玩。你们的关系到底到了什么程度啦？

刘莲英　什么程度，还是那个样呗！

王　娟　行啦，你别昧着良心说话啦！这两天你心都多乱啦。对他，比对你自己都关心，他在班上出了点事，你晚上回来躺在床上翻来覆去地睡不着，他有顿饭不吃都和我嘀咕好几遍，急得像啥似的，你都写信告诉你妈了这我都知道啦！

刘莲英　（不好意思地）行啦！你这个小死丫头，这么精，啥事也瞒不了你……

王　娟　本来嘛，从你由医院出来到现在，都了解了半年多了，现在人家对你也够好的啦！老帮助你计划这个计划那个的，你提点意见他赶快接受，听你叨咕大骼子老往吸烟室跑耽误生产，人家烟都忌了，这又上赶着找你来织毛衣，心有多诚啊！这也差不多啦，你也该表示表示啦。（又孩子气地）你要再这样我就不管啦。你再向我打听他什么事我也不告诉你啦。

刘莲英　好啦，好啦，你该干什么干什么去吧！

王　娟　（又叮问地）今个这电影你们到底看不看哪？

刘莲英　你去取票是怎么的？

王　娟　啊！给你们带两张挨号的来呀？

刘莲英　不用你带啦，我那个搁小胡那儿，你看看给我捎来吧！

王　娟　（意外地）怎么？已经买妥啦？

刘莲英　（不好意思地）行啦，别问啦，到底告诉你啦……

王　娟　（明白了）好哇！闹了半天还是这么回事。你瞒了我半天干啥？

刘莲英　我寻思这么长时间也没出去过，人家不愿意，再去不成挺不好的……

王　娟　你别那么多心，他可不是不愿意去。那个礼拜六我都看他“悄悄摸摸”来了，陪着你谈一气工作又没着没落地走啦。我保险他能去就是啦。我这就去给你们取票……（欲走）

刘莲英　（忙喊）王娟！

〔王娟停下。

刘莲英　（诚恳地）你不要光这么帮我的忙，你也给提提意见，你看看我们这样有什么不正确的地方没有？

王　娟　你做的事都小心在意的，还有什么不正确的。你们就不像小陈他们似的，跳一回舞买块表就算妥了。你这多慎重啦。明面上不表示，净在工作上、思想上互相关心。这半年多你们进步得多快啦。全车间也没有比你们关系再好的啦。我对你最大的意见就是了解了这么长时间，实在是闷得太厉害啦。

刘莲英　（严肃地）王娟，这不是什么闷得太厉害呀，我不都和你说过吗？咱们不能不这么做呀。你看咱们车间有多少女同志，就因为不了解思想好坏就结婚，结果结婚以后工作落后了，感情也不和了。你才说的小陈他们就那样，那能有什么好结果呢？咱们自己都愿意进步，就得找个工作上互相帮助的，在这上面就不能不注意呀。你将来不也得这样做吗？

王　娟　（害羞地）我，提我干啥……我得哪百年……

刘莲英　不管多咱，对这种事也应该这样啊！这是一辈子的事呀！

王　娟　那你这总算挑着好的啦！也了解这么长时间啦。就别这么老抻着啦，你岁数也不算小啦，你妈还老来信催你，我看你们也得赶快进行，不大离就结婚吧！

刘莲英　（害羞地）结啥婚，今天这不才头一回出去，根本谁也没谈过这些事，人家还不定乐不乐意呢……

王　娟　你这么漂亮个人，工作上又能帮助他，他有啥不乐意的，他还不定怎么着急呢！今天你们看完电影你表示表示就妥啦！……

刘莲英　（不好意思地）表示啥，行啦，你快取票去吧！

王　娟　好。他一会儿就来啦。你就好好打扮打扮等着人家吧！（往外走）

刘莲英　（嘱咐地）小胡问给谁买的票你可别乱说呀！

王　娟　啊！你放心吧！

〔王娟下。

〔刘莲英由皮包内拿出几件衣服打扮起来。

〔稍停，王娟急上。

王　娟　（小声地）哎，他来啦，络纱长来啦……

刘莲英　（一惊，但马上又镇静）那还用大惊小怪的。来就来他的呗！

王　娟　行啦，别磨不开啦！这回你可千万别板着脸谈工作啦！好好唠唠吧！啊！

刘莲英　（害羞地）行啦，你快走吧！

王　娟　（欲走，想起又回来）哎！你问问他这个月咱们小组红旗到底有希望没有？

刘莲英　你竟惦记些好事。

王　娟　真的，他刚研究完这件事，能知道大概啦。你问问啊！

〔王娟下。

〔刘莲英忙穿好衣服，对着镜子照了照，装着无事的样子……坐在床上。

〔王娟在外声："络纱长来啦！"

〔稍停，门外敲门声。

刘莲英　请进来！

〔张德玉上。张德玉是个魁梧健壮的青年，厂内很能干的络纱长，工作积极，能负辛苦，但性子有些急躁，三年前加入了共产党。现在他全部精力都放在自己领导的小组上，每天早来晚归把小组的成绩看成唯一的安慰。他才由车间来，没换衣服，身上还挂着棉絮。

张德玉　（轻步地走向刘莲英）你回来了！

刘莲英　（很镇静地由床上站起来）啊！你来啦！

张德玉　这有你一封信。（递过去）

刘莲英　（接过来看了看忙揣起）我妈来的，（指椅子）你坐吧！

张德玉　好好。（坐下）我刚才来了一趟啦。你知道吧！

刘莲英　王娟才和我说啦！我送乙班小于去啦。（指床）这毛线是你拿来的吗？

张德玉　啊！把烟忌了，省下钱买了点毛线。大伙儿都挺忙的，求别人也挺不好意思。你有工夫吗？

刘莲英　行倒行。我没织过，就怕织不好。

张德玉　好坏我不在乎，能挡风就行啊！

〔二人沉默了一下。

刘莲英　听说你开评奖委员会去了，怎么样？

张德玉　（不由得高兴地）我正要告诉你，咱们组这回又妥啦，现在就咱们分多，再坚持几天，红旗又保住啦。（非常兴奋地）算这个月正好六个月啦。眼看着就是全厂模范组啦。

刘莲英　（高兴地）是吗？王娟听着还不定怎么高兴呢！……她才还

让我问问，这里她出了不少力量。

张德玉　是呀！她已经成了咱们组的硬手啦。现在数她络纱快，接头好啦……（自慰地）她才来时候接不上头还站在车挡哭呢，这总算培养出来啦！

刘莲英　别的组怎么样？

张德玉　别的组没什么，防备点乙班二组就行，他们这个月撵得挺愣，总分就和咱们差零点二了。不过他们尽藏奸，交班时候尽给咱们留坏纱型……

刘莲英　这真不好，都影响生产啦！可得慢慢想法扭转。

张德玉　可是他们也没有什么大伸张头，这回小于走了他们就没有好络纱的了，咱们如果能把十二台看住了不让它纺坏纱，到月底他们还是干瞪眼睛。

刘莲英　（若有所思地）这竞赛时可真容易出问题，可得注意呀……（觉着又谈到工作上去了，忙又把话拉回来）你……你怎么还没换衣裳？

张德玉　（低头看了看不好意思地）下了班就开会，忙忘啦！

刘莲英　你老是这么忙，我听说有时候连饭都顾不得吃……

张德玉　不，饭是吃，从你上回给我提了意见，我对吃饭上可注意啦，哪顿也没落过。

刘莲英　反正你自己的身体，就在你自己注意……

张德玉　那是……

〔沉默了一下。

张德玉　（沉不住气了）你看我们是不是就研究研究……

刘莲英　（一时蒙住了）研究，研究什么？

张德玉　（想谈心里话，但又被问得蒙住了）还像上个礼拜似的，把这一周来小组的情况……

刘莲英　啊……小组就剩刘升的问题了，一时也决定不了，就别研究啦，这一竞赛你挺累的，你休息休息吧。

张德玉　（以为连谈话的机会都没了，急忙争取地）不，不，我不累，这都习惯啦，礼拜六晚上研究工作更有意思。

刘莲英　（关心地）不行啦。好几个礼拜也没闲着啦，老这么忙，整得头昏脑胀的，谁受得了哇。

张德玉　（望着她身上衣服，试探地）那你这换了衣裳想上哪儿去？

刘莲英　（也不好意思起来，口吃地）我……我，我不上哪儿去。

张德玉　（认为又没希望了）啊，那我就回宿舍大被一蒙睡觉去啦！（要走）

刘莲英　（忸怩地）听说今天电影挺好，你不去看吗？

张德玉　想看倒是想看，不过一个人去挺没意思的。（看了刘莲英一眼）

刘莲英　（想说什么，但却低下了头）……

张德玉　那我走啦。

刘莲英　（鼓起勇气，急喊）哎……

〔张德玉停下。

〔老赵急上。他是个老技术工人，有丰富的工作经验，在这个厂子已经干了二十来年，张德玉现在领导的这个小组的前任组长就是他。工作钻研，但缺乏朝气；技术高，又有些保守。这个月他们组竞赛成绩居第二位。他整个心，也被这竞赛牵住啦。

老　赵　（进门就喊）富管理员上这儿来了没有？

张德玉　（不太高兴地）没有。你怎么找到女宿舍来啦！

老　赵　我有点急事。到处找也没有，我寻思备不住和你一块儿上这儿研究工作来了呢！

刘莲英　（关心地）找他有什么要紧事吗？

老　赵　小于不走了吗？这还没人顶呢！今晚缺个络纱的。

张德玉　怎么，还没有人呢呀！

刘莲英　她临走时候主任没给你安排人吗？

老　赵　没有。她走得挺急。主任告诉我这就找你们管理员给调。

张德玉　怎么这回要搁我们这班调哇？

老　赵　嗯，主任那么说的，也不知道能调个啥样的。这正竞赛的时候走了个劳动模范，要够呛啦！（往外走）我还得快去找他去。（欲下）

〔富管理员上。富管理员是个留用的技术人员，工作热情，能接受意见，但过于小心谨慎，不敢反驳领导，也不愿得罪工人，力求面面俱到，想使自己的工作做得让所有人都满意。

老　赵　（见管理员进来，忙迎上去）老富来啦，我正满哪找你。你看我们组缺络纱的那个事……

富管理员　（忙应诺地）好，好，主任才和我说啦，我这就是来给你研究。

老　赵　你可得快点呀，我们今晚没人，任务要够呛啦。

富管理员　（表示为难地）你还不知道吗？调人这不像旁的事。难办哪！（但看了老赵一眼，马上温和地）好好，一定快点给你解决就是啦！你回去等着吧。

老　赵　那就交给你啦。我这夜班还没睡觉呢！可得快点呀！

富管理员　（连连点头）好，好。

〔老赵下。

富管理员　（对张德玉、刘莲英）你们都听着啦，研究研究看怎么办吧！

张德玉　你想搁哪组调哇？

刘莲英　（对张德玉）大概是找我们来啦！……

富管理员　是呀！要不上这里来干啥。这回要调你们这组的。

张德玉　怎么要从我们组里调？我们组哪有闲人！

富管理员　你们组刘升不是病好了，上班了吗？现在就你们组人多啦！

张德玉　（不高兴地）这正竞赛时候，你怎么想扣起我们来了呢？你这么整，我们不一家伙就垮下去啦！

刘莲英　要不咱们比人家多个人也不行呀，给他们一个不正好吗？

富管理员 （说服地）没法子，这是特殊情况，人家小于不才走吗？主任指定和咱们这班要，大家就克服克服吧！

张德玉 （无奈地）克服吧，我们刚好了两天又“折腾”上啦，照这样整，月底准有好瞧啦。

富管理员 人家挺着急的，你看看让谁去呀！

张德玉 这刚给信怎么就能决定啊。怎么也得等我们研究研究。

刘莲英 人家走了个硬手，咱们毛毛草草决定了不好。合计一下再告诉你吧。

富管理员 对，对，那我回车间去等着你们去啦，研究完了告诉我一声吧。（往外走）

张德玉 （想起，忙喊）哎，我说我们那十二台老出坏纱那个事，到底能不能解决呀？

富管理员 那不好办，机器都检查了没毛病，得自己好好掌握，暂时还得克服一下。

张德玉 我们有了困难就让暂时克服。这都多少日子啦！现在得成天站在那看着它，啥也不能干啦。得多咱是个头哇！

富管理员 这是个挠头的事，你自己也想想办法。等我有了什么好招再告诉你。

〔富管理员下。

刘莲英 （对张德玉）来研究研究吧，完了好干点别的去。

张德玉 这真不是个事，早不来晚不来，正两组较劲的时候来调人。

刘莲英 人家也是不愿意呀，缺个人完不成任务啦，他们也是着急呀！

张德玉 说实在的，这么整是够咱们呛啊！这不像咱们条件好，有那么个糟心的十二台，不定咱一眼照不到，出台坏纱那就完蛋啦。

刘莲英 还能在乎一两个人啦！（商量地）你看让谁去？

张德玉 这真不好办。（为难地）现在竞赛这么紧张动谁都受影响，哪有合适的呀？

刘莲英 （想了一下）我给你想出个合适的你看行不?

张德玉 谁呀?

刘莲英 调王娟去吧，她还差不多。

张德玉 （一怔）怎么，要调王娟去?

刘莲英 她络纱快，互助得好，还能勉勉强强顶上小于了。正好她姐姐也在那班。

张德玉 （不解地）你这是怎的啦！咱们组就是这么一个骨干，好容易培养出来了，怎么能调她去呢?

刘莲英 要不怎么办? 调太软的，影响人家任务也是不行啊！

张德玉 那也不能抽她呀！这还得考虑考虑，咱们自己的任务呢?

刘莲英 咱们组老手多，总还能想出办法来。

张德玉 活这么紧，还有什么办法可想?

刘莲英 你不用愁这个，我一定能给你想出办法就是啦！

张德玉 （有了主意）不用，我已经考虑出人来啦。

刘莲英 除了她哪还有合适的啦? （忽想起）怎么，你还想像别的班那样随便推出一个去吗? 那可不好哇！

张德玉 （忙岔开）不，不，不是。

刘莲英 （嘱咐地）从这一竞赛，都有影响生产的事啦！这回咱们一定得按着正道走哇！

张德玉 他们那组络纱的活多，管得紧，她也不一定乐意去。

刘莲英 这你不用担心，她姐俩在两班挺不方便的，她也说过。等会我保证给你谈通啦！你还有别的顾虑吗?

张德玉 （口吃地）没，没有。不过这还得管理员批准。他还可能有意见。

刘莲英 咱们自个儿都认可啦，他还能说什么。（决然地）我看这样啦，决定让王娟去啦。

张德玉 不！等我和老富研究研究再说吧！

刘莲英 你告诉他一声就妥啦。（提醒地）今个礼拜六，快研究决定了，还有旁的事呢……

〔王娟上。

刘莲英　哎，正好，她来啦。

〔张德玉想了一下，往外走去。

刘莲英　你……告诉完了，可回来一趟啊……

张德玉　好。

〔张德玉下。

王　娟　他这么忙上哪儿去？咱们小组这个月能得红旗不？你问了没有？

刘莲英　（忙岔开）啊，我问了。现在他还不知道呢。

王　娟　反正这一两天的事。（又关心地）怎么样？你们谈什么啦？

刘莲英　没谈什么，研究工作啦。

王　娟　（俏皮地）呸！我不信！

刘莲英　真的。临时又出个问题，我正要找你合计合计。

王　娟　又出什么事啦？

刘莲英　小于走了，乙班二组还没有络纱的呢。管理员要搁咱们组调个人。

王　娟　（直爽地）那还合计什么，刘升那样好歇工的，调给他们就得了呗。

刘莲英　（制止地）你怎么说这种话呢！人家也是给国家生产，到了难处啦！咱们不该伸手拉人家一把吗？

王　娟　（不好意思了）我寻思这正竞赛时候，他们都快撵上咱们啦！

刘莲英　多咱也不能有这种坏思想。（温和地）这回想让你过去，你看行不？

王　娟　（意外地）怎么？让我去？

刘莲英　你是个团员，技术也高，你去可以起点作用。你自己也叨咕过，你姐姐搁那班，老这么抻着也挺不方便的。这回就能一块儿做活啦！

王　娟　（不愿意地）我姐姐将来可以调到咱们这班来嘛，咱们这小组刚搞得挺带劲的，上那班去干啥。

刘莲英　这不是光照顾你个人，主要是人家那边没人，要完不成任务啦，这是工作需要。……

王　娟　那我也不去……（有些眼泪汪汪地）咱姐俩搁这屋住一年多了，处得这么好，我舍不得离开你。

刘莲英　这怕什么，这也不是远走，也没出一个车间，咱们天天还可以见面嘛！

王　娟　那也不如这么黑夜白日地在一块好哇。你比亲姐姐待我都好，这一年多你给我多少帮助哇。

刘莲英　工作需要，就不能顾虑咱们个人啦。再说以后我还过团的生活，咱俩也能在一个支部里。有什么问题还可以互相帮助。这时候咱们得多从工作上想一想啦。……

王　娟　（冷静些了）怎么？组织已经决定了是怎么的？

刘莲英　啊，张德玉和管理员说去啦，大概没什么问题啦！

王　娟　要是已经决定好调我啦，那我就没什么说的啦！

刘莲英　你看还有什么困难没有？

王　娟　我就是想你，只要你不能忘了我就行啦！

刘莲英　不要说孩子话啦，怎么能那样呢！

王　娟　对。反正我也不往远搬，我想你了，下了班就上这屋来看你。

刘莲英　好，那就这样吧！他一会儿告诉你就去吧！

王　娟　好吧！（又恢复了原来的高兴劲，掏出票）给你，电影票取来啦。

刘莲英　（接过来）……

王　娟　还有一个多钟头啦，一会儿他来了你们就去吧！

刘莲英　去什么，我还没和他说呢。

王　娟　（关心地）怎么？才你没和他约好吗？

刘莲英　没有。这事挺不好说的。

王　娟　（马上着急地）你看你，真是个玩意儿！票都买了你还害上臊啦！

刘莲英　他自己也不提，好像不愿意去。

王　娟　行啦！他才还问我你有没有事呢！一到礼拜六你就和人家谈工作，整得人家还敢提啦！（一望）哎！他来啦！这回我给你说。

刘莲英　（不好意思地忙制止）别别！王娟，我自己说。

〔张德玉上。

刘莲英　（关心地急问）怎么样？

张德玉　妥了。都和管理员说好啦。

刘莲英　你不是说让王娟去吗？

张德玉　（含混地）啊，情况都和他讲啦！他自己爱怎么调，就怎么调吧！

刘莲英　（高兴地）那就没什么问题啦。（对王娟）那你就准备吧！

王　娟　得多咱去呀？

张德玉　这都得管理员最后决定，详细情况我也不知道。

刘莲英　反正也出不去这一两天啦……

张德玉　（看了看表）唉，耽误这么半天，礼拜六来调人。

刘莲英　这也是赶巧啦！

王　娟　（口快地对张德玉）哎，你愿不愿意看电影？莲英姐要请客，你去不去？

张德玉　（高兴地忙应）是吗？

王　娟　（指刘莲英）你看，这不都打扮好了等着呢吗？

刘莲英　（害羞地）去你的！（对张德玉）他们都说今个片子好。我买了两张票，你不是没有什么事了吗？

张德玉　（赶忙地）没有，没有。我才也想和你说，寻思你不想去。（拿出电影票来）你看我也买了两张。

王　娟　（圆场地）这都有心，何苦憋着呢？（玩笑地）就剩一个来钟头啦。快走吧，慢慢走着，慢慢唠着，到那就差不多啦！

刘莲英　（不好意思地）你这个小死丫头。

张德玉　（看了看身上）你看！下了班就忙，还没换衣裳呢！我这就跑回宿舍换件衣裳。

刘莲英　不要着急。我先上厂子门外拐角上去等你。

张德玉　好，我马上就去。

〔二人高兴地往外走。

〔富管理员匆匆地上。

富管理员　（急拦住张德玉）老张，你才说的这个人不行啊！

张德玉　（不快地）你先回去吧，那事完了再谈。

富管理员　不行啊。主任告诉马上解决，来，再研究研究吧！

张德玉　真是，怎么这么麻烦呢！

刘莲英　（疑问地）还有什么事呀？

富管理员　调人那个事呗，（对张德玉）他不行啊！人家全车间都知道他，络纱慢、断头又多，还病病怏怏地直劲歇工，你说这怎么能行呢。

张德玉　你别夸大，他没像你说的那样坏。

刘莲英　（奇怪地）你说的是谁呀？

富管理员　谁？刘升呗！（对张德玉）主任告诉再重新研究研究。人家要完不成任务了，这回让调个好点的。

王　娟　怎么？又调刘升去啦？

刘莲英　（意外地对张德玉）你这是怎么啦？

富管理员　（忙问）你说什么？

刘莲英　没没，没什么。（忍住。对富管理员）你们谈吧。

富管理员　（对张德玉）你看换个别人吧！小于一走他们都剩些次手啦。主任说这么整影响人家任务哩！

张德玉　（决然地）除了他没有闲人啦！我再调不出别人来啦！

富管理员　怎么调不出！你们这么大个模范组，闭着眼睛摸一个也比他强啊，让他去也太不像话啦！

张德玉　你算扣上我们啦！别人不愿去，我能强迫吗？憋憋屈屈整一个去，到那不好好干，闹情绪怎么办哪？

王　娟　（欲说）……

刘莲英　你等等！

富管理员　你给打通打通思想。要不怎么办？（鼓起勇气）不要有本位主义啊！

张德玉　（极其不快地）什么本位主义？（赌气地）好啦！我调不动啦！组里那几个人都搁你心里呢！看谁好你自己随便挑吧！反正到月底完不成任务我不管。

富管理员　（忙缓和地）别火别火，这是主任说的。我是这班管理员，你们各组都整硬点我还不高兴吗？有好的我也是不愿意往外推。这是主任不答应，我说调不出来啦他不信！

张德玉　你不好好和他说着，现在任务都挺紧的，他也知道，他能不顾生产吗？

富管理员　他真不信。都直劲扣我。（为难地）咳，真叫我为难！管理员这个差使真是受夹板气。

张德玉　月底就剩这么几天了。小组好坏也有你的份，你自己酌量着办吧！

富管理员　（无奈地）好啦好啦！我再和主任说说看吧！

〔富管理员下。

刘莲英　（实在耐不住了）你这是怎么回事？怎么不让王娟去啦？

张德玉　我……我考虑了半天她不合适……

刘莲英　你没听管理员说吗，调刘升那样的不行。

张德玉　怎么不行？他不准太差。比他们那几个养成工还强呢！

刘莲英　强什么！你今个没看他晃晃悠悠的？落完纱就开花啦。看车的都直劲反映。人家任务也和咱们一样，都挺紧的，把他整去还得搭上个人帮助他，这不是给人家添麻烦吗？

张德玉　除了他也调不出别人来啦！……

刘莲英　怎么调不出别人，才不都说好了吗？咱们自己可以克服点。把王娟调出去！

张德玉　王娟她自己也不能愿意去！

刘莲英　我都给你谈好了她根本没什么问题。

王　娟　莲英姐才和我说了，组织要调我，我可以去。

张德玉　她去对咱们任务有影响！

刘莲英　我才不都和你说了吗？这我都可以想办法解决。

张德玉　王娟走了就完了。根本就没有什么办法。

刘莲英　怎么没有办法？可以叫孙淑芝下来顶王娟络纱，让刘升去看车。

张德玉　刘升看车也看不好，他不行。

刘莲英　让他跟着我，由我来负责帮助他。这样是有点困难，可是咱们组人手硬，想法克服克服很快就会好的。总比他们好办一些。

张德玉　（决然地）不行！王娟那样的不能去！

刘莲英　（不快地）你，你这是怎么的啦？

张德玉　（停了一下，严肃地）我跟你说实话吧！这回我不能接受你的意见，他们和咱们总分就差零点二啦，不能再把王娟这样硬手调走。

刘莲英　（意外地）你……这不对，你怎么有了这种坏思想？

张德玉　这不比平时，现在竞赛正搞到劲头上，咱们一定得考虑考虑这些。

刘莲英　我才都嘱咐你啦。竞赛时候更得注意这些事。现在车间都有了这种坏现象啦，咱们无论如何也不能让生产受损失。

张德玉　这不光我自己，好孩子没有往庙上舍的。哪个领导往外调人心里都有这小算盘！

刘莲英　支书讲过，这是错误！咱们是党员，不能跟着群众跑，你应当带头做个样子，把这坏规矩扭过来。

张德玉　那等以后再说吧！咱们小组破破烂烂刚搞起来，这回就得这样啦。

刘莲英　错的事咱们一回也不能干。你去和管理员说：你又决定调王娟去啦。

张德玉　我不能去说，有她这样的，才能搞好小组，我不能把骨干调走。

刘莲英　你去不去？

张德玉　我，我不能去。

刘莲英　（忍不住了）你要不去，我就替你去。（往外走）

张德玉　（不快地）你这不是要把咱们这么好的小组整翻个儿吗？这对你有什么好处呢？

刘莲英　我要帮助你改正错误，我不能睁眼看着你把事做错啦！

张德玉　我不需要你这么帮助。你这么整就是把我坑啦！

刘莲英　以后你就能明白。……（往外走）

张德玉　（大声喝止）莲英！

刘莲英　不行。（仍往外走）

张德玉　（冒火地）好，你这是成心整我啦，豁出这个小组长垮了，你去搞我吧。

刘莲英　（急忙停下）你——你这是说的什么话？

张德玉　（威胁地）你是党小组长，什么也不用说啦，我明白你啦！

刘莲英　（生气地）你——你怎么这样？

张德玉　行啦，个人有个人心思，你要这样就算啦！

刘莲英　（停在门口不动）……

〔富管理员急上。

富管理员　（对张德玉）主任找你去谈话。

张德玉　什么事？

富管理员　调人那个事要马上决定，他要亲自和你谈。

张德玉　好。（走到门口，对刘莲英）现在就决定啦！咱们小组好坏都攥到你手心啦，但凡有点心思你自己就考虑考虑办吧！我的话已经说绝啦！

〔张德玉和富管理员同下。

王　娟　（不安地）你看，都把他整激啦。

刘莲英　咳！他也有了这么种坏思想。

王　娟　这也难怪呀，他为了小组顾不得吃顾不得睡的，整天连上便所都带小跑，好容易搞成这个样子啦，他是怕再垮了，怎么能一下子就扭过来呀。

刘莲英　垮不垮，就在我们大家了。让它垮，它就得垮，不让它垮，就不能垮。他也这样做，那怎么能行呀，这不影响生产吗？

王　娟　这也不光他一个人，别人比他还厉害！丙班一组上回因为调人都和管理员直蹦高，他那种牛脾气你也知道，上来那个劲一条道跑到黑。你们这刚要出去玩玩，为这个事再闹翻了，多不好哇。

刘莲英　那咱们能亲眼看着把刘升推出去，耽误人家任务吗？

王　娟　也不见得能耽误他们，他也不准比咱们班那几个人次多少。

刘莲英　怎么，他不比他们组人次吗？真能行吗？

王　娟　我看能差不多，还能在乎这一个人啦。我不光舍不得你，也不愿意离开他，他把我从一个养成工培养到今天这样，走了也挺想他的，在他跟前还能提高技术，我也不去啦。等将来有机会把我姐姐调过来就完了。

〔刘莲英沉思不语。

〔老赵上。

老　赵　（焦急地）富管理员走啦？

王　娟　（带理不理地）嗯。

老　赵　你知道人给调出来没有？

王　娟　别问啦，搁我们组调啦！

老　赵　（一怔）怎么？搁你们组调啦？

王　娟　你老一个劲地来催什么呢？

老　赵　（失望地）咳！这真是天火烧冰窖——那么就好坏给对付一个吧。（无奈地）咳，小于怎么偏这个时候走呢？

刘莲英　（急问）你们人是不是不行？

老　赵　行还说啥啦，他这一走小组都顶少了半面子，除了几个养成工，剩下没几个人啦。（叹气地）咳，现在说啥也不赶趟了。

刘莲英　（不然地）你等着！（站起来，昂然地向门走去）

王　娟　（急问）你还上哪儿去？

刘莲英　上主任那儿，重新研究这个问题。

王　娟　别，你怎么还惹这份麻烦呢？

刘莲英　不管怎的也不能这么看着人家困难不管。（大步向外走去）

王　娟　（忙喊）莲英姐，莲英姐！不行！不行！

〔刘莲英下。

老　赵　（不解地）她去研究什么？

王　娟　（不快地）研究什么？给你们调人去啦。

老　赵　你别瞎扯啦，党组长她还管行政事？

王　娟　不管能行吗？又没人啦，又着急啦，紧着发牢骚。

老　赵　什么发牢骚？咱们两组就差零点二了，调到你们名下啦。不明摆着完了吗？

王　娟　什么明摆着，暗摆着的，胡猜什么？

老　赵　怎么胡猜？这不是明理吗？战场不让父嘛，竞赛时候谁能顾谁？（询问地）你们组到底给调谁去呀？

王　娟　（赌气地）我，我去。……

老　赵　你别逗我啦，我们高攀不上。

王　娟　行啦，缺人时候来找我们来了，一交班时候就抢纱底。

老　赵　你别乱说呀！我们多咱都是按着钟点络纱。全车间就数我们纱型留得好。……

王　娟　（不耐烦地）行啦，你别磨叽啦，该干啥干啥去吧！

老　赵　（不解地）这怎么还撵上啦，搁你们这班调人还不兴来问问吗？

王　娟　（发泄地）你一点眼力见儿没有？咋单这时候来问呢？

老　赵　你看，你也没事先告诉我一声多咱来呀。

王　娟　（着急地）咳，这怎么整！一会儿还不得闹翻了哇！

老　赵　（越弄越糊涂）你说的这是什么哪？

王　娟　别问啦，你快上主任那去谈吧。

老　赵　他让搁你们班调，我还上他那去干啥？你们不给我人，我哪儿也不去。（索性坐下）

王　娟　（往外一望，焦急地）哎呀，络纱长来啦。糟啦，这怎么办哪！

〔稍停。张德玉怒气冲冲地急上。

张德玉　（不是好声地对王娟）王娟，你准备上乙班吧！

王　娟　（不安地）你……你看见她了是怎么的？

张德玉　（愤愤地）还问什么！你们都是一条线上的。

老　赵　（急问）我们组调人那个事……

张德玉　妥了，这回给你们调个呱呱叫的。

老　赵　（不相信地）你别扯啦，我们不敢希望。……

张德玉　（不耐烦地）行啦！这回你们把红旗整到手啦，快走吧！

老　赵　好，好，那我去问问主任。

〔老赵下。

王　娟　她到那儿怎么说的？

张德玉　行啦，（愤然地）这一下子整得苦呀，真是一点情面都不留哇，自己还觉着挺好，平常拼命接受意见，到这“啃劲”上可真看出人情厚薄来啦！

王　娟　（不安地）你别这么说，我——我已经不想去啦。

张德玉　行啦，你翅膀长硬啦，技术也会啦，组织调你，你就去吧！

王　娟　你——你这是什么话，我怎么惹着你啦？

张德玉　你们都没惹着我，小组是我个人的，是我惹着你们啦！（望着车间方向）你真是个好样的。为了你自己的工作就不管别人啦！（叹气地）咳！我不吃饭不饿，不睡觉不困，多少心血，多少汗，辛辛苦苦整起来啦，一下子就给我折腾啦。明天十二台再出一台坏纱，什么都利索啦。……我这个组长还有个什么干头哇！（由兜内拿出票来）我还花这冤枉钱干啥。（一把撕碎）

王　娟　（忙去拦）你——你这是干什么？一会儿还得看。

张德玉　这么整我，还看什么？我不挨这份逗啦。（懊悔地）傻呵呵地整了半年多呀，自己老觉着不错，寻思这回可找到一个能互相了解、互相帮助的人。谁了解你呀！谁帮助你呀！真是拿心都换不出心来呀！

王　娟　（受不了啦）你——你别这样冤枉她！她不是那样人。我不去就是了。

张德玉　你去吧！别让人家整到大会上扣我思想啦！以后落完纱上吸烟室去抽根烟，能完成任务就行啦！啥也不扯啦，去它的吧。（拿起毛线）你告诉她，我已经求着人织啦！

王　娟　（忙上去抢）你别，她就要给你织啦。

张德玉　我求的不是这种人，没有刘莲英我冻不死。你和她说我姓张的在别处还有人缘，能找着人织。（往外走）

王　娟　（上去拦）你来，我给你们解释解释。

张德玉　（一甩袖子）去！以后我再也不上这扯这个来啦！

〔张德玉急下。

王　娟　（跑到门口）络纱长，络纱长！

〔没应声。

王　娟　（焦急地走回来）这——这是怎么回事呀！主任怄他啦是怎么的？莲英姐也是，明知他对小组那么大劲，一下子扭不过来，还偏找这份麻烦。（没有主张地埋怨起来）这——这都怨我，都是搁我身上引起来的，偏这时候调我干啥？怎么想起调我来呢！（又望见地下撕的票）张罗了这么老半天，电影也没看成。这么长时间的关系怎么闹成这个样子了？（非常不安地）莲英姐这上哪儿去了？她回来我咋和她说呀？她该多伤心啦？（越想越没主张，难过地趴在桌子上哭起来）

〔稍静。刘莲英拿一副钢针上。

刘莲英　（见王娟，走过去。充满友爱地抚摸着）你怎么的啦？

王　娟　（抬起头来，拿手绢擦着泪）没……没怎的。你怎么才回来？（更觉得委屈，放声大哭起来）

刘莲英　真是小孩子脾气，（给王娟擦眼泪）好了，别哭了。

王　娟　你怎么回来这么晚？

刘莲英　（缓和地）问题处理完了，我上门口合作社买了副钢针。你知道了吧，这回调你去啦。……

王　娟　你和主任怎么说的？

刘莲英　我没说什么，看我刚一进屋，络纱长自己就主动提出来，他才没来和你说吗？

王　娟　说呢？他都火了，脸气得都不是色啦。

刘莲英　那大概是才争论那个劲还没过去，一会儿就会好啦。

王　娟　还好啥，他把毛线都拿走啦。

刘莲英　（意外地）怎么，毛线拿走啦？

王　娟　（指地下）你看，他买的电影票也撕啦。

刘莲英　这——这是真的？（突然的刺激，使她呆住了）他怎么能这样做呢？（拖着沉重的步子慢慢地向床走去，随手把钢针放下）

王　娟　（忙安慰）莲英姐，你别难过。

刘莲英　（气愤地）我——我不难过，想不到他是这么一种人哪！（恨怨地）咳！

王　娟　你不去就好了，这都怨我，这都怨我不应该同意去！

刘莲英　（马上清醒过来，严肃地）不，你应该去，他做的是影响生产的事，咱们没有错。（启发地）竞赛一定要互相帮助，团里没有贯彻过吗？

王　娟　贯彻是贯彻啦，可是这是他……你们俩……

刘莲英　那不是没有什么是非黑白了吗？党告诉的话，不管有什么困难都应该做。（深情地）王娟，咱们是在组织的人哪！

王　娟　（猛然地）莲英姐，我懂了。（忙擦干泪）你做得对，我真是个毛孩子。这一年多，我在你身上明白的东西太多了，我真愿意永远和你在一块儿。

刘莲英　（空气和缓下来）那你就好好地准备上乙班去吧！

王　娟　（决然地）好，我这就去找他们络纱长，今天晚上就上夜班。

刘莲英　不，用不着那样急。刚下了早班也太累啦，连班不行。

王　娟　你都能这样做，我这算了什么啦？

刘莲英　（关心地）你不想去看电影吗？你都换了衣裳啦，你去看电影吧！去看吧！

王　娟　（又想起）可是你们呢？你们俩张罗了半天也没看成，到底怎么办呢？

刘莲英　（刚强地）我没什么，我这都惯了。（忙拿出票来）给你，你到别的屋看看，还有没上街的没有，把票给他们，你搭个伴一块儿去看吧！

王　娟　那你们这关系这么完了也不行啊！

刘莲英　他这么不得人心，不愿意人家帮助他就算了，那有什么办法！

王　娟　那都处了这么长时间了，一下子断了多揪心哪！

刘莲英　（刚强地）没什么。人一辈子总能碰到些揪心事的。过过就好了。

王　娟　不，这么没头没尾完了哪行，他也不能老这么想不开，他气性大，认错也快，也许都寻思过味来啦。（想了一下）再不我上男宿舍给你找找去吧？

刘莲英　（赌气地）不用，我没有什么对不起他的地方，他这样做是不想保持这种正确关系了，我没有话和他讲。……

王　娟　不，我这么看着心里实在难受，我一定给你们说说，现在不去说，明天也得去说。

刘莲英　（急于结束）对，以后看看情形再说吧，你快去看电影去吧。

王　娟　我也不去看啦，我上乙班去看看。（往外走，但走到门口又转回来，关心地）莲英姐，你可不许难过啊！等会儿我就回来，完了我领你上我表姐家去玩玩。

刘莲英　好。你走吧！

〔王娟下。

刘莲英　（拿起电影票出神地望着，思索着。稍停，痛苦地）咳，做点工作吧，把小组计划写一写吧！（走到桌前，操起纸笔，努力控制着精神写起来，但零乱的心情无法平静。稍停，咳了一声，伏在桌子上）

〔门外敲门声。

刘莲英　（忙直起身来，理了理头发）请进来！

〔门开。张德玉挟着个用上衣包成的包出现在门口。

刘莲英　（一怔）是你！

张德玉　（停在那往屋里巡视）

刘莲英　（见手中包，高兴地）你怎么拿回来了？

张德玉　我……我是来找王娟……

刘莲英　（忙上去接）行啦，想通了就行啦！你看人家把钢针都买来了。

张德玉　我……我求不起。

刘莲英　怎么，这么半天了你还没有消气吗？

张德玉　我消什么气！

刘莲英　（把包放在床上，严肃地）你说说，到底我有什么不对的地方惹得你这样呢？

张德玉　这，你，你自己知道。

刘莲英　我知道，就是为了调人那个事，这不是你自己和主任说的吗？

张德玉　有你我敢不说吗？

刘莲英　那就是你自己觉着有不对的地方，我让你这么做难道还有什么不对吗？

张德玉　对对！你对还不行吗？

刘莲英　你应该想想我这是为了什么。我也知道我们小组完全有希望得模范组了。王娟不光是我们组的骨干，还是我这些年来最亲的姊妹，她走了对我个人只有坏处没有好处，我是那样地舍不得她，可是人家急着用人我们怎么办呢？你不是常常说一个党员什么事都得先从工作上考虑吗？

张德玉　行啦！你不要再拿这话敲打我啦！

刘莲英　你好好想一想是能明白的。咱们也是在调人上吃过亏的人，五二年原棉不好，正难纺的时候，丙班一连给咱们调来两个养成工，整得我们三个月没有完成任务，我记得你当时也气得直劲骂，咱们吃过这苦啦，就不该再给人家啦！现在这一竞赛已经有许多络纱长为了得红旗不管别人，做出些不团结的事啦！你能在这方面带头做个样子，该多好哇？这不是帮助你吗？

张德玉　这不是帮助，我不需要这种帮助。

刘莲英　那你需要什么呢？难道你愿意谁看谁办错了事也不管吗？这对咱们有什么好处呢？

张德玉　我告诉你，我没有办错什么事，你不要老这么一个劲儿地整我。

刘莲英　（一怔）你说什么？

张德玉　你要老讲这些道理，永远也谈不通，你应该实际想一想，我这到底是怎么回事？

刘莲英　（气愤地）你还有什么事？这么半天啦，你还没认识你自己的错误。

张德玉　这不是什么错误，是你硬要这么说，咱们小组原先什么样？现在什么样你都看见了，费了多少心血，流了多少汗把它搞起来，应该让它在全车间说得上数得着，不能让它再垮了，这不是见不得人的事……（又愤恨地）可是你，你就硬逼着整散花啦，你……

刘莲英　（忙打断）行啦，你不要再说你那些理由……我还寻思你一时想不通，蒙住了。想不到你思想已经这么成问题，你完全变样啦！……

张德玉　我思想没有问题，我原先什么样现在还是什么样……

刘莲英　你和原先不一样啦！竞赛一开始的时候党告诉的那些话你都忘了。现在车间的这些坏现象你看不见吗？为了抢个好纱底让下一班关了车子络纱，交接班为了点皮辊花吵得脸红脖子粗，班和班不团结，组跟组有意见，生产受了多大影响啊？今年和往年也不一样啦！总路线都学过啦，现在生产为什么，你不是不知道，这一碰到实际问题，动真相啦，你就变成这样啦！

张德玉　你不要拿这话扣我，对待国家我问心无愧，会吃饭我就自己找东西吃，橡子面掺豆饼把我喂大的。我懂得社会主义对我有什么好处，干活的时候，我没藏过一点奸，没叫过一声苦。为了找个窍门给国家多出一件纱，多少个晚上我睡不着觉。为了社会主义，到必要的时候，可以牺牲我自己……

刘莲英　可是这件事情上你已经不是这样啦，调走一个人就觉得这么委屈，翻来覆去闹腾，你不想想咱们车间里有多少小组，人家都完不成任务，你的小组还有什么用，支书一再说，全厂就像架机器一样，有一个地方不动也不行，大家都完成任务，才算我们真正地完成了任务，才有社会主义。现在你已经是不管不顾的，求你个人的好处啦！

张德玉　我这不是为我个人，小组生产的纱不是我自己扛家去，小组搞好了对国家也有好处，这也是为了国家！……

刘莲英　你这么不管别人的困难这么闹，已经不是什么为国家啦！我告诉你，你这纯粹是为了你个人，支书讲过，这就是个人主义。……

张德玉　（一怔）什么？

刘莲英　到这时候啦，再不指出来就把你坑啦！你这表面上是一心一意为小组，实际上是想把红旗整到手，你个人当个模范组长，开会往前边一坐，走到哪里都有人夸你，能达到目的你就可以骄傲，达不到目的了你就这么又作又闹的啦。

张德玉　（又气又羞）你，你不要给我扣帽子，我没有这种思想……

刘莲英　不愿听不听好了，这就是你的真实思想，这种思想支使得你什么好话都听不进去啦！你不再想想在生产上那么能干，有多少人要向你学习，现在你完全辜负了党对你的希望，钻到个人小圈子里，成了个自私自利的人啦！……

张德玉　（无话可说地）你。你就整吧！我明白你的居心……

刘莲英　你明白什么，你根本就不认识真假人！（充满感情地）去年我有病住院的时候，你上医院去看我，那咱我情绪不好，正想家。由于你一天一趟往那儿跑，耐心地帮助我，我很快出了院，高高兴兴地上了班，不久就转党了。从那时候，我懂得了能帮助思想进步的人，才是最亲近的人……从那以后，（一停）以后我对你怎么样你不是不知道。我一心希望，这种关系能保持一辈子，以后你哪回给我提意见，我都高高兴兴地接受，很快地改正。同时也这样批评你、关心你。听说你工作遇到困难，我躺在被窝里半宿半宿睡不着，恨不得一下子想出个高招来帮助你解决了。我一心想着咱们能共同进步都成为最能完成党的任务的人。这半年多我觉着我们的思想是都提高了。虽然谁也没有说，实际上我们的感情是比以前更深了。特别当我看到那些互相不了解的同志结了婚，天天抱抱孩子，研究研究吃喝，谁对谁的思想也不关心，慢慢都落后了，两人也不和了，我更觉着自己这条路是走对啦。我还想得那么好，想得那么多，我还写信告诉给我妈，她才还来信，（又止住）我寻思这种关系什么也打不破了，谁想到今天帮助帮助你，叫你能始终当个好组长，你就闹得天翻地覆，把我当成了仇人。你就这么不得人心，完全不像个样子啦！闹得我自己都信不着我自己啦。

张德玉　我，我相信你这是真心话……可是你今天整得我实在憋屈，这件事情上我不能明白你……

刘莲英　到了这个时候了，也不指望对我有什么明白。我个人好坏，你可以随便猜疑。可是这件事情你的确是错了。现在你要马上承认你自己的错误，老老实实地向党去检讨。……

张德玉　我……我不用检讨……我没像你说的那么坏……

刘莲英　（气愤地）你怎么这么顽固？你还想不想认识你自己的错误啦？！

张德玉　不，不是不想认识，咱们还有那么个糟心的十二台，条件实在是不好……这真是不得已……

刘莲英　（严正地）不管怎么的，党也不允许你有这种错误思想。

张德玉　（理亏地）这又不光是我自己，你看别人……

刘莲英　（大声地打断他的话）你，你还是不是一个党员啦？

张德玉　（无话可说地）你，真是，咳！

刘莲英　你要这样，那好，那就没什么可谈的啦！（一下把铜针折了）你，你爱怎么，就怎么的吧！

张德玉　（一惊）你，怎么？

刘莲英　我刘莲英要做一个好党员，不能和你这种人在一起迁就。

〔张德玉呆呆地停在那里。

〔老赵上。

老　赵　（走向张德玉，激动地）老张！我！我真想不到……

张德玉　（不解地）什么？

老　赵　我不能做的事情，你做了。你把王娟调给我们，给我们那么好的人……

〔张德玉不语。

老　赵　你给大家做了个榜样，党号召过让我们团结，我们都应该这样做，你真是走到我前边啦。（拿出一张纸来）给你，这是掌握十二台纱型的方法。

张德玉　（意外地）怎么？十二台纱型？

老　赵　这台机器毛病在哪儿，全车间就我知道。可是以前我没想告诉你。（非常诚恳地）我吃棉花瓤子比你多吃几年，这是我在工作中摸出这么点经验。你按着这上写的方法，倒纱板、牙子，你就不用老站那看着啦！以后永远也不能出坏纱了。

〔张德玉难过地接过来。

老　赵　（又掏出一封信来）这是我们乙班二组才写的挑战信，我们保证以后学习你们这种先进思想，互相帮助，互相团结，把竞赛正确地搞起来。

〔张德玉慢慢接过来递给刘莲英。

〔刘莲英把信放在桌子上。

〔王娟兴奋地跑上。

王　娟　（边跑边喊）莲英姐！莲英姐！（见张德玉）怎么你又回来啦！你快去看看吧！咱们组受表扬啦！

张德玉　（不解地）表扬什么？

王　娟　黑板报上用这么大字写着："甲班二组在竞赛期间发挥集体主义精神；调优秀络纱工，支援兄弟班。"（指窗外）车间门口围那么一大帮人搁那看呢……

张德玉　咳！（低下了头）

王　娟　（对张德玉）你自己好好想想吧！（转对刘莲英）莲英姐！你能给咱们组争来这种光荣……（激动地）我，我永远要记着你。

刘莲英　咱们这是按着党的话，做了一点事情。以后大家多听党的话就是啦。

老　赵　老张！你接我们的纱底也有问题。往后你就看着吧！

〔张德玉转过脸去，用手绢擦了擦眼睛。

王　娟　（对老赵）我看今天晚上我还是上班得啦！

老　赵　不用。你刚下了早班，太累了。今天我们想法克服一下，礼拜一再说吧！（对张德玉）那我走啦！（又紧紧与张德玉握了一下手。

〔老赵下。

王　娟　（对刘莲英，关心地）你们方才……

刘莲英　（摇摇头）没什么……

王　娟　（想了一下）啊！那我上乙班去看看。（忙喊）老赵，老赵！等我一会儿。

〔王娟跑下。

〔刘莲英脱下准备上街的衣服，换了件工作服向外走去。

张德玉　（忙跟上，温和地）你上哪儿去？

刘莲英　上党支部……

张德玉　是不是谈我的问题？不用你去，我自己会去检讨。……

刘莲英　谈你干什么，我研究怎么帮助刘升……

张德玉　那咱俩一块儿去……

刘莲英　（闪开）你先去吧！我后天再去。

张德玉　（懊悔地）莲英同志！是我要掉到泥坑的时候你拉了我一把。我现在完全明白啦。

刘莲英　明白了，以后就不要再犯啦！

张德玉　我已经真正了解你啦！我愿意永远接受你这种帮助。

刘莲英　如果以后需要我，我当然要帮助。

张德玉　你费了半年多心血帮助我，就不能再保持这种关系了吗?

刘莲英　（赌气地）现在不要再提这个啦！这是你自己闹的，我没有什么办法啦。

张德玉　（拿起毛线真诚地）刘莲英同志，我张德玉还是个共产党员，我知道怎样来对待自己的错误。你只要不出这个厂子，总还能看见。（最后望了刘莲英一眼，向外走去）

〔张德玉大步走下。

刘莲英　（望着他的背影，出神半晌）我……我不应该再这样对待他。他是认识了错误，就坚决改正的人……（拾起地上的钢针）这已经弯了，（一停）那就再想法直过来吧！（急向外跑去，刚到门口）

〔王娟推张德玉上。

王　娟　走什么！看完电影再去检讨！

刘莲英　你拿来，我再给你织！（把毛线接过，无限深情地看了张德玉一眼）

——幕　落

1955年5月26日改于北京

《刘莲英》初刊《辽宁文艺》1954年第5期，

《人民文学》1955年3月号转载，《剧本》1955年7月号发表修改稿。

选自《剧本》发表的修改稿

荣获“《剧本》1954年、1955年独幕剧征稿得奖剧本”一等奖

家务事

（独幕话剧）

陈桂珍

人　物：孙玉林——二十九岁，工会主席，党员。

吴玉珍——二十七岁，孙玉林的爱人，家庭妇女。

李树方——二十四岁，男，先进工人。

王玉兰——二十三岁，工会家属委员，李树方的爱人。

孙大娘——五十八岁，孙玉林的母亲。

小　宝——九岁，学生。

冯大嫂——三十岁，家庭妇女。

吴玉琴——十九岁，吴玉珍的妹妹，俱乐部广播员。

时　间：1954 年秋。

地　点：东北某城。

布　景：舞台右半面是室内，左半面是室外。室内摆着简单的家具，右门通厨房和孙母的卧室，左门通院外。正中是两扇高大的窗户，可看见工厂的远景。室外有栏杆、花草、桌椅、路灯等。

幕　启：孙玉林在写总结，边写边找材料；吴玉珍在厨房做饭；孩子二宝在一个带有栏杆的小床上哭着。……

孙玉林　（被孩子这种哭声闹得实在难忍下去了，挠了挠头，放下笔）咳，真够呛！这怎么能写下去呢？（向着床上看了看）哭，哭，一天到晚老哭……（无法，只好走到小床旁，用手摇着二宝的枕头）……噢……噢……别哭了，你妈妈一会儿就来了，噢……（但由于他缺乏带孩子的经验，孩子还是照样地哭着，他又拿起个玩具来——一只毛茸茸的小狗）看，这个小狗要跑了，瞧，汪汪汪，汪汪汪，你若再哭，它就咬你啦。孩子还在哭。

孙玉林　你这还有没有完了？你再哭我就……咳！真够呛！再哭，我不管你了。（威胁地）让你老在这里哭……

〔由厨房门走上一个二十余岁的妇女，腰扎个围裙，两手沾着白面，她就是孙玉林的爱人——吴玉珍。

吴玉珍　你呀！真……说你个什么好，瘸子打围，坐山喊，你就不好伸伸手，抱抱他？那还累着你啦？

孙玉林　你真会说轻巧话，我这总结还八字没有一撇呢！还有工夫抱他？你先哄哄他吧，完了再去做饭。

吴玉珍　你没看我这正和面吗？能放下手吗？让你干点什么活都这么费劲……（看了一下，还是走到床边，抱起孩子来）来，跟你爹玩一玩，妈给你们做饺子吃。（将孩子放到孙玉林的怀里）将就点吧，咱们的大干部，（玩笑地）在家还不得起个带头作用哇！（说着进厨房）

孙玉林　（抱着孩子）真够呛！（走到桌子前，看了看自己没写完的总结）我这一点头绪还没弄出来呢，还有工夫抱你？（向厨

房看了看，玩笑地）还是到你妈那里去吧，你们娘俩一块儿和面还快点。（刚走到厨房门口，遇吴玉珍）

〔吴玉珍上。

吴玉珍　（不满地）你看你还把他往厨房抱，厨房像蒸笼似的……敢情是你不嫌热……

孙玉林　再不，送他到奶奶那床上躺着，反正掉不下来……（说着抱孩子下）

吴玉珍　让你干点活呀，那简直比干什么都费劲……

〔孙玉林上。

孙玉林　（满意地）看，怎么样，不哭了吧，什么事你都得想办法，找窍门。

吴玉珍　（稍稍满意）你反正就知道躲清静。（说着走进厨房）

孙玉林　（回到桌旁拿起总结来，叨叨念念地）躲清静？哼，我这一大堆总结你看看！像你呢，一天就那么点事，除了锅台，就是当院；而我……那么大个工会……稍微有点疏忽，就出问题，再说生产事又那么忙……

〔真不凑巧，孩子又哭起来，比以前哭得还厉害。

〔吴玉珍生气地走进去，把孩子抱上。

吴玉珍　你看，把孩子哭得……（给孩子擦眼睛）你抱抱他就不行，可倒好，回家啥事也不管，油瓶倒了都不扶……

孙玉林　（无可奈何地接过孩子）你看谁家男人一天老抱孩子的？

吴玉珍　那这孩子是我一个人的呀？

孙玉林　行了，别瞎叨咕了，我看孩子是该睡了。

吴玉珍　敢情是哭乏了嘛，还不睡？这下你可省心了。省得耽误你的大事。

孙玉林　那当然啰，工作的事就是重要嘛！就拿我们工会来说，那简直是……

吴玉珍　又吵吵上了，你要把他弄醒了，还得你哄。

孙玉林　行了，行了！快去做饭吧。

〔吴玉珍下。

孙玉林　（拖着孩子自言自语地）咳，弄你们这些玩意儿有什么用，这一早晨时间都让你耽误了，若不，我能干多少事。生产、建设，哪一个人都得像两个人一样才行………（对孩子）你可倒好，一天哭哇、闹哇，什么都不管，就知道吃点、喝点、闹点，完了还得让人抱着……若老这么抱着你，那我工作还干不干？社会主义建设还搞不搞？嗯，小家伙，你呀，就是纯粹的自私的脑袋，好了，在这好好睡吧，可不兴再闹了。

〔把孩子放在床，轻轻地回到桌旁，准备写总结。稍停，把总结拿起来看一看，很不满意地摇摇头。

〔外面敲门声。

〔李树方声："孙主席在家没有？"

孙玉林　（站起）在家，谁呀？进来吧！

〔李树方进来。

孙玉林　噢，还是你呀，小李子，快坐下吧。

李树方　（亲热地）咱们孙主席还忙什么哪？

孙玉林　写个家属工作总结，哎，真挠头，过去写什么总结也没有这么费劲；这回可倒好，写了一早晨，也没有整出个子丑寅卯来。孩子还跟着闹，他妈还跟着吵……

李树方　若我说哇，这就怨咱过去没有把家属工作做好。

孙玉林　（不在意地）哼，那有啥做的，破瓶子、烂罐子，鸡毛蒜皮的没个完。

李树方　（不大同意地）别看不起这些事，弄不好，一样影响生产。

孙玉林　（笑）话是这么说呀，可家庭妇女还不是看看孩子，做做饭，缝缝补补，扫扫院……

李树方　那……这么说，家庭妇女就不重要了呗？

孙玉林　小李子，你小子真能钻空子！我是说家庭事不如工作事重要。你看我们到处都喊建设社会主义，谁听喊建设家庭事？小伙子，生产、建设，这是头等的、重要的东西，别的呀……那都把它往后放一放。做工作，你得学会找关键、找重点，眉毛、胡子一把抓，那多会也得落在后头！

李树方　那倒是呀，孙主席在领导生产上那真是没比的，狗撵鸭子呱呱叫……

孙玉林　（立刻有了精神）搞生产、搞工作，那你就是让我几天几宿不睡觉、不吃饭，那我也干，干着也分外舒心、有劲，可……若要让我管管家庭这摊子事啊……那真……那简直比扎我一锥子还难受……妇女的事，老娘们的事，那根本就是……行了，咱们不唠这些了，你今天来找我必是有事吧？

李树方　（不解其意地）哎，不是你找我来的吗？

孙玉林　什么我找你？没有哇！

李树方　看咱们大主席记性不好，忘性可倒不坏。（从兜中掏出个纸条）看看吧，这不是你写的吗？让小刘捎给我，让我在今日早上……

孙玉林　（接过纸条一看，马上笑起来）哎呀，我这脑袋……可真……太坏了，太坏了。（说把纸条夹在材料本里）我是想找你谈一下这么个事：这个月你们组生产让八组撵过了，是不是情绪上不大好？

李树方　没有的事！我们小组现在正研究再改进几件工具哪，哪有闲情绪的！

孙玉林　那太好了，第七组是咱们厂里先进小组，你又是这个组的组长，小伙子，你得要格外加劲哟，若不，那可就要扯猫尾巴了。

李树方　（不服气地）你放心，咱们大主席，这个月若再让八组撵过去呀，我说……（这时厨房扑通一声，好像一个东西掉下来，接着便传来“哎哟！哎哟！”的声音，孙玉林、李树方

二人惊起，吴玉珍手捂着脚走出来）

吴玉珍　（显然是很疼）哎哟，哎哟……

李树方　这是怎么的了？大嫂！

吴玉珍　（坐在椅子上，揉着脚）哎哟……炉子上掉块砖，正砸脚上…（看了孙玉林一下）我说了多少遍了，炉子快散架子了，让你写个条，请房产股来人修理修理，可你总不在意。

孙玉林　别肚子疼埋怨灶王爷了！再不说你笨，大活人叫块死砖给打了？

吴玉珍　还说人家笨呢，跟你说了多少回了，请人修理炉子，可你就没放在心上。

孙玉林　这么点事，也得我去说，你就不能去一下？

吴玉珍　房产股这么远，我还得特意去；你下班从房产股路过，到那说一声就不行？人家男人下班都能帮家干点活，抱抱孩子，扫扫当院；你可倒好，白天忙，黑天忙，星期天也是忙，也不知你一天尽忙啥？

孙玉林　你说我尽忙啥？忙生产，忙工作。你一天光知道家里长、家里短的，你就没看见全国为了建设社会主义忙成什么样！只有你，老围着小家庭打圈子，一点也看不到社会远景……真是死落后！

吴玉珍　我落后，就你进步！

李树方　大嫂别生气了，快看看脚打得怎么样了。

吴玉珍　（刚强地站起来）不要紧，好啦。哼，就你一个人进步就到社会主义了？

孙玉林　小李子，你看见没有，就这样横不讲理。

李树方　还是你对她帮助不够。

孙玉林　你可别说了。那脑袋像个木头似的，什么东西能钻进去？

李树方　慢慢帮助嘛，天长日久自然就会钻进去了。

孙玉林　说实在的，小李，家务事真是伤脑筋，柴米油盐乱呛呛，一天得把你都折磨死了。要不，我就抱这个主意：好，我在家待一会儿；不好，我就抬脚一走，上哪儿玩玩去，不比在家待着强？

李树方　你提起玩，我想起来了，昨天咱们那个联欢晚会搞得还真不坏呢！

孙玉林　这样晚会，一个月搞一次还行啊。

吴玉珍　你们没事，还能参加个晚会，轮到我们这儿，就什么都不行了。

李树方　怎么不行呢？昨晚上那个晚会，不也有不少家属参加，你也可以去呀。

吴玉珍　我一天老在家里待着，上哪儿能知道你们什么时候有晚会？

李树方　孙主席回家没有告诉你吗？

吴玉珍　（讽刺地）想必是告诉了，也许我没有听见。

李树方　（向孙玉林）哎，你昨天通知工友，不都让带老婆去参加会吗？怎么不告诉大嫂一声？

孙玉林　（支吾地）我……我总结还写不过来呢，还有工夫顾这个！

李树方　今天俱乐部还有电影，是匈牙利片，叫什么……啊……叫《卡塔琳的婚姻》，内容很好，你去看吧。

吴玉珍　几点钟开演？我真得去看看。

李树方　六点钟开演，你去吧，让孙主席给抱孩子。我得回去了，还有事呢。

吴玉珍　忙什么？小李子，有时间来呀。

〔李树方下。

〔吴玉珍进里屋，孙玉林整理着材料。片刻，吴玉珍由屋里出来。

吴玉珍　（整理着围裙）今天早点吃完饭，我上俱乐部去看电影去。

孙玉林　电影还没有看过，有啥看头？

吴玉珍　俱乐部也是人去的地方，兴你去，就不兴我们去？

孙玉林　你抱着孩子多麻烦，大热的天，人又那么多……

吴玉珍　别拿孩子当借口了。冬天怕孩子冷，夏天怕孩子热，有了孩子就算遭罪了。兴你们满山放火，就不兴人家屋里点灯！孙玉林你这话说的！咱们是工作性质不同哇！

孙玉林　你们家庭妇女，就应该管好家务，看好孩子，这是你的任务。

吴玉珍　这个家就是我一个人的家呀？你就没有一点责任了，是不？

孙玉林　算了，算了。和你讲不出什么名堂来，吃饭吧。

〔吴玉珍走进里屋，端出来饭菜，摆在桌上。孙玉林把写完的材料放进兜里，吴玉珍注视一下材料，二人吃起饭来。

〔稍停。

孙玉林　你怎么不叫妈来吃饭哪？

吴玉珍　谁知道妈上哪儿去了，一早起来就走了。

孙玉林　大概又去捡煤核去了，我告诉你多少回，别叫妈去捡煤核，她不是腰疼吗？

吴玉珍　谁让她去的！她自己乐意去嘛。

〔这时王玉兰走上来。

王玉兰　（在院中）吴玉珍，吴玉珍！

吴玉珍　谁呀？（开开门）哦，玉兰哪，有事吗？

王玉兰　今天下午一点在俱乐部开全体妇女大会。

吴玉珍　什么大事还要开全体会？

王玉兰　听报告。你一定得去呀，可别像上回那样说去没有去。

吴玉珍　行，我准去。

〔王玉兰下，吴玉珍走进屋来。

孙玉林　谁找你？

吴玉珍　代表呗，找我开会去。

孙玉林　对了！今天召开妇女全体大会，是管理局家属先进工作者来报告，你去听一听，跟人家学习学习。

吴玉珍　我才不去呢，她们那套，我早就明白。

孙玉林　你还没去呢，就明白了？告诉你，这个会你必须得去，不去不行，把衣服递给我。

吴玉珍　（由墙上拿下衣服，趁孙玉林没注意，偷偷地把总结材料从兜中拿出，放在枕头下，递衣）给你，一个礼拜天你又上哪儿去？家里一会儿也待不了。

孙玉林　外面工作都忙不过来，在家待着行吗？

吴玉珍　人家都有个星期礼拜的，就你这么忙？

孙玉林　算了，别叨叨起就没个完了。（下）

吴玉珍　（跟出，站在院中望了望）不用烦我，我早知道你……（看孙玉林已走远，急喊）小宝子，小宝子！

〔小宝跑上。

小　宝　妈叫我干啥呀？

吴玉珍　你跟着你爸爸，看他上哪里去！

小　宝　我爸爸也丢不了，跟着他干什么？

吴玉珍　叫你去你就去，好孩子，听妈的话，回来妈好给你买糖。

〔孙大娘拿着一大筐煤核走上。

小　宝　我奶奶回来了。（一边说着，一边跑下）

吴玉珍　我告诉你的事可别忘了。（看看孙大娘拿来的筐）哎呀，今天捡得可真不少！

孙大娘　今天人家煤核倒得多。

吴玉珍　那就快吃饭吧，吃完了饭再去多捡点。

孙大娘　这几天我腰疼得直不起来，我寻思……

吴玉珍　（不高兴地，但又装作平静）那就我去吧。

孙大娘　你哪能去！又看孩子，又做饭，这都忙不过来……

吴玉珍　行啊！我去吧，若不去捡，烧啥？拿钱买吧，钱又不充裕。要过好日子，就得大家多劳动点……

孙大娘　（已经看出吴玉珍的意思）……那就……还是我去吧。

吴玉珍　那就进屋吃饭吧。都在锅里热着呢。（把藏在枕头下的材料，拿出来细看了半天）我当是给谁写的情书呢，还是这么个东西。（把总结材料往桌里一扔，掉出来小李子那张纸条，拿起来念着）“李树方同志：明日早八点有要事和你商量，请你来一次为要。”（沉思）李树方是谁呢？好漂亮的名字！（这回认为有把握了）这回我看你还有啥说的！（把纸条放在兜里，穿上外衣，向厨房门说道）妈呀，吃完饭把碗刷一刷。扫扫地，再喂喂猪。完了，再把屋子收拾收拾，要检查卫生了；收拾屋的时候，听着点孩子，醒了抱抱他，别叫他哭。一会儿，你要愿意捡煤核就去捡去吧。我上合作社买点猪肉去，一会儿就回来。（说完走出门外）

〔小宝由大街跑上，抱住了吴玉珍腿。

小　宝　妈，你看那些孩子要打人。

吴玉珍　谁这么厉害？要打人，在哪儿呢？

小　宝　（用手一指）他们都在那儿呢。

吴玉珍　（声色俱厉地向外喊着）也太没王法了！谁让你们随便打人？

〔远处小孩声：“谁叫他把我们皮球给扔了？”

吴玉珍　（毫不让服地）横是你们招他了，要不，他能把你们球扔了？真是有娘养没娘教的！（对小宝）小宝，不用怕他们；再要打你的时候，你就拿石头往他的脑袋上擂，看他还敢不敢打你！

小　宝　那要是打坏了呢？

吴玉珍　打坏了不要紧，你比他们小，不能把你怎么的，去吧。

小　宝　妈，你上哪儿去？我也去！

吴玉珍　妈上合作社买东西去。你别去了，等一会儿妈回来给你买糖。

小　宝　好吧。（跑下）

〔冯大嫂笑咧咧地走来。

冯大嫂　哟，他大婶，你这是上哪儿去呀？

吴玉珍　哟，冯大嫂来了。我这是上合作社去，你不去呀？

冯大嫂　你等一会儿，我也去。你看我一天若不来一趟呀，就觉得好像掉点啥似的。你刚才又吵吵什么？

吴玉珍　别提了，咱们跟前这些孩子到一起就打架，我们这个小宝老受欺负。

冯大嫂　可不是咋的，我刚才就看见一帮孩子和你们家小宝吵嘴，没等我到跟前，小宝子就跑回来了。

吴玉珍　这是你亲眼看见的，若不，又好像我护孩子似的，咱们哪能跟他们一般见识！

冯大嫂　那可不是咋的。他孙大婶，你这个人多会儿都是开通，对人处事那真没比的！

吴玉珍　（笑得闭不上嘴）啊呀！我的冯大嫂，你可别奉承我了，我可真受不了。

冯大嫂　可是有些人哪，我可真看不惯，他们净背后说你的坏话。

吴玉珍　（惊）是吗？冯大嫂，他们都说我些什么？

冯大嫂　说倒没说啥呀，我不过说有这个意思。

吴玉珍　不对，你这话里有话。你跟我说怕什么？你还不知道我这个脾气……

冯大嫂　要说，好像我又扯闲话似的。代表开会不是说要加强小组团结，就得先取消串闲话吗？可我这也不是扯闲话呀，我这人就是“气不公”。看见不合理的事就要说，可他们就说我好扯闲话……

吴玉珍　看你倒快说呀，真都把人急死了。我能说你扯闲话咋的？快说吧！

冯大嫂　来，我告诉你。（耳语）

吴玉珍　（初表现吃惊，后又生气）啊！他们说我对待老人不好，这是谁说的？

冯大嫂　我不是跟你说过了吗，不要生气！你要是一闹起来，不又显着我……那多不好。

吴玉珍　不能。冯大嫂你是明白人，又常上我家来。你说说看我哪一点对老人不好？

冯大嫂　咱可没看到。要说对待老人哪，可真是百里挑一呀。

吴玉珍　那他们为什么说我对待老人不好？这要是传出去，有多不好听呀！

冯大嫂　你也别往心里去。老娘们吃饱了没啥事，就是嘴巴长，说东家道西家的呀，我可真看不惯。

吴玉珍　不管怎么说，我可不像他们似的，不分男女，又演剧又跳舞的；就拿上回王玉兰给小金子当老婆吧，要叫我可真是磨不开。

冯大嫂　演剧当老婆这还算小事呢，下台就完事了。你可没看见那跳舞呢，一个男的抱一个女的，就这样（扯吴玉珍过来学着）可地面转！

〔吴玉珍挣脱。

冯大嫂　还奏着乐，嘀嘀嗒嗒的，一会儿一个圈儿，一会儿一个弯儿的……

吴玉珍　看你还学那个怪样儿呢，真难为情死我了。哎，可你怎么看见的？

冯大嫂　昨天不是礼拜六吗，小梅他爹，你瞧着吧，又刮脸，又换衣服的，我猜这里准有个“景”。他头前走了，我就偷偷地在后面跟着。到俱乐部他进去了，我就趴在窗户上，往屋里一看，吓，可有热闹瞧啦！

吴玉珍　干什么呢？那么热闹？

冯大嫂　你瞧吧，连男带女有一屋子，都搂着、抱着那么跳舞呢！

吴玉珍　（关心地）哎，你看见我们家的你大兄弟没有？

冯大嫂　大兄弟是工会主席，那还能少了他了！你说我一看见小梅他爹在那跳舞的样儿，恨得我差不多气炸肺，气得我回家就把门挂上了。等他回来叫了半天门，我装没听见，也没给他开，后来把孩子叫醒了，下地把门给开开了。

吴玉珍　怪不得我们那个都十一点了才回来。有这么好的地方还能想家？

冯大嫂　大妹子，说实在的，小梅他爹若是上班干活，我可真心疼他，怎么想法也得给他做点合口味的菜吃；要是他跳舞去呀，哼，连咸菜都不愿给他切。

吴玉珍　（玩笑地）看你来不来还吃醋了呢！你家大哥都三十多岁了，谁还跟他？

冯大嫂　（自尊地）熊色吧。除了我不嫌恶他呀，别人谁稀罕他！孩子、老婆一大帮。我瞧你家大兄弟，又年轻，又是干部，可是我说这话，你可别往心里去呀，现在干部也不兴乱搞哇。

吴玉珍　哎，大嫂，等你再去的时候，招呼我一声，我也看看。

冯大嫂　好吧，等我再去的时候叫你一声。哎呀，你看咱俩光顾开扯了。走吧，上合作社去吧。我回去拿粮食证。你先慢慢走着。

〔二人走下。孙大娘在屋扫完地了，拿筐准备往外走，心情很不愉快。

〔孙玉林这时也从外面回来。

孙玉林　妈，你上哪儿去？

〔孙大娘正在不愉快，被孙玉林这一问，更触动了心事。低头欲走，被孙玉林拉住。

孙大娘　别拉，我去干点活儿去。

孙玉林　妈你怎么了？

孙大娘　（实在无法，只好支吾一下）没有什么，你快去办事去吧。

孙玉林　不对，妈，出了什么事了吗？你告诉我呀。

孙大娘　没事，孩子，你有事，快办你的事去吧，把筐给我……

孙玉林　没事，妈，是不是小宝他妈得罪了你？

孙大娘　（触到心事，更有些控制不住了）……咳……

孙玉林　妈！你有事就当我说吧。有你儿子给你做主，你还怕啥？

孙大娘　孩子，你要是不追问，妈就是死了带到棺材里也不能对你说呀！

孙玉林　妈，这些话你为啥早不告诉我？

孙大娘　孩子，话是这么说啊，可你知道当妈的有多难啊！跟你说了，你就一定得跟你媳妇吵架，你寻思妈愿意你们俩吵嘴呀？谁不愿把日子过得和和气气的。我寻思既然已经这样了，就让娘一个人忍吧，只要你们两口子不打架，娘就心满意足了。

孙玉林　妈，你能不能把细情告诉我？

〔吴玉珍这时买东西回来，刚想进屋，听见屋里有人说话，又停住了脚步，在外听着。

孙大娘　唉，天长日久，这细情可多了。反正在家里我是个多余人哪，倒不如我早死了好。

孙玉林　妈，过去我虽然知道她脾气不大好，可是我绝没有想到她对你会这样。等我晚上回来再说。（看表）现在都九点半了，我先开会去。刚才我把材料丢在家里了，妈，你看见没有？

孙大娘　回来可别说哇，我可不愿意你们为我吵架。你找什么材料哇？

孙玉林　就是一个总结，家属工作总结……我找找看。（翻了半天，由抽屉中找出）怎么跑到这儿来了？（拿起欲走，又回）妈，你先歇一会儿吧，别出去了。我晚上回来再说。

孙大娘　回来可千万别把刚才的事说出来啊，听见没有？

孙玉林　好吧。

〔王玉兰上，见吴玉珍在外听声的样子，有些奇怪。稍停。

王玉兰　玉珍嫂，你这听什么呢？

吴玉珍　（吓了一跳，又立刻装作镇静）没……没有什么，我找点东西。

王玉兰　孙主席在家没有？

吴玉珍　在家，进屋吧。

王玉兰　孙主席，在屋哪？

孙玉林　在家，怎么样？开会的人去了没有？

王玉兰　都去了，就个别几家没有来。孙主席，你不去吗？人家还问咱们工会主席来呢。

〔吴玉珍见二人说话那么近便，便有些生气。

孙玉林　我现在有个生产的会，家属的会就不去了。你是妇女委员，可以掌握开会。

王玉兰　那工会也得帮助一下呀。不像过去咱们自己开会，这回又有管理局家属先进工作者给做报告，工会哪能不去人呢？你一早没上车站去接，我看都不对。

孙玉林　我实在没工夫，等开完生产会我就去。

〔二人边说边下。

吴玉珍　（见二人走下，忙到门口望了望，不满地）一边走一边唠，倒显得挺近便哪。怪不得一天到晚不落着家，晚走一会儿就来找来啦。等他回来再说。（说着走进屋内，看着孙大娘，生气地说）行了！别去捡煤核了。打早我就说我去捡，可你偏要去。这回好，你儿子回来还不得踢我呀！

孙大娘　媳妇呀，你可别多心，这可不是我成心告诉他的呀！

吴玉珍　算了吧，不捡就不捡吧。我也没说什么哪，你要嫌累，就到园子里去拔点草。

〔孙大娘见势头不好，只好默默走下。

吴玉珍　这是怎么说的，我怎么把今天是星期天都忘了，叫他看见了。真倒霉！

〔这时小宝慌慌张张地跑上来抱住吴玉珍腿。

小　宝　妈，可不好了，后边冯大娘撵来了！

吴玉珍　怎么了？她撵你干什么？

小　宝　我拿石头把小梅的脑袋打破了！

吴玉珍　这孩子，你怎么真往脑袋上打？

小　宝　那不是你告诉我，让我……

吴玉珍　行了！快别说了，还不赶快躲起来。

〔小宝急忙往桌子底下钻。

吴玉珍　往哪儿躲？往那儿躲，那能行吗？来，上这来。

〔把小宝塞在床底下，然后把床铺整理一下。冯大嫂气昂昂地走上，没有进屋，站在院中便吵吵开了。

冯大嫂　（大喊大叫地）你们说说吧，这账怎么算？你们小宝拿石头把我们小梅脑袋给打了个大窟窿，现在王玉兰给领医院去了，你说怎么样吧？

吴玉珍　（故作镇静地站在窗口旁向外说着）是吗？我们小宝也没和谁打架呀，你是不是看错人了。早晨出去现在还没回来哩！

冯大嫂　（仍站在当院）我眼瞅着是小宝给打的，我还能说谎？

吴玉珍　（仍站在窗口，向外回答着）这死孩子，一出去就给我惹祸。冯大嫂，你别生气，等他爸爸回来，我告诉他狠狠打他一顿，让他尝点厉害。小孩子这玩意儿不打他就不能上正道。

小　宝　（听说要打他，连忙从床下钻出来，抱住吴玉珍腿）妈，你怎么还告诉爸爸呢？不是你说的，谁要再欺负我，就拿石头往他脑袋上擂吗？

吴玉珍　（急忙掩饰，怕被院外冯大嫂看见）你瞎说些什么？还不钻进去，进去！

小　宝　（不同意地）那你告诉她让我爸爸打我。

吴玉珍　我那是糊弄她呢，你着的什么急。

小　宝　真吗？

吴玉珍　让你进去就进去得了。一会儿让人看见就……

〔冯大嫂已趴在窗口，把屋里的情景看得一清二楚。

冯大嫂　好啊，闹了半天还是这么回事呀。你这个当妈的就这么管教孩子呀？

吴玉珍　（无话可说，但又不肯让步）你管我怎么管呢？这是我自个儿的事，你可管不着。

冯大嫂　那你就让你孩子出去打人？

吴玉珍　你看着我教孩子打人啦？小孩子到一起还有不打架的？不说把自己孩子管一管，反倒找上门来了。还想赖谁怎么的？

冯大嫂　明明是你们小宝给打的，反倒说我们赖你，你仗着什么这么硬气，仗你男人是工会主席咋的？

吴玉珍　我男人当主席他有那个能耐，你不是白眼气。

冯大嫂　老孙婆子，我算服了你，我算佩服你，不怪人家说你搅家不贤，真是一点也不假。

吴玉珍　你好，不是讲东家，就是扯西家，到处扯老婆舌。

冯大嫂　（厉声地）我扯什么了？我扯什么了？你给我指出来。

吴玉珍　今儿一早你跟我说什么来的。

冯大嫂　我那是觉得你不错，把你当人看待，要知你这样啊！我连理都不理你。

吴玉珍　谁也没请你来。

冯大嫂　好，我算认识你老孙婆子了。你等着，你等着，我们小梅如果有个好歹，我就找你算账。

〔冯大嫂生气走下。

吴玉珍　真都把人气死了！横不讲理，还编派了人家一顿不是……（见小宝哭）拉倒吧，别哭了。

〔孙玉林和孙大娘，边说边上。

孙玉林　我走的时候，告诉过你，叫你歇一会儿，你怎么又上园子去了呢？

吴玉珍　（装着好意）妈，你上哪儿去了。

孙大娘　不是你叫我到园子拔草去吗。

孙玉林　（忍着气）趁现在没啥事召开个简单的家庭会研究研究咱们家的事。

孙大娘　哎呀，我的大工会主席，就这么两个半人，开的什么会呢？（走进屋内）

吴玉珍　就像得了个开会迷似的！乐意开会上工会开去，家里没人陪你开会。

孙玉林　你还懂得道理不？

吴玉珍　我又怎么了？

孙玉林　我是说你对我妈应该好点，现在我们国家，就不兴不尊重老人。讲道德就不兴这样。

吴玉珍　别给我上政治课。谁也没给你妈气受，不信你就打听打听，东邻西舍，也不就你一个人眼睛好使……

孙玉林　叫我妈带病干活，这不算受气算什么呢？

吴玉珍　干啥活了？就是捡那点煤核吧，那也是为给家节省钱，没事时候我还去捡呢。

孙玉林　你反正多会儿都有理。我跟你说了多少回了，妈上了年纪，身体不好，不应该再让她多干活。

吴玉珍　那不是你说的吗？劳动是最光荣的，每个中华人民共和国公民都应该劳动，不能吃现成的。

孙玉林　我那是指小宝说的。

吴玉珍　还都是你的理呢。

孙玉林　那可不，你这种虐待老人的行为就是不道德，换句话说就是犯法。

吴玉珍　犯法？好哇，我的工会主席，那你就往法院送我吧！

〔孙大娘由里屋出来。

孙大娘　你们可别唧唧了。这要叫别人听见了，有多不好，谁像咱们老吵架？

吴玉珍　吵架还不多亏你呀，多亏你在背后说的好话。

孙大娘　媳妇呀，年轻人可别尽说歪话呀！我怎能挑拨你们俩打架呢？我怎么那么不识数？……哎，这几年来我什么事都忍了。就算我这老太太，没有能耐呗，也得不即不离的。

吴玉珍　别又像在早似的，把你当老婆婆的那套封建威风，又拿出来了，我才不怕呢。现在解放了，早头那套吃不开了。

孙玉林　你别像个疯子似的。解放这些年你都提高什么啦！学习不参加，会议不参加，问什么都不知道，一天就知道要野蛮。……谁像你。

吴玉珍　不用老看我不顺眼，我这阵哪儿能配上你呢？人又土，文化还低，又不能工作。你可知道，要不是给你做饭，看孩子，我早就找点工作干了。

孙玉林　你自己这套工作还没做好呢，还要找什么工作？熊色吧，哪儿要你？

吴玉珍　对，我是熊色！哪有你的色好，你色好不好去找好的去？我也没拉着你，我知道外边有比我强的，你哪能看上我？

孙玉林　你说这话也不觉屈心？

吴玉珍　我才没说屈你哩。人没亏心事，不怕鬼叫门。别以为我不知道，早就有人告诉我了。

孙玉林　告诉你什么了？

吴玉珍　反正我不能听风就是雨就是了。你以为我没有抓住你的底，就嚷嚷啊？

孙玉林　现在把心掏出来，你也不相信，慢慢地，你就知道了。

吴玉珍　还用慢慢地干啥？现在我就知道了。怪不得一回家来就挑毛病，不是扫帚不正，就是簸箕歪。想要逼我离婚哪！没那么便宜，不图打鱼还图浑水呢。

孙玉林　你真越说越不像话了。我多会儿说要和你离婚？

吴玉珍　我又不是小孩子，阴天下雨不知道？脸色好坏还看不出来？

一天到晚老不着家。我要看电影，你都不同意；要跳舞更不同意啦。怕碍你的眼？

孙玉林　你不是有孩子吗？

吴玉珍　别拿孩子遮着了。孩子也不是我一个人的，要疼孩子你就抱着。（把孩子往孙玉林的怀中一放）你也在家看几天，我也走一走、逛一逛去。

孙玉林　你这干什么？让我在家看孩子，真把你惯坏了。要搁在早我非……

吴玉珍　（威胁地）非打一顿是不？那你就打吧。给你打、给你打……（向孙玉林身上冲来）

孙玉林　（推到一旁）去，一边去！

吴玉珍　（仍不退让）给你打。你今儿个不打就不行，不打就不行。

孙玉林　（有些急了）你要干什么你，别给脸不要脸。

吴玉珍　我怎么不要脸了？怎么不要脸了？你说，你说，你说不出来就不行。

孙玉林　（气急）你这人简直是，我非把你……（举起手来，又落下）

吴玉珍　（又得着理了）又要打是不，给你打，给你打，你们大伙儿都来看哪！工会主席打人了！

〔孙大娘闻声走上。

吴玉珍　好，你们娘俩合伙欺负我，我这家还有什么待头。我走，我走，给你们腾地方。（气得急向外走）

孙玉林　你回来。

吴玉珍　（不听）省得老瞅着我碍眼。

〔小宝上。

小　宝　妈，你上哪去？我也去。

吴玉珍　（拉宝）小宝，走，跟妈走！

小　宝　（弄得莫名其妙，有些害怕）上哪儿去呀？

吴玉珍　上你姥家去，走，咱们给人家腾地方，省得让人家说咱们死

落后，走。（抱着孩子，领着小宝走下）

孙大娘　（从屋中跑出来）儿媳妇，你消消火，儿媳妇，儿媳妇……（追下）

孙玉林　（在屋里，来回地走着，心情显然是很痛苦的）这是个什么家呀……若是都这么闹起来，弄得一根肠子八下扯，那工作还能不能搞好！——可也真怪，工会里妇女工作都干些什么了，怎么连个……咳……算了，犯不上为这些事伤脑筋。把生产搞好了，什么都有了，她爱怎么的就怎么的。我还是那个主意：好了，我在家待一会儿；不好，我就抬脚一走，办公室一待，俱乐部一去，没那么再好的了。（站住）什么是家，工厂就是我的家；工作起来那就有幸福……别的，都是白扯淡！……

〔孙大娘由外边回来。

孙大娘　怎么也拉不住，到底走了。

孙玉林　让她走吧，不要理她。这种人，你越搭理她，她就越上脸……

孙大娘　你这人可也怪，怎么就一点也不松口呢，她那脾气你也不是不知道？少说几句不什么都有了。

孙玉林　妈，你不知道，她这是故意找歪理，总认为我瞧不起她。其实，天知道，十几年的日子都跟她过了，我还能有啥外心？没办法，这种人就是死落后，你不狠狠给她一顿，她就不能改。

孙大娘　行了，看见你那个“武把招”了。一小就惯的，多会儿也没有服软的时候。

孙玉林　这有什么可服软的。这是原则，进步对落后就必须得这样。

孙大娘　算了，跟你算说不到一堆去。赶快歇一会儿吧，到下晌上他姥家去，把她接回来。

孙玉林　我呀……等着吧。

孙大娘　你看你又……

孙玉林　妈，你快进去歇着去吧，这事我有办法处理。

孙大娘　你呀……就没有让我静心的时候。（进内室）

孙玉林　（又拿起总结材料念着）……家属工作，是一个保证生产和推动生产的重要工作……（自语）重要是重要……就是难搞哇！咳，难哪！跟妇女办事，就没个痛快时候，真……

〔吴玉琴领吴玉珍走上。

吴玉琴　（讽刺语气）咱们孙主席在家没有哇！

孙玉林　（放下笔）噢，玉琴来了。

吴玉琴　当然是来了，无事不登三宝殿。有事嘛，不来？！姐夫，你坐下，有话咱们慢慢地说。

孙玉林　又是你姐姐把你动员来的，是不？

吴玉琴　管我姐姐什么事，我看着不合理，就要来了解一下。

孙玉林　那你就了解吧，想不到咱们这个广播员倒对家属工作这么有兴趣呀。

吴玉琴　别讽刺人，我是来谈正事来了。我问你，刚才是怎么回事？

孙玉林　问你姐姐吧，这不你姐姐也在这儿。

吴玉琴　我姐姐敢在孙主席面前说话，那得长几个脑袋。

孙玉林　玉琴，可真不简单啊。参加了工作才几天，就会挖苦人了。不愧是你姐姐的好妹妹，真是……有其姐就必有其妹，真不假。

吴玉琴　你不用跟我扯别的。我问问你，刚才是怎么的了？凭什么平白无故欺负我姐姐？

孙玉林　欺负你姐姐……这真是……老天爷知道。

吴玉琴　你不用往旁处扯，刚才不是你把我姐姐打了一顿，你还装好人呢？

孙玉林　把你姐姐打了？（笑）好吧，就算打了吧。就是连打带骂，外加胡搅蛮缠，这回行了吧？

吴玉琴　还有脸说呢。不嫌“可耻”，我姐姐跟你结婚那年你才是个学徒工，家里有时候连饭都吃不上，我姐姐也不嫌你。你现在生活好了，当上工会主席了，反倒看不起自己爱人了。动不动还想打，你知道不，打人是犯法？

孙玉林　那当然了，法院正管这事。

吴玉琴　知道就行，随便打人，就处理你。

孙玉林　闹了半天，你真以为我打人了？

吴玉琴　你以为我跟你闹着玩呢？

孙玉林　那好，说我打人了，有什么凭据？

吴玉翠　当然有了，姐姐你说说吧，我姐夫到底是怎么回事？

吴玉珍　叫他自己说吧，昨天晚上他上哪儿去了？

吴玉琴　是啊，你昨晚上哪儿去了？

孙玉林　上俱乐部去了，这又有什么关系？

吴玉珍　再问问他，上俱乐部干什么去了？

吴玉琴　是啊，你上俱乐部干什么去了？

孙玉林　去跳舞去了，这又怎么的？

吴玉珍　再问问他跟谁跳舞了？

吴玉琴　（因吴玉珍这样追问，也有些奇怪）跟谁跳舞……

孙玉林　是啊，这回该问到正地方了。

吴玉琴　姐姐你问跳舞的事呀，他就和我跳舞了，再没和别人跳啊。

吴玉珍　和你跳的？真的？

孙玉林　怎么样？就是和你妹妹跳舞来着。可是我也没拿她当外人，我把她当作自己亲妹妹一样看待，这里还有什么问题吗？玉琴，今天吵架也不单独是为了这点事。你说吧，长期给老太太气受，孩子和人打架也不管管，我一说她，她还蛮不讲理，一赌气就走了。你可以问问她，是不是这么回事？是不是我撒谎？

吴玉琴　（感到缺理）哎，姐姐，你不是说我姐夫把你给撵出来的吗？

你说他都找好对象了。

吴玉珍　那可不，说他找好对象，就是找好对象了。没有真凭实据，我能屈说人？

孙玉林　那你就把那真凭实据拿出来看看吧。

吴玉珍　没到时候，到时候我就拿出来。

吴玉琴　姐姐，真要有的话，你就拿出来，让大伙儿看看，谁是谁非，别人好说话。

吴玉珍　（把写给小李的纸条掏出来）那好，你看看吧，这是什么？

吴玉琴　（接过条来念）“李树方同志：明日早八点有要事和你商量，请你来一次为要。”这是谁？

孙玉林　怎么？你还不认识他呀？

〔李树方由外上。

李树方　孙主席，我们工具试验成功了，你快去看看吧，完了张书记还找你有点事。

孙玉林　张书记？他找我有啥事？

李树方　我估计要研究家属工作问题吧。我听他说：这事不能再这么下去了。

孙玉林　真怪，张书记怎么对这个工作这样注意？

李树方　必是这里有问题呗。走吧，到那里你就知道了。

孙玉林　好，一会儿咱们就去。来，小李子，我给你介绍介绍，（指李树方）这位就是你们姐俩刚才说的那个李树方同志。

吴玉珍　啊！闹了半天你叫李树方啊？

李树方　你看看大嫂怎么搞的，连我名字都不知道了。

吴玉琴　（插嘴）谁还不认识你，俱乐部的积极分子，小李子。

吴玉珍　你看，我就知道你叫小李子，谁知道你叫李树方啊？你这小子也怪，怎么还叫个女人名字呢？

李树方　男女在生理上有分别，在名字上可没分那么清楚。再说我这树是大树的树，方是方圆的方，和女人名字那淑芳是音同字不同。孙主席快走吧，张书记等着你呢。

孙玉林　玉琴这回你明白了吧。什么事若老这么疑神疑鬼的，那多会儿也不会好。这回你和你姐姐谈谈吧。别一条道跑到黑，到时也应该拐个弯。走吧，你这个李树方同志。

〔孙玉林、李树方二人下。

吴玉琴　姐姐，你家的问题，这回我了解个差不多了。这回可不能都怨我姐夫了。就拿今天的事说吧，这是你的不对了。

吴玉珍　我不是光为这两件事，你不知道，你姐夫在这两年，一点儿也不像在早啦，老是看我不顺眼，一天他不是说我落后，就是说我什么也不懂……

吴玉琴　这就证明你是落后了。他觉得你坠他的脚，他说的话你不爱听，你说的话他听不进去。日久天长就弄不到一块儿了。

吴玉珍　对了，就是这么回事。我就不愿他说我光知道看孩子做饭。

吴玉琴　当然我姐夫老是这么说也是不对的。他不应该瞧不起家庭妇女，其实看孩子、做饭、处理家务也不是那么简单的。就拿看孩子来说吧，当妈妈能做到像卓娅妈妈那样，对国家有多大好处哇！若像马小彦那妈妈对孩子没尽到力量，惯成个流氓，给国家造成多大损失！当妈妈的能说不重要吗？

吴玉珍　他多会儿也没有给我讲过这个道理，总说一个老娘们能懂得个啥。

吴玉琴　再说你对大娘也不应该这样，新的道德是不兴这样的。你想想咱俩也有妈，若咱嫂子对咱们妈不好，咱们应该怎么办呢？咱们要老了呢，不也一样吗？

吴玉珍　玉琴，你姐夫要对我好一点儿，我也不能这样；他要一对我不好，就伤心了。

吴玉琴　好，咱们先谈到这儿吧。今晚你不是要看电影去吗？我也跟你去，咱们先回家待会儿。把小宝抱着，完了咱们好好谈谈，把你心里话都说说。

吴玉珍　好，走吧。

〔二人下。

〔舞台转暗。

〔夜晚，台上静寂无人，院外大树旁的路灯闪闪发光，远处传来悠扬的广播音乐声。孙玉林由外走上，在院中凳子上坐了坐，打了个咳声，便走进屋内。

孙玉林　（掀起门帘向里屋）妈，你睡了吗？

孙大娘　没睡呢。吃了晚饭没有。

孙玉林　吃了。在食堂里喝了二两酒。小宝子呢？

孙大娘　上他姥家找他妈去了。

〔孙玉林走到窗前推开窗，望见东升的明月，心中无限地感慨。踱了一圈又到院子中走着，收音机继续播放歌曲……

孙玉林　（坐在椅子上自语）咳，这个星期天过得可真不愉快啊，家务事也没想到会这么挠头……怪不得我那个家属工作总结没写好……我自己家都没整好，还怎么领导别人呢？张书记批评得对，不重视家属工作，就等于对工人利益不关心。又说我还存在大男子主义、封建残余思想，看起来，我对玉珍态度是有毛病啊……早先日子过得那么苦，她也没这样……可今天她……其实她也不是那种不要强的人……

〔小宝上。

小　宝　爹，你跟谁说话呢？

孙玉林　噢，小宝啊，你怎么黑天才回来？

小　宝　我跟我妈看电影去啦。

孙玉林　你妈呢？

小　宝　我妈抱着二宝在那边坐着呢，叫妈进来也不进来，也不知道妈想啥呢？

孙玉林　小宝。

小　宝　嗯？

孙玉林　你为什么打小梅？

小　宝　我……我妈叫打的。

孙玉林　那你说打人对不对？

小　宝　我妈刚才说了，打人不对，叫我往后再别打人了。

孙玉林　对，这才是好孩子呢。睡觉去吧。

小　宝　哎。

〔小宝跑进屋去。

〔吴玉珍抱孩子走上，看见孙玉林，二人怔住，吴玉珍脸上挂着红晕，不自然地低下了头。

孙玉林　（搭讪）电影好看吗？……是什么片子？

吴玉珍　……《卡塔琳的婚姻》。

孙玉林　哦，我好像也看过这片子似的，是什么内容来着？

吴玉珍　是两口子的事呗，跟咱们事差不多，女的落后，好疑心；男的不耐心帮助，结果闹得……

孙玉林　对，我想起来了，后来由于男的耐心帮助，女的积极努力，还当上了劳动英雄……

吴玉珍　对，就是这回事……看电影倒是开脑筋。

孙玉林　那……往后就常去看看呗！

吴玉珍　你不是讲“一个电影有啥看头”。

孙玉林　那是我的错……玉珍……

吴玉珍　嗯？

孙玉林　今儿个……我……

吴玉珍　看看这么大地方还磨不开了？

孙玉林　玉珍，今儿这事闹得影响真不好，我真没想到家属工作也这么重要，弄不好一样影响工作。说真的，过去我思想上有毛病，对你太不关心了。张书记把我批评了。……

吴玉珍　我自己也不好。……什么事也想不开。往后见我有不对地方，你只管提，我准改就是了。

孙玉林　往后我也好好关心家属工作，就从先搞好自己家庭做起吧！

吴玉珍　妈腰疼好了没有？

孙玉林　好一点儿了。

吴玉珍　（拿出一瓶虎骨酒来）看，这是看电影路过土产公司的时候，买了一瓶虎骨酒。妈喝点这个，我想准能好得快点儿。

孙玉林　这有多贵呀！

吴玉珍　用不了多少钱，都是我在买菜钱里节省下来的。妈睡了没有？我去给她送去。

孙玉林　那把孩子给我吧。（接过孩子，亲了一下。向着孩子）小东西，这回你该高兴了吧？

〔吴玉珍刚走到门口，回过身来，看了看孙玉林。二人相视，深情地一笑。

——幕落

原载《文学杂志》1956 年第 3 期，

《中国妇女》1956 年第 4 期、第 5 期转载。

选自《中国妇女》发表版本

荣获全国第一届话剧观摩演出独幕剧创作二等奖（1956）

祝你健康

从　深

人物表

丁少纯　二十三岁，电机厂下线工。

丁海宽　五十岁左右，电机厂水轮发电机车间主任，丁少纯的父亲。

丁　母　四十七八岁，丁少纯的母亲。

丁爷爷　七十九岁，农民，丁少纯的祖父。

丁少真　二十岁，电机厂吊车工，丁少纯的妹妹。

姚玉娟　二十一岁，电机厂保健站的护士，丁少纯的妻子。

姚　母　五十五六岁，丁少纯的岳母。

季友良　二十四岁，电机厂下线组组长，丁少纯的朋友。

邵永斌　三十二岁，水电部工程师，丁少纯的连襟。

大　刘　二十多岁，车间工会工作人员，丁少纯的猎友。

女工甲　十八九岁，下线工。

男女青年工人若干人。

第一幕

地点　丁少纯家里。

时间　1962年春末，一个星期六的下午五点多钟。

幕启　工厂家属宿舍二楼角上的一个房间。左墙有二门，前通走廊，后通里屋和厨房。右墙有一窗。正面的墙左半部向外凸，右半部向里凹，各有一窗。两窗中间的凸凹相接处斜开一门，通右窗外的阳台，等于把房间的右角辟为阳台。

这是一个新组成的家庭。双人床、五屉柜和桌椅等家具都是新的。墙上挂一面刻有恭贺新婚词句的穿衣镜，和一张车间先进生产者的奖状。两处墙角分别悬挂放大照片：一张是丁少纯和姚玉娟的结婚合影，一张是姚玉娟摆着漂亮姿势的着色头像。

从敞开的正面门窗可以望见远处高地上的工厂区，一座座淡黄色的办公大楼和暗红色的高大厂房，耸立在新绿蒙蒙的树丛中。

桌上放着十多盒新买来的纸烟。姚母坐在桌旁，两手夹着三支燃着的纸烟交替着吸，细细地品味。

按照从前的说法，她是一个相貌富态的老太太。所谓富态不外有两大特征：面色白里透红，体态胖里透虚。穿一身“老箱底”的丝料袄裤，耳垂上嵌有两枚细小的金耳环。

丁少纯从左前门上。他是一个精力旺盛的小伙子，细长的身材，粗手大脚，俊俏的脸上经常流露着孩子般的快活；剪一头一面倒的、可以永远不用梳子的“学生式”短发，这更加强调出他那大人身材和孩子面孔的有趣搭配。他上身穿一件皮夹克，敞着怀，露出里面印着“电机厂十车间，先进生产者”字样的紫色秋衣，下身是裤脚扫地的灰布工裤，上面油渍斑斑。

丁少纯　（诙谐地唱着一支民歌）
妹妹要穿卫生衣，
逼着哥哥走山西。

姚　母　少纯，你这穿谁的皮夹克？

丁少纯　演剧借的。（继续唱）
哥哥掉在黄河里，
妹妹我想死你。

姚　母　（眉开眼笑地打量少纯）可真是七分衣裳三分人，你穿上这个显着精神多了！像个技术员！

丁少纯　是吗？（照镜子）怪不得走在道上好几个人直看我呢。

姚　母　（递过三支烟）这是我刚买来的烟，新牌子的，你尝尝这三个牌子哪个好抽？

丁少纯　不行，我从今天正午十二点开始戒烟了！

姚　母　好模样儿地戒烟干啥？

丁少纯　友良逼着我戒。

姚　母　你算拣了个“好朋友”，啥都听他的！

丁少纯　我爸爸也不让，一见我抽烟就骂我。

姚　母　你那个爸爸管得也真宽！

丁少纯　抽烟对身体不好。

姚　母　没见谁抽烟抽死。

丁少纯　戒了烟也省钱。

姚　母　没见谁抽烟抽穷了，戒烟戒富了。

丁少纯　（笑）嘻嘻，可也是。

姚　母　我抽这样比这两样好一点，你尝尝。

丁少纯　（犹豫地接烟）妈，你可别对友良说呀。（吸烟。听见门外有脚步声，急忙把烟藏在背后）

〔姚玉娟上。在工厂的女职工当中，她是属于爱打扮的那种人，虽然她的打扮不能不受到经济条件和工厂职工中普遍的朴素风气的限制，但她的身上总是出现一些与众不同的地方，例如她现在箍在短烫发上的塑料卡子，在工厂里就还是一种“新事物”。但是在同志们的印象当中，姚玉娟并不是个轻浮的人，她给大家的主要印象是，群众关系好，服务态度好，待人和气，有礼貌。她手提塑料提兜和一个包袱。

姚玉娟　少纯，你试试这套衣服。

丁少纯　谁的？

姚玉娟　（解开包袱）我们保健站徐大夫刚买的，我借来给你试试，看合身不合身。

姚　母　（摸衣服）呀！这不是毛料子吗？

丁少纯　哈！这颜色可真漂亮！红灰色还带条纹！

姚玉娟　来，你穿上看看。（给丁少纯穿上毛料上衣）妈，你看他穿着多合身呀！

姚　母　可真的，像给他定做的一样。

丁少纯　嗬！还是翻领的！真高级！

姚　母　少纯的身材长得多适称，什么衣裳穿到他身上也不走样儿。

丁少纯　（美滋滋地照镜子，转身环顾）是不错，啊？

姚　母　像个大工程师。

丁少纯　哈哈！又给我提了一级。（夹着纸烟，正了正设想的“眼镜”，表演起来）嗳——关于这个设计方案嘛……

姚玉娟　（正要给他比量裤子）你站好！

姚　母　这一套多少钱？

姚玉娟　一百四十八。

姚　母　哟，便宜呀！

丁少纯　啊，料子真好，可惜咱们现在还买不起！

姚玉娟　（蹲在地上，仰脸同丁少纯商量）你不好跟爸爸说说，让他给你买一套？

丁少纯　我才不去自找卷刃呢！

姚　母　你爸爸那人可也真够小气了，就你这么一个儿子，结婚的时候都没给做身毛料衣裳！他一个月挣一百四十多块，你妹妹还能挣钱，他们三口人舍不得吃舍不得穿的，留钱干啥？还想买房子置地？

丁少纯　你们不了解情况，他没有多少富余钱。

姚　母　我才不信呢！钱都哪儿去了？

丁少纯　都在我妈的小柜里锁着呢！两千多元。

姚　母　看看，我说少不了嘛！

丁少纯　公债券！前几年发行公债，他每次都认购几百元。

姚　母　是吗？你看这人多隔路！存点啥不好，偏存公债！

姚玉娟　妈，你看你，说得多难听！

姚　母　（感叹）哎！你们结婚也没赶上好时候噢！要是玉娟她爸爸活着那咱，老姑娘出阁，咋也得给你们一人做一套毛料衣裳。

姚玉娟　（厌烦地）算了吧，妈！你又来这一套了！

丁少纯　可是呢，妈，你看见我那把门钥匙没有？

姚　母　没有，你又丢了？

丁少纯　我记得揣在这个皮夹克小兜里了，可我方才找了半天也没有。

姚玉娟　再好好找找。（从皮夹克小兜里掏出一堆乱七八糟的东西，一件件检查）

丁少纯　我翻了好几遍了，没有。

姚玉娟　（一抖小笔记本，当啷一声，一把铜钥匙掉在桌上）这是啥？

丁少纯　（摸摸脑袋）咦？它怎么钻到本子里了？

姚玉娟　你呀！总是大大咧咧的！

姚　母　（拉出拴在她裤腰带上的一条系着门钥匙的长绳）你不好也像我这样把钥匙拴在裤腰带上？

丁少纯　好，以后学习你的先进经验。

姚　母　你今天晚上不是要去打猎吗？快收拾吧，我把背包和子弹带都给你装好了。

丁少纯　好哩！（脱下料子服，小声唱）

妹妹要穿卫生衣，

逼着哥哥走山西。

姚玉娟　（掏出一封信）妈，我二姐夫来信了，他最近要出差到这儿来。

姚　母　是吗？那正好来看看你们，你们俩还都没见过他的面呢。

丁少纯　你二姐夫？（拿起摆在柜上的相片夹镜）就是穿西服的这个？

姚玉娟　就是。我真不愿意让他看见咱们！

姚　母　怕啥？让他看看！别看少纯不是工程师，可咱们这日子也混得挺好！也让他看看你们对我有多孝顺！

丁少纯　（端详照片）他是怎么样个人儿？有架子吗？

姚　母　我也是见过他一面，看不透他的性情。五八年我搬到他们那儿住的时候，正赶上他要出国。我头天晚上到北京，他第二天早上就坐飞机走了。六〇年我离开他们家的时候，他还在国外没回来呢。

姚玉娟　人家比我们阔气得多吧？

姚　母　那倒不假。人家那做饭烧煤气儿，划根火儿一点，“噗！”——着了，又干净又便利！要不是你那个没良心的二姐老惹我生气，我真不愿意离开他们！你二姐夫那穿戴可真有个大工程师的派头儿！那天早上我们送他上飞机场，他穿着一身二百多块钱的西服！外面还套一件毛料子风衣！连那皮鞋都是进口货！

姚玉娟 （对丁少纯）你看你！连一套像样的衣服都没有！见了面怎么好意思跟人家站在一起！

丁少纯 我那套藏青色的哔叽服穿上不是也挺带劲吗？

姚玉娟 你算了吧！人家一看就知道那是人造哔叽，连条裤线都压不出来！

〔丁少纯无言以对，默默地从墙上摘下双铳猎枪来擦枪。

姚 母 这料子服还有卖的吗？

姚玉娟 有。听徐大夫说卖得可快呢。

丁少纯 （闭起一只眼看枪铳）真有有钱的呀！

姚 母 少纯，你要稀罕，就买它一身穿。

丁少纯 拿啥买？

姚 母 我这有一百块钱，再叫你妈给凑五十。

姚玉娟 （惊讶）你哪儿来的那么多钱？

丁少纯 （对玉娟）真玄妙，老吵吵钱不够花，这又出来一百！

姚 母 （得意地咯咯笑）人没钱不断了血脉了？

姚玉娟 真的，妈，你到底哪儿来的钱？

〔姚母笑而不答。

姚玉娟 啊？告诉我，妈！

姚 母 告诉你，都是你女婿挣的！

丁少纯 （愕然）我挣的？

姚 母 呵呵呵！你们这两个小傻子呀！把你们卖了都不知道。你们寻思少纯每回打来的野鸭子咱们都吃了？告诉你们吧：每回我都留起几个来，拿出去变成钱了。

姚玉娟 （吃惊）卖了？

丁少纯 （吃惊）你？

姚 母 玉娟她三姨父不是在“野味斋”饭店当采买吗，他们饭店收买野鸭子，七毛五一斤，一只大蹼鸭能卖两三块钱。

姚玉娟 真没想到，市场上猪牛羊肉有的是，野鸭子还能这样值钱！

姚　母　野味嘛，有些人就是专门得意这一口儿。少纯那么能打猎，又正好有你三姨父这个门子，这不是挺好的一条来钱的道儿？

姚玉娟　（望着丁少纯）这好吗？

丁少纯　（摇头）不好！

姚　母　咱这又不是投机倒把，鸭子是自个儿打的，明来正去，有啥不好？

丁少纯　咱们是工人阶级，卖鸭子成了啥了？

姚　母　工人阶级也得过日子不是？过日子也得花钱不是？没钱花也得受憋不是？

丁少纯　有工资嘛。

姚　母　就必得死啃那几个工资，有点外进项不是更富裕一点儿？

丁少纯　这要让我爸、我妈知道了可了不得！

姚玉娟　是呀，让同志们知道了也不好。

姚　母　谁能知道？我要不说连你们俩都不知道呢。就打着万一有谁知道了，有我兜着，你们装作不知道也就得了呗。就是怕你们顾面子，我才一直瞒着你们。

〔停顿。

姚玉娟　（一直望着丁少纯的神色）其实……细一想……可也没什么。

丁少纯　啊？

姚玉娟　咱们吃了也是吃了，咱们省下吃的换点穿的、用的，我看也合理。你说呢？

丁少纯（眨着大眼睛）……可也是！啊？

〔走廊上丁母喊“少纯哪！”

姚　母　你妈叫你。

丁少纯　（向门外应声）唉！

姚玉娟　（向丁少纯）方才我看见妈又到锅炉房的灰堆上去捡煤核了，还带着咱们楼上的一大帮孩子，你跟妈说说，别让她捡了，又不是买不起煤烧。

〔丁少纯走到门口，遇上丁母端着一铁撮子煤核儿进来。她衣着朴素，干净利落，动作敏捷，快人快语。

姚玉娟　（急忙起身相迎）妈！

丁　母　亲家母，我给你送来一撮子煤核，你烧烧试试。

姚　母　呀，我可烧不好那玩意儿！

丁　母　可好烧呢。我教给你怎样架火，等你烧服了，闲着没事也跟我们去捡吧。

〔姚玉娟接过来撮子。

丁少纯　妈！你老捡这个干啥呢？再别捡了！

丁　母　咋的？

丁少纯　你要想想，我爸爸是车间主任！

丁　母　车间主任吃生米呀？

姚　母　（玩笑地）大主任的太太扒灰堆，你也不怕人笑话。

丁　母　啊！我儿子这是怕人笑话呀？（向丁少纯）我给你丢脸了？

丁少纯　你考虑考虑吧！

丁　母　我考虑啥？主任还没说啥呢，主任的儿子倒发了话了！

丁少纯　（向姚玉娟耸耸肩）一点儿也不虚心！

丁　母　虚啥心？我偷人家抢人家了？纯粹是吃饱饭把你撑得一身毛病！我五岁的时候就跟着我爷爷奶奶去捡煤核，我过了门以后你爸爸还时常去捡呢，到了你这儿嫌我们给你丢脸了？我告诉你吧，咱们老丁家的家谱上就没有你得意的"光彩"事儿！你爷爷的外号叫"丁麻袋片"，他给地主扛了三十六年大活，年轻的时候穿不上裤子，无冬历夏腰里围着一块破麻袋片！你爸爸小时候给地主放牛，没穿过鞋……

姚玉娟　（向丁母）妈！您别生他的气。

丁　母　（向丁少纯）你还不如玉娟懂事呢！

〔姚玉娟抿着嘴笑，端着煤核进里屋去。

姚　母　（一直坐在一旁咯咯地笑）我说亲家母，你真是个装钱的匣子！稀烂贱的煤，省那几个小钱犯得上吗？

丁　母　咳，我不是图省那几个煤钱，那些煤核儿做饭一样烧，白扔了我看着心疼。

姚　母　（拉丁母看料子服）亲家母，你看这衣裳多好。

丁　母　谁的？

姚　母　别人的。给你儿子买一套穿吧，你儿子打扮上可漂亮呢！少纯，穿上给你妈看看。

丁少纯　我不穿，穿上还得脱下来。

姚　母　我们这有了一百块钱了，你再给凑五十就能买一身。

丁　母　钱倒有，可是他这样小小的年纪就穿这么贵的料子？他爸爸可不能同意。

丁少纯　（对丁母）妈，我可没说要买呀，你别对爸爸汇报我两句，我可吃不消。

丁　母　嘴里没说，我看你心里可直痒痒，看谁有件好衣裳就眼馋，那还有个头儿？

〔季友良上。他一手提着炒菜用的大马勺，另一手端一个桌子抽屉，里面装着焊锡锭和一些乱七八糟的铁器。他的相貌比丁少纯稍显老成些，眉毛浓重，两鬓下面有些络腮须的痕迹，一双炯炯有神的眼睛，显得热情、精明和有主见。穿一身洗得发白了的蓝布制服。

丁　母（指着刚一进门的季友良）你看人家友良，当上厂劳模都没说做件新衣裳；你这里外三新的好几套，还不知足，又惦着皮啦毛啦的！（下）

姚　母　这老婆子！

丁少纯　友良，你还要试验哪？今天是星期六！

季友良　（鼓动地）保证你过个最愉快的星期六！（从抽屉里一件件往外拿东西）你看！我弄来这么大一块焊锡，又白又胖！抱着！（把锡锭放到丁少纯胳膊上）我又做了这么多并头套的模型，够咱俩试验一阵子的！这还有工艺科给找的参考资料……

姚　母　季友良，今天少纯可不能跟你摆弄焊锡，他还要去打野鸭子呢。

季友良　姚大娘，少纯要是少打几只野鸭子，就能换来很多很多的钱！

姚　母　少打野鸭子怎么能换钱？

季友良　你听我说呀！我们研究的这种并头套挂锡的方法要是成功了，能大大提高发电机的质量，减少停电修理的次数，一台七万二千五百千瓦的发电机，少停一天电，就等于多发出十万多块钱的电，两天就是二十万！

姚　母　能劈给你几万？

季友良　（笑）不用劈，都是我的，也都是你的。

丁少纯　咱们组的新任务定下来没有？

季友良　定了，新安江电站的那台大型发电机交给咱们组下线！

丁少纯　（振奋）真的？！

季友良　方才你爸爸正式通知我的。

丁少纯　（欢呼雀跃）嘿——这可太抖神了！七万二千五百千瓦！多过瘾哪！

季友良　可我心里怦怦直跳，咱们组没干过这样大的……

丁少纯　跳啥？咱们准能打响这一炮！（对姚母）我爸爸老说我们组是“娃娃组”，这回露两手给他看看！（对季友良）我说，要能把咱俩焊接并头套的这个新理想，就在这台大电机上实现了，那该多妙哇！啊？

季友良　可惜你的理想是天上飞的！

丁少纯　让它飞去吧，我不打了！（端起马勺）妈，你把炉子给我们点着。

姚　母　你这人！二心不定的！火车票都买了，怎么能不去呢？

丁少纯　（望季友良）可也是，火车票都买了……

季友良　咳！一张火车票算个啥？

丁少纯　（望姚母）可也是，一张车票才几毛钱……

姚　母　天天试验！天天试验！大礼拜六的谁不玩玩？

丁少纯　（望季友良）可也是，出去舒展舒展脑筋回来再干，也许效率更高……

季友良　“可也是”！“可也是”！你就会说“可也是”！

丁少纯　（笑）可也是，我得作个决定！来，友良，我要单，你要双，你赢了我就不去打猎。

季友良　来吧，一——二——三！（得个双数）姚大娘你看，这可不怪我，他输了。

姚　母　我说季友良，你也该陪着少真出去玩玩，看看电影啦，遛遛江沿啦，多好！

丁少纯　可也是，友良，你最近老也没陪少真出去玩玩，我看她对你都有情绪了。

季友良　她知道我最近时间紧。

丁少纯　你这家伙，对女孩子的心理一窍不通！

季友良　别摆老资格，我就不信你那一套！

丁少纯　一点儿也不虚心。

〔丁少真上。花夹袄，蓝工裤，家做的布鞋。为了工作方便，两条辫子折成两个抓髻。她是那种心里有啥脸上也有啥的姑娘，爱哭也爱笑。

丁少真　（看季友良一眼，却对丁少纯说话）哥哥，我这有两张青年宫的晚会票，你去不去？

姚　母　少真，正好友良要找你去玩呢，你们俩快去吧。

〔丁少真疑惑地望着季友良。

季友良　（被动地）少真，你跟你嫂子先去参加晚会好不好？我跟你哥哥还想（抱歉地指指抽屉等物）……

丁少真　（伤了自尊心）我的活动用不着你来费心安排！（转身急下）

季友良　少真！少真！

丁少纯　哈哈哈哈！碰钉子了吧？叫你不虚心！

季友良　唉！姚大娘，你可真坑人！

〔大刘上。

大　刘　少真怎么噘着个嘴，生谁的气了？

丁少纯　（指季友良）你问他。

季友良　（指丁少纯）别听他瞎说。（往外走）

大　刘　（拉住季友良）别走哇，我找你有事！

季友良　啥事？

大　刘　好事！（打开账簿）在这上面盖个戳。（拿出一沓钱）给你五十元钱的困难补助费。

季友良　我没请求补助。

大　刘　在车间工会委员会会议上，大家一致认为你家生活困难，应该给以补助。小丁，收拾好了没有？一块上车站啊。（向季友良）快点盖戳呀。

季友良　大刘，我不拿这笔钱，我家生活没啥特殊的困难。

姚　母　哟，啧啧！你家困难谁不知道，逞啥强呢？你一个人挣钱要养活四口人，我们这三口人，他俩挣的钱比你挣的多一半，还觉着不够花呢。

季友良　姚大娘，我妈给我讲过这样一个故事：从前有个财主，铺着十层软缎褥子睡觉，还觉着硌得慌，点上灯一看，原来是褥子上有一根头发丝儿。

丁少纯　嘻嘻，有意思。

大　刘　小季，工会主席派我来把补助费送给你，我就要完成任务，快掏手戳吧。

丁少纯　（抽冷子从季友良兜里掏出手戳递给大刘）给你手戳，快盖！

季友良　（抢回手戳）大刘，你对工会主席说，我很感激组织上对我的关怀，可是这笔钱，留着补助别的同志吧！

姚　母　这人！给他钱倒像要他命！

丁少纯　（有点激动）不是你一个人的问题嘛！你还有弟弟妹妹，还有母亲！

季友良　可我们全家都还没觉着有什么东西硌得睡不着觉。

丁少纯　我才不管你呢！

季友良　你不管我我管你。（把抽屉拿给丁少纯端着，自己提起马勺）输了就得跟我走。（拉丁少纯下）

大　刘　小季！

姚　母　少纯！

大　刘　（晃着那一叠钱）看样子我是完不成这个任务了。

姚　母　哎，大刘，车间的互助费不是也归你管吗？

大　刘　啊。

姚　母　我们借几个互助费使使行不？

大　刘　怎么不行，我正愁着互助费利用率不高呢。借多少？

姚　母　就借你手里这五十吧。

大　刘　这是补助费，一码是一码。

姚　母　你先给垫一步，我们有急用，你回去再用互助费给补上还不一样？

大　刘　行啊，有急用可以照顾，你们开个借条吧。

姚　母　（向里屋喊）玉娟！玉娟！

〔姚玉娟上。

姚　母　你给大刘写个字据，咱们借了五十元互助费。

姚玉娟　（迟疑）借钱？

姚　母　你快写吧，人家还忙着呢！

〔姚玉娟写借据，盖章。

大　刘　（给钱，收起借据）从今天算起，一个月的期限。

姚　母　没错，到期准还上。谢谢你呀！

大　刘　为群众服务，谈不上谢。（下）

姚　母　（掏出一百元钱，连借的五十元一并交给姚玉娟）一百五，去给我女婿买一身来。

姚玉娟　少纯能同意吗？

姚　母　他满心欢喜，还有个不同意？

姚玉娟　那……借人的钱拿啥还呢？

姚　母　死心眼子！他出去打两回猎不就还上了？（悄声）你给他买身衣裳穿，敢保他往后打猎更起劲儿！人不说吗，吃惯了嘴儿，跑惯了腿儿。他要能常出去打打猎，咱们每个月都有外进项，这日子就越过越舒坦了！你看他多能打呀！哪一趟出去都比别人打得多！

姚玉娟　他干啥都挺灵，学技术哇，搞革新哪，演剧呀……样样都来得快。

姚　母　可就是不知道过日子，孩子性儿，你往后得勤劝着他点儿。快去吧，别卖没了。

姚玉娟　妈，你把这套衣服给三楼徐大夫送去吧。

姚　母　唉。（包起料子服下场）

〔姚玉娟照镜子整理头发，准备出门。丁海宽上。他个子不高，身体壮实，花白的短分发，神采奕奕，看样子年轻的时候是个调皮人物。旧布制服，经常戴着套袖，纽扣上拴着怀表链子，家做的布鞋。有一副向全车间五六百职工讲话不用扩音器的嗓子。

姚玉娟　爸爸，您下班了？

丁海宽　唉，少纯呢？

姚玉娟　您有事？我去找他。

丁海宽　不用了。玉娟，你坐下，我跟你说句话。

姚玉娟　哎。（心神不宁地坐下，偷偷看看手表）

丁海宽　你母亲呢?

姚玉娟　她刚出去。

丁海宽　怎么样?你母亲对咱们这儿的生活不大习惯吧?

姚玉娟　没什么,我妈到这来挺满意的。

丁海宽　你母亲和你不同,你出了学校门就进工厂了,她过去没接触过工厂的人。

姚玉娟　是这样。(又偷着看看手表)

丁海宽　你们结婚有半年了吧?

姚玉娟　啊,半年了。

丁海宽　我当初本来希望你们晚几年结婚,可是你们都那么着急。现在有的年轻人,还不到婚姻法年龄,就万事俱备,只等"东风"了,等一够年龄马上就要去登记,好像晚一年就吃亏了似的。

姚玉娟　爸爸,我们当初没听您的话,是不对的。

丁海宽　事情已经过去了。我现在主要是希望你们不要为生活上的事分了心。

姚玉娟　是。

丁海宽　你最近学习怎么样?

姚玉娟　(走了神)是。

丁海宽　你有事吧,玉娟?

姚玉娟　啊?啊,没事,您谈吧,爸爸,我听着呢。

丁海宽　你是个聪明孩子,把精神头儿应该多往学习上用用。

姚玉娟　爸爸,我学习还可以。

丁海宽　我听说今天上午你们保健站考时事,就你一个人不及格,是吗?

姚玉娟　(脸唰地红了)嗯。……

丁海宽　班上有报纸,咱家里也有报纸,要常看看报纸!

姚玉娟　我也常看,就是记不住。

丁海宽　记性这东西也有个习惯性，你关心啥就容易记住啥。（见姚玉娟又看表）你有事就忙去吧。

姚玉娟　好。

〔丁母上。

姚玉娟　妈，您坐着，我出去一下。（匆匆下）

丁　母　你到底是拣着一张什么呀？

丁海宽　情书！

丁　母　啥情书？

丁海宽　是你儿子结婚以前给你儿媳妇写的信！

丁　母　哟，那怎么夹到旧报纸里去了？

丁海宽　（掏出一张信纸）准是重抄过一张发走了，这个草稿就忘了收起来。

丁　母　（抢信）人家的体己话儿，你别给看了！

丁海宽　没关系，看看受教育。

丁　母　受啥教育？

丁海宽　我念几句你听听。（在信上寻找）嗯，这儿，听着啊——“每当和你分手以后，我心里总是感到无限的空虚和……”和什么？这两个字儿咱没见过面儿。（向丁母）你听明白没有？（见丁母摇头）你没念过中学嘛，人家这是“跩文”呢！

丁　母　啥意思？

丁海宽　就是说，一见不着玉娟，他心里就……就……（手在胸前直画圈儿也说不清）反正就是没活路了！

丁　母　呀！那么邪乎？

丁海宽　（越想越生气）妈的！“空虚”就够呛了，他还来个“无限”！

丁　母　你小点声！

丁海宽　对，我小点声。你再听这儿——“你总说你的家庭出身不好，而我却根本不计较这个”——你听他多大方！——“我认为你和我都是一样的人，你的家和我的家虽然职业不同，但那只不过是社会分工的不同罢了……”（拍得信纸啪啪地响）听听！你听听！这叫什么话？开鲜货铺子的和工人阶级就差个“职业不同”！就差个什么“社会分工不同”！这么说，地主和农民，资本家和工人不都成了“社会分工不同”了吗？简直是混账！

丁　母　小点声！

〔丁少纯上。

丁少纯　爸爸，你看啥呢？

丁海宽　（叠起信纸）重要文件！

丁少纯　爸爸，新安江的那台大电机是要交给我们组下线吗？

丁海宽　是啊。怎么？你心里又觉着“空虚”了？

丁少纯　空虚？才不呢！我们很有信心！

丁海宽　问你两个字：竖心加个长短的长字，还有渔网的网去了乱绞丝加个竖心，都念啥？

丁少纯　怅惘。

丁海宽　怎么讲？

丁少纯　嗯——我也不大会讲，大概就是心里没着没落的意思吧。

丁海宽　啊！明白了！你心里也时常没着没落的吧？

丁少纯　我？才不呢。

丁海宽　少纯，你说这人为啥还要划阶级成分呢？

丁少纯　因为经济地位不同呗。

丁海宽　不同又能怎么样呢？

丁少纯　地主、资本家压迫人、剥削人呗。

丁海宽　怎么压迫？怎么剥削？

丁少纯　（对丁母笑笑）考我呢。爸爸，这你比我知道得多，旧社会不是到处都有压迫剥削吗？

丁海宽　那现在呢？

丁少纯　现在当然没有了。

丁海宽　那还划阶级成分干啥？不是多余吗？

丁少纯　记个出身历史呗。

丁海宽　记那个有啥用？

丁少纯　必是有用呗。

丁海宽　有啥用？

丁少纯　（语塞）那……一定是……可能是……我也说不上来。（忽又高兴地）啊！我想起来了：出身可能和思想有关系。是吧，爸爸？

丁海宽　不准吧？就拿你岳母来说吧，她虽然从前跟她老头一块儿开过鲜货铺子，是个小商人出身，可她的思想跟你妈有啥不同呢？

丁少纯　（想了想）可也是，在她身上是不大明显。

丁海宽　是嘛！什么阶级成分？其实不过是“社会分工不同”罢了！

丁　母　（着急地制止丁海宽）咳！你！……

丁少纯　（愣了半天）……爸爸，你这是——

丁海宽　你跟你岳母处得怎么样啊？

丁少纯　还好，她那人挺好处的，这半年多我们从来也没红过脸儿。

丁海宽　多好哇！

丁少纯　（发觉父亲的口气有点不对）她也有些缺点。

丁海宽　她还有缺点？怪事！

丁少纯　上了年纪的人，免不了有点旧脑筋。

丁海宽　混账话！上了年纪的人就得有旧脑筋？！

丁少纯　这……可能……跟她的出身有点关系……

丁海宽　“可能”，哼！

丁　母　你爸爸不是早就嘱咐过你，叫你多帮助玉娟，多帮助你丈母娘……

丁少纯　我一定帮助她们克服缺点！

丁海宽　等着人家帮助你克服优点吧！把你那点优点克服净了，就省得你心里“无限的空虚”了！

丁少纯　“无限的空虚”？这是……哪儿的话？

丁海宽　忘了？（把信掷给丁少纯）看看“文件”吧！

丁少纯　（看信，羞地跺脚）妈！你瞧爸爸啥都给人看！

丁　母　谁叫你丢三落四的呢！

丁海宽　人家都乐乐呵呵地建设社会主义，你呢？“空虚”！还有什么？啊，“怅惘”！

丁少纯　（委屈地噘着嘴）谁那样了？人家是看见小说里有这么写的，才照样写上……

丁海宽　啊！要看见一条反动标语你也照样写上？

丁少纯　（憨笑）嘿嘿，那可不能！

〔丁少真猛地推开门。

丁少真　（回过头对门外）爷爷！他们都在这儿，到这屋吧！（对丁海宽和丁母）爷爷来了！

〔丁海宽和丁母急忙起身迎接，丁爷爷走进来。他戴一顶赭石色的毡帽头，大概走热了，穿着夹袄，夹着棉袄，扎着裤脚，实纳帮的布鞋，腰上别着小烟袋。白须白发，眼睛总爱笑眯眯的，眼角的鱼尾纹非常鲜明。

丁海宽
丁　母　爹来了！刚到？

丁爷爷　刚下火车。

丁少纯　爷爷！

丁爷爷　这小子！娶了媳妇爷爷都没喝着酒。海宽，听说柱子媳妇是个穿白大布衫的？

丁海宽　对，在工厂保健站当护士。

丁少真　爷爷，我找嫂子去。（下）

丁　母　爹，你怎么老也没进城来？

丁爷爷　（打量着房间）没有事来回跑啥。这回要不是队上有点事，我还不想来。（看见姚玉娟的大照片）这就是柱子媳妇？

丁　母　是。

丁海宽　给队上办啥事？

丁爷爷　屯子里不是有个小发电站吗？发电机坏了，你大哥想打发别人带来修理，我说我去吧，省得花店钱饭钱，捎带着看看你们。（看照片）这比真人脑袋还大！照这么大的干啥？

丁　母　你孙子媳妇就是爱照个相。

丁爷爷　这么一张得好几块吧？

丁少纯　嗯。

丁爷爷（向丁海宽）年轻轻的，住这么体面的屋子，比早先孙大奸头住的那大瓦房还排场！

丁海宽　敢情！

丁少纯　孙大奸头是谁呀？

丁海宽　大地主，你爷爷给他扛过活。听见没有？你现在住的屋子比大地主的还阔气哪，要对得起国家分配给你的好房子。

〔丁母给丁爷爷点烟袋。

丁爷爷　柱子，你活计干得咋样啊？

丁　母　（指墙上的奖状）他头年选上车间的先进者了。

丁海宽　（对丁母）你别帮他吹了！还不是靠那点小聪明！

丁少纯　（咕哝着）爸爸！你老是对人家的优点估计不足！

丁海宽　是吗？那你自个儿是怎么估计的？你说说我听听。

丁少纯　（憨笑）自己怎么好说呢！

丁爷爷　那么说，柱子干得还不赖？

丁　母　爹，发电机在哪儿呢？

丁爷爷　在这儿，（从衣兜里掏出托运单）起的“载纸”。海宽，你问问车站到了没有；顺便告诉周县委一声，就说我求他来了。

丁海宽　好。（接过托运单，下）

丁少纯　爷爷，周县委是谁呀？

丁　母　就是咱们厂子的周书记。

丁少纯　爷爷，你认识我们厂党委的周书记？

丁爷爷　老交情了！土改那咱，他在咱们县当县委，时常住在咱家，我们爷俩躺在炕上半宿半宿地唠。那人好啊，老八路！

〔门还没开，就听见外面姚母又说又笑的声音："哟！我快看看老爷子！"随即姚母和姚玉娟上场。姚玉娟夹着布包。

姚　母　（响快地）呀！大叔！你老好啊？

丁爷爷　啊，好！这是——

丁　母　少纯的丈母娘。玉娟，快来见你爷爷。

姚玉娟　（行礼）爷爷！

丁爷爷　（眉开眼笑地）唉！这回总算看见你们了！

姚　母　（递纸烟）大叔，你老抽这个。

丁爷爷　不行，我抽那个呛得慌。（扬扬烟袋）惯了。

〔姚玉娟悄悄地把布包放在背人的地方，随即给丁爷爷倒水。

姚　母　你老今年高寿了？

丁爷爷　七十九了。

姚　母　呀，身板可真好。听说你老在屯子里还参加劳动？

丁爷爷　多少干点儿。

姚　母　那么大年纪也该享享福了，大儿子当队长，二儿子当主任，多有条件哪。

丁爷爷　人到了岁数不干点活这血脉就慢了，慢慢就抽干了。你们家也是贫雇农吗？

姚　母　不是，我们一直住在城里。

丁爷爷　那是工人？

姚　母　玉娟她爸爸早年开个小鲜货铺子，卖个瓜果梨桃，烟酒汽水啥的。康德六年就归了合营了。

姚玉娟　一九五六年！

姚　母　对，是一九五六年，我这嘴。

丁爷爷　噢。还雇着伙计劳金吗？

姚　母　就有一个小伙计。

丁爷爷　（思忖着）嗯！那合着富裕中农的数儿？比富裕中农还大点儿？

丁少纯　不种地哪儿来的“农”？

丁爷爷　我这是比语儿。

姚　母　都说我们有点儿剥削，其实谁剥削谁呀？当伙计的比掌柜的还省心。

丁　母　爹，我给你收拾饭去。

丁爷爷　那，我也过去。（磕烟袋，起身）

姚　母　过会儿我们去看你老人家。

丁爷爷　哎，好。（往外走，又转回身来）柱子，（丁少纯装作没听见）柱子！

丁少纯　爷爷！这是楼房，没有柱子！

丁爷爷　（看看姚玉娟）噢！叫小名磨不开了？往后我叫你大号。少纯哪！

丁少纯　（脆快地）唉！

丁爷爷　发电机要运到了，你借辆手推车去给我推回来。

丁少纯　行。

丁爷爷　（走出门口又转回来）别雇车！

丁少纯　知道了。

〔丁爷爷同丁母下。

姚　母　这老爷子！（对姚玉娟）快给少纯看看，（对丁少纯）她给你买来了！

丁少纯　啥？

姚玉娟　（从布包里拿出来一套新料子服）看！

丁少纯　（惊喜）真买来了？不是钱不够了吗？

姚玉娟　跟大刘借了五十元互助金……

丁少纯　借的互助金？谁叫借的？拿啥还？

姚　母　你打上二十只野鸭子不就还上了！

姚玉娟　借的钱月底就得还上。火车快开了，你快点收拾走吧。啊？

丁少纯　（思想矛盾着）卖野鸭子这事我还得好好想想……工人，团员……卖野鸭子……我总觉着这事不带劲，成问题吧？

姚　母　什么问题不问题的，有了钱啥都不成问题！（把猎枪递给丁少纯）玉娟，去把少纯的雨衣给拿来。

丁少纯　（犹豫）友良还等着我呢！

姚　母　一会儿我告诉他。再出去两趟就落下这一身漂亮衣裳穿，多好哇！

〔姚玉娟进里屋。姚母帮丁少纯背上背包。

姚　母　噢，水壶还没装哩，我给你取去。（进里屋）

〔丁少纯面朝墙壁往腰里系子弹带。少顷，季友良进来，丁少纯没发觉。

季友良　（踮起脚尖走到丁少纯背后，突然用手顶住丁少纯后背）举起手来！（掠下丁少纯肩上的猎枪）你被缴械了！（架起丁少纯往外走）

丁少纯　别闹，友良！你听我说……

〔季友良不容分说，架丁少纯下。姚母同姚玉娟拿着水壶和雨衣上。

姚　母　他走了？这人！

——幕落

第二幕

第一场

地　点　电机厂院内一角落。

时　间　前幕后七天，第二个星期六的下午五点多钟。

幕　启　电机厂院子里的一个角落。舞台中部有一道修饰整齐的矮榆墙，墙后面是由一丛丛丁香树布成的小花园，深紫色的、淡紫色的和白色的丁香花开得正盛，团团锦簇，竞相争艳。墙前面是一条柏油通道，左方通向工厂大门和别的地方，右方紧连着观众看不见的水轮发电机车间的大门。紧贴着矮榆树墙的路边上有一条长椅。长椅的左侧有一架停放着三五辆自行车的存车架；长椅的右侧，靠近车间门口的地方是露在台上一大半的光荣榜，标有“十车间光荣榜”几个大字，上面排列着几十张照片。透过丁香花丛，可以望见远处的栉比林立的大厂房。

夕阳斜射，已经是下班以后了，各个车间里喧闹的机器声已经停息，四周一片幽静，只有偶尔从院内深处隐隐传来几声火车鸣笛的声音。

姚玉娟穿一身白护士服从右侧走上，焦急地向她走来的方向顾盼，少顷，丁少纯从右侧上，穿套头秋衣和工裤，拿一团棉纱擦两手的油垢。

姚玉娟　（急切地）你怎么到现在还没下班？

丁少纯　咳！别提了！今天我们组出了点事故，得晚下班半小时。

姚玉娟 （着急）呀！那你还能赶上火车吗？

丁少纯 抓紧点，还许能赶上。

姚玉娟 上星期六你没去成，这个星期六要再去不成，到时候拿什么还借款呢？

丁少纯 我今天一定争取赶上火车。

姚玉娟 出了什么事故？

丁少纯 最后一批线圈装进加热炉里加热，过了半小时一看温度计，温度一点儿也没上升，打开炉子一摸线圈，冰凉……

姚玉娟 是电炉坏了？

丁少纯 不是，是忘了开电门了。

姚玉娟 今天是谁管加热炉？

丁少纯 你不认识。

姚玉娟 这个人也真混！

丁少纯 你怎么骂人呢？

姚玉娟 他一个人耽误了全组下班，还不该骂？

丁少纯 该骂，他爱人也该骂，老催他出去打猎，把他催得思想溜号了。

姚玉娟 原来是你？

丁少纯 除了我还有谁！

姚玉娟 和打猎有啥关系？

丁少纯 刚装完加热炉，正好大刘到我们组去办事，我忙着跟他商量买火车票的事，才忘了开电门，结果弄得全组的人都开我玩笑！

姚玉娟 你也真够马虎了。（拿出三张二寸照片）看！你的照片洗出来了。

丁少纯 （看照片，吃惊）呀！怎么这个德行？

姚玉娟 多帅呀！笔挺的料子服，溜光的头发……

丁少纯 这怎么还斜着身子？

姚玉绢　人家就是要斜着洗的嘛！

丁少纯　（斜过照片让人像垂直来端详）不对，这脖子也歪呀！

姚玉绢　那不是我故意给你摆的姿势嘛！

丁少纯　这像啥了！

姚玉绢　是不有点像电影明星？

丁少纯　去你的吧！我为什么一定要像那个呢？

姚玉娟　你呀，不会审美。这是你的照片里最漂亮的一张。

丁少纯　这要让爸爸看见了又是个麻烦事儿。

姚玉绢　不会不叫他看，（把照片心爱地夹在小本子里）专留着给爱看的人看。

〔丁少真陪丁爷爷从车间那边走上。

丁爷爷　（笑容满面）好哇！这么大的工厂，爷爷算开了眼啦！

姚玉娟　爷爷来了！您是怎么进来的？

丁爷爷　（拍拍衣兜）周县委亲笔给我开的路条！

丁少纯　是入厂证，还路条呢！

丁爷爷　丫旦儿，你开老吊上那么高不害怕吗？

丁少真　（娇嗔地）爷爷！

丁爷爷　啊？

丁少真　人家都长大啦！

丁少纯　爷爷，鸭蛋长大了，应该叫她鹅蛋才对。

丁少真　（打丁少纯）坏！

丁爷爷　你的大号叫啥来？

丁少真　少真！

丁爷爷　少真，好绕嘴。（见丁少真生气）好，少真就少真。（看光荣榜）这上有你们三个没有？

姚玉娟　有少纯。（指光荣榜的左下角）爷爷你看，他在这儿！

丁爷爷　（满心喜悦）哈哈！这傻小子还上了金榜了！少纯媳妇，有相片往这上挂才是正地方，小点也行，对不对？

姚玉娟　爷爷，您说得对，我一定争取。

丁少真（指榜上靠中间的一张照片）爷爷，这还有季友良！

丁爷爷　啊，小良子！（指照片位置问丁少纯）人家在当间儿，你怎么在旁边？

丁少纯　友良一直比我强。

丁少真　爷爷，在小学的时候，友良就是三道杠儿，大队委员！

丁少纯　所以少真才……

丁少真　（威胁丁少纯）你敢说！

丁爷爷　不说我也看出来了。两人相好倒行，可就是别急着成亲，你才二十，还早呢。

丁少真　爷爷，你放心，我十年之内决不结婚！

丁爷爷　少纯，领我到你干活的地方去看看。

丁少纯　走吧，爷爷。

〔丁少纯同丁爷爷向右侧下。

丁少真　嫂子，你怎么还不回家？

姚玉娟　我今天值夜班。

丁少真　（悄声）嫂子，你说可怎么办呢？

姚玉娟　啥事？

丁少真　我约友良五点半去看篮球赛，五点在这儿集合去食堂吃饭，可是现在都五点二十了，他还没来！

姚玉娟　你们什么时候约定的？

丁少真　你不是教我提前两天约他吗？我是前天约的他。

姚玉娟　对，这样可以考验考验他，看看他能不能忘，要忘了那就说明你在他心里不占重要位置。

丁少真　他昨天是夜班，也许在家睡觉睡过点了，要不我现在回家去找他？

姚玉娟　瞧你！那还叫什么考验了？

丁少真　我有点经不住考验了……

姚玉娟　（笑）别那么沉不住气！你哥哥从前约会我的时候，我总要比他晚到十分钟，这样才能看出他是不是真心。

丁少真　我是怕友良睡觉没醒……

姚玉娟　他心里要真有你，三天三夜不睡觉也要等着。

丁少真　（望左侧，忽然高兴地）嫂子！他来了！

姚玉娟　（向左侧瞥了一眼）可要端着点儿呀，这关系到你一生的幸福问题！（向右侧下）

〔丁少真装作若无其事地看光荣榜。季友良用衣襟兜着一堆云母带兴冲冲地上场。

季友良　（满脸不可抑制的兴奋，滔滔不绝地）少真！告诉你个好消息：这些云母带完全能用啊！中央实验室刚给鉴定的……啊，你还不知道，这是我从废品库的废云母带里挑出来的。废云母带有好几吨呢，供应科想当作垃圾处理掉，今天早上我一听说，下了夜班就跑去挑选。你猜怎么样？里面能挑出来百分之十三能用的！你干吗那样看我？百分之十三也不少啊，你算算，一吨里就能挑出一百三十公斤，够咱们做多少台电机呀！

〔丁少纯从右侧上。

季友良　少纯！好消息：能用！

丁少纯　（高兴地）真的呀？

季友良　多好啊！咱们用业余时间去挑选，让这台七万二千五全用这个……

丁少纯　妙！妙！创造个低成本的最高纪录！

季友良　丁主任在车间没？我马上去找他汇报！

〔被遗忘在一旁的丁少真这时再也受不住了，把脸一掩悄悄走下。

丁少纯　（拉季友良坐下）友良，我今天在班上犯了个错误……

季友良　我听说了！你怎么搞的？

丁少纯　大意了。

季友良　加热不开电门！真是瓜子里嗑出个臭虫来——啥仁（人）儿都有！

丁少纯　嘿嘿！嗳，这事你可别对我爸爸说呀！我要有点儿缺点他能记一辈子，有点儿优点他可好忘！你看我那封倒霉的信，让他抓住了，动不动就用信里的话挖苦我两句——“你心里又空虚了？”幸亏我脸皮厚点，抵抗力强点。

季友良　（忽然发现）咦？少真呢？

丁少纯　她走了。我看她好像有点儿不高兴？

季友良　是吗？（想了想，忽然忆起）啊呀！大事不好！

丁少纯　何事惊慌？

季友良　她约我今天去看球赛，你看，让我给忙忘了！（后悔不迭地）唉！这扯不扯！

丁少纯　真是“瓜子里嗑出个臭虫来——啥仁（人）儿都有”！

季友良　（掏出记事本）你看我还特意记在这本子上了，可是我今天没顾得上看本子，真糟糕！她这个气包子又得气得鼓鼓儿的。

丁少纯　快道歉去吧。

季友良　她这人也真绝，我忘了就提醒我一句呗，还不吱声。

丁少纯　人家这是考验你，玉娟就对我考验过不少次。

季友良　这么说我这是没经住考验？真复杂！（一挤眼）我得去赔个不是。（起身欲走）

〔丁海宽推着手推车从左侧上，车上放着一台小型发电机。

季友良　丁师傅，鉴定合格了！（递过一张纸）这是中央实验室的鉴定书。

丁海宽　（看鉴定书）我估计就能用。我给你发动来好几十名家属，由少纯他妈带队，一会儿就上废品库去挑云母带。

季友良　这太好了！

丁少纯　正好我们快要开始包绝缘了。

季友良　丁师傅，你看见少真没有？

丁海宽　她回家吃饭去了，我告诉她一会儿领着家属们来。

季友良　她说能来？

丁海宽　来。

季友良　（放下心。指车上小电机）这不是丁爷爷带来的那台小电机吗？

丁海宽　是，周书记叫我交给你们组修理。

丁少纯　这小玩意儿，太简单了，跟修理玩具一样。

丁海宽　（对季友良指丁少纯）别让他修理！玩具！人家一百多户人家指着它点电灯、听广播、推碾子、拉磨、铡草呢！玩具！周书记叫你们想一切办法降低修理成本，他说农民卖一斤粮才毛八分钱，不容易。

季友良　对，云母带用这个（指椅子上的废云母带）就能省不少钱，我们再从别处想法省些钱。

丁海宽　少纯，你们组怎么没按时下班？

丁少纯　加热炉……耽误了一会儿……

丁海宽　加热炉怎么了？

季友良　出了点小故障。

丁海宽　（对丁少纯）你这带班的事先不把炉子检查好？

丁少纯　（支吾）已经修好了。

丁海宽　你们对新制度执行得怎么样？

丁少纯　什么制度？

丁海宽　不是规定下线时间每人身上都不带金属物品吗？

季友良　每次下线之前我们都互相检查身上。

丁海宽　（对丁少纯）来，我检查检查你。

丁少纯　我这最标准，（拍拍套头秋衣）上身没有兜。

丁海宽　裤兜里呢？

丁少纯　（掏出一条手绢）这是非金属物品——手绢，（抖了抖）里边没埋伏，（把两个裤兜全拉出来）无产阶级。（抬起鞋底）胶底鞋，一个鞋钉子都没有。

丁海宽（对季友良）光在下线前检查一次还不够，下线中间也要抽查几次，让大家都养成不乱揣东西的习惯就好了。钥匙啦，硬币啦，别针啦，鞋钉子啦，小钢尺啦……这些小金属物件，都容易掉到定子槽里。特别是揣在这上衣小兜里，蹲在定子上弯着腰下线圈，最容易滑出来掉进槽里，槽子又窄又深，掉下去也看不见，线圈一压上，就算埋上个定时炸弹。

丁少纯　其实我们干过那么多台电机，也还没出过一次这种事故。

丁海宽　你又麻痹大意！我不是跟你们讲过，你们俩进厂之前，你们组出过这种事故吗？不知是谁的一分钱掉在一台四万四电机的槽子里了，厂内又根本没办法检查出来，到了电站，电机安装好了，发了两天电，那一分钱在里面产生了涡流，烧坏了好几个线圈，修理了半个月！一台四万四一天能发一百多万度电，停电半个月就要少发一千五百八十四万度电，一度电按六分钱算，就是一百二十多万元！看！你们下线工里有一个人丢了一分钱，国家就得陪着他丢掉一百二十万元！怎么得了哇孩子！

季友良　真不得了！（对丁少纯）咱们可得特别注意呀！

丁少纯　没问题。（指推车）爸爸，我把这个送车间去吧！

丁海宽　送去吧。

〔丁少纯推手推车下。

丁海宽　友良，你眼睛怎么有点发红？

季友良　（不敢正眼看对方）没什么，可能是风吹的……

丁海宽　你以为我不知道？你是不是下了夜班就弄这个（指云母带）去了？一天没睡觉吧？

季友良　睡了。

丁海宽　撒谎！你妈刚才告你状了。

季友良　攒到今天晚上一块儿睡更香。

丁海宽　睡觉不带储蓄的，每天都要保证八小时！

季友良　（笑）得了吧丁师傅！你就没有以身作则。我听少真说，你每天都看书看到半夜，天不亮就起来到车间转儿圈儿……

丁海宽　岁数大一点儿的人觉轻，你不能跟我比！（拿出五十元钱）这五十元钱给你，你们全家都该换换衣裳了。

季友良　丁师傅，我不要！

丁海宽　你不要补助费我赞成，可是我给你的钱你得要！（严厉地）拿着！

〔季友良无可奈何地接过钱。女工甲从右侧上。

女工甲　季师傅，这就是从废云母带里挑出来的，我拿去给组里同志们看看。

季友良　好。桂兰，你可别忘了作记录哇。

丁海宽　什么记录？

女工甲　季师傅叫我们把每一号定子槽是谁下的线圈都随时记下来。

丁海宽　对！这样有啥问题也好查对。桂兰，你们今天加热炉咋的了？

女工甲　（连说带笑）小丁师傅可真滑稽，（季友良从丁海宽背后直向她摆手示意不要说，但她未看见）他把线圈装进加热炉里忘了开电门，过了半小时才发现。

丁海宽　（回头看季友良）好啊！少纯瞒着我，你也包庇他！还说炉子"出了点儿故障"！

〔女工甲有些失悔，偷着向季友良吐吐舌头，抱起云母带跑下。

丁海宽　你为啥帮他瞒着我？怕我骂他，对不对？（季友良笑而不语）做错了事不挨骂就好哇？啊？

〔大刘拿一沓照片上，从光荣榜上摘旧照片，换新照片。

丁海宽　互相包庇缺点那不叫朋友！朋友处长了不能天天都是甜哥哥

蜜姐姐地扳着脖子搂着腰！不能老是晴天就好，必要的时候也得有阴天，也得打雷，下雨！（向大刘）我说得对不对呀，秀才？

大　刘　丁主任，你这话很有诗意。

丁海宽　什么诗意？

大　刘　就是说：友谊之花，不能只在晴天里生长，它需要阳光的哺育，也要有雨露的滋养。

丁海宽　嗬，出口成章！（对季友良）不过，我这意思他倒没给说走样。你父亲活着的时候，我们俩可不像你跟少纯这样，在原则问题上，我们是谁对谁都不客气。

〔丁少纯上。

丁海宽　（刚要走，见了丁少纯又停步，故意向大刘）大刘，你换光荣榜可别忘了贴少纯的相片呀！

丁少纯　（不好意思地笑）我知道这回没有我，这一季度我没啥突出的成绩……

丁海宽　还不突出？加热线圈不开电门，多新鲜的创造！又省事又省电！

丁少纯　（看看季友良）……

丁海宽　我说少纯，你干活的时候心跑哪儿去了？又“空虚”了？大刘！你给他编段快板，广播广播！

大　刘　（笑）这可不能编。

丁海宽　怎么不能编？我给你起个头儿，你就说——下线工，丁少纯，加热忘了开电门，你说气人不气人！——你接着往下编吧！（对季友良）你马上回家睡觉去，我领家属去挑云母带。（向左侧下）

丁少纯　（见季友良在笑，气势汹汹地向他发泄）你得意了？哈？

季友良　（边打哈欠边说）你别拿我撒气。——哎呀，好困！（躺在长椅上）

丁少纯 别装迷糊！

季友良 别搅我，我眯一会儿，还有任务呢。

丁少纯 我最反对两面派！

季友良 你走开吧！

丁少纯 当我面装好人，背后汇报我，我最瞧不起这种人！

季友良 （火了，忽地坐起）你做错了事还有理了？汇报是应该的！不汇报是我的错误！

大 刘 唉！友谊之花也需要阴天，这不打起雷来了，可别干打雷不下雨呀。（对丁少纯）你可抓紧点，别误了火车。（拿起换下来的照片下场）

丁少纯 你正确！你好！我落后！

季友良 你以为你还没落后啊？你从结婚以后，就是不如从前了！

丁少纯 我什么地方不如从前了？你指出来！

季友良 很多地方！从前你工作就没这样马虎过！

丁少纯 你胡说，这跟结婚没关系！你不要生拉硬扯地往一块儿联系！

季友良 恐怕事实上就有联系！你知道小组里的同志怎样议论你？有人说你现在请了个“家庭教师”！

丁少纯 谁是“家庭教师”？

季友良 当然是指你岳母！

丁少纯 这是污蔑！我不承认！

季友良 我可认为符合实际情况！

丁少纯 好！从今以后你别跟我落后分子在一起，我也没必要巴结你这个先进朋友，一刀两断！谁也别理谁！（气咻咻地从后屁股的裤兜里掏出一支烟来，叼在颤抖的嘴唇上）

季友良 （一把从他嘴里掠下纸烟，狠狠地撕碎扔掉）我偏要理你！偏要理你！（向左侧下）

〔丁少纯气呼呼地立了片刻，坐下来，脸上逐渐浮现出痛苦、失悔和茫然若失的神色。少顷，姚玉娟从右侧上。

姚玉娟 少纯！你还得多少分钟下班？

〔丁少纯不语。

姚玉娟 你怎么了？

丁少纯 没什么。

姚玉娟 你下了班还得回家去吃饭、取猎枪，能来得及吗？

丁少纯 现在几点了？（拉过姚玉娟手腕看表，惊讶）呀！怕是不赶趟了！

姚玉娟 （着急）那怎么办？我看你现在先回家去把猎枪和背包取来，在这儿干完了直接就上车站。

丁少纯 （犹豫地）工作时间离开不大好……

姚玉娟 反正你们现在等加热炉，没事嘛。

丁少纯 可也是。不行，线圈出炉以前我怕赶不回来。

姚玉娟 （指自行车）你借一辆车子。

丁少纯 对！（看存车架上的自行车）正好，张淑芳的这辆车子没锁。

姚玉娟 邹师傅今天晚上要出差，他方才找我来要皮夹克，你顺便把皮夹克还给人家吧。

丁少纯 好。（跨上一辆坤车向左侧飞下）

〔丁少真从左侧上。

丁少真 （回头问）哥哥，你上哪儿去？

姚玉娟 他去办点事。少真，你们怎么没去看——

丁少真 别提了！他是来找爸爸的，根本就没想找我！

姚玉娟 那他见了你——

丁少真 见了我就哇啦哇啦地谈云母带，完了就干脆把我撂在一边，跟哥哥哇啦开了，好像我根本就不存在！（捂着发烧的脸）哎呀！真讪死我了！（擦泪）

姚玉娟　这么说，他心里的确没有你。

丁少真　谁知道呢？嫂子，对人的心理我真是一点儿也不会分析，比解一道最复杂的方程式还难哪！……我希望是他忙忘了——他的确忙；可是也许他根本看不起我，不愿意和我在一起，才故意谈云母带来躲避我……

〔女工甲上。

女工甲　玉娟，小丁师傅呢？

姚玉娟　他就回来。有事吗？

女工甲　线圈出炉了，他回来你告诉他快来下线，我们先干了。

姚玉娟　好。

〔女工甲下。

丁少真　可是他从前又对我那么好……在小学的时候——

姚玉娟　咳！孩子时期的事靠不住。

丁少真　我入厂以后，他也特别关心我呀。为了帮助我学技术，他看了很多关于吊车的书……

姚玉娟　可人家现在是厂劳模了，是下线组长了，是团支委了。

丁少真　也许是他思想变了？……

姚玉娟　（气不平地）算了！有什么了不起的！

丁少真　可是嫂子，我心里觉得他……的确了不起！

姚玉娟　那天我妈说：少真长得那么水灵，爸爸又是领导干部；季友良要啥没啥，一大家子人，可真不般配。

丁少真　我最不爱听这种话！旧思想！

姚玉娟　可不是呗。

丁少真　（希冀地）……也许他现在想起我来了，正在往这儿跑，来找我道歉……

姚玉娟　他现在在哪儿？

丁少真　在废品库，带着妈她们挑云母带呢。方才我真想留在那儿跟他们一块儿挑——（忽然兴奋地）嫂子！有百分之十三能用的呢！他多能挖潜力呀！——可是我想起你嘱咐的话，怕他以为我死乞白赖地跟着他，就咬着牙跑这儿来了。

〔女工甲上。

女工甲　小丁师傅还没回来。

姚玉娟　就回来了。

〔女工甲下。

丁少真　……也许他根本没听见……

姚玉娟　没听见什么？

丁少真　从废品库出来的时候，我故意大声对妈说我到车间来办点事……

〔丁少纯飞车跑上，车上带着大背包，上身套上了一件三个兜的黑布上衣，脚上换了长筒胶靴，肩上挎着猎枪。

姚玉娟　你快点吧，人家都开始下线了！

丁少纯　（正嚼着一嘴干粮，呵呵带喘地说不清话）是吗？（匆忙地把猎枪和背包藏到榆树墙后面）

丁少真　哥哥你真不像话，工作时间溜号！

丁少纯　（说得呜噜呜噜的）这是下班以后了，没关系。

姚玉娟　你把皮夹克还给邹师傅了？

丁少纯　（点点头）嗯。

〔大刘背着猎枪和背包从右侧上。

大　刘　你还没完事？那你今天别去了，不赶趟了。

丁少纯　（拉姚玉娟手腕看看表，然后对大刘呜噜呜噜地大声说）你先走，到车站给我买好票……

大　刘　你说啥？

丁少纯　（说不清，打着手势）你先到车站去买——（伸两个手指）

大　刘　啥呀？呜啦呜啦的！

丁少纯　我是说——（咽下嘴里的东西）哎呀妈，噎死我了！——我说你先到车站去买好咱俩的车票，我随后就到。

大　刘　那你可得快点！（向左侧下）

丁少纯　（向大刘背影）不见不散啊！（匆匆忙忙地向右侧跑下）

丁少真　（忽然喜出望外地）嫂子！他来了！

〔姚玉娟向左侧看看，手指点了点丁少真，笑着向右侧下。季友良跑上。

季友良　少真！生我气了？你看我把那个事……

丁少真　（眼里闪着喜泪花，连忙拉住季友良的胳膊）别说了！走，挑云母带去！（挽着季友良跑下）

〔丁爷爷从右侧上，路过光荣榜，又笑眯眯地去左下角找少纯的相片，但已换了别人，满处找也不见影。

丁爷爷　（纳闷地）嗯——？

〔丁海宽从左侧上。

丁海宽　爹，你还没回去？

丁爷爷　（指着光荣榜）柱子呢？

丁海宽　换下去了，这回没有他！

丁爷爷　（沉下脸来）……他咋的了？

丁海宽　（轻轻叹息一声）唉！等回家我跟你详细说吧。爹，你们那台电机送车间来了。

丁爷爷　听说要交给柱子他们修理？他们组净是些小姑娘小小子，能给修好吗？

丁海宽　爹，你那一台才够一百户人家点电灯，可是他们现在干的那一台，能供五百万人口的城市点电灯，不也是这帮小姑娘小小子干的吗？

丁爷爷　（睁着吃惊的眼睛）那么大的东西你就敢交给他们那些嘴上没毛的孩子？

丁海宽　你再参观两天就明白了：我们全厂一共才有多少嘴上有毛的呀，二十五岁以下的工人占百分之七十五。爹，这是咱们新中国工业的特点，工厂是新建的多，工人自然也是新的多，老工人当干部还不够占用呢。

丁爷爷　这事可真叫人有点不放心！

丁海宽　可是五湖四海都有咱们厂生产的电机，天天在发电，还发得挺好！

丁爷爷　（深深地点点头）嗯！如今这年轻人可也倒是能耐，培养得好啊！——可咱们的柱子倒是怎么回事啊？

丁海宽　咱爷俩走着唠吧。

〔丁海宽同丁爷爷并肩向左侧下。十来个下线组的男女青年工人说说笑笑地从右侧陆续过场，有的去推自行车。姚玉娟跑上来。

姚玉娟　你们干完了？

青年们　完了。

姚玉娟　咦？少纯没出来。

女工甲　小丁师傅在复查呢，就来了。

〔青年们陆续向左侧走下。姚玉娟从榆树墙后提出猎枪和背包放在长椅上，直看手表。丁少纯上。

姚玉娟　快点吧！再有二十分钟火车就开了！（帮丁少纯往腰上系子弹带）把门钥匙给我留下，省得我半夜回家叫门。

丁少纯　（顺手摸上衣兜）钥匙在我这吗？

姚玉娟　我今天中午给你的嘛。

丁少纯　（又摸裤兜）没有哇！（忽然发觉自己穿着上衣）咦？我什么时候穿上的这件上衣？

姚玉娟　瞧你！你方才从家里回来就穿着嘛！

丁少纯　（手不停地反复掏兜）糟糕！我怎么穿着上衣下线呢！（惊

慌起来）呀！不是我把钥匙揣在这个小兜里，下线的时候掉到定子槽里边了？！

姚玉娟　你揣了吗？

丁少纯　（想了想）不记得了！玉娟，你快到我方才干活的地方去找找，我看看在没在背包里！

〔姚玉娟下。

〔丁少纯打开背包，一件一件往外掏东西寻找。

丁少纯　（边找边自语）……真糟！我怎么不记得放在哪儿了呢？……

〔姚玉娟跑上。

姚玉娟　没有！你不是掉在家了？

丁少纯　（出了汗）也可能！我得马上回家去找找，家要没有，就有可能是掉在定子糟里了，那得赶紧找几个人来拆下线圈找！

姚玉娟　来不及了！你回来再找不行吗？

丁少纯　不行！现在刚下完底层线圈，拆下来很容易，等上层线圈下完再拆，那返工就大了！

姚玉娟　你们组明天不是全都歇班吗？

丁少纯　是呀。

姚玉娟　那你明天晚上回来再找还不是一样？

丁少纯　可也是，反正明天不干下道工序……

姚玉娟　是呀，你明天回来以后，家里要没有，再来拆开底层线圈找……

丁少纯　行，反正在后天上班以前，啥时候找都一样。

姚玉娟　那你快走吧！还有一刻钟了！

丁少纯　是吗？（提起背包就跑）

姚玉娟　（拿起猎枪喊他）枪！（追下）

——幕落

第二场

地　点　电机厂家属宿舍院内一角。

时　间　前场两天后，星期一的晚上。

幕　启　工厂家属宿舍的院子里。舞台右侧露出一幢三层楼房下面两层的一角。一楼是丁海宽的家，二楼是丁少纯的家。上下楼角凹成两个长方形的洞，洞里是上下一式的阳台。阳台的后面各有一窗，右侧面各有一通房间的门。楼下阳台的左侧面开有豁口，可直通院子。舞台左侧有一棵大树，围绕树干用木板条钉成六角座椅。舞台深处是一道与楼房平行的木板栅栏，左端开有出入口，通向栅栏外面的大街。栅栏的上端露出一排杨树和一盏路灯。舞台左前方通向工厂，右后方通向楼背面的楼门。

夜里八点多钟，月光、街灯光和上下楼窗里的灯光把院子照得很明亮。二楼的窗户上垂着扣网窗帘，一楼窗户上挂着半截花条布窗帘，上下阳台通房间的门都敞开着。

姚玉娟立在舞台左后方栅栏入口处，焦急地向大街瞭望。丁母坐在一楼的阳台里纳鞋底，时而向姚玉娟站立的方向望望。姚母坐在二楼的阳台里抽烟，两眼一直盯着姚玉娟那边。丁爷爷坐在树下的椅子上闷头抽烟袋。开幕后相当长的时间里谁也没说话，台上静得有些紧张。街上偶尔有一辆汽车驶过的声音。

姚　母　（向姚玉娟）还没有影儿？

〔姚玉娟摇了摇头，没转身也没说话。

丁爷爷　（狠狠地吧嗒着烟袋，生气地唾了一口）呸！

丁　母　（焦虑地轻声叹息）唉！

〔又是一阵沉默。丁海宽推着手推车从左前方上场，车里装一些废云母带。大刘跟在他身旁边走边说明情况。

大　刘　（后悔不迭地）……唉！这事完全怪我！昨天临回来的时候我好好找找他就对了……

丁　母　大刘，打猎的时候你们俩不是在一块儿吗？

大　刘　先是在一起，后来就分开了，我离他有一千多米远，中间隔一个大水泡子。我往回走的时候天已经黑了，喊了他几声也没听见回答，我寻思他是先上火车站了，我就急忙往车站跑。到了车站，火车已经进站了，我又以为他是先上车了。等我上了车从头找到尾，才知道他没上车，可是车已经开了。

丁海宽　你喊他以前没听见他放枪吗？

大　刘　太阳要落的时候，我听见他那边枪紧响。天一黑下来就没听见他放枪。

丁　母　（提心吊胆）你说那儿有个大水泡子？

姚玉娟　（神色紧张）水深吗？

丁海宽　不用担这个心！他就是掉进大江里，像个活鱼似的也淹不死。他这是打野鸭子打疯了！

丁　母　就算昨天误了火车，今天这时候不是也该到家了吗？

大　刘　是呀，该到了。我挂电话问问车站是不是火车晚点了。（走进丁海宽屋去）

丁海宽　越来越“出息”了！工作这么紧张，他竟敢旷工！

丁爷爷　呸！（把烟袋往椅子腿上磕得叭叭地响）

丁　母　他这是怎么了？可从来没旷过工啊……

丁海宽　这不就开了头了？往下坡出溜快着呢！

姚　母　耽误一天两天工，谁也兴许有的。

丁海宽　不能这么说，亲家母！少纯不是个卖掏耳勺的，他是个工人！

姚　母　工人就不许有点私事？少干一天活少领一天工钱到头了呗。

丁　母　你寻思这像你早先开鲜货铺子呢，开板关板随自个儿的便？住厂子的人一卯顶一楔儿，不能由着自个儿的性儿。

丁海宽　亲家母！少纯是制造大电机的，大电机是关系到国富民强的东西。他人虽平常，可占了一个不平常的地位。咱们在场的这几个人都得明白这个，因为咱们都是他的亲人！

姚　母　明不明白可也没谁拽他后腿！

姚玉娟　（对姚母）妈！

丁　母　他这一阵子这么贪恋打猎，咱们都该劝劝他。有时有晌地出去玩玩倒没啥，把打猎当成营生就不好了。

丁海宽　玉娟！少纯最近工作紧张你该知道，可是我听说前天晚上你还催着他去打猎。你们是夫妻呀！夫妻生活的内容不能光是吃、穿、玩，最要紧的是要互相督促进步，要互相负责任！

姚玉娟　爸爸，我以后一定注意。

丁海宽　我方才听大刘说，你们借了五十元互助金？干啥用了。

姚玉娟　（不知如何回答，慌乱地望着楼上的姚母）啊，那是……

姚　母　给你儿子买了一套毛料子衣裳。

丁海宽　毛料子衣裳？花多少钱？

姚　母　一百四十八。

丁爷爷　（站起来）一百四十八？一套衣裳？……买那个干啥？

姚　母　你孙子稀罕哪大叔！穿着好看，漂亮！

丁海宽　（向姚玉娟）借钱指着啥还？

姚　母　（急忙代答）他俩还有七十多块钱的定期存款，再有半个月到了期就能取出来了。

〔大刘从丁海宽家出来。

大　刘　火车半小时以前就到站了，可是他怎么还没回来呢？我去迎迎他。

丁　母　大刘，你挂了几次电话？

大　刘　两次，怎么？

丁　母　（往屋里走）我去扔小匣里一毛钱，（指指丁海宽）这是他立的规矩，他说给他家安电话不是为了办私事的。（进屋）

大　刘　（感佩地）啊！丁主任真是……（向大街走下）

丁爷爷　咱们是啥人家？买那么贵的衣裳？

姚　母　（笑）唉！大叔哇，啥人家给了钱商店也卖给！（进二楼屋里去）

〔丁母走出来。

丁爷爷　（气得直哆嗦）哼！

姚玉娟　（见势不好，企图躲避）爸爸！我也去迎迎少纯？

丁海宽　玉娟！少纯不是有一套料子服了吗？怎么还买？

姚玉娟　（怯生生地）他原来的那一套是人造毛的……

丁爷爷　她说啥？

丁海宽　人造毛的！不如纯羊毛的好！

丁爷爷　我看你们浑身都是毛，娇毛！

姚玉娟　爸爸，我去吧？

丁海宽　去吧！（姚玉娟急走开）玉娟！（姚玉娟止步）明天把你们的存款取出来，还上借款！互助金不是借给买料子服用的！

姚玉娟　（紧张）爸爸！存款还不到期！

丁海宽　开介绍信可以提前取。

姚玉娟　（怔了一下）……啊！（向大街走下）

丁爷爷　这还了得吗？黄嘴丫子还没蜕的小崽子，就要穿毛料子！一百四十八！

丁　母　（指指楼上，低声地）都是这老婆子把孩子给拐带浮华了！

丁爷爷　那你们俩呢？你们这当爹当妈的是管干啥的？

丁　母　爹！我们不知道他们借钱买衣裳的事……

丁爷爷　不知道就有理了？买衣裳不知道，娶媳妇你们也不知道？这娶的是个什么媳妇？照那么大的相片！能过日子吗？你看看她那个妈，是个正经人家的人吗？

丁　母　儿女婚姻自主嘛，人家相中了，背着我们就订妥了，我们有啥法儿？

丁爷爷　你看你大哥跟前那两个少的，仓子在队伍上立过一等功，囤子年年是五好社员，新近入的党，那老实厚道劲儿一个赛着一个！什么耽误工，什么毛料子，他敢！看你们把柱子惯的！

丁　母　其实我们俩还真没惯过他。

丁爷爷　当初我说把柱子先送屯下去放二年猪再上学，你们不乐意，怕误了他念书，念完了高小念初中，念完了初中又念技工学校，你看这念成个什么玩意儿了？

丁海宽　爹！不在那个，念书念不坏人。

丁爷爷　要先放二年猪他就不能这样！

丁海宽　咳！你光认放猪，工厂里也一样锻炼人嘛！

丁爷爷　工厂里倒是能锻炼，可你叫他跟鲜货铺的女掌柜的在一块儿，也能锻炼？

丁海宽　那还能把他装在保险箱里？

丁爷爷　哼！我就看你的！（往屋里走，在阳台柱子上用力磕磕烟袋）等你把柱子给我糟践了，咱俩有账算！（进屋）

丁　母　他们结婚的时候，我一听说玉娟她妈要来跟他们一起过，就觉着这事不大好，可是你总说“不要紧，不要紧！”

丁海宽　（陷入沉思）……是呀！我原来想的是太简单了！我想，少纯是在红色环境里长大的，解放的时候他才七岁，吃的是新社会的饭，念的是新社会的书，看的是新社会的电影，听的是新社会的广播……我以为像他这样的年轻人，对旧东西是绝缘的，就像这云母带隔电一样。这些天我仔细一想，满不是这么回事呀！他们脖子上系着红领巾的时候，就有人总想偷偷摸摸地给他们系上一条“黑领巾”！我们对他们讲劳动模范怎样光荣，可是也有人对他们说“模范也不顶饭吃”！我们教育他们不要计较劳动报酬，可是有人一见了他们的面不出三句话就问：“你挣多少钱？”

丁　母　可真的，思想不牢靠的孩子，叫人问上这么几回心里就犯嘀咕了。

丁海宽　加上咱们教育孩子不太得法，常常不能把好思想像刻戳子那样刻在他们心上，倒像往黑板上写粉笔字，咱们费了不少的劲写上一黑板，可是那些旧思想就像一些破抹布，三下两下就能给你擦得模模糊糊……真是不能小瞧那些破抹布哇，它还有势力！

〔丁少真从左前方上场。

丁少真　爸爸！哥哥也太不像话了，到现在还不回来！你看友良今天替他上的白班，现在又接着上了夜班，连轴转怎么行呢？

丁海宽　我去替友良上夜班。少真，帮你妈把这些废云母带给各家分一分，家属们坐在家里就挑了，挑完这些再去取。

丁少真　唉。

〔丁海宽向左前方下。丁少真推起车子。

丁　母　（朝楼上喊）亲家母哇！亲家母！

〔姚母出现在二楼阳台上。

姚　母　啊？

丁　母　给你分一点儿云母带吧，闲着没事就挑了。

姚　母　呀，我可不要！挑一斤才给八分钱，还不够买一盒烟卷的呢。

丁　母　（笑着指点她）你这个老婆子呀，脑袋里都长了钱锈了！

〔丁少真和丁母推着车子向楼房的后面走去。姚玉娟和丁少纯从栅栏口走进来。丁少纯穿着雨衣，背着沉甸甸的大背包，脚上的胶靴上糊满了泥浆，神色惶恐、沮丧而又疲惫。姚玉娟替他提着猎枪。

姚　母　（欣喜地）呀！可回来了！

〔姚玉娟急忙摇手不让姚母声张，走到楼下窗前向屋里窥伺。

姚　母　他们都走了。打了多少？（没人回答，她急忙进屋去）

丁少纯　（疲惫地坐在树下椅子上）哎呀我的妈！

姚玉娟　（埋怨地）你昨天怎么能误了火车呢？

丁少纯　唉！别提了！——快帮我把背包拽下来！（姚玉娟帮他往下拽背包，他一边吃力地从背包挎带里往外拽胳膊，一边解释）倒霉透了！昨天傍黑前我一连气打下来——使劲拽！都让雨浇透了！

〔姚母从楼后跑上。

丁少纯　……一连气打下来六个野鸭子，可是掉到草窠里一个也找不见了，我就找啊，找啊，一边找心里还一边念叨着：可别误了火车呀，找到一个我就走。可是找到一个又惦着再找一个，心里想：这回再找到一个说啥也得走了。第二个挺顺利，不大工夫就找到了，这一顺利不要紧，我又想再找一个。当时也不知道是怎么股劲儿，心里明白腿打摽儿！……就这样，好歹算找到了四个，这才把心一横，坚决不再找了。可是跑到火车站，火车已经开走半小时了！

姚　母　那你没就手回去把那两个也找着？

丁少纯　我窝火还窝不完呢，还找！

姚玉娟　（后悔地）你把我手表戴上也就好了！

姚　母　（摸丁少纯的后腰）一共打了多少？

〔丁少纯脱下雨衣，露出挂在腰上的四只鸭子，解下来扔在姚母脚下。

姚　母　就这四个？

姚玉娟　（不耐烦地指背包）咳！这里还有呢！

姚　母　（一摸背包，喜出望外地）呀！这么些！

姚玉娟　爸爸跟爷爷都火了。

丁少纯　（后悔不迭地）唉！我真是混球！

姚　母　后啥悔，少上一天班呗，小事一段。（乐颠颠地抱起背包和地上的四只鸭子向楼后走下）

丁少纯　（大声地）这叫小事？这么忙的时候我旷工！（捶脑袋）我真……（忽然想起）可是呢！那把钥匙是落在家里了吧？

姚玉娟　我正想告诉你：我跟妈把家里都翻遍了，没有！

丁少纯　（大惊）啊？没有？！

姚玉娟　没有。

丁少纯　那你没告诉友良他们拆开线圈找？

姚玉娟　你没回来，我也不知道你是不是掉在别处了，我怎么好冒冒失失地去告诉人家返工呢？

丁少纯　那瓣定子今天又继续干了？！

姚玉娟　今天已经把上层线圈全下完了，槽楔都打完了。

丁少纯　哎呀真糟！我怎么不赶紧回来找钥匙，还找的什么野鸭子呀！我真太混了，现在再拆开找返工就大了呀！

姚玉娟　你能肯定钥匙是掉在槽里了吗？

丁少纯　谁知道呢，反正有可能！我得去报告，不拆开找找，要是真在里面，到了电站损失就大了！（要走）

姚玉娟　（拉住丁少纯）你先别急，再好好想想。

丁少纯　不行！等下道工序再干上，那返工就更麻烦了！

姚玉娟　下道工序不是锡焊吗？我听友良说要等着另外的三瓣定子全下完线才能一起开始锡焊，还有好几天的时间呢。

丁少纯　啊！可也是，我还来得及好好想想……

姚玉娟　你要冒冒失失地去报告，拆开电机一找，里边没有钥匙，那不白白造成返工的浪费吗？那你非挨处分不可！

丁少纯　对，我得好好想想！（想）……唉！我怎么就想不起来那把钥匙是不是揣在这个上衣兜里了呢？

姚玉娟　（拉丁少纯坐下）你冷静下来，从头开始想。

丁少纯　……前天中午你给了我钥匙，我当时就揣在兜里了吧？

姚玉娟　好像是……

〔姚母拿着一只野鸭子出现在二楼阳台上。

姚　母（悄声地）玉娟！你猜他打了多少？十二个呢！嘻嘻，他可真能耐！

姚玉娟　妈！我们正在想钥匙的事呢！

姚　母　对，好好想想。（又悄声地）你们对别人可别实说这个数，就说一共打了四个。

姚玉娟　（忽然想起）咦！我想起来了！你当时穿的是邹师傅那件皮夹克，你是把钥匙揣在皮夹克的小兜里了！

丁少纯　（也想起）对呀！是揣在皮夹克兜里了！中午回到家来，门开着，我没掏钥匙，就把皮夹克放在家里了，下午回车间光穿着秋衣……

姚　母　玉娟！你看这野鸭子多胖，肉滚儿似的！

姚玉娟　妈！你别打岔了！（转向丁少纯）前天晚上你回来还邹师傅皮夹克的时候掏没掏兜？

丁少纯　……我记得好像是掏过……

姚玉娟　你好好想想，是掏过吗？不是让邹师傅把钥匙给带走了？

丁少纯　妈！我去还皮夹克以前掏过皮夹克兜没有？

姚　母　我没理会。

姚玉娟　（对丁少纯）你这人，掏没掏还不记得吗？

丁少纯　当时我着急忙慌的，又忙着吃饭，又忙着收拾行装，又忙着去还皮夹克，都忙糊涂了！（回忆着）……好像是掏过，要是掏出来那就糟了，我准是一顺手把钥匙揣在这件青上衣小兜里了……那就准是掉在定子槽里了……再不是没掏？要是没掏那可就太好了，准是让邹师傅把钥匙给我带到上马岭电站去了。

姚　母　我可没见你掏过，八成是让人家给带走了。

姚玉娟　为了有把握，我看先给邹师傅发个电报问问，他要回电说没有钥匙，你再报告领导拆电机找也不迟。

丁少纯　对！

姚玉娟　我去打听邹师傅的通信处，马上给他发电报。

丁少纯　对！越快越好！要特快的！航空的！

姚玉娟　电报哪儿来的航空？是加急。

丁少纯　对！加急！叫他回电也加急！

姚玉娟　这事没证实以前，咱们可得保密呀，不然一场虚惊，爸爸又得尅你！（下）

姚　母　哪能那么巧就掉在电机里。

丁少纯　可也是，倒霉的事哪能都让我摊上！（满怀希望地）但愿邹师傅明后天回一封电报，上面说："钥匙在我这儿！"嘿！那我可就大解放啦！

〔季友良从左前方上，丁少纯一碰上季友良的目光，本想坚持着同他对视，但是几秒钟内丁少纯就坚持不住了，把眼光移向地面，外表的倔强掩饰不住内心的羞愧和对尖锐批评的等待。

姚　母　少纯，快进来睡觉吧，病别再大发了！（转对季友良解释）他病在半道上了，闹肚子，要不哪能误一天工。

丁少纯　（口气强硬地对季友良）我没病！你批评吧！骂吧！

姚　母　（生气地）你呀！（进屋）

季友良　（又看了丁少纯一会儿，坐下来，声音平和而又关切地）……你累了，早点睡吧，明天好上班。

丁少纯　（季友良的态度完全出乎他意料，怔了半晌，竟禁不住眼里闪出泪花，哽咽地）……友良！……告诉我，我用什么行

动……才能弥补……这次错误？（用手背擦擦泪，急切地）是你替我顶的白班吧？我现在替你去上夜班！（要走）

季友良　丁师傅在替我上夜班。

丁少纯　爸爸在哪儿？那我……我现在不敢见他！

季友良　来，坐一会儿。今天咱们组进度挺快，第一瓣定子下完线了，第二瓣定子也快完了。（丁少纯坐下，季友良摸摸丁少纯的衣服）你身上精湿，换换衣服吧。你的腿怎么变成泥猴了？

丁少纯　我陷到泥坑里了。

季友良　陷进去能拔出来就好，好好洗一洗，反倒更干净。

丁少纯　（领会了对方的含义）是呀！我得好好洗洗……

〔沉默。

季友良　少纯，你记不记得，咱俩在电机厂子弟小学念书的时候，每天放了学路过工厂大门口，咱俩都要站住看热闹……

丁少纯　（引起了幸福的记忆）挎个小书包，那时候真有趣……

季友良　看见那些大人夹着饭盒，走到门口一掏入厂证就大摇大摆地往里走，咱们真羡慕死了……

丁少纯　是呀！里边那么多神秘的大厂房，可就是不让咱们进去看看……

季友良　你总是跟人家门卫笑嘻嘻地穷磨蹭："叔叔，让我进去看看呗！就看一眼还不行吗？行吧？"

丁少纯　那个大个子门卫老是绷着脸撵咱们："去去，一边玩去！"

季友良　那时候咱俩总盼着快点儿长大，好弄到一张入厂证，每天也夹着饭盒子，走到工厂大门口，也那么把入厂证一亮，大摇大摆地往里走……

丁少纯　可不！那时候连做梦都梦见过入厂证，那么个红皮的小本儿几乎就成了咱俩的全部理想……

季友良（掏出自己的红皮入厂证，抚摸着）……现在咱俩的这个理想总算都实现了！……咱们刚领到这个证的时候多高兴啊！我翻开一看：姓名——季友良，职别——下线工，相片上卡着大钢印……你记得吧？那天晚上咱俩偷着跑出去喝了一杯啤酒，碰杯的时候，你对我说："从今天起，社会上承认咱俩是个大人了！"……

丁少纯　你说："咱俩永远要对得起'下线工'这三个大字！"……

季友良　是呀！咱们应该时常回想回想那些心愿，那些理想，那些抱负……

〔沉默。

丁少纯　（霍地立起，激动地）走！到你家去！

季友良　干啥？

丁少纯　试验挂锡！干它一夜！（季友良没动）你困吗？

季友良　不行，我怕你累了。

丁少纯　（猛力摇摇两臂）你看你看！浑身都是劲！好友良，我求求你……

〔丁爷爷披着上衣从楼下屋里走出。

丁少纯　（悄声）不好！我爷爷来了！快走！（拉起季友良便走）

丁爷爷　柱子！（丁少纯躲在季友良身后不声不响地往楼后走）那不是柱子吗？

〔丁少纯拉着季友良急忙向楼后跑下。

丁爷爷　（站在院心里朝楼后面大声地嚷）小兔崽子！你往哪儿跑？你跑了和尚还能跑了庙？（挥着烟袋）我住在这儿不走了！叫你躲我！……

——幕落

第三幕

地　点　丁少纯的家里。

时　间　前场的次日，星期二的晚上。

幕　启　景同第一幕，但今天布置得比以前更漂亮些。屋里显眼的地方添了一个新买的三层格儿的书架，上面稀疏地摆着半架旧书。桌子上添了一只插着紫丁香花的花瓶。

天已经黑了，窗外远处的工厂区灯火辉煌。

姚母正在忙着收拾屋子，地当央放一个水桶，里面竖着一把地板拖布。大刘坐在床沿看书。

姚　母　（拿笤帚扫床，一直扫到大刘身边，大刘也不动）借借光！（大刘坐到桌边去）大刘，等玉娟回来我告诉她还不行吗？

大　刘　（自顾看书）我等她一会儿。

姚　母　（擦桌子，换新桌布，大刘坐在桌边又碍她的事）借借光！（大刘走到桌子另一面去靠桌子站着看书，她正好把桌布铺到大刘那面）还得借光！

大　刘　（才意识到自己碍事，站远些，打量着房间）姚大娘，你们今天要来个什么客人哪！

姚　母　我的二姑爷，中央的工程师。

大　刘　中央？

姚　母　讲的是一个月还，这还不到半个月就催，真不讲理！

大　刘　姚大娘，丁主任都把我批评了！（把书放回书架）

姚　母　他这是怕我们还不起呀，哼！

大　刘　那倒不是，主要是因为我往外借款不合制度。

〔姚玉娟抱一堆薄本的旧书从外面进来。

大　刘　小姚，介绍信我给你开了，（递过一张介绍信）明天你快去取了款把互助金还上吧，不然我还得挨批评。

姚玉娟　（为难地接过信）……怕是我……最近没有空……

大　刘　你们要是实在没时间，把存折交给我，我去替你取。（看姚玉娟抱来的书）咦？你拿这些旧课本干啥？

姚玉娟　从楼下找出来的，都是少纯从前读过的书。

大　刘　噢！我明白了，这是专为摆样子给客人看的。

姚玉娟　别那么挖苦人！就你爱看书？

大　刘　一言为定！可别让我再坐蜡！（下）

姚　母　你公公这老东西真够缺德了！

姚玉娟　妈，你那儿攒下多少了？

姚　母　就剩八块钱了。越凑不上你越乱花，还买书架！

姚玉娟　我寻思屋里没个书架，二姐夫该见笑了。

姚　母　我说玉娟，邹师傅要是回来电报说他那没有钥匙，你们打算怎么办？

姚玉娟　那就糟了，只有报告领导，拆开电机找呗！

姚　母　就不能是丢到别处了。

姚玉娟　根据少纯这两天的回忆，如果钥匙不在皮夹克兜里，那就肯定是他在还皮夹克之前把钥匙掏出来揣在黑上衣兜里了。他穿上那黑上衣从家里直接跑到车间去下线，没往别处去，没掉在家里，那就肯定是掉在电机里了。

姚　母　那你也不能让少纯去自首！他要为这事受了处罚，得埋怨你一辈子！不是你催着他去打猎，他才忙三火四地出了错？不是你叫他打猎回来再找钥匙？……连我也得落埋怨！再说，也别想指望他再去打野鸭子还账了。他还能有心思去打猎？

姚玉娟　（叹息）唉！那也没法，谁叫摊上这种事来！

姚　母　咱们眯下不说，不是厂子里谁也检查不出来吗？

姚玉娟　（生气地）可是到了电站，发电机就要烧坏了呀！

姚　母　我听说烧坏的时候，里面的东西也就烧化了，查不出来是谁掉里的。

姚玉娟　那就欺骗国家？昧着良心让国家受损失？

姚　母　就你那么忠心报国！这么大的国家还在乎那么一点儿损失！

姚玉娟　（更加生气）哎呀！你怎么这样落后！

姚　母　我就落后！我一不工作，二不当干部，谁还能治我个罪？！

姚玉娟　我们可不能陪着你落后！

姚　母　（气咻咻地）你们嫌我，我就走！让你们——

〔丁少纯和季友良从外面走进来，他俩都戴着白线手套。

姚　母　（随机应变地）——让你们自个儿收拾！

丁少纯　怎么了？

姚　母　你看，我这刚铺块桌布又不随她心了！（走到阳台上去）

丁少纯　（走到姚玉娟身旁小声问）电报来了没有？

姚玉娟　（摇摇头，低声）没有！（转大声）你们俩昨天夜里试验的挂锡送去鉴定了没有？

丁少纯　（窝火地）唉！别提了！

姚玉娟　怎么？还是不成？

丁少纯　（指季友良）你问他吧！

季友良　后半夜挂的那几个并头套割开一看——你猜怎么样？

姚玉娟　还有蜂窝？

季友良　（兴奋地）连针鼻儿大的空隙都没有！镜子面一样！接触得严密极了！

姚玉娟　（意外地高兴）那不成功了吗？

季友良　当然，成功了！

姚玉娟　太好了！祝贺你们！你们俩总算没白熬夜，没白烫坏这四只手！（推推丁少纯）那你干吗还垂头丧气的？装相哪！

丁少纯　用不到生产上还不是空欢喜一场！吊车工不配合我们！

姚玉娟　怎么？

季友良　我们最后试验成功的这种挂锡方法，必须把下好线的定子翻几次身才行，可是开一百五十吨吊车的三个女吊车工都不敢干，怕翻身次数多碰坏了定子。

丁少纯　一个个芝麻大的胆儿，还开吊车呢，摇纺线车都不够格！

季友良　你不能这样说，人家的顾虑也有道理嘛。

丁少纯　啥道理？下完线的定子就不能吊了？最后不总得吊起来装火车吗？

季友良　那只不过吊一次，可咱们这要求吊很多次。

丁少纯　你方才不是也对少真说过吗：能保证吊一次碰不坏，就可以想法保证吊十次也碰不坏！

季友良　问题是人家还没有接受咱们这种看法，还需要对她们进一步宣传、鼓动、说服。

姚玉娟　少真也不敢干？

丁少纯　还有谁！我们俩说得满嘴冒沫子了，可人家孩子吧嗒吧嗒地掉开眼泪了。

季友良　咱俩方才也太性急了，有几句话刺伤了她。

姚玉娟　（对季友良）你又把少真给得罪了吧？

丁少纯　（对季友良）你以后干脆别理她，这种小姐一点儿都不可爱！

姚玉娟　（责怪丁少纯）还有你这样当哥哥的！

丁少纯　咱没经验，当不好！——哎哟……

姚玉娟　手疼了吧？

丁少纯　今天一天也没觉着疼，可是三位吊车小姐一摇头，我立刻就觉着手疼了！（轻轻摘下一只手套，看着露出来的缠着绷带的手掌）哎哟……

季友良　（也看着自己的手）你别哎哟了，一哎哟我也疼了！

姚玉娟　（心疼地）你们俩也真够呛，那么热的焊锡撒到手上！

丁少纯　（指季友良）都怪他，端着焊锡盒子打吨，我往里一蘸他一哆嗦，就洒出来了。

季友良　玉娟，你可一定要替我们保密到底呀！

丁少纯　（玩笑地）走漏一点风声咱俩就离婚！

姚玉娟　（一撇嘴）嗬！那么严重！

丁少纯　爸爸要知道了，挨批评事还小，非让我们俩歇班不可。

季友良　下面的工序都缺不了我们俩。

丁少纯　你看我们俩不起眼，可在我们组里还是“主要演员”呢！

姚玉娟　要信不着我你们就别找我给上药。

丁少纯　正因为需要你上药，才不得不向你泄密呢。

〔姚母从阳台上走进来。

季友良　（小声嘱咐姚玉娟）对你妈也别说！

姚　母　什么事你们嘀嘀咕咕的？

丁少纯　（偷着戴好手套，向姚母）你在阳台上站着干啥？

姚　母　没干啥。

季友良　我去找少真再单独谈谈，也许能有个新局面。

丁少纯　好吧，看你有多大本事！

〔季友良下。

姚　母　告诉你们，邹师傅已经打回来电报了。

姚玉娟　多咱来的？你怎么不早说？

姚　母　现在也不晚哪。

丁少纯　（提着个心，急切地）快给我看！（从姚母手里夺过电报，看一眼脸上立刻变色，手微微发颤）……完了！

姚玉娟　（念电报）“没有钥匙”！

丁少纯　（痛心疾首地）唉！打野鸭子！打野鸭子！打出这么大的事故来！小组的同志和友良都饶不了我，爸爸更饶不了我！唉！我……（转身便走）

姚　母　少纯！你干啥去？

丁少纯　我去报告！

姚　母　我说你再好好想想，能说一准是掉在电机里了吗？

丁少纯　肯定是掉在定子里了！

姚　母　还兴许是你从家往厂子去的时候掉在半路上了呢？

丁少纯　不可能！在路上我没弯过腰。

姚　母　也还兴许是掉在家里。

丁少纯　家里不是都找遍了吗？你们不是连当天的垃圾桶都翻过了吗？

姚　母　家里犄角旮旯的这么多地方，也备不住有翻不到的地方。你再挨排儿想想，那天你在家里都到过哪儿，都干过啥？

丁少纯　我哪儿也没去，就在这屋忙活了。

姚　母　（回忆着）……可是你还到厨房里去取过干粮呢……

丁少纯　厨房里不都找过了吗？

姚玉娟　找过了。

姚　母　（回忆着）……你一边吃干粮一边收拾东西……咦？我记着你收拾完东西，把吃掉地下的一些干粮渣儿捡起来送到阳台上去了。

丁少纯　（忽然忆起）……啊！对，我是扔到鸡笼子里喂鸡了……

姚　母　玉娟，鸡笼子里你找过没有？

姚玉娟　没找过！

丁少纯　我去看看！电筒呢？

〔姚玉娟急忙拿起手电筒同丁少纯两人跑到阳台上去，姚母站在门里向外望。阳台上传来鸡被惊扰的叫声，接着就传来丁少纯和姚玉娟的惊喜的呼声。

丁少纯　在这儿！

姚玉娟　啊呀！

〔丁少纯手里捏着钥匙跳起来，姚玉娟随即跟进。

丁少纯　（狂喜地）嘿——找到了！找到了！

姚　母　（责怪地）你看！

姚玉娟　（摸着胸窝）天哪！

丁少纯　钥匙呀我的钥匙！你怎么钻到鸡笼子里去了？你这个坏蛋，这么找你你也不答应一声，嘻嘻！

姚玉娟　还笑呢！

姚　母　钥匙先放我这吧，省得你老丢，吓人道怪的！（揣起钥匙）快收拾吧，你二姐夫快到了。

姚玉娟　（看表）呀，就要到了，少纯，你快去换上新料子服！

丁少纯　我不敢穿，爸爸正在火头上，他再看见我穿上新料子服，那更火上浇油了！

姚玉娟　爸爸方才陪爷爷到周书记家吃饭去了，妈说很晚才能回来呢。

丁少纯　是吗？那我今天晚上又可以躲过去了！今天白天我躲了他一天。快下班的时候，离老远我看见爸爸往下线组这边走来了，我连忙弯下腰藏到加热炉后头去，等他走了我才出来。

姚　母　啧啧！他还能吃了你？

丁少纯　反正危险。

姚玉娟　我看你还是趁早主动找爸爸认个错的好。

丁少纯　不，还是过两天好，等他消消火，才好说话。

姚玉娟　你快去换衣服吧。（推丁少纯往里屋走）

丁少纯　（往后挺着身子）他要万一回来得早呢？

姚玉娟　不能！（把丁少纯推进里屋去）妈，你拿抹布把书架擦擦。（打量一下书架，书全放上了，可是仍然摆不满，看着很不顺眼，于是，她找出一块花布来钉在书架下面，挡住了下面空着的那一格）她忽然看见姚母手里的湿抹布，抢过来看，惊讶）呀！你这是从哪儿拿的？

姚　母　从箱子里找出来的，咋的？

姚玉娟　（着急地）唉！这是少纯小时候系的红领巾！你怎么给当了抹布了？

姚　母　都那么大了，还留这玩意儿有啥用？

姚玉娟　人家这是留着作纪念的嘛！

姚　母　啧啧！

姚玉娟　少纯看见非生气不可，快藏起来，明天给他洗洗吧！（把红领巾藏到床底下）

〔丁少纯穿上新料子服走出来。

姚玉娟　瞧你，领扣也不扣上！（替他扣纽扣，拉平衣服）

丁少纯　（时时注意门外，心事重重）唉！（下意识地唱）

妹妹要穿卫生衣，

……

（坐在椅子上）

姚玉娟　（急忙拉起丁少纯）哎哎，椅子不擦擦你就坐！（一时找不到抹布）坐床上去。穿这衣裳不能得哪儿坐哪儿。

丁少纯　（边走边唱）

逼着哥哥走山西。

……

（坐在床上）唉！（把一只腿搭在另一只腿上）

姚玉娟　（一回头看见丁少纯的姿势，又连忙跑去纠正）哎！不能搭着腿，这样把裤线该压没了。

丁少纯　（忍耐不住）得了！管我的人够多了！还让衣服也管着我？（要脱衣服）我受不了这罪！

姚玉娟　（按住他的手）你吵吵啥？不懂好赖话！

〔敲门声，丁少纯一听连忙往阳台上跑。

姚　母　进来！

〔邵永斌走进来。他穿一身普通的蓝布制服，挽起裤脚，戴一顶布帽子，斜挎一个草绿色的帆布挎包，上面系着一条湿毛巾，胳膊上搭着雨衣，风尘仆仆，很像一个常出门的采购员。

姚　母　（打量一下来人）你找谁？

邵永斌　您不认识我了。

姚　母　（仔细端详）哎哟！永斌！我真有点不敢认你了！玉娟！这就是你二姐夫！

姚玉娟　二姐夫！（同邵永斌握手，又回头叫）少纯！（丁少纯从阳台走进）介绍一下，这是二姐夫，这是少纯。

〔邵永斌热情地同丁少纯握手。

姚　母　（上下打量邵永斌）你这是……怎么……

邵永斌　怎么？

姚　母　（拿过照片夹镜）你看，你跟这相片上的简直成了两个人了！

邵永斌　（看照片，笑）噢，这还是我在国外照的呢。穿戴不一样，人还是一个人，您仔细看看，这鼻子、眼睛不都是我吗？

姚　母　我给你收拾饭去。玉娟，给你二姐夫倒水擦脸。

〔姚母和姚玉娟进里屋。

邵永斌　少纯，你是下线工吗？

丁少纯　（一直很不自然）是下线工。

邵永斌　新安江的这一台七万二千五，你参加了没有？

丁少纯　就是我们组下线。

邵永斌　啊，那太好了，我可以先通过你这条内线了解一些情况了！

丁少纯　你这次来是——

邵永斌　水电部派我来了解一下这台电机质量方面的情况。

〔姚玉娟端洗脸水出来。

邵永斌　玉娟，你很有眼力呀，选了一个重要人物。

姚玉娟　别拿我开心了二姐夫！他算什么重要人物，普通的工人。

邵永斌　嗳，我们搞电站的可是非常景仰下线工，他们对电力事业有着举足轻重的作用呢！（解下挎包上的毛巾准备擦脸）

〔姚母从里屋探出头来。

姚　母　少纯，你去买两瓶啤酒。

邵永斌　别买，我不能喝酒。

姚　母　少喝点。（缩回头去）

〔丁少纯偷着对姚玉娟打手势，意思是他穿着料子服出去怕人看见，玉娟拿过雨衣给他披上，遮住了。

邵永斌　（擦着脸，向里屋那边努努嘴）怎么样？老人家的思想还像以前那样吗？

姚玉娟　（笑笑）我妈年纪大了，有些旧意识。

邵永斌　（笑）前几年我在国外，老人家住在我们那里，听说和你二姐经常吵嘴。

〔丁少纯走到门口又站住听。

姚玉娟　到现在我妈还生二姐的气呢，究竟为什么？

邵永斌　多半都是为孩子。我们那个小家伙当时在幼儿园里是有名的小个人主义，老师一批评他，他就把胸脯一挺："我爸爸比你大！我爸爸是留外洋的！是大工程师！"你听，还不足一米高的小东西就这样坏，多气人！

姚玉娟　跟谁学的呢？

邵永斌　是呀，开头你二姐也奇怪，他哪儿来的这一套呢？有一次气得你二姐把孩子狠狠审问一顿，结果问明白了，全是姥姥教给的。就为这类事母女俩合不来。

姚玉娟　现在孩子怎么样？

邵永斌　姥姥走了以后，你二姐费了很大的劲儿才算把小家伙改造过来了。哈哈，你们以后有了孩子，和姥姥在一起可要注意这个问题哟！小孩子像一张白纸，"近朱者赤，近墨者黑"，最容易受影响了。

丁少纯　（感到惭愧，感叹一声）唉！（发现邵永斌用诧异的眼光看他，更不好意思了，急忙走出去）

〔姚母从里屋出来。

姚　母　永斌，这几年你没摊上啥事呀？

邵永斌　您是指的什么？

姚　母　不是常有犯错误的啦，下放的啦？

邵永斌　下放过，可是还没犯过错误。

姚　母　还在中央？

邵永斌　还在水电部。

姚　母　还当工程师。

邵永斌　我现在才是个副工程师。

姚　母　（这才放下心）啊，这就好啊！

〔丁海宽和丁母上。

丁　母　客人到了。

姚　母　到了！永斌，这是玉娟的公公、婆婆。

丁海宽　你就是水电部来的邵工程师吧？刚才厂长告诉我说你要找我谈谈七万二千五的情况，原来咱们还是亲戚！

邵永斌　（怔了半晌，惊喜地叫起来）……原来是丁师傅！您不认识我了？

丁海宽　（仔细看邵永斌，不敢认）……咱们见过面？

邵永斌　您不记得了？在“大连电气”，我是季师傅的徒弟，“小榔头”！

丁海宽　（这才想起来）啊——呀！是“小榔头”！你那咱还够不着虎钳子哪，站在木箱子上打扁铲……

邵永斌　对呀！对呀！我还跟您学过打扁铲呢！有一次我把手打破了，我掉眼泪，您说：“榔头碰榔头，你疼它也疼，别哭了！”把我又给逗笑了！

丁海宽　你后来不是——

邵永斌　领导送我上了工农速成中学，上学以前，季师傅还领着我到您家里去吃过饭嘛。（对丁母）师娘！您给炖的黄花鱼，我吃了六大碗儿米饭，您忘了？

丁　母　（乐得一拍手）咳，我也想起来了！

邵永斌　（对丁海宽）那一天您嘱咐我说："以后不论念多少书，不论做啥工作，不论走到哪儿，都别忘了你是个'小榔头'！"

丁海宽　看样子你还没忘！

姚　母　多巧哇！咱们这是亲上加亲了！

邵永斌　听说我师傅去世了？

丁海宽　是呀！你师娘就在这楼上住。他们有个好儿子，你还记着小良子吧？现在是下线组长。

邵永斌　一会儿我去看望他们！

丁海宽　你还没到过我们的工厂吧？（指窗外的灯光）看！这一大片，原来都是荒地，主厂房那边，解放前是个赌钱的赛马场，才十年光景，咱就把它变成这样！……

〔丁少纯提两瓶啤酒闯进来，一见父亲在屋，回身就走，可是邵永斌看见了他。

邵永斌　少纯！

〔丁少纯傻了眼，好像个木头人被钉在地板上，进退不得。

邵永斌　（对丁少纯）原来你就是脖子后留着一撮毛的那个小家伙呀！（对丁海宽）拿个小弹弓打家雀，是他吧，丁师傅？

丁海宽　嘘！你怎么揭人家的老底儿呢！（指丁少纯）这仪表堂堂的人物，你说人家脖子后留过一撮毛，叫人家多磨不开！你看，脸红了不是？（故意小声）心里在骂你呢！人家早就不拿弹弓打家雀了，（指指墙上挂的猎枪）现在是双铳猎枪打野鸭子！打得可欢呢，昨天就忙得忘了上班！

姚　母　我说亲家，你就少说两句吧！

丁海宽　（对邵永斌）对，这方面的情况你岳母比我详细，让她对你说吧！（又指丁少纯）你就看人家这打扮！（丁少纯下意识地把雨衣裹紧些）响晴的天披着雨衣，还戴着白手套，多时髦！看那裤线，能削萝卜！（丁少纯羞得往下蹲，恨不得让雨衣把裤腿全盖住）怎么还捂着盖着的？不就是为了给客人看的吗？（走近丁少纯）来！让客人好好参观参观！（揭开丁少纯的雨衣前襟，对邵永斌）看！一百四十八元的料子服！借钱买的！

姚　母　亲家！永斌还没吃饭呢！

丁海宽　对，你们快吃饭吧。

邵永斌　一起来吃吧。

丁海宽　不，我们刚吃完。（推邵永斌）快去吧，回头再唠。

丁　母　少纯，玉娟，快陪你二姐夫吃饭去。

〔邵永斌和姚玉娟进屋里。

姚　母　（接过丁少纯手里的啤酒）走，陪客去。（丁少纯不动）走哇！

丁少纯　你先去吧！

〔姚母无可奈何地进里屋。场上的父亲、母亲和儿子开始沉默起来。丁海宽坐在椅子上，顺手拿过一本书来看，丁少纯低头站在原地，一只手无目的地摆弄着雨衣纽扣，丁母一会儿望望儿子，一会儿又望望丈夫，寻找着打破僵局的话语。

丁　母　海宽，少纯打今天早上就想找你认个错儿。（沉默）少纯，该说啥你倒快说呀！傻站着！

丁少纯　……

丁　母　（走近丁少纯，小声地）你哑巴了？

丁少纯　（嗫嚅地）……爸爸！你……别生气了，我，我错了！

丁　母　（观察着丈夫的反应，但见他只顾看书，就又故意说儿子给丈夫听）听你那嘤嘤嘤嘤的小声，像个蚊子！八成你爸爸都没听见。（本来希望儿子再大声说几句，遗憾的是丁少纯又继续摸他的纽扣。她只好自己对丈夫说）少纯说，你别生气了，他事做错了，以后改……

丁海宽　（对丁母）你改呀？添枝加叶的！

丁少纯　（声音大了些）爸爸！我一定改！

〔丁爷爷和丁少真进来。

丁爷爷　（一眼看见丁少纯）哈哈！这回我看你还往哪儿跑！你小子打野鸭子不上班，还跟你爷爷藏猫玩儿！

丁海宽　（起立）爹，你开开眼吧，人家穿上了！

丁爷爷　（掀开丁少纯的雨衣）啊哈！这就是那一百四十八呀！小兔崽子！连周县委平常还穿粗布呢，你倒想毛料子，还一百四十八！海宽！你给我揍他个一百四十八的！

丁　母　少真，让你爷爷坐下。

〔丁少真搬过椅子，让爷爷坐下。

丁海宽　（对丁母）你快到大街上去看看吧！咱们“少爷”的大相片挂在照相馆门口了！二尺来长！穿着料子服！头发梳得像牛犊子舐的！还有好几道弯儿！

丁爷爷　给他两撇子！

丁海宽　还歪着个脖儿！

丁爷爷　你揍他个歪脖儿的！

丁海宽　还咧着个嘴儿！还戴着个眼镜框儿！

〔姚母、姚玉娟、邵永斌闻声走出。

丁爷爷　（对丁海宽）你那手就那么懒！就不能给他两下子？

姚　母　哟！这老爷子！不帮助说和说和，还给加钢！我说亲家，你们这家法也太严了吧？年轻人穿一身漂亮衣裳怕啥呀？

丁海宽　漂亮衣裳倒没啥可怕的，可怕的是包在这漂亮衣裳里面的这个人越来越不漂亮了！就像你们从前卖的那种唬人的鲜货包一样，光在包装上下功夫，里面装的是一些有虫眼的烂梨！

丁爷爷（对丁少纯）二十岁刚出头你就讲究起享受来了！要到了我这么大岁数你还得穿金丝儿编的衣裳吧？

姚　母　我说大叔，不讲的是新社会幸福生活吗？

丁爷爷　（生气地）那么你说现在这是啥生活？我孙子刚一娶媳妇就

住上这大洋楼！有吃有穿，有单有棉！你说这叫啥生活！我像他这么大正披着麻袋片！别说住洋楼，连见都没见过！你说这叫啥生活？！

丁海宽　亲家母！你心里的“幸福生活”不过就是穿一套毛料子，吃几块鸭子肉，我们求的可比这个大得多呀！

姚　母　我这本来是随便说说，（希望得到邵永斌的同情）你看，这……

邵永斌　（爽朗地笑着对姚母）您哪，还不大了解劳动人民的心，不大懂得新社会的好处啊！走吧，咱们先去吃饭。

〔邵永斌拉姚母进里屋。

丁海宽　玉娟，你告诉我，你们不是有存款吗？

姚玉娟　（和丁少纯相视一下）是有，爸爸！

丁海宽　那为什么今天没还人家呢？

姚玉娟　今天……没抽出时间来……

丁海宽　要是没有存款，就对我说实话。

丁爷爷　（对丁海宽）怎么？你想替他们还？不行！有没有也让他们自个儿还！我可告诉你海宽，你要给还了咱俩就没完！（生气地往外走）

〔丁海宽和丁母送老人出去。

丁少真　（笑着逗丁少纯）嘻嘻！哥哥，你这个神枪手今天怎么“贴壳”了？

丁少纯　去你的！幸灾乐祸！

丁少真　（得意扬扬地唱起《红色娘子军》插曲，甩动着胳膊从丁少纯眼前走过）

向前进，向前进，

战士的责任重，

妇女的冤仇深……

（下）

丁少纯　（脱料子服，冲着姚玉娟发火）我说不穿你偏叫穿！（把脱下的料子上衣摔在地上）

〔丁海宽转回。

丁海宽　你这是发什么邪火？（从地上拾起料子上衣，轻轻地拂掸着尘土，语重心长地）毛料子，这是好东西，它比我这身斜纹布强，比人造哔叽也强，这是从前劳动人民连想都不敢想的东西，现在你们不但敢想它，还有不少的人能够穿上它，这是很好的事情，这是革命和建设带来的成果！我们总有一天，能让全中国和全世界人民，都穿上最好的衣裳！可是现在，世界上还有成千上万的人，连最坏的衣裳都穿不上！你们不是看过《激流之歌》那部电影吗？那里面不就有很多非洲的黑人奴隶赤身裸体吗？哦，你们大概看过就忘了，可是不能够忘记这个呀！要是你们光想着自己的毛料子，光惦记着多打几只野鸭子，那你们就会忘了开电门，忘了上班，忘了我们的国家正在奋发图强，忘了世界革命！

——幕落

第四幕

地　点　丁海宽的家。

时　间　前幕四天后，第三个星期六的早晨。

幕　启　屋子的格局和丁少纯的屋子一样。正面的门通阳台，从阳台出去就是院子。但是屋里的陈设和丁少纯的屋子不大相同，显得简单、适用、朴素。两张木床并在一起像一铺小炕，两只木箱叠在一起，上面摆着座钟、茶杯之类的实用物品，有一张三屉办公桌，上面有收音机、电话和一些书，墙上挂着报纸夹子。

清晨，太阳刚冒红。窗外树上的麻雀喳喳地叫。

丁母腰间系着围裙，在打电话。

丁　母　（打电话）……喂，十车间吗？我问一下：老丁他们什么时候能回来吃早饭呢？……噢，就要回来了？

〔丁少真乐颠颠地从院子跑进来。

丁　母　（没看见丁少真，继续打电话）那挂锡挂得怎么样啊？……啊？

丁少真　（夺下母亲手里的传话器放在电话机上）失败了！

丁　母　（焦急地）失败了？

丁少真　（憋不住笑）嘻嘻嘻嘻……

丁　母　不能，要是失败你早就抹眼泪了。（关切地）到底怎么样？

丁少真　（又蹦又跳地）哈哈！告诉你吧，妈！完全成功啦！总工艺师说，这是一项很有价值的工艺革新，能大大延长电机的寿命！嘻嘻……厂长说，用这种挂锡方法焊接并头套，“多快好省”四个字都占全了！嘻嘻……党委书记说，嘻……

丁　母　看你这一顿嘻嘻！

丁少真　别说我呀，就连我爸爸都乐得合不上嘴了！嘻嘻嘻……

丁　母　是你给开的吊车？

丁少真　当然是我！友良在下面指挥，我紧张得都不敢喘气，两只眼睛就这样瞪着往底下看……都不敢眨一下！我第一回把四十五吨的定子吊起来翻个身又放下去的时候，也感觉不出来是放下了没有，可是忽然听见下面周书记大声笑着说：“好哇少真！泰山到了你手也变成鹅毛了！”嘻嘻嘻嘻……真的！轻飘飘地就落在地上了，一丁点儿声音也没有！

丁　母　那你前两天还不敢干！（掏出五分钱放在盛电话费的小木箱里）友良说你几句还跟人家要小脸子！

丁少真　（来了气）可是他那话说得多伤人哪！他说："你还是个共青团员呢，好好想想吧！"你听，多叫人受不了哇！

丁　母　那你就好几天不理人家？

丁少真　他瞧不起我，我就不理他！

〔季友良和丁少纯谈着话从阳台的门走进来。

丁少纯　（笑嘻嘻地）……可不，我拿手电筒往鸡笼子里一照，嘿！差点儿没把我乐死！

季友良　（生气地）找到了你也该打，多马虎哇！

丁　母　友良，一会儿在我们这儿吃早饭，我擀的面条，给你们庆庆功！

季友良　嘿嘿！主要是少真的功劳。

丁少真　别讽刺人吧！（绷着脸从阳台门走出去）

丁　母　（对季友良指点着丁少真的背影）看这个小脸子！你别跟她一般见识。

季友良　（笑着）没关系，我脸儿大。

〔丁母走进里屋。

丁少纯　真是，我犯了一连串儿的错误。

季友良　第一是工作时间不该惦记着打野鸭子，跑家来取枪，换衣服，这一条就该打一槌吧。

丁少纯　（笑着，把脊背送给季友良）请吧。

季友良　（朝丁少纯脊背打一拳）第二，下线的时候忘了检查衣兜，这一条最严重！

丁少纯　行，加倍。

季友良　（打两拳）第三条，发现钥匙丢了不当时回来找！（又一拳）第四条，结果还回来晚了，这更严重！（打三拳）第五条，回来以后不及时把情况报告领导，这更更严重（重重一拳）……

丁少纯　（笑）哎哟，你轻点！

季友良　避重就轻，还得加一槌。（丁少纯躲闪，一拳打空）

丁少纯　好了，现在你该祝贺我了！第一，我找到了钥匙；第二，咱们的挂锡成功了；第三，这一夜爸爸没骂我！

〔丁少真笑着跑进来。

丁少真　站好！爷爷要给咱们发奖！

〔丁爷爷从阳台门走进。

丁少真　立正！（季友良、丁少纯、丁少真排成一行）敬礼！（丁少真举手过头，致少先队礼。季友良和丁少纯也嬉笑着学丁少真举手过头）

丁爷爷　（满脸堆笑）呵呵！（亮出来手里拿的三串糖葫芦）一人一串儿！（把糖葫芦分给三个青年）

〔季友良拉丁少真到一旁笑着小声说什么，丁少真开始仍想矜持，但是没过几句话，她终于憋不住笑了。

丁少纯　（吃着糖葫芦，笑嘻嘻地）爷爷，你不骂我了？

丁爷爷　（喜爱地）这小子！毛料子和耽误工的事都一笔勾销了！连周县委都说你们这个发明挺值钱，嘿嘿！我寻思你光会照那歪脖子相片呢，还真有两下子，嘿嘿！

丁少纯　（装作生气）爷爷！人家那相片都摘下来了，你还说！

丁爷爷　好，不说了。

丁少纯　爷爷，你知道不？我们给你修理的那台电机一共才花七块四毛钱！

丁爷爷　（更高兴）是吗？才七块四？哎呀！那我明天还得赏给你们一人一串糖葫芦！

丁少纯　可是爷爷，我爸爸要再骂我可怎么办呢？那吃糖葫芦也不甜。

丁爷爷　有我呢！我告诉他不许再骂你了！将功补过，前几天的事都一笔勾销了！

丁少纯　（乐得拉着爷爷跳）嘿——真是好爷爷！（一口咬下一个

山楂）

〔正当屋里的老少四人哈哈大笑之际，大刘出现在门口，闪光灯一亮，他给拍了照。

季友良
丁少纯　你干啥，大刘？
丁少真

大　刘　（得意地）抢了一个精彩镜头！（掏出本子和钢笔，坐下）来吧，三位革新能手，谈谈你们的创造经过、先进思想和感想，今天的快报和广播都等着我这篇报道呢！

季友良
丁少纯　（互相交换了眼神，然后纷纷说）再见吧，大刘。
丁少真

〔季友良拉着丁少真向院子跑下，丁少纯跑进里屋去。

大　刘　（着急地）喂喂！你们别跑哇！小季！小丁！（推里屋门推不开）小丁，你开开！你听我说……

丁少纯　（在里屋喊）你快走吧！

大　刘　小丁！这你可不严肃了啊！我这是受厂部和工会两方面的委托！小丁！（推不开门，回过头来向丁爷爷求援）丁爷爷，您帮我说说他。

丁爷爷　（笑）我不管你们的事。（向院里走下）

〔姚母和姚玉娟从通走廊的门进来。

大　刘　（奔向姚玉娟）小姚，我正好也要找你，你怎么还不把互助金还上呢？丁主任天天催我。

姚　母　（不高兴地拉长音）你放心，明后天准还你！你怎么老是信不着人呢？

大　刘　（有点不好意思了）不是，你看这件事弄得我……好吧，明后天，可别再拖了！我得去追小季他们。（向院子走下）

姚玉娟　（着急地）妈！怎么办呢？再过五天才能发工资，我看你还是先跟我三姨父去借借。

姚　母　借倒能借，可是借了还上，少纯就更不想出去打猎了，那以后拿啥还你三姨父？

姚玉娟　（愁苦地）那你说可怎么办呢？

姚　母　今天和明天不正好是少纯歇班吗？让他出去打两天，要是打好了，还上钱还能有余。

姚玉娟　他手上的伤还没好利索，不能去。

姚　母　不要紧，能干活就能打猎。

姚玉娟　可是他对我说过，从今以后绝对不许再卖野鸭子了。

姚　母　我有法劝他……

〔丁少纯从里屋探出头来，见大刘已走，他出来。

姚　母　少纯，刚才大刘又催着要钱，你趁着今天和明天歇班，快去再打两天吧，啊？

丁少纯　不行！卖野鸭子这事我越想越不对！不像话！

姚　母　可是借人家的钱总得还吧？

丁少纯　开了工资再还。

姚　母　人家不等你开了工资就要！再说拿你们俩的工资补上这笔亏空，下个月咱们拿啥过日子呀？

丁少纯　（矛盾地）实在没法，我就得把实情对我爸爸说了，再生气他也能替咱们还上！

姚玉娟　（惊慌）少纯！无论如何也不能对爸爸说！借钱买衣服的事他还那样大发雷霆呢，要再知道咱们卖过野鸭子，那，那还了得吗？

丁少纯　（被说中怕处）是呀！爸爸看见我们搞成了挂锡，这才刚刚消了点火，要是再……那就又把火给勾起来了！

姚玉娟　那他绝对饶不了咱们！

丁少纯　（苦思良久）……唉！那就只好再干一次了！

姚　母　快回家去收拾收拾，趁着你那个爸爸没回来赶紧走。

姚玉娟　走吧。

〔丁少纯、姚母、姚玉娟三人从通走廊的门出去。少顷，丁海宽和季友良从通阳台的门走进。

丁海宽　（紧张地思索）他刚才对你说的？

季友良　才说的。他本来不想说，可是今天心里一高兴就憋不住了。

丁海宽　你看见他找到的那把钥匙了没有？

季友良　看见了，他现在把钥匙也拴在裤腰带上了。

〔丁少真从通阳台的门走进。

丁海宽　少真，到楼上去叫你哥哥下来，说我找他有事。

〔丁少真应声从通走廊的门出去。

季友良　（诧异地）怎么？

丁海宽　（踱步思忖良久）……我觉得这事有点可疑！你想想看：他扔干粮渣儿喂鸡又不用大弯腰，钥匙怎么就从衣兜里掉出来了呢？再说，就是真的掉在鸡笼子里，又怎么在三天以后才发现呢？玉娟她妈天天喂鸡能看不见吗？

季友良　是呀！（又一转念）可是，少纯他绝对不会……

丁海宽　你没问他找到钥匙以后，见没见过他丈母娘带的那把钥匙。

季友良　我没问。（紧张地）怎么？难道是玉娟她妈……不会吧？她为啥要搞这个鬼呢？

丁海宽　友良，自私心理能叫人办出各种坏事来呀！

〔丁母从里屋出来。

丁　母　你回来了，吃饭吧？

丁海宽　等一会儿。

〔丁少真上。

丁少真　（神色紧张地）爸爸！他们锁着门。我一敲，姚大娘出来了，她迎着我面顺手带上了门，没让我进去，说我哥哥到一个工友家串门去了，可是我听见屋里好像有摆弄猎枪的声音！

丁　母　啊？那少纯是在屋？

丁海宽　他可能又要去打猎！少真，你望着点楼梯，看他下不下来！

〔丁少真把通走廊的门开一条缝，站在门里向外看。

丁　母　他一宿没睡，不能去打猎吧？

丁海宽　我这两天就有个疑心，没对你们说……

丁　母　啥？

丁海宽　我怀疑他们是打野鸭子卖！

丁　母

季友良　（同吃一惊）啊？！打野鸭子卖？

丁少真

丁　母　你怎么想到这上了？

丁海宽　有几个可疑的地方：一个是我估计他们每个月的工资攒不下，哪儿来的一百元钱买料子服？

丁　母　是呢！说还有七十元存款，我也觉着纳闷儿！

丁海宽　少纯过去打猎没像最近这么着迷过，这也可疑！（问丁母）你不是还看见过玉娟她妈往外带野鸭子吗？

丁　母　是呀，她说是给她三妹子去下奶……

丁海宽　还有，少纯上次出去两天两宿，他丈母娘说就打了四只野鸭子，可是光大刘在的时候，就听见少纯放了有二十来枪，按照少纯的枪法，不可能就打着四只吧？那么，要是不卖，为啥要瞒数呢？

季友良　是呀！

丁海宽　更可疑的是，这几天玉娟一直拖延着不还借款，这证明他们没有存款，很可能是原指望打来野鸭子攒下钱还，现在让我催得措手不及了。

丁　母　卖野鸭子这种事老姚婆子倒是能干得出来，可是少纯也许不知道实情。

丁海宽　看吧，他今天要是连觉都不睡就出去打猎，那就是他知道！是因为急着还借款！

丁　母　不能！

丁海宽　他要真是打野鸭子卖钱，这可不是小事呀，一个工人，通过邪门歪道去弄钱，那就是一种堕落！卖野鸭子，就算他是不违法的，卖来卖去也会把工人阶级的思想感情统统卖掉！

丁　母　我说，他今天不会出去！

丁少真　（一直从门缝往外看，突然惊恐地宣布）哥哥下楼来了！背着猎枪！

丁　母　（震惊）啊？！（急奔向通走廊的门，猛力敞开门，痛心地）……少纯！……

〔屋里的四个人一齐把目光射向大敞开的门外，长时间的哑场。丁母和丁少真站在门旁，丁海宽坐在右窗前和门口遥遥相对的椅子上，季友良站在他身边，谁也没有动。僵持了一阵之后，手提着猎枪、全副猎装的少纯缓步走进门来，垂下了头。

丁　母　（痛心地）……少纯！你们真的卖野鸭子？……你不知道吧？

丁少纯　我知道！……（掩面哭泣，猎枪倒地）

丁少真　（气愤地）真可耻！

丁海宽　（站起来，缓缓走近少纯，抚摸着他的肩膀，声音徐缓而吃力地）……孩子啊，我的孩子！难道你真的忘了你是个什么人吗？你的祖父是个老雇农，你的父亲是个老工人，你，是系着红领巾、戴着共青团徽长大的！你是工人阶级的一个成员啊！

丁少纯　（痛哭失声，扑在父亲怀里）爸爸！……

丁　母　你怎么这样傻？就那么听你丈母娘的话？

丁少纯（掩面哭泣，悔恨地摇着头）都怪我，都怪我，染上了虚荣心，为了那套料子服……

丁海宽　哼！为一套料子服你就去当小商贩，要再发展下去，为了一件皮大衣你也许要去投机倒把吧？

丁少纯　（震惊地）这太可怕了！

丁海宽　我问你：你找到的那一把钥匙带着没有？

丁少纯　（拿出拴在裤带上的钥匙）在这。

丁海宽　你岳母身上现在还有钥匙吗？

丁少纯　她还有一把，我们一共有两把。

丁海宽　这两天你看见过她还带着？

丁少纯　（想了想）这几天我没看见，可是……

丁海宽　你马上想法看看她那把钥匙还有没有！

丁少纯　（惊讶）爸爸！你不相信我？

丁海宽　不，我是对她不大放心！

丁少纯　不！她怎么能那样坏？不可能！

丁海宽　（向走廊一望）她来了，你一定要想法看一看，这关系到大电机！

〔姚母从通走廊的门走进来，姚玉娟随在她身后，怯生生地在门口停步。

姚　母　（惊异地问丁少纯）咦？你怎么到这儿来了？

丁少纯　我忽然想起件事来：这把钥匙会不会是你喂鸡的时候掉进鸡笼里的呀？

姚　母　瞎扯！我的一直拴在裤腰带上，怎么能掉呢？

丁少纯　我看看你的。

姚　母　看啥！（支吾）你不是要去打猎吗？快走吧！（回身欲走）

丁少纯　（起疑）不！我要看看！

姚　母　（拉出钥匙绳来一晃）这不是在这！你快走吧！

丁少纯　（一把拉住姚母刚要揣起的钥匙，一看，大惊失色）啊？！你这是后配的！

姚　母　（用力往回拽钥匙绳）什么后配的？还是原来那一把！

丁少纯　（用力一拽，把钥匙绳拽断）你胡说！（拿两把钥匙给大家看）原来的上面有压的字，她这把是光板儿！（怒不可遏地对姚母）你！你！你怎么能干出这样缺德的事情？！

姚　母　（理屈词不穷）啊？！你敢骂我！

〔邵永斌从通走廊的门跑进来。

丁少纯　（捶胸顿足地喊）爸爸！我受骗了！快拆开电机找吧！

邵永斌　怎么了？怎么了？

丁海宽　友良，给车间挂电话，马上拆开找！（对邵永斌）很有可能他的一把铜钥匙掉在第一瓣定子槽里了！

邵永斌　（惊讶）啊！

〔季友良挂电话。

姚玉娟　（气愤地对姚母）妈呀！你怎么……（掩面痛哭）

姚　母　（奔走在人们中间，急切地大声剖白）你们评评理呀，你说我一个老婆子明白个啥呀？我寻思丢了就配一把呗！谁知道……

丁少真　（因姚母的吵嚷妨碍友良打电话，大声喝止）静一静！

季友良　（打电话）……桂兰！你马上查一查下线纪录，上星期六那天下的最末的一批线圈，少纯下的都是第几号槽，把那几个槽的线圈拆下来找，你们马上动手，我就去！

丁少纯　（遇见意外的救星）怎么，还有记录？！（从通阳台的门飞奔出去）

姚　母　（奔向丁海宽剖白）亲家，你说我一个老婆子明白个啥呀？啊？……

〔丁海宽顾不得理她，同季友良、丁少真纷纷奔下。

姚　母　（奔向邵永斌争取同情）永斌你说，他骂我缺德——

邵永斌　（抱歉地）我也要到车间去。（奔下）

姚　母　（又奔向丁母）亲家母！你说我配一把钥匙缺啥德呀？

姚玉娟　（气极）你还有啥可说的？！

姚　母　好哇！你们都搁不了我！我走！我走！（欲哭无泪地从通走

廊的门奔出去）

〔场上只剩下婆媳二人。

丁　母　玉娟哪玉娟！你们这是办了些啥事呀？！

姚玉娟　（扑在丁母的怀里痛哭）妈！我错了！……

丁　母　你们真糊涂啊！

姚玉娟　（呜咽）少纯是个……好青年，都怪我……影响了他！

丁　母　你就是太信你妈的话了！你没想想，你是个干部，怎么能跟你妈一般见识呢？怎么能没个界限呢？不瞒你说，当初我不大赞成你们的婚事，觉着你有点浮，不踏实。可是你爸爸说，你也是新社会里长大的，人也聪明懂事，年轻人，有点毛病好改！

姚玉娟　（哭声更恸）我对不起爸爸！辜负了爸爸对我的信任！

丁　母　谁也备不住有个错处，知过必改就好了。

姚玉娟　少纯不能原谅我！他……不会再爱我了！

丁　母　（爱抚地）孩子，别这样想！

〔姚母挎着一个包袱，从通走廊的门走进。

丁　母　亲家母！你这是要干啥？

姚　母　下屯！上我大姑娘家去！

丁　母　你不是过不惯屯下的生活吗？

姚　母　过不惯也得过！谁叫我命苦来！（擦泪）

姚玉娟　我们给你气受了？

姚　母　还想给我啥气受？为这么点儿的小事你们就对我鼻子不是鼻子脸不是脸的！你女婿还骂我缺德！我缺什么德了？

姚玉娟　你就不想想你的不是？这叫小事？

姚　母　（横不说理）我配把钥匙犯法呀？钥匙丢了不许我配一把？

姚玉娟　你怎么这样不讲理？！……好！你愿意走就走吧！

丁　母　玉娟！

姚　母　哼！我早就知道你们不愿意养活我！

丁　母　亲家母！

姚　母　我走可是走，我可不能白养活你这么大，你得按月给我邮养老钱！

姚玉娟　给你！

丁　母　（拉姚母）亲家母！咱俩到里屋好好唠唠。

姚　母　（指着姚玉娟）你等着！电机里要没有钥匙咱们再算账！

〔丁母拉姚母进里屋。丁少真从通阳台的门跑上。

姚玉娟　（提心吊胆地）少真！怎么样？

丁少真　钥匙找到了！非常顺利！拆开两个槽子就找到了！

姚玉娟　损失不大？

丁少真　不大！告诉你：幸亏友良事先叫人作了记录，要不也许得把一百多个线圈全拆下来，那损失就大了！（俯在姚玉娟耳朵上小声说）嫂子，友良真好！（羞涩地笑着跑开）妈！（跑进屋里）

〔丁少纯从通阳台的门走进。

姚玉娟　少纯！

丁少纯　……

姚玉娟　（含泪）我对不起你！原谅我吧！

丁少纯　（沉重地）可是我永远也不能原谅我自己！

姚玉娟　咱们重新生活吧！我妈就要走了！

〔丁少真从里屋出来。

丁少真　嫂子，姚大娘就要走，妈叫咱们去送送她。

姚玉娟　我一个人去送她就行了。（进里屋）

丁少真　（望着院子）他们都回来了！

〔季友良从通阳台的门走进。

丁少纯　（拉季友良的手）友良！你救了我！

季友良　还说呢，咱们都是傻瓜！要不叫丁师傅警惕性高，咱们都成了不可饶恕的罪人！

〔丁爷爷和丁海宽从通阳台的门走进。

丁爷爷　（气咻咻地）一百多块钱还算少哇？平白无故地他就给国家糟践了一百多块！（指丁少纯）让他赔！

丁少纯　爸爸，爷爷说得对！返工的损失应该由我来赔偿。

丁海宽　呸！你赔！要是到了电站上烧坏了电机，你拿啥赔？！

〔大刘挎着照相机上。

大　刘　（向丁海宽）丁主任，方才党委书记和厂长说，小季和小丁他们的创造还是要报道，要表扬。

丁爷爷　（指丁少纯）他差一点惹了大乱子，还表扬他？！

大　刘　厂领导说，功归功，过归过，各走一笔账。

丁海宽　（对大刘）好吧，就按厂领导的指示办吧。把他这把钥匙的事你也给详细报道报道！

〔邵永斌从通阳台的门走进。

丁海宽　永斌，看看吧，这就是你这位连襟给电机里埋下的定时炸弹！（把手里的钥匙递给邵永斌）

邵永斌　好在它现在又是一把钥匙了！（把钥匙递给丁少纯）少纯！生活的钥匙是不能丢的呀！把它拴在心上吧！

丁少纯　（接过钥匙，低沉地）是啊！我要把它拴在心上，拴一辈子……

邵永斌　丁师傅，现在这一台电机的质量我们非常满意了！特别是锡焊的质量，好极了！友良，少纯，为这个我要代表电站向你们致谢！

丁海宽　（看见有六七个青年男女工人趴在窗外向屋里窥伺）看什么呀？进来吧！

〔青年工人们笑嘻嘻地拥进屋来。

丁海宽　你们干啥来了？

青工们　（小声推让）你说，你说吧……

女工甲　我们想给小丁师傅提个建议。

丁海宽　啥建议？

女工甲　我们建议小丁师傅以后不和他岳母住在一起……

丁海宽　为什么？

青工们　（七言八语地）小丁出的问题都是他岳母影响的……

大　刘　对！这个建议我也投一票！

丁少真　她今天就要走了。

丁海宽　怎么？她要走？

丁少真　要到她大女儿家里去住。

丁爷爷　（小声对丁海宽）这不好，显着咱们搁不了人家！

丁海宽　（对青年们）噢！你们这是预防传染病的办法，和病人隔离，对不对？

青年们　是呀！

〔姚母、姚玉娟、丁母从里屋出来，姚玉娟替姚母挎着大包袱。

丁　母　海宽，你看，亲家母要走……

丁海宽　（对姚母）别走了亲家母！走到哪儿还不都是新社会呢？就住这儿吧！

姚　母　（酸溜溜地）得了！我把你们都得罪了，把你的儿子和媳妇也都给拐带坏了！

丁海宽　拐带坏了那怪他们自个软弱，没有缝的鸡蛋不能生蛆。玉娟，送你母亲回楼上去！（青工们互相望望，颇有异议）

姚玉娟　（不动地方，请求）爸爸！……

丁海宽　（坚决）去吧！送你母亲回楼上去！

〔姚玉娟迟疑地望望丁少纯，挎着包袱往外走。

姚　母　（感激，难为情）唉！亲家，要细想起来，我那些事办得……倒也是不大相当啊……

丁　母　亲家母！你真该仔细想想，咱们做老人的，可不能害了年轻人，拉他们走邪道啊！玉娟，送你妈上楼上去吧。

〔姚母随姚玉娟走下。青年们哗然。

青年们　丁师傅！她自己要走，你怎么还留她？

我不同意！

我也不同意……

丁海宽　唉！你们净是一些孩子想法！对付思想上的传染病能用隔离的办法吗？你们能把像老姚太太这样的“病人”统统送到月亮上去吗？不能！不管我们愿意不愿意，我们还得跟那些没有受到社会主义改造的人住在一个社会里。这当然很麻烦，他们总是要用他们的人生观来腐蚀我们，他们那些有毒的思想就像混杂在空气里的病菌一样，无孔不入。可是我们能因为空气里有病菌就停止呼吸吗？

青年们　不能！

丁少纯　我们需要常打防疫针！

季友良　我们要多运动，勤锻炼，增强抵抗力！

青年们　对！抵抗力强就能杀死病菌！

丁海宽　不但要抵抗，还要主动进攻！不但要搞好“个人卫生”，还要搞好“环境卫生”，要像医生和防疫员那样去杀菌消毒！（拍着青年们的肩膀）你们现在正是年轻力壮的时候，身体是够棒了，可是你们的这个（指指自己的头脑），也一定要像你们的身体这样强壮，那才能成为无产阶级革命的接班人！（用力拍着青年们的肩膀）……好吧！祝你们健康！

——幕落·剧终

原载《剧本》1963年10、11月号合刊

图书在版编目（CIP）数据

中国百年工业文学大系：戏剧卷 Ⅰ / 李惠敏主编. -- 北京：中国工人出版社，2025. 5.
ISBN 978-7-5008-8562-7

Ⅰ. I211

中国国家版本馆CIP数据核字第2025ZQ3742号

中国百年工业文学大系：戏剧卷 Ⅰ

出 版 人	董　宽
责任编辑	李　骁
责任校对	张　彦
责任印制	黄　丽
出版发行	中国工人出版社
地　　址	北京市东城区鼓楼外大街45号　邮编：100120
网　　址	http：//www.wp-china.com
电　　话	（010）62005043（总编室）　62005039（印制管理中心） （010）62379038（社科文艺分社）
发行热线	（010）82029051　62383056
经　　销	各地书店
印　　刷	北京印刷集团有限责任公司
开　　本	880毫米×1230毫米　1/32
印　　张	29.125
字　　数	355千字
版　　次	2025年6月第1版　2025年6月第1次印刷
定　　价	148.00元